最美的散文

一生的读书计划 永恒的收藏经典

最美的散文

朱自清 ［法］蒙 田等 著
黎 娜 主编

中国華僑出版社
北 京

最美的散文

图书在版编目（CIP）数据

最美的散文 / 黎娜主编 . —北京：中国华侨出版社，2010.10（2018.6 重印）
ISBN 978-7-5113-0618-0

Ⅰ.①最… Ⅱ . ①黎… Ⅲ . ①散文—作品集—世界 Ⅳ . ① I16

中国版本图书馆 CIP 数据核字（2010）第 160110 号

最美的散文

作　　者：朱自清　［法］蒙　田等
主　　编：黎　娜
责任编辑：文　臣
装帧设计：李艾红
文字编辑：黎　娜
美术编辑：陈媛媛
图片提供：www.icpress.cn & www.quanjing.com
经　　销：新华书店
开　　本：720mm × 1010mm　1/16　印张：24　字数：462 千字
印　　刷：北京德富泰印务有限公司
版　　次：2010 年 10 月第 1 版　2018 年 6 月第 7 次印刷
书　　号：ISBN 978-7-5113-0618-0
定　　价：39.80 元

中国华侨出版社　北京市朝阳区静安里 26 号通成达大厦 3 层　邮编：100028
法律顾问：陈鹰律师事务所
发 行 部：（010）58815874　传　　真：（010）58815857
网　　址：www.oveaschin.com　E-mail：oveaschin@sina.com

前言

Preface

散文是文学殿堂中一种影响广泛、备受广大读者青睐的文体。古今中外的文学大师们，以其洞幽入微的观察力、超凡尘世的秉性、细腻激扬的情愫，凭借生花的妙笔，写下了无数文采斐然、脍炙人口的散文名篇。这些经历了时间考验的散文佳作，不仅丰富了世界文学宝库，而且还感染和影响了成千上万的人们，叩击着一代又一代人的心灵，给人们以精神上的享受和艺术上的熏陶。

一个人在其一生中，阅读一些立意深远、具有丰富哲学思考的散文，不仅可以开阔视野，重新认识历史、社会、人生和自然，获得思想上的盎然新意，而且还可以学习中外散文名家高超而成熟的创作技巧。

然而人生匆匆，一个人要想在短暂的一生中，穷经皓首式地遍阅文学大师们的所有散文佳作，既不现实，也不经济。为了让广大读者在最短的时间内迅速、有效地了解中外散文的创作成就，获得最佳的阅读效果，编者从浩如烟海的散文卷帙中遴选出100余篇被公认为一流的上乘之作，辑录成书。本书选文多为名家名作，如培根、纪伯伦、朱自清、徐志摩、巴金等中外著名作家的经典文章，比较客观地反映了中外散文的发展脉络和杰出成就。

正如“读一部好书，就是和许多高尚的人谈话”一样，读名家名作就是和大师的心灵在晤谈。书中所选作品或讴歌自然，或剖析社会，或赞颂真善美，或鞭挞假恶丑，其优美文辞的背后，总是蕴蓄着深刻的自然或社会哲理，在思想性和艺术性方面都有独到之处，有的字字珠玑，给人以语言之美；有的博大深沉，给人以思想之美；有的感人肺腑，给人以情感之美；有的立意隽永，给人以意境之美。情至深处无言辞，落于笔端即华章，这些作品不仅为读者提供了一个可供参照、学习、研究中外散文的范本，也能使读者领略文学艺术的神奇魅力。值得一提的是，为了保持原文风貌，对于一些作者在上世纪二三十年代写成或翻译的作品，其中有个别用字和当今现代汉语语法不统一的现象，我们都没有改动。

在体例编排上，本书通过“入选理由”、“作者简介”、“作品赏析”等栏目多角度解析名作，引导读者准确、透彻地把握作品的思想内涵，从中汲取丰富的人生营养。“入选理由”点明每篇散文的独特之处，让读者在阅读前对作品有个初步的认识。“作者简介”以简练的文字对作者的生平、求学经历、文学成就和影响等作了扼要的介绍，使读者对作者有一个清晰概括的了解。“作品赏析”以凝练的文字，对原文的写作背景、语言特色、创作技巧、思想哲理等进行精当到位的解析，使读者从深层次上去咀嚼原文，以达到曲终韵留、余味缭绕之效。

我们诚挚地期望，通过本书，能够引领读者登堂入室，领略中外散文的真貌，同时启迪心智，陶冶性情，进而提高个人的审美意识、文学素养、写作水平、鉴赏能力、人生品位，为自己的人生添上光彩亮丽的一笔。

目录

Contents

上篇 中国卷

秋夜 / 鲁迅 …… 2
从百草园到三味书屋 / 鲁迅 …… 4
故乡的野菜 / 周作人 …… 7
乌篷船 / 周作人 …… 9
苦雨 / 周作人 …… 11
我的母亲 / 胡适 …… 13
银杏 / 郭沫若 …… 17
落花生 / 许地山 …… 19
春日游杭记 / 林语堂 …… 21
人生自然的节奏（节选）/ 林语堂 …… 25
故都的秋 / 郁达夫 …… 26
钓台的春昼 / 郁达夫 …… 29
风景谈 / 茅盾 …… 34
我所知道的康桥 / 徐志摩 …… 38
背影 / 朱自清 …… 45
匆匆 / 朱自清 …… 47
荷塘月色 / 朱自清 …… 48
绿 / 朱自清 …… 50
杨柳 / 丰子恺 …… 52
渐 / 丰子恺 …… 55
海燕 / 郑振铎 …… 57
红海上的一幕 / 孙福熙 …… 59
又是一年芳草绿 / 老舍 …… 61
青岛 / 闻一多 …… 64
寄小读者 / 冰心 …… 66

荷叶母亲 / 冰心 69
小橘灯 / 冰心 70
桨声灯影里的秦淮河 / 俞平伯 72
在玄武湖畔 / 李金发 77
桃源与沅州 / 沈从文 81
云南看云 / 沈从文 86
西湖的雪景 / 钟敬文 89
雪 / 梁实秋 94
雅 舍 / 梁实秋 96
风雨中忆萧红 / 丁玲 98
怀念萧珊 / 巴金 101
海上的日出 / 巴金 109
镜泊湖 / 臧克家 110
雨中登泰山 / 李健吾 114
菜园小记 / 吴伯箫 118
花 潮 / 李广田 121
囚绿记 / 陆蠡 124
故园春 / 柯灵 126
鲁迅先生记 / 萧红 129
八十述怀 / 季羡林 131
茶花赋 / 杨朔 134
荔枝蜜 / 杨朔 136
采蒲台的苇 / 孙犁 138
黄山记 / 徐迟 140
天山景物记 / 碧野 145
长江三日 / 刘白羽 150
澜沧江边的蝴蝶会 / 冯牧 156
葡萄月令 / 汪曾祺 160
昆明的雨 / 汪曾祺 164
西湖漫笔 / 宗璞 166
听听那冷雨 / 余光中 169
我的空中楼阁 / 李乐薇 174
苏州赋 / 王蒙 176

珍珠鸟 / 冯骥才 179
白色山茶花 / 席慕蓉 181
梦里花落知多少 / 三毛 182
阳关雪 / 余秋雨 185
庭院深深深几许 / 刘墉 188
丑 石 / 贾平凹 194
凡尘清唱 / 林清玄 196
女孩子的花 / 唐敏 198
融入野地 / 张炜 202
河之女 / 铁凝 211

下篇 外国卷

要生活得写意 / 蒙田 216
热爱生命 / 蒙田 218
圣皮埃尔岛上的欢乐 / 卢梭 219
生活在大自然的怀抱里 / 卢梭 225
西西里 / 歌德 227
自然（片断）/ 歌德 234
悼念乔治·桑 / 雨果 236
莱茵河 / 雨果 238
冬天之美 / 乔治·桑 244
光荣的荆棘路 / 安徒生 246
尼亚加拉大瀑布 / 狄更斯 250
冬日漫步 / 梭罗 252
树林和草原 / 屠格涅夫 255
青春的呼唤 / 屠格涅夫 260
在海边的一个冬日 / 惠特曼 261
从阿尔卑斯山归来 / 都德 263
黎 明 / 兰波 265
贝多芬百年祭 / 萧伯纳 266
萨哈林纪行 / 契诃夫 270

美 / 泰戈尔 …… 278
远处的青山 / 高尔斯华绥 …… 280
伦敦塔 / 夏目漱石 …… 283
红叶之旅 / 德富芦花 …… 296
海 燕 / 高尔基 …… 303
刚果之行 / 纪德 …… 305
我的梦中城市 / 德莱塞 …… 309
郁金香 / 德佩雷拉 …… 312
林中小溪 / 普里什文 …… 317
农 舍 / 黑塞 …… 320
贪心的紫罗兰 / 纪伯伦 …… 322
夜 莺 / 劳伦斯 …… 325
当玫瑰花开的时候 / 佩德罗·普拉多 …… 330
中国之美 / 赛珍珠 …… 332
大川河的水 / 芥川龙之介 …… 340
肖邦故园 / 伊瓦什凯维奇 …… 344
欧洲的城市 / 森田玉 …… 351
我的伊豆 / 川端康成 …… 354
归来的温馨 / 聂鲁达 …… 356
春将至 / 井上靖 …… 358
听 泉 / 东山魁夷 …… 361
四季生活 / 沃罗宁 …… 363
与海明威相见 / 马尔克斯 …… 367

上篇

中国卷

秋夜

/ 鲁迅

入选理由
鲁迅的散文代表作之一
一篇优美的托物言志的散文诗
为象征散文诗民族化的创造提供了全新的风范

鲁迅像

在我的后园，可以看见墙外有两株树，一株是枣树，还有一株也是枣树。

这上面的夜的天空，奇怪而高，我生平没有见过这样的奇怪而高的天空。他仿佛要离开人间而去，使人们仰面不再看见。然而现在却非常之蓝，闪闪地䀹着几十个星星的眼，冷眼。他的口角上现出微笑，似乎自以为大有深意，而将繁霜洒在我的园里的野花草上。我不知道那些花草真叫什么名字，人们叫他们什么名字。我记得有一种开过极细小的粉红花，现在还开着，但是更极细小了，她在冷的夜气中，瑟缩地做梦，梦见春的到来，梦见秋的到来，梦见瘦的诗人将眼泪擦在她最末的花瓣上，告诉她秋虽然来，冬虽然来，而此后接着还是春，蝴蝶乱飞，蜜蜂都唱起春词来了。她于是一笑，虽然颜色冻得红惨惨地，仍然瑟缩着。

枣树，他们简直落尽了叶子。先前，还有一两个孩子来打他们别人打剩的枣子，现在是一个也不剩了，连叶子也落尽了，他知道小粉红花的梦，秋后要有春；他也知道落叶的梦，春后还是秋。他简直落尽叶子，单剩干子，然而脱了当初满树是果实和叶子时候的弧形，欠伸得很舒服。但是，有几枝还低桠着，护定他从打枣的竿梢所得的皮伤，而最直最长的几枝，却已默默地铁似的直刺着奇怪而高的天空，使天空闪闪地鬼䀹眼，直刺着天空中圆满的月亮，使月亮窘得发白。

鬼䀹眼的天空越加非常之蓝，不安了，仿佛想离去人间，避开枣树，只将月亮剩下。然而月亮也暗暗地躲到东边去了。而一无所有的干子，却仍然默默地铁似的直刺着奇怪而高的天空，一意要制他的死命，不管他各式各样地着许多蛊惑

· 作者简介 ·

鲁迅（1881～1936），原名周树人，字豫才，浙江绍兴人。出身于破落封建家庭。青年时代受进化论、尼采超人哲学和托尔斯泰博爱思想的影响。1902 年去日本留学，原在仙台医学院学医，后从事文艺工作，企图用以改变国民精神。1909 年，回国任教。1918 年 5 月，首次用"鲁迅"的笔名，发表中国现代文学史上第一篇白话小说《狂人日记》，奠定了新文学运动的基石。1919 年，成为"五四"新文化运动的主将。1921 年 12 月发表的中篇小说《阿 Q 正传》，是中国现代文学史上的不朽杰作。1930 年起，先后参加中国自由运动大同盟、中国左翼作家联盟和中国民权保障同盟，反抗国民党政府的独裁统治和政治迫害。1936 年 10 月 19 日因肺结核病逝于上海，葬于虹桥万国公墓。

鲁迅与进步文学青年在一起

的眼睛。

哇的一声，夜游的恶鸟飞过了。我忽而听到夜半的笑声，吃吃地，似乎不愿意惊动睡着的人，然而四围的空气都应和着笑。夜半，没有别的人，我即刻听出这声音就在我嘴里，我也即刻被这笑声所驱逐，回进自己的房。灯火的带子也即刻被我旋高了。

后窗的玻璃上丁丁地响，还有许多小飞虫乱撞。不多久，几个进来了，许是从窗纸的破孔进来的。他们一进来，又在玻璃的灯罩上撞得丁丁地响。一个从上面撞进去了，他于是遇到火，而且我以为这火是真的。两三个却休息在灯的纸罩上喘气。那罩是昨晚新换的罩，雪白的纸，折出波浪纹的叠痕，一角还画出一枝猩红色的栀子。

猩红的栀子开花时，枣树又要做小粉红花的梦，青葱地弯成弧形了……我又听到夜半的笑声；我赶紧砍断我的心绪，看那老在白纸罩上的小青虫，头大尾小，向日葵子似的，只有半粒小麦那么大，遍身的颜色苍翠得可爱，可怜。

我打一个呵欠，点起一支纸烟，喷出烟来，对着灯默默地敬奠这些苍翠精致的英雄们。

作/品/赏/析

《秋夜》最初发表于1924年12月1日的《语丝》周刊第3期上，后收入散文集《野草》。这是一篇托物言志的深刻而优美的散文诗。作者采用象征手法，赋予秋夜后园中不同景物以人的性格，代表不同类型的社会人物，“奇怪而高”的天空象征着压迫和摧残进步力量的恶势力，在冷的夜气中瑟缩做着“春的到来”的梦的小红花象征着善良的弱者，耸立在后园的两株枣树，象征着与黑恶势力抗争的进步力量。通过对这些景物的含蓄描绘，作者表达了对黑暗势力的抗争和愤怒，对英勇抗击黑暗势力的革命者的崇敬和赞美，也表达了自己与黑暗势力作韧性战斗的意志。《秋夜》语言精致，意象空灵，结构严谨，为象征散文诗民族化的创造，提供了一种全新的风范。

从百草园到三味书屋

/ 鲁迅

入选理由
鲁迅的散文代表作之一
中国现代文学史上描写童年趣事的典范之作
收入中学课本

我家的后面有一个很大的园，相传叫作百草园。现在是早已并屋子一起卖给朱文公的子孙了，连那最末次的相见也已经隔了七八年，其中似乎确凿只有一些野草；但那时却是我的乐园。

不必说碧绿的菜畦，光滑的石井栏，高大的皂荚树，紫红的桑椹；也不必说鸣蝉在树叶里长吟，肥胖的黄蜂伏在菜花上，轻捷的叫天子（云雀）忽然从草间直窜向云霄里去了。单是周围的短短的泥墙根一带，就有无限趣味。油蛉在这里低唱，蟋蟀们在这里弹琴。翻开断砖来，有时会遇见蜈蚣；还有斑蝥，倘若用手指按住它的脊梁，便会拍的一声，从后窍喷出一阵烟雾。何首乌藤和木莲藤缠络着，木莲有莲房一般的果实，何首乌有臃肿的根。有人说，何首乌根是有像人形的，吃了便可以成仙，我于是常常拔它起来，牵连不断地拔起来，也曾因此弄坏了泥墙，却从来没有见过有一块根像人样。如果不怕刺，还可以摘到覆盆子，像小珊瑚珠攒成的小球，又酸又甜，色味都比桑椹要好得远。

长的草里是不去的，因为相传这园里有一条很大的赤练蛇。

长妈妈曾经讲给我一个故事听：先前，有一个读书人住在古庙里用功，晚间，在院子里纳凉的时候，突然听到有人在叫他。答应着，四面看时，却见一个美女的脸露在墙头上，向他一笑，隐去了。他很高兴；但竟给那走来夜谈的老和尚识破了机关。说他脸上有些妖气，一定遇见“美女蛇”了；这是人首蛇身的怪物，能唤人名，倘一答应，夜间便要来吃这人的肉的。他自然吓得要死，而那老和尚却道无妨，给他一个小盒子，说只要放在枕边，便可高枕而卧。他虽然照样办，却总是睡不着，——当然睡不着的。到半夜，果然来了，沙沙沙！门外像是风雨声。他正抖作一团时，却听得豁的一声，一道金光从枕边飞出，外面便什么声音也没有了，那金光也就飞回来，敛在盒子里。后来呢？后来，老和尚说，这是飞蜈蚣，它能吸蛇的脑髓，美女蛇就被它治死了。

浙江绍兴的三味书屋旧址。鲁迅12至17岁在这里读书。

结末的教训是：所以倘有陌生的声音叫你的名字，你万不可答应他。

这故事很使我觉得做人之险，夏夜乘凉，往往有些担心，不敢去看墙上，而且极想得到一盒老和尚那样的飞蜈蚣。走到百草园的草丛旁边时，也常常这样想。但直到现在，总还是没有得到，但也没有遇见过赤练蛇和美女蛇。叫我名字的陌生声音自然是常有的，然而都不是美女蛇。

冬天的百草园比较的无味；雪一下，可就两样了。拍雪人（将自己的全形印在雪上）和塑雪罗汉需要人们鉴赏，这是荒园，人迹罕至，所以不相宜，只好来捕鸟。薄薄的雪，是不行的；总须积雪盖了地面一两天，鸟雀们久已无处觅食的时候才好。扫开一块雪，露出地面，用一支短棒支起一面大的竹筛来，下面撒些秕谷，棒上系一条长绳，人远远地牵着，看鸟雀下来啄食，走到竹筛底下的时候，将绳子一拉，便罩住了。但所得的是麻雀居多，也有白颊的“张飞鸟”，性子很躁，养不过夜的。

这是闰土的父亲所传授的方法，我却不大能用。明明见它们进去了，拉了绳，跑去一看，却什么都没有，费了半天力，捉住的不过三四只。闰土的父亲是小半天便能捕获几十只，装在叉袋里叫着撞着的。我曾经问他得失的缘由，他只静静地笑道：你太性急，来不及等它走到中间去。

我不知道为什么家里的人要将我送进书塾里去了，而且还是全城中称为最严厉的书塾。也许是因为拔何首乌毁了泥墙罢，也许是因为将砖头抛到间壁的梁家去了罢，也许是因为站在石井栏上跳了下来罢，……都无从知道。总而言之：我将不能常到百草园了。Ade，我的蟋蟀们！ Ade，我的覆盆子们和木莲们！

出门向东，不上半里，走过一道石桥，便是我的先生的家了。从一扇黑油的竹门进去，第三间是书房。中间挂着一块匾道：三味书屋；匾下面是一幅画，画着一只很肥大的梅花鹿伏在古树下。没有孔子牌位，我们便对着那匾和鹿行礼。第一次算是拜孔子，第二次算是拜先生。

第二次行礼时，先生便和蔼地在一旁答礼。他是一个高而瘦的老人，须发都花白了，还戴着大眼镜。我对他很恭敬，因为我早听到，他是本城中极方正，质朴，博学的人。

不知从那里听来的，东方朔也很渊博，他认识一种虫，名曰“怪哉”，冤气所化，用酒一浇，就消释了。我很想详细地知道这故事，但阿长是不知道的，因为她毕竟不渊博。现在得到机会了，可以问先生。

“先生，‘怪哉’这虫，是怎么一回事？……”我上了生书，将要退下来的时候，赶忙问。

“不知道！”他似乎很不高兴，脸上还有怒色了。

我才知道做学生是不应该问这些事的，只要读书，因为他是渊博的宿儒，决不至于不知道，所谓不知道者，乃是不愿意说。年纪比我大的人，往往如此，我遇见过好几回了。

我就只读书，正午习字，晚上对课。先生最初这几天对我很严厉，后来却好起来了，不过给我读的书渐渐加多，对课也渐渐地加上字去，从三言到五言，终

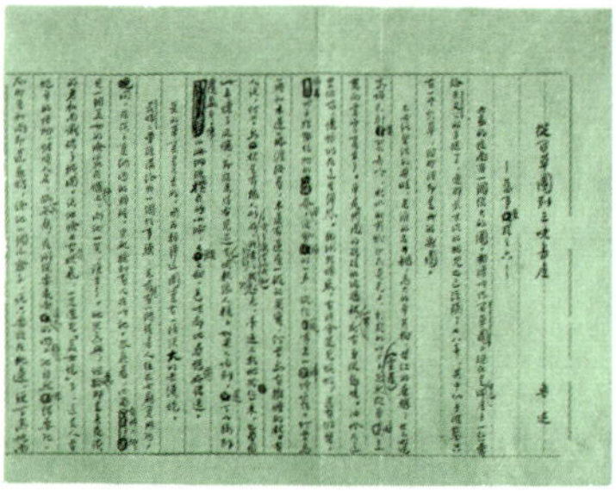
《从百草园到三味书屋》手稿，现珍藏于国家图书馆。

于到七言。

三味书屋后面也有一个园，虽然小，但在那里也可以爬上花坛去折腊梅花，在地上或桂花树上寻蝉蜕。最好的工作是捉了苍蝇喂蚂蚁，静悄悄地没有声音。然而同窗们到园里的太多，太久，可就不行了，先生在书房里便大叫起来：

“人都到那里去了？”

人们便一个一个陆续走回去；一同回去，也不行的。他有一条戒尺，但是不常用，也有罚跪的规则，但也不常用，普通总不过瞪几眼，大声道：

“读书！”

于是大家放开喉咙读一阵书，真是人声鼎沸。有念“仁远乎哉我欲仁斯仁至矣”的，有念“笑人齿缺曰狗窦大开”的，有念“上九潜龙勿用”的，有念“厥土下上上错厥贡苞茅橘柚”的……先生自己也念书。后来，我们的声音便低下去，静下去了，只有他还大声朗读着：

“铁如意，指挥倜傥，一座皆惊呢～～；金叵罗，颠倒淋漓噫，千杯未醉嗬～～……”

我疑心这是极好的文章，因为读到这里，他总是微笑起来，而且将头仰起，摇着，向后面拗过去，拗过去。

先生读书入神的时候，于我们是很相宜的。有几个便用纸糊的盔甲套在指甲上做戏。我是画画儿，用一种叫作“荆川纸”的，蒙在小说的绣像上一个个描下来，像习字时候的影写一样。读的书多起来，画的画也多起来；书没有读成，画的成绩却不少了，最成片段的是《荡寇志》和《西游记》的绣像，都有一大本。后来，因为要钱用，卖给一个有钱的同窗了。他的父亲是开锡箔店的；听说现在自己已经做了店主，而且快要升到绅士的地位了。这东西早已没有了罢。

作／品／赏／析

《从百草园到三味书屋》写于1926年，后收入《朝花夕拾》。这是一篇追忆作者童年时代妙趣生活的文章。全文描述了色调不同、情韵各异的两大景片：百草园和三味书屋。作者写百草园，以“乐”为中心，采用白描手法，以简约生动的文字，描绘了一个奇趣无穷的儿童乐园，其间穿插“美女蛇”的传说和冬天雪地捕鸟的故事，动静结合，详略得当，趣味无穷。三味书屋则是一个完全不同的世界。作者逼真地写出了三味书屋的陈腐味，说它是“全城中称为最严厉的书塾”，儿童在那里受到规矩的束缚。但作者并未将三味书屋写得死气沉沉，而是通过课间学生溜到后园嬉耍、老私塾先生在课堂上入神读书学生乘机偷乐两个小故事的叙述，使三味书屋充满了谐趣，表现了儿童不可压抑的快乐天性。

故乡的野菜 / 周作人

入选理由
中国早期白话散文的名篇
周作人的散文代表作之一
一幅生动地描绘浙东的风俗画

周作人像

我的故乡不止一个，凡我住过的地方都是故乡。故乡对于我并没有什么特别的情分，只因钓于斯游于斯的关系，朝夕会面，遂成相识，正如乡村里的邻舍一样，虽然不是亲属，别后有时也要想念到他。我在浙东住过十几年，南京东京都住过六年，这都是我的故乡；现在住在北京，于是北京就成了我的家乡了。

日前我的妻往西单市场买菜回来，说起有荠菜在那里卖着，我便想起浙东的事来。荠菜是浙东人春天常吃的野菜，乡间不必说，就是城里只要有后园的人家都可以随时采食，妇女小儿各拿一把剪刀一只“苗篮”，蹲在地上搜寻，是一种有趣味的游戏的工作。那时小孩们唱道：“荠菜马兰头，姊姊嫁在后门头。”后来马兰头有乡人拿来进城售卖了，但荠菜还是一种野菜，须得自家去采。关于荠菜向来颇有风雅的传说，不过这似乎以吴地为主。《西湖游览志》云：“三月三日男女皆戴荠菜花。谚云，三春戴荠菜花，桃李羞繁华。”顾禄的《清嘉录》上亦说：“荠菜花俗呼野菜花，因谚有三月三蚂蚁上灶山之语，三日人家皆以野菜花置灶陉上，以厌虫蚁。侵晨村童叫卖不绝。或妇女簪髻上以祈清目，俗号眼亮花。”但浙东人却不很理会这些事情，只是挑来做菜或炒年糕吃罢了。

黄花麦果通称鼠曲草，系菊科植物，叶小微圆互生，表面有白毛，花黄色，簇生梢头。春天采嫩叶，捣烂去汁，和粉作糕，称黄花麦果糕。小孩们有歌赞美之云：

·作者简介·

周作人（1885 ~ 1967），原名櫆寿，字星杓，后改名奎缓，自号起孟、启明（又作岂明）、知堂等，笔名仲密、药堂、周遐寿等。祖籍浙江绍兴，鲁迅之弟。1901 年秋考入江南水师学堂。1906 年赴日本，先后入东京政法大学、立教大学文科学习。曾与鲁迅共同翻译《域外小说集》。1911 年回国后在绍兴任中学英文教员。1917 年任北京大学文科教授。1920 年参加新潮社，被推选为该社主任编辑，并负责主持北京大学歌谣研究会。1921 年参与发起成立文学研究会并起草宣言。“五四”前后除继续翻译介绍外国作品外，还发表大量白话诗文，成为新文化运动的骨干之一。“五四”以后，作为《语丝》周刊的主编和主要撰稿人之一，写了大量散文，风格平和冲淡，清隽幽雅。在他的影响下，20 世纪 20 年代形成了包括俞平伯、废名等作家在内的散文创作流派。

黄花麦果韧结结，
关得大门自要吃：
半块拿弗出，一块自要吃。

清明前后扫墓时，有些人家——大约是保存古风的人家——用黄花麦果作供，但不作饼状，做成小颗如指顶大，或细条如小指，以五六个作一攒，名曰茧果，不知是什么意思，或因蚕上山时设祭，也用这种食品，故有是称，亦未可知。自从十二三岁时外出不参与外祖家扫墓以后，不复见过茧果，近来住在北京，也不再见黄花麦果的影子了。日本称作“御形”，与荠菜同为春天的七草之一，也采来做点心用，状如艾饺，名曰“草饼”，春分前后多食之，在北京也有，但是吃去总是日本风味，不复是儿时的黄花麦果糕了。

扫墓时候所常吃的还有一种野菜，俗称草紫，通称紫云英。农人在收获后，播种田内，用作肥料，是一种很被贱视的植物，但采取嫩茎瀹食，味颇鲜美，似豌豆苗。花紫红色，数十亩接连不断，一片锦绣，如铺着华美的地毯，非常好看，而且花朵状若蝴蝶，又如鸡雏，尤为小孩所喜。间有白色的花，相传可以治痢，很是珍重，但不易得。日本《俳句大辞典》云：“此草与蒲公英同是习见的东西，从幼年时代便已熟识。在女人里边，不曾采过紫云英的人，恐未必有罢。”中国古来没有花环，但紫云英的花球却是小孩常玩的东西，这一层我还替那些小人们欣幸的。浙东扫墓用鼓吹，所以少年们常随了乐音去看“上坟船里的姣姣”；没有钱的人家虽没有鼓吹，但是船头上篷窗下总露出些紫云英和杜鹃的花束，这也就是上坟船的确实的证据了。

作/品/赏/析

《故乡的野菜》于1924年4月5日发表于《晨报·副刊》上，后收入散文集《雨天的书》（1925年北新书局出版）。

在这篇散文里，作者以浓郁的怀旧情绪，介绍其故乡常见的野菜：荠菜、马兰头、鼠曲草、紫云英等，它们的形状、颜色与用途，以及与其相关的浙东民俗。作者引经据典，并以东洋习俗同中国习俗相比印照，将浙东民俗置于一个横的文化比较剖面上和深厚的文化背景里。周作人的散文，语言质朴平淡，风格从容平和，但富于哲理、情趣，《故乡的野菜》即是一个印证。

乌篷船

/ 周作人

入选理由

冲淡平和的文风

山川风物，涉笔成趣

收入中学课本

子荣君：

接到手书，知道你要到我的故乡去，叫我给你一点什么作参考资料。老实说，我的故乡，真正觉得可怀恋的地方，并不是那里；但是因为在那里生长，住过十多年，究竟知一点情形，所以写这一封信告诉你。

我所要告诉你的，并不是那里的风土人情，那是写不尽的，但是你到那里一看也就会明白的，不必啰唆地多讲。我要说的是一种很有趣的东西，这便是船。你在家乡平常总坐人力车，电车，或是汽车，但在我的故乡那里这些都没有，除了在城内或山上是用轿子以外，普通代步都是用船。船有两种，普通坐的都是“乌篷船”，白篷的大抵作航船用，坐夜航船到西陵去也有特别的风趣，但是你总不便坐，所以我就可以不说了。乌篷船大的为“四明瓦”（Sy—menn-goa），小的为脚划船（划读uoa）亦称小船。但是最适用的还是在这中间的“三道”，亦即三明瓦。篷是半圆形的，用竹片编成，中夹竹箬，上涂黑油；在两扇“定篷”之间放着一扇遮阳，也是半圆的，木作格子，嵌着一片片的小鱼鳞，径约一寸，颇有点透明，略似玻璃而坚韧耐用，这就称为明瓦。三明瓦者，谓其中舱有两道，后舱有一道明瓦也。船尾用橹，大抵两支，船首有竹篙，用以定船。船头着眉目，状如老虎，但似在微笑，颇滑稽而不可怕，唯白篷船则无之。三道船篷之高大约可以使你直立，舱宽可以放下一顶方桌，四个人坐着打麻将——这个恐怕你也已学会了罢？小船则真是一叶扁舟，你坐在船底席上，篷顶离你的头有两三寸，你的两手可以搁在左右的舷上，还把手都露出在外边。在这种船里仿佛是在水面上坐，靠近田岸去时泥土便和你的眼鼻接近，而且遇着风浪，或是坐得稍不小心，就会船底朝天，发生危险，但是也颇有趣味，是水乡的一种特色。不过你总可以不必去坐，最好还是坐那三道船罢。

你如坐船出去，可是不能像坐电车的那样性急，立刻盼望走到。倘若出城，走三四十里路（我们那里的里程是很短，一里才及英里三分之一），来回总要预备一天。你坐在船上，应该是游山的态度，看看四周物色，随处可见的山，岸旁的乌桕，河边的红寥和白苹，渔舍，各式各样的桥，困倦的时候睡在舱中拿

出随笔来看，或者冲一碗清茶喝喝。偏门外的鉴湖一带，贺家池、壶觞左近，我都是喜欢的，或者往娄公埠骑驴去游兰亭（但我劝你还是步行，骑驴或者于你不很相宜），到得暮色苍然的时候进城上都挂着薜荔的东门来，倒是有趣味的事。倘若路上不平静，你往杭州去时可于下午开船，黄昏时候的景色正最好看，只可惜这一带地方的名字我都忘了。夜间睡在舱中，听水声橹声，来往船只的招呼声，以及乡间的犬吠鸡鸣，也都很有意思。雇一只船到乡下去看庙戏，可以了解中国旧戏的真趣味，而且在船上行动自如，要看就看，要睡就睡，要喝酒就喝酒，我觉得也可以算是理想的行乐法。只可惜讲维新以来这些演剧与迎会都已禁止，中产阶级的低能人别在“布业会馆”等处建起“海式”的戏场来，请大家买票看上海的猫儿戏。这些地方你千万不要去。——你到我那故乡，恐怕没有一个人认得，我又因为在教书不能陪你去玩，坐夜船，谈闲天，实在抱歉而且惆怅。川岛君夫妇现在称山下，本来可以给你绍介，但是你到那里的时候他们恐怕已经离开故乡了。初寒，善自珍重，不尽。

作/品/赏/析

《乌篷船》是周作人闲适散文中比较有代表性的一篇。它以回友人信函的形式，介绍了有关家乡乌篷船的情形。乘坐乌篷船在作者眼里有三趣。第一是“船趣”，作者说最适宜的是“三明瓦”的船，细致地描写它的构造、形体以及装饰，意在突出这种船的静态之趣味。作者揉入自己的恋乡之情，对船进行细致勾画，使其成了一道独特的水乡景致。在静物描摹之后，文章顺流而下，叙写乘船的“行趣”，而三明瓦上的和小脚划船上的，两者之中自然是前者最好。接着，承接“行趣”，又重点放在乘坐乌篷船的沿途所见，即“景趣”上面。而冲淡平和的悠然心态，则是领略、体味这些“景趣”的基础，一切趣味都是由此生发。而“三趣”的凝聚点也正是这种随意自然、闲适恬静的人生“情趣”。这才是此文的真正的蕴意所在。

苦雨

/周作人

入选理由
- 平和冲淡中传达淡淡的哀愁
- 带有作者风格转变痕迹的文章
- 平常的题材写出不平常的韵味

北京近日多雨，你在长安道上不知也遇到否，想必能增你旅行的许多佳趣。雨中旅行不一定是很愉快的，我以前在杭沪车上时常遇雨，每感困难，所以我于火车的雨不能感到什么兴味，但卧在乌篷船里，静听打篷的雨声，加上欸乃的橹声以及“靠塘来，靠下去”的呼声，却是一种梦似的诗境。倘若更大胆一点，仰卧在脚划小船内，冒雨夜行，更显出水乡住民的风趣，虽然较为危险，一不小心，拙劣地转一个身，便要使船底朝天。二十多年前往东浦吊先父的保姆之丧，归途遇暴风雨，一叶扁舟在白鹅似的波浪中间滚过大树港，危险极也愉快极了。我大约还有好些“为鱼”时候——至少也是断发文身时候的脾气，对于水颇感到亲近，不过北京的泥塘似的许多“海”实在不很满意，这样的水没有也并不怎么可惜。你往“陕半天”去似乎要走好两天的准沙漠路，在那时候倘若遇见风雨，大约是很舒服的，遥想你胡坐骡车中，在大漠之上，大雨之下，喝着四打之内的汽水，悠然进行，可以算是“不亦快哉”之一。但这只是我的空想，如诗人的理想一样地靠不住，或者你在骡车中遇雨，很感困难，正在叫苦连天也未可知，这须等你回京后问你再说了。

我住在北京，遇见这几天的雨，却叫我十分难过。北京向来少雨，所以不但雨具不很完全，便是家屋构造，于防雨亦欠周密。除了真正富翁以外，很少用实垛砖墙，大抵只用泥墙抹灰敷衍了事。近来天气转变，南方酷寒而北方淫雨，因此两方面的建筑上都露出缺陷。一星期前的雨把后园的西墙淋坍，第二天就有“梁上君子”来摸索北房的铁丝窗，从次日起赶紧邀了七八位匠人，费两天工夫，从头改筑，已经成功十分八九，总算可以高枕而卧，前夜的雨却又将门口的南墙冲倒二三丈之谱。这回受惊的可不是我了，乃是川岛君“佢们”俩，因为“梁上君子”如再见光顾，一定是去躲在“佢们”的窗下窃听的了。为消除“佢们”的不安起见，一等天气晴正，急须大举地修筑，希望日子不至于很久，这几天只好暂时拜托川岛君的老弟费神代为警护罢了。

前天十足下了一夜的雨，使我夜里不知醒了几遍。北京除了偶然有人高兴放几个爆仗以外，夜里总还安静，那样哗喇哗喇的雨声在我的耳朵已经不很听惯，所以时常被它惊醒，就是睡着也仿佛觉得耳边粘着面条似的东西，睡的很不痛快。还有一层，前天晚间据小孩们报告，前面院子里的积水已经离台阶不及一寸，夜里听着雨声，心里糊里糊涂地总是想水已上了台阶，浸入西边的书房里了。好容易到了早上五点钟，赤脚撑伞，跑到西屋一看，果然不出所料，水浸满了全屋，约有一寸深浅，这才叹了一口气，觉得放心了；倘若这样兴高采烈地跑去，一看却没有水，恐怕那时反觉得失望，没有现在那样的满足也说不定。幸而书籍都没有湿，虽然是没有什么价值的东西，但是湿成一饼一饼的纸糕，也很是不愉快。

现今水虽已退，还留下一种涨过大水后的普通的臭味，固然不能留客座谈，就是自己也不能在那里写字，所以这封信是在里边炕桌上写的。

这回大雨，只有两种人最喜欢。第一是小孩们。他们喜欢水，却极不容易得到，现在看见院子里成了河，便成群结队的去“趟河”。赤了足伸到水里去，实在很有点冷，但是他们不怕，下到水里还不肯上来。大人们见小孩们玩的很有趣，也一个两个地加入，但是成绩却不甚佳，那一天里滑倒了三个人，其中两个都是大人——其一为我的兄弟，其一是川岛君。第二种喜欢下雨的则为虾蟆。从前同小孩住高亮桥去钓鱼钓不着，只捉了好些虾蟆，有绿的，有花条的，拿回来都放在院子里，平常偶叫几声，在这几天里便整日叫唤，或者是荒年之兆吧，却极有田村的风味，有许多耳朵皮嫩的人，很恶喧嚣，如麻雀虾蟆或蝉的叫声，凡足以妨碍他们的甜睡者，无一不痛恶而深绝之，大有欲灭此而午睡之意，我觉得大可以不必如此，随便听听都是很有趣味的，不但是这些久成诗料的东西，一切鸣声其实都可以听。虾蟆在水田里群叫，深夜静听，往往变成一种金属音，很是特别，又有时仿佛是狗叫，古人常称蛙蛤为吠，大约也是从实验而来。我们院子里的虾蟆现在只见花条的一种，它的叫声更不漂亮，只是格格格这个叫法，可以说是革音，平常自一声至三声，不会更多，唯在下雨的早晨，听它一口气叫上十二三声，可见它是实在喜欢极了。

这一场大雨恐怕在乡下的穷朋友是很大的一个不幸，但是我不曾亲见，单靠想象是不中用的，所以我不去虚伪地代为悲叹了。倘若有人说这所记的只是个人的事情，于人生无益，我也承认，我本来只想说个人的私事，此外别无意思。今天太阳已经出来，傍晚可以出外去游嬉，这封信也就不再写下去了。

我本等着看你的秦游记，现在却由我先写给你看，这也可以算是“意表之外”的事罢。

作/品/赏/析

周作人的作品从风格角度来看大体分为两类：一类是具有时代批判意义的杂文，以新文化运动时期的杂感、随笔为代表；另一类是他开创的闲适小品文，这在20世纪20年代中期已初步成形。这类散文，笔触伸向生活的各个领域，山川风物，涉笔成趣；草木虫鱼，皆成文章。《苦雨》就是这一时期的一篇小品文。《苦雨》写于1924年，这时周作人虽然对“五四”运动感到失望，但仍认为知识分子是社会的精英，是精神的贵族，只不过是现实社会没有启蒙的条件，因此在思想立场比较模糊，精神上比较苦闷。而且此时他正在尝试着“闲适”文体，所以文字朴实、自如，哀愁之情也是淡淡的。文章中作者借着回忆、想象，来叙述“雨”，各种各样的“雨”被搬到笔下，写得相当自如。他用一般人不常使用的材料入文，而却能写出超于一般人的味道，正是其深厚文学功底的体现。从思想上来说，作者自己也承认“于人生无益”，“只想说个人的私事”，有所指而又无所指，这也是作者当时思想立场的一种暗示。就文章形式来讲，《苦雨》使用的是“书信体”，借着这一“私人化”文体，娓娓道来。

我的母亲

/ 胡适

入选理由

胡适的散文代表作

中国散文史上追思母亲的散文名篇

层次分明，文笔流畅，感人至深

胡适像

我小时候身体弱，不能跟着野蛮的孩子们一块儿玩。我母亲也不准我和他们乱跑乱跳。小时不曾养成活泼游戏习惯，无论在什么地方，我总是文绉绉地。所以家乡老辈都说我“像个先生样子”，遂叫我做“穈先生”。这个绰号叫出去之后，人都知道三先生的小儿子叫做穈先生了。即有“先生”之名，我不能不装出点“先生”样子，更不能跟着顽童们“野”了。有一天，我在我家八字门口和一班孩子“掷铜钱”，一位老辈走过，见了我，笑道：“穈先生也掷铜钱吗？”我听了羞愧的面红耳热，觉得太失了“先生”身份！

大人们鼓励我装先生样子，我也没有嬉戏的能力和习惯，又因为我确是喜欢看书，故我一生可算是不曾享过儿童游戏的生活。每年秋天，我的庶祖母同我到田里去“监割”（顶好的田，水旱无忧，收成最好，佃户每约田主来监割，打下谷子，两家平分），我总是坐在小树下看小说。十一二岁时，我稍活泼一点，居然和一群同学组织了一个戏剧班，做了一些木刀竹枪，借得了几副假胡须，就在村口田里做戏。我做的往往是诸葛亮、刘备一类的文角儿；只有一次我做史文恭，被花荣一箭从椅子上射倒下去，这算是我最活泼的玩艺儿了。

我在这九年之中，只学得了读书写字两件事。在文字和思想的方面，不能不算是打了一点底子。但别的方面都没有发展的机会。有一次我们村“当朋”（八都凡五村，称为“五朋”，每年一村轮着做太子会，名为“当朋”）筹备太子会，有人提议要派我加入前村的昆腔队里学习吹笙或吹笛。族里长辈反对，说我年纪太小，不能跟着太子会走遍五朋。于是我便失掉了学习音乐的唯一机会。三十年来，我不曾拿过乐器，也全不懂音乐；究竟我有没有一点学音乐的天资，我至今不

· 作者简介 ·

胡适（1891 ~ 1962），字适之，安徽绩溪人，著名学者、文学家。1910 年起先后在美国康奈尔大学、哥伦比亚大学求学。1917 年回国后任北京大学教授，以倡导“五四”新文化运动而著名。1928 年后历任中国公学校长、北京大学文学院院长、北京大学校长。1948 年赴美，后迁居台湾。主要作品有诗集《尝试集》，论著《中国哲学史大纲》（上卷）、《白话文学史》（上卷）。

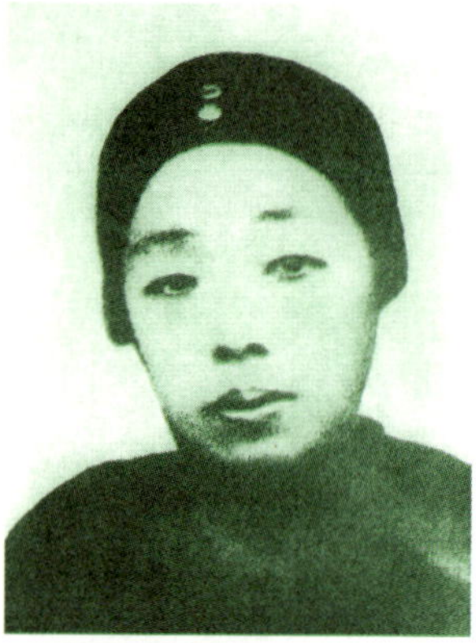
胡适的母亲冯顺弟像

知道。至于学图画，更是不可能的事。我常常用竹纸蒙在小说书的石印绘像上，摹画书上的英雄美人。有一天，被先生看见了，挨了一顿大骂，抽屉里的图画都被搜出撕毁了。于是我又失掉了学做画家的机会。

但这九年的生活，除了读书看书之外，究竟给了我一点做人的训练。在这一点上，我的恩师便是我的慈母。

每天天刚亮时，我母亲便把我喊醒，叫我披衣坐起。我从不知道她醒来坐了多久了。她看我清醒了，便对我说昨天我做错了什么事，说错了什么话，要我认错，要我用功读书。有时候她对我说父亲的种种好处，她说："你总要踏上你老子的脚步。我一生只晓得这一个完全的人，你要学他，不要跌他的股。"（跌股便是丢脸出丑。）她说到伤心处，往往掉下泪来。到天大明时，她才把我的衣服穿好，催我去上早学。学堂门上的锁匙放在先生家里；我先到学堂门口一望，便跑到先生家里去敲门。先生家里有人把锁匙从门缝里递出来，我拿了跑回去，开了门，坐下念生书，十天之中，总有八九天我是第一个去开学堂门的。等到先生来了，我背了生书，才回家吃早饭。

我母亲管束我最严，她是慈母兼任严父。但她从来不在别人面前骂我一句，打我一下，我做错了事，她只对我一望，我看见了她的严厉眼光，便吓住了。犯的事小，她等到第二天早晨我眠醒时才教训我。犯的事大，她等到晚上人静时，关了房门，先责备我，然后行罚，或罚跪，或拧我的肉。无论怎样重罚，总不许我哭出声音来，她教训儿子不是借此出气叫别人听的。

有一个初秋的傍晚，我吃了晚饭，在门口玩，身上只穿着一件单背心。这时候我母亲的妹子玉英姨母在我家住，她怕我冷了，拿了一件小衫出来叫我穿上。我不肯穿，她说："穿上吧，凉了。"我随口回答："娘（凉）什么！老子都不老子呀。"我刚说了这句话，一抬头，看见母亲从家里走出，我赶快把小衫穿上。但她已听见这句轻薄的话了。晚上人静后，她罚我跪下，重重的责罚了一顿。她说："你没了老子，是多么得意的事！好用来说嘴！"她气得坐着发抖，也不许我上床去睡。我跪着哭，用手擦眼泪，不知擦进了什么微菌，后来足足害了一年多的翳病。医来医去，总医不好。我母亲心里又悔又急，听说眼翳可以用舌头舔去，有一夜她把我叫醒，她真用舌头舔我的病眼。这是我的严师，我的慈母。

我母亲二十三岁做了寡妇，又是当家的后母。这种生活的痛苦，我的笨笔写不出一万分之一二。家中财政本不宽裕，全靠二哥在上海经营调度。大哥从小便是败子，吸鸦片烟、赌博，钱到手就光，光了便回家打主意，见了香炉便拿出去卖，捞着锡茶壶便拿出押。我母亲几次邀了本家长辈来，给他定下每月用费的数目。但他总不够用，到处都欠下烟债赌债。每年除夕我家中总有一大群讨债的，每人一盏灯笼，坐在大厅上不肯去。大哥早已避出去了。大厅的两排椅子上满满的都是灯笼和债主。我母亲走进走出，料理年夜饭，谢灶神，压岁钱等事，只当做不曾看见这一群人。到了近半夜，快要“封门”了，我母亲才走后门出去，央一位邻居本家到我家来，每一家债户开发一点钱。做好做歹的，这一群讨债的才一个一个提着灯笼走出去。一会儿，大哥敲门回来了。我母亲从不骂他一句。并且因为是新年，她脸上从不露出一点怒色。这样的过年，我过了六七次。

大嫂是个最无能而又最不懂事的人，二嫂是个能干而气量很窄小的人。他们常常闹意见，只因为我母亲的和气榜样，他们还不曾有公然相骂相打的事。她们闹气时，只是不说话，不答话，把脸放下来，叫人难看；二嫂生气时，脸色变青，更是怕人。她们对我母亲闹气时，也是如此，我起初全不懂得这一套，后来也渐渐懂得看人的脸色了。我渐渐明白，世间最可厌恶的事莫如一张生气的脸；世间最下流的事莫如把生气的脸摆给旁人看，这比打骂还难受。

我母亲的气量大，性子好，又因为做了后母后婆，她更事事留心，事事格外容忍。大哥的女儿比我只小一岁，她的饮食衣服总是和我的一样。我和她有小争执，总是我吃亏，母亲总是责备我，要我事事让她。后来大嫂二嫂都生了儿子了，她们生气时便打骂孩子来出气，一面打，一面用尖刻有刺的话骂给别人听。我母亲只装做不听见。有时候，她实在忍不住了，便悄悄走出门去，或到左邻立大嫂家去坐一会，或走后门到后邻度嫂家去闲谈。她从不和两个嫂子吵一句嘴。

每个嫂子一生气，往往十天半个月不歇，天天走进走出，板着脸，咬着嘴，打骂小孩子出气。我母亲只忍耐着，到实在不可再忍的一天，她也有她的法子。这一天的天明时，她便不起床，轻轻的哭一场。她不骂一个人，只哭她的丈夫，哭她自己苦命，留不住她丈夫来照管她。她先哭时，声音很低，渐渐哭出声来。我醒了起来劝她，她不肯住。这时候，我总听得见前堂（二嫂住前堂东房）或后堂（大嫂住后堂西房）有一扇房门开了，一个嫂子走出房向厨房走去。不多一会，那位嫂子来敲我们的房门了。我开了房门，她走进来，捧着一碗热茶，送到我母亲床前，劝她止哭，请她喝口热茶。我母亲慢慢停住哭声，伸手接了茶碗。那位嫂子站着劝一会，才退出去。没有一句话提到什么人，也没有一个字提到这十天半个月来的气脸，然而各人心里明白，泡茶进来的嫂子总是那十天半个月来闹气的人。奇怪的很，这一哭之后，至少有一两个月的太平清静日子。

安徽省绩溪县胡适故居的客厅

我母亲待人最仁慈，最温和，从来没有一句伤人感情的话；但她有时候也很有刚气，不受一点人格上的侮辱。我家五叔是个无正业的浪人，有一天在烟馆里发牢骚，说我母亲家中有事总请某人帮忙，大概总有什么好处给他。这句话传到了我母亲耳朵里，她气得大哭，请了几位本家来，把五叔喊来，她当面质问他，她给了某人什么好处。直到五叔当众认错赔罪，她才罢休。

我在我母亲的教训之下住了九年，受了她的极大极深的影响。我十四岁（其实只有十二零两三个月）便离开她了，在这广漠的人海里独自混了二十多年，没有一个人管束过我。如果我学得了一丝一毫的好脾气，如果我学得了一点点待人接物的和气，如果我能宽恕人，体谅人——我都得感谢我的慈母。

作/品/赏/析

胡适幼年丧父，其母23岁时就守寡，承担起操持家庭和抚育子女的重担。这篇文章写的就是胡适与其母亲相依为命的童年经历。作者在开篇并未直接写母亲，而是写自己童年九年中的几件小事，看似无意，实则是为下文写母亲作铺垫。接着作者顺势转入正题，选取几个与母亲有关的重点事例作陈述，以委婉平实的语言叙述了母亲的爱子情深、教子有方、气量大、性子好、待人仁慈、温和又不失刚气的情怀与个性，将一个中国传统的农村社会中典型的寡妇形象生动地展现在读者面前。篇末点明母亲是影响自己的性格及人生道路的第一人。全文脉络清晰，层次分明，文笔流畅，文字明白如话，娓娓道来，感人至深。

银杏 / 郭沫若

入选理由
郭沫若的散文代表作之一
形象刻画了中华民族自强不息、从不屈服的精神风貌
巧妙运用多种修辞手法

郭沫若像

银杏，我思念你，我不知道你为什么又叫公孙树。但一般人叫你是白果，那是容易了解的。

我知道，你的特征并不专在乎你有这和杏相仿的果实，核皮是纯白如银，核仁是富于营养——这不用说已经就足以为你的特征了。

但一般人并不知道你是有花植物中最古的先进，你的花粉和胚珠具有着动物般的性态，你是完全由人力保存了下来的奇珍。

自然界中已经是不能有你的存在了，但你依然挺立着，在太空中高唱着人间胜利的凯歌。你这东方的圣者，你这中国人文的有生命的纪念塔，你是只有中国才有呀，一般人似乎也并不知道。

我到过日本，日本也有你，但你分明是日本的华侨，你侨居在日本大约已有中国的文化侨居在日本的那样久远了吧。

你是真应该称为中国的国树的呀，我是喜欢你，我特别的喜欢你。

但也并不是因为你是中国的特产，我才是特别的喜欢，是因为你美，你真，你善。

你的株干是多么的端直，你的枝条是多么的蓬勃，你那折扇形的叶片是多么的青翠，多么的莹洁，多么的精巧呀！

在暑天你为多少的庙宇戴上了巍峨的云冠，你也为多少的劳苦人撑出了清凉的华盖。

梧桐虽有你的端直而没有你的坚牢；白杨虽有你的葱茏而没有你的庄重。

熏风会媚妩你，群鸟时来为你欢歌；上帝百神　　假如是有上帝百神，我相信每当皓月流空，他们会在你脚下来聚会。

·作者简介·

郭沫若（1892 ~ 1978），原名郭开贞，四川乐山人。1914 年留学日本。1921 年出版第一本诗集《女神》，开创了一代诗风，成为中国新诗的奠基人。同年与成仿吾等人发起成立创造社，是创造社的骨干成员。后又发表诗集《星空》、《恢复》等。抗战期间写了《屈原》、《虎符》、《棠棣之花》等历史剧及大量诗文。1949 年后，历任中国科学院院长、中国科学院哲学社会科学部主任、历史研究所第一所所长等职。先后出版诗集《新华颂》、《潮汐集》、《东风集》等，历史剧《蔡文姬》、《武则天》等，学术专著《石鼓文研究》等。

秋天到来，蝴蝶已经死了的时候，你的碧叶要翻成金黄，而且又会飞出满园的蝴蝶。

你不是一位巧妙的魔术师吗？但你丝毫也没有令人掩鼻的那种的江湖气息。

当你那解脱了一切，你那槎枒的枝干挺撑在太空中的时候，你对于寒风霜雪毫不避易。

那是多么的嶙峋而又洒脱呀，恐怕自有佛法以来再也不曾产生过像你这样的高僧。

你没有丝毫依阿取容的姿态，但你也并不荒伧；你的美德像音乐一样洋溢八荒，但你也并不骄傲；你的名讳似乎就是“超然”，你超在乎一切的草木之上，你超在乎一切之上，但你并不隐遁。

你的果实不是可以滋养人，你的木质不是坚实的器材，就是你的落叶不也是绝好的引火的燃料吗？

可是我真有点奇怪了：奇怪的是中国人似乎大家都忘记了你，而且忘记得很久远，似乎是从古以来。

我在中国的经典中找不出你的名字，我很少看到中国的诗人咏赞你的诗，也很少看到中国的画家描写你的画。

这究竟是怎么一回事呀，你是随中国文化以俱来的亘古的证人，你不也是以为奇怪吗？

银杏，中国人是忘记了你呀，大家虽然都在吃你的白果，都喜欢吃你的白果，但的确是忘记了你呀。

世间上也尽有不辨菽麦的人，但把你忘记得这样普遍，这样久远的例子，从来也不曾有过。

真的啦，陪都不是首善之区吗？但我就很少看见你的影子；为什么遍街都是洋槐，满园都是幽加里树呢？

我是怎样的思念你呀，银杏！我可希望你不要把中国忘记吧。

这事情是有点危险的，我怕你一不高兴，会从中国的地面上隐遁下去。

在中国的领空中会永远听不着你赞美生命的欢歌。

银杏，我真希望呀，希望中国人单为能更多吃你的白果，总有能更加爱慕你的一天。

作 / 品 / 赏 / 析

《银杏》写于1942年5月，正是抗日战争处于艰苦的相持阶段，而国民党政府媚外降敌，不时掀起反共和专制逆浪。作者在文中抨击了国民党政府中那些消极抗日、反共投敌的民族败类。这是一篇托物言志的散文。文章综合运用赋、比、兴、拟人、象征手法，赋予银杏一种特殊的象征意义，即象征着整个中华民族自强不息、从不屈服的精神风貌。文章以饱含诗意的笔调讴歌了银杏的“真”、“善”、“美”，含蓄地抒发了作者坚信抗战必胜的信念，鞭挞了国民党政府倒行逆施的抗战举措，激励人们要像银杏一样不畏强暴、刚直不阿，争取抗战的胜利。

落花生

/ 许地山

入选理由
许地山的散文代表作
中国现代散文史上短小精悍的散文代表作之一
平淡中蕴蓄着深刻的哲理

我们屋后有半亩隙地。母亲说："让它荒芜着怪可惜，既然你们那么爱吃花生，就辟来做花生园吧。"我们几姊弟和几个小丫头都很喜欢——买种的买种，动土的动土，灌园的灌园；过不了几个月，居然收获了！

许地山像

母亲说："今晚我们可以做一个收获节，也请你们爹爹来尝尝我们的新花生，如何？"我们都答应了。母亲把花生做成好几样的食品，还吩咐这节期要在园里的茅亭举行。

那晚上的天色不大好，可是爹爹也到来，实在很难得！爹爹说："你们爱吃花生么？"

我们都争着答应："爱！"

"谁能把花生的好处说出来？"

姊姊说："花生的气味很美。"

哥哥说："花生可以制油。"

我说："无论何等人都可以用贱价买它来吃；都喜欢吃它。这就是它的好处。"

花生貌不惊人，然营养极其丰富，而且它还具有不事张扬、甘于平凡和寂寞的伟大品质，因此深得人们的喜爱。

爹爹说："花生的用处固然很多，但有一样是很可贵的。这小小的豆不像那好看的苹果、桃子、石榴，把它们的果实悬在枝上，鲜红嫩绿的颜色，令人一望而发生羡慕的心。它只把果子埋在地底，等到成熟，才容人把它挖出来。你们偶然看见一棵花生瑟缩地长在地上，不能立刻辨出它有没有果实，非得等到你接触它才能知道。"

我们都说："是的。"母亲也点点头。

· 作者简介 ·

许地山（1893 ~ 1941），笔名落华生，原籍福建龙溪，生于台湾，1917 年入燕京大学学习。1921 年与茅盾等人发起成立文学研究会。1923 年起先后在美国哥伦比亚大学、英国牛津大学研究宗教学。1927 年回国后先后在燕京大学、北京大学、清华大学、香港大学执教，主要作品有短篇小说集《缀网劳蛛》、《解放者》，散文集《空山灵雨》等。

爹爹接下去说："所以你们要像花生，因为它是有用的，不是伟大、好看的东西。"我说："那么，人要做有用的人，不要做伟大、体面的人了。"爹爹说："这是我对于你们的希望。"

我们谈到夜阑才散，所有花生食品虽然没有了，然而父亲的话现在还印在我的心版上。

作/品/赏/析

许地山早期的散文创作，除了表现出世的宗教思想之外，也反映了他入世的平民思想和淡泊处世的人生态度。在他的心目中，落花生体现着他一贯追求和实践的人生态度。

散文与其他文学体裁的作品一样，文章的主题不宜直说，须把主题蕴藏于事件、物品的叙写之中，才能收到含蓄蕴藉的艺术效果。本篇借赞美花生，抒写一种朴实无华、不求闻达，只求踏实处世、切实益世的人生态度。由于作者不是将自己的这种处世态度直接说出来，而是有所依托、借物阐理，因而意味深长，令人回味。读这样的文章，在享受阅读快乐的同时，能使我们获得更多的人生教益。它启发我们思考这样的问题：我们在追求什么？我们应当做什么样的人？作者给出的答案虽显得直白，但给了我们明确的观念，没有丝毫的犹豫和模棱。

文章乍看平淡无奇，但平淡中却蕴蓄一番深刻的哲理。作者从种花生写起，接着写收花生、吃花生、议花生，层层推进，最后由物及人，说明做人应像花生那样，不事张扬，默默奉献，"要做有用的人，不要做伟大、体面的人"。作者没有写花生园的景物、种花生的艰辛、收花生的喜悦，而是重点详写议花生的场面，详略得当，结构严谨，语言浅白凝练，文笔清新流畅，于平淡之中抒发了作者不求闻达、踏实做人、切实益世的人生态度。读来令人备感亲切，回味绵长。这一切使得这篇不足千字的小品文得以成为一篇脍炙人口、广为流传，并将一直流传下去的绝妙美文。

春日游杭记

/ 林语堂

入选理由
游记散文中的个性之作
幽默与讽刺并重
中西文化意趣的融汇

一

由梵王渡上车，乘位并不好，与一个土豪对座。这时大约九时半。开车后十分钟，土豪叫一盘中国大菜式的西菜。不知是何道理，他叫的比我们常人叫的两倍之多，土豪便大啖大嚼起来，我也便看他大嚼。茶房对他特别恭顺。十时零六分，忽然来一杯烧酒，似乎是五茄皮。说也奇怪，十时十一分，杂碎的大菜吃完，接着是白菜烧牛肉，其牛肉至十二片之多，我益发莫名其妙了。十时二十六分，又来土司五片，奶油一碟。于是我断定，此人五十岁时必死于肝癌。正在思索之时，又来一位油脸而黑的中山装少年。一屁股歪在土豪旁边坐下，一手把我桌上的书报茶杯推开，登时就有茶房给他一杯咖啡，一盘火腿蛋。于是土豪也遭殃了。青年的呢帽一直放在土豪席上位前。我的一杯茶，早已移至土豪面前，此时被这帽子一推，茶也溢了，桌也溢了。我明白这是以礼义自豪之邦应有的现象，所以愿以礼相终始，并不计较。排布定当，于是中山装青年弯下他的油脸，吃他的火腿蛋。我看见他身上徽章，是什么沪杭铁路局的什么员，又吃完便走，乃断定他这碟火腿蛋一定是贿赂。这时土豪牛肉已吃到第九片，怎么忽然不想吃了。于是咳嗽、吐痰、免冠、搔首，颇有饱乐之概。十时三十一分茶房来，问可否拿走。土豪毫不迟疑的说“等一会”。经此一提醒，土豪又狼吞虎咽起来。这回特别快，竟于十时四十分全碟吃完。翻一翻报，脸上看不见有什么感触，过一会头向桌上一歪，不五分钟已经鼾然入寐了。我方觉得安全。

由是一路无聊到杭州。

20世纪30年代的客运火车内景

到杭州，因怕臭虫，决定做高等华人，住西泠饭店，虽然或者因此与西洋浪人为伍，也不在意。车过浣纱路，看见一条小河，有妇人跪在河旁在浣衣，并不是浣纱。因此，想起西施，并了悟她所以成名，因为她是浣纱，尤其因为她跪在河旁浣纱时所必取的姿势。

到西湖时，微雨。拣定一间房间，凭窗远眺，内湖、孤山、长堤、宝俶塔、游艇、行人，都一一如画。近窗的树木，雨后特别苍翠，细草茸绿的可爱。雨细蒙蒙的几乎看不见，只听见草叶上及田陌上浑成一片点滴声。村屋五六座，排列山下，屋虽矮陋，而前后簇拥的却是疏朗可爱的高树与错综天然的丛芜、蹊径、草坪。其经营毫不费工夫，而清华朗润，胜于上海愚园路寓公精舍万倍。回想上海居民，家资十万始敢购置一二亩宅地，把草地碾平，花木剪成三角、圆锥、平头等体，花圃砌成几何学怪状，造一五尺假山，七尺鱼池，便有不可一世之概，真要令人痛哭流涕。

二

半夜听西洋浪人及女子高声笑谑，吵的不能成寐。第二天清晨，我们雇一辆汽车游虎跑。路过苏堤，两面湖光潋滟，绿洲葱翠，宛如由水中浮出，倒影明如照镜。其时远处尽为烟霞所掩，绿洲之后，一片茫茫，不复知是山是湖，是人间，是仙界。画画之难，全在画此种气韵，但画气韵最易莫如画湖景，尤莫如画雨中的湖山；能攫得住此波光回影，便能气韵生动。在这一幅天然景物中，只有一座灯塔式的建筑物，丑陋不堪，十分碍目，落在西子湖上，真同美人脸上一点烂疮。我问车夫这是什么东西。他说是展览会纪念塔，世上竟有如此无耻之尤的留学生作此恶孽。我由是立志，何时率领军队打入杭州，必先对准野炮，先把这西子脸上的烂疮，击个粉碎。后人必定有诗为证云：

西湖千树影苍苍
独有丑碑陋难当
林子将军气不过
扶来大炮击烂疮

林语堂像

虎跑在半山上，由山下到寺前的半里山路，佳丽无比。我们由是下车步行。两旁有大树，不知树名，总而言之，就是大树。路旁也有花，也不知花名，但觉得美丽。我们在小学时，学堂不教动植物学，至此吃其亏。将到寺的几百步，路旁有一小涧，湍流而下，过崖石时，自然成小瀑布，小石潺潺之声可爱。我看见一个父亲苦

·作者简介·

林语堂（1895 ~ 1976），福建龙溪人。原名和乐，后改玉堂，又改语堂。1912年入上海圣约翰大学，毕业后在清华大学任教。1919年秋赴美哈佛大学文学系。1922年获文学硕士学位。同年转赴德国入莱比锡大学，专攻语言学。1923年获博士学位后回国，任北京大学教授、北京女子师范大学教务长和英文系主任。1924年后为《语丝》主要撰稿人之一。1926年到厦门大学任文学院长。1927年任外交部秘书。1932年主编《论语》半月刊。1934年创办《人间世》，1935年创办《宇宙风》，提倡“以自我为中心，以闲适为格调”的小品文。1935年后，在美国用英文写作。1944年曾一度回国到重庆讲学。1945年赴新加坡筹建南洋大学，任校长。1952年在美国创办《天风》杂志。1966年定居台湾。1967年受聘为香港中文大学研究教授。1975年被推举为国际笔会副会长。1976年在香港逝世。

西湖十景图（局部） 清 王原祁

此图描绘西湖十景，摹仿黄公望笔意，出神入化。画面笔墨简淡，线条流畅，风格古雅秀丽，将旧时西湖十景，如苏堤春晓、曲院风荷、平湖秋月、断桥残雪、柳浪闻莺、花港观鱼、雷峰夕照、双峰插云、南屏晚钟、三潭印月等，描摹得淋漓尽致。

劝他六岁少爷去水旁观瀑布，这位少爷不肯。他说水会喷湿他的长衫马褂，而且泥土很脏。他极力否认瀑布有什么趣味。我于是知道中国非亡不可。

到寺前，心不由主的念声阿弥陀佛，犹如不信耶稣的人，口里也常喊出“O Lord”。虎跑的茶著名，也就想喝茶，觉得甚清高。当时就有一阵男女，一面喝茶，一面照相，倒也十分忙碌。有一位为要照相而作正在举杯的姿势，可是摄后并不看见他喝。但是我知道将来他的照片簿上仍不免题曰“某月日静庐主人虎跑啜茗留影”，这已减少我饮茶的勇气。忽然有小和尚问我要不要买茶叶，于是决心不饮虎跑茶而起。

虎跑有二物：游人不可不看，一、茅厕，二、茶壶，都是和尚的机巧发明。虎跑的茶可不喝，这茶壶却不可不研究。欧洲和尚能酿好酒，难道虎跑的和尚就不能发明个好茶壶？（也许江南本有此种茶壶，但我却未看过。）茶壶是红铜做的，式样与家用茶壶同，不过特大，高二尺，径二尺半，上有两个甚科学式的长囱。壶身中部烧炭，四周便是盛水的水柜。壶耳、壶嘴俱全，只想不出谁能倒得动这笨重茶壶。我由是请教那和尚。和尚拿一白铁锅，由缸里挹点泉水，倒入一长囱，登时有开水由壶嘴流溢出来了。我知道这是物理学所谓水平线作用，凉水下去，开水自然外溢，而且凉水必下沉，热水必上升，但是我真无脸向他讲科学名词了。这种取开水法既极简便，又有出便有入，壶中水常满，真是两全之策。

三

我每回到西湖，必往玉泉观鱼，一半是喜欢看鱼的动作，一半是可怜它们失了优游深潭浚壑的快乐。和尚爱鱼放生，何不把它们放入钱塘江，即使死于非命，还算不负此一生。观鱼虽然清高，总不免假放生之名，行利己之实。

观鱼之时，有和尚来同我谈话。和尚河南口音，出词倒也温文尔雅。我正想素食在理论上虽然卫生，总没看见过一个颜色红润的和尚，大半都是面黄肌瘦，走动迟缓，明系滋养不足。

因此又联想到他们的色欲问题，便问和尚素食是否与戒色有关系。和尚看见同行女人在座，不便应对，我由是打本乡话请女人到对过池畔观鱼，而我们大谈起现代婚姻问题了。因为他很诚意，所以我想打听一点消息。

“比方那位红衣女子，你们看了动心不动心呢？”

我这粗莽一问，却引起和尚一篇难得的独身主义的伟论。大意与柏拉图所谓哲学家不应娶妻理论相同。

“怎么不动心？”他说，“但是你看佛经，就知道情欲之为害。目前何尝不乐？过后就有许多烦恼。现在多少青年投河自尽，为什么？为恋爱；为女人！现在多少离婚，怎么以前非她不活，现在反要离呢？你看我，一人孤身，要到泰山、妙峰山、普渡、汕头，多么自由！”

我明白，他是保罗、康德、柏拉图的同志。叔本华许多关于女人的妙论，还不是由佛经得来？正想之间，忽然寺中老妈经过，我倒不注意，亏得和尚先来解释:

“这是因为寺中常有香客家眷来歇，伺候不便，所以雇来跟香客洒扫的。”其实我并不怀疑他，而叔本华柏拉图向来并不反对女人洒扫。

作/品/赏/析

游乐本是随意，所以游记无须一定规章。林语堂《春日游杭记》正是别有一格，可以见出“野老散游，即景行乐”的光亮，用闲谈或称娓语的笔调来述游，显出作者幽逸的风趣和评论世情的态度，正是“可以形容世故，可以札记琐屑”的小品文做法。他有略带着旁观的幽默冷笔，所谓“不妨夹入遐想及常谈琐碎”，此正是他游记文章的独特之处。由梵王渡上车，作者特写对座的一位土豪似的老饕同一位油脸而黑的中山装青年，只看这二人不雅的吃相和饱乐之态，不经意起笔透出闲适的气派，逸笔画出的人物，一副脸孔，一种神态，皆带着幽默趣味。之后进入栖禅空谷，坐忘清泉，是虎跑的佳境。但观人照相，竟“已减少我饮茶的勇气。忽然有小和尚来问我要不要买茶叶，于是决心不饮虎跑茶而起”。在文章的末段，玉泉观鱼本属赏心乐事，偏又同和尚来一番关乎现代婚姻的对话，神似庄周和惠施遨游濠梁论辩鱼乐的旧典。“所记类皆笔谈漫录野老谈天之属”，与中国正宗游记有着相同的意趣。但林氏这等轻松放谈式的笔墨，在古今风景散文中，实不常见。西湖胜景，到他笔下，只一番勾绘，淡扫清简数笔，色调的明丽，意境的幽远，便如画师的写意而境界全出，并有抒怀的畅快。

人生自然的节奏（节选）/林语堂

入选理由：
冲淡平和的文字表达一种从容的人生态度
忧患的现代知识分子的最高人生境界
文采与哲理性并重

在我们的生活里，有那么一段时光，个人如此，国家亦复如此，在此一段时光之中，我们充满了早秋精神，这时，翠绿与金黄相混，悲伤与喜悦相杂，希望与回忆相间。在我们的生活里，有一段时光，这时，青春的天真成了记忆，夏日茂盛的回音，在空中还隐约可闻；这时看人生，问题不是如何发展，而是如何真正生活；不是如何奋斗操劳，而是如何享受自己主有的那宝贵的刹那；不是如何去虚掷精力，而是如何储存这股精力以备寒冬之用。这时，感觉到自己已经到达一个地点，已经安定下来，已经找到自己心中想望的东西。这时，感觉到已经有所获得，和以往的堂皇茂盛相比，是可贵而微小，虽微小而毕竟不失为自己的收获，犹如秋日的树林里，虽然没有夏日的茂盛葱茏，但是所据有的却能经时而历久。

我爱春天，但是太年轻。我爱夏天，但是太气傲。所以我最爱秋天，因为秋天的叶子的颜色金黄，成熟，丰富，但是略带忧伤与死亡的预兆。其金黄色的丰富并不表示春季纯洁的无知，也不表示夏季强盛的威力，而是表示老年的成熟与蔼然可亲的智慧。生活的秋季，知道生命上的极限而感到满足。因为知道生命上的极限，在丰富的经验之下，才有色调儿的调谐，其丰富永不可及，其绿色表示生命与力量，其橘色表示金黄的满足，其紫色表示顺天知命与死亡。月光照上秋日的林木，其容貌枯白而沉思；落日的余晖照上初秋的林木，还开怀而欢笑。清晨山间的微风扫过，使颤动的树叶轻松愉快地飘落于大地，无人确知落叶之歌，究竟是欢笑的歌声，还是离别的眼泪。因为是早秋的精神之歌，所以有宁静，有智慧，有成熟的精神，向忧愁微笑，向欢乐爽快的微风赞美。

作/品/赏/析

林语堂这篇生动优雅的小品文向我们揭示了这样的道理：生命所呈现出的风貌与其特定的阶段相符合，正是生命的本真所在。在通篇文字里，林语堂充满了对人生之秋的赞美，显示其在人生哲学上的朴素、宽容、平和而理智的品格和气质。尽管人生之秋如此地优雅迷人，但是它也是自然到来的，它不能超越春天和夏天。人生的春天里青春的天真给秋天留下了回忆，而夏日茂盛的回音能在秋天的空气中隐约可闻。这些，都是秋天成熟的前提，林语堂赞美秋天，并没有贬抑春天和夏天的意思。他只是认为，在秋天，人生开始在成熟和知命中褪尽铅华，呈现本真。

故都的秋

/ 郁达夫

入选理由
郁达夫的散文代表作之一
一幅形象地描绘旧时代北京秋景的风情画
用词富有诗情画意

秋天，无论在什么地方的秋天，总是好的；可是啊，北国的秋，却特别地来得清，来得静，来得悲凉。我的不远千里，要从杭州赶上青岛，更要从青岛赶上北平来的理由，也不过想饱尝一尝这“秋”，这故都的秋味。

江南，秋当然也是有的；但草木凋得慢，空气来得润，天的颜色显得淡，并且又时常多雨而少风；一个人夹在苏州上海杭州，或厦门香港广州的市民中间，浑浑沌沌地过去，只能感到一点点清凉，秋的味，秋的色，秋的意境与姿态，总看不饱，尝不透，赏玩不到十足。秋并不是名花，也并不是美酒，那一种半开，半醉的状态，在领略秋的过程上，是不合适的。

不逢北国之秋，已将近十余年了。在南方每年到了秋天，总要想起陶然亭的芦花，钓鱼台的柳影，西山的虫唱，玉泉的夜月，潭柘寺的钟声。在北平即使不出门去罢，就是在皇城人海之中，租人家一椽破屋来住着，早晨起来，泡一碗浓茶，向院子一坐，你也能看得到很高很高的碧绿的天色，听得到青天下驯鸽的飞声。从槐树叶底，朝东细数着一丝一丝漏下来的日光，或在破壁腰中，静对着像喇叭似的牵牛花（朝荣）的蓝朵，自然而然地也能够感觉到十分的秋意。说到了牵牛花，我以为以蓝色或白色者为佳，紫黑色次之，淡红色最下。最好，还要在牵牛花底，教长着几根疏疏落落的尖细且长的秋草，使作陪衬。

郁达夫像

北国的槐树，也是一种能使人联想起秋来的点缀。像花而又不是花的那一种落蕊，早晨起来，会铺得满地。脚踏上去，声音也没有，气味也没有，只能感出一点点极微细极柔软的触觉。扫街的在树影下一阵扫后，灰土上留下来的一条条扫帚的丝纹，看起来既觉得细

· 作者简介 ·

郁达夫（1896 ~ 1945），原名郁文，浙江富阳人。1913 年赴日留学。1921 年与郭沫若在日本发起成立创造社。回国后先后在北京大学、武昌大学、中山大学任教，并编辑刊物。1927 年定居上海，曾参加“左联”。1933 年迁居杭州。抗战期间，在南洋从事抗日救亡活动。1945 年被日本宪兵秘密杀害于苏门答腊。主要作品有小说《沉沦》、《她是一个弱女子》，散文集《达夫游记》等。

腻，又觉得清闲，潜意识下并且还觉得有点儿落寞，古人所说的梧桐一叶而天下知秋的遥想，大约也就在这些深沉的地方。

与清静、沧桑的北京城内的秋相比较，北京西郊的秋则是另一番韵味：蓝天掩映，群山静卧，秋风流荡，黄栌摇曳。

秋蝉的衰弱的残声，更是北国的特产；因为北平处处全长着树，屋子又低，所以无论在什么地方，都听得见它们的啼唱。在南方是非要上郊外或山上去才听得到的。这秋蝉的嘶叫，在北平可和蟋蟀耗子一样，简直像是家家户户都养在家里的家虫。

还有秋雨哩，北方的秋雨，也似乎比南方的下得奇，下得有味，下得更像样。

在灰沉沉的天底下，忽而来一阵凉风，便息列索落地下起雨来了。一层雨过，云渐渐地卷向了西去，天又青了，太阳又露出脸来了；著着很厚的青布单衣或夹袄的都市闲人，咬着烟管，在雨后的斜桥影里，上桥头树底下去一立，遇见熟人，便会用了缓慢悠闲的声调，微叹着互答着的说：

"唉，天可真凉了——"（这了字念得很高，拖得很长。）

"可不是么？一层秋雨一层凉了！"

北方人念阵字，总老像是层字，平平仄仄起来，这念错的歧韵，倒来得正好。

北方的果树，到秋来，也是一种奇景。第一是枣子树；屋角，墙头，茅房边上，灶房门口，它都会一株株地长大起来。像橄榄又像鸽蛋似的这枣子颗儿，在小椭圆形的细叶中间，显出淡绿微黄的颜色的时候，正是秋的全盛时期；等枣树叶落，枣子红完，西北风就要起来了，北方便是尘沙灰土的世界，只有这枣子、柿子、葡萄，成熟到八九分的七八月之交，是北国的清秋的佳日，是一年之中最好也没有的 Golden Days。

有些批评家说，中国的文人学士，尤其是诗人，都带着很浓厚的颓废色彩，所以中国的诗文里，颂赞秋的文字特别的多。但外国的诗人，又何尝不然？我虽则外国诗文念得不多，也不想开出账来，做一篇秋的诗歌散文钞，但你若去一翻英德法意等诗人的集子，或各国的诗文的 An-thology 来，总能够看到许多关于秋的歌颂与悲啼。各著名的大诗人的长篇田园诗或四季诗里，也总以关于秋的部分，写得最出色而最有味。足见有感觉的动物，有情趣的人类，对于秋，总是一样的能特别引起深沉，幽远，严厉，萧索的感触来的。不单是诗人，就是被关闭在牢狱里的囚犯，到了秋天，我想也一定会感到一种不能自已的深情；秋之于人，何尝有国别，更何尝有人种阶级的区别呢？不过在中国，文字里有一个"秋士"的成语，读本里又有着很普遍的欧阳子的《秋声》与苏东坡的《赤壁赋》等，就觉得中国的文人，与秋的关系特别深了。可是这秋的深味，尤其是中国的秋的深味，非要在北方，才感受得到底。

南国之秋，当然是也有它的特异的地方的，比如廿四桥的明月，钱塘江的秋潮，普陀山的凉雾，荔枝湾的残荷等等，可是色彩不浓，回味不永。比起北国的秋来，正像是黄酒之与白干，稀饭之与馍馍，鲈鱼之与大蟹，黄犬之与骆驼。

秋天，这北国的秋天，若留得住的话，我愿把寿命的三分之二折去，换得一个三分之一的零头。

作/品/赏/析

《故都的秋》写于1934年8月。郁达夫对北京的秋有一种浓厚的情结，他写作此文时，特地从杭州赶到北京（当时称北平），以饱览一番“特别地来得清，来得静，来得悲凉”的故都北平的秋味。

在《故都的秋》中，作者用一系列富有诗情画意的词语：芦花、柳影、虫唱、夜月、钟声、天色、驯鸽飞声、日光、牵牛花、槐树、秋蝉、秋雨、都市闲人、枣树、枣子、柿子、葡萄等，清晰形象地勾勒出了故都秋的景象、色调、意境和味道。作者交替运用总写、分写，描写、叙述，议论、抒情，直接、间接等手法，淋漓尽致、神韵活现地构织了一幅“故都的秋”的水墨风情画，使人回味无穷，浮想联翩，堪称一篇写秋的千古妙文！

20世纪20年代北京秋景

钓台的春昼

/ 郁达夫

入选理由
现代早期知识分子的另一种风气
对自然的自我情绪化书写
收入中学课本

因为近在咫尺，以为什么时候要去就可以去，我们对于本乡本土的名区胜景，反而往往没有机会去玩，或不容易下一个决心去玩的。正唯其是如此，我对于富春江上的严陵，二十年来，心里虽每在记着，但脚却没有向这一方面走过。一九三一，岁在辛未，暮春三月，春服未成，而中央党帝，似乎又想玩一个秦始皇所玩过的把戏了，我接到了警告，就仓皇离去了寓居。先在江浙附近的穷乡里，游息了几天，偶尔看见了一家扫墓的行舟，乡愁一动，就定下了归计。绕了一个大弯，赶到故乡，却正好还在清明寒食的节前。和家人等去上了几处坟，与许久不曾见过面的亲戚朋友，来往热闹了几天，一种乡居的倦怠，忽而袭上心来了，于是乎我就决心上钓台访一访严子陵的幽居。

钓台去桐庐县城二十余里，桐庐去富阳县治九十里不足，自富阳溯江而上，坐小火轮三小时可达桐庐，再上则须坐帆船了。

我去的那一天，记得是阴晴欲雨的养花天，并且系坐晚班轮去的，船到桐庐，已经是灯火微明的黄昏时候了，不得已就只得在码头近边的一家旅馆的楼上借了一宵宿。

桐庐县城，大约有三里路长，三千多烟灶，一二万居民，地在富春江西北岸，从前是皖浙交通的要道，现在杭江铁路一开，似乎没有一二十年前的繁华热闹了。尤其要使旅客感到萧条的，却是桐君山脚下的那一队花船的失去了踪影。说起桐君山，却是桐庐县的一个接近城市的灵山胜地，山虽不高，但因有仙，自然是灵了。以形势来论，这桐君山，也的确是可以产生出许多口音生硬、别具风韵的桐严嫂来的生龙活脉。地处在桐溪东岸，正当桐溪和富春江合流之所，依依一水，西岸便瞰视着桐庐县市的人家烟树。南面对江，便是十里长洲；唐诗人方干的故居，就在这十里桐洲九里花的花田深处。向西越过桐庐县城，更遥遥对着一排高低不定的青峦，这就是富春山的山子山孙了。东北面山下，是一片桑麻沃地，有一条长蛇似的官道，隐而复现，出没盘曲在桃花杨柳洋槐榆树的中间，绕过一支小岭，便是富阳县的境界，大约去程明道的墓地程坟，总也不过一二十里地的间隔。我的去拜谒桐君，瞻仰道观，就在那一天到桐庐的晚上，是淡云微月，正在作雨的时候。

鱼梁渡头，因为夜渡无人，渡船停在东岸的桐君山下。我从旅馆踱了出来，先在离轮埠不远的渡口停立了几分钟。后来向一位来渡口洗夜饭米的年轻少妇，弓身请问了一回，才得到了渡江的秘诀。她说："你只须高喊两三声，船自会来的。"

先谢了她教我的好意，然后以两手围成了播音的喇叭，“喂，喂，渡船请摇过来！”地纵声一喊，果然在半江的黑影当中，船身摇动了。渐摇渐近，五分钟后，我在渡口，却终于听出了咿呀柔橹的声音。时间似乎已经入了酉时的下刻，小市里的群动，这时候都已经静息，自从渡口的那位少妇，在微茫的夜色里，藏去了她那张白团团的面影之后，我独立在江边，不知不觉心里头却兀自感到了一种他乡日暮的悲哀。渡船到岸，船头上起了几声微微的水浪清音，又铜东的一响，我早已跳上了船，渡船也已经掉过头来了。坐在黑影沉沉的舱里，我起先只在静听着柔橹划水的声音，然后却在黑影里看出了一星船家在吸着的长烟管头上的烟火，最后因为被沉默压迫不过，我只好开口说话了：“船家！你这样的渡我过去，该给你几个船钱？”我问。“随你先生把几个就是。”船家的说话冗慢幽长，似乎已经带着些睡意了，我就向袋里摸出了两角钱来。“这两角钱，就算是我的渡船钱，请你候我一会，上山去烧一次夜香，我是依旧要渡过江来的。”船家的回答，只是恩恩乌乌，幽幽同牛叫似的一种鼻音，然而从继这鼻音而起的两三声轻快的咳声听来，他却似已经在感到满足了，因为我也知道，乡间的义渡，船钱最多也不过是两三枚铜子而已。

到了桐君山下，在山影和树影交掩着的崎岖道上，我上岸走不上几步，就被一块乱石绊倒，滑跌了一次。船家似乎也动了恻隐之心了，一句话也不发，跑将上来，他却突然交给了我一盒火柴。我于感谢了一番他的盛意之后，重整步武，再摸上山去，先是必须点一枝火柴走三五步路的，但到得半山，路既就了规律，而微云堆里的半规月色，也朦胧地现出一痕银线来了，所以手里还存着的半盒火柴，就被我藏入了袋里。路是从山的西北，盘曲而上，渐走渐高，半山一到，天也开朗了一点。桐庐县市上的灯火，也星星可数了。更纵目向江心望去，富春江两岸的船上和桐溪合流口停泊着的船尾船头，也看得出一点一点的火来。走过半山，桐君观里的晚祷钟鼓，似乎还没有息尽，耳朵里仿佛听见了几丝木鱼钲钹的残声。走上山顶，先在半途遇着了一道道观外围的女墙，这女墙的栅门，却已经掩上了。在栅门外徘徊了一刻，觉得已经到了此门而不进去，终于是不能满足我这一次暗夜冒险的好奇怪僻的。所以细想了几次，还是决心进去，非进去不可，轻轻用手往里面一推，栅门却呀的一声，早已退向了后方开开了，这门原来是虚掩在那里的。进了栅门，踏着为淡月所映照的石砌平路，向东向南的前走了五六十步，居然走到了道观的大门之外，这两扇朱红漆的大门，不消说是紧闭在那里的。到了此地，我却不想再破门进去了，因为这大门是朝南向着大江开的，门外头是一条一丈来宽的石砌步道，步道的一旁是道观的墙，一旁便是山坡，靠山坡的一面，并且还有一道二尺来高的石墙筑在那里，大约是代替栏杆，防人倾跌下山去的用意，石墙之上，铺的是二三尺宽的青石，在这似石栏又似石凳的墙上，尽可以坐卧游息，饱看桐江和对岸的风景，就是在这里坐它一晚，也很可以，我又何必去打开门来，惊起那些老道的恶梦呢！

空旷的天空里，流涨着的只是些灰白的云，云层缺处，原也看得出半角的天，和一点两点的星，但看起来最饶风趣的，却仍是欲藏还露，将见仍无的那半规月

富春山居图　元　黄公望

《富春山居图》是黄公望最著名的山水作品。此图描绘了富春江一带的初秋景色，峰峦坡石，起伏回转，丛松云林，萧瑟苍简，其间村落亭台，渔人扁舟，以及姿态各异的草木树石，景致虽繁，却步步可观。

影。这时候江面上似乎起了风，云脚的迁移，更来得迅速了，而低头向江心一看，几多散乱着的船里的灯光，也忽明忽灭地变换了一变换位置。

这道观大门外的景色，真神奇极了。我当十几年前，在放浪的游程里，曾向瓜州京口一带，消磨过不少的时日。那时觉得果然名不虚传的，确是甘露寺外的江山，而现在到了桐庐，昏夜上这桐君山来一看，又觉得这江山之秀而且静，风景的整而不散，却非那天下第一江山的北固山所可与比拟的了。真也难怪得严子陵，难怪得戴征士，倘使我若能在这样的地方结屋读书，颐养天年，那还要什么的高官厚禄，还要什么的浮名虚誉哩？一个人在这桐君观前的石凳上，看看山，看看水，看看城中的灯火和天上的星云，更做做浩无边际的无聊的幻梦，我竟忘记了时刻，忘记了自身，直等到隔江的击柝声传来，向西一看，忽而觉得城中的灯影微茫地减了，才跑也似的走下了山来，渡江奔回了客舍。

第二日清晨，觉得昨天在桐君观前做过的残梦正还没有续完的时候，窗外面忽而传来了一阵吹角的声音。好梦虽被打破，但因这同吹筚篥似的商音哀咽，却很含着些荒凉的古意，并且晓风残月，杨柳岸边，也正好候船待发，上严陵去；所以心里虽怀着了些儿怨恨，但脸上却只现出了一痕微笑，起来梳洗更衣，叫茶房去雇船去。雇好了一只双桨的渔舟，买就了些酒菜鱼米，就在旅馆前面的码头上上了船，轻轻向江心摇出去的时候，东方的云幕中间，已现出了几丝红晕，有八点多钟了。舟师急得利害，只在埋怨旅馆的茶房，为什么昨晚上不预先告诉，好早一点出发。因为此去就是七里滩头，无风七里，有风七十里，上钓台去玩一趟回来，路程虽则有限，但这几日风雨无常，说不定要走夜路，才回来得了的。

过了桐庐，江心狭窄，浅滩果然多起来了。路上遇着的来往的行舟，数目也是很少，因为早晨吹的角，就是往建德去的快班船的信号，快班船一开，来往于两岸之间的船就不十分多了。两岸全是青青的山，中间是一条清浅的水，有时候过一个沙洲，洲上的桃花菜花，还有许多不晓得名字的白色的花，正在喧闹着春暮，吸引着蜂蝶。我在船头上一口一口的喝着严东关的药酒，指东话西地问着船家，这是什么山，那是什么港，惊叹了半天，称颂了半天，人也觉得倦了，不晓得什么时候，身子却走上了一家水边的酒楼，在和数年不见的几位已经做了党官的朋友高谈阔论。谈论之余，还背诵了一首两三年前曾在同一的情形之下做成的歪诗：

不是尊前爱惜身，
佯狂难免假成真，
曾因酒醉鞭名马，
生怕情多累美人。
劫数东南天作孽，
鸡鸣风雨海扬尘，
悲歌痛哭终无补，
义士纷纷说帝秦。

直到盛筵将散，我酒也不想再喝了，和几位朋友闹得心里各自难堪，连对旁边坐着的两位陪酒的名花都不愿意开口。正在这上下不得的苦闷关头，船家却大声的叫了起来说：

"先生，罗芷过了，钓台就在前面，你醒醒罢，好上山去烧饭吃去。"

擦擦眼睛，整了一整衣服，抬起头来一看，四面的水光山色又忽而变了样子了。清清的一条浅水，比前又窄了几分，四围的山包得格外的紧了，仿佛是前无去路的样子。并且山容峻削，看去觉得格外的瘦格外的高。向天上地下四围看看，只寂寂的看不见一个人类。双桨的摇响，到此似乎也不敢放肆了，钩的一声过后，要好半天才来一个幽幽的回响，静，静，静，身边水上，山下岩头，只沉浸着太古的静，死灭的静，山峡里连飞鸟的影子也看不见半只。前面的所谓钓台山上，只看得见两大个石垒，一间歪斜的亭子，许多纵横芜杂的草木。山腰里的那座祠堂，也只露着些废垣残瓦，屋上面连炊烟都没有一丝半缕，像是好久好久没有人住了的样子。并且天气又来得阴森，早晨曾经露过一露脸的太阳，这时候早已深藏在云堆里了，余下来的只是时有时无从侧面吹来的阴飕飕的半箭儿山风。船靠了山脚，跟着前面背着酒菜鱼米的船夫走上严先生祠堂的时候，我心里真有点害怕，怕在这荒山里要遇见一个干枯苍老得同丝瓜筋似的严先生的鬼魂。

富春江暮色

以风光旖旎著称于世的富春江，素有"奇山异水、天下独绝"之称。

在祠堂西院的客厅里坐定，和严先生的不知第几代的裔孙谈了几句关于年岁水旱的话后，我的心跳也渐渐儿的镇静下去了，嘱托了他以煮饭烧菜的杂务，我和船家就从断碑乱石中间爬上了钓台。

东西两石垒，高各有二三百尺，离江面约两里来远，东西台相去只有一二百步，但其间却夹着一条深谷。立在东台，可以看得出罗芷的人家，回头展望来路，风景似乎散漫一点，而一上谢氏的西台，向西望去，则幽谷里的清景，却绝对的不像是在人间了。我虽则没有到过瑞士，但到了西台，朝西一看，立时就想起了曾在照片上看见过的威廉退儿的祠堂。这四山的幽静，这江水的青蓝，简直同在画片上的珂罗版色彩，一色也没有两样，所不同的就是在这儿的变化更多一点，周围的环境更芜杂不整齐一点而已，但这却是好处，这正是足以代表东方民族性的颓废荒凉的美。

从钓台下来，回到严先生的祠堂——记得这是洪杨以后严州知府戴槃重建的祠堂——西院里饱啖了一顿酒肉，我觉得有点酩酊微醉了。手拿着以火柴柄制成的牙签，走到东面供着严先生神像的龛前，向四面的破壁上一看，翠墨淋漓，题在那里的，竟多是些俗而不雅的过路高官的手笔。最后到了南面的一块白墙头上，在离屋檐不远的一角高处，却看到了我们的一位新近去世的同乡夏灵峰先生的四句似邵尧夫而又略带感慨的诗句。夏灵峰先生虽则只知崇古，不善处今，但是五十年来，像他那样的顽固自尊的亡清遗老，也的确是没有第二个人。比较起现在的那些官迷的南满尚书和东洋宦婢来，他的经术言行，姑且不必去论它，就是以骨头来称称，我想也要比什么罗三郎郑太郎辈，重到好几百倍。慕贤的心一动，熏人臭技自然是难熬了，堆起了几张桌椅，借得了一枝破笔，我也向高墙上在夏灵峰先生的脚后放上了一个陈屁，就是在船舱的梦里，也曾微吟过的那一首歪诗。

从墙头上跳将下来，又向龛前天井去走了一圈，觉得酒后的干喉，有点渴痒了，所以就又走回到了西院，静坐着喝了两碗清茶。在这四大无声，只听见我自己的啾啾喝水的舌音，冲击到那座破院的败壁上去的寂静中间，同惊雷似的一响，院后的竹园里却忽而飞出了一声闲长而又有节奏似的鸡啼的声来。同时在门外面歇着的船家，也走进了院门，高声的对我说：

“先生，我们回去罢，已经是吃点心的时候了，你不听见那只鸡在后山啼么？我们回去罢！”

作／品／赏／析

《钓台的春昼》是郁达夫游记散文中的名作。郁达夫是一个重于自我表现，长于主观抒情，具有浪漫倾向，饱含热情和忧郁气质的人。所以他的文字偏爱感性，重抒情。不论是尺牍间，小札中，还是履痕处处，记录纪行，满腔深情热血，往往是笔墨未浓但情透纸背，呼之欲出。郁达夫的散文犹如“歌行体”，而热情中总充满忧郁颓废。对于家乡富春江，作者是眷恋的，所以写处情浓如血，往往更包含一种对亲情人事的复杂心绪。作者即使对情景人事淡淡道来，也是情文并茂，字里行间跳动着作者那颗真实的心。

风景谈

/ 茅盾

入选理由
茅盾的散文代表作之一
生动刻画了抗战时期延安军民的生活
收入中学课本

前夜看了《塞上风云》的预告片，便又回忆起猩猩峡外的沙漠来了。那还不能被称为“戈壁”，那在普通地图上，还不过是无名的小点，但是人类的肉眼已经不能望到它的边际，如果在中午阳光正射的时候，那单纯而强烈的返光会使你的眼睛不舒服？没有隆起的沙丘，也不见有半间泥房，四顾只是茫茫一片，那样的平坦，连一个“坎儿井”也找不到；那样的纯然一色，即使偶尔有些驼马的枯骨，它那微小的白光，也早溶入了周围的苍茫，又是那样的寂静，似乎只有热空气在作哄哄的火响。然而，你不能说，这里就没有“风景”。当地平线上出现了第一个黑点，当更多的黑点成为线，成为队，而且当微风把铃铛的柔声，丁当，丁当，送到你的耳鼓，而最后，当那些昂然高步的骆驼，排成整齐的方阵，安详然而坚定地愈行愈近，当骆驼队中领队驼所掌的那一杆长方形猩红大旗耀入你眼帘，而且大小丁当的谐和的合奏充满了你耳管，——这时间，也许你不出声，但是你的心里会涌上了这样的感想的：多么庄严，多么妩媚呀！这里是大自然的最单调最平板的一面，然而加上了人的活动，就完全改观，难道这不是“风景”吗？自然是伟大的，然而人类更伟大。

抗战时期进步电影《塞上风云》剧照

于是我又回忆起另一个画面，这就在所谓“黄土高原”！那边的山多数是秃顶的，然而层层的梯田，将秃顶装扮成稀稀落落有些黄毛的癞头，特别是那些高秆植物颀长而整齐，等待检阅的队伍似的，在晚风中摇曳，别有一种惹人怜爱的姿态。可是更妙的是三五月明之夜，天是那样的蓝，几乎透明似的，月亮离山顶，似乎不过几尺，远看山顶的谷子丛密挺立，宛如人头上的怒发，这时候忽然从山脊上长出两支牛角来，随即牛的全身也出现，掮着犁的人

·作者简介·

茅盾（1896 ~ 1981），原名沈德鸿，字雁冰，浙江桐乡人。1916 年毕业于北京大学预科班。此后历任上海商务印书馆编辑、《小说月报》主编、《民国日报》主编，为文学研究会发起人之一。1928 年赴日本，1930 年回国，加入左翼作家联盟。中华人民共和国成立后历任文化部长、中国作协主席等职。主要作品有长篇小说《子夜》，中篇小说《蚀》（三部曲），短篇小说《春蚕》、《林家铺子》等。

抗战时期茅盾与夫人在延安

形也出现，并不多，只有三两个，也许还跟着个小孩，他们姗姗而下，在蓝的天，黑的山，银色的月光的背景上，成就了一幅剪影，如果给田园诗人见了，必将赞叹为绝妙的题材。可是没有完。这几位晚归的种地人，还把他们那粗朴的短歌，用愉快的旋律，从山顶上飘下来，直到他们没入了山坳，依旧只有蓝天明月黑魆魆的山，歌声可是缭绕不散。

另一个时间。另一个场面。夕阳在山，干坼的黄土正吐出它在一天内所吸收的热，河水汤汤急流，似乎能把浅浅河床中的鹅卵石都冲走了似的。这时候，沿河的山坳里有一队人，从“生产”归来，兴奋的谈话中，至少有七八种不同的方音。忽然间，他们又用同一的音调，唱起雄壮的歌曲来了，他们的爽朗的笑声，落到水上，使得河水也似在笑。看他们的手，这是惯拿调色板的，那是昨天还拉着提琴的弓子伴奏着《生产曲》的，这是经常不离木刻刀的，那又是洋洋洒洒下笔如有神的，但现在，一律都被锄锹的木柄磨起了老茧了。他们在山坡下，被另一群所迎住。这里正燃起熊熊的野火，多少曾调朱弄粉的手儿，已经将金黄的小米饭，翠绿的油菜，准备齐全。这时候，太阳已经下山，却将它的余辉幻成了满天的彩霞，河水喧哗得更响了，跌在石上的便喷出了雪白的泡沫，人们把沾着黄土的脚伸在水里，任它冲刷，或者掬起水来，洗一把脸。在背山面水这样一个所在，静穆的自然和弥满着生命力的人，就织成了美妙的图画。

在这里，蓝天明月，秃顶的山，单调的黄土，浅濑的水，似乎都是最恰当不过的背景，无可更换。自然是伟大的，人类是伟大的，然而充满了崇高精神的人类的活动，乃是伟大中之尤其伟大者！

我们都曾见过西装革履烫发旗袍高跟鞋的一对儿，在公园的角落，绿荫下长椅上，悄悄儿说话，但是试想一想，如果在一个下雨天，你经过一边是黄褐色的浊水，一边是怪石峭壁的崖岸，马蹄很小心地探入泥浆里，有时还不免打了一下跌撞，四面是静寂灰黄，没有一般所谓的生动鲜艳，然而，你忽然抬头看见高高的山壁上有几个天然的石洞，三层楼的亭子间似的，一对人儿促膝而坐，只凭剪发式样的不同，你方能辨认出一个是女的，他们被雨赶到了那里，大概聊天也聊够了，现在是摊开着一本札记簿，头凑在一处，一同在看，——试想一想，这样一个场面到了你眼前时，总该和在什么公园里看见了长椅上有一对儿在偎倚低语，颇有点味儿不同罢！如果在公园时你一眼瞥见，首先第一会是“这里有一对恋人”，那么，此时此际，倒是先感到那样一个沉闷的雨天，寂寞的荒山，原始的石洞，安上这么两个人，是一个“奇迹”，使大自然顿时生色！他们之是否恋人，落在问题之外。你所见的，是两个生命力旺盛的人，是两个清楚明白生活意义的人，在任何情形之下，他们不倦怠，也不会百无聊赖，更不至于从胡闹中求刺激，他们能够在任何情况之下，拿出他们那一套来，怡然自得。但是什么能使他们这样呢？

不过仍旧回到“风景”罢；在这里，人依然是“风景”的构成者，没有了人，还有什么可以称道的？再者，如果不是内生活极其充满的人作为这里的主宰，那又有什么值得怀念？

再有一个例子：如果你同意，二三十棵桃树可以称为林，那么这里要说的，正是这样一个桃林。花时已过，现在绿叶满株，却没有一个桃子。半爿旧石磨，是最漂亮的圆桌面，几尺断碑，或是一截旧阶石，那又是难得的几案。现成的大小石块作为凳子，——而这样的石凳也还是以奢侈品的姿态出现。这些怪样的家具之所以成为必要，是因为这里有一个茶社。桃林前面，有老百姓种的荞麦，也有大麻和玉米这一类高秆植物。荞麦正当开花，远望去就像一张粉红色的地毯，大麻和玉米就像是屏风，靠着地毯的边缘。太阳光从树叶的空隙落下来，在泥地上，石家具上，一抹一抹的金黄色。偶尔也听得有草虫在叫，带住在林边树上的马儿伸长了脖子就树干搔痒，也许是乐了，便长嘶起来。“这就不坏！”你也许要这样说。可不是，这里是有一般所谓“风景”的一些条件的！然而，未必尽然。在高原的强烈阳光下，人们喜欢把这一片树荫作为户外的休息地点，因而添上了什么茶社，这是这个“风景区”成立的因缘，但如果把那二三十棵桃树，半爿磨石，几尺断碣，还有荞麦和大麻玉米，这些其实到处可遇的东西，看成了此所谓风景区的主要条件，那或者是会贻笑大方的。中国之大，比这美得多的所谓风景区，数也数不完，这个值得什么？所以应当从另一方面去看。现在请你坐下，来一杯清茶，两毛钱的枣子，也作一次桃园的茶客罢。如果你愿意先看女的，好，那边就有三四个，大概其中有一位刚接到家里寄给她的一点钱，今天来请请同伴。那边又有几位，也围着一个石桌子，但只把随身带来的书籍代替了枣子和茶了。更有两位虎头虎脑的青年，他们走过“天下最难走的路”，现在却静静地坐着，温雅得和闺女一般。男女混合的一群，有坐的，也有蹲的，争论着一个哲学上的问题，时时哗然大笑，就在他们近边，长石条上躺着一位，一本书掩住了脸。这就够了，不用再多看。总之，这里有特别的氛围，但并不古怪。人们来这里，只为恢复工作后的疲劳，随便喝点，要是袋里有钱；或不喝，随便谈谈天；在有闲的只想找一点什么来消磨时间的人们看来，这里坐的不舒服，吃的喝的也太粗糙简单，也没有什么可以供赏玩，至多来一

反映抗战时期延安劳动场景的木刻画

次，第二次保管厌倦。但是不知道消磨时间为何物的人们却把这一片简陋的绿荫看得很可爱，因此，这桃林就很出名了。

抗战时期的延安八路军号兵

因此，这里的“风景”也就值得留恋，人类的高贵精神的辐射，填补了自然界的贫乏，增添了景色，形式的和内容的。人创造了第二自然！

最后一段回忆是五月的北国。清晨，窗纸微微透白，万籁俱静，嘹亮的喇叭声，破空而来。我忽然想起了白天在一本贴照簿上所见的第一张，银白色的背景前一个淡黑的侧影，一个号兵举起了喇叭在吹，严肃、坚决、勇敢和高度的警觉，都表现在小号兵的挺直的胸膛和高高的眉棱上边。我赞美这摄影家的艺术，我回味着，我从当前的喇叭声中也听出了严肃、坚决、勇敢和高度的警觉来，于是我披衣出去，打算看一看。空气非常清洌，朝霞笼住了左面的山，我看见山峰上的小号兵了。霞光射住他，只觉得他的额角异常发亮，然而，使我惊叹叫出声来的，是离他不远有一位荷枪的战士，面向着东方，严肃地站在那里，犹如雕像一般。晨风吹着喇叭的红绸子，只这是动的，战士枪尖的刺刀闪着寒光，在粉红的霞色中，只这是刚性的。我看得呆了，我仿佛看见了民族的精神化身而为他们两个。

如果你也当它是“风景”，那便是真的风景，是伟大中之最伟大者！

作/品/赏/析

《风景谈》是一篇意境优美的散文，文章表达了作者在黄土高原的见闻。文章开篇不凡，从一部抗日影片《塞上风云》谈起，将读者带入抗日战争的氛围。接着作者别具匠心地运用类似电影蒙太奇手法，不断转换角度，一连推出了黄土高原上充满诗情画意的镜头与画面，先是高原“月夜下山”与“生产归来”两幅晚归图，接着是延安“石洞避雨”和“桃园小憩”两幅风情画，最后是照片中“号兵吹号”和自己亲眼所见的“哨兵放哨”两个镜头的叠加。每组画面之间，用“自然是伟大的，然而人类更伟大”这一类似的句子作联缀，使所有的风景构成了一个和谐的有机整体，毫无散漫之感，同时深化了主题：名为“谈风景”，实为“赞人类”，讴歌那些在黄土高原上劳动和战斗着的人们。

我所知道的康桥

/ 徐志摩

入选理由
徐志摩的散文代表作
一首饱含深情、充满诗情画意的康桥回忆梦幻曲
文采华丽，用词丽而不俗，富于节奏感和韵律感

一

徐志摩像

我这一生的周折，大都寻得出感情的线索。不论别的，单说求学。我到英国是为要从罗素。罗素来中国时，我已经在美国。他那不确的死耗传到的时候，我真的出眼泪不够，还做悼诗来了。他没有死，我自然高兴。我摆脱了哥伦比亚大学博士衔的引诱，买船票漂过大西洋，想跟这位二十世纪的福禄泰尔[1]认真念一点书去。谁知一到英国才知道事情变样了：一为他在战时主张和平，二为他离婚，罗素叫康桥[2]给除名了，他原来是 Trinity College 的 Fellow[3]，这一来他的 Fellowship 也给取消了。他回英国后就在伦敦住下，夫妻两人卖文章过日子。因此我也不曾遂我从学的始愿。我在伦敦政治经济学院里混了半年，正感着闷想换路走的时候，我认识了狄更生先生。狄更生——Goldsworthy Lowes Dickinson——是一个有名的作者，他的《一个中国人通信》（Letters From John Chinaman）与《一个现代聚餐谈话》（A Modern Symposium）两本小册子早得了我的景仰。我第一次会着他是在伦敦国际联盟协会席上，那天林宗孟先生演说，他做主席；第二次是宗孟寓里吃茶，有他，以后我常到他家里去。他看出我的烦闷，劝我到康桥去，他自己是王家学院（King's College）的 Fellow。我就写信去问两个学院，回信都说学额早满了，随后还是狄更生先生替我去在他的学院里说好了，给我一个特别生的资格，随意选科听讲。从此黑方巾、黑披袍的风光也被我占着了。初起我在离康桥六英里的乡

· 作者简介 ·

徐志摩（1896 ~ 1931），浙江海宁人，著名诗人、散文家。1918 年赴美，先后在克拉克大学、哥伦比亚大学学习。1920 年赴英，次年入剑桥大学学习。1922 年回国后先后在北大、清华、南京中央大学任教。1923 年发起成立新月社，为“新月派”主要诗人，先后主编北京《晨报》副刊和上海《新月》月刊。1931 年 11 月 19 日因飞机失事遇难。其主要作品有诗集《志摩的诗》、《翡冷翠的一夜》，散文《翡冷翠山居闲话》、《我所知道的康桥》等。

① 通译伏尔泰。
② 通译剑桥。
③ 即三一学院的评议员。

下叫沙士顿地方租了几间小屋住下，同居的有我从前的夫人张幼仪女士与郭虞裳君。每天一早我坐街车（有时骑自行车）上学，到晚回家。这样的生活过了一个春，但我在康桥还只是个陌生人，谁都不认识，康桥的生活，可以说完全不曾尝着，我知道的只是一个图书馆，几个课室，和三两个吃便宜饭的茶食铺子。狄更生常在伦敦或是大陆上，所以也不常见他。那年的秋季我一个人回到康桥，整整有一学年，那时我才有机会接近真正的康桥生活，同时我也慢慢的“发见”了康桥。我不曾知道过更大的愉快。

二

“单独”是一个耐寻味的现象。我有时想它是任何发见的第一个条件。你要发见你的朋友的“真”，你得有与他单独的机会。你要发见你自己的真，你得给你自己一个单独的机会。你要发见一个地方（地方一样有灵性），你也得有单独玩的机会。我们这一辈子，认真说，能认识几个人？能认识几个地方？我们都是太匆忙，太没有单独的机会。说实话，我连我的本乡都没有什么了解。康桥我要算是有相当交情的，再次许只有新认识的翡冷翠[①]了。啊，那些清晨，那些黄昏，我一个人发痴似的在康桥！绝对的单独。

但一个人要写他最心爱的对象，不论是人是地，是多么使他为难的一个工作？你怕，你怕描坏了它，你怕说过分了恼了它，你怕说太谨慎了辜负了它。我现在想写康桥，也正是这样的心理，我不曾写，我就知道这回是写不好的——况且又是临时逼出来的事情。但我却不能不写，上期预告已经出去了。我想勉强分两节写，一是我所知道的康桥的天然景色；一是我所知道的康桥的学生生活。我今晚只能极简的写些，等以后有兴会时再补。

三

康桥的灵性全在一条河上；康河，我敢说，是全世界最秀丽的一条水。河的名字是葛兰大（Granta），也有叫康河（Kiver Cam）的，许有上下流的区别，我不甚清楚。河身多的是曲折，上游是有名的拜伦潭——“Byron's Pool”——当年拜伦常在那里玩的；有一个老村子叫格兰骞斯德，有一个果子园，你可以躺在累累的桃李树荫下吃茶，花果会掉入你的茶杯，小雀子会到你桌上来啄食，那真是别有一番天地。这是上游。下游是从骞斯德顿下去，河面展开，那是春夏间竞舟的场所。上下河分界处有一个坝筑，水流急得很，在星光下听水声，听近村晚钟声，听河畔倦牛刍草声，是我康桥经验中最神秘的一种：大自然的优美，宁静，调谐在这星光与波光的默契中不期然的淹入了你的性灵。

但康河的精华是在它的中游，著名的“Backs”，这两岸是几个最蜚声的学院的建筑。从上面下来是Pembroke，St. Katharine's，King's，Clare，Trinity，St. John's。最令人留连的一节是克莱亚与王家学院的毗连处，克莱亚的秀丽

① 通译佛罗伦萨。

撑一支长篙，向康河河心的青草处漫溯，以体验一下徐志摩笔下的剑桥风情。

紧邻着王家教堂（King's Chapel）的宏伟。别的地方尽有更美更庄严的建筑，例如巴黎赛因河的罗浮宫一带，威尼斯的利阿尔多大桥的两岸，翡冷翠维基乌大桥的周遭。但康桥的"Backs"自有它的特长，这不容易用一二个状词来概括，它那脱尽尘埃气的一种清澈秀逸的意境可说是超出了画图而化生了音乐的神味。再没有比这一群建筑更调谐更匀称的了！论画，可比的许只有柯罗（Corot）的田野；论音乐，可比的许只有萧班[①]（Chopin）的夜曲。就这也不能给你依稀的印象，它给你的美感简直是神灵性的一种。

假如你站在王家学院桥边的那棵大椈树荫下眺望，右侧面，隔着一大方浅草坪，是我们的校友居（Fellows Building），那年代并不早，但它的妩媚也是不可掩的，它那苍白的石壁上春夏间满缀着艳色的蔷薇在和风中摇颤，更移左是那教堂，森林似的尖阁不可浼的永远直指着天空；更左是克莱亚，啊！那不可信的玲珑的方庭，谁说这不是圣克莱亚（St. Clare）的化身，哪一块石上不闪耀着她当年圣洁的精神？在克莱亚后背隐约可辨的是康桥最华贵最骄纵的三清学院（Trinity），它那临河的图书楼上坐镇着拜伦神采惊人的雕像。

但这时你的注意早已叫克莱亚的三环洞桥魔术似的摄住。你见过西湖白堤上的西泠断桥不是？（可怜它们早已叫代表近代丑恶精神的汽车公司给踩平了，现在它们跟着苍凉的雷峰永远辞别了人间。）你忘不了那桥上斑驳的苍苔，木栅的古色，与那桥拱下泄露的湖光与山色不是？克莱亚并没有那样体面的衬托，它也不比庐山栖贤寺旁的观音桥，上瞰五老的奇峰，下临深潭与飞瀑；它只是怯伶伶的一座三环洞的小桥，它那桥洞间也只掩映着细纹的波鳞与婆娑的树影，它那桥上栉比的小穿阑与阑节顶上双双的白石球，也只是村姑子头上不夸张的香草与野花一类的装饰；但你凝神的看着，更凝神的看着，你再反省你的心境，看还有一丝屑的俗念沾滞不？只要你审美的本能不曾汩灭时，这是你的机会实现纯粹美感的神奇！

但你还得选你赏鉴的时辰。英国的天时与气候是走极端的。冬天是荒谬的坏，逢着连绵的雾盲天你一定不迟疑的甘愿进地狱本身去试试；春天（英国是几乎没有夏天的）是更荒谬的可爱，尤其是它那四五月间最渐缓最艳丽的黄昏，那才真是寸寸黄金。在康河边上过一个黄昏是一服灵魂的补剂。啊！我那时蜜甜的单独，那时蜜甜的闲暇。一晚又一晚的，只见我出神似的倚在桥阑上向西天凝望：

① 通译肖邦。

看一回凝静的桥影，
数一数螺钿的波纹：
我倚暖了石阑的青苔，
青苔凉透了我的心坎；……
还有几句更笨重的怎能仿佛那游丝似轻妙的情景：
难忘七月的黄昏，远树凝寂，
像墨泼的山形，衬出轻柔暝色，
密稠稠，七分鹅黄，三分橘绿，
那妙意只可去秋梦边缘捕捉；……

四

这河身的两岸都是四季常青最葱翠的草坪。从校友居的楼上望去，对岸草场上，不论早晚，永远有十数匹黄牛与白马，胫蹄没在恣蔓的草丛中，从容的在咬嚼，星星的黄花在风中动荡，应和着它们尾鬃的扫拂。桥的两端有斜倚的垂柳与荫护住。水是澈底的清澄，深不足四尺，匀匀的长着长条的水草。这岸边的草坪又是我的爱宠，在清明，在傍晚，我常去这天然的织锦上坐地，有时读书，有时看水；有时仰卧着看天空的行云，有时反仆着搂抱大地的温软。

但河上的风流还不止两岸的秀丽。你得买船去玩。船不止一种：有普通的双桨划船，有轻快的薄皮舟（Canoe），有最别致的长形撑篙船（Punt）。最末的一种是别处不常有的：约莫有二丈长，三尺宽，你站直在船梢上用长竿撑着走的。这撑是一种技术。我手脚太蠢，始终不曾学会。你初起手尝试时，容易把船身横住在河中，东颠西撞的狼狈。英国人是不轻易开口笑人的，但是小心他们不出声的皱眉！也不知有多少次河中本来优闲的秩序叫我这莽撞的外行给捣乱了。我真的始终不曾学会；每回我不服输跑去租船再试的时候，有一个白胡子的船家往往带讥讽的对我说："先生，这撑船费劲，天热累人，还是拿个薄皮舟溜溜吧！"我哪里肯听，长篙子一点就把船撑了开去，结果还是把河身一段段的腰斩了去！

你站在桥上去看人家撑，那多不费劲，多美！尤其在礼拜天有几个专家的女郎，穿一身缟素衣服，裙裾在风前悠悠的飘着，戴一顶宽边的薄纱帽，帽影在水草间颤动，你看她们出桥洞时的姿态，捻起一根竟像没有分量的长竿，只轻轻的，不经心的往波心里一点，身子微微的一蹲，这船身便波的转出了桥影，

康桥校园

康桥是徐志摩在国外求学时遇到的"难得的知己"，如果说祖国是诗人永远的故乡，那么康桥也是诗人永远的故乡——精神之故乡。

翠条鱼似的向前滑了去。她们那敏捷，那闲暇，那轻盈，真是值得歌咏的。

在初夏阳光渐暖时你去买一只小船，划去桥边荫下躺着念你的书或是做你的梦，槐花香在水面上飘浮，鱼群的唼喋声在你的耳边挑逗。或是在初秋的黄昏，近着新月的寒光，望上流僻静处远去。爱热闹的少年们携着他们的女友，在船沿上支着双双的东洋彩纸灯，带着话匣子，船心里用软垫铺着，也开向无人迹处去享他们的野福——谁不爱听那水底翻的音乐在静定的河上描写梦意与春光！

住惯城市的人不易知道季候的变迁。看见叶子掉知道是秋，看见叶子绿知道是春；天冷了装炉子，天热了拆炉子；脱下棉袍，换上夹袍，脱下夹袍，穿上单袍，不过如此罢了。天上星斗的消息，地下泥土里的消息，空中风吹的消息，都不关我们的事。忙着哪，这样那样事情多着，谁耐烦管星星的移转，花草的消长，风云的变幻？同时我们抱怨我们的生活，苦痛，烦闷，拘束，枯燥，谁肯承认做人是快乐？谁不多少间咒诅人生？

但不满意的生活大都是由于自取的。我是一个生命的信仰者，我信生活决不是我们大多数人仅仅从自身经验推得的那样暗惨。我们的病根是在"忘本"。人是自然的产儿，就比枝头的花与鸟是自然的产儿；但我们不幸是文明人，入世深似一天，离自然远似一天。离开了泥土的花草，离开了水的鱼，能快活吗？能生存吗？从大自然，我们取得我们的生命；从大自然，我们应分取得我们继续的资养。哪一株婆娑的大木没有盘错的根柢深入在无尽藏的地里？我们是永远不能独立的。有幸福是永远不离母亲抚育的孩子，有健康是永远接近自然的人们。不必一定与鹿豕游，不必一定回"洞府"去；为医治我们当前生活的枯窘，只要"不完全遗忘自然"一张轻淡的药方，我们的病象就有缓和的希望。在青草里打几个滚，到海水里洗几次浴，到高处去看几次朝霞与晚照——你肩背上的负担就会轻松了去的。

这是极肤浅的道理，当然。但我要没有过过康桥的日子，我就不会有这样的自信。我这一辈子就只那一春，说也可怜，算是不曾虚度。就只那一春，我的生活是自然的，是真愉快的！（虽则碰巧那也是我最感受人生痛苦的时期。）我那时有的是闲暇，有的是自由，有的是绝对单独的机会。说也奇怪，竟像是第一次，我辨认了星月的光明，草的青，花的香，流水的殷勤。我能忘记那初春的睥睨吗？曾经有多少个清晨我独自冒着冷薄霜铺地的林子里闲步——为听鸟语，为盼朝阳，为寻泥土里渐次苏醒的花草，为体会最微细最神妙的春信。啊，那是新来的画眉在那边凋不尽的青枝上试它的新声！啊，这是第一朵小雪球花挣出了半冻的地面！啊，这不是新来的潮润沾上了寂寞的柳条？

静极了，这朝来水溶溶的大道，只远处牛奶车的铃声，点缀这周遭的沉默。顺着这大道走去，走到尽头，再转入林子里的小径，往烟雾浓密处走去，头顶是交枝的榆荫，透露着漠楞楞的曙色；再往前走去，走尽这林子，当前是平坦的原野，望见了村舍，初青的麦田，更远三两个馒形的小山掩住了一条通道。天边是雾茫茫的，尖尖的黑影是近村的教寺。听，那晓钟和缓的清音。这一带是此邦中部的平原，地形像是海里的轻波，默沉沉的起伏；山岭是望不见的，有的是常青的草

剑桥一景

徐志摩在英国剑桥大学留学期间，经常流连于校园的美景中，最终引发了他的诗人气质，奠定了其作为新月派诗人代表人物的基础。

原与沃腴的田壤。登那土阜上望去，康桥只是一带茂林，拥戴着几处娉婷的尖阁。妩媚的康河也望不见踪迹，你只能循着那锦带似的林木想像那一流清浅。村舍与树林是这地盘上的棋子，有村舍处有佳荫，有佳荫处有村舍。这早起是看炊烟的时辰：朝雾渐渐的升起，揭开了这灰苍苍的天幕（最好是微霰后的光景），远近的炊烟，成丝的，成缕的，成卷的，轻快的，迟重的，浓灰的，淡青的，惨白的，在静定的朝气里渐渐的上腾，渐渐的不见，仿佛是朝来人们的祈祷，参差的翳入了天听。朝阳是难得见的，这初春的天气。但它来时是起早人莫大的愉快。顷刻间这田野添深了颜色，一层轻纱似的金粉糁上了这草，这树，这通道，这庄舍。顷刻间这周遭弥漫了清晨富丽的温柔。顷刻间你的心怀也分润了白天诞生的光荣。“春！”这胜利的晴空仿佛在你的耳边私语。“春！”你那快活的灵魂也仿佛在那里回响。

伺候着河上的风光，这春来一天有一天的消息。关心石上的苔痕，关心败草里的花鲜，关心这水流的缓急，关心水草的滋长，关心天上的云霞，关心新来的鸟语。怯伶伶的小雪球是探春信的小使。铃兰与香草是欢喜的初声。窈窕的莲馨，玲珑的石水仙，爱热闹的克罗克斯，耐辛苦的蒲公英与雏菊——这时候春光已是烂缦在人间，更不须殷勤问讯。

瑰丽的春放。这是你野游的时期。可爱的路政，这里不比中国，哪一处不是坦荡荡的大道？徒步是一个愉快，但骑自转车是一个更大的愉快。在康桥骑车是普遍的技术；妇人，稚子，老翁，一致享受这双轮舞的快乐（在康桥听说自转车是不怕人偷的，就为人人都自己有车，没人要偷）。任你选一个方向，任你上一条通道，顺着这带草味的和风，放轮远去，保管你这半天的逍遥是你性灵的补剂。

这道上有的是清荫与美草，随地都可以供你休憩。你如爱花，这里多的是锦绣似的草原。你如爱鸟，这里多的是巧啭的鸣禽。你如爱儿童，这乡间到处是可亲的稚子。你如爱人情，这里多的是不嫌远客的乡人，你到处可以“挂单”借宿，有酪浆与嫩薯供你饱餐，有夺目的果鲜恣你尝新。你如爱酒，这乡间每“望”都为你储有上好的新酿，黑啤如太浓，苹果酒、姜酒都是供你解渴润肺的……带一卷书，走十里路，选一块清静地，看天，听鸟，读书，倦了时，和身在草绵绵处寻梦去——你能想像更适情更适性的消遣吗？

陆放翁有一联诗句：“传呼快马迎新月，却上轻舆趁晚凉”，这是做地方官的风流。我在康桥时虽没马骑，没轿子坐，却也有我的风流：我常常在夕阳西晒时骑了车迎着天边扁大的日头直追。日头是追不到的，我没有夸父的荒诞，但晚景的温存却被我这样偷尝了不少。有三两幅画图似的经验至今还是栩栩的留着。只说看夕阳，我们平常只知道登山或是临海，但实际只须辽阔的天际，平地上的晚霞有时也是一样的神奇。有一次我赶到一个地方，手把着一家村庄的篱笆，隔着一大田的麦浪，看西天的变幻。有一次是正冲着一条宽广的大道，过来一大群羊，放草归来的，偌大的太阳在它们后背放射着万缕的金辉，天上却是乌青青的，只剩这不可逼视的威光中的一条大路，一群生物！我心头顿时感着神异性的压迫，我真的跪下了，对着这冉冉渐翳的金光。再有一次是更不可忘的奇景，那是临着一大片望不到头的草原，满开着艳红的罂粟，在青草里亭亭的像是万盏的金灯，阳光从褐色云里斜着过来，幻成一种异样的紫色，透明似的不可逼视，刹那间在我迷眩了的视觉中，这草田变成了……不说也罢，说来你们也是不信的！

一别二年多了，康桥，谁知我这思乡的隐忧？也不想别的，我只要那晚钟撼动的黄昏，没遮拦的田野，独自斜倚在软草里，看第一个大星在天边出现！

作/品/赏/析

康桥（即剑桥）是徐志摩一生中最难忘的地方。徐志摩青年时目睹中国军阀统治的政治腐败，社会黑暗，决心出国寻求救国救民之道。1918 年他赴美国克拉克大学攻读社会学。1920 年他到伦敦，次年入英国剑桥大学，住在康桥。由于康桥美妙的自然风光，引发了徐志摩的诗人气质，奠定了他以后作为一位诗人的文学道路基础。因此，徐志摩对康桥有着特殊的感情、难忘的眷恋，并将这种情绪发之于诗文，佳作迭出。《我所知道的康桥》即是作者初别康桥两年多后的回忆性散文，文章写于 1926 年 1 月。在文章中，作者用诗一般的语言谱写了关于康桥的回忆梦幻曲——富有灵性的康河、堂皇典丽的学院建筑、超凡脱俗的克莱亚三环洞桥、风情万种的康河之春……全文恣肆汪洋，散漫无羁，如同“跑野马”，但形散而神不散，丝毫不显杂乱无章。文章文采华丽，用词丽而不俗，长短句交替运用，时而开门见山，时而回廊九曲，时而腾达，时而沉落，富于强烈的节奏感和韵律感，把遥不可及的康桥活灵活现、神韵毕足地展现在读者面前。这充分显示了作者的诗人气质，驾驭语言的天分才华。

背影

/ 朱自清

入选理由
朱自清的散文代表作之一
中国现代文学史上抒写亲情的典范之作
文字简练素淡，叙述恳切自然

我与父亲不相见已二年余了，我最不能忘记的是他的背影。那年冬天，祖母死了，父亲的差使也交卸了，正是祸不单行的日子，我从北京到徐州，打算跟着父亲奔丧回家。到徐州见着父亲，看见满院狼藉的东西，又想起祖母，不禁簌簌地流下眼泪。父亲说，“事已如此，不必难过，好在天无绝人之路！”

朱自清父亲朱鸿钧像

回家变卖典质，父亲还了亏空；又借钱办了丧事。这些日子，家中光景很是惨淡，一半为了丧事，一半为了父亲赋闲。丧事完毕，父亲要到南京谋事，我也要回北京念书，我们便同行。

到南京时，有朋友约去游逛，勾留了一日；第二日上午便须渡江到浦口，下午上车北去。父亲因为事忙，本已说定不送我，叫旅馆里一个熟识的茶房陪我同去。他再三嘱咐茶房，甚是仔细。但他终于不放心，怕茶房不妥帖；颇踌躇了一会。其实我那年已二十岁，北京已来往过两三次，是没有甚么要紧的了。他踌躇了一会，终于决定还是自己送我去。我两三回劝他不必去；他只说，“不要紧，他们去不好！”

我们过了江，进了车站。我买票，他忙着照看行李。行李太多了，得向脚夫行些小费，才可过去。他便又忙着和他们讲价钱。我那时真是聪明过分，总觉他说话不大漂亮，非自己插嘴不可。但他终于讲定了价钱；就送我上车。他给我拣定了靠车门的一张椅子；我将他给我做的紫毛大衣铺好座位。他嘱我路上小心，夜里要警醒些，不要受凉。又嘱托茶房好好照应我。我心里暗笑他的迂；他们只认得钱，托

·作者简介·

朱自清（1898～1948），原名自华，字佩弦，号秋实，祖籍浙江绍兴，生于江苏扬州。1916年在北京大学哲学系学习。1922年，他同俞平伯、叶圣陶等创办《诗》月刊，这是“五四”以来最早的一个诗刊。1931年到英国留学，并漫游欧洲数国。1932年回国主持清华大学文学系。在我国现代散文作家中，朱自清的散文结构缜密，脉络清晰，婉转曲折的思绪中有种温柔敦厚的气氛；文字清秀、朴素而又精到，最具有我国散文的传统的美学风范。主要作品有长诗《毁灭》，散文《绿》、《春》、《桨声灯影里的秦淮河》、《荷塘月色》，散文集《欧游杂记》、《伦敦杂记》等。1948年6月，他为抗议美国的扶日政策，在拒绝领取美援面粉宣言上签名，后因胃病复发，医治无效，终在贫病中死去。毛泽东赞扬他“表现了我们民族的英雄气概”。

他们直是白托！而且我这样大年纪的人，难道还不能料理自己么？唉，我现在想想，那时真是太聪明了！

我说道，“爸爸，你走吧。”他望车外看了看，说，“我买几个橘子去。你就在此地，不要走动。”我看那边月台的栅栏外有几个卖东西的等着顾客。走到那边月台，须穿过铁道，须跳下去又爬上去。父亲是一个胖子，走过去自然要费事些。我本来要去的，他不肯，只好让他去。我看见他戴着黑布小帽，穿着黑布大马褂，深青布棉袍，蹒跚地走到铁道边，慢慢探身下去，尚不大难。可是他穿过铁道，要爬上那边月台，就不容易了。他用两手攀着上面，两脚再向上缩；他肥胖的身子向左微倾，显出努力的样子。这时我看见他的背影，我的泪很快地流下来了。我赶紧拭干了泪，怕他看见，也怕别人看见。我再向外看时，他已抱了朱红的橘子望回走了。过铁道时，他先将橘子散放在地上，自己慢慢爬下，再抱起橘子走。到这边时，我赶紧去搀他。他和我走到车上，将橘子一股脑儿放在我的皮大衣上。于是扑扑衣上的泥土，心里很轻松似的，过一会说，“我走了；到那边来信！”我望着他走出去。他走了几步，回过头看见我，说，“进去吧，里边没人。”等他的背影混入来来往往的人里，再找不着了，我便进来坐下，我的眼泪又来了。

《背影》初版封面
这是朱自清的第一本散文集，1928年10月由上海开明书店出版。

近几年来，父亲和我都是东奔西走，家中光景是一日不如一日。他少年出外谋生，独力支持，做了许多大事。那知老境却如此颓唐！他触目伤怀，自然情不能自已。情郁于中，自然要发之于外；家庭琐屑便往往触他之怒。他待我渐渐不同往日。但最近两年的不见，他终于忘却我的不好，只是惦记着我，惦记着我的儿子。我北来后，他写了一信给我，信中说道，“我身体平安，惟膀子疼痛利害，举箸提笔，诸多不便，大约大去之期不远矣。”我读到此处，在晶莹的泪光中，又看见那肥胖的，青布棉袍，黑布马褂的背影。唉！我不知何时再能与他相见！

作/品/赏/析

《背影》写于1925年，发表于是年的《文学》第200期上。这是一篇回忆性的抒情散文。文章以背影为“凝聚点”，以父子之间的关爱之情为“内在线”，记叙了多年前父亲在浦口车站送作者乘火车去北京读书的情景，流露了无微不至的父爱，抒发了拳拳思亲的至情。文章全用白描手法，没有华丽的词藻，以简练素淡的文字，作恳切自然的叙述，对父亲“背影”的刻画极为成功。文章仅一千余字，但父子之情却写得真挚、缜密、深沉，曲折动人。《背影》发表后，几乎轰动了整个社会，尤其在中下层知识分子中产生了强烈共鸣。文章不但具有强烈的感染力，而且其创作风格对以表现亲情为题材的中国现当代散文作品影响很大，遂使该文成为传世名篇。

匆匆 / 朱自清

入选理由 朱自清的散文代表作之一
文字优美，极具哲学意味
意境独特

燕子去了，有再来的时候；杨柳枯了，有再青的时候；桃花谢了，有再开的时候。但是，聪明的，你告诉我，我们的日子为什么一去不复返呢？——是有人偷了他们罢：那是谁？又藏在何处呢？是他们自己逃走了罢：现在又到了哪里呢？

我不知道他们给了我多少日子；但我的手确乎是渐渐空虚了。在默默里算着，八千多日子已经从我手中溜去；像针尖上一滴水滴在大海里，我的日子滴在时间的流里，没有声音，也没有影子。我不禁头涔涔而泪潸潸了。

去的尽管去了，来的尽管来着；去来的中间，又怎样地匆匆呢？早上我起来的时候，小屋里射进两三方斜斜的太阳。太阳他有脚啊，轻轻悄悄地挪移了；我也茫茫然跟着旋转。于是——洗手的时候，日子从水盆里过去；吃饭的时候，日子从饭碗里过去；默默时，便从凝然的双眼前过去。我觉察他去的匆匆了，伸出手遮挽时，他又从遮挽着的手边过去，天黑时，我躺在床上，他便伶伶俐俐地从我身上跨过，从我脚边飞去了。等我睁开眼和太阳再见，这算又溜走了一日。我掩着面叹息。但是新来的日子的影儿又开始在叹息里闪过了。

在逃去如飞的日子里，在千门万户的世界里的我能做些什么呢？只有徘徊罢了，只有匆匆罢了；在八千多日的匆匆里，除徘徊外，又剩些什么呢？过去的日子如轻烟，被微风吹散了，如薄雾，被初阳蒸融了；我留着些什么痕迹呢？我何曾留着像游丝样的痕迹呢？我赤裸裸来到这世界，转眼间也将赤裸裸的回去罢？但不能平的，为什么偏要白白走这一遭啊？

聪明的，你告诉我，我们的日子为什么一去不复返呢？

作/品/赏/析

写作《匆匆》时“五四”运动已转入低潮，作者思想十分苦闷，他徘徊于人生的十字路口，彷徨惆怅，但又不愿虚度年华。《匆匆》抒写的就是作者的这种心境。

在文中，作者先用“燕子”、“杨柳”、“桃花”等一系列物象作比衬，反复咏叹，表达出一种对时光流逝的无限留恋、伤感。接着作者运用比喻、拟人手法，充分展开想象，借“洗手”、“吃饭”、“默想”、“睡觉”等人们习焉不察的生活情景，将抽象的时间物化为一个个形象的具体画面，营造出一种独特的意境，给读者带来一种强烈的情绪冲击。最后作者通过一系列的反问，表达了自己不甘虚度年华的心情，使文章在美的意境层面上，上升到理性哲思的高度，发人深思。

荷塘月色

/ 朱自清

入选理由
娴熟使用白话文字的典范
语言自然清新，意境含蓄，情景交融
古典文与白话文风格的成功融合

这几天心里颇不宁静。今晚在院子里坐着乘凉，忽然想起日日走过的荷塘，在这满月的夜里，总该另有一番样子吧。月亮渐渐地升高了，墙外马路上孩子们的欢笑，已经听不见了；妻在屋里拍着闰儿，迷迷糊糊地哼着眠歌。我悄悄地披了大衫，带上门出去。

沿着荷塘，是一条曲折的小煤屑路。这是一条幽僻的路；白天也少人走，夜晚更加寂寞。荷塘四面，长着许多树，蓊蓊郁郁的。路的一旁，是些杨柳，和一些不知道名字的树。没有月光的晚上，这路上阴森森的，有些怕人。今晚却很好，虽然月光也还是淡淡的。

路上只我一个人，背着手踱着。这一片天地好像是我的；我也像超出了平常的自己，到了另一世界里。我爱热闹，也爱冷静；爱群居，也爱独处。像今晚上，一个人在这苍茫的月下，什么都可以想，什么都可以不想，便觉是个自由的人。白天里一定要做的事，一定要说的话，现在都可不理。这是独处的妙处，我且受用这无边的荷香月色好了。

曲曲折折的荷塘上面，弥望的是田田的叶子。叶子出水很高，像亭亭的舞女的裙。层层的叶子中间，零星地点缀着些白花，有袅娜地开着的，有羞涩地打着朵儿的；正如一粒粒的明珠，又如碧天里的星星，又如刚出浴的美人。微风过处，送来缕缕清香，仿佛远处高楼上渺茫的歌声似的。这时候叶子与花也有一丝的颤动，像闪电般，霎时传过荷塘的那边去了。叶子本是肩并肩密密地挨着，这便宛然有了一道凝碧的波痕。叶子底下是脉脉的流水，遮住了，不能见一些颜色；而叶子却更见风致了。

朱自清笔下的清华荷塘

月光如流水一般，静静地泻在这一片叶子和花上。薄薄的青雾浮起在荷塘里。叶子和花仿佛在牛乳中洗过一样；又像笼着轻纱的梦。虽然是满月，天上却有一层淡淡的云，所以不能朗照；但我以为这恰是到了好处——酣眠固不可少，小睡也别有风味的。月光是隔了树照过来的，高处丛生的灌木，落下参差的斑驳的黑影，峭楞楞如鬼一般；弯弯的杨柳的稀疏的倩影，却又像是画在荷叶上。塘中的月色并不均匀；但光与影有着和谐的旋律，如梵婀玲上奏着的名曲。

荷塘的四面，远远近近，高高低低都是树，而杨柳最多。这些树将一片荷塘重重围住；只在小路一旁，漏着几段空隙，像是特为月光留下的。树色一例是阴阴的，乍看像一团烟雾；但杨柳的丰姿，便在烟雾里也辨得出。树梢上隐隐约约的是一带远山，只有些大意罢了。树缝里也漏着一两点路灯光，没精打采的，是渴睡人的眼。这时候最热闹的，要数树上的蝉声与水里的蛙声；但热闹是它们的，我什么也没有。

忽然想起采莲的事情来了。采莲是江南的旧俗，似乎很早就有，而六朝时为盛；从诗歌里可以约略知道。采莲的是少年的女子，她们是荡着小船，唱着艳歌去的。采莲人不用说很多，还有看采莲的人。那是一个热闹的季节，也是一个风流的季节。梁元帝《采莲赋》里说得好：

于是妖童媛女，荡舟心许；鹢首徐回，兼传羽杯；棹将移而藻挂，船欲动而萍开。尔其纤腰束素，迁延顾步；夏始春余，叶嫩花初，恐沾裳而浅笑，畏倾船而敛裾。

可见当时嬉游的光景了。这真是有趣的事，可惜我们现在早已无福消受了。于是又记起《西洲曲》里的句子：

采莲南塘秋，莲花过人头；
低头弄莲子，莲子清如水。

今晚若有采莲人，这儿的莲花也算得"过人头"了；只不见一些流水的影子，是不行的。这令我到底惦着江南了。——这样想着，猛一抬头，不觉已是自己的门前；轻轻地推门进去，什么声息也没有，妻已睡熟好久了。

作/品/赏/析

《荷塘月色》写于1927年7月，发表于是年《小说月报》第18卷第7号上。文章以优美的笔调描摹了诗情画意般的荷塘月色，抒发了作者对社会现实的不满，及囿于个人生活小圈子的矛盾复杂的心理所产生出来的偷得片刻宁静的淡淡情趣。

作者从不同的角度，巧用比喻、拟人手法，融入自己的情感，充分运用想象，对荷塘月色进行了细腻入微的刻画。作者从平观到俯视，从细察到鸟瞰，由远及近、从上到下、从里到外，勾勒出了一幅立体、动态、诗意的荷塘月色图。有动有静、有虚有实、有浓有淡、有疏有密，层层递进，步步深化，使读者如临其境，仿佛跟着作者也做了一回心旷神怡的月下夜游。文章语言自然清新，意境含蓄，情景交融，巧用典故，体现了古典文与白话文风格的成功融合，在当时被看作是娴熟使用白话文字的典范，其艺术魅力一直影响至今。

绿

/朱自清

入选理由
绘画美、动态美、音乐美的完美结合
以诗为文，文中有诗
收入中学课本

1933年朱自清与妻女摄于清华园

1948年朱自清摄于清华园

我第二次到仙岩的时候，我惊诧于梅雨潭的绿了。

梅雨潭是一个瀑布潭。仙瀑有三个瀑布，梅雨瀑最低。走到山边，便听见花花花花的声音；抬起头，镶在两条湿湿的黑边儿里的，一带白而发亮的水便呈现于眼前了。我们先到梅雨亭。梅雨亭正对着那条瀑布；坐在亭边，不必仰头，便可见它的全体了。亭下深深的便是梅雨潭。这个亭踞在突出的一角的岩石上，上下都空空儿的；仿佛一只苍鹰展着翼翅浮在天宇中一般。三面都是山，像半个环儿拥着；人如在井底了。这是一个秋季的薄阴的天气。微微的云在我们顶上流着；岩面与草丛都从润湿中透出几分油油的绿意。而瀑布也似乎分外的响了。那瀑布从上面冲下，仿佛已被扯成大小的几绺；不复是一幅整齐而平滑的布。岩上有许多棱角；瀑流经过时，作急剧的撞击，便飞花碎玉般乱溅着了。那溅着的水花，晶莹而多芒；远望去，像一朵朵小小的白梅，微雨似的纷纷落着。据说，这就是梅雨潭之所以得名了。但我觉得像杨花，格外确切些。轻风起来时，点点随风飘散，那更是杨花了。——这时偶然有几点送入我们温暖的怀里，便倏的钻了进去，再也寻它不着。

梅雨潭闪闪的绿色招引着我们；我们开始追捉她那离合的神光了。揪着草，攀着乱石，小心探身下去，又鞠躬过了一个石穹门，便到了汪汪一碧的潭边了。瀑布在襟袖之间；但我的心中已没有瀑布了。我的心随潭水的绿而摇荡。那醉人的绿呀，仿佛一张极大极大的荷叶铺着，满是奇异的绿呀。我想张开两臂抱住她；但这是怎样一个妄想呀。——站在水边，望到那面，居然觉着有些远呢！这平铺着，厚积着的绿，着实可爱。

她松松的皱缬着，像少妇拖着的裙幅；她轻轻的摆弄着，像跳动的初恋的处女的心；她滑滑的明亮着，像涂了“明油”一般，有鸡蛋清那样软，那样嫩，令人想着所曾触过的最嫩的皮肤；她又不杂些儿尘滓，宛然一块温润的碧玉，只清清的一色——但你却看不透她！我曾见过北京什刹海拂地的绿杨，脱不了鹅黄的底子，似乎太淡了。我又曾见过杭州虎跑寺旁高峻而深密的“绿壁”，重叠着无穷的碧草与绿叶的，那又似乎太浓了。其余呢，西湖的波太明了，秦淮河的又太暗了。可爱的，我将什么来比拟你呢？我怎么比拟得出呢？大约潭是很深的，故能蕴蓄着这样奇异的绿；仿佛蔚蓝的天融了一块在里面似的，这才这般的鲜润呀。——那醉人的绿呀！我若能裁你以为带，我将赠给那轻盈的舞女；她必能临风飘举了。我若能挹你以为眼，我将赠给那善歌的盲妹；她必明眸善睐了。我舍不得你；我怎舍得你呢？我用手拍着你，抚摩着你，如同一个十二三岁的小姑娘。我又掬你入口，便是吻着她了。我送你一个名字，我从此叫你“女儿绿”，好么？

我第二次到仙岩的时候，我不禁惊诧于梅雨潭的绿了。

作/品/赏/析

朱自清的散文多用口语，简洁朴素，平易自然。为了表情达意的需要，他十分注重语言的锤炼加工，注重遣词造句，努力以生动而传神的语言创造出诗的意境，于朴素之中见风华，把读者带到一个高超的审美境界。《绿》就是很有代表性的一篇。概括起来，主要有三个方面的美感特征：动态美、绘画美、音乐美。动态美，作者笔下梅雨亭“踞在突出的一角的岩石上，上下都空空儿的；仿佛一只苍鹰展着翼翅浮在天宇中一般”。一个“踞”字，气势尽出；一个“浮”字，神态毕现；一“踞”一“浮”，化静为动，把凌空而立、翼然石上的梅雨亭写得惟妙惟肖、神采飞扬。绘画美，如作者在描写山间瀑布时，“镶在两条湿湿的黑边儿里的，一带白而发亮的水便呈现于眼前了”。以一个“镶”字描绘瀑布处在山间的状态，既准确恰切，又形象逼真，使瀑布富于立体感。音乐美，《绿》的语言有着鲜明的节奏感和明朗、和谐的旋律，读起来朗朗上口，娓娓动听，能使读者陶醉在美妙的音乐之中，产生“既能悦耳，又可赏心，兼耳底而有之”的审美效果。

杨柳

/ 丰子恺

入选理由
看似闲谈花草树木，实则表达对当时风气的看法
有破有立，观点鲜明，语言平和冲淡

因为我的画中多杨柳树，就有人说我喜欢柳树；因为有人说我喜欢柳树，我似觉自己真与杨柳树有缘。但我也曾问心，为甚么欢喜杨柳树？到底与杨柳树有甚么缘？其答案了不可得。原来这完全是偶然的：昔年我住在白马湖上，看见人们在湖边种柳，我向他们讨了一小株，种在寓屋的墙角里。因此给这屋取名为“小杨柳屋”，因此常取见惯的杨柳为画材，因此就有人说我喜欢杨柳，因此我自己似觉与杨柳有缘。假如当时人们在湖边种荆棘，也许我会给屋取名为“小荆棘屋”，而专画荆棘，成为与荆棘有缘，亦未可知。天下事往往如此。

丰子恺像

但假如我存心要和杨柳结缘，就不说上面的话，而可以附会种种理由上去。或者说我爱它的鹅黄嫩绿，或者说我爱它的如醉如舞，或者说我爱它像小蛮的腰，或者说我爱它是陶渊明的宅边所种的，或者还可援引“客舍青青”的诗，“树犹如此”的话，以及“王恭之貌”、“张绪之神”等种种古典来，作为自己爱柳的理由。即使要找三百个冠冕堂皇、高雅深刻的理由，也是很容易的。天下事又往往如此。

也许我曾经对人说过“我爱杨柳”的话。但这话也是随便的，空洞的。仿佛我偶然买一双黑袜穿在脚上，有人问我“为甚么穿黑袜”时，就对他说“我喜欢穿黑袜”一样。实际，我向来对于花木无所爱好；即有之，亦无所执着。这是因为我生长穷乡，只见桑麻、禾黍、烟片、棉花、小麦、大豆，不曾亲近过万花如绣的园林。只在几本旧书里看见过“紫薇”、“红杏”、“芍药”、“牡丹”等美丽的名称，但难得亲近这等名称的所有者。并非完全没有见过，只因见时它们往往使我失望，不相信这便是曾对紫薇郎的紫薇花，曾使尚书出名的红杏，曾傍美人醉卧的芍药，或者象征富贵的牡丹。我觉得它们也只是植物中的几种，不过少见而名贵些，实在也没有甚么特别可爱的地方，似乎不配在诗词中那样

·作者简介·

丰子恺（1898 ~ 1975），原名丰润，浙江桐乡人，著名散文家、画家。早年就读于浙江第一师范学校。后游学日本。1922年归国，先后在上海、浙江等地任教，并开始创作漫画。抗战期间在广西、贵州、重庆等地任教。1949年定居上海。中华人民共和国成立后任上海中国画院院长、上海市美协主席、市文联主席等职。主要作品有《缘缘堂随笔》、《缘缘堂再笔》，另有艺术论著、画集多种。

地受人称赞，更不配在花木中占据那样高尚的地位。因此我似觉诗词中所赞的名花是另外一种，不是我现在所看见的这种植物。也曾偶游富丽的花园，但终于不曾见过十足地配称“万花如绣”的景象。

假如我现在要赞美一种植物，我仍是要赞美杨柳。但这与前缘无关，只是我这几天的所感，一时兴到，随便谈谈，也不会像信仰宗教或崇拜主义地毕生皈依它。为的是昨日天气佳，埋头写作到傍晚，不免走到西湖边的长椅子里去坐了一番。看见湖岸的杨柳树上，好像挂着几万串嫩绿的珠子，在温暖的春风中飘来飘去，飘出许多弯度微微的S线来，觉得这一种植物实在美丽可爱，非赞它一下不可。

四月西湖春，垂柳惹行人（局部） 丰子恺作

西湖四月，春暖花开，万木初发，游人如梭。在这幅画作中，柳树成了春的使者。它垂下的绿丝绦被淘气的小孩拉住玩，画面充满了生活情趣。柳树经常在丰子恺许多写春的画作中出现。

听人说，这种植物是最贱的。剪一根枝条来插在地上，它也会活起来，后来变成一株大杨柳树。它不需要高贵的肥料或工深的壅培，只要有阳光、泥土和水，便会生活，而且生得非常强健而美丽。牡丹花要吃猪肚肠，葡萄藤要吃肉汤，许多花木要吃豆饼，杨柳树不要吃人家的东西，因此人们说它是“贱”的。大概“贵”是要吃的意思。越要吃得多，越要吃得好，就是越“贵”。吃得很多很好而没有用处，只供观赏的，似乎更贵。例如牡丹比葡萄贵，是为了牡丹吃了猪肚肠一无用处，而葡萄吃了肉汤有结果的缘故。杨柳不要吃人的东西，且有木材供人用，因此被人看作“贱”的。

我赞杨柳美丽。但其美与牡丹不同，与别的一切花木都不同。杨柳的主要的美点，是其下垂。花木大都是向上发展的，红杏能长到“出墙”，古木能长到“参天”。向上原是好的，但我往往看见枝叶花果蒸蒸日上，似乎忘记了下面的根，觉得可恶！你们是靠他养活的，怎么只管高踞在上面，绝不理睬他呢？你们的生命建设在他上面，怎么只管贪图自己的光荣，而绝不回顾处在泥土中的根本呢？花木大都如此。甚至下面的根已经被斫，而上面的花叶还是欣欣向荣，在那里作最后一刻的威福，真是可恶而又可怜！杨柳没有这般可恶可怜的样子：它不是不会向上生长。它长得很快，而且很高；但是越长得高，越垂得低。千万条陌头细柳，条条不忘记根本，常常俯首顾着下面，时时借了春风之力而向处在泥土中的根本拜舞，或者和他亲吻，好像一群活泼的孩子环绕着他们的慈母而游戏，而时时依傍到慈母的身旁去，或者扑进慈母的怀里去，使人见了觉得非常可爱。杨柳树也有高过墙头的，但我不嫌它高，为了它高而能下，为了它高而不忘本。

自古以来，诗文常以杨柳为春的一种主要题材。写春景曰“万树垂杨”，写春色曰“陌头杨柳”，或竟称春天为“柳条春”。我以为这并非仅为杨柳当春抽条的缘故，实因其树有一种特殊的姿态，与和平美丽的春光十分调和的缘故。这种特殊的姿态，便是“下垂”。不然，当春发芽的树木不知凡几，何以专让柳条作春的主人呢？只为别的树木都凭仗了春的势力而拼命向上，一味求高，忘记自己的根本，其贪婪之相不合于春的精神。最能象征春的神意的，只有垂杨。

这是我昨天看了西湖边上的杨柳而一时兴起的感想。但我所赞美的不仅是西湖上的杨柳。在这几天的春光之下，乡村到处的杨柳都有这般可赞美的姿态。西湖似乎太高贵了，反而不适于栽植这种“贱”的垂杨呢。

作/品/赏/析

丰子恺以其书画而闻名，他的画自然恬淡，意境深远，充盈着佛境和禅趣，但他的文章却并不一味地追求闲适、散淡。《杨柳》是一篇看似写景状物，实则评论时事的散文。作者在文章中列举了杨柳、牡丹、葡萄、红杏等植物，用它们在不同环境中的生长趋势，来象征当时社会上不同的社会风气，作者认为“芍药”、“牡丹”等被人们看作“名贵”的花草，“实在也没有甚么特别可爱的地方”，也不配“在花木中占据那样高尚的地位”。而且说它们的“贵”只在于它们“吃”的肥料贵，而且“只供观赏”。而杨柳的可赞美之处在于它的“贱”，随处、随意都可以生得“非常强健而美丽”，而且总是呈“下垂”之态，自然地与养活它们的大地相亲近。作者用“贵”、“贱”两种植物来比喻脱离普通民众和保持淳朴本色的两种人，将对脱离普通生活、一味地攀附、追逐势力的人的批判、厌恶之情，暗含于对“牡丹”等植物的批评中。

渐

/ 丰子恺

入选理由
丰子恺的散文代表作
与朱自清的《匆匆》共同被誉为议谈时间的“散文双璧”之一

使人生圆滑进行的微妙的要素，莫如“渐”；造物主骗人的手段，也莫如“渐”。在不知不觉之中，天真烂漫的孩子“渐渐”变成野心勃勃的青年；慷慨豪侠的青年“渐渐”变成冷酷的成人；血气旺盛的成人“渐渐”变成顽固的老头子。因为其变更是渐进的，一年一年地、一月一月地、一日一日地、一时一时地、一分一分地、一秒一秒地渐进，犹如从斜度极缓的长远的山坡上走下来，使人不察其递降的痕迹，不见其各阶段的境界，而似乎觉得常在同样的地位，恒久不变，又无时不有生的意趣与价值，于是人生就被确实肯定，而圆滑进行了。假使人生的进行不像山坡而像风琴的键板，由do忽然移到re，即如昨夜的孩子今朝忽然变成青年；或者像旋律的“接离进行”地由do忽然跳到mi，即如朝为青年而夕暮忽成老人，人一定要惊讶、感慨、悲伤，或痛感人生的无常，而不乐为人了。故可知人生是由“渐”维持的。这在女人恐怕尤为必要：歌剧中，舞台上的如花的少女，就是将来火炉旁边的老婆子，这句话，骤听使人不能相信，少女也不肯承认，实则现在的老婆子都是由如花的少女“渐渐”变成的。

人之能堪受境遇的变衰，也全靠这“渐”的助力。巨富的纨袴子弟因屡次破产而“渐渐”荡尽其家产，变为贫者；贫者只得做佣工，佣工往往变为奴隶，奴隶容易变为无赖，无赖与乞丐相去甚近，乞丐不妨做偷儿……这样的例，在小说中，在实际上，均多得很。因为其变衰是延长为十年二十年而一步一步地“渐渐”地达到的，在本人不感到什么强烈的刺激。故虽到了饥寒病苦刑笞交迫的地步，仍是熙熙然贪恋着目前的生的欢喜。假如一位千金之子忽然变了乞丐或偷儿，这人一定愤不欲生了。

这真是大自然的神秘的原则，造物主的微妙的工夫！阴阳潜移，春秋代序，以及物类的衰荣生杀，无不暗合于这法则。由萌芽的春“渐渐”变成绿荫的夏，由凋零的秋“渐渐”变成枯寂的冬。我们虽已经历数十寒暑，但在围炉拥衾的冬夜仍是难于想像饮冰挥扇的夏日的心情；反之亦然。然而由冬一天一天地、一时一时地、一分一分地、一秒一秒地移向夏，由夏一天一天地、一时一时地、一分一分地、一秒一秒地移向冬，其间实在没有显著的痕迹可寻。昼夜也是如此：傍晚坐在窗下看书，书页上“渐渐”地黑起来，倘不断地看下去（目力能因了光的渐弱而渐渐加强），几乎永远可以认识书页上的字迹，即不觉昼之已变为夜。黎明凭窗，不瞬目地注视东天，也不辨自夜向昼的推移的痕迹。儿女渐渐长大起来，在朝夕相见的父母全不觉得，难得见面的远亲就相见不相识了。往年除夕，我们曾在红蜡烛底下守候水仙花的开放，真是痴态！倘水仙花果真当面开放给我们看，便是大自然的原则的破坏，宇宙的根本的摇动，世界人类的末日临到了！

“渐”的作用，就是用每步相差极微极缓的方法来隐蔽时间的过去与事物的变迁的痕迹，使人误认其为恒久不变。这真是造物主骗人的一大诡计！这有一件比喻的故事：某农夫每天朝晨抱了犊而跳过一沟，到田里去工作，夕暮又抱了它跳过沟回家。每日如此，未尝间断。过了一年，犊已渐大，渐重，差不多变成大牛，但农夫全不觉得，仍是抱了它跳沟。有一天他因事停止工作，次日再就不能抱了这牛而跳沟了。造物的骗人，使人留连于其每日每时的生的欢喜而不觉其变迁与辛苦，就是用这个方法的。人们每日在抱了日重一日的牛而跳沟，不准停止。自己误以为是不变的，其实每日在增加其苦劳！

我觉得时辰钟是人生的最好的象征了。时辰钟的针，平常一看总觉得是“不动”的；其实人造物中最常动的无过于时辰钟的针了。日常生活中的人生也如此，刻刻觉得我是我，似乎这“我”永远不变，实则与时辰钟的针一样的无常！一息尚存，总觉得我仍是我，我没有变，还是留连着我的生，可怜受尽“渐”的欺骗！

“渐”的本质是“时间”。时间我觉得比空间更为不可思议，犹之时间艺术的音乐比空间艺术的绘画更为神秘。因为空间姑且不追究它如何广大或无限，我们总可以把握其一端，认定其一点。时间则全然无从把握，不可挽留，只有过去与未来在渺茫之中不绝地相追逐而已。性质上既已渺茫不可思议，分量上在人生也似乎太多。因为一般人对于时间的悟性，似乎只够支配搭船乘车的短时间；对于百年的长期间的寿命，他们不能胜任，往往迷于局部而不能顾及全体。试看乘火车的旅客中，常有明达的人，有的宁牺牲暂时的安乐而让其座位于老弱者，以求心的太平（或博暂时的美誉）；有的见众人争先下车，而退在后面，或高呼“勿要轧，总有得下去的！”“大家都要下去的！”然而在乘“社会”或“世界”的大火车的“人生”的长期的旅客中，就少有这样的明达之人。所以我觉得百年的寿命，定得太长。像现在的世界上的人，倘定他们搭船乘车的期间的寿命，也许在人类社会上可减少许多凶险残惨的争斗，而与火车中一样的谦让，和平，也未可知。

然人类中也有几个能胜任百年的或千古的寿命的人。那是“大人格”，“大人生”。他们能不为“渐”所迷，不为造物所欺，而收缩无限的时间并空间于方寸的心中。故佛家能纳须弥于芥子。中国古诗人（白居易）说：“蜗牛角上争何事？石火光中寄此身。”英国诗人（Blake）也说：“一粒沙里见世界，一朵花里见天国；手掌里盛住无限，一刹那便是永劫。”

作/品/赏/析

在《渐》中，作者选取生活中人们常见的生活例子，将“渐”这个抽象的概念变得具体化、生活化，认为“渐”的作用，“就是用每步相差极微极缓的方法来隐蔽时间的过去与事物的变迁的痕迹，使人误认其为恒久不变”，“‘渐’的本质是时间……时间则全然无从把握，不可挽留，只有过去与未来在渺茫之中不绝地相追逐而已”。这样就把陌生的事理通俗化了，难释的问题变为切实的生活感受。同是写“时间”，朱自清的《匆匆》一文委婉清丽，而丰子恺的《渐》则平淡洗练，两者可谓有异曲同工之妙。

海燕

/郑振铎

入选理由

郑振铎的散文代表作

一篇抒写海外游子思念故国之情的散文佳作

情挚意深，节奏舒缓，笔法细腻

郑振铎像

乌黑的一身羽毛，光滑漂亮，积伶积俐，加上一双剪刀似的尾巴，一对劲俊轻快的翅膀，凑成了那样可爱的活泼的一只小燕子。当春间二三月，轻飔微微的吹拂着，如毛的细雨无因的由天上洒落着，千条万条的柔柳，齐舒了它们的黄绿的眼，红的白的黄的花，绿的草，绿的树叶，皆如赶赴市集者似的奔聚而来，形成了烂熳无比的春天时，那些小燕子，那么伶俐可爱的小燕子，便也由南方飞来。加入了这个隽妙无比的春景的图画中，为春光平添了许多的生趣。小燕子带了它的双剪似的尾，在微风细雨中，或在阳光满地时，斜飞于旷亮无比的天空之上，唧的一声，已由这里稻田上，飞到了那边的高柳之下了。再几只却隽逸的在粼粼如縠纹的湖面横掠着，小燕子的剪尾或翼尖，偶沾了水面一下，那小圆晕便一圈一圈的荡漾了开去。那边还有飞倦了的几对，闲散的憩息于纤细的电线上，——嫩蓝的春天，几支木杆，几痕细线连于杆与杆之间，线上是停着几个粗而有致的小黑点，那便是燕子，是多么有趣的一幅图画呀！还有一家家的快乐家庭，他们还特为我们的小燕子备了一个两个小巢，放在厅梁的最高处，假如这家有了一个匾额，那匾后便是小燕子最好的安巢之所。第一年，小燕子来住了，第二年，我们的小燕子，就是去年的一对，它们还要来住。

"燕子归来寻旧垒。"

还是去年的主，还是去年的宾，他们宾主间是如何的融融泄泄呀！偶然的有几家，小燕子却不来光顾，那便很使主人忧戚，他们邀召不到那么隽逸的嘉宾，每以为自己运命的蹇劣呢。

这便是我们故乡的小燕子，可爱的活泼的小燕子，曾使几多的孩子们欢呼着，注意着，沉醉着；曾使几多的农人们市民们忧戚着，或舒怀的指点着，且曾平添

· 作者简介 ·

郑振铎（1898～1958），原籍福建长乐，生于浙江永嘉，著名作家、文学评论家、考古学家。1917年入北京铁路管理学校学习。"五四"运动时期参与创办文学研究会。曾任上海商务印书馆编辑、《公理日报》主编及燕京大学、清华大学、暨南大学教授。中华人民共和国成立后历任文物局局长、考古研究所所长、文化部副部长等职。1958年10月因飞机失事遇难。主要著作有短篇小说集《家庭的故事》、《桂公塘》，专著《文学大纲》等。

了几多的春色，几多的生趣于我们的春天的小燕子！

如今，离家是几千里！离国是几千里！托身于浮宅之上，奔驰于万顷海涛之间，不料却见着我们的小燕子。

这小燕子，便是我们故乡的那一对，两对么？便是我们今春在故乡所见的那一对，两对么？

见了它们，游子们能不引起了，至少是轻烟似的，一缕两缕的乡愁么？

海水是皎洁无比的蔚蓝色，海波是平稳得如春晨的西湖一样，偶有微风，只吹起了绝细绝细的千万个粼粼的小皱纹，这更使照晒于初夏之太阳光之下的、金光烂灿的水面显得温秀可喜。我没有见过那么美的海！天上也是皎洁无比的蔚蓝色，只有几片薄纱似的轻云，平贴于空中，就如一个女郎，穿了绝美的蓝色夏衣，而颈间却围绕了一段绝细绝轻的白纱巾。我没有见过那么美的天空！我们倚在青色的船栏上，默默的望着这绝美的海天；我们一点杂念也没有，我们是被沉醉了，我们是被带入晶天中了。

就在这时，我们的小燕子，二只，三只，四只，在海上出现了。它们仍是隽逸的从容的在海面上斜掠着，如在小湖面上一样；海水被它的似剪的尾与翼尖一打，也仍是连漾了好几圈圆晕。小小的燕子，浩莽的大海，飞着飞着，不会觉得倦么？不会遇着暴风疾雨么？我们真替它们担心呢！

小燕子却从容的憩着了。它们展开了双翼，身子一落，落在海面上了，双翼如浮圈似的支持着体重，活是一只乌黑的小水禽，在随波上下的浮着，又安闲，又舒适。海是它们那么安好的家，我们真是想不到。

在故乡，我们还会想像得到我们的小燕子是这样的一个海上英雄么？

海水仍是平贴无波，许多绝小绝小的海鱼，为我们的船所惊动，群向远处窜去；随了它们飞窜着，水面起了一条条的长痕，正如我们当孩子时之用瓦片打水镖在水面所划起的长痕。这小鱼是我们小燕子的粮食么？

小燕子在海面上斜掠着，浮憩着。它们果是我们故乡的小燕子么？

啊，乡愁呀，如轻烟似的乡愁呀！

作/品/赏/析

20世纪20年代末，郑振铎一度旅居巴黎。当时国内政治气氛压抑，远居国外的郑振铎深深地思念着自己的祖国，挥笔写下了《海燕》一文，抒发了自己对故国故土的眷念之情。

文章开篇以细腻的笔调，描绘了一幅“燕子嬉春图”，一下子将读者带入一个如诗如画的意境中，说明了故乡的可爱。接着作者转移视线，将镜头对准自己所处的环境，描述了国外海面上燕子翩翩翻飞的情景。在作者的眼中，异国的燕子仿佛就是从故乡飞来的，它带来了故乡的讯息，引发了作者幽幽的乡愁。文章贯穿着一明一暗两条线索，明写海燕，实抒乡愁，表露了作者爱恋祖国、爱恋故乡的深厚感情。文章情挚意深，节奏舒缓，笔法细腻，意境优美，读来令人心思神驰，回味绵长。

红海上的一幕 / 孙福熙

入选理由
一幅浓墨重彩的风景画
积极向上的精神状态
展现雄伟壮观的异域风光

太阳做完了竟日普照的事业，在万物送别他的时候，他还显出十分的壮丽。他披上红袍，光耀万丈，云霞布阵，换起与主将一色的制服，听候号令。尽天所覆的大圆镜上，鼓起微波，远近同一节奏的轻舞，以歌颂他的功德，以惋惜他的离去。

景物忽然变动了，云霞移转，歌舞紧急，我战战兢兢地凝视，看宇宙间将有何种变化。太阳骤然躲入一块紫云后面了。海面失色，立即转为幽暗，彩云惊惧，屏足不敢喘息。金线万条，透射云际，使人领受最后的恩惠，然而他又出来了。他之藏匿是欲缓和人们在他去后的相思的。

我俯首看自己，见是照得满身光彩。正在欣幸而惭愧，回头看见我的背影，从船上投射海中，眼光跟了他过去，在无尽远处，窥见紫帏后的圆月，岂敢信他是我的影迎来的！

天生丽质，羞见人世，他启幕轻步而上，四顾静寂，不禁迟回。海如青绒的地毯，依微风的韵调而抑扬吟咏。薄霭是紫绢的背景，衬托皎月，愈显丰姿。青云侍侧，桃花覆顶，在这时候，他预备他灵感一切的事业了。

我渐渐的仰头上去，看红云渐淡而渐青，经过天中，沿弧线而下，青天渐淡而渐红，太阳就在这红云的中间。月与日正在船的左右，而我们是向正南进行——海行九天以来，至现在始辨方向。

我很勇壮，因为我饱餐一切色彩；我很清醒，因为我畅饮一切光辉。我为我的朋友们喜悦：他们所属望的我在这富有壮丽与优秀的大宇宙中了！

水面上的一点日影渐与太阳的圆球相接而相合，迎之而去了，太阳不想留恋，谁也不能挽留；空虚的舞台上唯留光明的小云，在可羡的布景前闪烁，听满场的鼓掌。

月亮是何等的圆润啊，远胜珠玉。他已高升，而且已远比初出时明亮了。他

·作者简介·

孙福熙（1898 ~ 1972），字春苔，浙江绍兴人。1912 年考入浙江省立第五师范学校。毕业后在家乡小学任教。1919 年与其兄孙伏园一起到北京，经鲁迅介绍到北大图书馆工作。次年到法国勤工俭学，考入法国国立美术专科学校。1926 年至 1927 年任北新书局编辑。1928 年到杭州国立西湖艺术学院任教授。1930 年再度赴法，在巴黎大学选修文学和艺术理论。次年回国继续在该校任教，同时编辑《艺风》、《文艺茶话》杂志。1937 年到武汉，加入中华全国文艺界抗敌协会。1938 年返回家乡在中学任课。不久到昆明“任友仁难童学校”当校长。1946 年从昆明回到上海，以卖画为生。1948 年任浙江大学文学院教授。中华人民共和国成立后任上海中学校长、上海市教育研究会主席。1951 年调北京人民教育出版社任高级编辑。晚年在张家口艺术学院任教，并兼任北京编译社高级编辑。

照临我，投射我的影子到无尽远处，追上太阳。月光是太阳的返照，然而他自有风格，绝不与太阳同德性。凉风经过他的旁边，裙衩摇曳，而他的目光愈是清澈了。他柔抚万物，以灵魂分给他们，使各各自然的知道填入诗句，合奏他新成的曲调。此时唯有皎洁，唯有凉爽，从气中，从水上，缥缈宇内。这是安慰，这是休息。这样的直至太阳再来时，再开始大家的工作。

作/品/赏/析

孙福熙以绘画见长，所以他的散文写作也用上了绘画的泼墨技法。《红海上的一幕》是他的一篇写景散文。这篇散文以色彩描摹和拟人手法见长。作者展现了太阳下山、明月初升的短时景象，抓住不同意象的主要特征，以画家特有的对于色彩的敏感，将绘画的手法运用于景物描写中，为读者绘制了一幅浓墨重彩的油画。作者写将要落山的太阳，是“红袍”加身，光彩照人；写遮住日、月的云是“紫云”、“紫帏”；写最后的阳光是“金线万条”；写皎月升起前的场面是“青云侍侧，桃花覆顶”。这些颇具色彩的词语的运用，使文章具有极强的画面感。

另外，拟人手法的运用又使文章在画面感的基础上增强了立体效果，如写云遮落日是太阳骤然躲入；写月华初上是启幕轻步而上；写月光普照是柔抚万物。拟人手法的运用增强了文章的生动性，给读者营造了一个亲切自然、令人愉悦的审美氛围。

从思想上看，此文也带有作者强烈的主观色彩，正是作者对于大自然的热爱和惊艳，以及积极向上的精神状态，才使“物皆着我之色彩”，描摹出的画面才充斥着雄伟壮观的气象。

又是一年芳草绿 / 老舍

入选理由
"质而实绮，癯而实腴"的审美风格
亲切朴素的语言特色
充满了散文的情趣美

悲观有一样好处，它能叫人把事情都看轻了一些。这个可也就是我的坏处，它不起劲，不积极。您看我挺爱笑不是？因为我悲观。悲观，所以我不能板起面孔，大喊："孤——刘备！"我不能这样。一想到这样，我就要把自己笑毛咕了。看着别人吹胡子瞪眼睛，我从脊梁沟上发麻，非笑不可。我笑别人，因为我看不起自己。别人笑我，我觉得应该；说得天好，我不过是脸上平润一点的猴子。我笑别人，往往招人不愿意；不是别人的量小，而是不像我这样稀松，这样悲观。

我打不起精神去积极地干，这是我的大毛病。可是我不懒，凡是我该做的我总想把它做了，总算得点报酬养活自己与家里的人——往好了说，尽我的本分。我的悲观还没到想自杀的程度，不能不找点事做。有朝一日非死不可呢，那只好死喽，我有什么法儿呢？

这样，你瞧，我是无大志的人。我不想当皇上。最乐观的人才敢作皇上，我没这份胆气。

有人说我很幽默，不敢当。我不懂什么是幽默。假如一定问我，我只能说我觉得自己可笑，别人也可笑；我不比别人高，别人也不比我高。谁都有缺欠，谁都有可笑的地方。我跟谁都说得来，可是他得愿意跟我说；他一定说他是圣人，叫我三跪九叩报门而进，我没这个瘾。我不教训别人，也不听别人的教训。幽默，据我这么想，不是嬉皮笑脸，死不要鼻子。

也不知怎股子劲儿，我成了个写家。我的朋友德成粮店的写账先生也是写家，我跟他同等，并且管他叫二哥。既是个写家，当然得写了。"风格即人"——还是"风格即驴"——我是怎个人自然写怎样的文章了。于是有人管我叫幽默的写家。我不以这为荣，也不以这为辱。我写我的。卖得出去呢，多得个三块五块的，买什么吃不香呢。卖不出去呢，拉倒，我早知道指着写文章吃饭是不易的事。

稿子寄出去，有时候是肉包子打狗，一去不回头；连个回信也没有。这，咱只好幽默；多喒见着那个骗子再说，见着他，大概我们俩总有一个笑着去见阎王的，

·作者简介·

老舍（1899 ~ 1966），原名舒庆春，字舍予，满族人，生于北京。1918 年毕业于北京师范学校。曾任小学校长、中学教员、英国伦敦大学东方学院讲师、山东齐鲁大学和青岛大学教授。1946 年赴美讲学。1949 年回国后历任北京市文联主席、中国作协和中国文联副主席。主要作品有小说《骆驼祥子》、《四世同堂》，话剧《茶馆》，散文《济南的冬天》等。

老舍出生地

1899年，老舍降生在北京新街口南大街小杨家胡同8号（原小羊圈5号）院内北房东间。这座饱经风霜的小宅院，东西长，南北窄，地势低洼，每逢下大雨，院中便会积水。老舍曾在《小人物自述》和《宝地》中记述过。

不过，这是不很多见的，要不怎么我还没想自杀呢。常见的事是这个，稿子登出去，酬金就睡着了，睡得还是挺香甜。直到我也睡着了，它忽然来了，仿佛故意吓人玩。数目也惊人，它能使我觉得自己不过值一毛五一斤，比猪肉还便宜呢。这个咱也不说什么，国难期间，大家都得受点苦，人家开铺子的也不容易，掌柜的吃肉，给咱点汤喝，就得念佛。是的，我是不能当皇上，焚书坑掌柜的，咱没那个狠心，你看这个劲儿！不过，有人想坑他们呢，我也不便拦着。

这么一来，可就有许多人看不起我。连好朋友都说："伙计，你也硬正着点，说你是为人类而写作，说你是中国的高尔基；你太泄气了！"真的，我是泄气，我看高尔基的胡子可笑。他老人家那股子自卖自夸的劲儿，打死我也学不来。人类要等着我写文章才变体面了，那恐怕太晚了吧？我老觉得文学是有用的；拉长了说，它比任何东西都有用，都高明。可是往眼前说，它不如一尊高射炮，或一锅饭有用。我不能吆喝我的作品是"人类改造丸"，我也不相信把文学杀死便天下太平。我写就是了。

别人的批评呢？批评是有益处的。我爱批评，它多少给我点益处；即使完全不对，不是还让我笑一笑吗？自己写的时候仿佛是蒸馒头呢，热气腾腾，莫名其妙。及至冷眼人一看，一定看出许多错儿来。我感谢这种指责。说的不对呢，那是他的错儿，不干我的事。我永不驳辩，这似乎是胆儿小；可是也许是我的宽宏大量。我不便往自己脸上贴金。一件事总得由两面瞧，是不是？

对于我自己的作品，我不拿她们当作宝贝。是呀，当写作的时候，我是卖了力气，我想往好了写。可是一个人的天才与经验是有限的，谁也不敢保了老写的好，连荷马也有打盹的时候。有的人呢，每一拿笔便想到自己是但丁，是莎士比亚。这没有什么不可以的，天才须有自信的心。我可不敢这样，我的悲观使我看轻自己。我常想客观的估量估量自己的才力；这不易做到，我究竟不能像别人看我看得那样清楚；好吧，既不能十分看清楚了自己，也就不用装蒜，谦虚是必要的，可是装蒜也大可以不必。

对做人，我也是这样。我不希望自己是个完人，也不故意地招人家的骂。该求朋友的呢，就求；该给朋友做的呢，就做。做得好不好，咱们大家凭良心。所以我很和气，见着谁都能扯一套。可是，初次见面的人，我可是不大爱说话；特别是见着女人，我简直张不开口，我怕说错了话。在家里，我倒不十分怕太太，可是对别的女人老觉着恐慌，我不大明白妇女的心理；要是信口开河的说，我不定说出什么来呢，而妇女又爱挑眼。男人也有许多爱挑眼的，所以初次见面，我不大愿开口。我最不喜辩论，因为红着脖子粗着筋的太不幽默。我最不喜欢好吹腾的人，可并不拒绝与这样的人谈话；我不爱这样的人，但喜欢听他的吹。最好是听着他吹，吹着吹着连他自己也忘了吹到什么地方去，那才有趣。

可喜的是有好几位生朋友都这么说："没见着阁下的时候，总以为阁下有八十多岁了。敢情阁下并不老。"是的，虽然将奔四十的人，我倒还不老。因为对事轻淡，我心中不大藏着计划，做事也无须要手段，所以我能笑，爱笑；天真的笑多少显着年青一些。我悲观，但是不愿老声老气的悲观，那近乎"虎事"。我愿意老年轻轻的，死的时候像朵春花将残似的那样哀而不伤。我就怕什么"权威"咧，"大家"咧，"大师"咧，等等老气横秋的字眼们。我爱小孩，花草，小猫，小狗，小鱼；这些都不"虎事"。偶尔看见个穿小马褂的"小大人"，我能难受半天，特别是那种所谓聪明的孩子，让我难过。比如说，一群小孩都在那儿看变戏法儿，我也在那儿，单会有那么一两个七八岁的小老头说："这都是假的！"这叫我立刻走开，心里堵上一大块。世界确是更"文明"了，小孩也懂事懂得早了，可是我还愿意大家傻一点，特别是小孩。假若小猫刚生下来就会捕鼠，我就不再养猫，虽然它也许是个神猫。

我不大爱说自己，这多少近乎"吹"。人是不容易看清楚自己的。不过，刚过完了年，心中还慌着，叫我写"人生于世"，实在写不出，所以就近的拿自己当材料。万一将来我不得已而做了皇上呢，这篇东西也许成为史料，等着瞧吧。

作/品/赏/析

《又是一年芳草绿》是老舍的一篇散文。整篇文章充满了散文的情趣美。作者在文章开篇运用中国古代散文常见的"立片言而居要"的文眼式构思，以"悲观"经纬全篇，不经意间使全篇完整如珍珠项链，粒粒相连。接着，作者围绕"悲观"来具体谈自己的志向、事业和做人原则。作者说在志向方面，"我打不起精神去积极地干"，但"该做的我总想把它做了"，这是一种"无为而无不为"的内在精神之"趣"；在事业上，作者这种"悲观"的态度的反映是"稿子"、"自己的作品"都不拿它们当宝贝，竟"不知怎股子劲儿，我成了写家"。这里的"悲观"其实是一种超然物外、不为外物所累的生活态度的反映。这种"悲观"倒成了"我"生活之趣；在做人上，作者说自己"不大爱说话"，喜欢和气，这种随遇而安、顺其自然的"悲观"也使"我"自得其趣。作者从三方面入手，用平实的文字表达自己顺其自然、不为外物所累的人生态度，文章字里行间洋溢着盎然的生活情趣。

另外，在语言方面，老舍先生使用具有老北京特色的日常生活语言，使文章在朴素的思想上更增加了生活的气息，亲切、温和，全无生涩、做作之感，真正达到了"质而实绮"的审美境界。

青岛

/闻一多

入选理由
关于青岛的著名游记
以美为主的艺术实践
对风物人情的纯粹书写

闻一多像

海船快到胶州湾时，远远望见一点青，在万顷的巨涛中浮沉；在右边崂山无数柱奇挺的怪峰，会使你忽然想起多少神仙的故事。进湾，先看见小青岛，就是先前浮沉在巨浪中的青点，离它几里远就是山东半岛最东的半岛——青岛。簇新的，整齐的楼屋，一座一座立在小小山坡上，笔直的柏油路伸展在两行梧桐树的中间，起伏在山冈上如一条蛇。谁信这个现成的海市蜃楼，一百年前还是个荒岛？

当春天，街市上和山野间密集的树叶，遮蔽着岛上所有的住屋，向着大海碧绿的波浪，岛上起伏的青梢也是一片海浪，浪下有似海底下神人所住的仙宫。但是在榆树丛荫，还埋着十多年前德国人坚伟的炮台，深长的甬道里你还可以看见那些地下室，那些被毁的大炮机，和墙壁上血涂的手迹。——欧战时这儿剩有五百德国兵丁和日本争夺我们的小岛，德国人败了，日本的太阳旗曾经一时招展全市，但不久又归还了我们。在青岛，有的是一片绿林下的仙宫和海水泱泱的高歌，不许人想到地下还藏着十多间可怕的暗窟，如今全毁了。

堤岸上种植无数株梧桐，那儿可以坐憩，在晚上凭栏望见海湾里千万只帆船的桅杆，远近一盏盏明灭的红绿灯漂在浮标上，那是海上的星辰。沿海岸处有许多伸长的山角，黄昏时潮水一卷一卷来，在沙滩上飞转，溅起白浪花，又退回去，不厌倦的呼啸。天空中海鸥逐向渔舟飞，有时间在海水中的大岩石上，听那巨浪撞击着岩石激起一两丈高的水花。那儿再有伸出海面的站桥，却站着望天上的云，海天的云彩永远是清澄无比的，夕阳快下山，西边浮起几道鲜丽耀眼的光，在别处你永远

·作者简介·

闻一多（1899 ~ 1946），原名闻家骅，号友三，生于湖北浠水。自幼爱好古典诗词和美术。1912 年考入北京清华学校，1916 年开始在《清华周刊》上发表系列读书笔记，总称《二月庐漫记》。同时创作旧体诗。1922 年 7 月赴美留学。1925 年 5 月回国，任北京艺术专科学校教务长。1928 年秋任国立武汉大学文学院院长兼中文系主任，从此致力于研究中国古典文学。1930 年深秋去山东任青岛大学文学院院长兼国文系主任。1932 年 8 月回北平任清华大学国文系教授。抗日战争爆发后，在西南联大任教 8 年。1944 年加入中国民主同盟。1946 年 7 月 15 日在悼念李公朴先生大会上，愤怒斥责国民党暗杀李公朴的罪行，当天下午即被国民党特务杀害。

看不见的。

过清明节以后，从长期的海雾中带回了春色，公园里先是迎春花和连翘，成篱的雪柳，还有好像白亮灯的玉兰，软风一吹来就憩了。四月中旬，绮丽的日本樱花开得像天河，十里长的两行樱花，蜿蜒在山道上，你在树下走，一举首只见樱花绣成的云天。樱花落了，地下铺好一条花溪。接着海棠花又点亮了，还有踯躅在山坡下的“山踯躅”，丁香，红端木，天天在染织这一大张地毡；往山后深林里走去，每天你会寻见一条新路，每一条小路中不知是谁创制的天地。

到夏季来，青岛几乎是天堂了。双驾马车载人到汇泉浴场去，男的女的中国人和十方的异客，戴了阔边大帽，海边沙滩上，人像小鱼一般，暴露在日光下，怀抱中是熏人的咸风。沙滩边许多小小的木屋；屋外搭着伞篷，人全仰天躺在沙上，有的下海去游泳，踩水浪，孩子们光着身在海滨拾贝壳。街路上满是烂醉的外国水手，一路上胡唱。

但是等秋风吹起，满岛又回复了它的沉默，少有人行走，只在雾天里听见一种怪水牛的叫声，人说水牛躲在海角下，谁都不知道在哪儿。

作/品/赏/析

在《青岛》里，闻一多运笔多在风物，千余字下来，青岛的眉目便宛然显现在我们眼前了，只给我们赏风景，而不要多说话。闻一多“以美为艺术之核心”的诗论，到了写景的散文上面，也还是一样的。青岛的一片水、一湾沙、一束花，在他的笔下更加清丽、明秀。他热爱青岛，但是看青岛的态度是平和的、闲适的，所以他把青岛绘成了一幅静美的画，而不是拗口累牍的文献材料。尽管他在青岛教书问学，做着从古典里钩取新义的工作，但是，初次映现的青岛还是牵引他愉快的目光，而它的美又引起了他欣悦的神气。他先是从海涛中望见青岛：整齐的楼屋，笔直的柏油路，两旁的梧桐树……简约的几笔，就勾勒出这座岛城的大略。接下去，完全依从季候的脉络，写着对于青岛的印象。通篇的格局是平常的，也没有奇峭之笔，而他的这番娓娓的描述，却浮闪着花与海的光色。写影与状声，作者将内心的体悟和盘托出，闻一多的《青岛》虽然短小，但在风景上却用尽了笔墨，意境又极清丽，感觉极好，显然，作者意不在显示学养的渊雅，智识的超卓，他只怀着轻松明朗的情绪写着风景之美，并无心载道，而淡淡的抒情意味却使青岛入他笔下，就成了一片流泻的霞彩，一个浮笑的梦。

青岛海边的小青岛风景

寄小读者 / 冰心

入选理由

冰心的散文代表作之一

笔调轻盈灵活，文字清新隽丽，感情细腻清澄

兼具白话文的通俗晓畅和文言文的凝练含蓄

亲爱的小朋友：

八月十七的下午，约克逊号邮船无数的窗眼里，飞出五色飘扬的纸带，远远的抛到岸上，任凭送别的人牵住的时候，我的心是如何的飞扬而凄恻！

冰心像

痴绝的无数的送别者，在最远的江岸，仅仅牵着这终于断绝的纸条儿，放这庞然大物，载着最重的离愁，飘然西去！

船上生活，是如何的清新而活泼。除了三餐外，只是随意游戏散步。海上的头三日，我竟完全回到小孩子的境地中去了，套圈子，抛沙袋，乐此不疲，过后又绝然不玩了。后来自己回想很奇怪，无他，海唤起了我童年的回忆，海波声中，童心和游伴都跳跃到我脑中来。我十分的恨这次舟中没有几个小孩子，使我童心来复的三天中，有无猜畅好的游戏！

我自少住在海滨，却没有看见过海平如镜。这次出了吴淞口，一天的航程，一望无际尽是粼粼的微波。凉风习习，舟如在冰上行。到过了高丽界，海水竟似湖光。蓝极绿极，凝成一片。斜阳的金光，长蛇般自天边直接到阑旁人立处。上自穹苍，下至船前的水，自浅红至于深翠，幻成几十色，一层层，一片片的漾开了来。……小朋友，恨我不能画，文字竟是世界上最无用的东西，写不出这空灵的妙景！

八月十八夜，正是双星渡河之夕。晚餐后独倚阑旁，凉风吹衣。银河一片星光，照到深黑的海上。远远听得楼阑下人声笑语，忽然感到家乡渐远。繁星闪烁着，

·作者简介·

冰心（1900 ~ 1999），原名谢婉莹，笔名冰心、男士等。原籍福建长乐，生于福州，幼年时代就广泛接触了中国古典小说和译作。1918年入协和女子大学预科，积极参加“五四”运动。1921年加入文学研究会。1923年毕业于燕京大学文科。同年赴美国威尔斯利女子大学学习英国文学。1926年，获文学硕士学位后回国，执教于燕京大学和清华大学等校。抗日战争期间在昆明、重庆等地从事创作和文化救亡活动。1946年赴日本，曾任东京大学教授。1951年回国，先后任《人民文学》编委、中国作家协会理事、中国文联副主席等职。

海波吟啸着，凝立悄然，只有惆怅。

十九日黄昏，已近神户，两岸青山，不时的有渔舟往来。日本的小山多半是圆扁的，大家说笑，便道是“馒头山”。这馒头山沿途点缀，直到夜里，远望灯光灿然，已抵神户。船徐徐停住，便有许多人上岸去。我因太晚，只自己又到最高层上，初次看见这般璀璨的世界，天上微月的光，和星光，岸上的灯光，无声相映。不时的还有一串光明从山上横飞过，想是火车周行。……舟中寂然，今夜没有海潮音，静极心绪忽起：“倘若此时母亲也在这里……”我极清晰的忆起北京来。小朋友，恕我，不能往下再写了。

一九二三年八月二十日，神户

朝阳下转过一碧无际的草坡，穿过深林，已觉得湖上风来，湖波不是昨夜欲睡如醉的样子了。——悄然的坐在湖岸上，伸开纸，拿起笔，抬起头来，四围红叶中，四面水声里，我要开始写信给我久违的小朋友。小朋友猜我的心情是怎样的呢？

水面闪烁着点点的银光，对岸意大利花园里亭亭层列的松树，都证明我已在万里外。小朋友，到此已逾一月了，便是在日本也未曾寄过一字，说是对不起呢，我又不愿！

我平时写作，喜在人静的时候。船上却处处是公共的地方，舱面阑边，人人可以来到。海景极好，心胸却难得清平。我只能在晨间绝早，船面无人时，随意写几个字，堆积至今，总不能整理，也不愿草草整理，便迟延到了今日。我是尊重小朋友的，想小朋友也能尊重原谅我！

许多话不知从哪里说起，而一声声打击湖岸的微波，一层层的没上杂立的潮石，直到我蔽膝的毡边来，似乎要求我将她介绍给我的小朋友。小朋友，我真不知如何的形容介绍她！她现在横在我的眼前。湖上的月明和落日，湖上的浓阴和微雨，我都见过了，真是仪态万千。小朋友，我的亲爱的人都不在这里，便只有她——海的女儿，能慰安我了。Lake Waban，谐音会意，我便唤她做“慰冰”。每日黄昏的游泛，舟轻如羽，水柔如不胜桨。岸上四围的树叶，绿的，红的，黄的，白的，一丛一丛的倒影到水中来，覆盖了半湖秋水。夕阳下极其艳冶，极其柔媚。将落的金光，到了树梢，散在湖面。我在湖上光雾中，低低的嘱咐它，带我的爱和慰安，一同和它到远东去。

读书时代的冰心（左）与其同学们在一起

小朋友！海上半月，湖上也过半月了，若问我爱哪一个更甚，这却难说。——海

已过古稀之年的冰心沉湎在往事的回忆中

好像我的母亲，湖是我的朋友。我和海亲近在童年，和湖亲近是现在。海是深阔无际，不着一字，她的爱是神秘而伟大的，我对她的爱是归心低首的。湖是红叶绿枝，有许多衬托，她的爱是温和妩媚的，我对她的爱是清淡相照的。这也许太抽象，然而我没有别的话来形容了！

小朋友，两月之别，你们自己写了多少，母亲怀中的乐趣，可以说来让我听听么？——这便算是沿途书信的小序。此后仍将那写好的信，按序寄上，日月和地方，都因其旧，“弱游”的我，如何自太平洋东岸的上海绕到大西洋东岸的波士顿来，这些信中说得很清楚，请在那里看罢！

不知这几百个字，何时方达到你们那里，世界真是太大了！

一九二三年十月十四日，慰冰湖畔，威尔斯利

作/品/赏/析

1923年8月，冰心从燕京大学毕业后，赴美留学，专事文学研究。期间她将在旅途和异国的见闻感受，用通讯的形式写成系列散文《寄小读者》（共29篇），在《晨报·儿童世界》专栏发表。本篇选自《寄小读者》中的《通讯七》。

文章写的是作者从上海到美国威尔斯利的旅途见闻。作者通过对太平洋的空灵美景和慰冰湖的柔媚夕照的描摹，抒发了自己远离祖国，眷念故乡和母亲的情怀。文章构思精巧，动静结合，浑然一体。对话式的语气，增加了文章的亲切感，给人以柔情似水的温馨感。冰心的散文笔调轻盈灵活，文字清新隽丽，感情细腻清澄，兼具白话文通俗晓畅的特点和文言文凝练含蓄的长处。《寄小读者》即是明显一例。

荷叶母亲 / 冰心

入选理由
一道爱和美的风景
简洁中富含永恒
歌颂母爱的名篇

父亲的朋友送给我们两缸莲花，一缸是红的，一缸是白的，都摆在院子里。

八年之久，我没有在院子里看莲花了——但故乡的园院里，却总有许多；不但有并蒂的，还有三蒂的，四蒂的，都是红莲。

九年前的一个月夜，祖父和我在院里乘凉。祖父笑着和我说："我们园里最初开三蒂莲的时候，正好我们大家庭里添了你们三个姐妹，大家都欢喜，说是应了花瑞。"

半夜里听见繁杂的雨声，早起是浓阴的天，我觉得有些烦闷。从窗内往外看时，那一朵白莲已经谢了，白瓣小船般散漂在水里。梗上只留个小小的莲蓬，和几根淡黄色的花须。那一朵红莲，昨夜还是菡萏的，今晨却开满了，亭亭地在绿叶中间立着。

仍是不适意——徘徊了一会子，窗外雷声作了，大雨接着就来，愈下愈大，那朵红莲，被那繁密的雨点，打得左右欹斜。在无遮蔽的天空之下，我不敢下阶去，也无法可想。

对屋里母亲唤着，我连忙走过去，坐在母亲旁边——一回头忽然看见红莲旁边的一个大荷叶，慢慢地倾侧下来，正覆盖在红莲上面……我不宁的心绪散尽了！

雨势并不减退，红莲却不摇动了。雨点不住地打着，只能在那勇敢慈怜的荷叶上面，聚了些流转无力的水珠。

我心中深深地受了感动——

母亲啊！你是荷叶，我是红莲，心中的雨点来了，除了你，谁是我在无遮拦天空下的荫蔽？

作/品/赏/析

由于受博爱论的影响以及自身通达乐观的处世态度，冰心在压抑、迷茫的年代区别于他人，在文学上走出了自己独特的路子。在冰心的眼里，爱和真永远是世界的两大主题。

《荷叶母亲》是冰心一篇篇幅短小的散文，作者被雨打红莲、荷叶护花的生动场景感动，而联想到母亲的呵护和关爱，幻化出"荷叶母亲"如诗如画般的美好形象。母爱是纯洁的，总在你遇到风雨时悄然而至，给你慰藉和力量；母爱是无私的，她将永远包容着你，伴随你一生。冰心在文中也提到了风、雨、雷声这些不太美好的事物，但这些在爱的世界中只不过是生活中的涟漪。在母爱的呵护中，我们幸福地成长，享受美好的生活。文章末尾"母亲啊！你是荷叶，我是红莲，心中的雨点来了，除了你，谁是我在无遮拦天空下的荫蔽？"为点睛之笔，既升华了主题，又抒发了对母爱由衷的感激和赞美之情。

小橘灯

/ 冰心

入选理由 塑造了一位在艰难的生活逆境中
渴望光明的善良坚强的少女形象
收入中学课本

这是十几年以前的事了。

在一个春节前一天的下午，我到重庆郊外去看一位朋友。她住在那个乡村的乡公所楼上。走上一段阴暗的仄仄的楼梯，进到一间有一张方桌和几张竹凳、墙上装着一架电话的屋子，再进去就是我的朋友的房间，和外间只隔一幅布帘。她不在家，窗前桌上留着一张条子，说是她临时有事出去，叫我等着她。

我在她桌前坐下，随手拿起一张报纸来看，忽然听见外屋板门吱地一声开了。过了一会，又听见有人在挪动那竹凳子。我掀开帘子，看见一个小姑娘，只有八九岁光景，瘦瘦的苍白的脸，冻得发紫的嘴唇，头发很短，穿一身很破旧的衣裤，光脚穿一双草鞋，正在登上竹凳想去摘墙上的听话器，看见我似乎吃了一惊，把手缩了回来。我问她："你要打电话吗？"她一面爬下竹凳，一面点头说："我要 ×× 医院，找胡大夫，我妈妈刚才吐了许多血！"我问："你知道 ×× 医院的电话号码吗？"她摇了摇头说："我正想问电话局……"我赶紧从机旁的电话本子里找到医院的号码，就又问她："找到了大夫，我请他到谁家去呢？"她说："你只要说王春林家里病了，他就会来的。"

我把电话打通了，她感激地谢了我，回头就走。我拉住她问："你的家远吗？"她指着窗外说："就在山窝那棵大黄果树下面，一下子就走到的。"说着就登、登、登地下楼去了。

我又回到里屋去，把报纸前前后后都看完了，又拿起一本《唐诗三百首》来，看了一半，天色越发阴沉了，我的朋友还不回来。我无聊地站了起来，望着窗外浓雾里迷茫的山景，看到那棵黄果树下面的小屋，忽然想去探望那个小姑娘和她生病的妈妈。我下楼在门口买了几个大红橘子，塞在手提袋里，顺着歪斜不平的石板路，走到那小屋的门口。

我轻轻地叩着板门，刚才那个小姑娘出来开了门，抬头看了我，先愣了一下，后来就微笑了，招手叫我进去。这屋子很小很黑，靠墙的板铺上，她的妈妈闭着眼平躺着，大约是睡着了，被头上有斑斑的血痕，她的脸向里侧着，只看见她脸上的乱发，和脑后的一个大髻。门边一个小炭炉，上面放着一个小沙锅，微微地冒着热气。这小姑娘把炉前的小凳子让我坐了，她自己就蹲在我旁边，不住地打量我。我轻轻地问："大夫来过了吗？"她说："来过了，给妈妈打了一针……她现在很好。"她又像安慰我似地说："你放心，大夫明早还要来的。"我问："她吃过东西吗？这锅里是什么？"她笑说："红薯稀饭——我们的年夜饭。"我想起了我带来的橘子，就拿出来放在床边的小矮桌上。她没有作声，只伸手拿过一个最大的橘子来，用小刀削去上面的一段皮，又用两只手把底下的一大半轻轻地揉捏着。

我低声问：“你家还有什么人？”她说：“现在没有什么人，我爸爸到外面去了……”她没有说下去，只慢慢地从橘皮里掏出一瓤一瓤的橘瓣来，放在她妈妈的枕头边。

炉火的微光，渐渐地暗了下去，外面更黑了。我站起来要走，她拉住我，一面极其敏捷地拿过穿着麻线的大针，把那小橘碗四周相对地穿起来，像一个小筐似的，用一根小竹棍挑着，又从窗台上拿了一段短短的洋蜡头，放在里面点起来，递给我说：“天黑了，路滑，这盏小橘灯照你上山吧！”

我赞赏地接过，谢了她，她送我出到门外，我不知道说什么好，她又像安慰我似地说：“不久，我爸爸一定会回来的。那时我妈妈就会好了。”她用小手在面前画一个圆圈，最后按到我手上：“我们大家也都好了！”显然地，这“大家”也包括我在内。

我提着这灵巧的小橘灯慢慢地在黑暗潮湿的山路上走着。这朦胧的橘红的光，实在照不了多远，但这小姑娘的镇定、勇敢、乐观的精神鼓舞了我，我似乎觉得眼前有无限光明！

我的朋友已经回来了，看见我提着小橘灯，便问我从哪里来。我说：“从……从王春林家来。”她惊异地说：“王春林，那个木匠，你怎么认得他？去年山下医学院里，有几个学生，被当做共产党抓走了，以后王春林也失踪了，据说他常替那些学生送信……”

当夜，我就离开那山村，再也没有听见那小姑娘和她母亲的消息。

但是从那时起，每逢春节，我就想起那盏小橘灯。十二年过去了，那小姑娘的爸爸一定早回来了。她妈妈也一定好了吧？因为我们“大家”都“好”了！

作/品/赏/析

这是一篇优美的回忆性叙事散文，文章形象地刻画了一位在艰难的生活逆境中渴望光明的善良坚强的农家少女的形象。作者从小处着手，选取了小姑娘打电话、照看妈妈、与“我”攀谈、做小橘灯送“我”这几件平凡的事情，由表及里，由浅入深，层层推进，将一个早熟、坚强、勇敢、乐观、善良、富于内在美的乡村贫苦少女的形象描绘得有血有肉、惟妙惟肖。作者在叙事之后所写的一段抒情文字，是全篇的点睛之笔，它深化了主题，揭示了小橘灯的象征意义——象征着蕴藏在人民心中的希望和火种，象征着光明和胜利之灯。

桨声灯影里的秦淮河

/ 俞平伯

入选理由
一幅形象地描绘六朝金粉之地秦淮河的水墨画
与朱自清的同名散文一起被誉为描摹秦淮河风光的“散文双璧”
视角独特，笔调细腻传神

俞平伯像

我们消受得秦淮河上的灯影，当圆月犹皎的仲夏之夜。

在茶店里吃了一盘豆腐干丝，两个烧饼之后，以歪歪的脚步踅上夫子庙前停泊着的画舫，就懒洋洋躺到藤椅上去了。好郁蒸的江南，傍晚也还是热的。“快开船罢！”桨声响了。

小的灯舫初次在河中荡漾；于我，情景是颇朦胧，滋味是怪羞涩的。我要错认它作七里的山塘；可是，河房里明窗洞启，映着玲珑入画的曲栏杆，顿然省得身在何处了。佩弦呢，他已是重来，很应当消释一些迷惘的。但看他太频繁地摇着我的黑纸扇。胖子是这个样怯热的吗？

又早是夕阳西下，河上妆成一抹胭脂的薄媚。是被青溪的姊妹们所熏染的吗？还是匀得她们脸上的残脂呢？寂寂的河水，随双桨打它，终是没言语。密匝匝的绮恨逐老去的年华，已都如蜜饧似的融在流波的心窝里，连呜咽也将嫌它多事，更哪里论到哀嘶。心头，宛转的凄怀；口内，徘徊的低唱；留在夜夜的秦淮河上。

在利涉桥边买了一匣烟，荡过东关头，渐荡出大中桥了。船儿悄悄地穿出连环着的三个壮阔的涵洞，青溪夏夜的韶华已如巨幅的画豁然而抖落。哦！凄厉而繁的弦索，颤岔而涩的歌喉，杂着吓哈的笑语声，劈拍的竹牌响，更能把诸楼船上的华灯彩绘，显出火样的鲜明，火样的温煦了。小船儿载着我们，在大船缝里挤着，挨着，抹着走。它忘了自己也是今宵河上的一星灯火。

既踏进所谓“六朝金粉气”的销金锅，谁不笑笑呢！今天的一晚，且默了滔滔的言说，且舒了恻恻的情怀，暂且学着，姑且学着我们平时认为在醉里梦里的他们的憨痴笑语。看！初上的灯儿们一点点掠剪柔腻的波心，梭织地往来，把河水都皴得微明了。纸薄的心旌，我的，尽无休息地跟着它们飘荡，以至于怦怦而内热。这

· 作者简介 ·

俞平伯（1900～1990），浙江德清人，著名诗人、散文家、红学家。1919年毕业于北京大学，次年到杭州第一师范学院执教。“五四”时期先后加入新潮社、文学研究会、语丝社等新文学团体。1922年与朱自清等人创办《诗》月刊。曾先后任教于上海大学、燕京大学、北京大学。中华人民共和国成立后任北京大学教授。1952年任中国社会科学院文学研究所研究员。主要著作有诗集《冬夜》，散文集《燕知草》、《杂拌儿》，文学论集《红楼梦研究》等。

还好说什么的！如此说，诱惑是诚然有的，且于我已留下不易磨灭的印记。至于对榻的那一位先生，自认曾经一度摆脱了纠缠的他，其辩解又在何处？这实在非我所知。

我们，醉不以涩味的酒，以微漾着，轻晕着的夜的风华。不是什么欣悦，不是什么慰藉，只感到一种怪陌生，怪异样的朦胧。朦胧之中似乎胎孕着一个如花的笑——这么淡，那么淡的倩笑。淡到已不可说，已不可拟，且已不可想；但我们终久是眩晕在它离合的神光之下的。我们没法使人信它是有，我们不信它是没有。勉强哲学地说，这或近于佛家的所谓“空”，既不当鲁莽说它是“无”，也不能径直说它是“有”。或者说“有”是有的，只因无可比拟形容那“有”的光景；故从表面看，与“没有”似不生分别。若定要我再说得具体些：譬如东风初劲时，直上高翔的纸鸢，牵线的那人儿自然远得很了，知她是哪一家呢？但凭那鸢尾一缕飘绵的彩线，便容易揣知下面的人寰中，必有微红的一双素手，卷起轻绡的广袖，牢担荷小纸鸢儿的命根的。飘翔岂不是东风的力，又岂不是纸鸢的含德；但其根株却将另有所寄。请问，这和纸鸢的省悟与否有何关系？故我们不能认笑是非有，也不能认朦胧即是笑。我们定应当如此说，朦胧里胎孕着一个如花的幻笑，和朦胧又互相混融着的；因它本来是淡极了，淡极了这么一个。

漫提那些纷烦的话，船儿已将泊在灯火的丛中去了。对岸有盏跳动的汽油灯，佩弦便硬说它远不如微黄的火。我简直没法和他分证那是非。

时有小小的艇子急忙忙打桨，向灯影的密流里横冲直撞。冷静孤独的油灯映见黯淡久的画船（？）头上，秦淮河姑娘们的靓妆。茉莉的香，白兰花的香，脂粉的香，纱衣裳的香……微波泛滥出甜的暗香，随着她们那些船儿荡，随着我们这船儿荡，随着大大小小一切的船儿荡。有的互相笑语，有的默然不响，有的衬着胡琴亮着嗓子唱。一个，三两个，五六七个，比肩坐在船头的两旁，也无非多添些淡薄的影儿葬在我们的心上——太过火了，不至于罢，早消失在我们的眼皮

秦淮河畔夫子庙

鼎鼎有名的夫子庙，不是因为它是孔庙、府学，而是因为它地处六朝粉黛之地，与夫子的干系其实稀少，只是与秦淮风气相融，才成了众人娱乐的闹市。

上。谁都是这样急忙忙的打着桨，谁都是这样向灯影的密流里冲着撞；又何况久沉沦的她们，又何况漂泊惯的我们俩。当时浅浅的醉，今朝空空的惆怅；老实说，咱们萍泛的绮思不过如此而已，至多也不过如此而已。你且别讲，你且别想！这无非是梦中的电光，这无非是无明的幻相，这无非是以零星的火种微炎在大欲的根苗上。扮戏的咱们，散了场一个样，然而，上场锣，下场锣，天天忙，人人忙。看！吓！载送女郎的艇子才过去，货郎担的小船不是又来了？一盏小煤油灯，一舱的什物，他也忙得来像手里的摇铃，这样丁冬而郎当。

20 世纪 30 年代的秦淮河泊舟图

杨枝绿影下有条华灯璀璨的彩舫在那边停泊。我们那船不禁也依傍短柳的腰肢，欹侧地歇了。游客们的大船，歌女们的艇子，靠着。唱的拉着嗓子；听的歪着头；斜着眼，有的甚至于跳过她们的船头。如那时有严重些的声音，必然说："这哪里是什么旖旎风光！"咱们真是不知道，只模糊地觉着在秦淮河船上板起方正的脸是怪不好意思的。咱们本是在旅馆里，为什么不早早入睡，掂着牙儿，领略那"卧后清宵细细长"；而偏这样急急忙忙跑到河上来无聊浪荡？

还说那时的话，从杨柳枝的乱鬓里所得的境界，照规矩，外带三分风华的。况且今宵此地，动荡着有灯火的明姿。况且今宵此地，又是圆月欲缺未缺，欲上未上的黄昏时候。叮当的小锣，伊轧的胡琴，沉填的大鼓……弦吹声腾沸遍了三里的秦淮河。喳喳嚷嚷的一片，分不出谁是谁，分不出哪儿是哪儿，只有整个的繁喧来把我们包填。仿佛都抢着说笑，这儿夜夜尽是如此的，不过初上城的乡下佬是第一次呢。真是乡下人，真是第一次。

穿花蝴蝶样的小艇子多到不和我们相干。货郎担式的船，曾以一瓶汽水之故而拢近来，这是真的。至于她们呢，即使偶然灯影相偎而切掠过去，也无非瞧见我们微红的脸罢了，不见得有什么别的。可是，夸口早哩！——来了，竟向我们来了！不但是近，且拢着了。船头傍着，船尾也傍着；这不但是拢着，且并着了。厮并着倒还不很要紧，且有人扑冬地跨上我们的船头了。这岂不大吃一惊！幸而来的不是姑娘们，还好。（她们正冷冰冰地在那船头上。）来人年纪并不大，神气倒怪狡猾，把一扣破烂的手折，摊在我们眼前，让细瞧那些戏目，好好儿点个唱。他说："先生，这是小意思。"诸君，读者，怎么办？

好，自命为超然派的来看榜样！两船挨着，灯光愈皎，见佩弦的脸又红起来了。那时的我是否也这样？这当转问他。（我希望我的镜子不要过于给我下不去。）老是红着脸终久不能打发人家走路的，所以想个法子在当时是很必要。说来也好

自六朝时，秦淮河就已成为居民密集、商贸繁荣的街市。到明清时，这里更是盛极一时，灯火楼台，画船箫鼓，无限繁华。图为今日秦淮河风光。

笑，我的老调是一味的默，或干脆说个“不”，或者摇摇头，摆摆手表示“决不”。如今都已使尽了。佩弦便进了一步，他嫌我的方术太冷漠了，又未必中用，摆脱纠缠的正当道路惟有辩解。好吗！听他说：“你不知道？这事我们是不能做的。”这是诸辩解中最简洁，最漂亮的一个。可惜他所说的“不知道”来人倒真有些“不知道”！辜负了这二十分聪明的反语。他想得有理由，你们为什么不能做这事呢？因这“为什么”，佩弦又有进一层的曲解。那知道更坏事，竟只博得那些船上人的一哂而去。他们平常虽不以聪明名家，但今晚却又怪聪明，如洞彻我们的肺肝一样的。这故事即我情愿讲给诸君听，怕有人未必愿意哩。“算了罢，就是这样算了罢”，恕我不再写下了，以外的让他自己说。

叙述只是如此，其实那时连翩而来的，我记得至少也有三五次。我们把它们一个一个的打发走路。但走的是走了，来的还正来。我们可以使它们走，我们不能禁止它们来。我们虽不轻被摇撼，但已有一点杌陧了。况且小艇上总载去一半的失望和一半的轻蔑，在桨声里仿佛狠狠地说：“都是呆子，都是吝啬鬼！”还有我们的船家（姑娘们卖个唱，他可以赚几个子的佣金）。眼看她们一个一个的去远了，呆呆的蹲踞着，怪无聊赖似的。碰着了这种外缘，无怒亦无哀，惟有一种情意的紧张，使我们从颓弛中体会出挣扎来。这味道倒许很真切的，只恐怕不易为倦鸦似的人们所喜。

曾游过秦淮河的到底乖些。佩弦告船家：“我们多给你酒钱，把船摇开，别让他们来啰嗦。”自此以后，桨声复响，还我以平静了，我们俩又渐渐无拘无束舒服起来，又滔滔不断地来谈谈方才的经过。今儿是算怎么一回事？我们齐声说，欲的胎动无可疑的。正如水见波痕轻婉已极，与未波时究不相类。微醉的我们，洪醉的他们，深浅虽不同，却同为一醉。接着来了第二问，既自认有欲的微炎，为什么艇子来时又羞涩地躲了呢？在这儿，答语参差着。佩弦说他的是一种暗昧的道德意味，我说是一种似较深沉的眷爱。我只背诵岂君的几句诗给佩弦听，望他曲喻我的心胸。可恨他今天似乎有些发钝，反而追着问我。

前面已是复成桥。青溪之东，暗碧的树梢上面微耀着一桁的清光。我们的船就缚在枯柳桩边待月。其时河心里晃荡着的，河岸头歇泊着的各式灯船，望去，少说点也有十廿来只。惟不觉繁喧，只添我们以幽甜。虽同是灯船，虽同是秦淮，虽同是我们；却是灯影淡了，河水静了，我们倦了，——况且月儿将上了。灯影里的昏黄，和月下灯影里的昏黄原是不相似的，又何况入倦的眼中所见的昏黄呢。灯光所以映她的秾姿，月华所以洗她的秀骨，以蓬腾的心焰跳舞，她的盛年，以饧涩的眼波供养她的迟暮。必如此，才会有圆足的醉，圆足的恋，圆足的颓弛，成熟了我们的心田。

犹未下弦，一丸鹅蛋似的月，被纤柔的云丝们簇拥上了一碧的遥天。冉冉地行来，冷冷地照着秦淮。我们已打桨而徐归了。归途的感念，这一个黄昏里，心和境的交萦互染，其繁密殊超我们的言说。主心主物的哲思，依我外行人看，实在把事情说得太嫌简单，太嫌容易，太嫌分明了。实有的只是浑然之感。就论这一次秦淮夜泛罢，从来处来，从去处去，分析其间的成因自然亦是可能；不过求得圆满足尽的解析，使片段的因子们合拢来代替刹那间所体验的实有，这个我觉得有点不可能，至少于现在的我们是如此的。凡上所叙，请读者们只看作我归来后，回忆中所偶然留下的千百分之一二，微薄的残影。若所谓“当时之感”，我决不敢望诸君能在此中窥得。即我自己虽正在这儿执笔构思，实在也无从重新体验出那时的情景。说老实话，我所有的只是忆。我告诸君的只是忆中的秦淮夜泛。至于说到那“当时之感”，这应当去请教当时的我。而他久飞升了，无所存在。

……

凉月凉风之下，我们背着秦淮河走去，悄默是当然的事了。如回头，河中的繁灯想定是依然。我们却早已走得远，“灯火未阑人散”；佩弦，诸君，我记得这就是在南京四日的酣嬉，将分手时的前夜。

作/品/赏/析

1922年8月，俞平伯与朱自清共同畅游了秦淮河，之后两人同以秦淮河为主题，写下了题目相同的两篇散文，风采与风格不同，但内容都很精彩、优美，成为中国现代散文史上的一段佳话。

十里秦淮，曾为六朝金粉之地，当年很是喧闹繁华过一阵子。在这篇文章中，作者以桨声灯影为切入点，作为夜游秦淮、品味秦淮的独特角度，以细腻传神的笔调，为我们展示了秦淮的桨声灯影、旖旎风光、绮靡声色。文章的前半部分描绘了“桨声”中的、喧闹的、歌声笑语的秦淮河，后半部分描绘了“灯影”中的、优雅的、“此时无声胜有声”的秦淮河。“两条”秦淮构架了一个立体的秦淮世界——诗意的、历史的，又是现实的、尘俗的秦淮世界。细腻、洒脱的字里行间，透露出一种空灵朦胧的意境美：水朦胧、灯朦胧、人朦胧、月朦胧、心朦胧。

在玄武湖畔

/李金发

入选理由
象征主义诗人笔下的花鸟鱼虫
生活情调和自然情趣的相互交融
令人神往的隐逸闲情

李金发像

在玄武湖畔这个不可多得的，打破六十余年纪录的，温度达一百零四度四的一九三四年，我恰从温和适意的南国的罗浮山，跑到石头城来，我是自叹倒霉，预备去受酷暑的磨难的。不料不幸中之幸，终于躲在玄武湖养园两个月，和太阳神抵抗，终得平安过去。现在秋意渐渐浓厚，我继续在此居住，看着大自然逐步失去活泼之态，一面严冬又在准备它的大业。

七月初旬，知道家人要北来，我就在南京物色西式的住宅，从五台山走到阴阳营，马家街等地都空费流汗。凑巧得很，友人汪君来访，他知道我在找房子，他提议分租他住的养园一部分给我，真是再好没有，人们求之不得的。我于是遂从不脱南京旧日本色的金沙井逃出来，好像舒了一口喘息似的。

到上海去接家人回来，就在那里过昼伏夜出的生活。

这个中国式的西洋别墅，不要小看它，是当年住过许多"党国要人"的，因为以前做过荷院俱乐部。值得提起的，是它有一大客厅，可容六七十人跳舞，当年曾做过首都社交中心的工具的，其余的建筑则一无是处。然细察一会，则可看出屋主人是休养林泉的能手，房子全部的窗和门，都是铁纱窗，没有苍蝇蚊子踪影。四周栽满花草，高纵的树木包围着，在窗外还有芭蕉的绿叶，代替了窗帘。葡萄藤满生白色的果实，在预备采食之前一日，为不知什么鼠食得干净。西偏有成亩的小竹成林，因为久旱的缘故，笋子老埋在土下，一遇下过了雨，翌晨无数的幼芽，从土中如笔般长出。老园丁说，此种笋不会长成，便将它挖出来做菜；起初觉得非常可惜，煞风景，但后来看惯了，自己也每遇雨后抢着去挖，把它鲜炒或晒成

·作者简介·

李金发（1900～1976），原名李淑良，笔名金发，广东梅县人。早年就读于香港圣约瑟中学，后至上海入南洋中学留法预备班。1919年赴法勤工俭学，1921年就读于第戎美术专门学校和巴黎帝国美术学校，在法国象征派诗歌特别是波特莱尔《恶之花》的影响下，开始创作格调怪异的诗歌，在中国新诗坛引起一阵骚动，被称为"诗怪"，成为我国第一个象征主义诗人。1925年初回国，在上海美专执教，同年加入文学研究会，并为《小说月报》、《新女性》撰稿。1928年任杭州国立艺术院雕塑系主任，创办《美育》杂志。后赴广州塑像，并在广州美术学院工作，1936年任该校校长。20世纪40年代后期，几次出任外交官员，后移居美国纽约，直至去世。

笋干。

杨柳在窗外摇曳，有时垂到地下，阻住人来往的路，但人从不会把它砍短；有时柳枝驻下一二个富于气力的蝉儿，引吭高歌，与远处高处的和成一个合奏曲，真是热闹，有时扰人午睡又觉罪不容诛。听茵子说，秋天无力的蝉，叫声是“也余也余”地叫，与盛夏的“余余余”不变音的叫法，是不同的。后来入了秋听之，果然不错。亏得我在乡间住了十几年，还不曾听过这常识。至今思之，不快的，是有一天气压非常高的一天，我出去公园管理处打电话，看到一个穿草鞋的苦力人，手持一竹竿，腰间接着一竹篓，正在将一种胶质糊在竿尾，然后仰首去寻蝉声所自出处，将这有胶的竿，轻轻的靠在鸣着的蝉之背部，则两翼已在无用的挣扎，他徐徐将竿退下，将蝉翼上有胶的部分揭去（美丽的翼就此残缺了），放进篓中它的无数同命运者中去。

犹闻闹成一张如人类狱中的罪人之骚动，我好奇地，借他的竿也捉下一个，也给他放进去了。这是我牺牲一小生命的罪过！闻此种蝉将卖给小孩子玩，——磨难小动物，是中国儿童的时色，也是无知的父母所允诺的。——或卖给人做药材，这就是与人无所忤的自然吟咏者之命运。

不知怎的，我近十年来很觉得心肠仁慈多了，一个小小的蚱蜢及蟋蟀，甚至蚂蚁，我都不愿及不许小孩们弄死，或磨难它们，对于它们的生活，我也很趣味，充其量我可以做一个昆虫学家 Fabier 也说不定。他们粗人俗人，常常笑我尚有孩子气，我承认我尚有赤子之心，个中诗意及哲理是他们不能领略的。有一次，我无意中在树根下发现两种蚂蚁在斗争，纠纷的起因为何，我可惜没有看到，迨我看见时，已有十来个大蚁（有半英寸长）为无数小蚁擒食，大蚁则派几个勇士，守在土穴之口，张开铁一般黑钳，窥伺着。环绕着的小蚁群，偶有一个过于勇敢不小心的小蚁，便会把它衔进去受极刑。有时大蚁稍不小心，走得过远，便为小蚁包围，你吃一脚，他吃一臂，就走不动了，这样就断送了它的性命。这不是人类的缩影吗？我蹲在那里，足足看了一点钟，心头非常难过，但没有法子可以排解它们，后来我回去吸一枝香烟，写了一点译稿，再来看时，小蚁们已退至东边，大蚁出来，到已退出的阵地，张皇地在寻觅。怎样的经过呢？小蚁自动的总退却呢，还是为大蚁吞食到如此田地呢？大蚁又何不追击呢？我想彼此牺牲必不少，这些都使我沉思了终日，这样的蚁斗，也不多见了。

20世纪30年代的南京玄武湖

玄武湖位于南京市东北城墙外，由玄武门和解放门与市区相连。它在六朝以前称桑泊，晋朝时称北湖，是训练水军的场所。历史上除了训练水军之外，它一直是帝王大臣们的游乐地，1909年辟为公园。当时称元武湖公园（元是玄的避讳字），还曾称五洲公园、后湖等。

此地的蟾蜍，是孩子们的朋

20世纪30年代南京城内的热闹景象

友，他们叫它为“呷呷仔”，每遇下雨，它们就东一个西一个笨拙地爬出来觅食（实在下了雨，什么蚊虫也走光了，它的本能失了效用）。尤以竹林下为多，小孩子若以竹子打打它的背部，它撑起四脚，鼓胀着气来抵抗，这真是拉芳登寓言中所说的一样。

夕阳西下，人们鱼贯地来园中散步的时候，便见数百只麻雀群，在梧桐树枝上觅栖宿的地方，至少嘈杂在半个钟头以上，才跟着夜色四合，寂然无声，大概是位置的分配罢！每当夜间雷电交作，或狂风怒吼的时候，它们在不安定的枝头受苦，我常常在深夜想起，很可怜这小动物。

每个大树下都有石桌石凳，可以在月亮挂在枝间或在紫金山之巅时，一壶清茶，几个知心朋友，纵谈天下事，几不知人世间还有烦恼事。

房屋的四周，许多花枝不断地开着，远望去总是红的白的掩映在眼帘，是何等赏心悦目呀！有时，折下一些来，自私地插在大大小小的瓶里，轻淡的微黄的玫瑰花之香，与美人蕉的艳红，真使客厅生色，恨不得多几个人来赏玩。篱近有许多牵牛花我最爱，总共有七八种颜色，清晨起来散步的时候，最鲜艳，可惜不到晚间，已萎谢了。这样短促的光荣，使人多么惋惜。这边的一草一木，都是园丁老沙手栽的，我们对着他的晚景，应该感谢他而凄怆。他现年五十八岁了，面色为日光晒成深赤色，鼻子扁平的——星相家一定说是他倒霉的原因，——说的满口徐州话，人还是很康健，他在此足足十年了，当主人做总办的时候，这个房子还没有造他就来此，忠实服务到现在，不知怎的他老是想回老家去。他说他有储蓄一百元，回去卖烧饼油条亦可过日子，吃完了则讨饭。他没有妻子亲属，使人对他的余年发生无限怜悯，我曾叫汪君挽留这忠仆，以后不知怎样安排。

每当热度到百零几度的时候，即闭着窗户午睡，亦挥汗如露珠，有时为蝉声或斑鸠声搅醒，还睡眼惺忪的，看着修路的工人，在猛射的太阳下推着咿呀的车子，心头真是难过，但世间不平的原因多哩。

现在新秋已徐步到人间，紫金山边白茫茫的细雨继续地洒向枯槁的园林，怪令人可爱的，习习轻风，吹向两腋，精神为之一振，可是没有涟漪的水，生起如织的波纹，只剩得湖边的杨柳，满带愁思地摇曳。

广漠的曾飘出芳香的荷田，现在也不见淡红的花朵，向人微笑，点首，隐约呈现衰老的黄叶，大概不久也会为人刈割净尽了。昔日无数画艇荡漾地载着鹈鲽漫游之湖心，现在全为高与人齐的野草占据着，出人不意的从草根下飞起一群水鸟，或白鹭，朝向浅渚去窥伺天真的小鱼。

放眼望去，没有一点水的模样，惟前次在飞机上下望，则尚有几处较深的地方，还有相当的水，为无数鱼鳖逃命之所，不禁令人有沧海桑田之感。

薄薄的银灰色的秋云，好像善意来保护我们似的，把太阳遮得没有热力了，黄昏的时候，夕阳在云端舞着最后的步伐，放出鲜艳的橙色，送着绯红的日球徐徐下坠，像忍心一日的暂别。此时绿阴之下，不缺乏比肩倩影，喁喁絮着誓语，几阵不知趣的归窠小鸟，从他们头上飞过装出怪声，没有不仰首察看一次的。湖山为他们而存在呢，还是他们为湖山之陪衬品？

一到晚饭后，寻乐的伴侣成群的从桥的那端姗姗而来，沉静的灯光，照着行人得意之色；蓝黛的长天被疏星点缀着，如眉的新月，映出林木的轮廓，顿增加黑夜的神秘性。夏蝉已成为哑巴只寻死的扑向灯光而来，土地下的雌雄蟋蟀，在得意地歌唱，也不似了解未来的命运。远处的火车汽笛声如魔鬼尖锐之音，投进满怀秋思失恋者之心曲，比塞北胡笳更凄清。城之南的天空，映出淡淡的桃红色，不消说那边是车水马龙的繁华世界，许多公子哥儿，正在酒绿灯红中谈着情话，不曾有半点水旱天灾的痕迹在他们脑海里，大人先生也正在兴高采烈，在觥筹交错，说着虚伪的官话，或在作揖啊。

到了九点钟时分，游人兴尽走光，提篮的卖葡萄人，也已收盘，湖畔顿成一片静寂，一点足音也听不到，只有枝头的斑鸠扒翼的声音，或蚯蚓威威的长鸣。那时月儿已复隐到地平线下去，园中黑漆一团像有阴森的景象，使人心头有些惧怯，只好借口疲倦，自己欺骗自己逃到睡乡去。

作/品/赏/析

现代文学中象征主义的鼻祖李金发以格调怪异的象征主义“怪诗”而著名，但是他的这篇游记却似乎并不“象征主义”，而是在确切的写实中夹杂斑斓的色彩或者各种细微的情趣，在玄武湖畔的这段生活在作者的笔下渐渐情趣盎然起来。确切来讲，这是一篇接近游记的文字，作者的兴趣集中在自然中，风中竹木、花鸟鱼虫等，颇有一些隐逸的闲情。又看“房屋的四周，许多花枝不断地开着，远望去总是红的白的掩映在眼帘，是何等赏心悦目呀！有时，折下一些来，自私地插在大大小小的瓶里，轻淡的微黄的玫瑰花之香，与美人蕉的艳红，真使客厅生色，恨不得多几个人来赏玩。篱近有许多牵牛花我最爱，总共有七八种颜色，清晨起来散步的时候，最鲜艳，可惜不到晚间，已萎谢了。这样短促的光荣，使人多么惋惜”。字里行间弥漫着闲情滋味，似乎就是阳光和时间里瞬间斑斓的印象。这正是本文的可爱可读之处。

玄武湖全景

桃源与沅州

/ 沈从文

入选理由
沈从文的散文代表作之一
真实反映了旧时湘西一带挣扎在底层的人们的艰辛
结构舒展，笔调沉郁

沈从文像

全中国的读书人，大概从唐朝以来，命运中注定了应读一篇《桃花源记》，因此把桃源当成一个洞天福地。人人皆知道那地方是武陵渔人发现的，有桃花夹岸，芳草鲜美。远客来到，乡下人就杀鸡温酒，表示欢迎。乡下人都是避秦隐居的遗民，不知有汉朝，更无论魏晋了。千余年来读书人对于桃源的印象，既不怎么改变，所以每当国体衰弱发生变乱时，想做遗民的必多，这文章也就增加了许多人的幻想，增加了许多人的酒量。至于住在那儿的人呢，却无人自以为是遗民或神仙，也从不曾有人遇着遗民或神仙。

桃源洞离桃源县二十五里。从桃源乡坐小船沿沅水上行，船到白马渡时，上南岸走去，忘路之远近乱走一阵，桃花源就在眼前了。那地方桃花虽不如何动人，竹林却很有意思。如椽如柱的大竹子，随处皆可发现前人用小刀刻划留下的诗歌。新派学生不甘自弃，也多刻下英文字母的题名。竹林里间或潜伏一二剪径壮士，待机会霍地从路旁跃出，仿照《水浒传》上英雄好汉行为，向游客发个利市，使人来个措手不及，不免吃点小惊。桃源县城则与长江中部各小县城差不多，一入城门最触目的是推行印花税与某种公债的布告。城中有棺材铺官药铺，有茶馆酒馆，有米行脚行，有和尚道士，有经纪媒婆。庙宇祠堂多数为军队驻防，门外必有个武装同志站岗。土栈烟馆既照章纳税，就受当地军警保护。代表本地的出产，边街上有几十家玉器作，用珉石染红着绿，琢成酒杯笔架等物，货物品质平平常常，价钱却不轻贱。另外还有个名为“后江”的地方，住下无数公私不分的妓女，很认真经营她们的职业。有些人家在一个菜园平房里，有些却又住在空船上，地方虽脏一点倒富有诗意。这些妇女使用她们的下体，安慰军政各界，且征服了往还沅水流域的烟贩，木商，船主，以及种种因公出差过路人。挖空了每个顾客的钱包，维持许多人生活，促进地方的繁荣。一县之长照例是个读书人，从史籍上早

·作者简介·

沈从文(1902～1988)，原名沈岳焕，湖南凤凰人。1917年入伍。1923年到上海任教。1931年先后在青岛大学、昆明西南联大、北京大学任教，曾主编《大公报》文艺副刊。中华人民共和国成立后任中国社科院历史研究员，从事古代服装和其他史学研究。主要著作有小说《边城》、《长河》，散文集《湘行散记》等。

知道这是人类一种最古的职业，没有郡县以前就有了它们，取缔既与“风俗”不合，且影响到若干人生活，因此就很正当的定下一些规章制度，向这些人来抽收一种捐税（并采取了个美丽名词叫作“花捐”），把这笔款项用来补充地方行政，保安，或城乡教育经费。

桃源既是个有名地方，每年自然就有许多“风雅”人，心慕古桃源之名，二三月里携了《陶靖节集》与《诗韵集成》等参考资料和文房四宝，来到桃源县访幽探胜。这些人往桃源洞赋诗前后，必尚有机会过后江走走，由朋友或专家引导，这家那家坐坐，烧匣烟，喝杯茶。看中意某一个女人时，问问行市，花个三元五元，便在那龌龊不堪万人用过的花板床上，压着那可怜妇人胸膛放荡一夜。于是纪游诗上多了几首无题艳遇诗，把“巫峡神女”、“汉皋解佩”、“刘阮天台”等等典故，一律被引用到诗上去。看过了桃源洞，这人平常若是很谨慎的，自会觉得应当即早过医生处走走，于是匆匆的回家了。至于接待过这种外路“风雅”人的神女呢，前一夜也许陆续接待过了三个麻阳船水手，后一夜又得陪伴两个贵州省牛皮商人。这些妇人照例说不定还被一个散兵游勇，一个县公署执达吏，一个公安局书记，或一个当地小流氓，长时期包定占有，客来时那人往烟馆过夜，客去后再回到妇人身边来烧烟。

妓女的数目占城中人口比例数不小。因此仿佛有各种原因，她们的年龄都比其他大都市更无限制。有些人年在五十以上，还不甘自弃，同十六七岁孙女辈前来参加这种生活斗争，每日轮流接待水手同军营中火伕。也有年纪不过十四五岁，乳臭尚未脱尽，便在那儿服侍客人过夜的。

她们的技艺是烧烧鸦片烟，唱点流行小曲，若来客是粮子上跑四方人物，还得唱唱军歌党歌，和时下电影明星的新歌，应酬应酬，增加兴趣。她们的收入有些一次可得洋钱二十三十，有些一整夜又只得一块八毛。这些人有病本不算一回事。实在病重了，不能作生意挣饭吃，间或就上街走到西药房去打针，六零六三零三扎那么几下，或请走方郎中配副药，朱砂茯苓乱吃一阵，只要支持得下去，总不会坐下来吃白饭。直到病倒了，毫无希望可言了，就叫毛伙用门板抬到那类住在空船中孤身过日子的老妇人身边去，尽她咽最后那一口气。死去时亲人呼天抢地哭一阵，罄所有请和尚安魂念经，再托人赊购副四合头棺木，或借“大加一”买副薄薄板片，土里一埋也就完事了。

桃源地方已有公路，直达号称湘西咽喉的武陵（常德），每日都有八辆十辆新式载客汽车，按照一定时刻在公路上奔驰，距常德约九十里，车票价钱一元零。这公路从常德且直达湖南省会长沙，汽车路程约四小时，车票价约六元。公路通车时，有人说这条公路在湘省经济上具有极大意义，意思是对于黔省出口特货运输可方便不少。这人似乎不知道特货过境每次必三百担五百担，公路上一天不过十几辆汽车来回，若非特货再加以精制，每天能运输特货多少？关于特货的精制，在各省严厉禁烟宣传中，平民谁还有胆量来作这种非法勾当。假若在桃源县某种铺子里，居然有人能够设法购买一点黄色粉末药物，作为谈天口气，随便问问，就会弄明白那货物的来源是有来头的。信不信由你，大股东中大头脑有什么“龄”

字辈“子”字辈，还有沿江之督办，上海之闻人。且明白出产地并不是桃源县城，沿江上行六十里，有二十部机器日夜加工，运输出口时或用轮船直往汉口，却不需借公路汽车转运长沙。

真可称为桃源名产值得引人注意却照例不及注意的，是家鸡同鸡卵，街头巷尾无处不可以发现这种冠赤如火庞大庄严的生物，经常有重达一二十斤的。凡过路人初见这地方鸡卵，必以为鸭卵或鹅卵。其次，桃源有一种小划子，轻捷，稳当，干净，在沅水中可称首屈一指。一个外省旅行者，若想从湘西的永绥、乾城、凤凰研究湘边苗族的分布状况，或想从湘西往四川的酉阳、秀山调查桐油的生产，往贵州的铜仁调查朱砂水银的生产，往玉屏调查竹料种类，注意造箓制纸的手工业生产情况，皆可在桃源县魁星阁下边，雇妥那么一只小船，沿沅水溯流而上，直达目的地，到地时取行李上岸落店，毫无何等困难。

一只桃源小划子上只能装载一二客人。照例要个舵手，管理后梢，调动船只左右。张挂风帆，松紧帆索，捕捉河面山谷中的微风。放缆拉船，量渡河面宽窄与河流水势，伸缩竹缆。另外还要个拦头工人，上滩下滩时看水认容口，出事前提醒舵手躲避石头、恶浪与洑流，出事后点篙子需要准确，稳重。这种人还要有胆量，有气力，有经验。张帆落帆都得很敏捷的即时拉桅下绳索。走风船行如箭时，便蹲坐在船头上叫喝呼啸，嘲笑同行落后的船只。自己船只落后被人嘲骂时，还要回骂；人家唱歌也得用歌声作答。两船相碰说理时，不让别人占便宜。动手打架时，先把篙子抽出拿在手上。船只逼入急流乱石中，不问冬夏，都得敏捷而勇敢的脱光衣裤，向急流中跑去，在水里尽肩背之力使船只离开险境。掌舵的因事故不能尽职，就从船顶爬过船尾去，作个临时舵手。船上若有小水手，还应事事照料小水手，指点小水手。更有一份不可推却的职务，便是在一切过失上，应与掌舵的各据小船一头，相互辱宗骂祖，继续使船前进，小船除此两人以外，尚需要个小水手居于杂务地位，淘米，烧饭，切菜，洗碗，无事不作。行船时应荡桨就帮同荡桨，应点篙就帮同持篙。这种小水手大都在学习期间，应处处留心，取得经验同本领。除了学习看水，看风，记石头，使用篙桨以外，也学习挨打挨骂。尽各种古怪稀奇字眼儿成天在耳边反复响着，好好的保留在记忆里，将来长大时再用它来辱骂旁人。上行无风吹，一个人还负了纤板，曳着一段竹缆，在荒凉河岸小路上拉船前进。小船停泊码头边时，又得规规矩矩守船。关于他们的经济情势，舵手多为船家长年雇工，平均算来合八分到一角钱一天。拦头工有长年雇定的，人若年富力强多经验，待遇同掌舵的差不多。若只是短期包来回，上行平均每天可得一毛或一毛五分钱，下行则尽义务吃白饭而已。至于小水手，学

20世纪30年代的湘西水手

习期限看年龄同本事来，有些人每天可得两分钱作零用，有些人在船上三年五载吃白饭。上滩时一个不小心，闪不知被自己手中竹篙弹入乱石激流中，泅水技术又不在行，在水中淹死了，船主方面写得有字据，生死家长不能过问。掌舵的把死者剩余的一点衣服交给亲长说明白落水情形后，烧几百钱纸，手续便清楚了。

今日的湘西是一个山青水秀，经济兴旺的美丽地方。但在新中国成立前，这里却是一个非常闭塞、落后、种族压迫极其严重的穷困地区，沈从文的散文《桃源与沅州》真实地反映了这一事实。

一只桃源划子，有了这样三个水手，再加上一个需要赶路，有耐心，不嫌孤独，能花个二十三十的乘客，这船便在一条清明透澈的沅水上下游移动起来了。在这条河里在这种小船上作乘客，最先见于记载的一人，应当是那疯疯癫癫的楚逐臣屈原。在他自己的文章里，他就说道：“朝发汪渚兮，夕宿辰阳。”若果他那文章还值得称引，我们尚可以就“沅有芷兮澧有兰”与“乘舲上沅”这些话，估想他当年或许就坐了这种小船，溯流而上，到过出产香草香花的沅州。沅州上游不远有个白燕溪，小溪谷里生长芷草，到如今还随处可见。这种兰科植物生根在悬崖罅隙间，或蔓延到松树枝桠上，长叶飘拂，花朵下垂成一长串，风致楚楚。花叶形体较建兰柔和，香味较建兰淡远。游白燕溪的可坐小船去，船上人若伸手可及，多随意伸手摘花，顷刻就成一束。若崖石过高，还可以用竹篙将花打下，尽它堕入清溪洄流里，再用手去清溪里把花捞起。除了兰芷以外，还有不少香草香花，在溪边崖下繁殖。那种黛色无际的崖石，那种一丛丛幽香眩目的奇葩，那种小小洄旋的溪流，合成一个如何不可言说迷人心目的圣境！若没有这种地方，屈原便再疯一点，据我想来，他文章未必就能写得那么美丽。

什么人看了我这个记载，若神往于香草香花的沅州，居然从桃源包了小船，过沅州去，希望实地研究解决《楚辞》上几个草木问题。到了沅州南门城边，也许无意中会一眼瞥见城门上有一片触目黑色。因好奇想明白它，一时可无从向谁去询问。他所见到的只是一片新的血迹，并非什么古迹。大约在清党前后，有个晃州姓唐的青年，北京农科大学毕业生，在沅州晃州两县，用党务特派员资格，率领了两万以上四乡农民和一些青年学生，肩持各种农具，上城请愿。守城兵先已得到长官命令，不许请愿群众进城。于是双方自然而然发生了冲突。一面是旗帜，木棒，呼喊与愤怒，一面是居高临下，一尊机关枪同十枝步枪。街道既那么窄，结果站在最前线上的特派员同四十多个青年学生与农民，便全在城门边牺牲了。其余农民一看情形不对，抛下农具四散跑了。那个特派员的尸体，于是被兵士用刺刀钉在城门木板上示众三天，三天过后，便连同其他牺牲者，一齐抛入屈原所称赞的清流里喂鱼吃了。几年来本地人在内战反复中被派捐拉夫，在应付差役中把日子混过去，大致把这件事也慢慢的忘掉了。

桃源小船载到沅州府，舵手把客人行李扛上岸，讨得酒钱回船时，这些水手必乘兴过南门外皮匠街走走。那地方同桃源的后江差不多，住下不少经营最古职业的人物，地方既非商埠，价钱可公道一些。花五角钱关一次门，上船时还可以得一包黄油油的上净烟丝，那是十年前的规矩。照目前百物昂贵情形想来，一切当然已不同了，出钱的花费也许得多一点，收钱的待客也许早已改用"美丽牌"代替"上净丝"了。

或有人在皮匠街蓦然间遇见水手，对水手发问："弄船的，'肥水不落外人田'，家里有的你让别人用，用别人的你还得花钱，这上算吗？"

那水手一定会拍着腰间麂皮抱兜，笑眯眯的回答说："大爷，'羊毛出在羊身上'，这钱不是我桃源人的钱，上算的。"

他回答的只是后半截，前半截却不必提。本人正在沅州，离桃源远过六七百里，桃源那一个他管不着。

便因为这点哲学，水手们的生活，比起"风雅人"来似乎也洒脱多了。

若说话不犯忌讳，无人疑心我"袒护无产阶级"，我还想说，他们的行为，比起那些读了些"子曰"，带了《五百家香艳诗》去桃源寻幽访胜，过后江讨经验的"风雅人"来，也实在还道德的多。

作／品／赏／析

《桃源与沅州》写于1935年，记叙了桃源与沅州地区的景况、人物、出产、风俗与民情等。作者在开篇将陶渊明《桃花源记》中所描述的桃花源与现实中的桃花源相对照，为全文定下基调："住在那儿的人呢，却无人自以为是遗民或神仙，也从不曾有人遇着遗民或神仙。"接着作者以从桃源坐船沿沅水上游为线索，对那里的风情人物极事铺陈。在作者笔下，那里是一个美丽、封闭、自给的世界，那里的人们卑微、愚浑而纯朴。作者着重描述了桃源妓女和沅水水手这两类人物，反映了妓女们性格中柔弱而坚强的一面，水手们在困境中勇敢、乐观生活的精神，对他们的凄苦悲惨生活寄予了深深的同情，同时对虚伪的"风雅人"进行了辛辣的嘲讽。文章结构舒展，笔调沉郁，在平静的叙述中为人们展示了一幅浪漫中和着严肃、美丽中缠着残忍的桃源沅州风情画。

当代画家黄永玉所画的湘西凤凰县风光图。

云南看云

/ 沈从文

入选理由
直言时弊
文采和思想性并重
沈从文作品中少见的评论时事的文章

云南是因云而得名。可是外省人到了云南一年半载后，一定会和本地人差不多，对于云南的云，除却只能从它变化上得到一点晴雨知识，就再也不会单纯的来欣赏它的美丽了。看过卢锡麟先生的摄影后，必有许多人方俨然重新觉醒，明白自己是生在云南，或住在云南。云南特点之一，就是天上的云变化得出奇。尤其是傍晚时候，云的颜色，云的形状，云的风度，实在动人。

战争给了许多人一种有关生活的教育，走了许多路，过了许多桥，睡了许多床，此外还必然吃了许多想象不到的小苦头。然而真正具有教育意义的，说不定倒是明白许多地方各有各的天气，天气不同还多少影响到一点人事。云有云的地方性：中国北部的云厚重，人也同样那么厚重。南部的云活泼，人也同样那么活泼。海边的云幻异，渤海和南海云又各不相同，正如两处海边的人性情不同。河南的云一片黄，抓一把下来似乎就可以作窝窝头，云粗中有细，人亦粗中有细。湖湘的云一片灰，长年挂在天空一片灰，无性格可言，然而橘子、辣子就在这种地方大量产生，在这种天气下成熟，却给湖南人增加了生命的发展和进取精神。四川的云与湖南云虽相似而不尽相同，巫峡峨眉高峰把云分割又加浓，云有了生命，人也有了生命。

论色彩丰富，青岛海面的云应当首屈一指。有时五色相煊，千变万化，天空如展开一张锦毯。有时素净纯洁，天空只见一片绿玉，别无它物。看来令人起轻快感、温柔感、音乐感、情欲感。一年中有大半年天空完全是一幅神奇的图画，有青春的嘘唏，煽起人狂想和梦想，海市蜃楼即在这种天空下显现。海市蜃楼虽并不常在人眼底，却永远在人心中。秦皇汉武的事业，同样结束在一个长生不死青春常驻的美梦里，不是毫无道理的。云南的云给人印象大不相同，它的特点是素朴，影响到人性情也应当是挚厚而单纯。

云南的云似乎是用西藏高山的冰雪，和南海长年的热风，两种原料经过一种神奇的手续完成的，色调出奇的单纯，唯其单纯反而见出伟大。尤以天时晴明的黄昏前后，光景异常动人。完全是水墨画，笔调超脱而大胆。天上一角有时黑得如一片漆，它的颜色虽然异样黑，给人感觉竟十分轻。在任何地方“乌云蔽天”照例是个沉重可怕的象征，唯有云南傍晚的黑云，越黑反而越不碍事，且表示第二天天气必然顶好。几年前中国古物运到伦敦展览时，有一个赵松雪作的卷子，名《秋江叠嶂》，净白的澄心堂纸上用浓墨重重涂抹，给人印象却十分秀美。云南的云也如此，看来只觉得黑而秀。

可是我们若在黄昏前后，到城郊外一个小丘上去，或坐船在滇池中，看到这种云彩时，低下头来一定会轻轻的叹一口气。具体一点将发生“大好河山”感想，抽象一点将发生“逝者如斯”感想。心中一定会觉得有些痛苦，为一片悬在天空中的沉静黑云痛苦。因为这东西给了我们一种无言之教，比目前政治家的文章，宣传家的讲演，杂感家的讽刺文，都高明得多，深刻得多，同时还美丽得多。觉得痛苦原因或许也就在此。那么好看的云，孕育了在这一片天底下讨生活的人，究竟是些什么？是一种精深博大的人生思想？还是一种单纯美丽的诗的感情？若把它与地面所见、所闻、所有两相对照，实在使人不能不痛苦！

在这美丽天空下，人事方面，我们每天所能看到的，除了空洞的论文，不通的演讲，小巧的杂感，此外似乎到处就只碰到“法币”。商人如银行办事人直接为法币而忙，教授学生也间接为法币而忙。最可悲的现象，实无过于大学校的商学院，近年每到注册上课时，照例人数必最多。这些人其所以热衷于习经济、学会计，都可说对于生命毫无高尚理想可言，目的只在毕业后能入银行做事。“熙熙攘攘，皆为利往，挤挤挨挨，皆为利来，利之所在，群集若蛆。”教务处几个熟人都不免感到无可奈何。教这一行的教授，也认为风气实不大好。社会研究所的专家，机会一来即向银行跑。习图书馆的、弄古典文学的、学外国文学的，工作皆因此而清闲下来，因亲戚、朋友、同乡……种种机会，又都挤进银行或相近金融机关作办事员。大部分优秀脑子，都给真正的法币和抽象的法币弄得昏昏的，失去了应有的灵敏与弹性，以及对于“生命”较深的认识。其余无知识的脑子，成天打算些什么，也就可想而知了。云南的云即或再美丽一点，对于多数人仍似乎毫无意义可言的。

近两个月来，本市连续的警报中，城中二十万市民，无一不早早的就跑到郊外去，向天空把一个颈脖昂酸，无一人不看到过几片天空飘动的浮云，仰望结果，不过增加了许多人对于财富得失的忧心罢了。“我的越币下落了”，“我的汽油上涨了”，“我的事业这一年发了五十万财”，“我从公家赚了八万三”，这还是就仅有十几个熟人口里说说的。此外说不定还有个把教授之流，终日除玩牌外无其他娱乐，会想到前一晚上玩麻雀牌输赢事情，聊以解嘲似的自言自语：“我输牌不输理。”这种教授先生当然是不输理的，在警报解除以后，还不妨跑到老伙伴住处去，再玩个八圈，证明一下输的究竟是什么。一个人若乐意在地下爬，以为是活下来最好的姿势，他人劝他不妨站起来走，或更盼望他挺起脊梁来做个人，当然是不会有什么结果的。

就在这么一个社会一种情形中，卢先生却来展览他在云南的照相，告给我们云南法币以外还有些什么。即以天空的云彩言，色彩单纯的云有多健美、多飘逸、多温柔、多崇高！观众人数多，批评好，正说明只要有人会看云，就能从云影中取得一种诗的感兴和热情，还可望将这种可贵的感情，转给另外一种人。换言之，就是云南的云即或不能直接教育人，还可望由一个艺术家的心与手，间接来教育人。卢先生照相的兴趣，似乎就在介绍这种美丽感印给多数人，所以作品中对于云物的题材，处理得特别好。每一幅云都有一种不同的性情，流动的美。不纤巧，不做作，不过分修饰，一任自然，心手相印，表现得素朴而亲切，作品取得的成功是必然的。可是我以为得到“赞美”还不是艺术家最终的目的，应当还有一点更深的意义。我意思是如果一种可怕的实际主义，正在这个社会各组织各阶层间普遍流行，腐蚀我们多数人做人的良心，做人的理想，且在同时还把每个人都有形无形市侩化，社会中优秀分子一部分，所梦想，所希望，也都只是糊口混日子了事，毫无一种较高尚的情感，更缺少用这情感去追求一个美丽而伟大的道德原则的勇气时，我们这个民族应当怎么办？大学生读书目的，不是站在柜台边做行员，就是坐在公事房做办事员，脑子都不用，都不想，只要有一碗饭吃就算有了出路。甚至于做政论的，作讲演的，写不高明讽刺文的，习理工的，玩玩文学充文化人的，办党的，信教的……出路也都是只顾眼前。大众眼前固然都有了出路，这个国家的明天，是不是还有希望可言？我们如真能够像卢先生那么静观默会天空的云彩，云物的美丽，也许会慢慢的陶冶我们，启发我们，改造我们，使我们习惯于向远景凝眸，不敢堕落，不甘心堕落，我以为这才像是一个艺术家最后的目的。正因为这个民族是在求发展，求生存，战争已经三年。战争虽败北，虽死亡万千人民，牺牲无数财富，可并不气馁，相信坚持抗战必然翻身。就为的是这战争背后还有个庄严伟大的理想，使我们对于忧患之来，在任何情形下都能忍受。我们其所以能忍受，不特是我们要发展，要生存，还要为后来者设想，使他们活在这片土地上更好一点，更像人一点！我们责任那么重，那么困难，所以不特多数知识分子必然要有一个较简朴的人生观，拉之向上，推之向前，就是做生意的，也少不了需要那么一份知识，方能够把企业的发展与国家的发展，放在同一目标上，分道并进，异途同归，抗战到底！

举一个浅近的例来说说：我们的眼光注意到“出路”、“赚钱”以外，若还能够估量到在滇越铁路的另一端，正有多少鬼蜮成性阴险狡诈的敌人，圆睁两只鼠眼，安排种种巧计阴谋，在武力与武器无作用地点，预备把劣货倾销到昆明来，且把推销劣货的责任，派给昆明市的大小商家时，就知道学习注意远处，实在是目前一件如何重要的事情！照相必选择地点，取准角度，方可望有较好效果。做人何尝不是一样，明分际，识大体，“有所不为”，敌人虽花样再多，劣货在有经验商家的眼中，总依然看得出，取舍之间是极容易的。若只图发财，见利忘义，无所不为，把劣货变成国货，改头换面，不过是翻手间事！劣货推销仅仅是若干有形事件中之一种。此外知识阶级中不争气处，所作所为，实有更甚于此者。

所以我觉得卢先生的摄影，不只是给人看看，还应当给人深思。

作/品/赏/析

沈从文一向以白描式的风俗景物描写见长，大多是将自己的情感、政治看法，寄托在对风土人情的描写中，不用直接的评论性语言，只将个人的看法融入到事物本身的发展轨迹中。但《云南看云》这篇文章却一反一贯的风格，直抒胸臆，写景、议论界限分明，景中也有哲思性的语言，议论却单独成段，使读者能很快了解作者的真实意图和倾向。作者在文章的前半部分，直接写云南的云，写全国各地的云，描述了云不同的形态和特色，并将云和各地的人文特征结合起来。下半部分就云南人看云，生发出对于时下社会风气的感想。认为流连风景或欣赏艺术，是人避免庸俗的必需的生活内容，但这些应该有充实的精神内涵，并与一定的社会责任感联系起来。作者在文末提到“劣货”问题，这就直接将文章意义提升到社会和民族责任感的高度。

西湖的雪景

/ 钟敬文

入选理由
钟敬文的散文代表作之一
中国散文史上描绘西湖雪景的名篇
笔法多变，笔调细腻

钟敬文像

从来谈论西湖之胜景的，大抵注目于春夏两季；而各地游客，也多于此时翩然来临。——秋季游人已渐少，入冬后，则更形疏落了。这当中自然有以致其然的道理。春夏之间，气温和暖，湖上风物，应时佳胜，或“杂花生树，群莺乱飞”，或“浴晴鸥鹭争飞，拂袂荷风荐爽”，都是要教人眷眷不易忘情的。于此时节，往来湖上，沉醉于柔媚芳馨的情味中，谁说不应该呢？但是春花固可爱，秋月不是也要使人销魂么？四时的烟景不同，而真赏者各能得其佳趣；不过，这未易以论于一般人罢了。高深父先生曾告诉过我们：“若能高朗其怀，旷达其意，超尘脱俗，别具天眼，揽景会心，便得真趣。”我们虽不成材，但对于先贤这种深于体验的话，也忍只当做全无关系的耳边风么？

自宋朝以来，平章西湖风景的，有所谓“西湖十景，钱塘十景”之说，虽里面也曾列入“断桥残雪”，“孤山霁雪”两个名目，但实际上，真的会去赏玩这种清寒不很近情的景致的，怕没有多少人吧。《四时幽赏录》的著者，在“冬时幽赏”门中，言及雪景的，几占十分的七八，其名目有“雪霁策蹇寻梅”，“三茅山顶望江天雪霁”，“西溪道中玩雪”，“扫雪烹茶玩画”，“雪夜煨芋谈禅”，“山窗听雪敲竹”，“雪后镇海楼观晚炊”等。其中大半所述景色，读了不禁移人神思，固不徒文字粹美而已。但他是一位潇洒出尘的名士，所以能够有此独具心眼的幽赏；我们一方面自然佩服他心情的深湛，另方面却也可以证出能领略此中奥味者之所以稀少的必然了。

·作者简介·

钟敬文（1903～2002），广东海丰人，著名散文家、民俗学家。1922年毕业于陆安师范学院，后到岭南大学、中山大学、浙江大学任教。1934年到日本早稻田大学学习。两年后回国，在杭州、桂林等地从事教学和研究工作。1940年在中山大学任教。中华人民共和国成立后执教于北京师范大学，曾任中国民间文艺家协会主席、中国民俗学会理事长。著有散文集《荔枝小品》、《西湖漫话》，诗集《海滨的二月》，以及多种民俗研究著作。

西湖的雪景，我共玩了两次。第一次是在此间初下雪的第三天。我于午前十点钟时才出去。一个人从校门乘黄包车到湖滨下车，徒步走出钱塘门。经白堤，旋转入孤山路。沿孤山西行，到西泠桥，折由大道回来。此次雪本不大，加以出去时间太迟，山野上盖着的，大都已消去，所以没有什么动人之处。现在我要细述的，是第二次的重游。

那天是一月念四日。因为在床上感到意外冰冷之故，清晨初醒来时，我便预知昨宵是下了雪。果然，当我打开房门一看时，对面房屋的瓦上全变成白色了，天井中一株木樨花的枝叶上，也粘缀着一小堆一小堆的白粉。详细的看去，觉得比日前两三回所下的都来得大些。因为以前的，虽然也铺盖了屋顶，但有些瓦沟上却仍然是黑色，这天却一色地白着，绝少铺不匀的地方了。并且都厚厚的，约莫有一两寸高的程度。日前的雪，虽然铺满了屋顶，但于木樨花树，却好像全无关系似的，此回它可不免受影响了，这也是雪落得比较大些的明证。

老李照例是起得很迟的，有时我上了两课下来，才看见他在房里穿衣服，预备上办公厅去。这天，我起来跑到他的房里，把他叫醒之后，他犹带着几分睡意的问我："老钟，今天外面有没有下雪？"我回答他说："不但有呢，并且颇大。"他起初怀疑着，直待我把窗内的白布幔拉开，让他望见了屋顶才肯相信。"老钟，我们今天到灵隐去耍子吧？"他很高兴的说。我"哼"的应了一声，便回到自己的房里来了。

我们在校门上车时，大约已九点钟左右了。时小雨霏霏，冷风拂人如泼水。从车帘两旁缺处望出去，路旁高起之地，和所有一切高低不平的屋顶，都撒着白面粉似的，又如铺陈着新打好的棉被一般。街上的已大半变成雪泥，车子在上面碾过，不绝的发出唧唧的声音，与车轮转动时磨擦着中间横木的音响相杂。

我们到了湖滨，便换登汽车。往时这条路线的搭客是颇热闹的，现在却很零落了。同车的不到十个人，为遨游而来的客人还怕没有一半。当车驶过白堤时，我们向车外眺望内外湖风景，但见一片迷蒙的水气弥漫着，对面的山峰，只有一个几乎辨不清楚的薄影。葛岭、宝石山这边，因为距离比较密迩的缘故，山上的积雪和树木，大略可以看得出来；但地位较高的保俶塔，便陷于朦胧中了。到西泠桥前近时，再回望湖中，见湖心亭四围枯秃的树干，好似怯寒般的在那里呆立着，我不禁联想起《陶庵梦忆》中一段情词惧幽绝的文字来：

崇祯五年十二月，余住西湖。大雪三日，湖中人鸟声俱绝。是日更定矣，余拿一小舟，拥毳衣炉火，独往湖心亭。天与云与水上下一白。湖上影子，惟长堤一痕，湖心亭一点，与余舟一芥，舟中人两三粒而已。到亭上，有两人铺毡对坐，一童子烧酒，炉正沸。见余大喜，曰："湖中焉得更有此人！"拉余同饮，余强饮三大白而别。问其姓氏，是金陵人，客此。及下船，舟子喃喃曰："莫说相公痴，更有痴似相公者！"（《湖心亭看雪》）

不知这时的湖心亭上，尚有此种痴人否？心里不觉漠然了一会。车过西泠桥

西湖断桥雪景

以后，车暂驶行于两边山岭林木连接着的野道中。所有的山上，都堆积着很厚的雪块，虽然不能如瓦屋上那样铺填得均匀普遍，那一片片清白的光彩，却尽够使我感到宇宙的清寒、壮旷与纯洁！常绿树的枝叶后所堆着的雪，和枯树上的，很有差别。前者因为有叶子衬托着之故，雪上特别堆积得大块点，远远望去，如开满了白的山茶花，或吾乡的水锦花。后者，则只有一小小块的雪片能够在上面粘着不堕落下去，与刚著花的梅李树绝地相似。实在，我初头几乎把那些近在路旁的几株错认了。野上半黄或全赤了的枯草，多压在两三寸厚的雪褥下面；有些枝条软弱的树，也被压抑得欹欹倒倒的。路上行人很稀少。道旁野人的屋里，时见有衣饰破旧而笨重的老人、童子，在围着火炉取暖。看了那种古朴清贫的情况，仿佛令我忘怀了我们所处时代的纷扰、繁遽了。

到了灵隐山门，我们便下车了。一走进去，空气怪清冷的，不但没有游客，往时那些卖念珠、古钱、天竺筷子的小贩子也不见了。石道上铺积着颇深的雪泥。飞来峰疏疏落落的着了许多雪块，清冷亭及其它建筑物的顶面，一例的密盖着纯白色的毡毯。一个拍照的，当我们刚进门时，便紧紧的跟在后面。因为老李的高兴，我们便在清冷亭旁照了两个影。

好奇心打动着我，使我感觉到眼前所看到的之不满足，而更向处境较幽深的韬光庵去。我幽悄地尽移着步向前走，老李也不声张的跟着我。从灵隐寺到韬光庵的这条山径，实际上虽不见怎样的长；但颇深曲而饶于风致。这里的雪，要比城中和湖上各处的都大些。在径上的雪块，大约有半尺来厚，两旁树上的积雪，也比来路上所见的浓重。曾来游玩过的人，该不会忘记的吧，这条路上两旁是怎样的繁植着高高的绿竹。这时，竹枝和竹叶上，大都着满了雪，向下低低地垂着。《四时幽赏录》“山窗听雪敲竹”条云：“飞雪有声，惟在竹间最雅。山窗寒夜：时听雪洒竹林；淅沥萧萧，连翩瑟瑟，声韵悠然，逸我清听。忽尔回风交急，折竹一声，使我寒毡增冷。”这种风味，可惜我没有福分消受。

在冬天，本来是游客冷落的时候，何况这样雨雪清冷的日子呢？所以当我们跑到庵里时，别的游人一个都没有，——这在我们上山时看山径上的足迹便可以晓得的——而僧人的眼色里，并且也有一种觉得怪异的表示。我们一直跑上最后的观海亭。那里石阶上下都厚厚地堆满了水沫似的雪，亭前的树上，雪着得很重，在雪的下层并结了冰块。旁边有几株山茶花，正在艳开着粉红色的花朵。那花朵有些堕下来的，半掩在雪花里，红白相映，色彩灿然，使我们感到华而不俗，清而不寒；因而联忆起那“天寒翠袖薄，日暮倚修竹”的美人儿来。

登上这亭，在平日是可以近瞰西湖，远望浙江，甚而至于缥缈的沧海的，可是此刻却不能了。离庵不远的山岭、僧房、竹树，尚勉强可见，稍远则封锁在茫漠的烟雾里了。

空斋蹋壁卧， 忽梦溪山好。朝骑秃尾驴，来寻雪中道。石壁引孤松，长空没飞鸟。不见远山横，寒烟起林杪。（《雪中登黄山》）

我倚着亭柱，默默地在咀嚼着王渔洋这首五言诗的清妙；尤其是结尾两句，更道破了雪景的三昧。但说不定许多没有经验的人，要妄笑它是无味的诗句呢。文艺的真赏鉴，本来是件不容易的事，这又何必咄咄见怪？自己解说了一番，心里也就释然了。

本来拟在僧房里吃素面的，不知为什么，竟跑到山门前的酒楼喝酒了。老李不能多喝，我一个人也就无多兴致干杯了。在那里，我把在山径上带下来的一团冷雪，放进在酒杯里混着喝。堂倌看了说：“这是顶上的冰淇淋呢。”

半因为等不到汽车，半因为想多玩一点雪景，我们决意步行到岳坟才叫划子去游湖。一路上，虽然走的是来时汽车经过的故道，但在徒步观赏中，不免觉得更有情味了。我们的革履，踏着一两寸厚的雪泥前进，频频地发出一种清脆的声音。有时路旁树枝上的雪块，忽然掉了下来，着在我们的外套上，正前人所谓“玉堕冰柯，沾衣生湿”的情景。我迟回着我的步履，旷展着我的视域，油然有一脉浓重而灵秘的诗情，浮上我的心头来，使我幽然意远，漠然神凝。郑綮答人家自己的诗思，在灞桥雪中，驴背上，真是怪懂得趣儿的说法！

当我们在岳王庙前登舟时，雪又纷纷的下起来了。湖里除了我们的一只小划子以外，再看不到别的舟楫。平湖漠漠，一切都沉默无哗。舟穿过西泠桥，缓泛里西湖中，孤山和对面诸山及上下的楼亭、房屋，都白了头，在风雪中兀立着。山径上，望不见一个人影；湖面连水鸟都没有踪迹，只有乱飘的雪花堕下时，微起些涟漪而已。柳宗元诗云：“千山鸟飞绝，万径人踪灭。孤舟蓑笠翁，独钓寒江雪。”我想这时如果有一个渔翁在垂钓，它很可以借来说明眼前的景物呢。

舟将驶近断桥的时候，雪花飞飘得更其凌乱。我们向北一面的外套，差不多大半白而且湿了。风也似乎吹得格外紧劲些，我的脸不能向它吹来的方面望去。因为革履渗进了雪水的缘故，双足尤冰冻得难忍。这时，从来不多开过口的舟子，忽然问我们说：“你们觉得此处比较寒冷么？”我们问他什么缘故。据说是宝石山一带的雪山风吹过来的原因。我于是默默的兴想到知识的范围和它的获得等重大的问题上去了。

我们到湖滨登岸时，已是下午三点余钟了。公园中各处都堆满了雪，有些已变成泥泞。除了极少数在待生意的舟子和别的苦力之外，平日朝夕在此间舒舒地来往着的少男少女、老爷太太，此时大都密藏在“销金帐中，低斟浅酌，饮羊羔美酒”，——至少也靠在腾着血焰的火炉旁，陪伴家人或挚友，无忧虑地在大谈其闲天。——以享乐着他们幸福的时光，再不愿来风狂雪乱的水涯，消受贫穷人所应受的寒冷了！这次的薄游，虽然也给了我些牢骚和别的苦味，但我要用良心做担保的说，它所给予我的心灵深处的欢悦，是无穷地深远的！可惜我的诗笔是钝秃了。否则，我将如何超越了一切古诗人的狂热地歌咏了它呢！

好吧，容我在这儿诚心沥情地说一声，谢谢雪的西湖，谢谢西湖的雪！

作/品/赏/析

《西湖的雪景》是一篇游记散文，写于1929年1月，是作者在杭州任教时重游西湖的观感。

文章以游踪为线索，采取移步换景的手法，从白堤、西泠桥，到灵隐寺、韬光庵，最后泛舟过断桥，直至登岸，从不同的角度，以多变的笔法细致地勾勒出各个景点雪景的不同情态，将西湖的雪景写得气象万千、丰富多彩。作者独具慧眼，以细腻的笔调挖掘出远处的、眼前的、树上的、湖面的、漫飘的、堆积的等形态各异的雪景，惟妙惟肖地刻画出了西湖雪的色彩之美、朦胧之美，使人仿佛身临其境，如同亲临现场“幽赏”一般。文中多处引用了古诗文佳句，古今名联，使文章平添许多光彩。钟敬文素以民俗学和民间文艺研究著称，但其散文也有不凡的魅力和独特的个性，清淡隽美，幽深精细，《西湖的雪景》即是其众多散文中一篇代表性的佳作。

西湖冬韵

娇柔的西湖，原有一副冰心玉骨。

雪

/ 梁实秋

入选理由

语调平和，思想深邃
充分体现散文的理趣美
旁征博引，内蕴丰盈

梁实秋像

李白句：“燕山雪花大如席”。这话靠不住，诗人夸张，犹“白发三千丈”之类。据科学的报道，雪花的结成视当时当地的气温状况而异，最大者直径三至四寸。大如席岂不是一片雪就可以把整个人盖住？雪，是越下得大越好，只要是不成灾。雨雪霏霏，像空中撒盐，像柳絮飞舞，缓缓然下，真是有趣，没有人不喜欢。有人喜雨，有人苦雨，不曾听说过谁厌恶雪。就是在冰天雪地的地方，爱斯基摩人也还利用雪块砌成圆顶小屋，住进去暖和得很。

赏雪，须先肚中不饿。否则雪虐风饕之际，饥寒交迫，就许一口气上不来，焉有闲情逸致去细数“一片一片又一片……飞入梅花都不见”？后汉有一位袁安，大雪塞门，无有行路，人谓已死，洛阳令令人除雪，发现他在屋里僵卧，问他为什么不出来，他说：“大雪人皆饿，不宜干人。”此公戆得可爱，自己饿，料想别人也饿。我相信袁安僵卧的时候一定吟不出“风吹雪片似花落”之类的句子。晋王子犹居山阴，夜雪初霁，月色清朗，忽然想起远在剡的朋友戴安道，即便夜乘小舟就之，经宿方至，造门不前而返。假如没有那一场大雪，他固然不会发此奇兴，假如他自己饘粥不继，他也不会风雅到夜乘小船去空走一遭。至于谢安石一门风雅，寒雪之日与儿女吟诗，更是富贵人家事。

一片雪花含有无数的结晶，一粒结晶又有好多好多的面，每个面都反射着光，所以雪才显着那样的洁白。我年轻时候听说从前有烹雪瀹茗的故事，一时好奇，便到院里就新降的积雪掬起表面的一层，放在甑里融成水，煮沸，走七步，用小宜兴壶，沏大红袍，倒在小茶盅里，细细品啜之，举起喝干了的杯子就鼻端猛嗅三两下——我一点也不觉得两腋生风，反而觉得舌本闲强。我再检视那剩余的雪水，好像有用矾打的必要！空气污染，雪亦不能保持其清白。有一年，我在

·作者简介·

梁实秋（1903～1987），原名梁治华，字秋实，一度以秋郎、子佳为笔名。祖籍浙江杭县，生于北京。1923年留学美国。1926年回国，任教于东南大学，并主编《新月》等刊物。1949年迁居台湾。著作甚丰，主要有文学评论集《浪漫的与古典的》、《秋室杂文》，散文集《雅舍小品》，译著《莎士比亚全集》，百万言著作《英国文学史》等。

汴洛道上行役，途中车坏，时值大雪，前不巴村后不着店，饥肠辘辘，乃就路边草棚买食，主人飨我以挂面，我大喜过望。但是煮面无水，主人取洗脸盆，舀路旁积雪，以混沌沌的雪水下面。虽说饥者易为食，这样的清汤挂面也不是顶容易下咽的。从此我对于雪，觉得只可远观，不可亵玩。苏武饥吞毡渴饮雪，那另当别论。

雪的可爱处在于它的广被大地，覆盖一切，没有差别。冬夜拥被而眠，觉寒气袭人，蜷缩不敢动，凌晨张开眼皮，窗棂窗帘隙处有强光闪映大异往日，起来推窗一看，——啊！白茫茫一片银世界。竹枝松叶顶着一堆堆的白雪，杈芽老树也都镶了银边。朱门与蓬户同样的蒙受它的沾被，雕栏玉砌与瓮牖桑枢没有差别待遇。地面上的坑穴洼溜，冰面上的枯枝断梗，路面上的残刍败屑，全都罩在天公抛下的一件鹤氅之下。雪就是这样的大公无私，装点了美好的事物，也遮掩了一切的芜秽，虽然不能遮掩太久。

雪最有益于人之处是在农事方面，我们靠天吃饭，自古以来就看上天的脸色，“天上同云，雨雪纷纷。……既沾既足，生我百谷。”俗语所说“瑞雪兆丰年”，即今冬积雪，明年将丰之谓。不必“天大雪，至于牛目”，盈尺就可成为足够的宿泽。还有人说雪宜麦而避蝗，因为蝗遗子于地，雪深一尺则入地一丈，连虫害都包治了。我自己也有过一点类似的经验，堂前有芍药两栏，书房檐下有玉簪一畦，冬日几场大雪扫积起来，堆在花栏花圃上面，不但可以使花根保暖，而且来春雪融成了天然的润溉，大地回苏的时候果然新苗怒发，长得十分茁壮，花团锦簇。我当时觉得比堆雪人更有意义。

据说有一位枭雄吟过一首咏雪的诗：“黄狗身上白，白狗身上肿，出门一啊喝，天下大一统。”俗话说“官大好吟诗”，何况一位枭雄在夤缘际会踌躇满志的时候？这首诗不是没有一点巧思，只是趣味粗犷得可笑，这大概和出身与气质有关。相传法国皇帝路易十四写了一首三节联韵诗，自鸣得意，征求诗人批评家布洼娄的意见，布洼娄说：“陛下无所不能，陛下欲做一首歪诗，果然做成功了。”我们这位枭雄的咏雪，也应该算是很出色的一首歪诗。

作/品/赏/析

《雪》是梁实秋一篇思想性与艺术性俱佳的文章。文中作者提到了“赏雪”，他说“赏雪，须先肚中不饿”，又谈到古人常说的“烹雪”，认为“烹雪瀹茗”无实际意义。梁实秋认为雪的真正可爱之处，在于它“覆盖一切，没有差别”，在于它一视同仁的公平。而它“最有益于人之处是在农事方面”，它可以更好地让人“靠天吃饭”。这样看来，追求实实在在的人生，保持踏踏实实的生活态度，就成了梁实秋在《雪》中传达的主要思想了。

雅舍

/ 梁实秋

入选理由
梁实秋的散文代表作
体现了一种困境中的旷达淡泊、乐观宽容的人生襟怀
语言淡雅、简练、风趣

到四川来，觉得此地人建造房屋最是经济。火烧过的砖，常常用来做柱子，孤零零的砌起四根砖柱，上面盖上一个木头架子，看上去瘦骨嶙嶙，单薄得可怜；但是顶上铺了瓦，四面编了竹篦墙，墙上敷了泥灰，远远的看过去，没有人能说不像是座房子。我现在住的"雅舍"正是这样一座典型的房子。不消说，这房子有砖柱，有竹篦墙，一切特点都应有尽有。讲到住房，我的经验不算少，什么"上支下摘"，"前廊后厦"，"一楼一底"，"三上三下"，"亭子间"，"茆草棚"，"琼楼玉宇"和"摩天大厦"，各式各样，我都尝试过。我不论住在那里，只要住得稍久，对那房子便发生感情，非不得已我还舍不得搬。这"雅舍"，我初来时仅求其能蔽风雨，并不敢存奢望，现在住了两个多月，我的好感油然而生。虽然我已渐渐感觉它是并不能蔽风雨，因为有窗而无玻璃，风来则洞若凉亭；有瓦而空隙不少，雨来则渗如滴漏。纵然不能蔽风雨，"雅舍"还是自有它的个性。有个性就可爱。

"雅舍"的位置在半山腰，下距马路约有七八十层的土阶。前面是阡陌螺旋的稻田。再远望过去是几抹葱翠的远山，旁边有高粱地，有竹林，有水池，有粪坑，后面是荒僻的榛莽未除的土山坡。若说地点荒凉，则月明之夕，或风雨之日，亦常有客到，大抵好友不嫌路远，路远乃见情谊。客来则先爬几十级的土阶，进得屋来仍须上坡，因为屋内地板乃依山势而铺，一面高，一面低，坡度甚大，客来无不惊叹，我则久而安之，每日由书房走到饭厅是上坡，饭后鼓腹而出是下坡，亦不觉有大不便处。

"雅舍"共是六间，我居其二。篦墙不固，门窗不严，故我与邻人彼此均可互通声息。邻人轰饮作乐，咿唔诗章，喁喁细语，以及鼾声，喷嚏声，吮汤声，撕纸声，脱皮鞋声，均随时由门窗户壁的隙处荡漾而来，破我岑寂。入夜则鼠子瞰灯，才一合眼，鼠子便自由行动，或搬核桃在地板上顺坡而下，或吸灯油而推翻烛台，或攀援而上帐顶，或在门框桌脚上磨牙，使人不得安枕。但是对于鼠子，我很惭愧的承认，我"没有法子"。"没有法子"一语是被外国人常常引用着的，以为这话最足代表中国人的懒惰隐忍的态度。其实我的对付鼠子并不懒惰。窗上糊纸，纸一戳就破；门户关紧，而相鼠有牙，一阵咬便是一个洞洞。试问还有什么法子？洋鬼子住到"雅舍"里，不也是"没有法子"？比鼠子更骚扰的是蚊子。"雅舍"的蚊风之盛，是我前所未见的。"聚蚊成雷"真有其事！每当黄昏的时候，满屋里磕头碰脑的全是蚊子，又黑又大，骨骼都像是硬的。在别处蚊子早已肃清的时候，在"雅舍"则格外猖獗，来客偶不留心，则两腿伤处累累隆起如玉蜀黍，但是我仍安之。冬天一到，蚊子自然绝迹，明年夏天——谁

抗战时期梁实秋在重庆北碚居住的“雅舍”

知道我还是住在“雅舍”！

“雅舍”最宜月夜——地势较高，得月较先。看山头吐月，红盘乍涌，一霎间，清光四射，天空皎洁，四野无声，微闻犬吠，坐客无不悄然！舍前有两株梨树，等到月升中天，清光从树间筛洒而下，地下阴影斑斓，此时尤为幽绝。直到兴阑人散，归房就寝，月光仍然逼进窗来，助我凄凉。细雨蒙蒙之际，“雅舍”亦复有趣。推窗展望，俨然米氏章法，若云若雾，一片弥漫。但若大雨滂沱，我就又惶悚不安了，屋顶湿印到处都有，起初如碗大，俄而扩大如盆，继则滴水乃不绝，终乃屋顶灰泥突然崩裂，如奇葩初绽，砉然一声而泥水下注，此刻满室狼藉，抢救无及。此种经验，已数见不鲜。

“雅舍”之陈设，只当得简朴二字，但洒扫拂拭，不使有纤尘。我非显要，故名公巨卿之照片不得入我室；我非牙医，故无博士文凭张挂壁间；我不业理发，故丝织西湖十景以及电影明星之照片亦均不能张我四壁。我有一几一椅一榻，酣睡写读，均已有着，我亦不复他求。但是陈设虽简，我却喜欢翻新布置。西人常常讥笑妇人喜欢变更桌椅位置，以为这是妇人天性喜变之一征。诬否且不论，我是喜欢改变的，中国旧式家庭，陈设千篇一律，正厅上是一条案，前面一张八仙桌，一边一把靠椅，两旁是两把靠椅夹一只茶几。我以为陈设宜求疏落参差之致，最忌排偶。“雅舍”所有，毫无新奇，但一物一事之安排布置惧不从俗。人入我室，即知此是我室。笠翁闲情偶寄之所论，正合我意。

“雅舍”非我所有，我仅是房客之一。但思“天地者万物之逆旅”，人生本来如寄，我住“雅舍”一日，“雅舍”即一日为我所有。即使此一日亦不能算是我有，至少此一日“雅舍”所能给予之苦辣酸甜，我实躬受亲尝。刘克庄词：“客里似家家似寄。”我此时此刻卜居“雅舍”，“雅舍”即似我家。其实似家似寄，我亦分辨不深。

长日无俚，写作自遣，随想随写，不拘篇章，冠以“雅舍小品”四字，以示写作所在，且志因缘。

作/品/赏/析

《雅舍》主要描写了作者抗战期间在四川乡间“雅舍”里生活的种种情状，抒发了作者躬身亲尝种种酸甜苦辣的情趣。“雅舍”是一种幽默的称谓，它实际上是一间简陋破败的四川土房。统观全文，作者写的几乎都是雅舍的“敝”、“陋”、“噪”，对雅舍的“雅”、“美”很少着笔。但在字里行间，人们并不感到雅舍的丑陋，反觉得其极可爱、可亲，这显示了作者独特的艺术匠心。在淡雅、简练、风趣的语言叙述中，透射着作者在任何环境中都能甘于淡泊、怡然自乐的处世态度和人生襟怀。

风雨中忆萧红

/丁玲

入选理由
丁玲的散文代表作之一
中国现代散文史上忆念萧红的优秀散文
跌宕起伏，情真意切

丁玲像

本来就没有什么地方可去，一下雨便更觉得闷在窑洞里的日子太长。要是有更大的风雨也好，要是有更汹涌的河水也好，可是仿佛要来一阵骇人的风雨似的，那么一块肮脏的云成天盖在头上，而水声也是那么不断地哗啦哗啦在耳旁响，微微地下着一点看不见的细雨，打湿了地面，那轻柔的柳絮和蒲公英都飘舞不起而沾在泥土上了。这会使人有遐想，想到随风而倒的桃李，和在风雨中更迅速迸出的苞芽。即使是很小的风雨和浪潮，都更能显出百物的凋谢和生长，丑陋和美丽。

世界上什么是最可怕的呢，决不是艰难险阻，决不是洪水猛兽，也决不是荒凉寂寞。而难于忍耐的却是阴沉和絮聒；人的伟大也不是能乘风而起，青云直上，也不只是能抵抗横逆之来，而是能在阴霾的气压下，打开局面，指示光明。

时代已经非复少年时代了，谁还有悠闲的心情在闷人的风雨中煮酒烹茶与琴诗为侣呢？或者是温习着一些细腻的情致，重读着那些曾经被迷醉过被感动过的小说，或者低徊冥思那些天涯的故人，流着一点温柔的泪？那些天真、那些纯洁、那些无疵的赤子之心，那些轻微的感伤，那些精神上的享受都飞逝了，早已飞逝得找不到影子了。这个飞逝得很好，但现在是什么呢？是听着不断的水的絮聒，看着脏布也似的云块，痛感着阴霾，连寂寞的宁静也没有，然而却需要阿底拉斯的力背负着宇宙的时代所给予的创伤，毫不动摇的存在着，存在便是一种大声疾呼，便是一种骄傲，便是给絮聒以回答。

然而我决不会麻木的，我的头成天膨胀着要爆炸，它装得太多，需要呕吐。于是我写着，在白天，在夜晚，有关节炎的手臂因为放在桌子上太久而疼痛，患沙眼的眼睛因为在微小的灯光下而模糊。但幸好并没有激动，也没有感慨，我决不缺乏冷静，而且很富有宽恕，我很愉快，因为我感到我身体内有东西在冲撞；

·作者简介·

丁玲（1904～1986），现当代女作家，原名蒋冰之，湖南临澧人。1927年毕业于上海大学中文系，同年发表小说《莎菲女士的日记》。1930年参加中国左翼作家联盟，主编左联机关刊物《北斗》月刊。这时期她创作了《水》、《母亲》等多部作品，是其走向文学创作道路的丰收时期。1936年去陕北，在解放区写的小说分别收录在《一颗未出膛的子弹》、《我在霞村的时候》等集子中。1948年写成了她创作道路上具有里程碑意义的长篇小说《太阳照在桑干河上》。

它支持了我的疲倦，它使我会看到将来，它使我跨过现在，它会使我更冷静，它包括了真理和智慧，它是我生命中的力量，比少年时代的那种无愁的青春更可爱呵！

黑龙江省呼兰县的萧红故居

但我仍会想起天涯的故人的，那些死去的或是正受着难的。前天我想起了雪峰，在我的知友中他是最没有自己的了。他工作着，他一切为了党，他受埋怨过，然而他没有感伤过，他对于名誉和地位是那样的无睹，那样不会趋炎附势，培植党羽，装腔作势，投机取巧。昨天我又苦苦地想起秋白，在政治生活中过了那么久，却还不能彻底地变更自己，他那种二重的生活使他在临死时还不能免于有所申诉。我常常责怪他申诉的“多余”，然而当我去体味他内心的战斗历史时，却也不能不感动，哪怕那在整体中，是很渺小的。今天我想起了刚逝世不久的萧红，明天，我也许会想到更多的谁，人人都与这社会有关系，因为这社会，我更不能忘怀于一切了。

萧红和我认识的时候，是在一九三八年春初。那时山西还很冷，很久生活在军旅之中，习惯于粗犷的我，骤睹着她的苍白的脸，紧紧闭着的嘴唇，敏捷的动作和神经质的笑声，使我觉得很特别，而唤起许多回忆，但她的说话是很自然而真率的。我很奇怪作为一个作家的她，为什么会那样少于世故，大概女人都容易保有纯洁和幻想，或者也就同时显得有些稚嫩和软弱的缘故吧。但我们都很亲切，彼此并不感觉到有什么孤僻的性格。我们都尽情地在一块儿唱歌，每夜谈到很晚才睡觉。当然我们之中在思想上，在情感上，在性格上都不是没有差异，然而彼此都能理解，并不会因为不同意见或不同嗜好而争吵，而揶揄。接着是她随同我们一道去西安，我们在西安住完了一个春天，我们也痛饮过，我们也同度过风雨之夕，我们也互相倾诉。然而现在想来，我们谈得是多么地少啊！我们似乎从没有一次谈到过自己，尤其是我。然而我却以为她从没有一句话之中是失去了自己的，因为我们实在都太真实，太爱在朋友的面前赤裸自己的精神，因为我们又实在觉得是很亲近的。但我仍会觉得我们是谈得太少的，因为，像这样的能无妨嫌、无拘束、不需警惕着谈话的对手是太少了啊！

那时候我很希望她能来延安，平静地住一时期之后而致全力于著作。抗战开始后，短时期的劳累奔波似乎使她感到不知在什么地方能安排生活。她或许比我适于幽美平静。延安虽不够作为一个写作的百年长计之处，然在抗战中，的确可以使一个人少顾虑于日常琐碎，而策划于较远大的。并且这里有一种朝气，或者会使她能更健康些。但萧红却南去了。至今我还很后悔那时我对于她生活方式所参与的意见是太少了，这或许由于我们相交太浅，和我的生活方式离她太远的缘故，但徒劳的热情虽然常常于事无补，然在个人仍可得到一种心安。

我们分手后，就没有通过一封信。端木曾来过几次信，在最后的一封信上（香港失陷约一星期前收到）告诉我，萧红因病始由皇后医院迁出。不知为什么我就有一种预感，觉得有种可怕的东西会来似的。有一次我同白朗说：“萧红决不会长寿的。”当我说这话的时候，我是曾把眼睛扫遍了中国我所认识的或知道的女性朋友，而感到一种无言的寂寞，能够耐苦的，不依赖于别的力量，有才智、有气节而从事于写作的女友，是如此其寥寥呵！

不幸的是我的杞忧竟成了现实，当我昂头望着天的那边，或低头细数脚底的泥沙，我都不能压制我丧去一个真实的同伴的叹息。在这样的世界中生活下去，多一个真实的同伴，便多一份力量，我们的责任还不只于打开局面，指示光明，而还是创造光明和美丽；人的灵魂假如只能拘泥于个体的偏狭之中，便只能陶醉于自我的小小成就。我们要使所有的人，连仇敌也在内都能有崇高的享受，和为这享受而做出伟大牺牲。

生在现在的这个世界上，活着固然能给整个事业添一份力量，而死对于自己也是莫大的损失。因为这世界上有的是戮尸的遗法，从此你的话语和文学将更被歪曲，被侮辱；听说连未死的胡风都有人证明他是汉奸，那么对于已死的人，当然更不必贿买这种无耻的人证了。鲁迅先生的“阿 Q”曾被那批御用的文人歪曲地诠释，那么《生死场》的命运也就难免于这种灾难。在活着的时候，你不能不被逼走到香港；死去，却还有各种污蔑在等着，而你还不会知道；那些与你一起的脱险回国的朋友们还将有被监视或被处分的前途。我完全不懂得到底要把这批人逼到什么地步才算够？猫在吃老鼠之前，必先玩弄它以娱乐自己的得意。这种残酷是比一切屠戮都更恶毒，更需要毁灭的。

只要我活着，朋友的死耗一定将陆续地压住我沉闷的呼吸。尤其是在这风雨的日子里，我会更感到我的重荷。我的工作已经够消磨我的一生，何况再加上你们的屈死，和你们未完的事业，但我一定可以支持下去的。我要借这风雨，寄语你们，死去的，未死的朋友们，我将压榨我生命所有的余剩，为着你们的安慰和光荣。哪怕就仅仅为着你们也好，因为你们是受苦难的劳动者，你们的理想就是真理。

风雨已停，朦胧的月亮浮在西边的山头上，明天将有一个晴天。我为着明天的胜利而微笑，为着永生而休息。我吹熄了灯，平静地躺到床上。

作／品／赏／析

《风雨中忆萧红》写于 1942 年 4 月，距萧红在香港去世约 3 个月。当时在延安工作的丁玲受到了不公正的批判，她心情极为烦闷，于是思念故友，发而为文，以遣释心中的愁绪。在本文中，丁玲怀着痛惜之情，追忆了自己与萧红的一段短暂的交往。作者以四月延安的雨夜为背景，追忆了萧红的为人处世、自然直率的性格和悲惨的结局。文章写得跌宕起伏、情真意切，在准确刻画了萧红的音容笑貌的同时，也真实描摹了作者的内心世界，给人以良多的感慨和回味。

怀念萧珊 / 巴金

入选理由
巴金的散文代表作之一
散发着朴素的人性美
备受广大读者喜爱

一

今天是萧珊逝世的六周年纪念日。六年前的光景还非常鲜明地出现在我的眼前。那一天我从火葬场回到家中，一切都是乱糟糟的，过了两三天我渐渐地安静下来了，一个人坐在书桌前，想写一篇纪念她的文章。在五十年前我就有了这样一种习惯：有感情无处倾吐时我经常求助于纸笔。可是一九七二年八月里那几天，我每天坐三四个小时望着面前摊开的稿纸，却写不出一句话。我痛苦地想，难道给关了几年的“牛棚”，真的就变成“牛”了？头上仿佛压了一块大石头，思想好像冻结了一样。我索性放下笔，什么也不写了。

六年过去了。林彪、“四人帮”及其爪牙们的确把我搞得很“狼狈”，但我还是活下来了，而且偏偏活得比较健康，脑子也并不糊涂，有时还可以写一两篇文章。最近我经常去火葬场，参加老朋友们的骨灰安放仪式。在大厅里，我想起许多事情。同样地奏着哀乐，我的思想却从挤满了人的大厅转到只有二三十个人的中厅里去了，我们正在用哭声向萧珊的遗体告别。我记起了《家》里面觉新说过的一句话：“好像珏死了，也是一个不祥的鬼。”四十七年前我写这句话的时候，怎么想得到我是在写自己！我没有流眼泪，可是我觉得有无数锋利的指甲在搔我的心。我站在死者遗体旁边，望着那张惨白色的脸，那两片咽下千言万语的嘴唇，我咬紧牙齿，在心里唤着死者的名字。我想，我比她大十三岁，为什么不让我先死？我想，这是多不公平！她究竟犯了什么罪？她也给关进“牛棚”，挂上“牛鬼蛇神”的小纸牌，还扫过马路。究竟为什么？理由很简单，她是我的妻子。她患了病，

·作者简介·

巴金（1904～2005），原名李尧棠，字芾甘，笔名佩竿、余一、王文慧等。四川成都人。1920年入成都外国语专门学校。1923年从封建家庭出走，就读于上海和南京的中学。1927年初赴法国留学，写成了处女作长篇小说《灭亡》，发表时始用巴金的笔名。1928年底回到上海，从事创作和翻译。从1929年到1937年中，任文化生活出版社总编辑，主编有《文季月刊》等刊物和《文学丛刊》等丛书。抗日战争爆发后，在各地致力于抗日救亡文化活动，编辑《呐喊》、《救亡日报》等报刊。在抗战后期和抗战结束后，巴金创作转向对国统区黑暗现实的批判，对行将崩溃的旧制度作出有力的控诉和抨击。中华人民共和国成立后，曾任全国文联副主席、中国作家协会主席、中国笔会中心主席、全国政协副主席等职，并主编《收获》杂志。他热情关注和支持旨在繁荣文学创作的各项活动，多次出国参加国际文学交流活动，首倡建立中国现代文学馆。

得不到治疗，也因为她是我的妻子。想尽办法一直到逝世前三个星期，靠开后门她才住进医院。但是癌细胞已经扩散，肠癌变成了肝癌。

她不想死，她要活，她愿意改造思想，她愿意看到社会主义建成。这个愿望总不能说是痴心妄想吧。她本来可以活下去，倘使她不是“黑老K”的“臭婆娘”。一句话，是我连累了她，是我害了她。

在我靠边的几年中间，我所受到的精神折磨她也同样受到。但是我并未挨过打，她却挨了“北京来的红卫兵”的铜头皮带，留在她左眼上的黑圈好几天后才褪尽。她挨打只是为了保护我，她看见那些年轻人深夜闯进来，害怕他们把我揪走，便溜出大门，到对面派出所去，请民警同志出来干预。那里只有一个人值班，不敢管。当着民警的面，她被他们用铜头皮带狠狠抽了一下，给押了回来，同我一起关在马桶间里。

她不仅分担了我的痛苦，还给了我不少的安慰和鼓励。在“四害”横行的时候，我在原单位（中国作家协会上海分会）给人当做“罪人”和“贼民”看待，日子十分难过，有时到晚上九、十点钟才能回家。我进了门看到她的面容，满脑子的乌云都消散了。我有什么委屈、牢骚，都可以向她尽情倾吐。有一个时期我和她每晚临睡前要服两粒眠尔通才能够闭眼，可是天刚刚发白就都醒了。我唤她，她也唤我。我诉苦般地说：“日子难过啊！”她也用同样的声音回答：“日子难过啊！”但是她马上加一句：“要坚持下去。”或者再加一句：“坚持就是胜利。”我说“日子难过”，因为在那一段时间里，我每天在“牛棚”里面劳动、学习、写交代、写检查、写思想汇报。任何人都可以责骂我、教训我、指挥我。从外地到“作协分会”来串连的人可以随意点名叫我出去“示众”，还要自报罪行。上下班不限时间，由管理“牛棚”的“监督组”随意决定。任何人都可以闯进我家里来，高兴拿什么就拿走什么。这个时候大规模的群众性批斗和电视批斗大会还没有开始，但已经越来越逼近了。

她说“日子难过”，因为她给两次揪到机关，靠边劳动，后来也常常参加陪斗。在淮海中路“大批判专栏”上张贴着批判我的罪行的大字报，我一家人的名字都给写出来“示众”，不用说“臭婆娘”的大名占着显著的地位。这些文字像虫子一样咬痛她的心。她让上海戏剧学院“狂妄派”学生突然袭击、揪到“作协分会”去的时候，在我家大门上还贴了一张揭露她的所谓罪行的大字报。幸好当天夜里我儿子把它撕毁。否则这一张大字报就会要了她的命！

人们的白眼、人们的冷嘲热骂蚕蚀着她的身心。我看出来她的健康逐渐遭到损害。表面上的平静是虚假的。内心的痛苦像一锅煮沸的水，她怎么能遮盖住！怎么能使它平静！她不断地给我安慰，对我表示信任，替我感到不平。然而她看到我的问题一天天地变得严重，上面对我的压力一天天地增加，她又非常担心。有时同我一起上班或者下班，走进巨鹿路口，快到“作协分会”，或者走近湖南路口，快到我们家，她总是抬不起头。我理解她，同情她，也非常担心她经受不起沉重的打击。我记得有一天到了平常下班的时间，我们没有受到留难，回到家里她比较高兴，到厨房去烧菜。我翻看当天的报纸，在第三版上看到当时做了“作

1951 年，巴金全家游览上海复兴公园时的合影。左起：巴金、巴金儿子小棠、巴金女儿小林、萧珊。

协分会”的“头头”的两个工人作家写的文章《彻底揭露巴金的反革命真面目》。真是当头一棒！我看了两三行，连忙把报纸藏起来，我害怕让她看见。她端着烧好的菜出来，脸上还带笑容，吃饭时她有说有笑。饭后她要看报，我企图把她的注意力引到别处。但是没有用，她找到了报纸。她的笑容一下子完全消失。这一夜她再没有讲话，早早地进了房间。我后来发现她躺在床上小声哭着。一个安静的夜晚给破坏了。今天回想当时的情景，她那张满是泪痕的脸还在我的眼前。我多么愿意让她的泪痕消失，笑容在她那憔悴的脸上重现，即使减少我几年的生命来换取我们家庭生活中一个宁静的夜晚，我也心甘情愿！

二

我听周信芳同志的媳妇说，周的夫人在逝世前经常被打手们拉出去当作皮球推来推去，打得遍体鳞伤。有人劝她躲开，她说：“我躲开，他们就要这样对付周先生了。”萧珊并未受到这种新式体罚。可是她在精神上给别人当皮球打来打去。她也有这样的想法：她多受一点精神折磨，可以减轻对我的压力。其实这是她一片痴心，结果只苦了她自己。我看见她一天天地憔悴下去，我看见她的生命之火逐渐熄灭，我多么痛心。我劝她，安慰她，我想拉住她，一点也没有用。

她常常问我：“你的问题什么时候才解决呢？”我苦笑说：“总有一天会解决的。”她叹口气说：“我恐怕等不到那个时候了。”后来她病倒了，有人劝她打电话找我回家，她不知从哪里得来的消息，她说：“他在写检查，不要打岔他。他的问题大概可以解决了。”等到我从“五七干校”回家休假，她已经不能起床。她还问我检查写得怎样，问题是否可以解决。我当时的确在写检查，而且已经写了好几次了。他们要我写，只是为了消耗我的生命。但她怎么能理解呢？

这时离她逝世不过两个多月，癌细胞已经扩散，可是我们不知道，想找医生给她认真检查一次，也毫无办法。平日去医院挂号看门诊，等了许久才见到医生或者实习医生，随便给开个药方就算解决问题。只有在发烧到摄氏三十九度才有资格挂急诊号，或者还可以在病人拥挤的观察室里待上一天半天。当时去医院看病找交通工具也很困难，常常是我女婿借了自行车来，让她坐在车上，他慢慢地推着走。有一次她雇到小三轮车去看病，看好门诊回家雇不到车了，只好同陪她看病的朋友一起慢慢地走回来，走走停停，走到街口，她快要倒下了，只得请求行人到我们家通知，她一个表侄正好来探病，就由他去把她背了回家。她希望拍一张 X 光片子查一查肠子有什么病，但是办不到。后来靠了她一位亲戚帮忙开后门两次拍片，才查出她患肠癌。以后又靠朋友设法开后门住进了医院。她自己还很高兴，以为得救了。只有她一个人不知道真实的病情，她在医院里只活了三个星期。

我休假回家假期满了，我又请过两次假，留在家里照料病人。最多也不到一个月。我看见她病情日趋严重，实在不愿意把她丢开不管，我要求延长假期的时候，我们那个单位的一个“工宣队”头头逼着我第二天就回干校去。我回到家里，她问起来，我无法隐瞒。她叹了口气，说：“你放心去吧。”她把脸掉过去，不让我看她。我女儿、女婿看到这种情景，自告奋勇地跑到巨鹿路向那位“工宣队”头头解释，希望同意我在市区多留些日子照料病人。可是那个头头“执法如山”，还说：“他不是医生，留在家里，有什么用！留在家里对他改造不利！”他们气愤地回到家中，只说机关不同意，后来才对我传达了这句“名言”。我还能讲什么呢？明天回干校去！

整个晚上她睡不好，我更睡不好。出乎意外，第二天一早我那个插队落户的儿子在我们房间里出现了，他是昨天半夜里到的。他得到了家信，请假回家看母亲，却没有想到母亲病成这样。我见了他一面，把他母亲交给他，就回干校去了。

在车上我的情绪很不好。我实在想不通为什么会有这样的事情。我在干校待了五天，无法同家里通消息。我已经猜到她的病不轻了。可是人们不让我过问她的事情。这五天是多么难熬的日子！到第五天晚上在干校的造反派头头通知我们全体第二天一早回市区开会。这样我才又回到了家，见到了我的爱人。靠了朋友帮忙，她可以住进中山医院肝癌病房，一切都准备好，她第二天就要住院了。她多么希望住院前见我一面，我终于回来了。连我也没有想到她的病情发展得这么快。我们见了面，我一句话也讲不出来。她说了一句：“我到底住院了。”我答说：“你安心治疗吧。”她父亲也来看她，老人家双目失明，去医院探病有困难，可能是来同他的女儿告别了。

我吃过中饭，就去参加给别人戴上反革命帽子的大会，受批判、戴帽子的人不止一个，其中有一个我的熟人王若望同志，他过去也是作家，不过比我年轻。我们一起在“牛棚”里关过一个时期，他的罪名是“摘帽右派”。他不服，不听话，他贴出大字报，声明“自己解放自己”，因此罪名越搞越大，给捉去关了一个时期还不算，还戴上了反革命的帽子监督劳动。在会场里我一直像在做怪梦。开完会回家，见到萧珊我感到格外亲切，仿佛重回人间。可是她不舒服，不想讲话，偶尔讲一句半句。我还记得她讲了两次：“我看不到了。”我连声问她看不到什么？她后来才说：“看不到你解放了。”我还能再讲什么呢？

我儿子在旁边，垂头丧气，精神不好，晚饭只吃了半碗，像是患感冒。她忽然指着他小声说：“他怎么办呢？”他当时在安徽山区已经待了三年半，政治上没有人管，生活上不能养活自己，而且因为是我的儿子，给剥夺了好些公民权利。他先学会沉默，后来又学会抽烟。我怀着内疚的心情看看他，我后悔当初不该写小说，更不该生儿育女。我还记得前两年在痛苦难熬的时候她对我说：“孩子们说爸爸做了坏事，害了我们大家。”这好像用刀子在割我身上的肉。我没有出声，我把泪水全吞在肚里。她睡了一觉醒过来忽然问我：“你明天不去了？”我说：“不去了。”就是那个“工宣队”头头今天通知我不用再去干校就留在市区。他还问我：

"你知道萧珊是什么病？"我答说："知道。"其实家里瞒住我，不给我知道真相，我还是从他这句问话里猜到的。

三

第二天早晨她动身去医院，一个朋友和我女儿、女婿陪她去。她穿好衣服等候车来。她显得急躁，又有些留恋，东张张西望望，她也许在想是不是能再看到这里的一切。我送走她，心上反而加了一块大石头。

将近二十天里，我每天去医院陪伴她大半天。我照料她，我坐在病床前守着她，同她短短地谈几句话。她的病情恶化，一天天衰弱下去，肚子却一天天大起来，行动越来越不方便。当时病房里没有人照料，生活方面除饮食外一切都必须自理。后来听同病房的人称赞她"坚强"，说她每天早晚都默默地挣扎着下了床，走到厕所。医生对我们谈起，病人的身体经不住手术，最怕的是她的肠子堵塞，要是不堵塞，还可以拖延一个时期。她住院后的半个月是一九六六年八月以来我既感痛苦又感到幸福的一段时间，是我和她在一起度过的最后的平静的时刻，我今天还不能将它忘记。但是半个月以后，她的病情又有了发展，一天吃中饭的时候，医生通知我儿子找我去谈话。他告诉我：病人的肠子给堵住了，必须开刀。开刀不一定有把握，也许中途出毛病。但是不开刀，后果更不堪设想。他要我决定，并且要我劝她同意。我做了决定，就去病房对她解释。我讲完话，她只说了一句："看来，我们要分别了。"她望着我，眼睛里全是泪水。我说："不会的……"我的声音哑了。接着护士长来安慰她，对她说："我陪你，不要紧的。"她回答："你陪我就好。"时间很紧迫，医生、护士们很快作好了准备，她给送进手术室去了，是她的表侄把她推到手术室门口的。我们就在外面走廊上等了好几个小时，等到她平安地给送出来，由儿子把她推回到病房去。儿子还在她身边守过一个夜晚。过两天他也病倒了，查出来他患肝炎，是从安徽农村带回来的。本来我们想瞒住他的母亲，可是无意间让他母亲知道了。她不断地问："儿子怎么样？"我自己也不知道儿子怎么样，我怎么能使她放心呢？晚上回到家，走进空空的、静静的房间，我几乎要叫出声来："一切都朝我的头打下来吧，让所有的灾祸都来吧。我受得住！"

我应当感谢那位热心而又善良的护士长，她同情我的处境，要我把儿子的事情完全交给她办。她作好安排，陪他看病、检查，让他很快住进别处的隔离病房，得到及时的治疗和护理。他在隔离房里苦苦地等候母亲病情的好转。母亲躺在病床上，只能有气无力地说几句短短的话，她经常问："棠棠怎么样？"从她那双含泪的眼睛里我明白她多么想看见她最爱的儿子。但是她已经没有精力多想了。

她每天给输血，打盐水针。她看见我去就断断续续地问我："输多少西西的血？该怎么办？"我安慰她："你只管放心。没有问题，治病要紧。"她不止一次地说："你辛苦了。"我有什么苦呢？我能够为我最亲爱的人做事情，哪怕做一件小事，我也高兴！后来她的身体更不行了。医生给她输氧气，鼻子里整天插着管子。她几次要求拿开，这说明她感到难受，但是听了我们的劝告，她终于忍受下去了。开刀以后她只活了五天。谁也想不到她会去得这么快！五天中间我整天守在病床前，默默地望着她在受苦（我是设身处地感觉到这样的），可是她除了两三次要求搬开床前巨大的氧气筒，三四次表示担心输血较多付不出医药费之外，并没有抱怨过什么。见到熟人她常有这样一种表情：请原谅我麻烦了你们。她非常安静，但并未昏睡，始终睁大两只眼睛。眼睛很大，很美，很亮。我望着。望着，好像在望快要燃尽的烛火。我多么想让这对眼睛永远亮下去！我多么害怕她离开我！我甚至愿意为我那十四卷“邪书”受到千刀万剐，只求她能安静地活下去。

不久前我重读梅林写的《马克思传》，书中引用了马克思给女儿的信里的一段话，讲到马克思夫人的死。信上说：“她很快就咽了气。……这个病具有一种逐渐虚脱的性质，就像由于衰老所致一样。甚至在最后几小时也没有临终的挣扎，而是慢慢地沉入睡乡。她的眼睛比任何时候都更大、更美、更亮！”这段话我记得很清楚。马克思夫人也死于癌症。我默默地望着萧珊那对很大、很美、很亮的眼睛，我想起这段话，稍微得到一点安慰。听说她的确也“没有临终的挣扎”，也是“慢慢地沉入睡乡”。我这样说，因为她离开这个世界的时候，我不在她的身边。那天是星期天，卫生防疫站因为我们家发现了肝炎病人，派人上午来做消毒工作。她的表妹有空愿意到医院去照料她，讲好我们吃过中饭就去接替。没有想到我们刚刚端起饭碗，就得到传呼电话，通知我女儿去医院，说是她妈妈“不行”了。真是晴天霹雳！我和我女儿、女婿赶到医院。她那张病床上连床垫也给拿走了。别人告诉我她在太平间。我们又下了楼赶到那里，在门口遇见表妹。还是她找人帮忙把“咽了气”的病人抬进来的。死者还不曾给放进铁匣子里送进冷库，她躺在担架上，但已经给白布床单包得紧紧的，看不到面容了。我只看到她的名字。我弯下身子，把地上那个还有点人形的白布包拍了好几下，一面哭着唤她的名字。不过几分钟的时间。这算是什么告别呢？

据表妹说，她逝世的时刻，表妹也不知道。她曾经对表妹说：“找医生来。”医生来过，并没有什么。后来她就渐渐地“沉入睡乡”。表妹还以为她在睡眠。一个护士来打针，才发觉她的心脏已经停止跳动了。我没有能同她诀别，我有许多话没有能向她倾吐，她不能没有留下一句遗言就离开我！我后来常常想，她对表妹说“找医生来”，很可能不是“找医生”，是“找李先生”（她平日这样称呼我）。为什么那天上午偏偏我不在病房呢？家里人都不在她身边，她死得这样凄凉！

我女婿马上打电话给我们仅有的几个亲戚。她的弟媳赶到医院，马上晕了过去。三天以后在龙华火葬场举行告别仪式。她的朋友一个也没有来，因为一则我们没有通知，二则我是一个审查了将近七年的对象。没有悼词，没有吊客，只有一片伤心的哭声。我衷心感谢

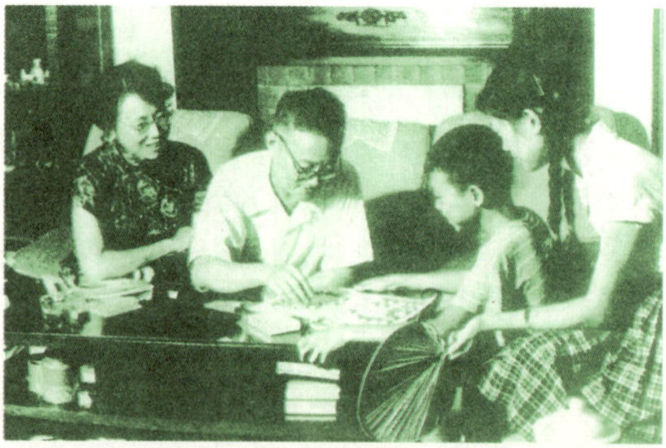

1962年，巴金全家在上海武康路寓所的合影。当时“文革”风暴还未来临，巴金全家洋溢着一派幸福祥和的气氛。

前来参加仪式的少数亲友和特地来帮忙的我女儿的两三个同学，最后，我跟她的遗体告别，女儿望着遗容哀哭，儿子在隔离病房还不知道把他当做命根子的妈妈已经死亡。值得提说的是她当做自己儿子照顾了好些年的一位亡友的男孩从北京赶来，只为了看见她的最后一面。这个整天同钢铁打交道的技术员，他的心倒不像钢铁那样。他得到电报以后，他爱人对他说："你去吧，你不去一趟，你的心永远安定不了。"我在变了形的她的遗体旁边站了一会。别人给我和她照了相。我痛苦地想：这是最后一次了，即使给我们留下来很难看的形象，我也要珍视这个镜头。

一切都结束了。过了几天我和女儿、女婿到火葬场，领到了她的骨灰盒。在存放室寄存了三年之后，我按期把骨灰盒接回家里。有人劝我把她的骨灰安葬，我宁愿让骨灰盒放在我的寝室里，我感到她仍然和我在一起。

四

梦魇一般的日子终于过去了。六年仿佛一瞬间似的远远地落在后面了。其实哪里是一瞬间！这段时间里有多少流着血和泪的日子啊。不仅是六年，从我开始写这篇短文到现在又过去了半年，半年中我经常在火葬场的大厅里默哀，行礼，为了纪念给"四人帮"迫害致死的朋友。想到他们不能把个人的智慧和才华献给社会主义祖国，我万分惋惜。每次戴上黑纱、插上纸花的同时，我也想起我自己最亲爱的朋友，一个普通的文艺爱好者，一个成绩不大的翻译工作者，一个心地善良的人。她是我的生命的一部分，她的骨灰里有我的泪和血。

她是我的一个读者。一九三六年我在上海第一次同她见面。一九三八年和一九四一年我们两次在桂林像朋友似地住在一起。一九四四年我们在贵阳结婚。我认识她的时候，她还不到二十，对她的成长我应当负很大的责任。她读了我的小说，给我写信，后来见到了我，对我发生了感情。她在中学念书，看见我以前，因为参加学生运动被学校开除，回到家乡住了一个短时期，又出来进另一所学校。倘使不是为了我，她三七、三八年一定去了延安。她同我谈了八年的恋爱，后来到贵阳旅行结婚，只印发了一个通知，没有摆过一桌酒席。从贵阳我和她先后到了重庆，住在民国路文化生活出版社门市部楼梯下七八个平方米的小屋里。她托人买了四只玻璃杯开始组织我们的小家庭。她陪着我经历了各种艰苦生活。在抗日战争紧张的时期，我们一起在日军进城以前十多个小时逃离广州，我们从广东到广西，从昆明到桂林，从金华到温州，我们分散了，又重见，相见后又别离。在我那两册《旅途通讯》中就有一部分这种生活的记录。四十年前有一位朋友批评我："这算什么文章！"我的《文集》出版后，另一位朋友认为我不应当把它们也收进去。他们都有道理，两年来我对朋友、对读者讲过不止一次，我决定不让《文集》重版。但是为我自己，我要经常翻看那两小册《通讯》。在那些年代，每当我落在困苦的境地里、朋友们各奔前程的时候，她总是亲切地在我的耳边说："不要难过，我不会离开你，我在你的身边。"的确，只有在她最后一次进手术室之前她才说过这样一句："我们要分别了。"

我同她一起生活了三十多年。但是我并没有好好地帮助过她。她比我有才华，却缺乏刻苦钻研的精神。我很喜欢她翻译的普希金和屠格涅夫的小说。虽然译文并不恰当，也不是普希金和屠格涅夫的风格，它们却是有创造性的文学作品，阅读它们对我是一种享受。她想改变自己的生活，不愿做家庭妇女，却又缺少吃苦耐劳的勇气。她听一个朋友的劝告，得到后来也是给“四人帮”迫害致死的叶以群同志的同意，到《上海文学》“义务劳动”，也做了一点点工作，然而在运动中却受到批判，说她专门向老作家组稿，又说她是我派去的“坐探”。她为了改造思想，想走捷径，要求参加“四清”运动，找人推荐到某铜厂的工作组工作，工作相当忙碌、紧张，她却精神愉快。但是到我快要靠边的时候，她也被叫回“作协分会”参加运动。她第一次参加这种急风暴雨般的斗争，而且是以反动权威家属的身份参加，她不知道该怎么办才好。她张皇失措，坐立不安，替我担心，又为儿女的前途忧虑。她盼望什么人向她伸出援助的手，可是朋友们离开了她，“同事们”拿她当作箭靶，还有人想通过整她来整我。她不是“作协分会”或者刊物的正式工作人员，可是仍然被“勒令”靠边劳动、站队挂牌，放回家以后，又给揪到机关。过一个时期她写了认罪的检查，第二次给放回家的时候，我们机关的造反派头头却通知里弄委员会罚她扫街。她怕人看见，每天大清早起来，拿着扫帚出门，扫得精疲力尽，才回到家里，关上大门，吐了一口气。但有时她还碰到上学去的小孩，对她叫骂“巴金的臭婆娘”。我偶尔看见她拿着扫帚回来，不敢正眼看她，我感到负罪的心情，这是对她的一个致命的打击。不到两个月，她病倒了，以后就没有再出去扫街（我妹妹继续扫了一个时期），但是也没有完全恢复健康。尽管她还继续拖了四年，但一直到死她并不曾看到我恢复自由。这就是她的最后，然而绝不是她的结局。她的结局将和我的结局连在一起。

我绝不悲观。我要争取多活。我要为我们社会主义祖国工作到生命的最后一息。在我丧失工作能力的时候，我希望病榻上有萧珊翻译的那几本小说。等到我永远闭上眼睛，就让我的骨灰同她的搀和在一起。

作/品/赏/析

“文革”时期，巴金遭到批判，妻子萧珊亦受牵连，于1972年被肝癌夺去了生命。6年之后，巴金写下了《怀念萧珊》一文，深情地记述了萧珊在生前的最后几年里与自己患难与共的难忘生活。这是一篇感人至深的人物回忆录。作者用浸透着血和泪的情愫，以朴实无华的文字，委婉、细腻、深沉的笔调，真实地记录了萧珊去世前的生活。文章看似没有急切高声的呐喊，呼天抢地的动作，大开大合的结构，但却无时无处不浸透着作者凄切深挚的悼念之情，给读者心灵上以强烈的震撼。全文节奏舒缓，情真意切之句随处可见。巴金的散文文体自然，笔墨自由，不事雕饰，情真意切，朴素中显文采，通达中见苍劲。《怀念萧珊》很好地体现了巴金的散文风格。

海上的日出 / 巴金

入选理由
巴金的散文代表作之一
文章绮丽流畅，短小精悍，景物描写惟妙惟肖
收入中学课本

为了看日出，我常常早起。那时天还没有大亮，周围非常清静，船上只有机器的响声。

天空还是一片浅蓝，颜色很浅。转眼间天边出现了一道红霞，慢慢地在扩大它的范围，加强它的亮光。我知道太阳要从天边升起来了，便不转眼地望着那里。

果然过了一会儿，在那个地方出现了太阳的小半边脸，红是真红，却没有亮光。这个太阳好像负着重荷似地一步一步、慢慢地努力上升，到了最后，终于冲破了云霞，完全跳出了海面，颜色红得非常可爱。一刹那间，这个深红的圆东西，忽然发出了夺目的亮光，射得人眼睛发痛，它旁边的云片也突然有了光彩。

有时太阳走进了云堆中，它的光线却从云里射下来，直射到水面上。这时候要分辨出哪里是水，哪里是天，倒也不容易，因为我就只看见一片灿烂的亮光。

有时天边有黑云，而且云片很厚，太阳出来，人眼还看不见。然而太阳在黑云里放射的光芒，透过黑云的重围，替黑云镶了一道发光的金边。后来太阳才慢慢地冲出重围，出现在天空，甚至把黑云也染成了紫色或者红色。这时候发亮的不仅是太阳、云和海水，连我自己也成了明亮的了。

这不是很伟大的奇观么？

作 / 品 / 赏 / 析

《海上的日出》是一篇优美的写景散文。文章写于 1927 年 1 月，后收入《海行杂记》。

作者通过细致入微的观察，从不同的角度准确传神地勾画了海上日出的壮观景象。作者在文中用“浅蓝”、“红霞”、“亮光”、“小半边脸”、“一步一步、慢慢地努力上升”、“冲破了云霞”、“跳出了海面”、“深红的圆东西”等一系列形象的词语，生动地描摹了海上日出的全过程。文章巧用拟人手法，“负”、“冲”、“跳”、“走”、“镶”、“染”等充满人性化词语的运用，使文章充满生气而富于诗情画意，笼罩着动态的意境美。读者读着文章，恍若身临其境，随同作者一同在海边观赏日出，全身心都融入美丽的自然风光里。文章绮丽流畅，短小精悍，区区五百余字将海上日出描绘得惟妙惟肖，显示了作者得心应手的驾驭文字的功力。

镜泊湖

/臧克家

入选理由
文笔简练、生动而明朗
一次赏心悦目的自在旅行
清新活泼的天然野趣

我国有许多著名的湖。“气蒸云梦泽，波撼岳阳城”的洞庭湖；茫茫千顷，气象万千的太湖，我都是闻名而心向往的。西湖，我曾经踏着苏堤端详过她那动人的姿容，孤舟深夜泛三潭上看过印月。至于大明湖，那是家乡的湖，我更是一个熟客了：盛夏划一条小船，在荷花阵里冲击，在过去那些黑暗的岁月里，何止一次和朋友们寒宵夜游，历下亭前狂歌当哭？

臧克家像

镜泊湖却是一个陌生的名字。七月间，到了沈阳、长春、哈尔滨，游览了名胜古迹，参观了工业建设，往返三千里，历时一个半月，以抱病之身，登山涉水，使朋友们为之惊讶，叹为“奇迹”。可是东北的同志们却对我说：“到了东北，看看镜泊湖，方不虚此行。”他们说镜泊湖的红鲫如何鲜美，他们给我唱了镜泊湖的赞歌。看景不如听景，我心动了。但一想到那遥远的途程我又踌躇起来，心里怀着“望美人兮天一方”的惆怅。眼看着和自己住在同一旅舍的客人们一批又一批的出发了，里边有一位八十二岁的名医，他幽默地说：“不看镜泊湖我死不瞑目！”

“走！”他的话给我作了起身炮。

十小时的火车把我们从哈尔滨送到牡丹江。这是一个美丽的城市，像北大荒边边上的一朵花。“八女投江”的故事，使它名满天下。又是两小时的火车，我们已经和镜泊湖一同置身在黑龙江省的宁安县境了。

下了火车坐上“嘎斯六九”汽车。牡丹江昨天是好天，镜泊湖附近却落了雨。乍上来，这小卡车在二十几里的平展的公路上轻快地飞跑，高粱、谷子，一色青青，

·作者简介·

臧克家（1905～2004），生于山东省诸城县，自幼受到中国古典诗词民歌的熏陶。青少年时代在农村度过，农民的苦难引起他的深切关注和同情。1919年上小学时受到“五四”新思潮的影响。1923年中学时代开始习作新诗。1933年出版了第一本诗集《烙印》，接着又出版了《罪恶的黑手》、《运河》两本诗集和长诗《自己的写照》。1934年毕业于国立山东大学中文系。在校期间，在新诗创作上得到闻一多、王统照的鼓励与帮助。1936年参加中国文艺家协会。1938年参加中华全国文艺界抗敌协会。抗战胜利后，他又及时写下了很多政治讽刺诗，揭露国统区的黑暗、腐朽。1949年参加第一次文代会，以后历任华北大学文艺学院研究员、中国作协书记处书记、《诗刊》主编、第七届全国政协常委、中国作家协会顾问和中国写作协会会长等职。

微风吹来，绿波粼粼，扩展到极处和青山与碧天相接，望着眼前的景色，心里惊叹着祖国的辽阔广大。已经接近初秋了，这里的麦子刚刚上场，关里关外的气候，悬殊多大呵！小卡车好似一只蚱蜢舟，冲开碧波跳荡在绿色的大海里。一个庞然大物，老虎似的迎面而来，一时烟尘滚滚，风声呜呜。原来是一部大型柴油汽车，拖着五六节车厢，上面横躺着粗大的木材，它们高兴地离开森林去为社会主义建设事业立地撑天！三三五五朝鲜族的妇女，不时从车边走过，头上顶着罐子，走起来衣裙飘飘，大方而美丽。光滑的路走完了，接着是崎岖的沙泥路，一个坑就是一个小水塘，车子在上面蹦蹦跳跳，像在跳舞。

远远在望的青山看不见了，我们的车子已经走到山腰上，一盘又一盘地在步步升高。路两旁长满了奇花异草，有的像成串的珍珠，有的像红色的小灯笼，有的像蓝的吊钟，有的像金黄的大喇叭……它们用自己的美色和幽香列队在路的两旁向客人们热情地打招呼。一个猎人从深林里走出来了，长枪上挂着飞禽，身后跟一只猎犬。眼前的景色在游客心里引起清新的感觉，一个又一个生动鲜明的印象连成了彩色的连环。但是，湖在哪里？

“我们在绕着她走呢。”迎接我们的那位同志回答。

车子转到了山顶，从司机座位上发出了一声：“看！”

呵，镜泊湖，从丛林的绿隙里我看到了你漫长的银光闪闪的腰身！你引领着汽车向它的终点疾驰，又好似望到了亲人，热情地追在车子后面，我的视觉，我的嗅觉，我的心灵，完完全全地浸沉在镜泊湖美妙的灵芬里了。

一栋又一栋木头房子，不同的式样，不同的颜色，别致、新颖，彼此挨近着，或隔一条小路对望。里面住着各种工作人员和他们的眷属，还有科学家、作家、教授和名医，他们来自北京、沈阳、哈尔滨……他们要在这幽静的湖边，度过夏季最后的一段时光。

晚上，躺在床上，扭死电灯，湖光像静女多情的眼波，从玻璃窗上射过来，没有一声虫鸣，没有半点波浪声，清幽、神秘、朦胧，好似置身在童话里一样。第二天一早醒来，浑身舒畅，才知道自己就睡在她的温柔清凉的环抱中。

踏着满地朝阳走到她的身边。小桥上有人在持竿垂钓，三五只小船在等待着游客。向南望，向北望，一望无边，从幽静的水里看扯连不断的青山，听不见蝉鸣，听不见鸟声，偶尔有一只鱼鹰箭头似的带着朝曦从半空里直射到水面上来。站在湖边上，望着四周险峻的峰峦，清澈幽深的湖水，想象

镜泊湖老照片

古称忽汗海，在东北宁安境内，盛产鱼类。图为湖中的打鱼船。

一百万年前，火山着魔似的突然一声震天巨响，地心里的水汹涌而出。“高峡出平湖”！她纵身在海拔三百五十米的高处，像一个美人，舒展地横陈着她长长的玉体。她心怀幽深，姿态天然，隐藏在这幽僻处，顾影自怜。是不是怕扰乱了她的清静，时在夏季，鸟不叫，蝉不鸣，虫也无声。

小径上有稀疏的人影，有大人，有小孩，见了面很自然地点点头，站住谈上几句，就像老朋友重逢。从深林里走出来一群孩子，手里拿着各式各样的菌子，有的黄黄的像面包，有的红红的像一柄小伞，八十多岁的老人也像大自然的一个孩子，拄着手杖，手里擎着一朵万年青，像得了至宝似的得意地向人夸耀。这湖是个宝湖。她养育着鳌花、湖鲫、红尾鱼……吃一口，保管你一生忘不了它的鲜美。她可以发出大量的电，她可以把千条万条木材输送到广大的世界里去。这山也是宝山。水獭、狐狸、豹子……说不尽的异兽就以它为家，一圈大电网，把它们挡在青山深处。幸运的人到森林中，可以捡回“参”孩子、黄芩……这一类的药材到处都有。大好湖山，是全国稀有的胜地，也是名贵物品的出产地。

在淡淡的夕阳下，一只小汽艇载着我们向湖的上游驶去。湖面上水波不兴，船像在一面玻璃上滑行。粼粼水波，像丝绸上的细纹，光滑嫩绿。往远处望，颜色一点深似一点，渐渐地变成了深碧。仰望天空，云片悠然地在移动，低视湖心，另有一个天，云影在徘徊。两岸的峰峦倒立在湖里，一色青青，情意缱绻的伴送着游人。眼看到了尽头了，转一个弯，又是同样的山，同样的水，真想她来点变化呵，可是走过南北一百二十里，仍然是同样风姿。真是山外青山湖外湖。比起波浪汹涌的洞庭湖来，镜泊湖是平静安详的。比起太湖的浩渺浑圆来，镜泊湖太像水波不兴的一条大江。大明湖和她相比，不过是一池清水，西湖和她相比，一个像“春山滴翠、秋水凝眸”的美艳少妇，一个像朴素自然、贞静自守的处子。镜泊湖，没有半点人工气，她所有的佳胜都是自己所具有的。岸上没有一座庙，没有什么名胜古迹，真有“犹恐脂粉污颜色”的意味。早晨，她可以给天仙当镜子从事晨妆，晚上，她可以给月里嫦娥照一照自己美丽的倩影。在炎夏的日子里，如果神话里的仙女到幽静的湖边来裸浴，管保没有人抱走罗衫使她们再也回不到天上去。

两岸山上，青翠欲流，树木丛茂，郁郁苍苍。这全是解放以后植育的“幼林”，那原始森林的参天古木，敌伪时代，给日本侵略军一把火烧得净光！船，慢慢地走动着，微风轻轻地吹着，真是像画中游。湖面上，一片一片的小球藻在小汽船冲动了的水波上微微地荡漾，水里的大鱼，突然把它庞大的脊背突出水面来使人惊呼。水产公司，撒下了网子，浮标长长的一串又一串。听说昨天起网，一网就打到了二万四千斤鱼。想想看，如果是在夕阳的金光下，锦鳞闪闪，那景象该多美，多动人呵。

在湖左边的山窝窝里，突然出现了几座瓦房，耀眼的红，给古朴单调的大自然平添了无限景色。我们向司机同志发问：“这是什么地方？”

“这是水电站。抗日联军曾经在这里消灭过日本的一个守备队。”这话使我深思。使我想到，在哈尔滨参观了两次的“东北烈士纪念馆”里那些烈士的形象和战斗的生平；使我想到，在牡丹江，在休养所里遇见过的那些抗日领袖人物，有的至今脸上还带着抗战时期留下的未愈合的伤口。湖山是美丽的，然而她是血洗过的，因为当年这一带经过不止一次的战斗，所以她的景色格外美丽，格外动人！

镜泊湖上，也有八大名景，大孤山，小孤山，和长江里同名的小山相仿佛。珍珠门，两座圆突突的山，像两颗水上名珠，船从当中走过。最著名的是湖北口的那个天然大瀑布——“吊水楼”。我从彩色照片上，从名画家的画上早已欣赏过她壮丽的面容。镜泊湖水从二十米的簸箕背上一倾而下，像一面水晶帘子，水落潭中，轰然作响，烟雾腾腾，溅起亿万颗珍珠。她的声色不比庐山的瀑布差逊，虽然她的名声还不太大。可惜我们到的时候，正在雨后，翻过一层山，有一道拦腰大水把人拦住，使你只能从绿树丛中隐隐约约遥望着白茫茫的一点水影。是不是因为她太美丽了，自己不愿意轻易以真面目示人？我们在山上停了五天，天天去探水，水势无意消退，我们不能再等待了，只好怀着美中不足的遗憾，怅惘地辞别了镜泊湖。这“吊水楼”也许她别有深情，故意在我们心上留下个“想头”，希望我们下次重来。

天然大瀑布——“吊水楼”

镜泊湖吊水楼瀑布位于黑龙江镜泊湖出口处，其状酷似尼亚加拉大瀑布。每当丰水期，湖水大量流溢，在玄武岩构成的峭壁上奔腾飞泻，幅宽百余米，落差18米，犹如白练一条，十分壮观。实际上它是同坠入一潭的两个瀑布。由于吊水楼瀑布是我国纬度最高的瀑布，所以，四季中冬夏之风韵尤殊。

作/品/赏/析

诗人臧克家的这篇游记专注于镜泊湖的七月，专注于一次怡心的游赏，这是吸引作者的天然野趣之处，所以作者在下文中说：“镜泊湖，没有半点人工气，她所有的佳胜都是自己所具有的。岸上没有一座庙，没有什么名胜古迹，真有‘犹恐脂粉污颜色’的意味。早晨，她可以给天仙当镜子从事晨妆，晚上，她可以给月里嫦娥照一照自己美丽的倩影。在炎夏的日子里，如果神话里的仙女到幽静的湖边来裸浴，管保没有人抱走罗衫使她们再也回不到天上去。”美在天然中，也是镜泊湖作为一个湖泊的最大特点。

雨中登泰山

/李健吾

入选理由
情景交融、夹叙夹议的手法并用
独具匠心的结构布局
入选中学课本

李健吾像

从火车上遥望泰山，几十年来有好些次了，每次想起“孔子登东山而小鲁，登泰山而小天下”那句话来，就觉得过而不登，像是欠下悠久的文化传统一笔债似的。杜甫的愿望：“会当凌绝顶，一览众山小。”我也一样有，惜乎来去匆匆，每次都当面错过了。

而今确实要登泰山了，偏偏天公不作美，下起雨来，淅淅沥沥，不像落在地上，倒像落在心里。天是灰的，心是沉的。我们约好了清晨出发，人齐了，雨却越下越大。等天晴吗？想着这渺茫的“等”字，先是憋闷。盼到十一点半钟，天色转白，我不由喊了一句：“走吧！”带动年轻人，挎起背包，兴致勃勃，朝岱宗坊出发了。

是烟是雾，我们辨识不清，只见灰蒙蒙一片，把老大一座高山，上上下下，裹了一个严实。古老的泰山越发显得崔嵬了。我们才过岱宗坊，震天的吼声就把我们吸引到虎山水库的大坝前面。七股大水，从水库的桥孔跃出，仿佛七幅闪光黄锦，直铺下去，碰着嶙嶙的乱石，激起一片雪白水珠，脱线一般，撒在回漩的水面。这里叫作虬在湾：据说虬早已被吕洞宾渡上天了，可是望过去，跳掷翻腾，像又回到了故居。我们绕过虎山，站到坝桥上，一边是平静的湖水，迎着斜风细雨，懒洋洋只是欲步不前，一边却喑噁叱咤，似有千军万马，躲在绮丽的黄锦底下。黄锦是方便的比喻，其实是一幅细纱，护着一幅没有经纬的精致图案，透明的白纱轻轻压着透明的米黄花纹。——也许只有织女才能织出这种瑰奇的景色。

雨大起来了，我们拐进王母庙后的七真祠。这里供奉着七尊塑像，正面当中是吕洞宾，两旁是他的朋友铁拐李和何仙姑，东西两侧是他的四个弟子，所以叫

·作者简介·

李健吾（1906 ~ 1982），山西运城人。常用笔名刘西渭。从小喜欢戏剧和文学，1925 年考入清华大学，先在中文系后转入西洋文学系，同年加入文学研究会。1931 年赴法国巴黎现代语言专修学校，研究福楼拜。1933 年回国，在中华文化教育基金董事会编辑委员会工作。与黄佐临等创办了上海实验戏剧学校，中华人民共和国成立后继任该校（改名为上海戏剧专科学校）戏剧文学系主任，1954 年调北京大学文学研究所。1964 年调中国科学院外国文学研究所，任研究员。曾任国务院学位委员会评议组成员、法国文学研究会名誉会长。

作七真祠。吕洞宾和他的两位朋友倒也罢了，站在龛里的两个小童和柳树精对面的老人，实在是少见的传神之作。一般庙宇的塑像，往往不是平板，就是怪诞，造型偶尔美的，又不像中国人，跟不上这位老人这样逼真、亲切。无名的雕塑家对年龄和面貌的差异有很深的认识，形象才会这样栩栩如生。不是年轻人提醒我该走了，我还会欣赏下去的。

我们来到雨地，走上登山的正路，一连穿过三座石坊：一天门、孔子登临处和天阶。水声落在我们后面，雄伟的红门把山挡住。走出长门洞，豁然开朗，山又到了我们跟前。人朝上走，水朝下流，流进虎山水库的中溪陪我们，一直陪到二天门。悬崖巉巉，石缝滴滴答答，泉水和雨水混在一起，顺着斜坡，流进山涧，涓涓的水声变成訇訇的雷鸣。有时候风过云开，在底下望见南天门，影影绰绰，耸立山头，好像并不很远；紧十八盘仿佛一条灰白大蟒，匍匐在山峡当中；更多的时候，乌云四合，层峦叠嶂都成了水墨山水。蹚过中溪水浅的地方，走不太远，就是有名的经石峪，一片大水漫过一亩大小的一个大石坪，光光的石头刻着一部《金刚经》，字有斗来大，年月久了，大部分都让水磨平了。回到正路，雨不知道什么时候已经住了，人走了一身汗，巴不得把雨衣脱下来，凉快凉快。说巧也巧，我们正好走进一座柏树林，阴森森的，亮了的天又变黑了，好像黄昏提前到了人间，汗不但下去，还觉得身子发冷，无怪乎人把这里叫作柏洞。我们抖擞精神，一气走过壶天阁，登了黄岘岭，发现沙石全是赤黄颜色，明白中溪的水为什么黄了。

靠住二天门的石坊，向四下里眺望，我又是骄傲，又是担心。骄傲我已经走了一半的山路，担心自己走不了另一半的山路。云薄了，雾又上来。我们歇歇走走，走走歇歇，如今已经是下午四点多了。困难似乎并不存

泰山十八盘

泰山初称大山，后称岱山。因居东方，又称东岳；为五岳之首，故又称岱宗。

在，眼前是一段平坦的下坡土路，年轻人跳跳蹦蹦走了下去，我也像年轻了一样，有说有笑，跟在他们后头。

我们在不知不觉中，从下坡路转到上坡路，山势陡峭，上升的坡度越来越大。路一直是宽整的，只有探出身子的时候，才知道自己站在深不可测的山沟边，明明有水流，却听不见水声。仰起头来朝西望，半空挂着一条两尺来宽的白带子，随风摆动，想凑近了看，隔着辽阔的山沟，走不过去。我们正在赞不绝口，发现已经来到了座石桥跟前，自己还不清楚是怎么一回事，细雨打湿了浑身上下。原来我们遇到另一类型的飞瀑，紧贴桥后，我们不提防，几乎和它撞个正着。水面有两三丈宽，离地不高，发出一泻千里的龙虎声威，打着桥下奇形怪状的石头，口沫喷得老远。从这时候起，山涧又从左侧转到右侧。水声淙淙，跟我们跟到南天门。

过了云步桥，我们开始走上攀登泰山主峰的盘道。南天门应该近了，由于山峡回环曲折，反而望不见了。野花野草，什么形状也有，什么颜色也有，挨挨挤挤，芊芊莽莽，要把巉岩的山石装扮起来。连我上了一点岁数的人，也学小孩子，掐了一把，直到花朵和叶子全蔫了，才带着抱歉的心情，丢在山涧里，随水漂去。但是把人的心灵带到一种崇高的境界的，却是那些“吸翠霞而夭矫”的松树。它们不怕山高，把根扎在悬崖绝壁的隙缝，身子扭得像盘龙柱子，在半空展开枝叶，像是和狂风乌云争夺天日，又像是和清风白云游戏。有的松树望穿秋水，不见你来，独自上到高处，斜上身子张望。有的松树像一顶墨绿大伞，支开了等你。有的松树自得其乐，显出一副潇洒的模样。不管怎么样，它们都让你觉得它们是泰山的天然的主人，谁少了谁，都像不应该似的。雾在对着松山的山峡飘来飘去，天色眼看黑将下来。我不知道上了多少石级，一级又一级，是乐趣也是苦趣，好像从我有生命以来就在登山似的，迈前脚，拖后脚，才不过走完慢十八盘。我靠住升仙坊，仰起头来朝上望，紧十八盘仿佛一架长梯，搭在南天门口。我胆怯了。新砌的石级窄窄的，搁不了整脚。怪不得东汉的应劭引用马第伯在《封禅仪记》里的话，这样形容：“仰视天门，窔辽如从穴中视天，直上七里，赖其羊肠逶迤，名曰环道，往往有絙索，可得而登也。两从者扶挟，前人相牵，后人见前人履底，前人见后人顶，如画重累人矣。所谓磨胸捏石，扪天之难也。”一位老大爷，斜着脚步，穿花一般，侧着身子，赶到我们前头。一位老大娘，挎着香袋，尽管脚小，也稳稳当当，从我们身边过去。我像应劭说的那样，“目视而脚不随”，抓住铁扶手，揪牢年轻人，走十几步，歇一口气，终于在下午七点钟，上到南天门。

心还在跳，腿还在抖，人到底还是上来了。低头望着新整然而长极了的盘道，我奇怪自己居然也能上来。我走在天街上，轻松愉快，像一个没事人一样。一排留宿的小店，没有名号，只有标记，有的门口挂着一只笊篱，有的窗口放着一对鹦鹉，有的是一根棒槌，有的是一条金牛，地方宽敞的摆着茶桌，地方窄小的只有炕儿，后墙紧贴着峥嵘的山石，前面正对着万丈的深渊。别成一格的还有那些石头。古诗人形容泰山，说“泰山岩岩”，注解人告诉我：岩岩，积石貌。的确这样，山顶越发给你这种感觉。有的石头像莲花瓣，有的像大象头，有的像老人，有的像卧龙，有的错落成桥，有的兀立如柱，有的侧身探海，有的怒目相向。有的什么也不像，黑糊糊的，一动不动，堵住你的去路。年月久，传说多，登封台让你想象帝王拜山的盛况，一个光秃秃的地方会有一块石碣，指明是“孔子小天下处”。有的山池叫作洗头盆，据说玉女往常在这里洗过头发；有的山洞叫作白云洞，传说过去往外冒白云，如今不冒白云了，白云在山里依然游来游去。晴朗的天，你正在欣赏“齐鲁青未了”，忽然一阵风来，“荡胸生层云”，转瞬间，便像宋之问在《桂阳三日述怀》里说起的那样，“云海四茫茫”。是云吗？头上明明另有云在。看样子是积雪，要不也是棉絮堆，高高低低，连续不断，一直把天边变成海边。于是阳光掠过，云海的银涛像镀了金，又像着了火，烧成灰烬，不知去向，露出大地的面目。两条白线，曲曲折折，是滦河，是汶河。一个黑点子在碧绿的图案中间移动，仿佛蚂蚁，又冒一缕青烟。你正在指手画脚，说长道短，虚象和真象一时都在雾里消失。

南天门

南天门位于十八盘的尽头，古称天门关。

我们没有看到日出的奇景。那要在秋高气爽的时候。不过我们也有自己的独得之乐：我们在雨中看到的瀑布，两天以后下山，已经不那样壮丽了。小瀑布不见，大瀑布变小了。我们沿着西溪，翻山越岭，穿过果香扑鼻的苹果园，在黑龙潭附近待了老半天。不是下午要赶火车的话，我们还会待下去的。山势和水势在这里别是一种格调，变化而又和谐。

山没有水，如同人没有眼睛，似乎少了灵性。我们敢于在雨中登泰山，看到有声有势的飞泉流布，倾盆大雨的时候，恰好又在斗母宫躲过，一路行来，有雨趣而无淋漓之苦，自然也就格外感到意兴盎然。

作/品/赏/析

我国五岳之宗泰山以它的高大宏伟成为历代作家吟诵、抒写的对象。不少作品中再现的景色多是晴朗天气中的泰山，而雨中泰山就十分少见了。李健吾先生在《雨中登泰山》这篇散文中，交错运用写景、叙事等手法，旁征博引，挥洒自如，独创了一个别具魅力的雨中泰山的艺术境界。阴雨淅沥，当不少游人的游兴被破坏而诅咒这鬼天气时，作者却满怀逸兴豪情地冒雨登山。在他看来，雨中的泰山就是宏伟壮丽的诗。用质朴的语言把诗情真实地抒写出来，在里面淡淡地蕴含着醇厚朴素的美，“看似寻常最奇崛，成如容易却艰辛”（王安石诗），仔细玩味，这篇散文的意蕴是深厚的。《雨中登泰山》是“双线结构”，一是以登临顺序为线索，这是明线；一是以登临时的盎然意兴为线索，这是暗线。两条线索相互交凝，针线严密，无懈可击。

菜园小记

/ 吴伯箫

入选理由
真实生活状态的记录
质朴中蕴含浓浓的诗情画意
收入中学课本

种花好，种菜更好。花种得好，姹紫嫣红，满园芬芳，可以欣赏；菜种得好，嫩绿的茎叶，肥硕的块根和果实，却可以食用。俗话说："瓜菜半年粮。"

我想起在延安蓝家坪我们种的菜园来了。

说是菜园，其实是果园。那园里桃树杏树很多，还有海棠。每年春二三月，粉红的桃杏花开罢，不久就开绿叶衬托的艳丽的海棠花，很热闹。果实成熟的时候，杏是水杏，桃是毛桃，海棠是垂垂联珠，又是一番繁盛景象。

果园也是花园。那园里花的种类不少。木本的有蔷薇，木槿，丁香；草本的有凤仙，石竹，夜来香，江西腊，步步高，……草花不名贵，但是长得繁茂泼辣。甬路的两边，菜地的周围，园里的角角落落，密密丛丛地到处都是。草花里边长得最繁茂最泼辣的是波斯菊。这种花开得稠，有绛紫的，有银白的，一层一层，散发着浓郁的异香；也开得时间长，能装点整个秋天。这一点很像野生的千头菊。这种花称作"菊"，看来是有道理的。

说的菜园，是就园里的隙地开辟的。果树是围屏，草花是篱笆，中间是菜畦，共有三五处，面积大小不等，都是土壤肥沃、阳光充足、最适于种菜的地方。我们经营的那一处，三面是果树，一面是山坡；地形长方，面积约二三分。那是在大种蔬菜的时期我们三个同志在业余时间为集体经营的。收成的蔬菜归集体伙食，自己也有一份比较丰富的享用。

那几年，在延安的同志，大家都在工作、学习、战斗的空隙里种蔬菜。机关、学校、部队里吃的蔬菜差不多都能自给。那个时候没有提出种"十边"，可是见缝插针，很自然地"十边"都种了。窑洞的门前，平房的左右前后，河边，路边，甚至个别山头新开的土地都种了菜。

我们种的那块菜地，在那园里是条件最好的。土肥地整，曾经有人侍弄过，算是熟菜地。地的一半是韭菜畦。韭菜有宿根，不要费太大的劳力（当然要费些

·作者简介·

吴伯箫（1906～1982），原名吴熙成，山东莱芜人。1925年考入北京师范大学英语系，同年开始文学创作，发表了处女作《白天与黑夜》。1931年大学毕业，曾在青岛大学、山东教育厅工作。这时期发表的散文后结集为《羽书》。1938年到延安，进入抗大学习。曾任陕甘宁边区文化协会秘书长、教育厅长。1942年参加延安文艺座谈会。抗战胜利后任联大中文系副主任。1951年任东北教育学院副院长。1954年任人民教育出版社副社长、副总编辑，后任中国社会科学院文学研究所副所长。

工夫），只要施施肥，培培土，浇浇水，出了九就能发出鲜绿肥嫩的韭芽。最难得的是，菜地西北的石崖底下有一个石窠，挖出石窠里的乱石沉泥，石缝里就涔涔地流出泉水。石窠不大，但是积一窠水恰好可以浇完那块菜地。积水用完，一顿饭的工夫又可以蓄满。水满的时间，一清到底，不溢不流，很有点像童话里的宝瓶，水用了还有，用了还有，不用就总是满着。泉水清冽，不浇菜也可以浇果树，或者用来洗头，洗衣服。“沧浪之水清兮，可以濯我缨；沧浪之水浊兮，可以濯我足”。这比沧浪之水还好。同样种菜的别的同志，菜地附近没有水泉，用水要到延河里去挑，不像我们三个，从石窠通菜地掏一条窄窄浅浅的水沟，用柳罐打水，抬抬手就把菜浇了。大家都羡慕我们。我们也觉得沾了自然条件的光，仿佛干活掂了轻的，很不好意思，就下定决心要把菜地种好，管好。

“庄稼一枝花，全靠粪当家。”为了积肥，大家趁早晚散步的时候到大路上拾粪，那里来往的牲口多，“只要动动手，肥源到处有”啊。我们请老农讲课，大家跟着学了不少知识。《万丈高楼从地起》的歌者，农民诗人孙万福，就是有名的老师之一。记得那个时候他是六十多岁，精神矍铄，声音响亮，讲话又亲切又质朴，那老当益壮的风度，到现在我还留着深刻的印象。跟那些老师，我们学种菜，种瓜，种烟。像种瓜要浸种、压秧，种烟要打杈、掐尖，很多实际学问我们都是边做边跟老师学的。有的学会烤烟，自己做挺讲究的纸烟和雪茄；有的学会蔬菜加工，做的番茄酱能吃到冬天；有的学会蔬菜腌渍、窖藏，使秋菜接上春菜。

种菜是细致活儿，“种菜如绣花”；认真干起来也很累人，就劳动量说，“一亩园十亩田”。但是种菜是极有乐趣的事情。种菜的乐趣不只是在吃菜的时候，像苏东坡在《菜羹赋》里所说的：“汲幽泉以揉濯，抟露叶与琼根。”或者像他在《后杞菊赋》里所说的：“春食苗，夏食叶，秋食花实而冬食根，庶几西河南阳之寿。”种菜的整个过程，随时都有乐趣。施肥，松土，整畦，下种，是花费劳动量最多的时候吧，那时蔬菜还看不到影子哩，可是“种瓜得瓜，种豆得豆”，就算种的只是希望，那希望也给人很大的鼓舞。因为那希望是用成实的种子种在水肥充足的土壤里的，人勤地不懒，出一分劳力就一定能有一分收成。验证不远，不出十天八天，你留心那平整湿润的菜畦吧，就从那里会生长出又绿又嫩又茁壮的瓜菜的新芽哩。那些新芽，条播的行列整齐，撒播的万头攒动，点播的傲然不群，带着笑，发着光，充满了无限生机。一棵新芽简直就是一颗闪亮的珍珠。“夜雨剪春韭”是老杜的诗句吧，清新极了；老圃种菜，一畦菜怕不就是一首更清新的诗？

暮春，中午，踩着畦垅间苗或者锄草中耕，煦暖的阳光照得人浑身舒畅。新鲜的泥土气息，素淡的蔬菜清香，一阵阵沁人心脾。一会儿站起来，伸伸腰，用手背擦擦额头的汗，看看苗间得稀还是稠，中耕得深还是浅，草锄得是不是干净，那时候人是会感到劳动的愉快的。夏天，晚上，菜地浇完了，三五个同志趁着皎洁的月光，坐在畦头泉边，吸吸烟，谈谈话，谈生活，谈社会和自然的改造。一边人声咯咯啰啰，一边在听菜畦里昆虫的鸣声。蒜在抽苔，白菜在卷心，芫荽在散发脉脉的香气。一切都使人感到一种真正的田园乐趣。

我们种的那块菜地里，韭菜以外，有葱、蒜，有白菜、萝卜，还有黄瓜、茄子、辣椒、西红柿，等等。农谚说：“谷雨前后，栽瓜种豆。”“头伏萝卜二伏菜。”虽然按照时令季节，各种蔬菜种得有早有晚，有时收了这种菜才种那种菜；但是除了冰雪严寒的冬天，一年里春夏秋三季，菜园里总是经常有几种蔬菜在竞肥争绿的。特别是夏末秋初，你看吧：青的萝卜，紫的茄子，红的辣椒，又红又黄的西红柿，真是五彩斑斓，耀眼争光。

那年蔬菜丰收。韭菜割了三茬，最后吃了苔下韭（跟莲下藕一样，那是以老来嫩有名的），掐了韭花。春白菜以后种了秋白菜，细水萝卜以后种了白萝卜。园里连江西腊、波斯菊都要开败的时候，我们还收了最后一批西红柿。天凉了，西红柿吃起来甘脆爽口，有些秋梨的味道。我们还把通红通红的辣椒穿成串晒干了，挂在窑洞的窗户旁边，一直挂到过新年。

作／品／赏／析

吴伯箫的散文以质朴美著称。他总是将平凡普通的事物放在历史与现实交映的背景下，捕捉其中浓浓的诗情画意。他的作品主题设计和创作基调单纯简练，峭拔明朗，为我们描绘出一幅幅具有强烈的真实感和鲜明的时代色彩的画卷。同时，在明朗朴实的画面之外，传达一种朴素的内在情感。《菜园小记》展现的是抗日战争时期延安大生产运动中，蓝家坪一道独特的风景，表现了当时延安人的乐观向上的精神面貌。

作者在开篇点明种菜的好处，“菜种得好，嫩绿的茎叶，肥硕的块根和果实，却可以食用”，可以收到“瓜菜半年粮”的效果，同时在菜地的周围还可以种果树、栽花，使菜园起到果园和花园的多重作用。其中可以观看海棠“垂垂联珠”的盛景，可以陶醉于波斯菊飘来的浓郁的异香之中，但菜园中真正触动作者心弦的地方并不在于此。接下来，作者倾全部心思，对种菜过程进行大篇幅的叙述，对于施肥浇水收获的细节进行具体的描述。作者说“种菜的整个过程，随时都有乐趣”。作者将种菜当成一种超实用的活动，既是盼望丰收的辛勤劳作，又是一种全身心的享受。其时“在畦头泉边，吸吸烟，谈谈话，谈生活，谈社会和自然的改造”的田间休憩，更是一种人与人之间互相亲近、互相信任，富有人情味的关系的反映，是一种对未来充满希望的表现，是一种精神面貌的展现。

花潮

/李广田

入选理由
诗化的美文的经典代表
借景抒情，情景交融
收入中学课本

昆明有个圆通寺。寺后就是圆通山。从前是一座荒山，现在是一个公园，就叫圆通公园。

公园在山上。有亭，有台，有池，有榭，有花，有树，有鸟，有兽。

后山沿路，有一大片海棠，平时枯枝瘦叶，并不惹人注意，一到三四月间，真是花团锦簇，变成一个花世界。

这几天天气特别好，花开得也正好，看花的人也就最多。“紫陌红尘拂面来，无人不道看花回”，办公室里，餐厅里，晚会上，道路上，经常听到有人问答：“你去看海棠没有？”“我去过了。”或者说：“我正想去。”到了星期天，道路相逢，多争说圆通山海棠消息。一时之间，几乎形成一种空气，甚至是一种压力，一种诱惑，如果谁没有到圆通山看花，就好像是一大憾事，不得不挤点时间，去凑个热闹。

星期天，我们也去看花。不错，一路同去看花的人可多着哩。进了公园门，步步登山，接踵摩肩，人就更多了。向高处看，隔看密密层层的绿荫，只见一片红云，望不到边际，真是“寺门尚远花先来，漫天锦绣连云开”。这时候，什么苍松啊，翠柏啊，碧梧啊，修竹啊，……都挽不住游人。大家都一口气地攀到最高峰，淹没在海棠花的红海里。后山一条大路，两旁，四周，都是海棠。人们坐在花下，走在路上，既望不见花外的青天，也看不见花外还有别的世界。花开得正盛，来早了，还未开好，来晚了已经开败，“千朵万朵压枝低”，每棵树都炫耀自己的鼎盛时代，每一朵花都在微风中枝头上颤抖着说出自己的喜悦。“喷云吹雾花无数，一条锦绣游人路”，是的，是一条花巷，一条花街，上天下地都是花，可谓花天花地。可是，这些说法都不行，都不足以说出花的动态，“四厢花影怒于潮”，“四山花影下如潮”，还是“花潮”好。古人写诗真有他的，善于说出要害，说出花的气势。你不要乱跑，你静下来，你看那一望无际的花，“如

· 作者简介 ·

李广田（1906～1968），山东邹平人。1923年考入济南第一师范后，开始接触“五四”以来兴起的新思潮、新文学。1929年入北京大学外语系预科，先后在《华北日报》副刊和《现代》杂志上发表诗歌、散文。1935年北京大学毕业，回济南教书，继续散文创作。1941年秋至昆明，在昆明西南联大任教。抗战胜利后，他先后在南开大学、清华大学任教。中华人民共和国成立后任清华大学中文系主任。1951年任清华副教务长。1952年调任云南大学副校长、校长。历任中国科学院云南分院文学研究所所长、作协云南分会副主席、中国作协理事等。

钱塘潮夜澎湃”，有风，花在动，无风，花也潮水一般地动，在阳光照射下，每一个花瓣都有它自己的阴影，就彷佛多少波浪在大海上翻腾，你越看得出神，你就越感到这一片花潮正在向天空向四面八方伸展，好像有一种生命力在不断扩展。而且，你可以听到潮水的声音，谁知道呢，也许是花下的人语声，也许是花丛中蜜蜂嗡嗡声，也许什么地方有黄莺的歌声，还有什么地方送来看花人的琴声，歌声，笑声……，这一切交织在一起，再加上风声，天籁人籁，就如同海上午夜的潮声。大家都是来看花的，可是，这个花到底怎么看法？有人走累了，拣个最好的地方坐下来看，不一会，又感到这里不够好，也许别个地方更好吧，于是站起来，既依依不舍，又满怀向往，慢步移向别处去。多数人都在花下走来走去，这棵树下看看，好，那棵树下看看，也好，伫立在另一棵树下仔细端详一番，更好，看看，想想，再看看，再想想。有人很大方，只是驻足观赏，有人贪心重，伸手牵过一枝花来摇摇，或者干脆翘起鼻子一嗅，再嗅，甚至三嗅。“天公斗巧乃如此，令人一步千徘徊”。人们面对这绮丽的风光，真是徒唤奈何了。

老头儿们看花，一面看，一面自言自语，或者嘴里低吟着什么。老妈妈看花，扶着拐杖，牵着孙孙，很珍惜地折下一朵，簪在自己的发髻上。青年们穿得整整齐齐，干干净净，好像参加什么盛会，不少人已经穿上雪白的衬衫，有的甚至是绸衬衫，有的甚至已是短袖衬衫，好像夏天已经来到他们身上，东张张，西望望，既看花，又看人，洋气得很。青年妇女们，也都打扮得利利落落，很多人都穿着花衣花裙，好像要与花争妍，也有人擦了点胭脂，抹了点口红，显得很突出，可是，在这花世界里，又叫人感到无所谓了。很自然地想起了龚自珍《西郊落花歌》中说的，“如八万四千天女洗脸罢，齐向此地倾胭脂”，真也有点形容过分，反而没有真实感了。小学生们，系着漂亮的红领巾，带着弹弓来了，可是他们并没有射击，即便有鸟，也不射了，被这一片没头没脑的花惊呆了。画家们正调好了颜色对花写生，看花的人又围住了画花的，出神地看画家画花。喜欢照相的人，抱着相机跑来跑去，不知是照花，还是照人，是怕人遮了花，还是怕花遮了人，还是要选一个最好的镜头，使如花的人永远伴着最美的花。有人在花下喝茶，有人在花下弹琴，有人在花下下象棋，有人在花下打桥牌。昆明四季如春，四季有花，可是不管山茶也罢，报春也罢，梅花也罢，杜鹃也罢，都没有海棠这样幸运，有这么多人，这样热热闹闹地来访它，来赏它，这样兴致勃勃地来赶这个开花的季节。还有桃花什么的，目前也还开着，在这附近，就有几树碧桃正开，“猩红鹦绿天人姿，回首夭桃惝失色”，显得冷冷落落地待在一旁，并没有谁去理睬。在这圆通山头，可以看西山和滇池，可以看平林和原野，可是这时候，大家都在看花，什么也顾不得了。

看着看着，实在也有点疲乏，找个地方坐下来休息一下吧，哪里没有人？都是人。坐在一群看花人旁边，无意中听人家谈论，猜想他们大概是哪个学校的文学教师。他们正在吟诗谈诗：

一个吟道：“泪眼问花花不语，乱红飞过秋千去。”

一个说：“这个不好，哪来的这么些眼泪！”

另一个吟道："一片花飞减却春，风飘万点正愁人。"

又一个说："还是不好，虽然是诗圣的佳句，也不好。"

一个青年人抢过去说："'繁枝容易纷纷落，嫩蕊商量细细开'，也是杜诗，好不好？"

一个人回答："好的，好的，思想健康，说的是新陈代谢。"

一个人不等他说完就接上去："好是好，还不如龚定庵的'落红不是无情物，化作春泥更护花'，有辩证观点，乐观精神。"

有一个人一直不说话，人家问他，他说："天何言哉，四时兴焉，万物生焉。天何言哉，桃李无言，下自成蹊。你们看，海棠并没有说话，可是大家都被吸引来了。"

我也没有说话。想起泰山高处有人在悬崖上刻了四个大字："予欲无言"，其实也甚是多事。

回家的路上，还是听到很多人纷纷议论。

有人说："今年的花，比去年好，去年，比前年好，解放以前，谈不到。"

有人说："今天看花好，今夜睡梦好，明天工作好。"

有人说："明天作文课，给学生出题目，有了办法。"

有人说："最好早晨来看花，迎风带露的花，会更娇更美。"

有人说："雨天来看花更好，海棠著雨胭脂透，当然不是大雨滂沱，而是斜风细雨。"

有人说："也许月下来看花更好，将是花气氤氲。"

有人说："下星期再来看花，再不来就晚了。"

有人说："不怕花落去，明年花更好。"

好一个"明年花更好"。我一面走着，一面听人家说着，自己也默念着这样两句话：

春光似海，
盛世如花。

作/品/赏/析

《花潮》是"汉园三诗人"之一的李广田一篇写于1962年的散文。文字优美，字里行间飞扬着欢快的旋律，可以说既是作者赏花的所见所闻，又是作者获得平反后舒畅心情的抒发。《花潮》其实是写了三"潮"：花开如潮。从静态、动态、听觉等角度正面来写花的繁茂。各种修辞手法的运用使文字熠熠生辉。赏花人潮。这一部分写了游人举动、赏花情形和赏花行动。这部分中列举了老人、青年、妇女、孩子置于花潮的各种表现，从侧面烘托了花的美，也表现了人们安定、喜悦的心情。作者的欢快的情感也溢于言表。谈花热潮。这一部分是点明主旨，升华感情的部分。"明年花更好"，表明了作者对未来的美好憧憬。这一节中笑语喧哗的对话描写，使文章显得更加灵动、妙趣横生。

囚绿记

/ 陆蠡

入选理由
陆蠡的散文代表作之一
托物言志的精品
构思精巧，文笔清新流丽

这是去年夏间的事情。

我住在北平的一家公寓里。我占据着高广不过一丈的小房间，砖铺的潮湿的地面，纸糊的墙壁和天花板，两扇木格子嵌玻璃的窗，窗上有很灵巧的纸卷帘，这在南方是少见的。

窗是朝东的。北方的夏季天亮得快，早晨五点钟左右太阳便照进我的小屋，把可畏的光线射个满室，直到十一点半才退出，令人感到炎热。这公寓里还有几间空房子，我原有选择的自由的，但我终于选定了这朝东房间，我怀着喜悦而满足的心情占有它，那是有一个小小理由。

这房间靠南的墙壁上，有一个小圆窗，直径一尺左右。窗是圆的，却嵌着一块六角形的玻璃，并且左下角是打碎了，留下一个大孔隙，手可以随意伸进伸出。圆窗外面长着常春藤。当太阳照过它繁密的枝叶，透到我房里来的时候，便有一片绿影。我便是欢喜这片绿影才选定这房间的。当公寓里的伙计替我提了随身小提箱，领我到这房间来的时候，我瞥见这绿影，感觉到一种喜悦，便毫不犹疑地决定下来，这样了截爽直使公寓里伙计都惊奇了。

绿色是多宝贵的啊！它是生命，它是希望，它是慰安，它是快乐。我怀念着绿色把我的心等焦了。我欢喜看水白，我欢喜看草绿。我疲累于灰暗的都市的天空和黄漠的平原，我怀念着绿色，如同涸辙的鱼盼等着雨水！我急不暇择的心情即使一枝之绿也视同至宝。当我在这小房中安顿下来，我移徙小台子到圆窗下，让我的面朝墙壁和小窗。门虽是常开着，可没人来打扰我，因为在这古城中我是孤独而陌生。但我并不感到孤独。我忘记了困倦的旅程和已往的许多不快的记忆。我望着这小圆洞，绿叶和我对语。我了解自然无声的语言，正如它了解我的语言一样。

我快活地坐在我的窗前。度过了一个月，两个月，我留恋于这片绿色。我开始了解渡越沙漠者望见绿洲的欢喜，我开始了解航海的冒险家望见海面飘来花草的茎叶的欢喜。人是在自然中生长的，绿是自然的颜色。

我天天望着窗口常春藤的生长。看它怎样伸开柔软的卷须，攀住一根缘引它的绳索，或一茎枯枝；看它怎样舒开折叠着的嫩叶，渐渐变青，渐渐变老，我细

·作者简介·

陆蠡（1908～1942），笔名陆敏、六角等，浙江天台人。早年毕业于上海劳动大学，后在杭州中学等校任教。1932 年起任上海文化生活出版社编辑。1938 年创办《少年读物》杂志。抗战期间，留守上海坚持工作。1942 年惨遭日军杀害。主要作品有散文集《海星》、《竹刀》、《囚绿记》等，另有译著多部。

细观赏它纤细的脉络，嫩芽，我以揠苗助长的心情，巴不得它长得快，长得茂绿。下雨的时候，我爱它淅沥的声音，婆娑的摆舞。

忽然有一种自私的念头触动了我。我从破碎的窗口伸出手去，把两枝浆液丰富的柔条牵进我的屋子里来，教它伸长到我的书案上，让绿色和我更接近，更亲密。我拿绿色来装饰我这简陋的房间，装饰我过于抑郁的心情。我要借绿色来比喻葱茏的爱和幸福，我要借绿色来比喻猗郁的年华。我囚住这绿色如同幽囚一只小鸟，要它为我作无声的歌唱。

绿的枝条悬垂在我的案前了，它依旧伸长，依旧攀缘，依旧舒放，并且比在外边长得更快。我好像发现了一种“生的欢喜”，超过了任何种的喜悦。从前我有个时候，住在乡间的一所草屋里，地面是新铺的泥土，未除净的草根在我的床下茁出嫩绿的芽苗，蕈菌在地角上生长，我不忍加以剪除。后来一个友人一边说一边笑，替我拔去这些野草，我心里还引为可惜，倒怪他多事似的。

可是每天早晨，我起来观看这被幽囚的“绿友”时，它的尖端总朝着窗外的方向。甚至于一枚细叶，一茎卷须，都朝原来的方向。植物是多固执啊！它不了解我对它的爱抚，我对它的善意。我为了这永远向着阳光生长的植物不快，因为它损害了我的自尊心。可是我囚系住它，仍旧让柔弱的枝叶垂在我的案前。

它渐渐失去了青苍的颜色，变得柔绿，变成嫩黄；枝条变成细瘦，变成娇弱，好像病了的孩子。我渐渐不能原谅我自己的过失，把天空底下的植物移锁到暗黑的室内；我渐渐为这病损的枝叶可怜，虽则我恼怒它的固执，无亲热，我仍旧不放走它。魔念在我心中生长了。

我原是打算七月尾就回南方去的。我计算着我的归期，计算这“绿囚”出牢的日子。在我离开的时候，便是它恢复自由的时候。

卢沟桥事件发生了。担心我的朋友电催我赶速南归。我不得不变更我的计划，在七月中旬，不能再留连于烽烟四逼中的旧都，火车已经断了数天，我每日须得留心开车的消息。终于在一天早晨候到了。临行时我珍重地开释了这永不屈服于黑暗的囚人。我把瘦黄的枝叶放在原来的位置上，向它致诚意的祝福，愿它繁茂苍绿。

离开北平一年了。我怀念着我的圆窗和绿友。有一天，得重和它们见面的时候，会和我面生么？

作/品/赏/析

《囚绿记》写于1938年，当时正是异族侵凌，“祖国蒙受极大耻辱的时候”（陆蠡语）。作者困居“孤岛”上海，怀念起一年前住在北平公寓的生活，借公寓窗外的一株常春藤，抒发自己热爱自由、向往光明、仇恨敌寇的感情。作者在文中以“绿”为主题，以“恋绿——囚绿——释绿——念绿”为线索行文，描绘了常春藤在自由生长时的活脱可爱和被幽囚后的倔强不屈，委婉、含蓄地抒发了自己对生活的热爱和对光明的追求，赞美永不屈服的民族精神。文章运用象征和拟人手法，构思精巧，文笔清新流丽，充满诗意的韵律美。

故园春

/ 柯灵

入选理由

文字优美，主题深沉，一个时代的缩影

自然平淡而饱含辛酸

具有批判精神

故乡的三月，是田园诗中最美的段落。

桃花笑靥迎人，在溪边山脚，屋前篱落，浓淡得宜，疏密有致，尽你自在流连，尽情欣赏，不必像上海的摩登才子，老远地跑到香烟缭绕的龙华寺畔，向卖花孩子手中购取，装点风雅。

冬眠的草木好梦初醒，抽芽，生叶，嫩绿新翠，妩媚得像初熟的少女，不似夏天的蓊蓊郁郁，少妇式的丰容盛鬋。油菜花给遍野铺满黄金，紫云英染得满地妍红，软风里吹送着青草和豌豆花的香气，燕子和黄莺忘忧的歌声，……

这大好的阳春景色，对大地的主人却只有一个意义："一年之计在于春。"春天对乡下人不代表诗情画意，却孕育着梦想和希望。

天寒地裂的严冬过去了。忍饥挨冻总算又捱过一年。自春徂秋，辛苦经营的粮食——那汗水淘洗出来的粒粒珍珠，让"收租老相公"开着大船下乡，升较斗量，满载而去。咬紧牙齿，勒紧裤带，渡过了缴租的难关，结账还债的年关，好容易春天姗姗地来了。

谢谢天！现在总算难得让人缓过一口气，脱下破棉袄，赤了膊到暖洋洋的太阳下做活去。

手把锄头，翻泥锄草，一锄一个美梦，巴望来个难得的好年景。虽说惨淡的光景几乎年不如年，春暖总会给人带来一阵欢悦和松爽。

在三月里，日子也会照例显得好过些。"春花"起了：春笋正好上市，豌豆蚕豆开始结荚，有钱人爱的就是尝新；收过油菜子，小麦开割也就不远。春江水暖，鲜鱼鲜虾正在当令，只要你有功夫下水捕捞。……干瘪的口袋活络些了，但一过春天，就得准备端阳节还债，准备租牛买肥料，在大毒日头底下去耘田种稻。挖肉补疮，只好顾了眼前再说。

家里有孩子的，便整天被打发到垄头坡上，带一把小剪刀，一只蔑青小篮子，

· 作者简介 ·

柯灵（1909 ~ 2000），原名高隆任，字季琳。原籍浙江绍兴，生于广州。1926 年在上海《妇女杂志》发表叙事诗《织布的妇人》而步入文坛。1931 年冬到上海参与左翼作家联盟的文艺活动。1941 年与师陀合作根据高尔基的话剧《底层》改编成话剧剧本《夜店》（后改编成电影），产生广泛的影响。1948 年到香港《文汇报》工作。1949 年回到上海，次年加入中国共产党。中华人民共和国成立后，历任《文汇报》副社长兼副总编辑、上海电影艺术研究所所长、上海作家协会书记处书记、国际笔会上海中心主席等职。

三五结伴，坐在绿茸茸的草场上，细心地从野草中间剪荠菜、马兰头、黄花麦果，或者是到山上去摘松花，一边劳动，一边唱着顽皮的歌子消遣：

荠菜马兰头，
姐姐嫁亨（在）后门头；
后门春破我来修，
修得两只奶奶头。

女孩子就唱那有情有义的山歌：

油菜开花黄似金，
萝卜开花白如银，
草紫开花满天星，
芝麻开花九莲灯，
蚕豆开花当中一点黑良心，
怪不得我家爹爹要赖婚。

故乡有句民谣：“正月灯，二月鹞，三月上坟船里看姣姣。” 三月正是扫墓的季节，挑野菜的孩子，遇见城市人家来上坟的，算是春天的一件大乐事，大家高高兴兴，一哄而上，看那些打扮得花团锦簇的哥儿姐儿奶奶太太们，摆开祭祀三牲，在风灯里点起红烛，一个个在坟前欠身下拜。要遇见新郎新娘头年祭祖，阔人家还有乐队吹奏。祭扫完毕，上坟人家便照例把那些“上坟果”——发芽豆、烧饼、馒头、甘蔗、荸荠分给看热闹的孩子，算是结缘施福。上坟还有放炮仗的，从天上掉到地下的炮仗头，也有孩子们宝贝似的拾了放在篮子里。说说笑笑，重新去挑野菜。

等得满篮翠碧，便赶着新鲜拿到镇上叫卖，换得一把叮当作响的铜板，拿回家里交给父母。

因为大自然的慷慨，这时候田事虽忙，不算太紧，日子也过得比较舒心。——在我们乡间，种田人的耐苦胜过老牛；无论你苦到什么地步，只要有口苦饭，便已经心满意足了。“收租老相公”的生活跟他们差得有多远，他们永远想不到，也不敢想。——他们认定一切都命中注定，只好逆来顺受，把指望托付祖宗和神灵。

在三月里，乡间敬神的社戏特别多。

按照历年的例规，到时候自会有热心的乡人为首，挨家着户募钱。农民哪怕再穷，也不会吝惜这份捐献。

演戏那天，村子里便忙忙碌碌，热火朝天。家家户户置办酒肴香烛，乘便祭祖上坟，朝山进香。午后社戏开场，少不更事的姑娘嫂子们，便要趁这一年难得的机会，换上红红绿绿的土布新衣，端端正正坐到预先用门板搭成的看台上去看戏。但家里的主人主妇，却很少有能闲适地去看一会戏的，因为他们得小心张罗，迎接客人光降。

镇上的佃主也许会趁扫墓的方便，把上坟船停下来看一看戏，这时候就得赶紧泡好一壶茶，送上瓜子花生，乡间土做的黄花果糕、松花饼；傍晚时再摆开请过祖宗的酒肴，殷勤留客款待。

夜戏开锣，戏场上照例要比白天热闹得多。来看戏的，大半是附近村庄的闲人，镇上那些米店、油烛店、杂货店里的伙计。看过一出开场的“夺头”（全武行），各家的主人便到戏台下去找寻一些熟识的店伙先生，热心地拉到自己家里，在门前早用小桌子摆好菜肴点心，刚坐下，主妇就送出大壶“三年陈”，在锣鼓声里把客人灌得大醉。

他们用最大的诚心邀客，客人半推半就：“啊哎，老八斤，别拉呵，背心袖子也给拉掉了！”到后却总是大声笑着领了情。这殷勤有点用处，端午下乡收帐时可以略略通融，或者在交易中沾上一点小便宜。

在从前，演戏以外还有迎神赛会。

迎起会来，当然更热闹非凡。我们家乡，三月里的张神会最出名，初五初六，接连两天的日会夜会，演戏，走浮桥，放焰火，那狂欢的景象，至今梦里依稀。可是这种会至少有七八年烟消火灭，现在连社戏也听说演得很少。农民的生计一年不如一年，他们虽然还信神佞佛，但也无力顾及这些了。——今年各处都在举行“新生活运动”提灯会，起先我想，故乡的张神会也许会借此出迎一次罢？可是没有。只是大地春回，一年一度，依然多情地到茅檐草庐访问。

春天是使人多幻想，多做梦的。那些忠厚的农民，一年一年地挣扎下来，这时候又像遍野的姹紫嫣红，编织他们可怜的美梦了。

在三月里，他们是兴奋的，乐观的；一过了三月，他们便要在现实的灾难当中，和生活作艰辛的搏斗了。

作/品/赏/析

《故园春》是柯灵一篇反映解放前农民生活境况的散文。文章开头说“故乡的三月，是田园诗中最美的段落”，作者一方面写这个季节固有的美，草木复苏、桃花笑靥迎人的春景之美；另一方面写最关键人之美，也就是春天给人带来的“梦想和希望”之美。然而在这一派欣欣向荣的气象中，虚华的美景并不是文章的重点，艰辛地与生活所作的搏斗，为通融收租者而竭诚待客，这些沉重的东西才是作者真正关注和同情的。作者用哀伤的笔调来写故乡农民三月的希望，这种“哀伤”不仅存在于故乡父老的精神上，而且存在于他们日复一日、年复一年的命运中。而这样的命运，又是他们自己难以改变的东西。

鲁迅先生记

/ 萧红

入选理由
萧红的散文代表作之一
中国散文史上回忆鲁迅的名篇
着笔随意，娓娓叙来，亲切自然

萧红像

鲁迅先生家里的花瓶，好像画上所见的西洋女子用以取水的瓶子，灰蓝色，有点从瓷釉而自然堆起的纹痕，瓶口的两边，还有两个瓶耳，瓶里种的是几棵万年青。

我第一次看到这花的时候，我就问过：

“这叫什么名字？屋里不生火炉，也不冻死？”

第一次，走进鲁迅家里去，那是近黄昏的时节，而且是个冬天，所以那楼下室稍微有一点暗，同时鲁迅先生的纸烟，当它离开嘴边而停在桌角的地方，那烟纹的卷痕一直升腾到他有一些白丝的发梢那么高。而且再升腾就看不见了。

“这花，叫‘万年青’，永久这样！”他在花瓶旁边的烟灰盒中，抖掉了纸烟上的灰烬，那红的烟火，就越红了，好像一朵小红花似的和他的袖口相距离着。

“这花不怕冻？”以后，我又问过，记不得是在什么时候了。

许先生说：“不怕的，最耐久！”而且她还拿着瓶口给我摇着。

我还看到了那花瓶的底边是一些圆石子，以后，因为熟识了的缘故，我就自己动手看过一两次，又加上这花瓶是常常摆在客厅的黑色长桌上；又加上自己是来在寒带的北方，对于这在四季里都不凋零的植物，总带着一点惊奇。

而现在这“万年青”依旧活着，每次到许先生家去，看到那花，有时仍站在那黑色的长桌子上，有时站在鲁迅先生照像的前面。

花瓶是换了，用一个玻璃瓶装着，看得到淡黄色的须根，站在瓶底。

有时候许先生一面和我们谈论着，一面检查着房中所有的花草。看一看叶子是不是黄了？该剪掉的剪掉；该洒水的洒水，因为不停地动作是她的习惯。有时候就检查着这“万年青”，有时候就谈鲁迅先生，就在他的照像前面谈着，但那

·作者简介·

萧红（1911～1942），原名张乃莹，黑龙江呼兰人，幼年丧母。1929年入哈尔滨第一女子中学学习，接触“五四”新文学。1930年反对家庭包办婚姻，离家出走，几经颠沛。1932年与萧军同居。1936年赴日本。1940年与端木蕻良同抵香港。1942年在香港病逝。主要作品有小说《生死场》、《呼兰河传》，散文集《鲁迅先生记》、《回忆鲁迅先生》等。

鲁迅全家合影

中国现代文学革命的先驱鲁迅，在自身致力于文学创作的同时，对于当时的文学青年也给予了高度的关怀和支持。青年女作家萧红就直接受到过鲁迅的教诲和帮助。

感觉，却像谈着古人那么悠远了。

至于那花瓶呢？站在墓地的青草上面去了，而且瓶底已经丢失，虽然丢失了也就让它空空地站在墓边。我所看到的是从春天一直站到秋天；它一直站到邻旁墓头的石榴树开了花而后结成了石榴。

从开炮以后，只有许先生绕道去过一次，别人就没有去过。当然那墓草是长得很高了，而且荒了，还说什么花瓶，恐怕鲁迅先生的瓷半身像也要被荒了的草埋没到他的胸口。

我们在这边，只能写纪念鲁迅先生的文章，而谁去努力剪齐墓上的荒草？我们是越去越远了，但无论多少远，那荒草是总要记在心上的。

作/品/赏/析

萧红曾与鲁迅有过一段难忘的交往经历。鲁迅对萧红的生活、创作都给予了慈父、师长般的关怀，曾为萧红的小说《生死场》作了序言，因此萧红对鲁迅的尊敬、景仰之情是不言而喻的。1938年，即鲁迅逝世后两年，萧红写了两篇怀念鲁迅的文章《鲁迅先生记》（一）、（二）。本文选的是（一）。文章通过忆写鲁迅生活的零星片断，展示了鲁迅的言谈笑貌、品性气质和人格精神，寄托了作者对鲁迅的浓浓思念之情。作者以小显大，紧扣常人不注意的“花瓶”和“万年青”展开内容，通过自己与鲁迅、许广平的简单对话，寥寥数语即使鲁迅的形象跃然纸上。文章巧用象征、拟人手法，以“万年青”象征鲁迅的精神，生动而形象。文章虽然篇幅短小，却蕴含有很重的思想、感情分量。文章着笔随意，娓娓叙来，亲切自然，悠悠思念之情充溢字里行间，具有很强的感染力。

邵兴鲁迅故居的书房

八十述怀

/ 季羡林

入选理由
季羡林的散文代表作
文笔亲切自然，读来令人如沐春风
表明了豁达的生死观

季羡林像

我从来没有想到，我能活到八十岁；如今竟然活到了八十岁，然而又一点也没有八十岁的感觉，岂非咄咄怪事！

我向无大志，包括自己活的年龄在内。我的父母都没能活过五十；因此，我自己的原定计划是活到五十。这样已经超过了父母，很不错了。不知怎么一来，宛如一场春梦，我活到了五十岁。那时正值所谓三年自然灾害。我流年不利，颇挨了一阵子饿。但是，我是“曾经沧海难为水”，在二次世界大战时，我正在德国，我经受了而今难以想像的饥饿的考验，以致失去了饱的感觉。我们那一点灾害，同德国比起来，真如小巫见大巫；我从而顺利地度过了那一场灾难，而且我当时的精神面貌是我一生最好的时期，一点苦也没有感觉，于不知不觉中冲破了我原定的年龄计划，渡过了五十岁大关。

五十一过，只仿佛一场春梦似的，一下子就到了古稀之年，不容我反思，不容我踟蹰。其间跨越了一个十年浩劫。我当然是在劫难逃，被送进牛棚。我现在不知道应当感谢哪一路神灵：佛祖、上帝、安拉；由于一个万分偶然的机缘，我没有走上绝路，活下来了。活下来了，我不但没有感到特别高兴，反而时有悔愧之感在咬我的心。活下来了，也许还是有点好处的。这一生写作翻译的高潮，恰恰出现在这个期间。原因并不神秘：我获得了余裕和时间。在浩劫期间，我被打得一佛出世，二佛升天。后来不打不骂了，我变成了“不可接触者”。在很长时间内，我被分配挖大粪，看门房，守电话，发信件。没有以前的会议，没有以前的发言。没有人敢来找我，很少人有勇气同我说上几句话。一两年内，没收到一封信。我服从任何人的调遣与指挥。只敢规规矩矩，不敢乱说乱动。然而我的脑筋还在，我的思想还在，我的感情还在，我的理智还在。我不甘心成为行尸走肉，我必须干点事情。二百多万字的印度大史诗《罗摩衍那》，就是在这时候译完的。“雪夜闭门写禁文”，自谓此乐不减羲皇上人。

·作者简介·

季羡林（1911 ~ 2009），山东临清人，著名语言学家、文学翻译家，梵文和巴利文专家。1934 年毕业于清华大学外语系。次年赴德国哥廷根大学学习，获哲学博士学位。1946 年回国后任教于北京大学，曾任北大副校长、南亚研究所所长、中国史学会常务理事等职。在印度和中亚语言、历史和文化研究方面取得成就。主要著作有评论集《中印文化关系史论丛》，译著《五卷书》、《罗摩衍那》等。

又仿佛是一场缥缈的春梦，一下子就活到了今天，行年八十矣，是古人称之为耄耋之年了。倒退二三十年，我这个在寿命上胸无大志的人，偶尔也想到耄耋之年的情况：手拄拐杖，白须飘胸，步履维艰，老态龙钟。自谓这种事情与自己无关，所以想得不深也不多。哪里知道，自己今天就到了这个年龄了。今天是新年元旦。从夜里零时想，自己已是不折不扣的八十老翁了。然而这老景却真如古人诗中所说的“青霭入看无”，我看不到什么老景。看一看自己的身体，平平常常，同过去一样。看一看周围的环境，平平常常，同过去一样。金色的朝阳从窗子里流了进来，平平常常，同过去一样。楼前的白杨，确实粗了一点，但看上去也是平平常常，同过去一样。时令正是冬天，叶子落尽了；但是我相信，它们正蜷缩在土里，做着春天的梦。水塘里的荷花只剩下残叶，“留得残荷听雨声”，现在雨没有了，下面只有白皑皑的残雪。我相信，荷花们也蜷缩在淤泥中，做着春天的梦。总之，我还是我，依然故我；周围的一切也依然是过去的一切……

我是不是也在做着春天的梦呢？我想，是的。我现在也处在严寒中，我也梦着春天的到来。我相信英国诗人雪莱的两句话：“既然冬天已经到了，春天还会远吗？”我梦着楼前的白杨重新长出了浓密的绿叶；我梦着池塘里的荷花重新冒出了淡绿的大叶子；我梦着春天又回到了大地上。

可是我万万没有想到，“八十”这个数目字竟有这样大的威力，一种神秘的威力。“自己已经八十岁了！”我吃惊地暗自思忖。它逼迫着我向前看一看，又回头看一看。向前看，灰濛濛的一团，路不清楚，但也不是很长。确实没有什么好看的地方。不看也罢。

而回头看呢，则在灰濛濛的一团中，清晰地看到了一条路，路极长，是我一步一步地走过来的，这条路的顶端是在清平县的官庄。我看到了一片灰黄的土房，中间闪着苇塘里的水光，还有我大奶奶和母亲的面影。这条路延伸出去，我看到了泉城的大明湖。这条路又延伸出去，我看到了水木清华，接着又看到德国小城哥廷根斑斓的秋色，上面飘动着我那母亲似的女房东和祖父似的老教授的面影。路陡然又从万里之外折回到神州大地，我看到了红楼，看到了燕园的湖光塔影。令人泄气而且大煞风景的是，我竟又看到了牛棚的牢头禁子那一副面孔。再看下去，路就缩住了，一直缩到我的脚下。

在这一条十分漫长的路上，我走过阳关大道，也走过独木小桥。路旁有深山大泽，也有平坡直入；有杏花春雨，也有塞北秋风；有山重水复，也有柳暗花明；有迷途知返，也有绝处逢生。路太长了，时间太久了，影子太多了，回忆太重了。我真正感觉到，我负担不了，也忍受不了，我想摆脱掉这一切，还我一个自由自在身。

回头看既然这样沉重，能不能向前看呢？我上面已经说到，向前看，路不是很长，没有什么好看的地方。我现在正像鲁迅的散文诗《过客》中的那一个过客。他不知道是从什么地方走来的，终于走到了老翁和小女孩的土屋前面，讨了点水喝。老翁看他已经疲惫不堪，劝他休息一下。他说：“从我还能记得的时候起，我就在这么走，要走到一个地方去，这地方就在前面。我单记得走了许多路，现在来到这里了。我接着就要走向那边去……况且还有声音在前面催促我，叫唤我，使我息不下。”那边，西边是什么地方呢？老人说：“前面，是坟。”小女孩说：“不，不，不的。那里有许多野百合，野蔷薇，我常常去玩，去看他们的。”

我理解这个过客的心情，我自己也是一个过客。但是却从来没有什么声音催着我走，而是同世界上任何人一样，我是非走不行的，不用催促，也是非走不行的。走到什么地方去呢？走到西边的坟那里，这是一切人的归宿。我记得屠格涅夫的一首散文诗里，也讲了这个意思。我并不怕坟，只是在走了这么长的路以后，我真想停下来休息片刻。然而我不能，不管你愿意不愿意，反正是非走不行。聊以自慰的是，我同那个老翁还不一样，有的地方颇像那个小女孩，我既看到了坟，也看到野百合和野蔷薇。

我面前还有多少路呢？我说不出，也没有仔细想过。冯友兰先生说：“何止于米？相期以茶。”“米”是八十八岁，“茶”是一百零八岁。我没有这样的雄心壮志，我是“相期以米”。这算不算是立大志呢？我是没有大志的人，我觉得这已经算是大志了。

我从前对穷通寿夭也是颇有一些想法的。十年浩劫以后，我成了陶渊明的志同道合者。他的一首诗，我很欣赏：

纵浪大化中，
不喜亦不惧。
应尽便须尽，
无复独多虑。

我现在就是抱着这种精神，昂然走上前去。只要有可能，我一定做一些对别人有益的事，决不想成为行尸走肉。我知道，未来的路也不会比过去的更笔直，更平坦。但是我并不恐惧。我眼前还闪动着野百合和野蔷薇的影子。

作/品/赏/析

《八十述怀》写于1991年1月1日，作者在文中回顾了自己80岁以前走过的人生历程，表露了自己的人生观、学术观和生死观。作者起笔不落俗套，以幽默调侃的笔调直接点题，一个坦率、质朴、乐观、自信的老人形象立时展现在读者面前。接着作者以轻松的笔调，对自己过去的人生之路进行大检阅，作者交替使用“宛如一场春梦”等几个类似的句子，使各段之间环环相扣，错落有致。过去的已经过去了，未来的时间仿佛也不多，作者固然觉得惋惜、感伤，但并不消沉。作者用冬天的杨树叶和水塘的荷花“做春梦”自喻，表明了向学术冲刺的决心；对于未来，作者化用鲁迅《过客》一文中的内容，说自己“既看到了坟，也看到了野百合和野蔷薇”。最后作者引用陶渊明的诗句，表明了自己豁达的生死观。文章信笔而谈，毫不隐讳，无拘无束，笔之所至皆成珠玉，内心独白、与读者交心的表达方式，亲切自然，读来令人如沐春风。

茶花赋

/ 杨朔

入选理由
散文作品的典范
初学散文者的学习范本
收入中学课本

久在异国他乡，有时难免要怀念祖国的。怀念极了，我也曾想：要能画一幅画儿，画出祖国的面貌特色，时刻挂在眼前，有多好。我把这心思去跟一位擅长丹青的同志商量，求她画，她说："这可是个难题，画什么呢？画点零山碎水，一人一物，都不行。再说，颜色也难调，你就是调尽五颜六色，又怎么画得出祖国的面貌？"我想了想，也是，就搁下这桩心思。

今年二月，我从海外回来，一脚踏进昆明，心都醉了。我是北方人，论季节，北方也许正是搅天风雪，水瘦山寒，云南的春天却脚步儿勤，来得快，到处早像催生婆似的正在催动花事。

花事最盛的去处数着西山华庭寺。不到寺门，远远就闻见一股细细的清香，直渗进人的心肺。这是梅花，有红梅、白梅、绿梅，还有朱砂梅，一树一树的，每一树梅花都是一首诗。白玉兰花略微有点儿残，娇黄的迎春却正当时，那一片春色啊，比起滇池的水来不知还要深多少倍。

究其实这还不是最深的春色。且请看那一树，齐着华庭寺的廊檐一般高，油光碧绿的树叶中间托出千百朵重瓣的大花，那样红艳，每朵花都像一团烧得正旺的火焰。这就是有名的茶花。不见茶花，你是不容易懂得"春深似海"这句诗的妙处的。

想看茶花，正是好时候。我游过华庭寺，又冒着星星点点细雨游了一次黑龙潭，这都是看茶花的名胜地方。原以为茶花一定很少见，不想在游历当中，时时望见竹篱茅屋旁边会闪出一枝猩红的花来。听朋友说："这不算稀奇。要是在大理，差不多家家户户都养茶花。花期一到，各样品种的花儿争奇斗艳，那才美呢。"

我不觉对着茶花沉吟起来。茶花是美啊。凡是生活中美的事物都是劳动创造的。是谁白天黑夜，积年累月，拿自己的汗水浇着花，像抚育自己儿女一样抚育着花秧，终于培养出这样绝色的好花？应该感谢那为我们美化生活的人。

普之仁就是这样一位能工巧匠，我在翠湖边上会到他。翠湖的茶花多，开得也好，红通通的一大片，简直就是那一段彩云落到湖岸上。普之仁领我穿着茶花走，指点着告诉我这叫大玛瑙，那叫雪狮子；这是蝶翅，那是大紫袍……名目花

· 作者简介 ·

杨朔（1913 ~ 1968），原名杨毓，字莹叔。山东蓬莱人。1929 年随舅父到哈尔滨谋生。抗战爆发后，两度去延安，后转战西北、广东、华北各地，从事文学创作。1939 年到太行山八路军总部从事文化宣传工作。解放战争期间，当过随军记者，转战晋察冀地区。中华人民共和国成立后在中华全国铁路总工会工作。抗美援朝战争期间，赴朝参战。1955 年后，主要从事对外文化交流工作。1968 年逝世。

名多得很。后来他攀着一棵茶树的小干枝说："这叫童子面，花期迟，刚打骨朵，开起来颜色深红，倒是最好看的。"

我就问："古语说：看花容易栽花难——栽培茶花一定也很难吧？"

普之仁答道："不很难，也不容易。茶花这东西有点特性，水壤气候，事事都得细心。又怕风，又怕晒，最喜欢半阴半阳。顶讨厌的是虫子。有一种钻心虫，钻进一条去，花就死了。一年四季，不知得操多少心呢。"

我又问道："一棵茶花活不长吧？"

普之仁说："活的可长啦。华庭寺有棵松子鳞，是明朝的，五百多年了，一开花，能开一千多朵。"

我不觉噢了一声：想不到华庭寺见的那棵茶花来历这样大。

普之仁误会我的意思，赶紧说："你不信么？大理地面还有一棵更老的呢，听老人讲，上千年了，开起花来，满树数不清数，都叫万朵茶。树干子那样粗，几个人都搂不过来。"说着他伸出两臂，做个搂抱的姿势。

我热切地望着他的手，那双手满是茧子，沾着新鲜的泥土。我又望着他的脸，他的眼角刻着很深的皱纹，不必多问他的身世，猜得出他是个曾经忧患的中年人。如果他离开你，走进人丛里去，立刻便消逝了，再也不容易寻到他—他就是这样一个极其普通的劳动者。然而正是这样的人，整月整年，劳心劳力，拿出全部精力培植着花木，美化我们的生活。美就是这样创造出来的。

正在这时，恰巧有一群小孩也来看茶花，一个个仰着鲜红的小脸，甜蜜蜜地笑着，唧唧喳喳叫个不休。

我说："童子面茶花开了。"

普之仁愣了愣，立时省悟过来，笑着说："真的呢，再没有比这种童子面更好看的茶花了。"

一个念头忽然跳进我的脑子，我得到一幅画的构思。如果用最浓最艳的朱红，画一大朵含露乍开的童子面茶花，岂不正可以象征着祖国的面貌？我把这个简单的构思记下来，寄给远在国外的那位丹青能手，也许她肯再斟酌一番，为我画一幅画儿吧。

作/品/赏/析

《茶花赋》是杨朔的一篇比较有代表性的文章。作者采用了"见景—入境—抒情—升华—点题"的模式来谋篇布局，开篇从久居异乡思念祖国写起，先设置要画祖国面貌的悬念；然后写昆明西山华亭寺的二月花景，接着以茶花来入境，写茶花之美；然后以"凡是生活中美的事物都是劳动创造的"为过渡语，引出"普之仁"这个普通人的代表来作为抒情的对象，并借此升华到赞美普通劳动者的高度；最后又以画"童子面茶花"的构想点题，来歌颂"祖国的面貌"。这就是本文的大体脉络，层次清晰，环环相扣，这是杨朔一贯的写作思路。

荔枝蜜

/ 杨朔

入选理由
杨朔的散文代表作之一
以诗的语言讴歌了广大劳动者的勤劳精神
收入中学课本

花鸟草虫，凡是上得画的，那原物往往也叫人喜爱。蜜蜂是画家的爱物，我却总不大喜欢。说起来可笑，孩子时候有一回上树掐海棠花，不想叫蜜蜂蜇了一下，痛得我差点儿跌下来。大人告诉我说：蜜蜂轻易不蜇人，准是误以为你要伤害它，才蜇。一蜇，它自己就耗尽了生命，也活不久了。我听了，觉得那蜜蜂可怜，原谅它了。可是从此以后，每逢看见蜜蜂，感情上疙疙瘩瘩的，总不怎么舒服。

今年四月，我到广东从化温泉小住了几天。那里四围是山，环抱着一潭春水，那又浓又翠的景色，简直是一幅青绿山水画。刚去的当晚是个阴天，偶尔倚着楼窗一望，奇怪啊，怎么楼前凭空涌起那么多黑黝黝的小山，一重一重的，起伏不断？记得楼前是一片比较平坦的园林，不是山。这到底是什么幻景呢？赶到天明一看，忍不住笑了。原来是满野的荔枝树，一棵连一棵，每棵的叶子都密得不透缝，黑夜看去，可不就像小山似的！

荔枝也许是世上最鲜最美的水果。苏东坡写过这样的诗句：“日啖荔枝三百颗，不辞长作岭南人。”可见荔枝的妙处。偏偏我来得不是时候，满树刚开着浅黄色的小花，并不出众。新发的嫩叶，颜色淡红，比花倒还中看些。从开花到果子成熟，大约得三个月，看来我是等不及在从化温泉吃鲜荔枝了。

吃鲜荔枝蜜，倒是时候。有人也许没听说这稀罕物儿吧？从化的荔枝树多得像汪洋大海，开花时节，满野嘤嘤嗡嗡，忙得那蜜蜂忘记早晚，有时趁着月色还采花酿蜜。荔枝蜜的特点是成色纯，养分大。住在温泉的人多半喜欢吃这种蜜，滋养精神。热心肠的同志为我也弄到两瓶。一开瓶子塞儿，就是那么一股甜香；调上半杯一喝，甜香里带着股清气，很有点鲜荔枝味儿。喝着这样好的蜜，你会觉得生活都是甜的呢。

正在采花蜜的蜜蜂

蜜蜂是一种非常热爱劳动的小动物，每年春暖花开的季节，它们就飞离巢穴，漫山遍野地采集花蜜，为家族默默无闻地奉献着自己的劳动。

我不觉动了情，想去看看自己一向不大喜欢的蜜蜂。

荔枝林深处，隐隐露出一角白屋，那是温泉公社的养蜂场，却起了个有趣的名儿，叫“养蜂大厦”。正当十分春色，花开得正闹。一走近“大厦”，只见成群结队的蜜蜂出出进进，飞去飞来，那沸沸扬扬的情景，会使你想：说不定蜜蜂也在赶着建设什么新生活呢。

养蜂员老梁领我走进“大厦”。叫他老梁，其实是个青年人，举动很精细。大概是老梁想叫我深入一下蜜蜂的生活，他小小心心地揭开一个木头蜂箱，箱里隔着一排板，板上满是蜜蜂，蠕蠕地爬动。蜂王是黑褐色的，身量特别长，每只蜜蜂都愿意用采来的花精来供养它。

老梁赞叹似的轻轻说：“你瞧这群小东西，多听话！”

我就问道：“像这样一窝蜂，一年能割多少蜜？”

老梁说：“能割几十斤。蜜蜂这东西，最爱劳动。广东天气好，花又多，蜜蜂一年四季都不闲着。酿的蜜多，自己吃的可有限。每回割蜜，留下一点点，够它们吃的就行了。它们从来不争，也不计较什么，还是继续劳动，继续酿蜜，整日整月不辞辛苦……”

我又问道：“这样好蜜，不怕什么东西来糟蹋么？”

老梁说：“怎么不怕？你得提防虫子爬进来，还得提防大黄蜂。大黄蜂这贼最恶，常常落在蜜蜂窝洞口，专干坏事。”

我不觉笑道：“噢！自然界也有侵略者。该怎么对付大黄蜂呢？”

老梁说：“赶！赶不走就打死它。要让它呆在那儿，会咬死蜜蜂的。”

我想起一个问题，就问：“一只蜜蜂能活多久？”

老梁回答说：“蜂王可以活三年，一只工蜂最多能活六个月。”

我说：“原来寿命这样短。你不是总得往蜂房外边打扫死蜜蜂么？”

老梁摇一摇头说：“从来不用。蜜蜂是很懂事的，活到限数，自己便悄悄死在外边，再也不回来了。”

我的心不禁一颤：多可爱的小生灵啊，对人无所求，给人的却是极好的东西。蜜蜂是在酿蜜，又是在酿造生活；不是为自己，而是在为人类酿造最甜的生活。蜜蜂是渺小的，蜜蜂却又多么高尚啊！

透过荔枝树林，我沉吟地望着远远的田野，那儿正有农民立在水田里，辛辛勤勤地分秧插秧。他们正用劳力建设自己的生活，实际也是在酿蜜——为自己，为别人，也为后世子孙酿造着生活的蜜。

这天夜里，我做了个奇怪的梦，梦见自己变成一只小蜜蜂。

作/品/赏/析

《荔枝蜜》写于1960年，曾被收入中学课本。本文是一篇构思精巧、寓意深刻、意境优美的抒情散文。作者以生活中常见的小动物蜜蜂为描写对象，借蜜蜂酿蜜的可贵精神，赞颂了劳动人民勤奋不息地为别人、为子孙后代酿造生活之“蜜”的高尚品质。综观全篇，语言精致，优美深邃的意境次第展开，含义步步加深，感情层层叠起，读来有如平地登山，愈高天地愈广，既获得深刻的哲理启示，也得到美的享受。

采蒲台的苇

/ 孙犁

入选理由
孙犁的散文代表作之一
一曲反映抗战时期白洋淀人民团结御侮、不屈不挠的英雄精神的赞歌

我到了白洋淀，第一个印象，是水养活了苇草，人们依靠苇生活。这里到处是苇，人和苇结合的是那么紧。人好像寄生在苇里的鸟儿，整天不停地在苇里穿来穿去。

孙犁像

我渐渐知道，苇也因为性质的软硬、坚固和脆弱，各有各的用途。其中，大白皮和大头栽因为色白、高大，多用来织小花边的炕席；正草因为有骨性，则多用来铺房、填房碱；白毛子只有漂亮的外形，却只能当柴烧；假皮织篮捉鱼用。

我来的早，淀里的凌还没有完全融化。苇子的根还埋在冰冷的泥里，看不见大苇形成的海。我走在淀边上，想像假如是五月，那会是苇的世界。

在村里是一垛垛打下来的苇，它们柔顺地在妇女们的手里翻动，远处的炮声还不断传来，人民的创伤并没有完全平复。关于苇塘，就不只是一种风景，它充满火药的气息，和无数英雄的血液的记忆。如果单纯是苇，如果单纯是好看，那就不成为冀中的名胜。

这里的英雄事迹很多，不能一一记述。每一片苇塘，都有英雄的传说。敌人的炮火，曾经摧残它们，它们无数次被火烧光，人民的血液保持了它们的清白。

最好的苇出在采蒲台。一次，在采蒲台，十几个干部和全村男女被敌人包围。那是冬天，人们被围在冰上，面对着等待收割的大苇塘。

敌人要搜。干部们有的带着枪，认为是最后战斗流血的时候到来了。妇女们却偷偷地把怀里的孩子递过去，告诉他们把枪支插在孩子的裤裆里。搜查的时候，干部又顺手把孩子递给女人……十二个女人不约而同地这样做了。仇恨是一个，爱是一个，智慧是一个。

枪掩护过去了，闯过了一关。这时，一个四十多岁的人，从苇塘打苇回来，被敌人捉住。敌人问他："你是八路？""不是！""你村里有干部？""没有！"

· 作者简介 ·

孙犁（1913 ~ 2002），河北安平人。早年毕业于保定育德中学。1936 年到安新县小学教书，后任教于冀中抗战学院和华北联大，任晋察冀通讯社和《晋察冀日报》编辑。1944 年赴延安，在鲁迅艺术文学院工作。1945 年回冀中农村。1949 年起主编《天津日报》的《文艺周刊》。曾任中国作家协会理事和天津作协副主席等职。主要作品有小说《芦花荡》、《荷花淀》和《铁木前传》，散文集《晚华集》、《耕堂散文》等。

抗战时期，白洋淀地区的人民依托当地的水域、芦苇与日寇展开周旋，谱写了一曲又一曲壮烈的英雄凯歌。

敌人砍断他半边脖子，又问：“你的八路？”他歪着头，血流在胸膛上，说：“不是！”“你村的八路大大的！”“没有！”

妇女们忍不住，她们一齐沙着嗓子喊：“没有！没有！”

敌人杀死他，他倒在冰上。血冻结了，血是坚定的，死是刚强！

“没有！没有！”

这声音将永远响在苇塘附近，永远响在白洋淀人民的耳朵旁边，甚至应该一代代传给我们的子孙。永远记住这两名简短有力的话吧！

作/品/赏/析

《采蒲台的苇》是孙犁的散文名篇。文章以抗战时期白洋淀地区为背景，以诗意的笔调叙述了发生在这一地区一个真实感人的军民抗日的故事。文章的前半部分写“苇”，在作者眼中，苇不是单纯的自然物，而是英勇无畏的白洋淀人民的化身，是白洋淀军民团结御侮、宁死不屈的伟大精神的象征。文章后半部分以白描手法，叙述了采蒲台的妇女们面对日寇，机智勇敢掩护干部和一中年打苇人宁死不屈的故事，刻画了白洋淀人民大智大勇、铮铮铁骨的英雄形象。文章朴素无华，语言凝练清新，情感炽烈，生动表现了采蒲台人、白洋淀人，乃至中华儿女不屈不挠、英勇斗争的民族精神。

黄山记 /徐迟

入选理由
恢宏大气的山河颂歌
精于设计的结构布局，热情奔放的诗性语言
收入中学课本

一

大自然是崇高、卓越而美的。它煞费心机，创造世界。它创造了人间，还安排了一处胜境。它选中皖南山区。它是大手笔，用火山喷发的手法，迅速地，在周围120公里，面积千余平方公里的一个浑圆的区域里，分布了这么多花岗岩的山峰。它巧妙地搭配了其中三十六大峰和三十六小峰。高峰下临深谷；幽潭傍依天柱。这些朱砂的，丹红的，紫霭色的群峰，前拥后簇，高矮参差。三个主峰，高风峻骨，鼎足而立，撑起青天。

这样布置后，它打开了它的云库，拨给这区域的，有倏来倏去的云，扑朔迷离的雾，绮丽多彩的霞光，雪浪滚滚的云海。云海五座，如五大洋，汹涌澎湃。被雪浪拍击的山峰，或被吞没，或露顶巅，沉浮其中。然后，大自然又毫不悭吝地赐予几千种植物，它处处散下了天女花和高山杜鹃。它还特意委托风神带来名贵的松树树种，播在险要处。黄山松铁骨冰肌；异萝松天下罕见。这样，大自然把紫红的峰，雪浪云的海，虚无缥缈的雾，苍翠的松，拿过来组成了无穷尽的幻异的景。云海上下，有三十六源，二十四溪，十六泉，还有八潭，四瀑。一道温泉，能治百病。各种走兽之外，又有各种飞禽。神奇的音乐鸟能唱出八个乐音。稀世的灵芝草，有珊瑚似的肉芝。作为最高的效果，它格外赏赐了只属于幸福的少数人的，极罕见的摄身光。这种光最神奇不过，它有彩色光晕如镜框，中间一明镜可显见人形。三个人并立峰上，各自从峰前摄身光中看见自己的面容身影。

徐迟像

这样，大自然布置完毕，显然满意了，因此它在自己

· 作者简介 ·

徐迟（1914 ~ 1996），原名商寿，浙江吴兴人。1931年至1933年，先后就读于苏州东吴大学和燕京大学。1933年开始写诗。1936年出版第一部诗集《二十岁人》。抗战爆发后，辗转于上海、香港、重庆。这期间，曾与戴望舒、叶君健合编英文版《中国作家》。协助郭沫若编辑《中原》月刊，创作和翻译了不少作品。抗战胜利后，由重庆抵上海，曾一度回故乡教书。中华人民共和国成立后，先后任《人民中国》（英文版）编辑、《诗刊》副主编。1960年调湖北文联从事专业创作，创作了大量的诗、散文和特写。“文化大革命”结束后，创作了一系列脍炙人口的报告文学，曾获1981年全国优秀报告文学一等奖。

的这件艺术品上，最后三下两下，将那些可以让人从人间通入胜境去的通道全部切断，处处悬崖绝壁，无可托足。它不肯随便把胜境给予人类。它封了山。

雪后莲花峰

莲花峰位于黄山中部，玉屏峰西南，东对天都峰，为36大峰之一。它海拔1864米，是黄山最高峰，也是华东地区第三高峰。

二

鸿蒙以后多少年，只有善于攀援的金丝猴来游。以后又多少年，才来到了人。第一个来者黄帝，一来到，黄山命了名。他和浮丘公、容成子上山采药。传说他在三大主峰之一，海拔1840公尺的光明顶之傍，炼丹峰上，飞升了。

又几千年，无人攀登这不可攀登的黄山。直到盛唐，开元天宝年间，才有个诗人来到。即使在猿猴愁攀登的地方，这位诗人也不愁。在他足下，险阻山道阻不住他。他是李白。他逸兴横飞，登上了海拔1860公尺的莲花峰，黄山最高峰的绝顶。有诗为证：丹崖夹石柱，菡萏金芙蓉，伊惜升绝顶，俯视天目松。李白在想象中看见，浮丘公引来了王子乔，“吹笙舞风松”。他还想“乘桥蹑彩虹”，又想“遗形入无穷”，可见他游兴之浓。

又数百年，宋代有一位吴龙翰，“上丹崖万仞之巅，夜宿莲花峰顶。霜月洗空，一碧万里”。看来那时候只能这样，白天登山，当天回不去。得在山顶露宿，也是一种享乐。

可是这以后，元明清数百年内，极大多数旅行家都没有能登上莲花峰顶。汪璀以“从者七人，二僧与俱”，组成一支浩浩荡荡的登山队，“一仆前持斧斤，剪伐丛莽，一仆鸣金继之，二三人肩糗执剑戟以随。”他们只到了半山寺，狼狈不堪，临峰翘望，败兴而归。只有少数人到达了光明顶。登莲花峰顶的更少了。而三大主峰之中的天都峰，海拔只有1810公尺，却最险峻，从来没有人上去过。那时有一批诗人，结盟于天都峰下，称天都社。诗倒是写了不少，可登了上去的，没有一个。

登天都，有记载的，仅后来的普门法师、云水僧、李匡台、方夜和徐霞客。

三

白露之晨，我们从温泉宾馆出发。经人字瀑，看到了从前的人登山之途，五百级罗汉级。这是在两大瀑布奔泻而下的光滑的峭壁上琢凿出来的石级，没有扶手，仅可托足，果然惊险。但我们现在并不需要从这儿登山。另外有比较平缓的，相当宽阔的石级从瀑布旁侧的山林间，一路往上铺砌。我们甚至还经过了一段公路，只是它还没有修成。一路总有石级。装在险峻地方的铁栏杆很结实；红漆了，更美观。林业学校在名贵树木上悬挂小牌子，写着树名和它们的拉丁学名，像公

“人”字瀑

古名“飞雨来”，位于紫石、朱砂两峰间，海拔660米。瀑水源于中沟，瀑中危岩百丈，石挺岩腹，使瀑水以26度夹角一分为二，沿左右岩壁而下，成“人”字形飞瀑。

园里那样的。

过了立马亭，龙蟠坡，到半山寺，便见天都峰挺立在前，雄峻难以攀登。这时山路渐渐的陡削，我们快到达那人间与胜境的最后边界线了。

然而，现在这边界线的道路全是石级铺砌的了，相当宽阔，直到天都峰趾。仰头看吧！天都峰，果然像过去的旅行家所描写的“卓绝云际”。他们来到这里时，莫不“心甚欲住”。可是“客怨，仆泣”，他们都被劝阻了。“不可上，乃止”，他们没上去。方夜在他的《小游记》中写道：“天都险莫能上。自普门师蹑其顶，继之者惟云水僧一十八人集月夜登之，归而几堕崖者已四。又次为李匡台，登而其仆亦堕险几毙。自后遂无至者。近踵其险而至者，惟余侣耳。”

那时上天都确实险。但现今我们面前，已有了上天的云梯。一条鸟道，像绳梯从上空落下来。它似乎是无穷尽的石级，等我们去攀登。它陡则陡矣，累亦累人，却并不可怕。石级是不为不宽阔的，两旁还有石栏，中间挂铁索，保护你。我们直上，直上，直上，不久后便已到了最险处的鲫鱼背。

那是一条石梁，两旁削壁千仞。石梁狭仄，中间断却。方夜到此，“稍栗”。我们却无可战栗，因为鲫鱼背上也有石栏和铁索在卫护我们。这也化险为夷了。

如是，古人不可能去的，以为最险的地方，鲫鱼背，阎王坡，小心壁等等，今天已不再是艰险的，不再是不可能去的地方了。我们一行人全到了天都峰顶。千里江山，俱收眼底；黄山奇景，尽踏足下。

我们这江山，这时代，正是这样，属于少数人的幸福已属于多数人。虽然这里历代有人开山筑道，却只有这时代才开成了山，筑成了道。感谢那些黄山石工，峭壁见他们就退让了，险处见他们就回避了。他们征服了黄山。断崖之间架上桥梁，正可以观泉赏瀑。险绝处的红漆栏杆，本身便是可羡的风景。

胜境已成公园，绝处已经逢生。看呵，天都峰，莲花峰，玉屏峰，莲蕊峰，光明顶，狮子林，这许多许多佳丽处，都在公园中。看呵，这是何等的公园！

四

只见云气氤氲来，飞升于文殊院，清凉台，飘拂过东海门，西海门，弥漫于北海宾馆，白鹅岭。如此之飘泊无定；若许之变化多端。毫秒之间，景物不同；同一地点，瞬息万变。一忽儿阳光泛滥；一忽儿雨脚奔驰，却永有云雾，飘去浮来；整个的公园，藏在其中。几枝松，几个观松人，溶出溶入；一幅幅，有似古山水，笔意简洁。而大风呼啸，摇撼松树，如龙如凤。显出它们矫健多姿。它们的根盘入岩缝，和花岗石一般颜色，一般坚贞。它们有风修剪的波浪形的华盖；它们因风展开了似飞翔之翼翅。从峰顶俯视，它们如苔藓，披覆住岩石；从山腰仰视，它们如天女，亭亭而玉立。沿着岩壁折缝，一个个的走将出来，薄纱轻绸，露出的身段翩然起舞。而这舞松之风更把云雾吹得千姿万态，令人眼花缭乱。这云雾或散或聚；群峰则忽隐忽现。刚才还是顶盆雨，迷天雾，而千分之一秒还不到，它们全部散去了。庄严的天都峰上，收起了哈达；俏丽的莲蕊峰顶，揭下了蝉翼似的面纱。阳光一照，丹崖贴金。这时，云海滚滚，如海宁潮来，直拍文殊院宾馆前面的崖岸。朱砂峰被吞没；桃花峰到了波涛底。耕云峰成了一座小岛；鳌鱼峰游泳在雪浪花间。波涛平静了，月色耀银。这时文殊院正南前方，天蝎星座的全身，如飞龙一条，伏在面前，一动不动。等人骑乘，便可起飞。而当我在静静的群峰间，暗蓝的宾馆里，突然睡醒，轻轻起来，看到峰峦还只有明暗阴阳之分时，黎明的霞光却渐渐显出了紫蓝青绿诸色。初升的太阳透露出第一颗微粒。从未见过这鲜红如此之红；也从未见过这鲜红如此之鲜。一刹间火球腾空；凝眸处彩霞掩映。光影有了千变万化；空间射下百道光柱。万松林无比绚丽；云谷寺豪光四射。忽见琉璃宝灯一盏，高悬始信峰顶。奇光异彩，散花坞如大放焰火。焰火正飞舞，那暗呜变色，叱咤的风云又汇聚起来。笙管齐鸣，山呼谷应。风急了。西海门前，雪浪滔滔。而排云亭前，好比一座繁忙的海港，码头上装卸着一包包柔软的货物。我多么想从这儿扬帆出海去。可是暗礁多，浪这样险恶，准可以撞碎我的帆桅，打翻我的船。我穿过密林小径，奔上左数峰，上有平台，可以观海。但见浩瀚一片，了无边际，海上蓬莱，尤为诡奇。我又穿过更密的林子，翻过更奇的山峰，蛇行经过更险的悬崖，踏进更深的波浪。一苇可航，我到了海心的飞来峰上。游兴更浓了，我又踏上云层，到那黄山图上没有标志，在任何一篇游记之中无人提及，根本没有石级，没有小径，没有航线，

黄山迎客松

迎客松位于玉屏楼东，文殊洞顶。古松破石而出，枝干苍劲，形态优美，寿逾千年，世称黄山十大名松之冠。一枝长丫低垂文殊洞口，恰似好客的主人伸手迎接八方来客。

没有方向的云中。仅在岩缝间，松根中，雪浪褶皱里，载沉载浮，我到海外去了。浓云四集，八方茫茫。忽见一位药农，告诉我，这里名叫海外五峰。他给我看黄山的最高荣誉，一枝灵芝草，头尾花茎俱全，色泽鲜红如珊瑚。他给我指点了道路，自己缘着绳子下到数十丈深谷去了。他在飞腾，在荡秋千。黄山是属于他的，属于这样的药农的。我又不知穿过了几层云，盘过几重岭，发现我在炼丹峰上，光明顶前。大雨将至，我刚好躲进气象站里。黄山也属于他们，这几个年轻的科学工作者。他们邀我进入他们的研究室。倾盆大雨倒下来了。这时气象工作者祝贺我，因为将看到最好的景色了。那时我喘息甫定，他们却催促我上观察台去。果然，雨过天又晴。天都突兀而立，如古代将军。绯红的莲花峰迎着阳光，舒展了一瓣瓣的含水的花瓣。轻盈的云海隙处，看得见山下晶晶的水珠。休宁的白岳山，青阳的九华山，临安的天目山，九江的匡庐山。远处如白练一条浮着的，正是长江。这时彩虹一道，挂上了天空。七彩鲜艳，银海衬底。妙极！妙极了！彩虹并不远，它近在目前，就在观察台边。不过十步之外，虹脚升起，跨天都，直上晴空，至极远处。仿佛可以从这长虹之脚，拾级而登，临虹款步，俯览江山。而云海之间，忽生宝光。松影之荫，琉璃一片，闪闪在垂虹下，离我只二十步，探手可得。它光彩异常，它中间晶莹，它的比彩虹尤其富丽的镜圈内有面镜子。摄身光！摄身光！

这是何等的公园！这是何等的人间！

作/品/赏/析

《黄山记》是一篇不可多得的游记佳作。文章在开篇即以造物对黄山的精心布局，设景置笔，文章大气。首先写出了黄山的奇特，而后又以古人游记的文献为依据写出了黄山的奇险，最后以自己的亲临之感真切诱人地写出了黄山的奇美。文章处处在写奇，于奇中起笔落笔，构思超过一般游记文章，先铺开大局，后细处染点，遂成为一幅气势磅礴的云山画卷。作者以奔放优美的文字，错落有序的叙述，笔随心转，舒卷自如，显示了作者豪放的个性和过人的创作能力。

鲫鱼背

鲫鱼背在天都峰上，以奇险著称。此石两侧是千仞悬崖，深邃莫测，其形颇似出没于波涛之中的鲫鱼之背，故得此名。

天山景物记

/ 碧野

入选理由
热烈奔放的色彩渲染和各种修辞手法的精当运用
丰富多样的风景构图取景，层次分明的叙述角度和声画同步
收入中学课本

朋友，你到过天山吗？天山是我们祖国西北边疆的一条大山脉，连绵几千里，横亘准噶尔盆地和塔里木盆地之间，把广阔的新疆分为南北两半。远望天山，美丽多姿，那长年积雪高插云霄的群峰，像集体起舞时的维吾尔族少女的珠冠，银光闪闪；那富于色彩的连绵不断的山峦，像孔雀开屏，艳丽迷人。

天山不仅给人一种稀有美丽的感觉，而且更给人一种无限温柔的感情。它有丰饶的水草，有绿发似的森林。当它披着薄薄云纱的时候，它像少女似的含羞；当它被阳光照耀得非常明朗的时候，又像年轻母亲饱满的胸膛。人们会同时用两种甜蜜的感情交织着去爱它，既像婴儿喜爱母亲的怀抱，又像男子依偎自己的恋人。

如果你愿意，我陪你进天山去看一看。

雪峰·溪流·森林

七月间新疆的戈壁滩炎暑逼人，这时最理想的是骑马上天山。新疆北部的伊犁和南部的焉耆都出产良马：不论伊犁的哈萨克马或者焉耆的蒙古马，骑上它爬山就像走平川，又快又稳。

进入天山，戈壁滩上的炎暑就远远地被撇在后边。迎面送来的雪山寒气，立刻使你感到像秋天似的凉爽。蓝天衬着高矗的巨大的雪峰，在太阳下，几块白云在雪峰间投下云影，就像白缎上绣上了几朵银灰的暗花。那融化的雪水，从高悬的山涧，从峭壁断崖上飞泻下来，像千百条闪耀的银练。这飞泻下来的雪水，在山脚汇成冲激的溪流，浪花往上抛，形成千万朵盛开的白莲，可是每到水势缓慢的洄水涡，却有鱼儿在跳跃，当这个时候，饮马溪边，你坐在马鞍上，就可以俯视那阳光透射到的清澈的水底，在五彩斑斓的水石间，鱼群闪闪的鳞光映着雪水清流，给寂静的天山添上了无限生机。

再往里走，天山越来显得越优美。沿着那白皑皑群峰的雪线以下，是蜿蜒无尽的翠绿的原始森林，密密的塔松像撑天的巨伞，重重叠叠的枝丫，只漏下斑斑

· 作者简介 ·

碧野（1916 ~ 2008），原名黄潮洋，广东省大埔县赤山村人。中国作家协会驻会作家。1935 年参加北平作家协会和进步文艺团体“泡沫社”、“浪花社”，从此正式从事写作。碧野作为一位紧随时代同步前进的作家，以其充沛的热情和执著的毅力，长期勤奋耕耘于文学领域，除“文化大革命”期间被迫搁笔之外，始终笔耕不已，时有新作问世。因此半个多世纪以来，在其几经风雨、屡遭坎坷的文学人生道路上，已留下了 30 多部计约 500 多万字的累累硕果。

点点细碎的日影。骑马穿行林中，只听见马蹄溅起漫流在岩石上的水声，增添了密林的幽静，在这林海深处，连鸟雀也少飞来，只偶然能听到远处的几声鸟鸣。这时，如果你下马坐在一块岩石上吸烟休息，虽然林外是阳光灿烂，而遮去了天日的密林中却闪耀着你烟头的红火光。从偶然发现的一棵两棵烧焦的枯树看来，这里也许来过辛勤的猎人，在午夜中他们生火宿过营，烤过猎获的野味。这天山上有的是成群的野羊、草鹿、野牛和野骆驼。

如果说进到天山这里还像是秋天，那么再往里走就像是春天了，山色逐渐变得柔嫩，山形也逐渐变得柔和，很有一伸手就可以触摸到凝脂似的感觉。这里溪流缓慢，萦绕着每一个山脚，在轻轻荡漾着的溪流两岸，满是高过马头的野花，红、黄、蓝、白、紫，五彩缤纷，像织不完的织锦那么绵延，像天边的彩霞那么耀眼，像高空的长虹那么绚烂。这密密层层成丈高的野花，朵儿赛八寸的玛瑙盘，瓣儿赛巴掌大。马走在花海中，显得格外矫健，人浮在花海上，也显得格外精神，在马上你用不着离鞍，只要稍为伸手就可以满怀捧到你最心爱的大鲜花。

虽然天山这时并不是春天，但是有哪一个春天的花园能比得过这时天山的无边繁花呢？

迷人的夏季牧场

就在雪的群峰的围绕中，一片绮丽的千里牧场展现在你的眼前，墨绿的原始森林和鲜艳的野花，给这辽阔的千里牧场镶上了双重富丽的花边，千里牧场上长着一色青翠的酥油草，清清的溪水齐着两岸的草丛在漫流。草原是这样无边的平展，就像风平浪静的海洋。在太阳下，那点点水泡似的蒙古包在闪烁着白光。

当你尽情策马在这千里草原上驰骋的时候，处处都可以看见千百成群肥壮的

天山草场

远处高山白雪皑皑，近处，野马悠闲地散步在草场上，阳光下的天山显得宁静而安详。

羊群、马群和牛群，它们吃了含有乳汁的酥油草，毛色格外发亮，好像每一根毛尖都冒着油星，特别是那些被碧绿的草原衬托得十分清楚的黄牛、花牛、白羊、红羊，在太阳下就像绣在绿色缎面上的彩色图案一样美。

有的时候，风从牧群中间送过来银铃似的叮当声，那是哈萨克牧女们坠满衣角的银饰在风中击响，牧女们骑着骏马，优美的身姿映衬在蓝天、雪山和绿草之间，显得十分动人。她们欢笑着跟着嬉逐的马群驰骋，而每当停下来，就骑马轻轻地挥动着牧鞭歌唱她们的爱情。

这雪峰、绿林、繁花围绕着的天山千里牧场虽然给人一种低平的感觉，但位置在海拔两三千公尺以上，每当一片乌云飞来，云脚总是扫着草原，洒下阵雨，牧群在雨云中出没，加浓了云意，很难分辨得出哪是云头哪是牧群。而当阵雨过后，雨洗后的草原就变得更加清新碧绿，远看像块巨大的蓝宝石，近看缀满草尖上的水珠，却又像数不清的金刚钻。

特别诱人的是牧场的黄昏，周围的雪峰被落日映红，像云霞那么灿烂：雪峰的红光映射到这辽阔的牧场上，形成一个金碧辉煌的世界，蒙古包、牧群和牧女们，都镀上了一色的玫瑰红。当落日沉没，周围雪峰的红光逐渐消褪，银灰色的暮霭笼罩草原的时候，你就可以看见无数点点的红火光，那是牧民们在烧起铜壶准备晚餐。

你用不着客气，任何一个蒙古包都是你的温暖的家，只要你朝有火光的地方走去，不论走进哪一家蒙古包，好客的哈萨克牧民都会像对待亲兄弟似的热情地接待你，渴了你可以先喝一盆马奶，饿了有烤羊排，有酸奶疙瘩，有酥油饼，你可以一如哈萨克牧民那样豪情地狂饮大嚼。

当家家蒙古包的吊壶三脚架下的野牛粪只剩下一堆红火烬的时候，夜风就会送来冬不拉的弦音和哈萨克牧女们婉转嘹亮的歌声，这是十家八家聚居在一处的牧民们齐集到一家比较大的蒙古包里，欢度一天最后的幸福时辰。

过后，整个草原沉浸在夜静中。如果这时你披上一件皮衣走出蒙古包，在月光下或者繁星下，你就可以朦胧地看见牧群在夜的草原上轻轻地游荡，夜的草原是这么宁静而安详，只有漫流的溪水声引起你对这大自然的遐思。

野马·蘑菇圈·旱獭·雪莲

夜幕中，草原在繁星的闪烁下或者在月光的披照中，该发生多少动人的情景，但人们却在安静的睡眠中疏忽过去了：只有当黎明来到这草原上，人们才会发现自己马群里的马匹在一夜间忽然变多了，而当人们怀着惊喜的心情走拢去，马匹立刻就分为两群，其中一群会奔腾离你远去，那长长的鬣鬃在黎明淡青的天光下，就像许多飘曳的缎幅。这个时候，你才知道那是一群野马。夜间，它们混入牧群，跟牧马一块嬉戏追逐。它们机警善跑，游走无定，几匹最骠壮的公野马领群，它们对许多牧马都熟悉，相见彼此用鼻子对闻，彼此用头亲热地磨擦，然后就合群在一起吃草、嬉逐。黎明，当牧民们走出蒙古包，就是它们分群的一刻，公野马总是掩护着母野马和野马驹远离人们。当野马群远离人们站定的时候，在日出的草原上，还可以看见屹立护群的公野马的长鬣鬃，那鬣鬃一直披垂到膝下，闪着美丽的光泽。

日出后的草原千里通明，这时最便于发现蘑菇。天山蘑菇又嫩又肥厚，又大又鲜甜。这个时候你只要立马草原上瞭望，便可以发现一些特别翠绿的圆点子，那就是蘑菇圈。你对着它直驰马前去，就很容易在这直径三四丈宽的一圈沁绿的酥油草丛里，发现像夏天夜空里的繁星似的蘑菇。眼看着这许许多多雪白的蘑菇隐藏在碧绿的草丛中，谁都会动心。一只手忙不过来，你自然会用双手去采，身上的口袋装不完，你自然会添上你的帽子、甚至马靴去装。第一次采到这么多新鲜蘑菇，对一个远来的客人是一桩最快乐的事。你把鲜蘑菇在溪水里洗净，不要油，不要盐，光是白煮来吃就有一种特别鲜甜的滋味，如果再加上一条野羊腿，那就又鲜甜又浓香。

天山上奇珍异品很多，我们知道水獭是生活在水滨和水里的，而天山上却生长着旱獭。在牧场边缘的山脚下，你随处都可以看见一个个洞穴。这就是旱獭居住的地方。从九、十月大雪封山，到第二年四、五月冰消雪化，旱獭要整整在它们的洞穴里冬眠半年。只有到了夏至后，发青的酥油草才把它们养得胖墩墩，圆滚滚。这时它们的毛色麻黄发亮，肚子拖着地面，短短的四条腿行走迟缓，正可以大量捕捉。

另一种奇异珍品是雪莲。如果你从山脚往上爬，超越天山雪线以上，就可以看见青凛凛的寒光中挺立着一朵朵玉琢似的雪莲，这习惯于生长在奇寒环境中的雪莲，根部扎入岩隙间，汲取着雪水，承受着雪光，柔静多姿，洁白晶莹。这生长在人迹罕至的海拔几千公尺雪线以上的灵花异草，据说是稀世之宝——一种很难求得的妇女良药。

天然湖与果子沟

在天山峰峦的高处，常常出现巨大的天然湖，就像美女晨妆时开启的明净的镜面。湖面平静，水清见底。高空的白云和四周的雪峰清晰地倒影水上，把湖山天影融为晶莹的一体。在这幽静的湖中，惟一活动的东西就是天鹅。天鹅的洁白增添了湖水的明净，天鹅的叫声增添了湖面的幽静。人家说山色多变，而事实上湖色也是多变，如果你站立高处瞭望湖面，眼前是一片赏心悦目的碧水茫茫，如果你再留意一看，接近你的视线的是闪闪鳞光，就像千万条银鱼在游动，而远处平展如镜，没有一点纤尘或者一根游丝的侵扰。湖水越远越深，由近到远，是银白、淡蓝、深青、墨绿，界线非常分明。传说中有这么一个湖是古代一个不幸的哈萨克少女滴下的眼泪，湖色的多变正是象征着那个古代少女的万种哀愁。

就在这个湖边，传说中的少女的后代子孙们现在已在放牧着羊群。湖水滋润着湖边的青草，青草喂胖了羊群，羊奶哺育着少女的后代子孙。当然，这象征着哈萨克族不幸的湖，今天已经变为实际的幸福湖。

山高爽朗，湖边清净，日里披满阳光，夜里缀满星辰，牧民们的蒙古包随着羊群环湖周游，他们的羊群一年年繁殖，他们恋爱、生育，他们弹琴歌唱自己幸福的生活。

高山的雪水汇入湖中，又从像被一刀劈开的峡谷岩石间，泻落到千丈以下的山涧里去，水从悬崖上像条飞练似的泻下，即使站在十几里外的山头上，也能看见那飞练的白光。如果你走到悬崖跟前，脚下就会受到一种惊心动魄的震撼。俯视水练冲泻到深谷的涧石上，溅起密密的飞沫，在日中的阳光下，形成蒙蒙的瑰丽的彩色水雾。就在急湍的涧流边，绿色的深谷里也散布着一顶顶牧民的蒙古包，像水洗的玉石那么洁白。

如果你顺着弯弯曲曲的涧流走，沿途汇入千百条泉流就逐渐形成溪流，然后沿途再汇入涧流和溪流，就形成河流奔腾出天山。

就在这种深山野谷的溪流边，往往有着果树夹岸的野果子沟。春天繁花开遍峡谷，秋天果实压满山腰。每当花红果熟，正是鸟雀野兽的乐园。这种野果子沟往往不为人们所发现。其中有这么一条野果子沟，沟里长满野苹果，连绵五百里。春天，五百里的苹果花开无人知，秋天，五百里成熟累累的苹果无人采。老苹果树凋枯了，更多的新苹果树苗长起来。多少年来，这条五百里长沟堆满了几丈厚的野苹果泥。

现在，已经有人发现了这条野苹果沟，开始在沟里开辟猪场，用野苹果来养育成群成群的乌克兰大白猪；而且有人已经开始计划在沟里建立酿酒厂，把野苹果酿造成大量芬芳的美酒，让这大自然的珍品化成人们的血液，增进人们的健康。

朋友，天山的丰美景物何止这些，天山绵延几千里，不论高山、深谷，不论草原、湖泊，不论森林、溪流，处处有丰饶的物品，处处都有绮丽的美景，你要我说可真说不完。如果哪一天你有豪情去游天山，临行前别忘了通知我一声，也许我能给你当一个不很出色的向导。当向导在我只是一个漂亮的借口，其实我私心里也很想找个机会去重游天山。

作/品/赏/析

这是一篇热情洋溢的的游记散文，语言绚丽而奔放，充满强烈的色彩感，歌唱英雄的时代是碧野散文的主调。不论是描写山光水色，还是展示建设大业，他的作品总是格调高昂春光明媚，充满了对新生活的希望和祝福。他的游记作品中的力作《天山景物记》，介绍了新疆天山的丰富物产和异彩奇情的景物，歌颂了边疆各族人民的新面貌。比喻、对仗、排比、拟人是碧野常用的修辞手段，借此来创造富有节奏感的艺术境界。《天山景物记》的艺术美是多方面的。如果循其创作手法观察下去，我们不难发现，那充满感情、充满生命意识和艺术感觉的灼炽夺目的色彩描绘尤为突出。碧野对色彩描绘的真谛无疑有着深刻的领悟。他那天趣盎然的绘色艺术，给他笔下的天山平添了一种异彩纷呈的景象。如对森林、野花、蘑菇圈、蓝天、山峰的描写，都闪烁着五颜六色美，诱人去想象天山的诗情画意。而在对雨后草原的描写中，我们不难看到，碧野并没有一味追求色彩的绘画效果，而是把艺术的触角伸向对摄影技法的借鉴和实践中。统观全文，我们可以看出，精心构图和专一取景，是这篇游记的过人之处。

长江三日

/ 刘白羽

入选理由
大时代气势磅礴的交响乐章
宏大叙事和个性体验的完美结合
收入中学课本

十一月十七日

……

雾笼罩着江面，气象森严。十二时，“江津”号启碇顺流而下了。在长江与嘉陵江汇合后，江面突然开阔，天穹顿觉低垂。浓浓的黄雾，渐渐把重庆隐去。一刻钟后，船又在两面碧森森的悬崖陡壁之间的狭窄的江面上行驶了。

刘白羽像

你看那急速漂流的波涛一起一伏，真是“众水会万涪，瞿塘争一门”。而两三木船，却齐整的摇动着两排木桨，像鸟儿扇动着翅膀，正在逆流而上。我想到李白、杜甫在那遥远的年代，以一叶扁舟，搏浪急进，该是多少雄伟的搏斗，会激发诗人多少瑰丽的诗思啊！……不久，江面更开朗辽阔了。两条大江，骤然相见，欢腾拥抱，激起云雾迷蒙，波涛沸荡，至此似乎稍为平定，水天极目之处，灰蒙蒙的远山展开一卷清淡的水墨画。

从长江上顺流而下，这一心愿真不知从何时就在心中扎下根子，年幼时读“大江东去……”读“两岸猿声……”辄心向往之。后来，听说长江发源于一片冰川，春天的冰川上布满奇异艳丽的雪莲，而长江在那儿不过是一泓清溪；可是当你看到它那奔腾叫啸，如万瀑悬空，砰然万里，就不免在神秘气氛的“童话世界”上又涂了一层英雄光彩。后来，我两次到重庆，两次登枇杷山看江上夜景，从万家灯光、灿烂星海之中，辨认航船上缓缓浮动而去的灯火，多想随那惊涛骇浪，直赴瞿塘，直下荆门呀。但亲身领略一下长江真风景，直到这次才实现。因此，这一回在“江津”号上，正如我在第二天写的一封信中所说：

·作者简介·

刘白羽（1916～2005），1916年生于北京。1936年中学毕业到南京，开始小说创作。1938年2月到延安，受到毛泽东同志接见并加入中国共产党。1949年作为第四野战军代表，从长江前线回京参加中华全国文学艺术工作者代表大会，当选为“文协”理事。1950年参加编制的反映解放战争的影片《中国人民的胜利》获斯大林文艺奖金。中华人民共和国成立后主要从事党的文艺领导工作，抗美援朝期间两次赴前线。1955年后历任中国作家协会党组书记、作协副主席，作协书记处书记、文化部副部长、总政文化部部长、顾问等职。刘白羽是第五届和第六届全国人大代表，曾任中国作家协会主席团委员、全国文联委员、国际笔会中国笔会中心副会长。

“这两天，整天我都在休息室里，透过玻璃窗，观望着三峡。昨天整日都在朦胧的雾罩之中。今天却阳光一片。这庄严秀丽气象万千的长江真是美极了。”

20 世纪 50 年代的长江航船

下午三时，天转开朗。长江两岸，层层叠叠，无穷无尽的都是雄伟的山峰，苍松翠竹绿茸茸的遮了一层绣幕。近岸陡壁上，背纤的纤夫历历可见。你向前看，前面群山在江流浩荡之中，则依然为雾笼罩，不过雾不像早晨那样浓，那样黄，而呈乳白色了。现在是“枯水季节”，江中突然露出一块黑色礁石，一片黄色浅滩，船常常在很狭窄的两面航标之间迂回前进，顺流驶下。山愈聚愈多，渐渐暮霭低垂了，渐渐进入黄昏了，红绿标灯渐次闪光，而苍翠的山峦模糊为一片灰色。

当我正为夜色降临而惋惜的时候，黑夜里的长江却向我展开另外一种魅力。开始是，这里一星灯火，那儿一簇灯火，好像长江在对你眨着眼睛。而一会儿又是漆黑一片，你从船身微微的荡漾中感到波涛正在翻滚沸腾。一派特别雄伟的景象，出现在深宵。我一个人走到甲板上，这时江风猎猎，上下前后，一片黑森森的，而无数道强烈的探照灯光，从船顶上射向江面，天空江上一片云雾迷蒙，电光闪闪，风声水声，不但使人深深体会到“高江急峡雷霆斗”的赫赫声势，而且你觉得你自己和大自然是那样贴近，就像整个宇宙，都罗列在你的胸前。水天，风雾，浑然融为一体，好像不是一只船，而是你自己正在和江流搏斗而前。“曙光就在前面，我们应当努力。”这时一种庄严而又美好的情感充溢我的心灵，我觉得这是我所经历的大时代突然一下集中地体现在这奔腾的长江之上。是的，我们的全部生活不就是这样战斗、航进、穿过黑夜走向黎明的吗？现在，船上的人都已酣睡，整个世界也都在安眠，而驾驶室上露出一片宁静的灯光。想一想，掌握住舵轮，透过闪闪电炬，从惊涛骇浪之中寻到一条破浪前进的途径，这是多么豪迈的生活啊！我们的哲学是革命的哲学，我们的诗歌是战斗的诗歌，正因为这样——我们的生活是最美的生活。列宁有一句话说得好极了：“前进吧！——这是多么好啊！这才是生活啊！”……“江津”号昂奋而深沉的鸣响着汽笛向前方航进。

十一月十八日

在信中，我这样叙说：“这一天，我像在一支雄伟而瑰丽的交响乐中飞翔。我在海洋上远航过，我在天空上飞行过，但在我们的母亲河流长江上，第一次，为这样一种大自然的威力所吸摄了。”

朦胧中听见广播到奉节。停泊时天已微明。起来看了一下，峰峦刚刚从黑夜中显露出一片灰蒙蒙的轮廓。启碇续行，我到休息室里来，只见前边两面悬崖绝壁，中间一条狭狭的江面，已进入瞿塘峡了。江随壁转，前面天空上露出一片金色阳光，像横着一条金带，其余天空各处还是云海茫茫。瞿塘峡口上，为三峡最险处，杜甫《夔州歌》云：“白帝高为三峡镇，瞿塘险过百牢关。”古时歌谣说：“滟滪大如马，瞿塘不可下；滟滪大如猴，瞿塘不可游；滟滪大如龟，瞿塘不可回；滟滪大如象，瞿塘不可上。”这滟滪堆指的是一堆黑色巨礁。它对准缺口，万水奔腾一冲进峡口，便直奔巨礁而来。你可想象得到那真是雷霆万钧，船如离弦之箭，稍差分厘，便撞得个粉碎。现在，这巨礁，早已炸掉。不过，瞿塘峡中，激流澎湃，涛如雷鸣，江面形成无数漩涡，船从漩涡中冲过，只听得一片哗啦啦的水声。过了八公里的瞿塘峡，乌沉沉的云雾，突然隐去，峡顶上一道蓝天，浮着几小片金色浮云，一注阳光像闪电样落在左边峭壁上。右面峰顶上一片白云像白银片样发亮了，但阳光还没有降临。这时，远远前方，无数层峦叠嶂之上，迷蒙云雾之中，忽然出现一团红雾，你看，绛紫色的山峰，衬托着这一团雾，真美极了。就像那深谷之中向上反射出红色宝石的闪光，令人仿佛进入了神话境界。这时，你朝江流上望去，也是色彩缤纷：两面巨岩，倒影如墨；中间曲曲折折，却像有一条闪光的道路，上面荡着细碎的波光；近处山峦，则碧绿如翡翠。时间一分钟一分钟过去，前面那团红雾更红更亮了。船越驶越近，渐渐看清有一高峰亭亭笔立于红雾之中，渐渐看清那红雾原来是千万道强烈的阳光。八点二十分，我们来到这一片晴朗的金黄色朝阳之中。

抬头望处，已到巫山。上面阳光垂照下来，下面浓雾滚涌上去，云蒸霞蔚，颇为壮观。刚从远处看到那个笔直的山峰，就站在巫峡口上，山如斧削，隽秀婀娜，人们告诉我这就是巫山十二峰的第一峰，它仿佛在招呼上游来的客人说：“你看，这就是巫山巫峡了。”“江津”号紧贴山脚，进入峡口。红彤彤的阳光恰在此时射进玻璃厅中，照在我的脸上。峡中，强烈的阳光与乳白色云雾交织一处，数步之隔，这边是阳光，那边是云雾，真是神妙莫测。几只木船从下游上来，帆篷给阳光照得像透明的白色羽翼，山峡却越来越狭，前面两山对峙，看去连一扇大门那么宽也没有，而门外，完全是白雾。

巫峡秋涛图　清　袁耀

图中所绘巫峡秋景奇险壮丽，山岸耸峙，江流湍急，几艘桅船正顺流而下，惊涛骇浪，极为惊险。山崖间楼阁亭台，曲径盘旋，古松苍郁。

八点五十分，满船人，都在仰头观望。我也跑到甲板上来，看到万仞高峰之巅，有一细石耸立如一人对江而望，那就是充满神奇缥缈传说的美女峰了。据说一个渔人在江中打鱼，突遇狂风暴雨，船覆灭顶，他的妻子抱了小孩从峰顶眺望，盼他回来，一天一天，一月一月，他终未回来，而她却依然不顾晨昏，不顾风雨，站在那儿等候着他——至今还在那儿等着他呢！……

如果说瞿塘峡像一道闸门，那么巫峡简直像江上一条迂回曲折的画廊。船随山势左一弯，右一转，每一曲，每一折，都向你展开一幅绝好的风景画。两岸山势奇绝，连绵不断，巫山十二峰，各峰有各峰的姿态，人们给它们以很高的美的评价和命名，显然使我们的江山增加了诗意，而诗意又是变化无穷的。突然是深灰色石岩从高空直垂而下浸入江心，令人想到一个巨大的惊叹号；突然是绿茸茸草坂，像一支充满幽情的乐曲；特别好看的是悬岩上那一堆堆给秋霜染得红艳艳的野草，简直像是满山杜鹃了。峡急江陡，江面布满大大小小漩涡，船只能缓缓行进，像一个在丛山峻岭之间漫步前行的旅人。但这正好使远方来的人，有充裕的时间欣赏这莽莽苍苍、浩浩荡荡长江上大自然的壮美。苍鹰在高峡上盘旋，江涛追随着山峦激荡，山影云影，日光水光，交织成一片。

十点，江面渐趋广阔，急流稳渡，穿过了巫峡。十点十五分至巴东，已入湖北境。十点半到牛口，江浪汹涌，把船推在浪头上，摇摆着前进。江流刚奔出巫峡，还没来得及喘息，却又冲入第三峡——西陵峡了。

西陵峡比较宽阔，但是江流至此变得特别凶恶，处处是急流，处处是险滩。船一下像流星随着怒涛冲去，一下又绕着险滩迂回浮进。最著名的三个险滩是：泄滩、青滩和崆岭滩。初下泄滩，你看着那万马奔腾的江水会突然感到江水简直是在旋转不前，一千个、一万个漩涡，使得“江津”号剧烈震动起来。这一节江流虽险，却流传着无数优美的传说。十一点十五分到秭归。据袁崧《宜都山川记》载：秭归是屈原故乡，是楚子熊绎建国之地。后来屈原被流放到汨罗江，死在那里。民间流传着：屈大夫死日，有人在汨罗江畔，看见他峨冠博带，美髯白皙，骑一匹白马飘然而去。又传说：屈原死后，被一大鱼驮回秭归，终于从流放之地回归楚国。这一切初听起来过于神奇怪诞，却正反映了人民对屈原的无限怀念之情。

秭归正面有一大片铁青色礁石，森然耸立江面，经过很长一段急流绕过泄滩。在最急峻的地方，“江津”号用尽全副精力，战抖着，震颤着前进。急流刚刚滚过，看见前面有一奇峰突起，江身沿着这山峰右面驶去，山峰左面却又出现一道河流，原来这就是王昭君诞生地香溪。它一下就令人记起杜甫的诗：“群山万壑赴荆门，生长明妃尚有村。”我们遥望了一下香溪，船便沿着山峰进入一道无比险峻的长峡——兵书宝剑峡。这儿完全是一条窄巷，我到船头上，仰头上望，只见黄石碧岩，高与天齐，再驶行一段就到了青滩。江面陡然下降，波涛汹涌，浪花四溅，当你还没来得及仔细观看，船已像箭一样迅速飞下，巨浪为船头劈开，旋卷着，合在一起，一下又激荡开去。江水像滚沸了一样，到处是泡沫，到处是浪花。船上的同志指着岩上一片乡镇告我：“长江航船上很多领航人都出生在这儿……每只木船要想渡过青滩，都得请这儿的人引领过去。”这时我正注视着一只逆流而上的木船，看起来这青滩的声势十分吓人，但人从汹涌浪涛中掌握了一条前进途径，也就战胜了大自然了。

中午，我们来到了崆岭滩跟前，长江上的人都知道：“泄滩青滩不算滩，崆岭才是鬼门关。”可见其凶险了。眼看一片灰色石礁布满水面，“江津”号却抛锚停泊了。原来崆岭滩一条狭窄航道只能过一只船，这时有一只江轮正在上行，我们只好等下来。谁知竟等了那么久，可见那上行的船只是如何小心翼翼了。当我们驶下崆岭滩时，果然是一片乱石林立，我们简直不像在浩荡的长江上，而是在苍莽的丛林中找寻小径跋涉前进了。

十一月十九日

早晨，一片通红的阳光，把平静的江水照得像玻璃一样发亮。长江三日，千姿万态，现在已不是前天那样大雾迷蒙，也不是昨天“巫山巫峡气萧森”，而是苏东坡所谓的“楚地阔无边，苍茫万顷连”了。长江在穿过长峡之后，现在变得如此宁静，就像刚刚诞生过婴儿的年轻母亲一样安详慈爱。天光水色真是柔和极了。江水像微微拂动的丝绸，有两只雪白的鸥鸟缓缓地和“江津”号平行飞进，水天极目之处，凝成一种透明的薄雾，一簇一簇船帆，就像一束一束雪白的花朵在蓝天下闪光。

在这样一天，江轮上非常宁静的一日，我把我全身心沉浸在“红色的罗莎”——卢森堡的《狱中书简》中。

这个在一九一八年德国无产阶级革命中最坚定的领袖，我从她的信中，感到一个伟大革命家思想的光芒和胸怀的温暖，突破铁窗镣铐，而闪耀在人间，你看，这一页：

雨点轻柔而均匀地洒落在树叶上，紫红的闪电一次又一次地在铅灰色中闪耀，遥远处，隆隆的雷声像汹涌澎湃的海涛余波似的不断滚滚传来。在这一切阴霾惨淡的情景中，突然间一只夜莺在我窗前的一株枫树上叫起来了！在雨中，闪电中，隆隆的雷声中，夜莺啼叫得像是一只清脆的银铃，它歌唱得如醉如痴，它要压倒雷声，唱亮昏暗……

昨晚九点钟左右，我还看到壮丽的一幕，我从我的沙发上发现映在窗玻璃上的玫瑰色的返照，这使我非常惊异，因为天空完全是灰色的。我跑到窗前，着了迷似的站在那里。在一色灰沉沉的天空上，东方涌现出一块巨大的、美丽得人间少有的玫瑰色的云彩，它与一切分隔开，孤零零地浮在那里，看起来像是一个微笑，像是来自陌生的远方的一个问候。我如释重负地长吁了一口气，不由自主地把双

西陵峡

西陵峡是三峡中江面最宽阔的。它位于宜昌县南津关，是长江三峡中最长的峡谷。水流回环曲折、江中礁石林立，险滩密布、水势湍急、云雾升腾、气象万千，好似一幅精美的山水画。

手伸向这幅富有魅力的图画。有了这样的颜色，这样的形象，然后生活才美妙，才有价值，不是吗？我用目光饱餐这幅光辉灿烂的图画，把这幅图画的每一线玫瑰色的霞光都吞咽下去，直到我突然禁不住笑起自己来。天哪，天空啊，云彩啊，以及整个生命的美并不只存在于佛龙克，用得着我来跟它们告别？不，它们会跟着我走的，不论我到哪儿，只要我活着，天空、云彩和生命的美会跟我同在。

“江津”号在平静的浪花中缓缓驶行。我读着书，一种非常珍贵的感情渗透我的全身。我必须立刻把它写下来，我愿意把它写在这奔腾叫啸、而又安静温柔的长江一起，因为它使我联想到我前天想到的“战斗——航进——穿过黑夜走向黎明”的想象，过去，多少人，从他们艰巨战斗中想望着一个美好的明天呀！而当我承受着像今天这样灿烂的阳光和清丽的景色时，我不能不意识到，今天我们整个大地，所吐露出来的那一种芬芳、宁馨的呼吸，这社会主义生活的呼吸，正是全世界上，不管在亚洲还是在欧洲，在美洲还是在非洲，一切先驱者的血液，凝聚起来，而发射出来的最自由最强大的光辉。我读完了《狱中书简》，一轮落日——那样圆，那样大，像鲜红的珊瑚球一样，把整个江面笼罩在一脉淡淡的红光中，面前像有一种细细的丝幕柔和地、轻悄地撒落下来。

最后让我从我自己的一封信中抄下一段，来结束这一日吧：

夜间，九时许从前面漆黑的夜幕中，看见很小很小几点亮光。人们指给我那就是长江大桥，“江津”号稳稳地向武汉驶近。从这以后，我一直站在船上眺望，渐渐地渐渐地看出那整整齐齐的一排像横串起来的珍珠，在熠熠闪亮。我看着，我觉得在这辽阔无边的大江之上，这正是我们献给我们母亲河流的一顶珍珠冠呀！……再前进，江上无数蓝的、白的、红的、绿的灯光，拖着长长倒影在浮动，那是无数船只在航行，而那由一颗颗珍珠画出的大桥的轮廓，完全像升在云端里一样，高耸空中，而桥那面，灯光稠密的简直像是灿烂的金河，那是什么？仔细分辨，原来是武汉两岸的亿万灯光。当我们的“江津”号，嘹亮地向武汉市发出致敬欢呼的声音时，我心中升起一种庄严的情感，看一看！我们创造的新世界有多么灿烂吧！……

作/品/赏/析

20世纪60年代的中国，文学界进入了一个宏大叙事的“抒情时期”，即古老的借景抒情手法所抒发的不再是个人的感触，而是借自然界的秀美与崇高来隐喻时代的美好与崇高。传统的艺术技巧也带上了新的意识形态色彩。《长江三日》对三峡景物的描写，不论是瞿塘峡的险峻、巫峡的秀美还是西陵峡的凶恶，都有出色的描绘。长江“开阔——狭窄——开阔”的旅程，使刘白羽产生“战斗——航进——穿过黑夜走向黎明”的想象，于是他的旅程也就带上了意识形态的象征色彩：《长江三日》写于大跃进失败之后，作者不断强调战胜阻碍、向前航行的意义。文章中不断出现这类象征性的意象，“我”最后已不是个人，而是“历史”、“现实”“时代”的化身，当个人毫无保留地参与到时代共鸣的宣传之中，个人事实上已经不再是个人了。

澜沧江边的蝴蝶会

/冯牧

入选理由
一篇关于云南的游记佳作
热带风光和民族风情引人入胜
渐入佳境的行文方式

蝴蝶泉边徐霞客游记碑

我在西双版纳的美妙如画的土地上，幸运地遇到了一次真正的蝴蝶会。

很多人都听说过云南大理的蝴蝶泉和蝴蝶会的故事，也读过不少关于蝴蝶会的奇妙景象的文字记载。据我所知道的，第一个细致而准确地描绘了蝴蝶会的奇景的，恐怕要算是明朝末年的徐霞客了。在三百多年前，这位卓越的旅行家就不但为我们真实地描写了蝴蝶群集的奇特景象，并且还详尽地描写了蝴蝶泉周围的自然环境。他这样写着：

……山麓有树大合抱，倚崖而耸立，下有泉，东向漱根窍而出，清冽可鉴。稍东，其下又有一小树，仍有一小泉，亦漱根而出，二泉汇为方丈之沼，即所溯之上流也。泉上大树，当四月初，即发花如蛱蝶，须翅栩然，与生蝶无异；又有真蝶千万，连须钩足，自树巅倒悬而下，及于泉面，缤纷络绎，五色焕然。

这是一幅多么令人目眩神迷奇丽的景象！无怪乎许多来到大理的旅客都要设法去观赏一下这个人间奇观了。但可惜的是，胜景难逢，由于某种我们至今还不清楚的自然规律，每年蝴蝶会的时间总是十分短促并且是时有变化的；而交通的阻隔，又使得有机会到大理去游览的人，总是难于恰巧在那个时间准确无误的来到蝴蝶泉边。就是徐霞客也没有亲眼看到真正的蝴蝶会的盛况；他晚去了几天，花朵已经凋谢，使他只能折下一枝蝴蝶树的标本，惆怅而去。他的关于蝴蝶会的描写，大半是根据一些亲历者的转述而记载下来的。

其实所谓蝴蝶会，并不是大理蝴蝶泉所独有的自然风光，而是在云南的其他的地方也曾经出现过的一种自然现象。比如，在清人张泓所写的一本笔记《滇

·作者简介·

冯牧（1919～1995），笔名冯先植，1919年3月1日生于北京。1936年参加"一二·九"学生运动。1938年到冀中根据地工作，1939年到延安抗大学习，1940～1941年到延安鲁艺文学系学习，后留校在文艺理论研究室工作，1944～1946年在延安《解放日报》任文艺编辑，1947～1949年在陈谢纵队和四兵团任新华社记者和科长，1950～1952年在中国人民解放军13军任文化部长，1952年后任云南军区文化部副部长，后任《新观察》主编、《文艺报》副主编、作协党组成员、文化部党组成员、文化部文艺研究院院长、作协书记处书记等。1955年加入中国作家协会，主要从事文艺评论创作。

南新语》中，就记载了昆明城里的圆通山（就是现在的圆通公园）的蝴蝶会，书中这样写道：

每岁孟夏，蛱蝶千百万会飞此山，屋树岩壑皆满，有大如轮、小于钱者，翩翻随风，缤纷五彩，锦色烂然，集必三日始去，究不知其去来之何从也。余目睹其呈奇不爽者盖两载。

今年春天，由于一种可遇而不可求的机会，我看到了一次真正的蝴蝶会，一次完全可以和徐霞客所描述的蝴蝶泉相媲美的蝴蝶会。

西双版纳的气候是四季常春的。在那里你永远看不到植物凋敝的景象。但是，即使如此，春天在那里也仍然是最美好的季节。就在这样的季节里，在傣族的泼水节的前夕，我们来到了被称为西双版纳的一颗“绿宝石”的橄榄坝。在这以前，人们曾经对我说：谁要是没有到过橄榄坝，谁就等于没有看到真正的西双版纳。当我们刚刚踏上这片土地时，我马上就深深地感觉到，这些话是丝毫也不夸张的。我们好像来到了一个天然的巨大的热带花园里。到处都是一片浓荫匝地，繁花似锦，到处都是一片蓬勃的生气：鸟类在永不休止地鸣啭；在棕褐色的沃土上，各种植物好像是在拥挤着、争抢着向上生长。行走在村寨之间的小径上，就好像是行走在精心培植起来的公园林阴路上一样，只有从浓密的叶隙中间，才能偶尔看到烈日的点点金光。我们沿着澜沧江边的一连串村寨进行了一次远足旅行。

我们的访问终点，是背倚着江岸、紧密接连的两个村寨——曼厅和曼扎。当我们刚刚走上江边的密林小径时，我就发现，这里的每一块土地，每一段路程，每一片丛林，都是那样地充满了秾丽的热带风光，都足以构成一幅色彩斑斓的绝妙风景画面。我们经过了好几个隐藏在密林深处的村寨，只有在注意寻找时，才能从树丛中发现那些美丽而精巧的傣族竹楼。这里的村寨分布得很特别，不是许多人家聚成一片，而是稀疏地分散在一片林海中间。每一幢竹楼周围都是一片丰饶富庶的果树园；家家户户的庭前窗后，都生长着枝叶挺拔的椰子树和槟榔树，绿荫盖地的芒果树和荔枝树。在这里，人们用垂实累累的香蕉树作篱笆，用清香馥郁的夜来香树作围墙。被果实压弯了的柚子树用枝叶敲打着竹楼的屋檐，密生在枝丫间的菠萝蜜散发着醉人的浓香。

我们在花园般的曼厅和曼扎度过了一个愉快的下午。我们参观了曼扎的办得很出色的托儿所；在那里的整洁而漂亮的食堂里，按照傣族的习惯，和社员们一起吃了一餐富有民族特色的午饭，分享了社员们的富裕生活的欢快。我们在曼厅旁听了为布置甘蔗和双季稻生产而召开的社长联席会，然后怀着一种满意的心情走上了归途。

我们走的仍然是来时的路程，仍然是那条浓荫遮天的林中小路，数不清的奇花异卉仍然到处散发着沁人心脾的清香，在路边的密林里，响彻着一片鸟鸣和蝉叫声。透过树林枝干的空隙，时时可以看到大片的平整的田地，早稻和许多别的热带经济作物的秧苗正在夕照中随风荡漾。在村寨的边沿，可以看到柚叶林和菩提林的巨人似的身姿，在它们的荫蔽下，佛寺的高大的金塔和庙顶在闪着耀眼的金光。

一切都和我们来时一样。可是，我们又似乎觉得，我们周围的自然环境和来时有些异样。终于，我们发现了一种来时所没有的新景象：我们多了一群新的旅伴——成群的蝴蝶。在花丛上，在枝叶间，在我们的周围，到处都有三五成群的彩色蝴蝶在迎风飞舞；它们有的在树丛中盘旋逗留，有的却随着我们一同前进。开始，我们对于这种景象也并不以为奇。我们知道，这里的蝴蝶的美丽和繁多是别处无与伦比的；我们在森林中经常可以遇到彩色斑斓的蝴蝶和人们一同行进，甚至连续飞行几里路。我们早已养成了这样的习惯：习于把成群的蝴蝶看作是西双版纳的美妙自然景色的一个不可缺少的组成部分了。

但是，我们越来越感到，我们所遇到的景象实在是超过了我们的习惯和经验了。蝴蝶越聚越多，一群群、一堆堆从林中飞到路径上，并且成群结队地在向着我们要去的方向前进着。它们在上下翻飞，左右盘旋；它们在花丛树影中飞快地扇动着彩色的翅膀，闪得人眼花缭乱。有时，千百个蝴蝶拥塞了我们前进的道路，使我们不得不用树枝把它们赶开，才能继续前进。

就这样，在我们和蝴蝶群的搏斗中走了大约五里路之后，我们看到了一个奇异的景色。我们走到了一片茂密的枧树林边。在一块草坪上面，有一株硕大的菩提树，它的向四面伸张的枝丫和浓茂的树叶，好像是一把巨大的阳伞似的遮盖着整个草坪。在草坪中央的几方丈的地面上，仿佛是密密地丛生着一片奇怪的植物似的，好像是一座美丽的花坛一样。它们互相拥挤着，攀附着，重叠着，面积和

大理蝴蝶泉

蝴蝶泉为一圆形泉池，泉水清澈，泉底铺着鹅卵石，水从白沙中涌出，不时冒着气泡。泉池周围有大理石栏板，西部泉壁上方的3块大理石上，有郭沫若手书“蝴蝶泉”3个大字。

体积在不断地扩大。从四面八方飞来的新的蝶群正在不断地加入进来。这些蝴蝶大多数是属于一个种族的，它们的翅膀的背面是嫩绿色的，这使它们在停伫不动时就像是绿色的小草一样，它们翅膀的正面却又是金黄色的，上面还有着美丽的花纹，这使它们在扑动翅翼时又像是朵朵金色的小花。在它们的密集着的队伍中间，仿佛是有意来作为一种点缀，有时也飞舞着少数的巨大的黑底红花身带飘带的大木蝶。在一刹那间，我们好像是进入了一个童话世界；在我们的眼前，在我们四周，在一片令人心旷神怡的美妙的自然景色中间，到处都是密密匝匝、层层叠叠的蝴蝶；蝴蝶密集到这种程度，使我们随便伸出手去便可以捉到几只。天空中好像是雪花似的飞散着密密的花粉，它和从森林中飘来的野花和菩提的气味，混合成一股刺鼻的浓香。

面对着这种自然界的奇景，我们每个人几乎都目瞪口呆了。站在千万只翩然飞舞的蝴蝶当中，我们觉得自己好像是有些多余的了。而蝴蝶却一点也不怕我们；我们向它们的密集的队伍投掷着树枝，它们立刻轰地涌向天空，闪动着彩色缤纷的翅翼，但不到一分钟之后，它们又飞到草地上集合了。我们简直是无法干扰它们的参与盛会的兴致。

我们在这些群集成阵的蝴蝶前长久地观赏着，赞叹着，简直是流连忘返了。在我的思想里，突然闪过了一个念头：难道这不正是过去我们从传说中听到的蝴蝶会么？我完全被这片童话般的自然景象所陶醉了；在我的心里，仅仅是充溢着一种激动而欢乐的情感，并且深深地为了能在我们祖国边疆看到这样奇丽的风光而感到自豪。我们所生活、所劳动、所建设着的土地，是一片多么丰富，多么美丽，多么奇妙的土地啊！

作/品/赏/析

冯牧这篇优美的游记散文带我们领略了梦幻般的大理风光和传说中的蝴蝶会，在作者朴实淡然的文笔下，大理自然的风光无限明媚，美不胜收。四季长春的热带森林、傣族的风情、竹楼、鸟鸣声、村寨之间的小路、透过林子的点点金光、江边住着傣族的居民、门前长着椰子树和槟榔树，这明亮艳丽的热带风光已经使人陶醉，但是这仅是蝴蝶盛会的序幕或者引子。作者正像时而在抖包袱，时而在柳暗花明地行舟，这样一步步把我们带进了澜沧江蝴蝶会的盛景中，正如一场盛会的高潮，当万千蝴蝶翩翩起舞的时候，我们感到作者的文字似乎也飞动起来了。这篇看似朴实的文字里，作者的构思其实是独具匠心的，文字徐徐展开，像一幅不断打开的画作，或者一幕正在进行的演出，在作者热情洋溢的绚丽明媚的文字里，循着作者的流水般的语言，我们领略到了大理春天无限美好的风光，更神会了五彩缤纷的蝴蝶盛会奇观。这一切在作者自然舒展的行文中似乎是一次奇妙的等待，一路风景过后，眼前豁然呈现梦一般的世界，那就是可遇而不可求的蝴蝶会。

葡萄月令

/ 汪曾祺

入选理由
劳作中的文人雅趣
冲淡中洋溢满怀真诚
当代文人散文的典范

汪曾祺像

一月，下大雪。

雪静静地下着。果园一片白。听不到一点声音。

葡萄睡在铺着白雪的窖里。

二月里刮春风。

立春后，要刮四十八天“摆条风”。风摆动树的枝条，树醒了，忙忙地把汁液送到全身。树枝软了。树绿了。

雪化了，土地是黑的。

黑色的土地里，长出了茵陈蒿。碧绿。

葡萄出窖。

把葡萄窖一锹一锹挖开。挖下的土，堆在四面。葡萄藤露出来了，乌黑的。有的梢头已经绽开了芽苞，吐出指甲大的苍白的小叶。它已经等不及了。

把葡萄藤拉出来，放在松松的湿土上。

不大一会，小叶就变了颜色，叶边发红；——又不大一会，绿了。

三月，葡萄上架。

先得备料。把立柱、横梁、小棍，槐木的、柳木的、杨木的、桦木的，按照树棵大小，分别堆放在旁边。立柱有汤碗口粗的、饭碗口粗的、茶杯口粗的。一棵大葡萄得用八根、十根，乃至十二根立柱。中等的，六根、四根。

先刨坑，竖柱。然后搭横梁，用粗铁丝摽紧。然后搭小棍，用细铁丝缚住。

然后，请葡萄上架。把在土里趴了一冬的老藤扛起来，得费一点劲。大的，得四五个人一起来。“起！——起！”哎，它起来了。把它放在葡萄架上，把枝条向三面伸开，像五个指头一样的伸开，扇面似的伸开。然后，用麻筋在小棍上固定住。葡萄藤舒舒展展，凉凉快快地在上面呆着。

·作者简介·

汪曾祺(1920～1997)，江苏高邮人。1943年从昆明西南联合大学中文系毕业后，在昆明、上海任中学国文教员和历史博物馆职员。中华人民共和国成立后，先后在北京文联、中国民间文学研究会、北京京剧院工作，并执编《北京文艺》、《民间文学》等刊物。主要作品有小说集《邂逅集》、《汪曾祺短篇小说选》，散文集《蒲桥集》、《汪曾祺自选集》及一些京剧剧本。

上了架，就施肥。在葡萄根的后面，距主干一尺，挖一道半月形的沟，把大粪倒在里面。葡萄上大粪，不用稀释，就这样把原汁大粪倒下去。大棵的，得三四桶。小葡萄，一桶也就够了。

四月，浇水。

挖窖挖出的土，堆在四面，筑成垄，就成一个池子。池里放满了水。葡萄园里水气泱泱，沁人心肺。

葡萄喝起水来是惊人的。它真是在喝哝！葡萄藤的组织跟别的果树不一样，它里面是一根一根细小的导管。这一点，中国的古人早就发现了。《图经》云："根苗中空相通。圃人将货之，欲得厚利，暮溉其根，而晨朝水浸子中矣，故俗呼其苗为木通。""暮溉其根，而晨朝水浸子中矣"，是不对的。葡萄成熟了，就不能再浇水了。再浇，果粒就会涨破。"中空相通"却是很准确的。浇了水，不大一会，它就从根直吸到梢，简直是小孩嘬奶似的拼命往上嘬。浇过了水，你再回来看看吧：梢头切断过的破口，就嗒嗒地往下滴水了。

是一种什么力量使葡萄拼命地往上吸水呢？

施了肥，浇了水，葡萄就使劲抽条、长叶子。真快！原来是几根根枯藤，几天功夫，就变成青枝绿叶的一大片。

五月，浇水、喷药、打梢、掐须。

葡萄一年不知道要喝多少水，别的果树都不这样。别的果树都是刨一个"树碗"，往里浇几担水就得了，没有像它这样的："漫灌"，整池子的喝。

喷波尔多液。从抽条长叶，一直到坐果成熟，不知道要喷多少次。喷了波尔多液，太阳一晒，葡萄叶子就都变成蓝的了。

葡萄抽条，丝毫不知节制，它简直是瞎长！几天功夫，就抽出好长的一节的新条。这样长法还行呀，还结不结果呀？因此，过几天就得给它打一次条。葡萄打条，也用不着什么技巧，一个人就能干，拿起树剪，劈劈啪啪，把新抽出来的一截都给它铰了就得了。一铰，一地的长着新叶的条。

葡萄的卷须，在它还是野生的时候是有用的，好攀附在别的什么树木上。现在，已经有人给它好好地固定在架上了，就一点用也没有了。卷须这东西最耗养分，——凡是作物，都是优先把养分输送到顶端，因此，长出来就给它掐了，长出来就给它掐了。

葡萄的卷须有一点淡淡的甜味。这东西如果腌成咸菜，大概不难吃。

五月中下旬，果树开花了。果园，美极了。梨树开花了，苹果树开花了，葡萄也开花了。

都说梨花像雪，其实苹果花才像雪。雪是厚重的，不是透明的。梨花像什么呢？——梨花的瓣子是月亮做的。

有人说葡萄不开花，哪能呢！只是葡萄花很小，颜色淡黄微绿，不钻进葡萄架是看不出的。而且它开花期很短。很快，就结出了绿豆大的葡萄粒。

六月，浇水、喷药、打条、掐须。

葡萄粒长了一点了，一颗一颗，像绿玻璃料做的纽子。硬的。

葡萄不招虫。葡萄会生病，所以要经常喷波尔多液。但是它不像桃，桃有桃食心虫；梨，梨有梨食心虫。葡萄不用疏虫果。——果园每年疏虫果是要费很多工的。虫果没有用，黑黑的一个半干的球，可是它耗养分呀！所以，要把它“疏”掉。

七月，葡萄“膨大”了。

掐须、打条、喷药，大大地浇一次水。

追一次肥。追硫铵。在原来施粪肥的沟里撒上硫铵。然后，就把沟填平了，把硫铵封在里面。

汉朝是不会追这次肥的，汉朝没有硫铵。

八月，葡萄“着色”。

你别以为我这里是把画家的术语借用来了。不是的。这是果农的语言，他们就叫“着色”。

下过大雨，你来看看葡萄园吧，那叫好看！白的像白玛瑙，红的像红宝石，紫的像紫水晶，黑的像黑玉。一串一串，饱满、磁棒、挺括，璀璨琳琅。你就把《说文解字》里的玉字偏旁的字都搬了来吧，那也不够用呀！

可是你得快来！明天，对不起，你全看不到了。我们要喷波尔多液了。一喷波尔多液，它们的晶莹鲜艳全都没有了，它们蒙上一层蓝兮兮、白糊糊地的东西，成了磨砂玻璃。我们不得不这样干。葡萄是吃的，不是看的。我们得保护它。

过不两天，就下葡萄了。

一串一串剪下来，把病果、瘪果去掉，妥妥地放在果筐里。果筐满了，盖上盖，要一个棒小伙子跳上去蹦两下，用麻筋缝的筐盖。——新下的果子，不怕压，它很结实，压不坏。倒怕是装不紧，逛里逛当的。那，来回一晃悠，全得烂！

葡萄装上车，走了。

去吧，葡萄，让人们吃去吧！

九月的果园像一个生过孩子的少妇，宁静、幸福，而慵懒。我们还给葡萄喷一次波尔多液。哦，下了果子，就不管了？人，总不能这样无情无义吧。

十月，我们有别的农活。我们要去割稻子。葡萄，你愿意怎么长，就怎么长着吧。

十一月，葡萄下架。

把葡萄架拆下来。检查一下，还能再用的，搁在一边。糟朽了的，只好烧火。立柱、横梁、小棍，分别堆垛起来。

剪葡萄条。干脆得很，除了老条，一概剪光。葡萄又成了一个大秃子。

剪下的葡萄条，挑有三个芽眼的，剪成二尺多长的一截，捆起来，放在屋里，准备明春插条。

其余的，连枝带叶，都用竹箬帚扫成一堆，装走了。

葡萄园光秃秃。

十一月下旬，十二月上旬，葡萄入窖。

这是个重活。把老本放倒，挖土把它埋起来。要埋得很厚实。外面要用铁锹拍平。这个活不能马虎。都要经过验收，才给记工。

葡萄窖，一个一个长方形的土墩墩。一行一行，整整齐齐地排列着。风一吹，土色发了白。

这真是一年的冬景了。热热闹闹的果园，现在什么颜色都没有了。眼界空阔，一览无余，只剩下发白的黄土。

下雪了。我们踏着碎玻璃碴似的雪，检查葡萄窖，扛着铁锹。

一到冬天，要检查几次。不是怕别的，怕老鼠打了洞。葡萄窖里很暖和，老鼠爱往这里面钻。它倒是暖和了，咱们的葡萄可就受了冷啦！

作/品/赏/析

汪曾祺的散文没有空泛的好为人师的大道理，也少有宏大题材，流淌在字里行间的都是文人的雅趣和爱好，弥漫着文人的情调。在他笔下，一草一木总关情。《葡萄月令》洋溢的仍是生之趣味，显示出作者的文人雅趣和逸兴。“登山则情满于山，观水则意溢于水”，山山水水在汪曾祺的笔下都是有情物。“感时花溅泪，恨别鸟惊心”，以一颗善感之心，书写周围的一草一木，自然冲淡之间飞扬着满怀的真诚。品读《葡萄月令》，会让我们爱上一年四季的各时生活。

《葡萄月令》写一年 12 个月，葡萄的生长情况。作者像是记录自己小孩子的成长过程一般，用近似日记的形式，将葡萄在各个月份的生长情况和农事过程清晰地展现给读者，使我们在阅读的过程中，感觉像是亲自在田间施肥浇水，目睹孩童般的葡萄日日成长。

昆明的雨 / 汪曾祺

入选理由
汪曾祺的散文代表作之一
一幅诗意盎然、具有浓郁地方特色的昆明雨季图
情韵别致，视角新颖

宁坤要我给他画一张画，要有昆明的特点。我想了一些时候，画了一幅：右上角画了一片倒挂着的浓绿的仙人掌，末端开出一朵金黄色的花；左下画了几朵青头菌和牛肝菌。题了这样几行字：

昆明人家常于门头挂仙人掌一片以辟邪，仙人掌悬空倒挂，尚能存活开花。于此可见仙人掌生命之顽强，亦可见昆明雨季空气之湿润。雨季则有青头菌，牛肝菌，味极鲜腴。

我想念昆明的雨。

我以前不知道有所谓雨季。“雨季”，是到昆明以后才有了具体感受的。

我不记得昆明的雨季有多长，从几月到几月，好像是相当长的。但是并不使人厌烦。因为是下下停停、停停下下，不是连绵不断，下起来没完。而且并不使人气闷。我觉得昆明雨季气压不低，人很舒服。

昆明的雨季是明亮的、丰满的，使人动情的。城春草木深，孟夏草木长。昆明的雨季，是浓绿的。草木的枝叶里的水分都到了饱和状态，显示出过分的、近于夸张的旺盛。

我的那张画是写实的。我确实亲眼看见过倒挂着还能开花的仙人掌。旧日昆明人家门头上用以辟邪的多是这样一些东西：一面小镜子，周围画着八卦，下面便是一片仙人掌，——在仙人掌上扎一个洞，用麻线穿了，挂在钉子上。昆明仙人掌多，且极肥大。有些人家在菜园的周围种了一圈仙人掌以代替篱笆。——种了仙人掌，猪羊便不敢进园吃菜了。仙人掌有刺，猪和羊怕扎。

昆明菌子极多。雨季逛菜市场，随时可以看到各种菌子。最多，也最便宜的是牛肝菌。牛肝菌下来的时候，家家饭馆卖炒牛肝菌，连西南联大食堂的桌子上都可以有一碗。牛肝菌色如牛肝，滑，嫩，鲜，香，很好吃。炒牛肝菌须多放蒜，否则容易使人晕倒。青头菌比牛肝菌略贵。这种菌子炒熟了也还是浅绿色的，格调比牛肝菌高。菌中之王是鸡㙡，味道鲜浓，无可方比。鸡㙡是名贵的山珍，但并不真的贵得惊人。一盘红烧鸡㙡的价钱和一碗黄焖鸡不相上下，因为这东西在云南并不难得。有一个笑话：有人从昆明坐火车到呈贡，在车上看到地上有一棵鸡㙡，他跳下去把鸡㙡捡了，紧赶两步，还能爬上火车。这笑话用意在说明昆明到呈贡的火车之慢，但也说明鸡㙡随处可见。有一种菌子，中吃不中看，叫做干巴菌。乍一看那样子，真叫人怀疑：这种东西也能吃？！颜色深褐带绿，有点像一堆半干的牛粪或一个被踩破了的马蜂窝。里头还有许多草茎、松毛，乱七八糟！可是下点功夫，把草茎松毛择净，撕成蟹腿肉粗细的丝，和青辣椒同炒，入口便会使

你张目结舌：这东西这么好吃？！还有一种菌子，中看不中吃，叫鸡油菌。都是一般大小，有一块银圆那样大，滴溜圆，颜色浅黄，恰似鸡油一样。这种菌子只能做菜时配色用，没甚味道。

雨季的果子，是杨梅。卖杨梅的都是苗族女孩子，戴一顶小花帽子，穿着扳尖的绣了满帮花的鞋，坐在人家阶石的一角，不时吆唤一声："卖杨梅——"声音娇娇的。她们的声音使得昆明雨季的空气更加柔和了。昆明的杨梅很大，有一个乒乓球那样大，颜色黑红黑红的，叫做"火炭梅"。这个名字起得真好，真是像一球烧得炽红的火炭！一点都不酸！我吃过苏州洞庭山的杨梅、井冈山的杨梅，好像都比不上昆明的火炭梅。

雨季的花是缅桂花。缅桂花即白兰花，北京叫做"把儿兰"（这个名字真不好听）。云南把这种花叫做缅桂花，可能最初这种花是从缅甸传入的，而花的香味又有点像桂花，其实这跟桂花实在没有什么关系。——不过话又说回来，别处叫它白兰、把儿兰，它和兰花也挨不上呀，也不过是因为它很香，香得像兰花。我在家乡看到的白兰多是一人高，昆明的缅桂是大树！我在若园巷二号住过，院里有一棵大缅桂，密密的叶子，把四周房间都映绿了。缅桂盛开的时候，房东（是一个五十多岁的寡妇）就和她的一个养女，搭了梯子上去摘，每天要摘下来好些，拿到花市上去卖。她大概是怕房客们乱摘她的花，时常给各家送去一些。有时送来一个七寸盘子，里面摆得满满的缅桂花！带着雨珠的缅桂花使我的心软软的，不是怀人，不是思乡。

雨，有时是会引起人一点淡淡的乡愁的。李商隐的《夜雨寄北》是为许多久客的游子而写的。我有一天在积雨少住的早晨和德熙从联大新校舍到莲花池去。看了池里的满池清水，看了作比丘尼装的陈圆圆的石像（传说陈圆圆随吴三桂到云南后出家，暮年投莲花池而死），雨又下起来了。莲花池边有一条小街，有一个小酒店，我们走进去，要了一碟猪头肉，半市斤酒（装在上了绿釉的土磁杯里），坐了下来。雨下大了。酒店有几只鸡，都把脑袋反插在翅膀下面，一只脚着地，一动也不动地在檐下站着。酒店院子里有一架大木香花。昆明木香花很多。有的小河沿岸都是木香。但是这样大的木香却不多见。一棵木香，爬在架上，把院子遮得严严的。密匝匝的细碎的绿叶，数不清的半开的白花和饱涨的花骨朵，都被雨水淋得湿透了。我们走不了，就这样一直坐到午后。四十年后，我还忘不了那天的情味，写了一首诗：莲花池外少行人，野店苔痕一寸深。浊酒一杯天过午，木香花湿雨沉沉。我想念昆明的雨。

作 / 品 / 赏 / 析

《昆明的雨》是一篇情韵别致的写景散文，文章抒写了作者在昆明期间对雨季的见闻感受。文章开首不落俗套，视角新颖，以素朴的寥寥数笔清晰地勾画出了昆明雨季的形象：明亮、丰满、浓绿，下下停停、停停下下，不使人气闷。接着作者仍不直接写雨，而是写昆明雨季中的菌子、杨梅、缅桂花，看似与雨无关，实是以此作衬托，将昆明的雨季写得饱满而形象，将昆明的雨季立体、现实地展示在读者面前。篇末引用典故，直抒胸臆，深化了文章的意境。文章语言质朴，行文自然如流水，信笔所至，无拘无束，看似平平淡淡，却充满诗情画意，趣味盎然。

西湖漫笔

/ 宗璞

入选理由
- 宗璞的成名作、代表作
- 中国现代散文史上描绘西湖风光的优秀作品之一
- 层次丰富，文字简约，富于韵律感

宗璞像

平生最喜欢游山逛水。这几年来，很改了不少闲情逸致，只在这山水上头，却还依旧。那五百里滇池粼粼的水波，那兴安岭上起伏不断的绿沉沉的林海，那开满了各色无名的花儿的广阔的呼伦贝尔草原，以及那举手可以接天的险峻的华山……曾给人多少有趣的思想，曾激发起多少变幻的感情。一到这些名山大川异地胜景，总会有一种奇怪的力量震荡着我，几乎忍不住要呼喊起来："这是我的伟大的、亲爱的祖国——"

然而在足迹所到的地方，也有经过很长久的时间，我才能理解、欣赏的。正像看达·芬奇的名画《永远的微笑》，我曾看过多少遍，看不出她美在哪里；在看过多少遍之后，一次又拿来把玩，忽然发现那温柔的微笑，那嘴角的线条，那手的表情，是这样无以名状的美，只觉得眼泪直涌上来。山水，也是这样的，去上一次两次，可能不会了解它的性情，直到去过三次四次，才恍然有所悟。

我要说的地方，是多少人说过写过的杭州。六月间，我第四次去到西子湖畔，距第一次来，已经有九年了。这九年间，我竟没有说过西湖一句好话。发议论说，论秀媚，西湖比不上长湖，天真自然，楚楚有致；论宏伟，比不上太湖，烟霞万顷，气象万千。好在到过的名湖不多，不然，不知还有多少谬论。

奇怪得很，这次却有着迥乎不同的印象。六月，并不是好时候，没有花，没有雪，没有春光，也没有秋意。那几天，有的是满湖烟雨，山光水色，俱是一片迷蒙。西湖，仿佛在半醒半睡。空气中，弥漫着经了雨的栀子花的甜香。记起东坡诗句："水光潋滟晴方好，山色空蒙雨亦奇。"便想，东坡自是最了解西湖的人，实在应该仔细观赏、领略才是。

正像每次一样，匆匆地来，又匆匆地去。几天中我领略了两个字，一个是"绿"，

·作者简介·

宗璞（1928～ ），原名冯钟璞，河南唐河人，生于北京。1951年毕业于清华大学外文系。历任政务院宗教事务处、中国文联干部，《文艺报》、《世界文学》编辑部编辑。之后调中国社会科学院外国文学研究所工作，1988年退休。她勤于文学创作，尤以散文见长。主要作品有短篇小说《红豆》、《我是谁》、《南渡记》，散文《西湖漫笔》等。

只凭这一点，已使我留连忘返。雨中去访灵隐，一下车，只觉得绿意扑眼而来。道旁古木参天，苍翠欲滴，似乎飘着的雨丝儿也都是绿的，飞来峰上层层叠叠的树木，有的绿得发黑，深极了，浓极了；有的绿得发蓝，浅极了，亮极了。峰下蜿蜒的小径，布满青苔，直绿到了石头缝里。在冷泉亭上小坐，直觉得遍体生凉，心旷神怡。亭旁溪水铮琮，说是溪水，其实表达不出那奔流的气势，平稳处也是碧澄澄的，流得急了，水花飞溅，如飞珠滚玉一般，在这一片绿色的影中显得分外好看。

西湖胜景很多，各处有不同的好处，即便一个绿色，也各有不同。黄龙洞绿得幽，屏风山绿得野，九曲十八涧绿得闲……不能一一去说。漫步苏堤，两边都是湖水，远水如烟，近水着了微雨，也泛起一层银灰的颜色。走着走着，忽见路旁的树十分古怪，一棵棵树身虽然离得较远，却给人一种莽莽苍苍的感觉，似乎是从树梢一直绿到了地下。走近看时，原来是树身上布满了绿茸茸的青苔，那样鲜嫩，那样可爱，使得绿荫荫的苏堤，更加绿了几分。有的青苔，形状也很有趣，如耕牛，如牧人，如树木，如云霞；有的整片看来，布局宛然，如同一幅青绿山水。这种绿苔，给我的印象是坚忍不拔，不知当初苏公对它们印象怎样。

在花港观鱼，看到了又一种绿。那是满池的新荷，圆圆的绿叶，或亭亭立于水上，或宛转靠在水面，只觉得一种蓬勃的生机，跳跃满池。绿色，本来是生命的颜色。我最爱看初春的杨柳嫩枝，那样鲜，那样亮，柳枝儿一摆，似乎蹬着脚告诉你，春天来了。荷叶，则要持重一些，初夏，则更成熟一些，但那透过活泼的绿色表现出来的茁壮的生命力，是一样的。再加上叶面上的水珠儿滴溜溜滚着，简直好像满池荷叶都要裙袂飞扬，翩然起舞了。

从花港乘船而回，雨已停了。远山青中带紫，如同凝住了一段云霞。波平如镜，船儿在水面上滑行，只有浆声欸乃，愈增加了一湖幽静。一会儿摇船的姑娘歇了桨，喝了杯茶，靠在船舷，只见她向水中一摸，顺手便带上一条欢蹦乱跳的大鲤鱼。她自己只微笑着，一声不出，把鱼甩在船板上，同船的朋友看得入迷，连连说，这怎么可能！上岸时，又回头看那在浓重暮色中变得无边无际的白茫茫的湖水，惊叹道：“真是个神奇的湖！”

我们整个的国家，不是也可以说是神奇的么？我这次来领略到的另一个字，就是“变”。和全国任何地方一样，隔些时候去，总会看到变化，变得快，变得好，变得神奇。都锦生织锦厂在我印象中，是一个窄狭的旧式的厂子。这次去，走进一个花木葱茏的大

花港观鱼，西湖十景之一。南宋时为私人花园，现已成为观鱼、赏牡丹佳处。

绿树葱茏、湖水碧透的西湖景色

院子，我还以为找错了地方。技术上、管理上的改进和发展就不用说了。我看到织就的西湖风景，当然羡慕其织工精细，但却想，怎么可能把祖国的锦绣河山织出来呢？不可能的。因为河山在变，在飞跃！最初到花港时，印象中只是个小巧曲折的园子，四周是一片荒芜。这次却见变得开展了，加上好几处绿草坪，种了许多叫不上名字来的花和树，顿觉天地广阔了许多，丰富了许多。那在新鲜的活水中游来游去的金鱼们，一定会知道得更清楚吧。据说，这一处观赏地带原来只有二亩，现在已有二百一十亩。我和数字是没有什么缘分的，可是这次我却深深地记住了。这种修葺，是建设中极次要的一部分，从它，可以看出更多的东西……

更何况西湖连性情也变得活泼热闹了，星期天，游人泛舟湖上，真是满湖的笑，满湖的歌！西湖的度量，原也是容得了活泼热闹的。两三人寻幽访韵固然好，许多人畅谈畅游也极佳。见公共汽车往来运载游人，忽又想起东坡在密州出猎时写的一首《江城子》："老夫聊发少年狂。左牵黄，右擎苍。锦帽貂裘，千骑卷平冈。"形容他在密州出猎时的景象。想来他在杭州兴修水利，吟诗问禅之余，当有更盛的情景吧？那时是"倾城随太守"，这时是每个人在公余之暇，来休息身心，享山水之乐。这热闹，不更千百倍地有意思么？

希腊画家亚伯尔曾把自己的画放在街上，自己躲在画后，听取意见。有个鞋匠说人物的鞋子画得不对，他马上改了。这鞋匠又批评别的部分，他忍不住从画后跑出来说，你还是只谈鞋子好了。因为对西湖的印象究竟只是浮光掠影，这篇小文，很可能是鞋匠的议论，然而心到神知，想西湖不会怪我唐突吧？

作／品／赏／析

《西湖漫笔》写于1961年，是宗璞的散文成名作。这篇散文发表后受到广泛赞誉，使宗璞第一次在散文界获得了承认，从此享誉文坛。

文中最主要的部分，是六月烟雨中西湖的"绿"，这也是文中最精彩的部分。作者运用直接的写实手法，描绘了西湖丰富多姿的"绿"：道旁古木苍翠欲滴；飞来峰上层叠的树木，有的绿得发黑，有的绿得发蓝；蜿蜒的小径布满青苔，直绿到石头缝里；黄龙洞绿得幽，屏风山绿得野，九曲十八涧绿得闲……将人们带进一个铺天盖地的绿色世界中。文章层次丰富，描摹真切，文字极为简约，却传神尽意，且富于韵律感，显示了作者非凡的才分和细致入微的观察力。

听听那冷雨

/ 余光中

入选理由

余光中的散文代表作

中国当代诗化散文的典范作品

开拓了中国散文的新领域

1951 年 2 月，余光中与父母在台北同安街寓所前的合影。

惊蛰一过，春寒加剧。先是料料峭峭，继而雨季开始，时而淋淋漓漓，时而淅淅沥沥，天潮潮地湿湿，即连在梦里，也似乎把伞撑着。而就凭一把伞，躲过一阵潇潇的冷雨，也躲不过整个雨季。连思想也都是潮润润的。每天回家，曲折穿过金门街到厦门街迷宫式的长巷短巷，雨里风里，走入霏霏令人更想入非非。想这样子的台北凄凄切切完全是黑白片的味道，想整个中国整部中国的历史无非是一张黑白片子，片头到片尾，一直是这样下着雨的。这种感觉，不知道是不是从安东尼奥尼那里来的。不过那一块土地是久违了，二十五年，四分之一的世纪，即使有雨，也隔着千山万水，千伞万伞。二十五年，一切都断了，只有气候，只有气象报告还牵连在一起。大寒流从那块土地上弥天卷来，这种酷冷吾与古大陆分担。不能扑进她怀里，被她的裙边扫一扫吧，也算是安慰孺慕之情。

这样想时，严寒里竟有一点温暖的感觉了。这样想时，他希望这些狭长的巷子永远延伸下去，他的思路也可以延伸下去，不是金门街到厦门街，而是金门到厦门。他是厦门人，至少是广义的厦门人，二十年来，不住在厦门，住在厦门街，算是嘲弄吧，也算是安慰。不过说到广义，他同样也是广义的江南人，常州人，

· 作者简介 ·

余光中（1928～2017），祖籍福建永春，生于南京。1947 年后就读于金陵大学、厦门大学。1949 年后在台湾大学求学。1956 年到东吴大学、台湾师范大学兼课，并主编《蓝星》诗刊。之后赴美进修，获硕士学位。返台后相继任台湾师范大学副教授、教授，台湾政治大学西语系主任。1974 年任香港中文大学教授，后兼任中文大学联合书院中文系主任。余光中一生从事诗歌、散文、评论、翻译创作，自称为自己写作的“四度空间”。他的散文具有汪洋恣肆、突兀峥嵘的想象力和排山倒海、阅兵方阵般驾驭文字的能力，既雄健豪放，又不乏柔丽之情。主要著作有诗集《舟子的悲歌》、《五陵少年》、《天国的夜市》、《敲打案》、《在冷战的年代》等，散文集《左手的缪斯》、《逍遥游》、《焚鹤人》、《青青边愁》等，评论集有《掌上雨》、《分水岭上》等。

1969 年，余光中在美国落基山上西望神州。

南京人，川娃儿，五陵少年。杏花春雨江南，那是他的少年时代了。再过半个月就是清明。安东尼奥尼的镜头摇过去，摇过去又摇过来。残山剩水犹如是。皇天后土犹如是。纭纭黔首纷纷黎民从北到南犹如是。那里面是中国吗？那里面当然还是中国永远是中国。只是杏花春雨已不再，牧童遥指已不再，剑门细雨渭城轻尘也都已不再。然则他日思夜梦的那片土地，究竟在哪里呢？

在报纸的头条标题里吗？还是香港的谣言里？还是傅聪的黑键白键、马思聪的跳弓拨弦？还是安东尼奥尼的镜底勒马洲的望中？还是呢，故宫博物院的壁头和玻璃橱内，京戏的锣鼓声中，太白和东坡的韵里？

杏花。春雨。江南。六个方块字，或许那片土就在那里面。而无论赤县也好神州也好中国也好，变来变去，只要仓颉的灵感不灭、美丽的中文不老，那形象，那磁石一般的向心力当必然长在。因为一个方块字是一个天地。太初有字，于是汉族的心灵、祖先的回忆和希望便有了寄托。譬如凭空写一个“雨”字，点点滴滴，滂滂沱沱，淅沥淅沥淅沥，一切云情雨意，就宛然其中了。视觉上的这种美感，岂是什么 rain 也好 pluie 也好所能满足？翻开一部《辞源》或《辞海》，金木水火土，各成世界，而一入“雨”部，古神州的天颜千变万化，便悉在望中，美丽的霜雪云霞，骇人的雷电霹雹，展露的无非是神的好脾气与坏脾气，气象台百读不厌、门外汉百思不解的百科全书。

听听，那冷雨。看看，那冷雨。嗅嗅闻闻，那冷雨。舔舔吧，那冷雨。雨在他的伞上、这城市百万人的伞上、雨衣上、屋上、天线上。雨下在基隆港、在防波堤、在海峡的船上，清明这季雨。雨是女性，应该最富于感性。雨气空濛而迷幻，细细嗅嗅，清清爽爽新新，有一点点薄荷的香味，浓的时候，竟发出草和树沐发后特有的淡淡土腥气，也许那竟是蚯蚓和蜗牛的腥气吧，毕竟是惊蛰了啊。也许地上的地下的生命、也许古中国层层叠叠的记忆皆蠢蠢而蠕，也许是植物的潜意识和梦吧，那腥气。

第三次去美国，在高高的丹佛他山居了两年。美国的西部，多山多沙漠，千里干旱。天，蓝似安格罗·萨克逊人的眼睛；地，红如印地安人的肌肤；云，却是罕见的白鸟。落基山簇簇耀目的雪峰上，很少飘云牵雾。一来高，二来干，三来森林线以上，杉柏也止步，中国诗词里“荡胸生层云”，或是“商略黄昏雨”的意趣，是落基山上难睹的景象。落基山岭之胜，在石，在雪。那些奇岩怪石，相叠互倚，砌一场惊心动魄的雕塑展览，给太阳和千里的风看。那雪，白得虚虚幻幻，冷得清清醒醒，那股皑皑不绝一仰难尽的气势，压得人呼吸困难，心寒眸酸。

不过要领略“白云回望合，青霭入看无”的境界，仍须回来中国。台湾湿度很高，最饶云气氤氲雨意迷离的情调。两度夜宿溪头，树香沁鼻，宵寒袭肘，枕着润碧湿翠、苍苍交叠的山影和万籁都歇的岑寂，仙人一样睡去。山中一夜饱雨，次晨醒来，在旭日未升的原始幽静中，冲着隔夜的寒气，踏着满地的断柯折枝和仍在流泻的细股雨水，一径探入森林的秘密，曲曲弯弯，步上山去。溪头的山，树密雾浓，蓊郁的水气从谷底冉冉升起，时稠时稀，蒸腾多姿，幻化无定，只能从雾破云开的空处，窥见乍现即隐的一峰半壑，要纵览全貌，几乎是不可能的。至少入山两次，只能在白茫茫里和溪头诸峰玩捉迷藏的游戏，回到台北，世人问起，除了笑而不答心自闲，故作神秘之外，实际的印象，也无非山在虚无之间罢了。云缭烟绕，山隐水迢的中国风景，由来予人宋画的韵味。那天下也许是赵家的天下，那山水却是米家的山水。而究竟，是米氏父子下笔像中国的山水，还是中国的山水上纸像宋画。恐怕是谁也说不清楚了吧？

雨不但可嗅，可观，更可以听。听听那冷雨。听雨，只要不是石破天惊的台风暴雨，在听觉上总是一种美感，大陆上的秋天，无论是疏雨滴梧桐，或是骤雨打荷叶，听去总有一点凄凉，凄清，凄楚。于今在岛上回味，则在凄楚之外，更笼上一层凄迷了。饶你多少豪情侠气，怕也经不起三番五次的风吹雨打。一打少年听雨，红烛昏沉。二打中年听雨，客舟中，江阔云低。三打白头听雨在僧庐下，这便是亡宋之痛，一颗敏感心灵的一生：楼上，江上，庙里，用冷冷的雨珠子串成。十年前，他曾在一场摧心折骨的鬼雨中迷失了自己。雨，该是一滴湿漓漓的灵魂，在窗外喊谁。

雨打在树上和瓦上，韵律都清脆可听。尤其是铿铿敲在屋瓦上，那古老的音乐，属于中国。王禹偁在黄冈，破如椽的大竹为屋瓦。据说住在竹楼上面，急雨声如瀑布，密雪声比碎玉。而无论鼓琴，咏诗，下棋，投壶，共鸣的效果都特别好。这样岂不像住在竹筒里面，任何细脆的声响，怕都会加倍夸大，反而令人耳朵过敏吧。

雨天的屋瓦，浮漾湿湿的流光，灰而温柔，迎光则微明，背光则幽黯，对于视觉，是一种低觉的安慰。至于雨敲在鳞鳞千瓣的瓦上，由远而近，轻轻重重轻轻，夹着一股股的细流沿瓦槽与屋檐潺潺泻下，各种敲击音与滑音密织成网，谁的千指百指在按摩耳轮。“下雨了”，温柔的灰美人来了，她冰冰的纤手在屋顶拂弄着无数的黑键啊灰键，把晌午一下

1988年，余光中与文艺界友人在台北北海墓园祭扫梁实秋墓。

1999年9月19日，余光中在湖南长沙岳麓书院对雨中的听众作文学演讲。

子奏成了黄昏。

在古老的大陆上，千屋万户是如此。二十多年前，初来这岛上，日式的瓦屋亦是如此。先是天黯了下来，城市像罩在一块巨幅的毛玻璃里，阴影在户内延长复加深。然后凉凉的水意弥漫在空间，风自每一个角落里旋起，感觉得到，每一个屋顶上呼吸沉重都覆着灰云。雨来了，最轻的敲打乐敲打这城市，苍茫的屋顶，远远近近，一张张敲过去，古老的琴，那细细密密的节奏，单调里自有一种柔婉与亲切，滴滴点点滴滴，似幻似真，若孩时在摇篮里，一曲耳熟的童谣摇摇欲睡，母亲吟哦鼻音与喉音。或是在江南的泽国水乡，一大筐绿油油的桑叶被啮于千百头蚕，细细琐琐屑屑，口器与口器咀咀嚼嚼。雨来了，雨来的时候瓦这么说，一片瓦说千亿片瓦说，说轻轻地奏吧沉沉地弹，徐徐地叩吧挞挞地打，间间歇歇敲一个雨季，即兴演奏从惊蛰到清明，在零落的坟上冷冷奏挽歌，一片瓦吟千亿片瓦吟。

在日式的古屋里听雨，听四月，霏霏不绝的黄梅雨，朝夕不断，旬月绵延，湿粘粘的苔藓从石阶下一直侵到他舌底，心底。到七月，听台风台雨在古屋顶上一夜盲奏，千寻海底的热浪沸沸被狂风挟来，掀翻整个太平洋只为向他的矮屋檐重重压下，整个海在他的蜗壳上哗哗泻过。不然便是雷雨夜，白烟一般的纱帐里听羯鼓一通又一通，滔天的暴雨滂滂沛沛扑来，强劲的电琵琶忐忐忑忑忐忑忑，弹动屋瓦的惊悸腾腾欲掀起。不然便是斜斜的西北雨斜斜，刷在窗玻璃上，鞭在墙上打在阔大的芭蕉叶上，一阵寒濑泻过，秋意便弥漫日式的庭院了。

在日式的古屋里听雨，春雨绵绵听到秋雨潇潇，从少年听到中年，听听那冷雨。雨是一种单调而耐听的音乐是室内乐是室外乐，户内听听，户外听听，冷冷，那音乐。雨是一种回忆的音乐，听听那冷雨，回忆江南的雨下得满地是江湖下在桥上和船上，也下在四川在秧田和蛙塘，下肥了嘉陵江下湿布谷咕咕的啼声。雨是潮潮润润的音乐下在渴望的唇上舔舔那冷雨。

因为雨是最最原始的敲打乐从记忆的彼端敲起。瓦是最最低沉的乐器灰蒙蒙的温柔覆盖着听雨的人，瓦是音乐的雨伞撑起。但不久公寓的时代来临，台北，你怎么一下子长高了，瓦的音乐竟成了绝响。千片万片的瓦翩翩，美丽的灰蝴蝶纷纷飞走，飞入历史的记忆。现在雨下下来，下在水泥的屋顶和墙上，没有音韵的雨季。树也砍光了，那月桂，那枫树，柳树和擎天的巨椰，雨来的时候不再有丛叶嘈嘈切切，闪动湿湿的绿光迎接。鸟声减了啾啾，蛙声沉了阁阁，秋天的虫吟也减了唧唧。七十年代的台北不需要这些，一个乐队接一个乐队便遣散尽了。要听鸡叫，只有去《诗经》的韵里寻找。现在只剩下一张黑白片，黑白的默片。

正如马车的时代去后，三轮车的时代也去了。曾经在雨夜，三轮车的油布篷挂起，送她回家的途中，篷里的世界小得多可爱，而且躲在警察的辖区以外。雨衣的口袋越大越好，盛得下他的一只手里握一只纤纤的手。台湾的雨季这么长，该有人发明一种宽宽的双人雨衣，一人分穿一只袖子，此外的部分就不必分得太苛。而无论工业如何发达，一时似乎还废不了雨伞。只要雨不倾盆，风不横吹，撑一把伞在雨中仍不失古典的韵味。任雨点敲在黑布伞或是透明的塑胶伞上，将骨柄一旋，雨珠向四方喷溅，伞缘便旋成了一圈飞檐。跟女友共一把雨伞，该是一种美丽的合作吧。最好是初恋，有点兴奋，更有点不好意思，若即若离之间，雨不妨下大一点。真正初恋，恐怕是兴奋得不需要伞的，手牵手在雨中狂奔而去，把年轻的长发和肌肤交给漫天的淋淋漓漓，然后向对方的唇上颊上尝凉凉甜甜的雨水。不过那要非常年轻且激情，同时，也只能发生在法国的新潮片里吧。

大多数的雨伞想不会为约会张开。上班下班，上学放学，菜市来回的途中，现实的伞，灰色的星期三。握着雨伞，他听那冷雨打在伞上。索性更冷一些就好了，他想。索性把湿湿的灰雨冻成干干爽爽的白雨，六角形的结晶体在无风的空中回回旋旋地降下来，等须眉和肩头白尽时，伸手一拂就落了。二十五年，没有受故乡白雨的祝福，或许发上下一点白霜是一种变相的自我补偿吧。一位英雄，经得起多少次雨季？他的额头是水成岩削成还是火成岩？他的心底究竟有多厚的苔藓？厦门街的雨巷走了二十年与记忆等长，一座无瓦的公寓在巷底等他，一盏灯在楼上的雨窗子里，等他回去，向晚餐后的沉思冥想去整理青苔深深的记忆。前尘隔海。古屋不再。听听那冷雨。

作/品/赏/析

余光中是一位享誉海峡两岸的“乡愁”诗人，他的散文创作也极为丰富，是诗文双绝的作家。余光中1949年随父母去台湾定居，直到1992年他才回访大陆。《听听那冷雨》写于1974年春，此时离作者离开大陆已经整整25年了。

在文中，作者出色地运用了移步换景的手法，不断变换视角，描摹了从大陆到香港到台湾到美国又到台湾不同地点听冷雨的意境、情趣、感受，并创造性地展示了丰富而又奇特的感觉，将雨描绘成糅合了听觉、触觉、嗅觉、视觉、味觉的一种全方位的感性存在，这种感性存在蕴含了人物交互感应所产生的全部情感类型——乡情、友情、爱情、亲情，从而给读者带来了多维的审美体验。文章意象博大深沉，结构舒缓而不散漫，叠词叠句交错运用，极富音乐美。古诗文典故的巧妙运用，使文章的意境得到了拓展。

我的空中楼阁

/ 李乐薇

入选理由
平常之景传达丰富内涵
文笔清新脱俗
收入中学课本

山如眉黛，小屋恰似眉梢的痣一点。

十分清新，十分自然，我的小屋玲珑地立于山脊的一个柔和的角度上。

世界上有很多已经很美的东西，还需要一些点缀，山也是。小屋的出现，点破了山的寂寞，增加了风景的内容。山上有了小屋，好比一望无际的水面飘过一片风帆，辽阔无边的天空掠过一只飞雁，是单纯的底色上一点灵动的色彩，是山川美景中的一点生气、一点情调。

小屋点缀了山，什么来点缀小屋呢？那是树！

山上有一片纯绿色的无花树；花是美丽的，树的美丽也不逊于花。花好比人的面庞，树好比人的姿态。树的美在于姿势的清健或挺拔，苗条或婀娜，在于活力，在于精神！

有了这许多树，小屋就有了许多特点。树总是轻轻摇动着。树的动，显出小屋的静；树的高大，显出小屋的小巧；而小屋的别致出色，乃是由于满山皆树，为小屋布置了一个美妙的绿的背景。

小屋后面有一棵高过屋顶的大树，细而密的枝叶伸展在小屋的上面，美而浓的树荫把小屋笼罩起来。这棵树使小屋给予人另一种印象，使小屋显得含蓄而有风度。

换个角度，近看改为远观，小屋却又变换位置，出现在另一些树的上面，这个角度是远远地站在山下看。首先看到的是小屋前面的树，那些树把小屋遮掩了，只在树与树之间露出一些建筑的线条，一角活泼翘起的屋檐，一排整齐的图案式的屋瓦。一片蓝，那是墙；一片白，那是窗。我的小屋在树与树之间若隐若现，凌空而起，姿态翩然。本质上，它是一幢房屋；形式上，却像鸟一样，蝶一样，憩于枝头，轻灵而自由！

小屋之小，是受了土地的限制。论“领土”，只有有限的一点。在有限的土地上，房屋比土地小，花园比房屋小，花园中的路又比花园小，这条小路是我袖珍型的花园的大道。和“领土”相对的是“领空”，论“领空”却又是无限的，足以举目千里，足以俯仰天地，左顾有山外青山，右盼有绿野阡陌。适于心灵散步，眼睛旅行，也就是古人说的游目骋怀。这个无限大的“领空”，是我开放性的院子。

·作者简介·

李乐薇（1930～　），祖籍江苏省南京市，早年毕业于上海大夏大学。后一直在台湾从事文化教育工作。作品以散文见长，文笔清丽脱俗，语言优美动人，风格柔和温婉而富于感情。

有形的围墙围住一些花，有紫藤、月季、喇叭花、圣诞红之类。天地相连的那一道弧线，是另一重无形的围墙，也围住一些花，那些花有朵状，有片状，有红，有白，有绚烂，也有飘落。也许那是上帝玩赏的牡丹或芍药，我们叫它云或霞。

空气在山上特别清新，清新的空气使我觉得呼吸的是香！

光线以明亮为好，小屋的光线是明亮的，因为屋虽小，窗很多。例外的只有破晓或入暮，那时山上只有一片微光，一片柔静，一片宁谧。小屋在山的怀抱中，犹如在花蕊中一般，慢慢地花蕊绽开了一些，好像层山后退了一些。山是不动的，那是光线加强了，是早晨来到了山中。当花瓣微微收拢，那就是夜晚来临了。小屋的光线既富于科学的时间性，也富于浪漫的文学性。

山上的环境是独立的，安静的。身在小屋享受着人间的清福，享受着充足的睡眠，以及一天一个美梦。

出入的交通要道，是一条类似苏花公路的山路，一边傍山，一边面临稻浪起伏的绿海和那高高的山坡。山路和山坡不便于行车，然而便于我行走。我出外，小屋是我快乐的起点；我归来，小屋是我幸福的终点。往返于快乐与幸福之间，哪儿还有不好走的路呢？我只觉得出外时身轻如飞，山路自动地后退；归来时带几分雀跃的心情，一跳一跳就跳过了那些山坡。我替山坡起了个名字，叫幸福的阶梯，山路被我唤做空中走廊！

我把一切应用的东西当做艺术，我在生活中的第一件艺术品——就是小屋。白天它是清晰的，夜晚它是朦胧的。每个夜幕深垂的晚上，山下亮起灿烂的万家灯火，山上闪出疏落的灯光。山下的灯把黑暗照亮了，山上的灯把黑暗照淡了，淡如烟，淡如雾，山也虚无，树也缥缈。小屋迷于雾失楼台的情景中，它不再是清晰的小屋，而是烟雾之中、星点之下、月影之侧的空中楼阁！

这座空中楼阁占了地利，可以省去许多室内设计和其他的装饰。

虽不养鸟，每天早晨有鸟语盈耳。

无需挂画，门外有幅巨画——名叫自然。

作/品/赏/析

作者在平平常常的事物中，寄予丰厚的内涵。以一山一水，一草一木，传达微妙的“自我情绪”，并将自己的偶得情思，点化成文。写“小屋”，是“点破了山的寂寞”；写树是“点缀小屋”，层层推进，为读者展现了一幅颇有层次感的画面。外在“独立”、“安静”，内在富有浪漫感和艺术性。然而，如果我们仔细琢磨，这样的小屋，这样的山景，这样的蓝天云朵，这样的围墙和喇叭花，实属平常所见，并无惊世骇俗之态，但作者却如何能描绘出如此不平常的味道呢？王国维说“一切景语皆情语”，也正是作者的心态的恬淡和对美极强的感受能力才使笔下的景物带上了人情味，使小屋有了顾盼生辉的姿态。作者热爱自由自在的生活、热爱大自然，厌烦了烦乱的、复杂的社会生活，因此才描摹出了如此美妙的“空中的楼阁”。

苏州赋

/ 王蒙

入选理由：王蒙的散文代表作之一
讴歌苏州自然风光与人文风貌的
优秀新赋体散文

左边是园，右边是园。

是塔是桥，是寺是河，是诗是画，是石径是帆船是假山。

左边的园修复了，右边的园开放了。有客自海上来，有客自异乡来。塔更挺拔，桥更洗练，寺更幽凝，河更闹热，石径好吟诗，帆船应入画。而重重叠叠的假山，传至今天还要继续传下去的是你的匠心真情，是你的参差坎坷的魅力。

王蒙像

这是苏州。人间天上无双不二的苏州。中国的苏州。

苏州已经建城 2500 年。它已老态龙钟。无怪乎七年前初次造访的时候它是那样疲劳，那样忧伤，那样强颜欢笑。失修的名胜与失修的城市，以及市民的失修的心灵似乎都在怀疑苏州自身的存在。苏州，还是苏州吗？

苏州终于起步，苏州终于腾飞。为外乡小儿也熟知的江苏四大名旦香雪海冰箱、春花吸尘器、孔雀电视机、长城电风扇全都来自苏州。人们曾经担心工业的浪潮会把苏州的历史文化与生活情趣淹没。看来，这个问题已经受到了苏州人民的关注。还不知道有哪个城市近几年修复了复原了这么多古建筑古园林。在庆祝苏州建城 2500 年的生日的时候，1986 年，苏州迎来了再生的青春。1500 年前的盘门修复了，是全国唯一的精美完整的水陆城门。环秀山庄后面盖起的“革文化之命”的楼房拆除了，秀美的山庄复原，应令她的建造者的在天之灵欣慰，更令今天的游客流连忘返，赞叹不已。戏曲博物馆，民俗博物馆，刺绣博物馆……纷纷建成。寒山寺的钟声悠扬，虎丘塔的雄姿牢固，唐伯虎的新坟落成，苏州又回来了！苏州更加苏州。

· 作者简介 ·

王蒙（1934 ~ ），祖籍河北南皮，生于北京。1940 年入北京师范学校附小学习。1945 年入私立平民中学学习。历任北京东四区团委副书记、《新疆文学》编辑、《人民文学》主编、中国作家协会副主席、文化部部长等职。在小说创作上取得较大成功，主要作品有长篇小说《青春万岁》、《活动变人形》，小说集《深的湖》、《冬雨》等。

当我看到观前街、太监巷前熙熙攘攘的人群，看到辉煌的彩灯装饰的得月楼、松鹤楼的姿影，看到那些办喜事的新人和他们的亲友，听到他们的欢声笑语，闻到闻名海内外的苏州佳肴的清香的时候，不禁为她的太平盛景而万分感动。当然还有许许多多的麻烦、冲撞、紧迫、危机与危机的意识，然而今天的苏州，得来是容易的吗？会有人甘心再失去吗？

不，我不能再在苏州停留。她的小巷使我神往，这样的小巷不应该出现在我的脚下而只能出现在陆文夫的小说里，梦里，弹词开篇的歌声里。弹词、苏昆、苏剧、吴语吴歌的珠圆玉润使我迷失，我真怕听这些听久了便不能再听懂别的方言与别的旋律。也许会因此不再喜欢不再会讲已经法定了推广了许多年的普通话——国语。那迷人的庭园，每一棵树与它身后的墙都使我倾倒，使我怀疑苏州人究竟是生活在亚洲、中国、硬邦邦的地球上还是生活在自己营造编织的神话里。这神话的世界比真的世界要小也要美得多。她太小巧，太娇嫩，太优雅，她会使见过严酷的世界，手掌和心上都长着老茧的人不忍心去摸她碰她亲近她。

一双饱经忧患的眼睛见到苏州的园林还能保持自己的威严与老练吗？他会不会觉得应该给自己的眼睛换上纯洁的水晶？他会不会因秀美与巨大这两个审美范畴的撕扯而折裂自己的灵魂？他会不会觉得自己和这个世界已经或者正在或者将要可能成为苏州的留园、愚园、拙政园的对立面呢？他会不会产生消灭自己或者消灭苏州这样一种疯狂的奇想呢？

更不要说苏绣乃至苏州的佳肴美点了。看到那一个个刺绣女工的惊人的技艺和耐心，优雅和美丽，我还能写作和滔滔不绝地发言吗？能不感到不好意思吗？还有勇气或者有涵养去倾听那些一知半解的牛皮清谈、草率无涯的胡说八道吗？在苏州呆久了，还能承受那些乏味、枯燥与粗野的事情吗？

苏州的刺绣，沉静的创造。苏州的菜肴，明亮的喜悦。苏州的歌曲，不设防的温柔。苏州的园林，恬美的诗情。苏州的街道，宁静的幻梦。而苏州的企业和企业家，温雅的外表下包含着洋溢的聪明生气。这一切都是怎么发生怎么留存的？她怎么样经历了那大起大落大轰大嗡多灾多难的时代！

苏州是一种诱惑，是一种挑战，是一种补充。

苏州市内著名的网师园

苏州园林甲天下，园内风景之优美，布局之严谨，环境之幽雅，在世间无双不二。

在我们的生活里，苏州式的古老、沉静、温柔已经变得越来越陌生。而大言欺世、大闹盗名、大轰趋时的“反苏州”却又太多了。苏州更是一种文化历史现实未来的混合体。苏州是一种珍惜，是一种保护，对于一切美善，对于一切建设创造和生活本身的珍惜与保护。也是一种反抗，是对一切恶的破坏的无声的反抗。虽然，恶也是一种时髦，而破坏又常常披上革命的或忽而又披上现代意识的虎皮。我真高兴，七年以后，我有缘再访苏州。我们终于能够平静下来，保护苏州，复原苏州，欣赏苏州，爱恋苏州了。我们终于能珍重苏州的美，开始懂得不应该去做那些亵渎美毁灭美的事情。在历史的惊涛骇浪和汹涌大潮当中，在一个又一个神圣的豪情与偏狂的争闹之中，在不断时髦转眼更替的巨轮与浪头之中，苏州保留下来了，苏州复原了，苏州在发展。苏州是永远的。比许多雷霆万钧的炮声更永远。

苏州虎丘斜塔

苏州城郊著名的风景园林虎丘，素有吴中第一名胜之称。

作/品/赏/析

《苏州赋》仿照古代赋体的形式，描绘了改革开放以来古城苏州的巨大变化，抒发了作者对美丽苏州的赞慕之情。作者借用赋体，放纵思绪，放纵笔墨，肆意挥洒，对苏州作全面描摹。园林、寺塔、河桥、假山，盘门、山庄、大街、小巷，弹词、苏昆、苏剧、吴歌，冰箱、吸尘器、电视机、风扇，苏绣、佳肴、美点……一一落入作者的笔下，联缀成一幅犹如《清明上河图》似的壮丽的苏州长轴画，将“人间天上无双不二”的苏州风光勾画得淋漓尽致、声色俱佳。文中运用了大量的工整对仗的骈句、气势磅礴的排比句，以及一气呵成的长句、散句，使文章的语言富于张力，呈现一种骤起骤落、抑扬多变的节奏和韵律。阅读此文，有一种身临其境神游古城的感觉，浮想联翩，愉悦无限。

苏州古盘门

珍珠鸟 / 冯骥才

入选理由
文字简洁，隽永耐读
在随意的阅读中，品味出生活的真谛
书写人与自然的和谐境界

冯骥才像

真好！朋友送我一对珍珠鸟。放在一个简易的竹条编成的笼子里，笼内还有一卷干草，那是小鸟舒适又温暖的巢。

有人说，这是一种怕人的鸟。

我把它挂在窗前。那儿还有一盆异常茂盛的法国吊兰。我便用吊兰长长的、串生着小绿叶的垂蔓蒙盖在鸟笼上，它们就像躲进深幽的丛林一样安全；从中传出的像笛儿般又细又亮的叫声，也就格外轻松自在了。

阳光从窗外射入，透过这里，吊兰那些无数指甲状的小叶，一半成了黑影，一半被照透，如同碧玉；斑斑驳驳，生意葱茏。小鸟的影子就在这中间隐约闪动，看不完整，有时连笼子也看不出，却见它们可爱的鲜红小嘴儿从绿叶中伸出来。

我很少扒开叶蔓瞧它们，它们便渐渐敢伸出小脑袋瞅瞅我。我们就这样一点点熟悉了。

三个月后，那一团愈发繁茂的绿蔓里边，发出一种尖细又娇嫩的鸣叫。我猜到，是它们，有了雏儿。我呢？决不掀开叶片往里看，连添食加水也不睁大好奇的眼去惊动它们。过不多久，忽然有一个小脑袋从中间探出来。更小哟，雏儿！正是这个小家伙！

它小，就能轻易地由疏格的笼子钻出身。瞧，多么像它的母亲：红嘴红脚，灰蓝色的毛，只是后背还没有生出珍珠似的圆圆的白点；它好肥，整个身子好像一个蓬松的球儿。

起先，这小家伙只在笼子四周活动，随后就在屋里飞来飞去，一会儿落在柜顶上，一会儿神气十足地站在书架上，啄着书背上那些大文豪的名字；一会儿把灯绳撞得来回摇动，跟着跳到画框上去了。只要大鸟在笼里生气地叫一声，它立即飞回笼里去。

·作者简介·

冯骥才（1942～　），原籍浙江慈溪，生于天津。从小喜爱美术、文学、音乐和球类活动。1960 年高中毕业后到天津市书画社从事绘画工作，对民间艺术、地方风俗等产生浓厚兴趣。1974 年调天津工艺美术厂，在工艺美术工人业余大学教图画与文艺理论。1978 年调天津市文化局创作评论室，后转入作协天津分会从事专业创作，任天津市文联主席、国际笔会中国中心会员、《文学自由谈》和《艺术家》主编等职。

我不管它。这样久了，打开窗子，它最多只在窗框上站一会儿，决不飞出去。

渐渐它胆子大了，就落在我书桌上。

它先是离我较远，见我不去伤害它，便一点点挨近，然后蹦到我的杯子上，俯下头来喝茶，再偏过脸瞧瞧我的反应。我只是微微一笑，依旧写东西，它就放开胆子跑到稿纸上，绕着我的笔尖蹦来蹦去；跳动的小红爪子在纸上发出嚓嚓响。

我不动声色地写，默默享受着这小家伙亲近的情意。这样，它完全放心了。索性用那涂了蜡似的、角质的小红嘴，“嗒嗒”啄着我颤动的笔尖。我用手抚一抚它细腻的绒毛，它也不怕，反而友好地啄两下我的手指。

有一次，它居然跳进我的空茶杯里，隔着透明的玻璃瞅我。它不怕我突然把杯口捂住。是的，我不会。

白天，它这样淘气地陪伴我；天色入暮，它就在父母的再三呼唤声中，飞向笼子，扭动滚圆的身子，挤开那些绿叶钻进去。

有一天，我伏案写作时，它居然落到我的肩上。我手中的笔不觉停了，生怕惊跑它。只一会儿，扭头看，这小家伙竟趴在我的肩头睡着了，银灰色的眼睑盖住眸子，小红脚刚好给胸脯上长长的绒毛盖住。我轻轻抬一抬肩，它没醒，睡得好熟！还咂咂嘴，难道在做梦？

我笔尖一动，流泻下一时的感受：

信赖，往往创造出美好的境界。

作/品/赏/析

冯骥才的散文总给人一种清新的感觉，在健康开朗的格调中，给读者制造一个舒畅的阅读氛围，于显浅明了中见思想的精深。《珍珠鸟》就是体现作者这种风格的典范之作，短小的篇幅，精微的思想，使读者在随意的阅读中，品味出生活的真谛。

作者在文章的开头设下两条线索：一方面是鸟的“性情变化”，由怕人到接近人到最终信赖人。而引导这条线索发生变化的是另一条线索“我”的举动，正是由于我为鸟儿精心布巢、很少扒开叶蔓打扰它们，才最终让珍珠鸟完全放心地在我肩上熟睡。如此和谐的人与自然的关系是如何来营造的？作者结尾亮出点睛之笔：“信赖，往往创造出美好的境界。”而作者所言的信赖又何尝只限于人与鸟之间？人与人之间、人与自然和社会之间，要得以长久的和睦，又何尝不是依赖“信赖”二字？由此看来，“珍珠鸟”只是作者手中的一根弦，真正飘泻而至的美妙曲调则是对人与人、人与自然之间拥有相互信任关系的期待。

白色山茶花

/ 席慕蓉

入选理由
歌唱生命的美丽诗篇
凝练简洁中蕴含深意
既有诗的意境，又运用绘画的描摹手法

席慕蓉像

山茶又开了，那样洁白而又美丽的花朵，开了满树。

每次，我都不能无视地走过一棵开花的树。那样洁白温润的花朵，从青绿的小芽儿开始，到越来越饱满，到慢慢地绽放；从半圆，到将圆，到满圆。花开的时候，你如果肯仔细地去端详，你就能明白它所说的每一句话。就因为每一朵花只能开一次，所以，它就极为小心地绝不错一步，满树的花，就没有一朵开错了的。它们是那样慎重和认真地迎接着唯一的一次春天。

所以，我每次走过一棵开花的树，都不得不惊讶与屏息于生命的美丽。

· 作者简介 ·

席慕蓉（1943 ～ ），祖籍内蒙古察哈尔盟明安旗。1949 年迁至香港，后随家赴台湾。1956 年入台北师范艺术科。1964 年到比利时布鲁塞尔皇家艺术学院进修。1970 年以穆伦为笔名，在《联合副刊》发表作品。同年 7 月回台湾，任教新竹师专美术科。其后数年间应邀参加多次省级及国际性美展。并以萧瑞、漠蓉、穆伦·席连勃等笔名投稿，作品多为散文。

作 / 品 / 赏 / 析

席慕蓉的散文既有诗的意境，同时又运用绘画的描摹手法。《白色山茶花》全篇只 200 多字，但传达的意境却让人回味无穷。作者开篇结尾相互照应，“山茶又开了”总起全文，“洁白而又美丽”成为文章的文眼。中间一段对山茶花进行了细致的描写，写山茶花的美好。作者将对山茶花的喜爱之情，融入对山茶花的动态描写中，从“青绿的小芽儿”到“半圆”、“将圆”、“满圆”，每一步的成长都似一幅生动的图画。

梦里花落知多少

/ 三毛

入选理由
体现了平凡人平凡爱情的质朴美
受中国广大青年读者喜爱的三毛散文名篇之一
语言朴素、纯净，毫无雕饰之感

三毛像

那一年的冬天，我们正要从丹娜丽芙岛搬家回到大加那利岛自己的房子里去。

一年的工作已经结束，美丽无比的人造海滩引进了澄蓝平静的海水。

荷西与我坐在完工的堤边，看也看不厌地面对着那份成绩欣赏，静观工程的快乐是不同凡响的。

我们自黄昏一直在海边坐到子夜，正是除夕，一朵朵怒放的烟火，在漆黑的天空里如梦如幻地亮灭在我们仰着的脸上。

滨海大道上挤满着快乐的人群。钟敲十二响的时候，荷西将我抱在手臂里，说："快许十二个愿望。"我便在心里重复着十二句同样的话："但愿人长久，但愿人长久，但愿人长久，但愿人长久——"送走了去年，新的一年来了。

荷西由堤防上先跳下了地，伸手接过跳落在他手臂中的我。

我们十指交缠，面对面地凝望了一会儿，在烟火起落的五色光影下，微笑着说："新年快乐！"然后轻轻一吻。

我突然有些泪湿，赖在他的怀里不肯举步。

新年总是使人惆怅，这一年又更是来得如真如幻。许了愿的下一句对夫妻来说并不太吉利，说完了才回过意来，竟是心慌。

"你许了什么愿。"我轻轻问他。

"不能说出来的，说了就不灵了。"

我勾住他的脖子不放手，荷西知我怕冷，将我卷进他的大夹克里去。我再看他，他的眸光炯炯如星，里面反映着我的脸。

·作者简介·

三毛（1944 ~ 1991），原名陈平，祖籍浙江定海，生于重庆，幼年随父母到台湾。12岁入台北省立第一女子中学，但只读了一年半，之后在家闭门独居7年。20岁入台湾文化大学学习。两年后到西班牙、德国、美国学习。后回台任教。之后赴撒哈拉，与西班牙人荷西结婚。6年后荷西溺水身亡。三毛返台任教于文化大学。1991年1月自缢。主要作品有散文集《雨季不再来》、《撒哈拉的故事》及多部剧本、译作等。

“好啦！回去装行李，明天清早回家去啰！”

他轻拍了我一下背，我失声喊起来：“但愿永远这样下去，不要有明天了！”

“当然要永远下去，可是我们得先回家，来，不要这个样子。”

一路上走回租来的公寓去，我们的手紧紧交握着，好像要将彼此的生命握进永恒。

而我的心，却是悲伤的，在一个新年刚刚来临的第一个时辰里，因为幸福满溢，我怕得悲伤。

不肯在租来的地方多留一分一秒，收拾了零杂东西，塞满了一车子。清晨六时的码头上，一辆小白车在等渡轮。

新年没有旅行的人，可是我们急着要回到自己的房子里去。

关了一年的家，野草齐膝，灰尘满室，对着那片荒凉，竟是焦急心痛，顾不得新年不新年，两人马上动手清扫起来。

不过静了两个多月的家居生活，那日上午在院中给花洒水，送电报的朋友在木栅门外喊着：“Echo，一封给荷西的电报呢！”

我匆匆跑过去，心里扑扑地乱跳起来，不要是马德里的家人出了什么事吧！电报总使人心慌意乱。

“乱撕什么嘛！先给签个字。”朋友在摩托车上说。

我胡乱签了个名，一面回身喊车房内的荷西。

“你先不要怕嘛！给我看。”荷西一把抢了过去。

原来是新工作来了，要他火速去拉芭玛岛报到。

只不过几小时的光景，我从机场一个人回来，荷西走了。

离岛不算远，螺旋桨飞机过去也得四十五分钟，那儿正在建新机场、新港口。只因没有什么人去那最外的荒寂之岛，大的渡轮也就不去那边了。

虽然知道荷西能够照顾自己的衣食起居，看他每一度提着小箱子离家，仍然使我不舍而辛酸。

家里失了荷西便失了生命，再好也是枉然。

过了一星期漫长的等待，那边电报来了。

“租不到房子，你先来，我们住旅馆。”

刚刚整理的家又给锁了起来，邻居们一再地对我建议：“你住家里，荷西周末回来一天半，他那边住单身宿舍，不是经济些嘛！”

我怎么能肯。匆忙去打听货船的航道，将杂物、一笼金丝雀和汽车托运过去，自己推着一只衣箱上机走了。

当飞机着陆在静静小小的荒凉机场时，又看见了重沉沉的大火山，那两座黑里带火蓝的大山。

我的喉咙突然卡住了，心里一阵郁闷，说不出的闷，压倒了重聚的欢乐和期待。

荷西一只手提着箱子，另一只手搭在我的肩上向机场外面走去。

“这个岛不对劲！”我闷闷地说。

"上次我们来玩的时候你不是很喜欢的吗？"

"不晓得，心里怪怪的，看见它，一阵想哭似的感觉。"我的手拉住他皮带上的绊扣不放。

"不要乱想，风景好的地方太多了，刚刚赶上看杏花呢！"他轻轻摸了一下我的头发又安慰似的亲了我一下。

只有两万人居住的小城里租不到房子。我们搬进了一房一厅连一小厨房的公寓旅馆。收入的一大半付给了这份固执相守。

安置好新家的第三日，家中已经开始请客了，婚后几年来，荷西第一回做了小组长，这里另外四个同事没有带家眷，有两个还依然单身。我们的家，伙食总比外边的好些，为着荷西爱朋友的真心，为着他热切期望将他温馨的家让朋友分享，我晓得，在他内心深处，亦是因为有了我而骄傲，这份感激当然是全心全意地在家事上回报了他。

岛上的日子岁月悠长，我们看不到外地的报纸，本岛的那份又编得有若乡情。久而久之，世外的消息对我们已不很重要，只是守着海，守着家，守着彼此。每听见荷西下工回来时那急促的脚步声上楼，我的心便是欢喜。

六年了，回家时的他，怎么仍是一样跑着来的，不能慢慢地走吗？六年一瞬，结婚好似昨天的事情，而两人已共过了多少悲欢岁月。

小地方人情温暖，住上不久，便是深山里农家讨杯水喝，拿出来的必是自酿的葡萄酒，再送一满怀的鲜花。

我们也是记恩的人，马铃薯成熟的季节，星期天的田里，总有两人的身影弯腰帮忙收获。做热了，跳进蓄水池里游个泳，趴在荷西的肩上浮沉，大喊大叫，就是不肯松手。

作/品/赏/析

三毛旅居撒哈拉期间，与西班牙人荷西结婚，两人度过了一段快乐幸福的时光。不幸的是，不久荷西溺水而亡，三毛孤身一人回到台湾。之后她写下一组深切悼念荷西的文章《梦里花落知多少》，本文为其中的首篇。

本文叙述了在一次迁居中三毛与荷西从分手到重聚的事情。作者着眼于生活中的平凡琐事，以个人的情感为线索，抒写了自己与荷西之间亲密无间、情深似海的夫妻之情。文章语言朴素、纯净，直抒胸臆，毫无雕饰之感，任性俏皮的三毛与诚实钟情的荷西形象跃然纸上。文中洋溢着一种至清至纯的人性美、人情美，真情写实之句俯拾皆是，读后给人以一种甜美、温馨、轻松的享受。

三毛性格率真，敢爱敢恨。她曾说过："我不求深刻，但求简单。"三毛的文章风格，一如她的为人，单纯明澈、坦率真挚。

阳关雪

/ 余秋雨

入选理由
优秀的历史题材散文之一
充满着厚重的沧桑感和民族文化的反思观
情感中渗透着理性

余秋雨像

中国古代，一为文人，便无足观。文官之显赫，在官而不在文，他们作为文人的一面，在官场也是无足观的。但是事情又很怪异，当峨冠博带早已零落成泥之后，一杆竹管笔偶尔涂划的诗文，竟能镌刻山河，雕镂人心，永不漫漶。

我曾有缘，在黄昏的江船上仰望过白帝城，顶着浓冽的秋霜登临过黄鹤楼，还在一个冬夜摸到了寒山寺。我的周围，人头济济，差不多绝大多数人的心头，都回荡着那几首不必引述的诗。人们来寻景，更来寻诗。这些诗，他们在孩提时代就能背诵。孩子们的想像，诚恳而逼真。因此，这些城，这些楼，这些寺，早在心头自行搭建。待到年长，当他们刚刚意识到有足够脚力的时候，也就给自己负上了一笔沉重的宿债，焦渴地企盼着对诗境实地的踏访。为童年，为历史，为许多无法言传的原因。有时候，这种焦渴，简直就像对失落的故乡的寻找，对离散的亲人的查访。

文人的魔力，竟能把偌大一个世界的生僻角落，变成人人心中的故乡。他们褪色的青衫里，究竟藏着什么法术呢？

今天，我冲着王维的那首《渭城曲》，去寻阳关了。出发前曾在下榻的县城向老者打听，回答是："路又远，也没什么好看的，倒是有一些文人辛辛苦苦找去。"老者抬头看天，又说："这雪一时下不停，别去受这个苦了。"我向他鞠了一躬，转身钻进雪里。

一走出小小的县城，便是沙漠。除了茫茫一片雪白，什么也没有，连一个皱褶也找不到。在别地赶路，总要每一段为自己找一个目标，盯着一棵树，赶过去，然后再盯着一块石头，赶过去。在这里，睁疼了眼也看不见一个目标，哪怕是一片枯叶，一个黑点。于是，只好抬起头来看天。从未见过这样完整的天，一点也没有被吞食，边沿全是挺展展的，紧扎扎地把大地罩了个严实。有这样的地，天才叫天。有这样的天，地才叫地。在这样的天地中独个儿行走，侏儒也变成了巨人。在这样的天地中独个儿行走，巨人也变成了侏儒。

· 作者简介 ·

余秋雨（1946 ～ ），浙江余姚人。1968 年毕业于上海戏剧学院并留校任教，曾任上海戏剧学院院长、上海写作学会会长。主要从事散文创作。主要作品有文艺理论集《戏剧理论史稿》、《艺术创造工程》，散文集《文化苦旅》、《千年一叹》等。

天竟晴了，风也停了，阳光很好。没想到沙漠中的雪化得这样快，才片刻，地上已见斑斑沙底，却不见湿痕。天边渐渐飘出几缕烟迹，并不动，却在加深，疑惑半晌，才发现，那是刚刚化雪的山脊。

地上的凹凸已成了一种令人惊骇的铺陈，只可能有一种理解：那全是远年的坟堆。

这里离县城已经很远，不大会成为城里人的丧葬之地。这些坟堆被风雪所蚀，因年岁而坍，枯瘦萧条，显然从未有人祭扫。它们为什么会有那么多，排列得又是那么密呢？只可能有一种理解：这里是古战场。

我在望不到边际的坟堆中茫然前行，心中浮现出艾略特的《荒原》。这里正是中华历史的荒原：如雨的马蹄，如雷的呐喊，如注的热血。中原慈母的白发，江南春闺的遥望，湖湘稚儿的夜哭。故乡柳阴下的诀别，将军圆睁的怒目，猎猎于朔风中的军旗。随着一阵烟尘，又一阵烟尘，都飘散远去。我相信，死者临亡时都是面向朔北敌阵的；我相信，他们又很想在最后一刻回过头来，给熟悉的土地投注一个目光。于是，他们扭曲地倒下了，化作沙堆一座。

这繁星般的沙堆，不知有没有换来史官们的半行墨迹？史官们把卷帙一片片翻过，于是，这块土地也有了一层层的沉埋。堆积如山的二十五史，写在这个荒原上的篇页还算是比较光彩的，因为这儿毕竟是历代王国的边远地带，长久担负着保卫华夏疆域的使命。所以，这些沙堆还站立得较为自在，这些篇页也还能哗哗作响。就像干寒单调的土地一样，出现在西北边陲的历史命题也比较单纯。在中原内地就不同了，山重水复、花草掩荫，岁月的迷宫会让最清醒的头脑胀得发昏，晨钟暮鼓的音响总是那样的诡秘和乖戾。那儿，没有这么大大咧咧铺张开的沙堆，一切都在重重美景中发闷，无数不知为何而死的怨魂，只能悲愤懊丧地深潜地底。不像这儿，能够袒露出一帙风干的青史，让我用二十世纪的脚步去匆匆抚摩。

远处已有树影。急步赶去，树下有水流，沙地也有了高低坡斜。登上一个坡，猛一抬头，看见不远的山峰上有荒落的土墩一座，我凭直觉确信，这便是阳关了。

树愈来愈多，开始有房舍出现。这是对的，重要关隘所在，屯扎兵马之地，不能没有这一些。转几个弯，再直上一道沙坡，爬到土墩底下，四处寻找，近旁正有一碑，上刻“阳关古址”四字。

这是一个俯瞰四野的制高点。西北风浩荡万里，直扑而来，踉跄几步，方才站住。脚是站住了，却分明听到自己牙齿打战的声音，鼻子一定是立即冻红了的。呵一口热气到手掌，捂住双耳用力蹦跳几下，才定下心来睁眼。这儿的雪没有化，当然不会化。所谓古址，已经没有什么故迹，只有近处的烽火台还在，这就是刚才在下面看到的土墩。土墩已坍了大半，可以看见一层层泥沙，一层层苇草，苇草飘扬出来，在千年之后的寒风中抖动。眼下是西北的群山，都积着雪，层层叠叠，直伸天际。任何站立在这儿的人，都会感觉到自己是站在大海边的礁石上，那些山，全是冰海冻浪。

王维实在是温厚到了极点。对于这么一个阳关，他的笔底仍然不露凌厉惊骇之色，而只是缠绵淡雅地写道：“劝君更尽一杯酒，西出阳关无故人。”他瞟了一眼渭城客舍窗外青青的柳色，看了看友人已打点好的行囊，微笑着举起了酒壶。再来一杯吧，阳关之外，就找不到可以这样对饮畅谈的老朋友了。这杯酒，友人一定是毫不推却，一饮而尽的。

这便是唐人风范。他们多半不会洒泪悲叹，执袂劝阻。他们的目光放得很远，他们的人生道路铺展得很广。告别是经常的，步履是放达的。这种风范，在李白、高适、岑参那里，焕发得越加豪迈。在南北各地的古代造像中，唐人造像一看便可识认，形体那么健美，目光那么平静，神采那么自信。在欧洲看蒙娜丽莎的微笑，你立即就能感受，这种恬然的自信只属于那些真正从中世纪的梦魇中苏醒、对前途挺有把握的艺术家们。唐人造像中的微笑，只会更沉着、更安详。在欧洲，这些艺术家们翻天覆地地闹腾了好一阵子，固执地要把微笑输送进历史的魂魄。谁都能计算，他们的事情发生在唐代之后多少年。而唐代，却没有把它的属于艺术家的自信延续久远。阳关的风雪，竟愈见凄迷。

王维诗画皆称一绝，莱辛等西方哲人反复讨论过的诗与画的界线，在他是可以随脚出入的。但是，长安的宫殿，只为艺术家们开了一个狭小的边门，允许他们以卑怯侍从的身份躬身而入，去制造一点娱乐。历史老人凛然肃然，扭过头去，颤巍巍地重又迈向三皇五帝的宗谱。这里，不需要艺术闹出太大的局面，不需要对美有太深的寄托。

于是，九州的画风随之黯然。阳关，再也难于享用温醇的诗句。西出阳关的文人还是有的，只是大多成了谪官逐臣。

即便是土墩、是石城，也受不住这么多叹息的吹拂，阳关坍弛了，坍弛在一个民族的精神疆域中。它终成废墟，终成荒原。身后，沙坟如潮，身前，寒峰如浪。谁也不能想像，这儿，一千多年之前，曾经验证过人生的壮美，艺术情怀的弘广。

这儿应该有几声胡笳和羌笛的，音色极美，与自然融合，夺人心魄。可惜它们后来都成了兵士们心头的哀音。既然一个民族都不忍听闻，它们也就消失在朔风之中。

回去罢，时间已经不早。怕还要下雪。

作/品/赏/析

《阳关雪》选自散文集《文化苦旅》，是余秋雨的散文名篇之一。作者置身古阳关，思绪万千，思古之情油然而生。作者仿佛看到了古代戍边将士如雷的呐喊，如注的鲜血；穿过阳关远行者的身影，送行者的酒樽；文人放达的步履、憔悴的面容……作者以凝练厚重的语言，将读者带入一个空旷苍郁的古文化遗址中。最后，作者的思考归到了一点：文人，是文人放达的情怀把一个生僻的角落变成了人人心中的故乡。余秋雨的散文突破了传统散文的抒情、美化、诗化的审美模式，以智性渗入到情感中，充满着厚重的沧桑感和民族文化的反思观，被称为“学者散文”。《阳关雪》很好地体现了他的散文风格。

庭院深深深几许

/ 刘墉

入选理由
任意旷达的人生态度
恬淡疏朗中充满生活情趣
文中有画，画中有诗

邻居的杜鹃花，总是剪得整整齐齐，早春花开时，像是一块块彩色大蛋糕，我的花却从来未曾修理，东支西岔地，开得舒舒密密。

至于仲秋菊花的季节，我的院子就更纷乱了！夹道的雏菊，年年及时而发，加上母亲在春天撒下的百日草，此时也长得瘦瘦高高，一阵秋风苦雨，全倚斜倾倒了，走过园间的石板道，仿佛行在菊花阵间，必须跳着前进。

今年又多了藤蔓，这两棵年前由学生家里移来的植物，真是各展所长，完全不需施肥，却繁生得令人吃惊。不但爬过了篱墙，扯断了铁丝网，而且将院里的一棵粉花树，也层层罩了起来，春天花开时，原来的粉花成了团簇成串的紫藤。

还有蔷薇也是极猖狂的，斜斜探出的枝条，足有六七尺长，带着尖尖的红刺，冷不防地钩人衣裳。

门前两棵梧桐，更到了早该管教的年岁，垂下的枝桠，挂着梧桐子，常拂人面，而且周围数丈的草坪，完全失去了阳光，任是施肥，也无法长得齐整。

所以每当邻人剪草，我就略感惶恐，觉得自己立身在众家齐整的庭院间，有些落拓不修边幅之感。

其实这些也是有意，全为我的个性使然，非仅发型不爱落入形式，院子中的花木，也愿其适性。藤本当爬、菊本当蔓，蔷薇本当舒展，梧桐本当飘摆，否则又如何尽得其间风流！

最爱欧阳公和李易安的“庭院深深深几许”，那庭院之美，全在三个深字，让人读来便觉得重重柳韵、层层松涛、积时成茸、荫满中庭，一眼望去不断，一径行去不完，也只有懂得造园艺术的中国人，能得其中神理。

也最爱那种绕树而行，俯身而走，蹑脚而跳的感觉，万物自有其静，我且不去干扰，人何必非要胜天，且看鸟栖深林，林藏鸟兽，彼此既是上，又是客，正如同人在林园穿梭，也是林园的一部分，何必非要它来让我？相揖相敬，岂不更是融融而见天趣。

也就因此：与邻人齐整的庭院相比，我的更见野逸之趣，而这种野逸并非放

·作者简介·

刘墉（1949～ ），号梦然，出生于台北。祖籍北京，曾入哥伦比亚大学博士班。1986年，应聘为全美水墨画协会年展主审。1997应中国大陆全国性刊物《中学生月刊》邀请撰写专栏，稿费捐赠希望工程。代表作有《杀手正传》、《点一盏心灯散文集》、《我不是教你诈》等。

荡，如同“大胆下笔、小心收拾”的写意山水，乍看之下，似下墨淋漓、恣意挥洒，细究其间，却有许多定静的工夫。

且看那狂风后折断的花枝，有许多既加了支子的竹条，又细细地予以捆绑定位，使那断枝处能够慢慢复原；且看那伸得过长的雏菊，在花盆的另一侧都加了石块，免得不均衡而倾倒；且看草地的边缘，都做了防止土壤流失的工程。这高妙处，正是妙造自然，在无碍自然发展之中，做了保育工作。

所以每当环保人士大声疾呼的时候，我都暗自想：如果有一天把凡尔塞宫庭院搞得像是五色大拼盘的设计师，能突然顿悟，而做出深深深几许的园林；机械文明陶铸出的人们，能够知道自然的零乱，实在正是宇宙的齐整与均衡时，人人育物，而不碍物；人人适己性，而能不碍他人之性，从人定胜天的抱负，增向天人合一的境界时，问题就能解决了！

今早，在院中写稿，几只小鸟站在不远的枝头朝着我叫，心喜鸟儿亲善，便也与之对唱，却见引来群鸟，也都在不远处跳跃飞鸣，使我得意万分。直到有一只山雀耐不住地冲上离我头顶不远的茱萸树梢吃那初熟的果子。才发觉自己是扰人进餐的恶客，只好即刻收起稿本，让出位子。

且勿怪我为鸟雀所欺，因为人在天地间，本不当独尊，让几分与林木，退些许与鸟兽，身外反得几分清净土，胸中反得多少宽敞地！

后院紧邻着列为鸟类保护区的森林，也便自然拥有了四季不同的鸟啭虫鸣，或许正因为听多了轻灵之音；感触也变得敏锐了起来，而今已经不必用眼睛看，认窗外的声音，就足以分辨季节和万物的消长。

譬如早春，情人节之后，虽然还是满地积雪，鸟儿却已经在枝头打情骂俏，我常想，为什么他们在这么冷的时候就准备求偶产卵了呢？太低的气温不是会影响孵化吗？但是又想想，或许鸟儿更知夫妻的情趣，小两口在外面细雪纷飞的日子，挤在树洞里，既然不能到外面逍遥，何不顺便孵几个蛋，等到树梢抽出新绿，泥土也从融雪中露了头，正好孩子也出世了。

天生爱操心，每年春天听见林子里传来吱吱喳喳的小鸟叫声，便觉得看到了医院育婴室喂奶时“群婴乱哭”的景象，偏偏鸟儿又起得奇早，天刚露白，已经“哭”成一团，跟着窗前山茱萸的枯枝上，便传来鸟妈妈或鸟爸爸的叫声。使我这个一向晏起的人，忍不住地披衣下楼，到车房里找大袋的鸟食，先倒入纸盒子里，再利用纸盒的尖角，转倾入那像是一栋小房子的喂鸟器，而后提上楼，打开卧室的两层窗，忍着近于零度的寒风，将小房子挂在窗外。

由于多次受寒感冒，一家人都曾经纠正我的做法。可是我说：跟那辛苦的鸟父母比起来，我还算轻松呢！何况在这么早春，有一阵没一阵地下雪，万物都未发舒，鸟父母怎么可能找到足够的食物养孩子呢？我更预测，由于今年早春，我换装了这个再也让松鼠占不到便宜的喂鸟器，保险夏天树林里的鸟，会比往年多一倍。

事情没有多久就应验了，仲春才过，早上几乎已经无法安枕，因为“刘氏鸟餐厅”的生意兴隆，大排长龙。

鸟儿的家庭，原来跟人类是差不多的。人们开车带孩子去吃汉堡，鸟父母也是把孩子一齐带到我的餐厅来。

麻雀夫妇的孩子最多，共5名，整排紧紧地靠着，站在山茱萸的横枝上等待，大鸟并非直接到我放的食盒取餐后飞回小鸟身边，而是衔到谷子之后，先飞到别的枝头或地面，将壳子谷子嚼碎，再转去喂食。

那些鸟兄弟姐妹，都生得一个样子，飞羽未长全，浑身毛绒绒的，一对翅膀无力地垂向两侧，胸腹由于腿的力量不足，所以直接贴在树枝上，或许天生为了吃，嘴巴都长得奇大，虚扑着双翼，高声吱吱喳喳叫着，来吸引父母的注意。

不知道是不是鸟也跟人一样偏心，对于那比较不知道撒娇的孩子，大鸟常会忽略，所幸食物多，别的小鸟吃饱了，不再积极地求食，那被冷落多时的，才获得机会，由这一点，我更认为自己是做了许多功德，想想，要不是我这“刘氏鸟餐厅”的设立，不知有多少弱小，会在出生不久被淘汰。

当然孩子少的鸟家庭，小鸟能获得较多的照顾，像是三个小孩，尖嘴黑头顶的小山雀（Chickadee）；两个小孩，黑眼圈、灰身子的白颊鸟（Titmouse），和只有一个小孩的红雀“大主教”（Cardinal），很显然地看出孩子愈少，父母愈轻松。尤其是“大主教”，夫妻二鸟总是一个站在远处守望站岗，一个吃谷子喂食，表现了极好的家庭分工。

鸟儿天生才具也不同，大嘴的鸟可以轻松地吃核果，小嘴专吃昆虫的鸟，在这无虫的早春，只好改变食谱。聪明的小山雀（Chickadee），由于胃小得可怜，又专爱挑向日葵子，所以自己发明了方法，先用两只脚踩住葵花子，再啄开外壳，一口口慢慢品味。

至于斑鸠，总见不到它们的孩子；想必是夫妻二鸟，自己先到餐厅享用。然后再叫上一包外卖，带给家中的小孩。这种反吐或制造出鸽乳式的喂食法，在许多小鸟身上似乎也可以见到，常看到一只大鸟吃一次食，便接连喂上好几只小鸟，它一边喂，一面不断伸缩摆动颈子，正像是由嗉囊中挤出食物。这种画面给我很大的感动，使我想起衣索匹亚饥荒和高棉难民的画面，许多饥饿的母亲，托着自己干瘪的乳房，让怀中的孩子吮吸，那是捐出自己的生命，将最后剩余的一眯点残汁挤压出去，只为了自己的下一代。

孟夏的时候，鸟都已经长大了：成串地站在电线上，俯视着我的窗口，有时候鸟餐厅的食物告罄，而一时没有补充，它们甚至会趴在纱窗上往屋里张望。这时候的大鸟也轻松了，虽然小鸟仍然常常装着蓬松羽毛、拍动翅膀地乞食，却可以视若无睹，只有那“大主教”红雀，比较娇宠独生的孩子，仍然一个劲儿地喂食。

跟人一样，孩子大了，家里就变得比较安静，夏日的森林虽仍然有声声的鸟鸣深处，却远不如春日的嘈杂，取而代之的则是唧唧的虫声了。

用唧唧来形容虫鸣是不对的，正如同以小提琴的声音来形容交响乐的不足，因为那是千百种不同声音的集合，如海涛、如潮汐，一波一波地涌来。

夏夜听虫，总令我想起迪斯尼的《爱丽丝梦游仙境》卡通电影，各种花草的精灵和小虫、青蛙，在指挥者的引导下，有秩序地按照节拍演奏。

林里的虫声就是如此，那不是乌合之众的大杂烩，而像是有指挥家在台上似的，以规律的节拍，忽大忽小，忽强忽弱地从四林间拥来。弱的时候，好像童年陪父亲彻夜在水源地垂钓时，听到的细细水声，是一种呢喃，又像是轻叹。强的时候，像是珠玉飞溅，绵缀不经，那声音无比紧密，如同玛雅古城的石块，天衣无缝地砌合，竟插不下一支小刀；又仿佛冬日的细雪，一层外还有一层，怎样也窥不透。

从来睡得很轻，但在夏夜，虽然开着窗子，正迎着万顷的密林，而虫声如涌，却能很安然地入梦，有一晚学生在画室里听见了虫声，问我后院是不是装了马达什么的，其他学生也一齐附议，我才发现那虫声对于不常听的人，竟是如此轰轰然。

对于这件事，我曾经多次思考，也曾在夜晚静静地分析窗外的虫海，想要以失眠夜来找一个咒诅虫声的理由。但是，没一下子，就进入梦乡，而那梦中是有虫声伴着，却感到无比的安宁。那是一种浑然完满的感觉，虽不是无声的静幂阒然，却觉得更是恬适，仿佛让那软软的蛩音包着、托着、裹着、浮着，轻轻地荡入其中。

我渐渐了解，安静并非无声，而是一种专情。每样能唤起我们专情的东西，不论文学、绘画、音乐、雕塑，就都能带来安静。而最好的安眠药物，则应该是那蛩音鸟啭的大自然之音，因为我们的世代祖先，绝大部分都与大自然为伍，只有到了近代，才被那许多人为的喧嚣，扰乱了体内的天然律动，要想调整它，最准的调音师，就是这些天籁！

暮秋的夜晚，只要聆听窗外，就可以知道当时的气温，虫儿真是敏感，甚至如天气将要转寒，它们也能提早觉察，渐渐地将高亢之音，降为低沉之调，如果次日天暖，又可能重新恢复那浩荡的交响。

落雨的夜晚也是如此，虫声会随着雨点的大小而起降，但与气温转寒时的变化不同，有些虫似乎特别怕雨，稍有些霏微，便失去了那一种乐器，另有些虫则不怕雨，即使倾盆而下，隔着雨幕，仍然隐隐约约地听见那雨中行吟者的歌声。

秋虫声就是要这样聆听的，在那细小的音韵中去感触，即使到了晚秋，只要以心灵触动，仍然可以感受到那微微的音响。我曾想，说不定白天虫儿也是叫的，只是因为其他的声音太多，心灵也不够静，所以听不见，于是人们自作聪明地说：晚来虫鸣，确实自从有了这个感悟与推想，日间在园里写作，居然渐渐自鸟啭中，可以过滤出虫鸣，自认为耳朵对大自然的品味是更细致，也更深入一层了。

只是随着仲秋虫声的日稀，便有了许多凄然，不知那些原本活泼而快乐的虫子乐师，是因为禁不住霜寒而次第凋零，抑或逐渐隐退，如果它们是后者，明年孟夏还会不会出现？虽然下一年的音乐季可以预期，但是否仍会是同一批音乐家？但再想想，虫海也是生生死死，每日在生，每日在死，说不定就在那夏夜不断的混声大合唱的队伍中，就时时有团员颓兢在行列中萎落，再由那新生的穿戴逝者的衣服，偷偷起来。于是那唱、那奏，既是迎新也是送旧，唱着“逝者逝了！生者生了”！都是宇宙当然的事，岂不值得欣欣歌颂吗？

当墙外那颗叶子奇大，有些像是热带阔叶木的树，一夕间突然低垂了叶片，晚秋便真在来临了，虫鸣更在这一年成为绝响，代之而起的，是另一种天籁。

虽然在台风时听过风的怒吼，但是直到今天，我仍然不敢确定，风本身是不是会造成声音，咻咻的是它吹过电线、杀簌簌的是它吹过树梢、飒飒的是它穿越森林，那出声的是风，抑或被它拂动的东西呢?

不过无论如何，风是整个天籁的催助者，催着青绿，也催着秋红，繁花在风里开展，在风中受孕，在风中残落；密叶也在风中抽芽，在风中飘零。

如果细细地谛听，确实可以听见四季的风之絮语，甚至连那小小如樱花绢细的花瓣飘落的声音，都可以听得到，因为它们带着充足的水分，凋零落时，常片片黏在一起坠落，也因此，虽然同为花瓣，由于每次落下的数目不同，轻重有别，也就能产生不一样的声音。

当然最富变化的风声还是在晚秋了，每一片叶子都述说着一段不平常的故事，如同它所经历的岁月一般。愈是高高在上的，愈在寒风中先红，也愈早告别枝头。橡树的叶子红得发暗，因为它们是失去了水分的供应而变色，所以凋时如同一张张厚纸片般，在风中因振动而沙沙哀吟，又在地面哗啦哗啦地滚动。

至于饱含水份却不得不凋的枫叶和梧桐，就相较得沉默了，尤其是在秋风秋雨的日子，它们柔软的叶片，能贴上窗玻璃，成为逆光下最剔透的风景。但是落在草坪上，则常牢牢地黏附着，遮盖了天光，造成下面秋草的早逝。还有那红叶的漆树，由于是复叶，一支长长的茎上，挂着二三十片小叶，所以总是挂着、纠葛着落下，制造出另一种复合的音响。

可惜院中没有芭蕉，在风中用它叶片摩擦如摇橹的声响送我入梦。所幸临窗的瓜藤，叶子转黄泛白之后，由于失去了水分，表面带着绒毛，又有藤蔓牵挂着，摇曳摩擦出最美的音乐。那是以薄薄的叶片做共鸣板，以须蔓为琴弦所制造的交响，如果再遇上潇潇的冷雨，点滴凄清、点滴凄清，更是愁损离人，载我到了宋室的江南。

与仲夏以后由高转低的虫鸣恰恰相反，冬天的风声由低转高，当叶子都不再争议，树枝便开始在风中呼啸，我想那风并不单纯，它们虽由同一个方向来，却在每一个枝子间转来转去，仿佛神怪电影中的精灵，飘忽地难以捉摸，却又捉弄每一个遇到的对象。

所以清朗明澈，甚至掩藏不下一只飞鸟的冬林，在北风的拨弄下，反而能奏出各种令人难以想象的音阶。与虫声不同的是，虫鸣必多半靠双翅的震动，所以有近于弦乐器，那风涛则属于管乐器，或带些锯琴绵延不绝如缕的诡异。它们分成好几部，高低呼应地唱和，且摇动屋顶上的电视天线，发出铮铮的音响。

冬夜听风，需要壮阔的胸怀，如同吟大江东去浪淘沙般，要有山东汉子敲铁板的铿锵，非闺阁小境界所能消受。此刻，春日的鸟啭、夏夜的虫鸣、晚秋的吟唱，都像是清代四王吴恽的工细小品，发展到白石老人的金石之笔，提炼了精华，而挥弃了纤巧。只觉得旷大的天地，原本经过自己细细点染的枝枝节节，突然又恢复成了一张白纸，横直涂上几笔，却道出了真正不吐不快的东西，也便再无可添加处。

倒是那白，颇耐人玩味，且点滴可听。犹如一早起，推帘看到的那满天满地的白雪，若用三个季节训练出的敏锐观察，每一片雪花都是一幅图画；每一片雪花的飘落，居然都像是小片琉璃般，发出清脆的音响。

至于特别寒冷而朔风野大的日子，就更是好听了，呜呜像是吹法国号的北风，把邻人屋顶上的粉雪卷起，再带上我的窗玻璃，就听见叮叮当当恍如八音盒小风铃的敲击，美极了！

还有那双层窗间，若偷溜进些室内的水气，奇寒的日子，更会在最外层玻璃上，结起一片片像是羽毛，又如同云母般的冰花，有时会长长地延伸几英尺，左右联缀成一幅玉树琼枝的图画。

当然真正的玉树琼枝还是在窗外，一寸寸堆高的雪花，渐渐压弯了树梢，枝子承不住时，就整片整块地向下滑落；小鸟在树上跳跃，扑翅的振动，更会惊落满树的白花。这时坐在屋内，只要听那雪花落地的音响，是干雪的轻？是湿雪的重？抑或凝成块的冰雹？就可以知道冬天的脚步移动到了什么地方。

当那脚步渐远，先有冰冻近月的大雪块从屋顶滑落，走过长长的檐下，一定要小心被打了头，尤其是有大片斜顶的屋子，那雪块坠地的声音，真像是打雷。

而后许久不曾听见的水声，由屋角的天沟中传来，淙淙潺潺又滴滴嗒嗒地，屋内的暖气管则收敛了许多杂音。鸟的叫声频繁了，甚至有些站在窗边，啄食以前掉在缝里的小米，发出紧促的像是敲门的音响：

“喂！情人节要到了，刘氏餐厅几时重新开张啊？”

作/品/赏/析

《庭院深深深几许》是刘墉的一篇以花草虫鸟为表现题材的散文。作者将自己的人生感悟融于对自然景象的叙述中，恬淡、疏朗的文字中充满着人生的情趣，使读者在轻松的阅读中，自然地领悟人生哲理、生存智慧。

走进《庭院深深深几许》，我们可以看到刘墉为我们描绘的一个富有自然情趣的自家庭院，重重柳韵、夹道雏菊、花香鸟语、虫声啾啾。作者对院中鸟虫的描写，贯穿于春夏秋冬四时更替之中，使原本安静的自然田园式的庭院变得情趣盎然。“登山则情满于山，观水则意溢于水”，一草一木在刘墉满怀深情的笔下都点化成文。而旷达自在，顺其自然的人生态度在充满情趣的描写中也自然流露。

丑石 / 贾平凹

入选理由
贾平凹的散文代表作之一
短小精悍的优秀哲理散文
视角独特，结构紧凑，行文流畅，意味隽永

我常常遗憾我家门前的那块丑石呢：它黑黝黝地卧在那里，牛似的模样；谁也不知道是什么时候留在这里的，谁也不去理会它。只是麦收时节，门前摊了麦子，奶奶总是要说：这块丑石，多碍地面哟，多时把它搬走吧。

于是，伯父家盖房，想以它垒山墙，但苦于它极不规则，没棱角儿，也没平面儿；用錾破开吧，又懒得花那么大气力，因为河滩并不甚远，随便去掮一块回来，哪一块也比它强。房盖起来，压铺台阶，伯父也没有看上它。有一年，来了一个石匠，为我家洗一台石磨，奶奶又说：用这块丑石吧，省得从远处搬动。石匠看了看，摇着头，嫌它石质太细，也不采用。

它不像汉白玉那样的细腻，可以凿下刻字雕花，也不像大青石那样的光滑，可以供来浣纱捶布；它静静地卧在那里，院边的槐荫没有庇覆它，花儿也不再在它身边生长。荒草便繁衍出来，枝蔓上下，慢慢地，竟锈上了绿苔、黑斑。我们这些做孩子的，也讨厌起它来，曾合伙要搬走它，但力气又不足；虽时时咒骂它，嫌弃它，也无可奈何，只好任它留在那里去了。

稍稍能安慰我们的，是在那石上有一个不大不小的坑凹儿，雨天就盛满了水。常常雨过三天了，地上已经干燥，那石凹里水儿还有，鸡儿便去那里渴饮。每每到了十五的夜晚，我们盼着满月出来，就爬到其上，翘望天边；奶奶总是要骂的，害怕我们摔下来。果然那一次就摔了下来，磕破了我的膝盖呢。

贾平凹像

人都骂它是丑石，它真是丑得不能再丑的丑石了。

终有一日，村子里来了一个天文学家。他在我家门前路过，突然发现了这块石头，眼光立即就拉直了。他再没有走去，就住了下来；以后又来了好些人，说这是一块陨石，从天上落下来已经有二三百年了，是一件了不起的东西。不久便来了车，小心翼翼地将它运走了。

·作者简介·

贾平凹（1952～），原名贾平娃，陕西丹凤人。1964年入商洛镇初级中学学习。1975年从西北大学中文系毕业后，任陕西人民出版社文艺编辑和《长安》文学月刊编辑。1982年后从事专业创作。现任中国作家协会理事、陕西作协副主席等职。著有小说集《山地笔》、《野火集》，长篇小说《浮躁》、《废都》以及散文集《月迹》等。

这使我们都很惊奇！这又怪又丑的石头，原来是天上的呢！它补过天，在天上发过热，闪过光，我们的先祖或许仰望过它，它给了他们光明，向往，憧憬；而它落下来了，在污土里，荒草里，一躺就是几百年了？

奶奶说：“真看不出！它那么不一般，却怎么连墙也垒不成，台阶也垒不成呢？”

“它是太丑了。”天文学家说。

“真的，是太丑了。”

“可这正是它的美！”天文学家说，“它是以丑为美的。”

“以丑为美？”

“是的，丑到极处，便是美到极处。正因为它不是一般的顽石，当然不能去做墙，做台阶，不能去雕刻，捶布。它不是做这些小玩意儿的，所以常常就遭到一般世俗的讥讽。”

奶奶脸红了，我也脸红了。

我感到自己的可耻，也感到了丑石的伟大；我甚至怨恨它这么多年竟会默默地忍受着这一切？而我又立即深深地感到它那种不屈于误解、寂寞的生存的伟大。

作/品/赏/析

《丑石》是贾平凹诸多散文中的名篇。文章通过对一块丑石的刻画，反映了从“文革”时期到改革开放初期，知识分子被认识、被重用的一个过程。全文分为两大部分。前半部分极力写丑石之“丑”。文章开门见山，起笔直写丑石，从模样用途及与汉白玉、大青石的对照等几方面，描绘丑石“真是丑得不能再丑的丑石了”。然而作者本意并不在此，接着笔锋一转，通过天文学家于偶然中发现丑石是一块陨石，以及天文学家与奶奶的对话，点明主题：丑到极处，便是美到极处，并赞扬了丑石“不屈于误解、寂寞的生存”的精神。文章视角独特，结构紧凑，行文流畅，意味隽永，象征与拟人手法的运用，使丑石变成了有生命力的东西，进而引起读者心灵上的强烈共鸣。

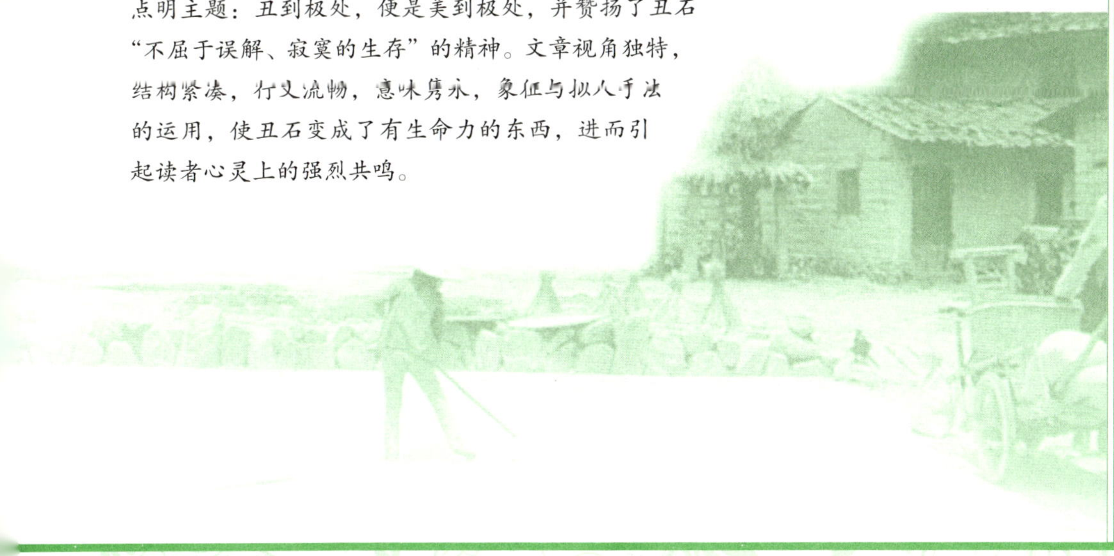

凡尘清唱

/ 林清玄

入选理由
充满禅思
结构简约，文笔灵动飘逸
于人生之细微中见其宏大深远

花与树的完美

我到一座花园去参观，看到园中的花正盛开，树都苍翠，忍不住赞叹地说："这些花和树是多么的美呀。"

花园主人笑起来，说："在这个世界上没有丑的树，也没有丑的花。不要说是这花园，即使是路边的花、树也都是很美的。"

花园主人的说法令我感到意外，确实，世上没有一棵树是丑的，也没有一朵花是丑的，我以前怎么没有发现呢？

相对于一棵树或一朵花，作为人的我们就显得有各种分别：是非、善恶、高低、美丑，高尚得像一棵树，完美得如一朵花的人，是多么少见呀。

我深信，花与树的完美，是来自于它们不会有丑陋低俗的意念；因此我深信，人如果也无清净丑陋低俗的想法，就会走向高尚与完美之路。

老太太唱情歌

早晨陪妈妈去公园做运动，才发现，时值晨曦初起的公园是如此热闹，有很多人在打拳、唱歌、跳舞，都是年纪大的阿公阿婆。

妈妈感叹地说："这世界要倒翻了，老岁仔透早起来运动，少年郎睡到日头照屁股。"妈妈随即加入她的伙伴，在公园中舞动拳脚。我在园中散步，看到一些老先生、老太太正忘情地唱卡拉 O K，我就坐在旁边的石头上看着。

那些老先生、老太太唱歌的声音与神情，深深地打动了我。

他们的声音全都包含着生命的沙哑沧桑，他们的神情又是那样地专注与融入，夹带着非常深的感情。

有一位老太太唱到后来，泪流满面，使所有的人都因感动而沉默了。

是什么感情使老太太泪流满面呢？没有人问，也无人知道。

· 作者简介 ·

林清玄（1953 ~ ），笔名秦情、林漓、林大悲等。台湾高雄人，毕业于台湾世界新闻专科学校。曾任台湾《中国时报》海外版记者、《工商时报》经济记者、《时报杂志》主编等职。1973 年开始散文创作。1979 年起连续 7 次获台湾《中国时报》文学奖、散文优秀奖和报导文学优等奖、台湾报纸副刊专栏金鼎奖等。其散文集有《莲花开落》、《冷月钟笛》、《温一壶月光下的酒》、《鸳鸯香炉》、《金色印象》、《白雪少年》等。

我想到，活到某种年纪的人，一定都在心中隐埋了许多许多真情，在唱歌时被触动了。

我们年轻时候如果不能喜欢忘情地唱情歌，老的时候一定也不能泪流满面地唱情歌吧。

参观佛堂

在路上遇到一位陌生人，自称是我的读者，他说："听说林先生家里的佛堂很庄严，改天去参观你的佛堂。"

我唯唯诺诺，然后我们在汽车疾驶的街口道别。

最近，我时常遇到想来参观我家佛堂的人，使我困惑的是，我每天带着我的佛堂在街上走来走去，为什么大家都看不见呢？我每天也看见许多人带着自己的佛堂走来走去，为什么大家都看不见呢？

每个人的人格、信念、思想，不就是他自己的佛堂吗？

释迦牟尼佛有一次在一个风景优美的地方，感慨地说："风景这么优美的地方，如果盖一座佛堂就好了。"

天帝随手摘了一株草插在地上，说："世尊，佛堂盖好了。"

佛陀开心地说："善哉，善哉。"

我们微笑地面对风景优美的地方；我们珍惜相遇的每一个因缘；我们清净内心的尘垢，我们提升自己走向超越之路……那每一个好的地方、好的心情、好的希望，都是佛堂。

作/品/赏/析

林清玄的哲理散文文笔简约、清澈，于人生之细微中见其宏大深远。作为一个热爱生活的作家，林清玄带给我们的是一个个朴素、简单、纯美然而意蕴深远的生活写意。《凡尘清唱》是由三小节组成，这三小节有一致的主题，强调了心的作用。心于人，是最为根本的。常言修身养性，心性都是可以休养来的，然而正是由于其平淡无奇，所以往往被人忽略。中国的古人在修身习性方面有着深刻的见解，以其长期的经验入言语，行教诲，我们要真正体会或践行，却需要更长的时日。人为心所控制，同时往往为心所烦扰，当我们感慨自然之美与清静，感慨人品行的高下，原因正在于："花与树的完美，是来自于它们不会有丑陋低俗的意念。"于漫长的人生而言，各种经历体验，岁月痛苦或欢欣的记忆，最终都会成为晚年平静醇美的歌与泪，所以，林清玄感慨少年的惰与老年的勤。如果我们自己不能经营，则自己一生也无从感受，"我们年轻时候如果不能喜欢忘情地唱情歌，老的时候一定也不能泪流满面地唱情歌吧"。第三个小节也在讲心，人若有佛心，随地可坐禅，正因为许多人常常更多倾心于形式和可见的东西，从而忽略了那不易见的内在的东西。一个人若真有佛堂，那佛堂一定也只能在自己的内心里。

女孩子的花

/ 唐敏

入选理由
堪称散文中的诗篇
展现了一个女性敏感而独特的内心世界
表达了对女性特殊的关爱

相传水仙花是由一对夫妻变化而来的。丈夫名叫金盏，妻子名叫百叶。因此水仙花的花朵有两种，单瓣的叫金盏，重瓣的叫百叶。

“百叶”的花瓣有四重，两重白色的大花瓣中夹着两重黄色的短花瓣。看过去既单纯又复杂，像闽南善于沉默的女子，半低着头，眼睛向下看的。悲也默默，喜也默默。

“金盏”由六片白色的花瓣组成一个盘子，上面放一只黄花瓣团成的酒盏。这花看去一目了然，确有男子干脆简单的热情。特别是酒盏形的花芯，使人想到死后还不忘饮酒的男人的豪情。

要是他们在变化成花朵之前还没有结成夫妻，百叶的花一定是纯白的，金盏也不会有洁白的托盘。世间再也没有像水仙花这样体现夫妻互相渗透的花朵了吧？常常想象金盏喝醉了酒来亲昵他的妻子百叶，把酒气染在百叶身上，使她的花朵里有了黄色的短花瓣。百叶生气的时候，金盏端着酒杯，想喝而不敢，低声下气过来讨好百叶。这样的时候，水仙花散发出极其甜蜜的香味，是人间夫妻和谐的芬芳，弥漫在迎接新年的家庭里。

刚刚结婚，有没有孩子无所谓。只要有一个人出差，另一个就想方设法跟了去。炉子灭掉、大门一锁，无论到多么没意思的地方也是有趣的。到了有朋友的地方就尽兴地热闹几天，留下愉快的记忆。没有负担的生活，在大地上遛来逛去，被称做“游击队之歌”。每到一地，就去看风景，钻小巷走大街，袭击眼睛看得到的风味小吃。

可是，突然地、非常地想要得到唯一的“独生子女”。

冬天来临的时候开始养育水仙花了。

从那一刻起，把水仙花看作是自己孩子的象征了。

像抽签那样，在一堆价格最高的花球里选了一个。

如果开“金盏”的花，我将有一个儿子；

如果开“百叶”的花，我会有一个女儿。

·作者简介·

唐敏（1954～ ），原籍山东，出生在上海。1959年随父母迁居福州。曾相继在福建图书馆、作协福建分会、厦门市文联工作。近年来著作不断，《走向和平》等作品轰动文坛。

用小刀剖开花球，精心雕刻叶茎。一共有6个花苞。看着包在叶膜里像胖乎乎婴儿般的花蕾，心里好紧张。到底是儿子还是女儿呢？

我希望能开出“金盏”的花。

从内心深处盼望的是男孩子。

绝不是轻视女孩子。而是无法形容地疼爱女孩子。

爱到根本不忍心让她来到这个世界。

因为我不能保证她一生幸福，不能使她在短暂的人生中得到最美的爱情。尤其担心她的身段容貌不美丽而受到轻视，假如她奇丑无比却偏偏又聪明又善良，那就注定了她的一生将多么痛苦。

而男孩就不一样。男人是泥土造的。苦难使他们坚强。

“上帝”用泥土创造了男人，却用男人的肋骨造出了女人。肋骨上有新鲜的血和肉，只要轻轻一碰就会痛彻心肠。因此，女子连最微小的伤害也是不能忍受的。

从这个意义来说，女子是一种极其敏锐和精巧的昆虫。她们的触角、眼睛、柔软无骨的躯体，还有那艳丽的翅膀，仅仅是为了感受爱、接受爱和吸引爱而生成的。她们最早预感到灾难，又最早在灾难的打击下夭亡。

一天和朋友在咖啡座小饮。这位比我多了近十年阅历的朋友说：

“男人在爱他喜欢的女人的过程中感到幸福。他感到美满是因为对方接受他为她做的每件事。女人则完全相反，她只要接受爱就是幸福。如果女人去爱去追求她喜欢的男子，那是顶痛苦的事，而且被她爱的男人也就没有幸福的感觉了。这是非常奇妙的感觉。”

在茫茫的暮色中，从座位旁的窗口望下去，街上的行人如水，许多各种各样身世的男人和女人在匆匆走动。

“一般来说，男子的爱比女子长久。只要是他寄托过一段情感的女人，在许多年之后向他求助，他总是会尽心地帮助她的。男人并不太计较那女的从前对自已怎样。”

那一刹间我更加坚定了要生儿子的决心。男孩不仅仅天生比女孩能适应社会、忍受困苦，而且是女人幸福的源泉。我希望我的儿子至少能以善心厚待他生命中的女人，给她们的人生中以永久的幸福感觉。

“做男人最大的缺点就是，没有办法珍惜他不喜欢的女人对他的爱慕。这种反感发自真心一点不虚伪，他们忍不住要流露出对那女子的轻视。轻浮的少年就更加过分，在大庭广众下伤害那样的姑娘。这是男人邪恶的一面。”

我想到我的女儿，如果她有幸免遭当众的羞辱，遇到一位完全懂得尊重她感情的男人，却把尊重当成了对她的爱，那样的悲哀不是更深吗？在男人，追求失败了并没有破坏追求时的美感，在女人则成了一生一世的耻辱。

怎么样想，还是不希望有女孩。

用来占卜的水仙花却迟迟不开放。

这棵水仙长得结实，从来没晒过太阳也绿葱葱的，虎虎有生气。

后来，花蕾冲破包裹的叶膜，像孔雀的尾巴一样张开来。

每一个花骨朵都胀得满满的，但是却一直不肯开放。

到底是“金盏”还是“百叶”呢？

弗洛伊德的学说已经够让人害怕了，婴儿在吃奶的时期就有了爱欲。而一生的行为都受着情欲的支配。

偶然听佛学院学生上课，讲到佛教的“缘生”说。关于十二因缘，就是从受胎到死的生命的因果律，主宰一切有形和无形的生命与精神变化的力量是情欲。不仅是活着的人对自身对事物的感觉受着情欲的支配，就连还没有获得生命形体的灵魂，也受着同样的支配。

生女儿的，是因为有一个女的灵魂爱上了做父亲的男子，投入他的怀抱，化做了他的女儿；

生儿子的，是因为有一个男的灵魂爱上了做母亲的女子，投入她的怀抱，化做她的儿子。

如果我到死也没有听到这种说法，脑子里就不会烙下这么骇人的火印，如今却怎么也忘不了了。

回家，我问我的郎君：“要男孩还是女孩？”

“女孩！”他毫不犹豫地回答。

“男孩！”我气极了！

“为什么？”他奇怪了。

我却无从回答。

就这样，在梦中看见我的水仙花开放了。

无比茂盛，是女孩子的花，满满地开了一盆。

我失望得无法形容。

开在最高处的两朵并在一起的花说：

“妈妈不爱我们，那就去死吧！”

她俩向下一倒，浸入一盆滚烫的开水中。

等我急急忙忙把她们捞起来，并表示愿意带她们走的时候，她们已经烫得像煮熟的白菜叶子一样了。

过了几天，果然是女孩子的花开放了。

在短短的几天内她们拼命地开放所有的花朵。也有一枝花茎抽得最高的，在这簇花朵中，有两朵最大的花并肩开放着。和梦中不同的，她们不是抬着头的，而是全部低着头，像受了风吹，花向一个方向倾斜。抽得最长的那根花茎突然立不直了，软软地东倒西歪。用绳子捆，用铅笔顶，都支不住。一不小心，这花茎就倒下来。

不知多么抱歉，多么伤心。终日看着这盆盛开的花。它发出一阵阵锐利的芬芳，香气直钻心底。她们无视我的关切，完全是为了她们自己在努力地表现她们的美丽。

每朵花都白得浮悬在空中，云朵一样停着。其中黄灿灿的花朵，是云中的阳光。她们短暂的花期分秒流逝。

她们的心中鄙视我。

我的郎君每天忙着公务，从花开到花谢，他都没有关心过一次，更没有谈到过她们。他不知道我的鬼心眼。

于是这盆女孩子的花就更加显出有多么的不幸了。

她们的花开盛了，渐渐要凋谢了，但依然美丽。

有一天停电，我点了一支蜡烛放在桌上。

当我从楼下上来时，发现蜡烛灭了，屋内漆黑。

我划亮火柴。

是水仙花倒在蜡烛上，把火压灭了。是那支抽得最高的花茎倒在蜡烛上。和梦中的花一样，她们自尽了。

蜡烛把两朵水仙花烧掉了，每朵烧掉一半。剩下的一半还是那样水灵灵地开放着，在半朵花的地方有一条黑得发亮的墨线。

并非不雅观！

我吓得好久回不过神来。

这就是女孩子的花，刀一样的花。

在世上可以做许多错事，但绝不能做伤害女孩子的事。

只剩了养水仙的盆。

我既不想男孩也不想女孩，更不做可怕的占卜了。

但是我命中的女儿却永远不会来临了。

作 / 品 / 赏 / 析

《女孩子的花》为我们展现了一个女性敏感而独特的内心世界。作者唐敏用优美而富有诗意的语言，表达了对女性特殊的关爱。她从独特的女性视角出发，关注人生的细微体验和两性之间的微妙感情。水仙花、男人女人、生儿育女，这些在作者特定的观照下，构成了一个纯美的世界。

文章由五个部分组成：第一部分是关于水仙花的美丽传说；第二部分表达了生男孩的愿望；第三部分解释了为何要对女孩子珍爱；第四部分写梦见“女孩子的花”开放了却因“我”不喜爱而自尽了；第五部分写“女孩子的花”真的开放了，结局却一如梦境的可怕。五个部分随着作者情感的发展和花的开放过程，浑然一体。其中关于生儿生女和对女孩子的看法的表达，堪称是作者美丽的内心独白。

《女孩子的花》从一定意义上讲，更是一个女性美丽内心世界的诗化展示。它全篇使用诗化的语言，使文章显得气韵优美。而比喻手法的使用、朦胧意象的营造，都显示出诗的意味和特征。而题目“女孩子的花”，本身就是一种诗的形式，有着诗的语言美。

融入野地

/ 张炜

入选理由
史诗般的吟唱
当代知识分子探讨文化走向的名篇
对知识分子精神理想和民间立场的坚持

一

城市是一片被肆意修饰过的野地，我最终将告别它。我想寻找一个原来，一个真实。这纯稚的想念如同一首热烈的歌谣，在那儿引诱我。市声如潮，淹没了一切，我想浮出来看一眼原野、山峦，看一眼丛林、青纱帐。我寻找了，看到了，挽回的只是没完没了的默想。辽阔的大地，大地边缘是海洋。无数的生命在腾跃、繁衍生长，升起的太阳一次次把它们照亮……当我在某一瞬间睁大了双目时，突然看到了眼前的一切都变得簇新。它令人惊悸、感动、诧异，好像生来第一遭发现了我们的四周遍布奇迹。

我极想抓住那个“瞬间感受”，心头充溢着阵阵狂喜。我在其中领悟：万物都在急剧循环，生生灭灭，长久与暂时都是相对的；但在这纷纭无绪中的确有什么永恒的东西。我在捕捉和追逐，而它又绝不可能属于我。这是一个悲剧，又是一个喜剧。暂且抑制了一个城市人的伤感，面向旷野追问一句：为什么会是这样？这些又到底来自何方？已经存在的一切是如此完美，完美得让人不可思议；它又是如此地残缺，残缺得令人痛心疾首。我们面对的不仅是一个熟知的世界，还有一个完全陌生的世界；原来那种悲剧感或是喜剧感都来自一种无可奈何。

心弦紧绷，强抑下无尽的感慨。生活的浪涌照例扑面而来，让人一拍三摇。做梦都想像一棵树那样抓牢一小片泥土。我拒绝这种无根无定的生活，我想追求的不过是一个简单、真实和落定。这永远只能停留在愿望里。寻找一个去处成了大问题，安慰自己这颗成年人的心也成了大问题。默默挨蹭，一个人总是先学会承受，再设法拒绝。承受，一直承受，承受你的自尊所无法容许的混浊一团。也就在这无边的踟蹰中，真正的拒绝开始了。

这条长路犹如长夜。在漫漫夜色里，谁在长思不绝？谁在悲天悯人？谁在知心认命？心界之内，喧嚣也难以渗入，它们只在耳畔化为了夜色。无光无色的域内，只需伸手触摸，而不以目视。在这儿，传统的知与见已经失去了原有的意义。神游的脚步磨得夜气发烫，心甘情愿一意追踪。承受、接受、忍受……一个人真

· 作者简介 ·

张炜（1955 ~ ），山东龙口人，原籍栖霞。1980 年开始创作，现为山东作协专业作家。他的作品主要有长篇小说《古船》、《九月寓言》、《柏慧》、《家族》，中篇小说《秋天的愤怒》、《蘑菇七种》等，短篇小说集、散文集《玉米》、《融入野地》、《夜思》等。

的能够忍受吗？有时回答能，有时回答不，最终还是不能。我于是只剩下了最后的拒绝。

二

当我还一时无法表述“野地”这个概念时，我就想到了融入。因为我单凭直觉就知道，只有在真正的野地里，人可以漠视平凡，发现舞蹈的仙鹤。泥土滋生一切；在那儿，人将得到所需的全部，特别是百求不得的那个安慰。野地是万物的生母，她子孙满堂却不会衰老。她的乳汁汇流成河，涌入海洋，滋润了万千生灵。

我沿了一条小路走去。小路上脚印稀罕，不闻人语，它直通故地。谁没有故地？故地连接了人的血脉，人在故地上长出第一绺根须。可是谁又会一直心系故地？直到今天我才发现，一个人长大了，走向远方，投入闹市，足迹印上大洋彼岸，他还会固执地指认：故地处于大地的中央。他的整个世界都是那一小片土地生长延伸出来的。

我又看到了山峦、平原，一望无边的大海。泥沼的气息如此浓烈，土地的呼吸分明可辨。稼禾、草、丛林；人、小蚁、骏马；主人、同类、寄生者……搅缠共生于一体。我渐渐靠近了一个巨大的身影……

故地指向野地的边缘，这儿有一把钥匙。这里是一个入口，一个门。满地藤蔓缠住了手足，丛丛灌木挡住了去路，它们挽留的是一个过客，还是一个归来的生命？我伏下倾听，贴紧，感知脉动和体温。此刻我才放松下来，因为我获得了真正的宽容。

一个人这时会被深深地感动。他像一棵树一样，在一方泥土上萌生。他的一切最初都来自这里，这里是他一生探究不尽的一个源路。人实际上不过是一棵会移动的树。他的激动、欲望，都是这片泥土给予的。他曾经与四周的丛绿一起成长。多少年过去了，回头再看旧时景物，会发现时间改变了这么多，又似乎一点也没变。绿色与裸土并存，枯树与长藤纠扯。那只熟悉的红点颏与巨大的石碾一块儿找到了；还有荒野芜草中百灵的精制小窝……故地在我看来真是妙迹处处。

一个人只要归来就会寻找，只要寻找就会如愿。多么奇怪又多么素朴的一条原理，我一弯腰将它拣了起来。匍匐在泥土上，像一棵欲要扎根的树——这种欲求多次被鹦鹉学舌者给弄脏。我要将其还回原来。我心灵里那个需求正像童年一样热切纯洁。

我像个熟练的取景人，眯起双目遥视前方。这样我就眯朦了画面，闪去了很多具体的事物。我看到的不是一棵或一株，而是一派绿色；不是一个老人一个少女，而是密挤的人的世界。所有的声息都撒落在泥土上，混和一起涌过，如蜂鸣如山崩。

我蹲在一棵壮硕的玉米下，长久地看它大刀一样的叶片上面的银色丝络；我特别注意了它如爪如须、紧攥泥土的根。它长得何等旺盛，完美无损，英气逼人。与之相似的无语生命比比皆是，它们一块儿忽略了必将来临的死亡。它们有个精神，秘而不宣。我就这样仰望着一棵近在咫尺的玉米。

时至今天，似乎更没有人愿意重视知觉的奥秘。人仿佛除了接受再没有选择。语言和图画携来的讯息堆积如山，现代传递技术可以让人蹲在一隅遥视世界。谬误与真理掺拌一起抛洒，人类像挨了一场陨石雨。它损伤的是人的感知器官。

失去了辨析的基本权力，剩下的只是一种苦熬。一个现代人即便大睁双目，还是拨不开无形的眼障。错觉总是缠住你，最终使你臣服。传统的“知”与“见”给予了我们，也蒙蔽了我们。于是我们要寻找新的知觉方式，警惕自己的视听。

我站在大地中央，发现它正在生长躯体，它负载了江河和城市，让各色人种和动植物在腹背生息。令人无限感激的是，它把正中的一块留给了我的故地。我身背行囊，朝行夜宿，有时翻山越岭，有时顺河而行；走不尽的一方土，寸土寸金。有个异国师长说它像邮票一般大。我走近了你、挨上了你吗？一种模模糊糊的幸运飘过心头。

三

大概不仅仅是职业习惯，我总是急于寻觅一种语言。语言对于我从来就有一种神秘的感觉。人生之路上遭逢的万事万物之所以缄口沉默，主要是失去了语言。语言是凭证，是根据，是继续前行的资本。我所追求的语言是能够通行四方、源发于山脉和土壤的某种东西，它活泼如生命，坚硬如顽石，有形无形，有声无声。它就撒落在野地上，潜隐在万物间。河水汩汩流淌，大海日夜喧嚷，鸟鸣人呼——这都是相互隔离的语言；那么通行四方的语言藏在了哪里？

它犹如土中的金子，等待人们历尽辛苦之后才跃出。我的力气耗失了那天，即便如愿以偿了又有什么意义？我像所有人一样犹豫、沮丧、叹息，不知何方才是目的，既空空荡荡又心气高远。总之无语的痛苦难以忍受，它是真实的痛苦。我的希冀不大，无非就想讨一句话。很可惜也很残酷，它不发一言。

让人亲近、心头灼热的故地，我扑入你的怀抱就痴话连篇，说了半晌才发觉你仍是一个默默。真让人尴尬。我知道无论是秋虫的鸣响或人的欢语，往往都隐下了什么。它们的无声之声才道出真谛，我收拾的是声音底层的回响。

在一个废弃的村落旧址上，我发现了遗落在荒草间的碾盘。它上面满是磨钝了的齿沟。它曾经被忙生计的人团团围住，它当刻下滔滔话语。还有，茅草也遮不住的破碎瓦砾，该留下被击碎那一刻的尖利吧？我对此坚信无疑，只是我仍然不能将其破译。脚下是一道道地裂，是在草叶间偷窥的小小生灵。太阳欲落，金红的火焰从天边一直烧到脚下；在这引人怀念和追忆的时刻，我感到了凄凉，更感到了蕴含于天地自然中的强大的激情。可是我们仍然相对无语。

刚刚接近故地的那种熟悉和亲切逐渐消失，代之而来的是深深的陌生感，我认识到它们的表层之下，有着我以往完全不曾接近过的东西。多少次站在夕阳西下的郊野，默想观想，像等候一个机会。也就在这时，偶尔回想起流逝的岁月，会勾起一丝酸疼。好在这会儿我已没有了书生那样的忏悔，而是充满了爱心和感激，心甘情愿地等待、等待。我回想了童年，不是那时的故事，而是那时的愉快心情。

令人惊讶的是那种愉悦后来再也没有出现。我多少领悟了：那时还来不及掌握太多的俗词儿，因而反倒能够与大自然对话；那愉悦是来自交流和沟通，那时的我还未完全从自然的母体上剥离开来。世俗的词儿看上去有斤有两，在自然万物听来却是一门拙劣的外语。使用这种词儿操作的人就不会有太大希望。解开了这个谜我一阵欣慰，长舒一口。

田野上有很多劳作的人，他们趴在地上，沾满土末。禾绿遮着铜色的躯体，掩成一片。土地与人之间用劳动沟通起来，人在劳动中就忘记了世俗的词儿。那时人与土地以及周围的生命结为一体，看上去，人也化进了朦胧。要倾听他们的语言吗？这会儿真的掺入泥中，长成了绿色的茎叶。这是劳动和交流的一场盛会，我怀着赶赴盛宴的心情投入了劳动。我想将自己融入其间。

人若丢弃了劳动就会陷于蒙昧。我有个细致难忘的观察：那些劳动者一旦离开了劳动，立刻操起了世俗的词儿。这就没有了交流的工具，与周遭的事物失去了联系，因而毫无力量。语言，不仅仅是表，而是里；它有自己的生命、质地和色彩，它是幻化了的精气。仅以声音为标志的语言已经是徒有其表，魂魄飞走了。我崇拜语言，并将其奉为神圣和神秘之物。

四

生活中无数次证明：忍受是困难的。一个人无论多么达观，最终都难以忍受。逃避、投诚、撞碎自己，都不是忍受。拒绝也不是忍受。不能忍受是人性中刚毅纯洁的一面，是人之所以可爱的一个原因。偶有忍受也为了最终的拒绝。拒绝的精神和态度应该得到赞许。但是，任何一种选择都是通过一个形式去完成的，而形式可以是多种多样。

一个人如果因爱而痴，形似懵懂，也恰恰是找到了自己的门径。别人都忙于拒绝时，他却进入了忘我的状态。忘我也是不能忍受的结果。他穿越激烈之路，烧掉了愤懑，这才有了痴情。爱一种职业、一朵花、一个人，爱的是具体的东西；爱一份感觉、一个意愿、一片土地、一种状态，爱的是抽象的东西。只要从头走过来，只要爱得真挚，就会痴迷。迷了心窍，就有了境界。

当我投入一片茫茫原野时，就明白自己背向了某种令我心颤的、滚烫烫的东西。我从具体走向了抽象。站在荒芜间举目四望，一个质问无法回避。我回答仍旧爱着。尽管头发已经蓬乱，衣衫有了破洞，可我自知这会儿已将内心修葺得工整洁美。我在迎送四季的田头壑底徘徊，身上只负了背囊，没有矛戟。我甘愿心疏志废、自我放逐。冷热悲欢一次次织成了网，我更加明白我“不能忍受”。扔掉小欣喜，走入故地，在秋野禾下满面欢笑。

但愿截断归途，让我永远呆在这里。美与善有时需要独守，需要眼睁睁地看着它生长。我处于沉静无声的一个世界，享受安谧；我听到挚友在赞颂坚韧，同志在歌唱牺牲，而我却仅仅是不能忍受。故地上的一棵红果树、一株缬草，都让我再三吟味。我不能从它的身边走开，它们深深地吸引了我。我在它们的淡淡清香中感动不已。它们也许只是简单明了、极其平凡的一树一花，荒野里的生物，可它们活得是何等真实。

我消磨了时光，时光也恩惠了我。风霜洗去了轻薄的热情，只留住了结结实实的冷漠。站在这辽远开阔的平畴上，再也嗅不到远城炊烟。四处都是去路，既没人挽留，也没人催促。时空在这儿变得旷敞了，人性也自然松弛。我知道所有的热闹都挺耗人，一直到把人耗贫。我爱野地，爱遥远的那一条线。我痴迷得不可救药，像入了玄门；我在忘情时已是口不能语，手不能书；心远手粗，有时提笔忘字。我顺着故地小径走入野地，在荒村陋室里勉强记下野歌。这些歪歪扭扭的墨迹没有装进昨天的人造革皮夹，而是用一块土纺花布包了，背在肩上。

土纺花布小包裹了我的痴唱，携上它继续前行。一路上我不断地识字；如果说象形文字源于实物，它们之间要一一对应；那么现在是更多地指认实物的时候了。这是一种可以保持长久的兴趣，也只有在广大的土地上才做得到。琐细迷人的辨识中，时光流逝不停，就这样过起了自己的日子。我满足于这种状态和感觉、这其间难以言传的欢愉。这欢愉真像是窃来的一样。

我知道不能忍受的东西终会消失；但我也明白一个人有多么执拗。因此，历史上的智者一旦放逐了自己就乐不思蜀。一切都平平淡淡地过下来，像太阳一样重复自己。这重复中包含了无尽的内容。

五

在一些质地相当纯正的著作里，我注意到它一再地提请我们注意如下的意思：孤独有多么美。在这儿，孤独这个概念多少有些含混。大概在精神的驻地、在人的内心，它已经无法给弄得更准确了。它大约在指独自一人——当然无论是肉体方面还是精神方面的状态。一个动物，一棵树，都可以孤独。孤独是难以归类的结果。它是美的吗？果真如此，人们也就无须慌悚逃离了。它起码不像幻想那么美；如果有一点点，也只是一种苍凉的美。

一个人处于那样的情状只会是被迫的。现代人之所以形单影只，还因为有一个不断生长的“精神”。要截断那种恐惧，就要截断根须。然而这是徒劳的，因为只要活着，它总要生长。伪装平庸也许有趣，但要真的将一个人扔还平庸，必然遭到他的剧烈抵抗。

独自低徊富于诗意，但极少有人注意其中的痛苦。孤独往往是心与心的通道被堵塞。人一生下来就要面对无数隐秘，可是对于每个人而言，这隐秘后来不是减少而是成倍地增加了。它来自各个方面，也来自人本身。于是被嘲弄被困扰的尴尬就始终相伴，于是每个人都在自觉不自觉地挣脱——说不出的恐慌使他们丢失了优雅。

在我眼里，孤独是可怕的，但更可怕的是放弃自尊。怎样既不失去后者又能保住心灵上的润泽？也许真的“鱼与熊掌不可得兼”，也许它又是一个等待破解的隐秘。在漫漫的等待中，有什么能替代冥想和自语？我发现心灵可以分解，它的不同的部分甚至能够对话。可是不言而喻，这样做需要一份不同寻常的宁静，使你能够倾听。

正像一籽抛落就要寻下裸土，我凭直感奔向了土地。它产生了一切，也就能回答一切，圆满一切。因为被饥困折磨久了，我远投野地的时间选在了九月，一个五谷丰登的季节。这时候的田野上满是结果。由于丰收和富足，万千生灵都流露出压抑不住的欢喜，个个与人为善。浓绿的植物、没有衰败的花、黑土黄沙，无一不是新鲜真切。呆在它们中间，被侵犯和伤害的忧虑空前减弱，心头泛起的只是依赖和宠幸……

这是一个喃喃自语的世界，一个我所能找到的最为慷慨的世界。这儿对灵魂的打扰最少。在此我终于明白：孤独不仅是失去了沟通的机缘，更为可怕的是频频侵扰下失去了自语的权利。这是最后的权利。

就为了这一点点，我不惜千里跋涉，甚至一度变得“能够忍受”。我安定下来，驻足入驿，这才面对自己的幸运。我简直是大喜过望了。在这里我弄懂一个切近的事实，对于我们而言，山脉土地是千万年不曾更移的背景；我们正被一种永恒所衬托。与之相依，尽可以沉入梦呓，黎明时总会被久长悠远的呼鸣给唤醒。

世上究竟哪里可以与此地比拟？这里处于大地的中央。这里与母亲心理上的距离最近。在这里，你尽可述说昨日的流浪。凄冷的岁月已经过去，一个男子终于迎来了双亲。你没有泣哭，只是因为你学会了掩泪入心。在怀抱中的感知竟如此敏锐，你只需轻轻一瞥就看透了世俗。长久和短暂、虚无与真实，罗列分明。你发现寻求同类也并非想象那么艰苦，所有朴实的、安静的、纯真的，都是同类。它们或他们大可不必操着同一种语言，也不一定要以声传情。同类只是大地母亲平等照料的孩子，饮用同样的乳汁，散发着相似的奶腥。

在安怡温和的长夜，野香薰人。追思和畅想赶走了孤单，一腔柔情也有了着落。我变得谦让和理解，试着原谅过去不曾原谅的东西，也追究着根性里的东西。夜的声息繁复无边，我在其间想象；在它的启示之下，我甚至又一次探寻起词语的奥秘。我试过将音节和发声模拟野地上的事物、并同时传递出它的内在神采。如小鸟的“啾啾”，不仅拟声极准，“啾”字竟是让我神往的秋、秋天秋野；口、嘴巴歌喉——它们组成的。还有田野的气声、回响，深夜里游动的光。这些又该如何模拟出一个语词并汇入现代人的通解？这不仅是饶有兴趣的实验，它同时也接近了某种意义和目的。我在默默夜色里找准了声义及它们的切口，等于是按住万物突突的脉搏。

一种相依相伴的情感驱逐了心理上的不安。我与野地上的一切共存共生，共同经历和承受。长夜尽头，我不止一次听到了万物在诞生那一刻的痛苦嘶叫。我就这样领受了凄楚和兴奋交织的情感，让它磨砺。

好在这些不仅仅停留于感觉之中。臆想的极限超越之后，就是实实在在的触摸了。

六

因为我在很大程度上摆脱了生命的寂寥，所以我能够走出消极。我的歌声从此不仅为了自慰，而且还用以呼唤。我越来越清楚这是一种记录，不是消遣，不是自娱，甚至也来不及伤感。如若那样，我做的一切都会像朝露一样蒸掉。我所提醒人们注意的只是一些最普通的东西，因为它们之中蕴含的因素使人惊讶，最终将被牢记。我关注的不仅仅是人，而是与人不可分剥的所有事物。我不曾专注于苦难，却无法失去那份敏感。我所提供的，仅仅是关于某种状态的证词。

这大概已经够了。这是必要的。我这儿仅仅遵循了质朴的原则，自然而然地藐视乖巧。真实伴我左右，此刻无须请求指认。我的声音混同于草响虫鸣，与原野的喧声整齐划一。这儿不需一位独立于世的歌手；事实上也做不到。我竭尽全力只能仿个真，以获取在它们身侧同唱的资格。

来时两手空空，野地认我为贫穷的兄弟。我们肌肤相摩，日夜相依。我隐于这浑然一片，俗眼无法将我辨认。我们的呼吸汇成了风，气流从禾叶和河谷吹过，又回到我们中间。这风洗去了我的疲惫和倦怠，裹携了我们的合唱。谁能从中分析我的嗓音？我化为了自然之声。我生来第一次感受这样的骄傲。

我所投入的世界生机勃勃，这儿有永不停息的蜕变、消亡以及诞生。关于它们的信息都覆于落叶之下，渗进了泥土。新生之物让第一束阳光照个通亮。这儿瞬息万变，光影交错，我只把心口收紧，让神思一点点融解。喧哗四起，没有终结的躁动——这就是我的故地。我跟紧了故地的精灵，随它游遍每一道沟坎。我的歌唱时而荡在心底，时而随风飘动。精灵隐隐左右了合唱，或是合声催生了精灵。我充任了故地的劣等秘书，耳听口念手书，痴迷恍惚，不敢稍离半步。

眼看着四肢被青藤绕裹，地衣长上额角。这不是死，而是生。我可以做一棵树了，扎下根须，化为了故地上的一个器官。从此我的吟哦不是一己之事，也非我能左右。一个人消逝了，一株树诞生了。生命仍在，性质却得到了转换。

这样，自我而生的音响韵节就留在了另一个世界。我寻求同类因为我爱他们、爱纯美的一切，寻求的结果却使我化为一棵树。风雨将不断梳洗我，霜雪就是膏脂。但我却没有了孤独。孤独是另一边的概念，洋溢着另一种气味。从此尽是树的阅历，也是它的经验和感受。有人或许听懂了树的歌吟，注目枝叶在风中相摩的声响，但树本身却没有如此的期待。一棵棵树就是这样生长的，它的最大愿望大概就是一生抓紧泥土。

七

随着年龄的增长，我越来越注意到艺术的神秘的力量。只有艺术中凝结了大自然那么多的隐秘。所以我认为光荣从来属于那些最激动人心的诗人。人类总是通过艺术的隧道去触摸时间之谜，去印证生命的奥秘。自然中的全部都可通过艺术之手拨动而进入人的视野。它与人的关系至为独特，人迷于艺术，是因为他迷于人本身、迷于这个世界昭示他的一切。一个健康成长着的人对于艺术无法选择。

但实际上选择是存在的。我认为自己即有过选择。对于艺术可以有多种解释，这是必然的。但我始终认为将艺术置于选择的位置，是一次堕落。

我曾选择过，所以我也有过堕落。补救的方法也许就是紧紧抱定这个选择结果，以求得灵魂的升华。这个世界的物欲愈盛，我愈从容。对于艺术，哪怕给我一个独守的机会才好。我交织着重重心事：一方面希望所有人的投入，另一方面又怕玷污了圣洁。在我看来它只该继续走向清冷，走到一个极端。留下我来默祷，为了我的守护，和我认准了的那份神圣。当然这是不可能的。

我梦见过在烛光下操劳的银匠，特别记住了他头顶闪烁的那一团白发。深不见底的墨夜，夜的中间是掬得起的一汪烛辉……什么是艺术？什么是劳动？它们共生共长吗？我在那个清晨叮咛自己：永远不要离开劳动——虽然我从未想过、也从未有过离去的念头。

艺术与宗教的品质不尽相同，但二者都需要心怀笃诚。当贪婪和攫取的狂浪拍碎了陆地，你不得不划一叶独舟时，怀中还剩下了什么？无非是一份热烈和忠诚。饥饿和死亡都不能剥夺的东西才是真正珍贵的。多少人歌颂物欲，说它创造了世界。是的，它创造了一个邪恶的世界；它也毁灭了一个世界，那是一个宁静的世界。我渐渐明白：要始终保有富足，积累的速度并不重要，重要的是能够积累。诚实的劳动者和艺术家一块儿发现了历史的哀伤，即：不能够。

人的岁月也极像循环不止的四季，时而斑斓，时而被洗得光光。一切还得从头开始。为了寻觅永久的依托，人们还是找到站立的这片土地。千万年的秘史糅在泥中，生出鲜花和毒菇。这些无法言喻的事物靠什么去洞悉和揭示？哪怕是仅仅获取一个接近的权力，靠什么？仍然是艺术，是它的神秘的力量。

滋生万物的野地接纳了艺术家。野地也能够拒绝，并且做得毅然彻底。强加于它的东西最终就不能立足。泥土像好的艺术家，看上去沉静，实际上怀了满腔热情。艺术家可以像绿色火焰，像青藤，在土地上燃烧。

最后也只能剩下一片灰烬。多么短暂，连这点也像青藤。不过他总算用这种方式挨紧了热土。

八

我曾询问：一个知识分子的精神源自何方？它的本源？很久以来，一层层纸页将这个本来浅显的问题给覆盖了。当然，我不会否认渍透了心汁的书林也孕育了某种精神。可我还是发现了那种悲大的情怀来自大自然，来自一个广漠的世界。也许在任何一个时世里都有这样的哀叹—我们缺少知识分子。它的标志不仅是学历和行当上的造就，因为最重要的依据是一个灵魂的性质。真正的“知”应该达于“灵”。那些弄科技艺术以期成功者，同时要使自己成长为一个知识分子。

将“知识分子”这个概念俗化有伤人心。于是你看到了逍遥的骗子、昏愦的学人、卖了良心的艺术家。这些人有时并非厌恶劳动，却无一例外地极度害怕贫困。他们注重自己的仪表，却没有内在的严整性，最善于尾随时风。谁看到一个意外？谁找到一个稀罕？在势与利面前一个比一个更乖，像临近了末日。我宁可一生泡在汗尘中，也要远离它们。

我曾经是一个职业写作者，但我一生的最高期望是：成为一个作家。

人需要一个遥远的光点，像渺渺的星斗。我走向它，节衣缩食，收心敛性。愿冥冥中的手为我开启智门。比起我的目标，我追赶的修行，我显得多么卑微。苍白无力，琐屑庸懒，经不住内省。就为了精神上的成长，让诚实和朴素、让那份好德行，永远也不要离我，让勇敢和正义变得愈加具体和清晰。那么，漫长的消磨和无声的侵蚀，我也能够陪伴。

在我投入的原野上，在万千生灵之间，劳作使我沉静。我获得了这样的状态：对工作和发现的意义坚信不疑。我亲手书下的只是一片稚拙，可这份作业却与俗眼无缘。我的这些文字是为你、为他和她写成的，我爱你们。我恭呈了。

九

就因为那个瞬间的吸引，我出发了。我的希求简明而又模糊：寻找野地。我首先踏上故地，并在那里迈出了一步。我试图抚摸它的边缘，望穿雾幔；我舍弃所有奔向它，为了融入其间。跋涉、追赶、寻问—野地到底是什么？它在何方？野地是否也包括了我浑然苍茫的感觉世界？

我无法停止寻求……

作/品/赏/析

《融入野地》显示了张炜对知识分子精神理想和民间立场的坚持。他更多地在思考中国文化的命运和出路的问题，包括传统文化的现代化改造问题和知识分子的精神自救问题，“融入野地”是他设计的一条理想之路。在他的史诗般的篇章中，感情的勃发，诗意的潺潺流动，展现了他的散文对于情感的分量的要求，显示着他对纯文学的执着追求。

《融入野地》共分为9节，每一节都是作者发自内心的真诚而热烈的呼喊，读者从中看到的作者似一位忧郁而热烈的现代骑士站在时代的路口，真挚地召唤人性的回归，呼吁人性最原始的纯真。

就写作特色来说，这篇文章显示了一种质朴粗犷美。高尔基说“真正的美，正如真正的智慧一样，是非常朴素的，并且是人人能理解的”。该文没有华丽辞藻的渲染，有的只是真挚感情的自然喷发，似作者的自语，信笔行文，却胜过任何雕琢。乍看似支离散漫，过于繁琐，仔细读来，方觉它笔到之处，洋溢的都是作者满怀的真诚和热烈。不加雕饰的文法，使文章具有史诗般的质朴和厚重，犹如山野村夫，虽缺乏修饰后的衣冠楚楚的清雅之态，但却显出本色的淳朴粗犷。像“原野”、“丛林”、“青纱帐”这些具原始色彩的审美意象，表达出作者最真挚的情感。

河之女 / 铁凝

入选理由
以冷静轻松的旁观者的视角揭示沉重的主题
反映时代的变迁给人们的生活带来的复杂变化
渗透着作者对于纯真美好人性的眷恋与召唤

铁凝像

我是来这里寻找山桃花的。二十年前一位老乡就告诉过我："看山桃开花，那得等清明。"于是我记住了清明，脑子里常浮现着一个山桃的世界。那是一山的火吧，一山的粉红吧？

谁知我已耽误了十九个清明。十九个清明虽然都有被耽误的理由，然而每逢这天，我都坐立不安着。

我决定不再耽误第二十个清明。

我踏着今年的节令来到这里，却没有看见山桃开花。在四周被浮云缠绕的山峦里，只有山正在悄悄地变绿。绿像是被云雾染成，又像是绿正染着云雾。有人告诉我，今年春寒，山桃花还未开花；又有人告诉我，山桃花早已开过，是因了常有来自山外的暖风。和山里人相处，你会发现，他们常常说不准他们要说的事。对同一件事，十个人或许有十种说法。就连对你的问路，他们回答起来都各有差异。那差异仿佛来自他们的叙述方式，就好比春寒花哪能开；风暖，花哪能不开。至于花到底开过与否倒无人注意了。

于是就因为这叙述的差异，我坚信自己总能看见山桃花。于是，每天当晨光洒遍这山和谷时，我便沿一条绕山的河走起来，这河边是绕山而行的拒马河。这河不知到底绕过了多少山的阻拦，谢绝了多少山的挽留，只在一路欢唱向前。它唱得欢乐而坚韧，不达目的决不回头。只要展开一张山区地图，你才能看清，这河好象是谁的手任意画出来的一团乱线。黄河才有九十九道弯，谁报告过拒马河有多少弯？这山地里流传着多少关于这河这山的故事，惟独没有关于这河湾的记载。

一条散漫的河，一条多弯的河。每过一个弯，你眼前都是一个新奇的世界。那是浩瀚的鹅卵石滩，拳头大的鸡蛋大的鹅卵石，从地铺上了天，河水在这里变作无数条涓涓细流漫石而过；那是白沙的岸，有白沙作衬，本来明澄的河水忽而变得艳蓝，宛若一河颜色正在书写这沙滩；那是草和蒿的原，草和蒿以这水滋养

· 作者简介 ·

铁凝（1957 ~ ），祖籍河北赵县，生于北京。1975 年于保定高中毕业后到河北博野农村插队。1979 年回保定，在保定地区文联《花山》编辑部任小说编辑。1984 年调入河北省文联任专业作家，现为中国作家协会主席。

着自己，难怪它们茂密得使你不见地面，是绿的绒吧，是绿的毡吧。总有你再也绕不过去的时候，那是山的峡谷。峡谷把水兜起来，水才变得深不可测。然而河的歌喑哑了，河实在受不住这山的大包大揽。河与石壁冲撞着，石壁上翻卷起浪花。那是河的哭嚎吧，那是河的呐喊吧。只有这时你才不得不另辟蹊径，或是翻过一条本来无路的山，或是走出十里八里的迂回路，重新去寻找河的踪迹。你终于找到了，你面前终于又是一个新的天地。

这当是一个全新的天地。它不似滩，不似岸，不似塬，是一河的女人，千姿百态，裸着自己，有的将脚和头潜入沙中，露出沙面的仅是一个臀；有的反剪双手将自己倒弓着身子埋进沙里，露着的是小腹。侧着的肩，侧着的髋，朝天的乳，朝天的脸。更有自在者，曲起双腿，再把双腿无顾忌地叉开来，挺着一处宽阔的阴阜，一片浓密的茅草，正覆盖住羞处，有的在那羞处却连茅草也无需有，是无色的丘，无色的壑。你不能不为眼前这风景所惊呆，呆立半天你才会明白，这原本是一河石头，哪有什么女人。那突起的俱是石：白的石，黄的石，粉的石，那凹陷的俱是沙：成窝儿的沙，流成皱褶的沙，平缓的沙。那茅草就是茅草，它怎能去遮盖什么人的羞处？然而这实在又是人，是一河的女人，不然惊呆你的为什么是一河柔韧？肌腱的柔韧，线条的柔韧，胸大肌，臀大肌，腹直肌，背直肌……连髋和腰的衔接，分明都清晰可见。你实在想伸过手去轻缓地沿这腰弯抚摸，然而你又不得不却步。

当你认定这是一河巨石时，你的灵魂就要脱壳而出，你觉得你正在萌生一种信奉感，不然你为什么会面对一河巨石肃然起敬。

当你认定这是一河女人时，你就会六神无主，因为你再也逃脱不了自己的龌龊。一切都是因为女人的丰腴，女人的浑圆，女人的魅力。

这一河的石头，一河的女人，你们是同年同月和着一个天时一起降生，你们还是有着无言的默契，你等她，她等你，从盘古开天地直等到今天。

我想起了，就是二十年前，就是有人告诉我清明山桃花开的那次，也有人告诉我一件事：他们说，这里有句俗话叫做“河里没规矩”，说的是先前，姑娘、媳妇们每逢夏季中午，便成群结队，到拒马河洗澡。她们边下河，边把衣服脱光，高高抛向河岸，一丝不挂地追逐着潜入水中。而这时，就在不远处，兴许恰有一丝不挂的男人也正在享受这水。你不犯我，我不犯你。或许偶尔飘过来的笑骂，那只是笑骂，既是男人把脸朝向女人而招来的骂，也是笑着的骂，只因为“河里没规矩”。

是这一河石头一河女人，使我又想起了二十年前这一句话。我怀着强烈的愿望，想去证实一下我的记忆。于是在河的高处，大山的皱褶里，我来到一个先前曾经住过的村子。一位熟悉的大嫂把我引进她的家中，我记起了那时她分明还有一位婆婆。一个家里只有这两个女人。那时的我尚是一个风华正茂的青年，一个刚出校门不久的年轻画家（虽然也胡子拉碴），连在炕上盘腿吃饭都不会。这位婆婆在饭桌前却把腿盘个满圆，她给我盛粥，再把指头粗的咸菜条一筷子一筷子地夹入我碗中。我嚼着咸菜，学着她们婆媳的样子，拿嘴勾着碗边呼呼喝着灰黄色的稠粥。这粥里有玉米碴子，有豆。婆婆告诉我，这豆叫豇豆，平时鲜红，一遇铁锅，自己和粥就一起变成灰色。然而味是鲜的，有一股鱼腥味。晚上我便坐在炕上，就着油灯给她们婆媳画像。她们的眼睛使劲盯着前方，不敢看我。该媳妇时，媳妇的两腮绯红；该婆婆时，婆婆脸上的皱纹便立刻僵起来。夜深了，我就着炕席睡在炕的这头，婆媳俩就睡在炕的那头。她们或许是怕我和两个女人同睡一席不习惯吧，婆婆才不由己地讲起了那个“河里没规矩”的故事。但我注意到，那个年纪稍长我的媳妇，还是睡在婆婆的那一边，让婆婆作为我和她的分界线，作为人性的证明。夜里我睡不着，但不敢翻身。

现在媳妇脸上也爬满了皱褶，婆婆的脸简直变成了一张皱纹捏成的脸。她不能再盘腿了。鞧在被窝里，露着青黄的肩胛骨。炕席上一只旧碗还在，边沿只多了几个小豁口，婆媳的嘴又把他们摩挲得显出光滑。但媳妇告诉我，现时盛在碗里的已不再是灰的豆粥，而是拿麦子换来的面条。村里有电磨，也有轧面机。媳妇还懂得用“八五粉”、“七二粉”这些名词来解释这面的成色，说，现在每逢来客人都要用上好的“六〇粉”招待。她们真的招待我吃了“六〇粉”面条。“六〇粉”，这当在富强粉以上吧。

我吃着“六〇粉”，还是记着那个“河里没规矩”的故事。我对婆婆说——差不多是凑近她的耳朵喊：“您是说过‘河里没规矩’这句话吧？”

婆婆一下就听懂了，用被头把裸着的肩胛骨盖盖，把脸朝向我说：“那是我们年幼那工夫。”

“您也下过河？”我迫不及待地问。

“怎么没有？”她说，“看见那个匣子了吗？”

婆婆的头在枕头上活动了一下，示意我去注意一只摆在迎门桌上的梳妆匣子。这是个一部线装书大小的木匣子，当年，外面显然涂过红漆，现在被灶膛的烟熏得漆黑，只有两朵牡丹花，边缘还清晰可鉴。二十年前那花本还绣着粉色。我知道这是婆婆出嫁时的嫁妆，我把这匣子抱到婆婆眼前，说“上次我来，就见过它。”

婆婆说：“那时候我十六。是我爹从龙门集上挑的，龙门逢五排十大集。”

“您是说十六岁过的门？”我问。

“可不，过门后就和姐妹下河。我娘家在山那边……没有河。那阵子……谁没打年幼时过过？打，闹，疯着哪！”

婆婆说着，拿眼盯住漆黑的房梁，房梁上有个挂篮子的木钩，和房梁一样黑。我记着那钩子上有时有篮子，有时没篮子。现在钩子空着，倒显得婆婆的回忆更加真切、悠远。莫不是她只相信把一个年轻的自己留在了河里？莫不是她只相信留在河里的那个自己才是自己？年幼，疯着……如今这个裸露着肩胛骨的老女人，有哪点能与河里的女人相比？

婆婆闭起双眼不再和我说话，我只和媳妇作了告别。临出门，我没忘记把婆婆的梳妆匣放回原处，并告诉媳妇只要我进山，一定来看她们。

走出她们的家，我深作着自己的呼吸，觉得身上流动着的净是自己的血液。我为着婆婆终于给我证实了河里的事而庆幸。其实婆婆为我证实的并非只那句老话，她使我明白了为什么面对一河石头，人非要肃然起敬不可；为什么面对一河石头，人会感到自己的龌龊。因为那里留住的是女人的青春，是女人那“疯”。有了这河里的自己，她们就不再惧怕暮年这个蜷曲着的自己，裸露着肩胛骨的自己。因为她们在河里“疯”过，也值了。

二十年后的今天，我知道这里正盛传着一个新名词：旅游。城市的女人和男人都是为着旅游而来到这里。他们打着太阳伞，穿着“耐克”，面对这无尽的山，多弯的河，唱着“不管是西北风还是东南风都是我的歌”。也有发现这一河石头的，有时你站在山之巅遥望这河，石头上尽是红的衣、绿的伞。也有女人在河里“疯”，但那是五颜六色的斑斑点点，人实在无法面对这五颜六色的斑斑点点肃然起敬。有人喝完可乐把易拉罐狠命向远处投，石头上泛着尖厉的回响。

作/品/赏/析

在铁凝的作品中，或多或少远非纯粹的人生净土，除去《哦，香雪》的宁静以外，都存在着明显的喧嚣与挣扎。有评论家说在铁凝的文学世界里，充满了关于人生的点滴思考，在普通者身上挖掘存在最为理想的真与善，同时也包括相应的屈辱，枯涩的不安和骚动，这是质朴的美学追求，让我们窥见了这个时代文学和人的诞生及其隐没。

《河之女》是铁凝的一篇散文。它以两个女性在新旧时代生活的变迁为线索，写时代的变迁给人们在精神与物质方面带来复杂变化，其中渗透着作者对于纯真、美好人性的眷恋与召唤。作者以冷静的笔触，在不同时代中来回穿梭，真正的用意是想展现新旧两个时代人性的变化。深刻的思想性是本文的一大特色，而铁凝的独特之处在于她善于以冷静轻松的观旁者的视角来揭示这份深刻。

《河之女》在情感结构的表达上和大多数铁凝的作品是一致的，在本真的情感自然流露中，伴着淡淡相思的哀愁，在现实的喧嚣中，追忆往昔的清纯美好：作者印象中河之女的圣洁在时空的淡漠中已经完全为所谓的游客所践踏，回想中的“河里没规矩”的纯粹时光，已然成了浮华时代的最后的祭奠。

文章中无处不在的是作者细腻的笔触和情思，语言温婉、柔和、流畅而且清新，就像作者笔下的水流一样，汤汤作响，回荡着对古老历史文化遗失的怅惋。从视觉对彼岸的痴迷回归到现实的残酷中，完成一种纵横古今的伟大叙事。

结构上采取的是一般的插叙形式，但也正是这样的表达方式让作者能够从容地在现实与过去之间游离，发现生存的变幻，和此刻人生的无奈。它并没有模糊现实与回忆，反倒对比鲜明地把两者之间的差异摆在读者的眼前，引导阅读者做出判断。

下篇

外国卷

要生活得写意

/蒙田

入选理由
蒙田的散文代表作之一
阐释了一种智慧达观的生命态度
行文自如，文笔简朴自然

跳舞的时候我便跳舞，睡觉的时候我就睡觉。即便我一人在幽美的花园中散步，倘若我的思绪一时转到与散步无关的事物上去，我也会很快将思绪收回，令其想想花园，寻味独处的愉悦，思量一下我自己。天性促使我们为保证自身需要而进行活动，这种活动也就给我们带来愉快。慈母般的天性是顾及这一点的。它推动我们去满足理性与欲望的需要。打破它的规矩就违背情理了。

蒙田像

我知道恺撒与亚历山大就在活动最繁忙的时候，仍然充分享受自然的、也就是必需的、正当的生活乐趣。我想指出，这不是要使精神松懈，而是使之增强，因为要让激烈的活动、艰苦的思索服从于日常生活习惯，那是需要有极大的勇气的。他们认为，享受生活乐趣是自己正常的活动，而战事才是非常的活动。他们持这种看法是明智的。我们倒是些大傻瓜。我们说："他一辈子一事无成。"或者说："我今天什么事也没有做……"怎么！您不是生活过来了吗？这不仅是最基本的活动，而且也是我们的诸活动中最有光彩的。"如果我能够处理重大的事情，我本可以表现出我的才能。"您懂得考虑自己的生活，懂得去安排它吗？那您就做了最重要的事情了。天性的表露与发挥作用，无需异常的境遇。它在各个方面乃至在暗中也都表现出来，无异于在不设幕的舞台上一样。

我们的责任是调整我们的生活习惯，而不是去编书；是使我们的举止井然有致，而不是去打仗，去扩张领地。我们最豪迈、最光荣的事业乃是生活得写意，

·作者简介·

蒙田（1533～1592），欧洲文艺复兴时期法国著名的思想家、散文家。出身贵族家庭。早年学习拉丁文，在波尔多市念中学。后在相当长的时期内深居简出，闭门读书思考。之后担任过法院顾问、波尔多市市长等职，曾游历瑞士、意大利等地。主要作品有《随笔集》3卷。书的卷首写道"我本人就是这部书的材料"，它介绍了作者的思想和生活，结构松散自然，又彼此连贯。蒙田把渊博的知识和丰富的个人经验结合起来，形成了独特的思想意境和艺术风格。书中的思想是趋于中庸的，他对当时的迷信、偏见、巫术和破坏进行否定，认为绝对的真理无法认识，只能探索部分的寻常真理。他在政治上又是保守的，尊重现存社会和秩序。《随笔集》行文旁征博引，语言平易流畅，对弗兰西斯·培根及17、18世纪欧洲一些思想家、文学家影响很大。

一切其他事情，执政、致富、建造产业，充其量也只不过是这一事业的点缀和从属品。实施这一箴言。从色诺芬的著作中，可知苏格拉底也曾一步步地证明这一点。无论哪一门学问，唯有入其门径的人才会洞察其中的难点和未知领域，因为要具备一定程度的学识才有可能察觉自己的无知。要去尝试开门才知道我们面前的大门尚未开启。柏拉图的一点精辟见解就是由此而来的：有知的人用不着去求知，因为他们已经是有知者；无知的人更不会去求知，因为要求知，首先得知道自己所求的是什么。

法国农民在五月的一个节日里

春天难得的假期里，阳光明媚，人们欢聚在一起唱歌跳舞，连习惯了四处漂泊的行吟诗人也伫足于此，参与其中，享受人生。

因此，在追求自知之明的方面，大家之所以自信不疑，心满意足，自以为精通于此，那是因为：谁也没有真正弄懂什么。正像在色诺芬的书中，苏格拉底对欧迪德姆指出的那样。

我自己没有什么奢望。我觉得这一箴言包含着无限深奥、无比丰富的哲理。我愈学愈感到自己还有许多要学的东西。这也就是我的学习成果。我常常感到自己的不足，我生性谦逊的原因就在于此。

阿里斯塔克说："从前全世界仅有七位智者，而当前要找七个自知无知的人也不容易。"今天我们不是比他更有理由这样说吗？自以为是与固执己见是愚蠢的鲜明标志。

我凭自己的切身经验谴责人类的无知。我认为，认识自己的无知是认识世界的最可靠的方法。那些既已看到自己或别人的虚浮的榜样还不愿意承认自己无知的人，就请他们听听苏格拉底的训诫去认识这一点吧。苏格拉底是众师之师。

作/品/赏/析

《要生活得写意》是蒙田的散文集《随笔集》中的名篇之一。文章表达了作者对生活及求知的见解和态度。文章开宗明义，直抒胸臆，使读者明确感受到作者写作此文的意图。接着作者以恺撒和亚历山大为例，指出享受生活乐趣是自己正常的活动，并以人们对生活的偏见作比衬，得出结论："我们最豪迈、最光荣的事业乃是生活得写意，一切其他事情，执政、致富、建造产业，充其量也只不过是这一事业的点缀和从属品。"作者由此生发开去，旁征博引，点明对求知应采取的正确态度。文章行文自如，文笔简朴自然，读来朗朗上口，既给人以轻松的愉悦享受，又给人以深刻的哲理启示。

热爱生命

/蒙田

入选理由
蒙田的散文代表作之一
对生命价值和意义的独特思考
一种超越死亡的达观精神

我对某些词语赋予特殊的含义，拿“度日”来说吧，天色不佳，令人不快的时候，我将“度日”看做是“消磨光阴”，而风和日丽的时候，我却不愿意去“度”，这时我是在慢慢赏玩、领略美好的时光。坏日子，要飞快去“度”，好日子，要停下来细细品尝。“度日”、“消磨时光”的常用语令人想起那些“哲人”的习气。他们以为生命的利用不外乎在于将它打发、消磨，并且尽量回避它，无视它的存在，仿佛这是一件苦事、一件贱物似的。至于我，我却认为生命不是这个样的，我觉得它值得称颂，富有乐趣，即便我自己到了垂暮之年也还是如此。我们的生命受到自然的厚赐，它是优越无比的，如果我们觉得不堪生之重压或是白白虚度此生，那也只能怪我们自己。

“糊涂人的一生枯燥无味，躁动不安，却将全部希望寄托于来世。”

不过，我却随时准备告别人生，毫不惋惜。这倒不是因生之艰辛或苦恼所致，而是由于生之本质在于死。因此只有乐于生的人才能真正不感到死之苦恼。享受生活要讲究方法。我比别人多享受到一倍的生活，因为生活乐趣的大小是随我们对生活的关心程度而定的。尤其在此刻，我眼看生命的时光无多，我就愈想增加生命的分量。我想靠迅速抓紧时间，去留住稍纵即逝的日子；我想凭时间的有效利用去弥补狡猾流逝的光阴。剩下的生命愈是短暂，我愈要使之过得丰盈饱满。

作/品/赏/析

《热爱生命》是一篇短小精悍的散文，文章表达了作者对生命价值和意义的独特思考。文章开首从截然相反的两种“度日”方式写起，接着以“哲人”对待生命的消极方法为反衬，指出人的生命是大自然的厚赐，具有无与伦比的优越性，因此人们应当珍惜生命，不能虚度光阴。接着作者话锋一转，指出生命虽然可贵，但死亡亦不可避免，“生之本质在于死”，人应有一种超越死亡的达观精神，既乐生又不惧死。所以人们要珍惜生活，享受生活，并采用适当的方法享受生活，因为生活乐趣的大小同我们对生活的关心程度是密不可分的。文章虽仅500余字，却将一种极其智慧和达观的生命态度，表达得淋漓透彻，鲜活自然，发人深思。

圣皮埃尔岛上的欢乐

/ 卢梭

入选理由

伟大思想家不同凡响的旅行记录
在华丽的语言中呈现作者完美缜密的思考
对人与世界的关系的整体回顾

在我曾经羁留过的居住地中（我曾有过一些迷人的住地），没有一个像位于比安湖心的圣皮埃尔岛那样使我那么真切地感到幸福、给我留下那么温馨的怀念的了。这个被沙纳泰尔居民称为土块岛的小岛，几乎不为世人所知，就是在瑞士本土也是未足挂齿的。据我所知，没有一个游客曾经提到过它。然而，对于一个喜欢限制自己活动范围的人的幸福来说，它可就称心极了，此处的位置也十分独特。因为，虽然我是唯一的一个迫于命运而来到这里的人，但我并不认为只有我才有那么纯朴的兴趣，尽管迄今我还不曾在别人那里找到这种兴趣。

卢梭像

比起日内瓦湖畔，比安湖畔则更加荒僻、更加富于浪漫色彩。因为这里的峭壁和树林更靠近湖水，是那么明媚秀丽。这儿的作物和葡萄没那么多，城镇和住家没那么密，但一样的郁郁葱葱，还可以见到有草地和浓荫遮蔽的幽静处。这儿有更加鲜明的色彩变化，更加明显的地形起伏。那些令人心境旷达的湖畔，由于缺少便于马车行走的大道，所以很少有游人涉足。但是，对于那些耽于冥思的孤独者，它可就趣味盎然了。他们喜欢悠然陶醉在大自然的妩媚之中，喜欢在一片寂静中沉思默想，只有鹰的尖叫、鸟的啼啭和山间飞泻而下的激流的哗啦声偶尔打破这片寂静。这个几乎是圆形的美丽水域，把两个小岛揽在怀中，一个住着人，种了庄稼，周长大约半里；另一个较小，也更偏僻、荒芜。后来它被人平掉了，因为大岛常受波涛和风暴的侵蚀，人们不得不从小岛取土去修补。弱者之躯常常就是这样为强者所利用了。

岛上只有一所孤零零的房子。但它宽敞、舒适、实用，跟小岛一样隶属伯尔尼的收税所，一个税务员偕家室和仆人住在这里。他在岛上有一个规模不小的家禽饲养场，一个马棚和几个鱼塘。这个岛小巧玲珑，地形、地貌是那样复杂，给

·作者简介·

卢梭（1712～1778），18世纪法国著名的启蒙思想家、文学家。早年丧母，未受过正规教育。14岁时外出谋生，当过学徒、仆人、家庭教师、乐谱抄写员等。30岁时到巴黎，为《百科全书》撰稿。后受法国当局通缉，流亡瑞士等地。晚年独居巴黎。主要著作有《社会契约论》、《爱弥儿》、《忏悔录》等。在这些著作中他提出了天赋人权、自由平等、主权在民等思想，对法国大革命产生了深远的影响。

这儿提供了千姿百态的景致，培育了许多品种的作物。那儿有耕地、葡萄园、树林、果园和小树林遮荫的肥美牧场。牧场边长满各种小灌木丛，湖岸因此清凉常驻。一个长形的平台，栽着两行树木，依傍着小岛。平台中央有一个漂亮的大厅，葡萄收获的季节，每逢星期天，湖畔附近的居民便聚在这儿，载歌载舞。

在莫蒂埃遭到围攻之后，我就逃到了这个岛上。我觉得在这儿的逗留太吸引人了，在这儿过的生活太合乎我的性格，于是我打定主意，在此地终我余生。我无忧无虑，唯恐人们不让我实现这一愿望。这个计划和我前往英国时的计划不同，我一开始就有不祥之感。怀着这种惴惴不安的预感，我巴不得人们把这个避难处变成牢狱，将我终生囚禁，使我失去离岛他去的能力和希望，使我断绝与陆地的来往，以至对世上发生的事一无所知，这正好使我忘掉这个世界的存在，也让别人忘掉我的存在。

人们只让我在岛上羁留了两个月。就我而言，能在这儿住上两年、两个世纪、乃至来生来世，我都不会有片刻厌烦。虽然我那时只有税务员、他的太太和仆人相伴，没有任何别的交往。他们的确是一些非常善良的人，这恰好是我求之不得的。我把这两个月视为我一生中最幸福的时辰。如果我不让内心产生对另一种状态的片刻希求，这个时辰将足以叫我终生感到满足。

这种幸福究竟是什么呢？这种幸福的享受包含着什么呢？我要让世人根据我对这儿的生活所作的描写去猜测。那种难能可贵的悠闲生活便是我最基本的，也是主要的享受。我渴望体味的是它全部的温馨。我在逗留中所做的一切，不过是一个恣情于悠闲生活的人所需要的其乐无穷的消遣而已。

在我自己刻意追求的这个与世隔绝的地方，不靠任何人帮助，又不会被任何人发觉，我根本不能出去。若没有周围人的帮助，我简直不能越雷池一步。人们倒是巴不得将我孤单单地撇在这里。我心想，他们的希望倒给我引起了另一种希望。我要更加恬静地度过余生，要比我先前过的日子更加恬静。想到我还有时候安顿自己，所以开始我便有意不作任何安顿。我匆匆迁居于此，只身一人，两手空空。尔后才相继弄来我的女管家、书籍和小家当。但我乐得什么都不取出来。我没有开启我的箱箱柜柜，让它们原封不动地放在那儿，就像它们刚运到时那样。我住在这所我打算打发余生的房子里，却好像住在一家第二天又要去上路的客栈一样。所有的行囊都不打开，倒是十分便当，要把它们整理整理反倒要坏事的。我感到最开心的事就是让我的藏书永远封在箱子里，也不用文房四宝。当一些倒霉的来信迫使我提笔作答时，我就嘟哝着去向税务员借文房四宝，用完就立即还给他，一心指望有一不再，有再不三。然而，这种指望总是落空。我摆满房间的是花花草草，而不是那些讨厌的废稿什和破旧书籍，因为我那时刚刚迷上植物学。伊韦努瓦博士使我对植物学产生了兴趣，这种兴趣很快发展成了一种嗜好。我再也不想做那些劳心费力的文字活计了。我应该做一种有趣味的事情，它既能使我感到快乐，又只需慵懒人肯费的那一点气力就行了。为了消磨残生，我动手写起《圣皮埃尔岛植物志》。我详详细细地、一样不漏地去描写岛上的各种植物，这就足以打发我的光阴。据说有个德国人写了一本关于柠檬皮的书。我原来也打算写一本关于草地的每一种种籽，森林的每一类苔藓，岩石上每一种地衣的书。总之，我不愿意漏掉一根草、一棵植物，而且要详详尽尽。按此绝妙的计划，每天上午，和大伙儿进过早餐后，我便手拿放大镜，挟着我那本《自然的体系》出发去岛上的某块地段考察。为此，我曾将小岛划分成若干方块，以便按不同季节逐片把这些方块走完。我观察植物的组织、结构和开花结果。那时，我对植物开花结果的各种方式还颇感新鲜哩。每一次观察，我都感到阵阵心醉神迷，没有比这种感觉更为特别的了。我似痴如醉，在相同品种中验证区分植物的属性，希望认出更为珍奇的品种来。过去我对此一窍不通。我有生以来第一次观察到开花结果的各个微妙的过程：夏枯草两支长长的雄蕊是如何分叉的；荨麻和墙草的雄蕊是怎样具有弹性的；凤仙花和黄杨的蒴果又是怎样炸开的……不禁心头一喜。我真想问问别人是否见过夏枯草的角，就像拉封丹总是问别人曾否读过《哈巴谷书》一样。两三个钟头过后，我便满载而归。要是碰上雨天，午后我就待在家里，摆弄这些东西聊以消遣。我利用下午剩下的时间，同税务员、他太太和我妻子戴莱丝访问他们的工人，参观他们的收成，常常还会同他们一块干起来。前来看望我的伯尔尼人经常看见我爬在大树的高端，腰带上束着一只袋子，我好往里面装果子，然后用绳子将它吊到地面。我在上午的活动以及由此而获得的良好心境，使我午餐后的小憩惬意极了。不过，倘若午餐的时间拖得太长，而这时天气又很迷人，我就坐不住了。于是，趁大伙儿还在餐桌上时，我就悄悄地溜出来，独自一人跳上船，把船摇到湖心。这时湖水一平如镜。我直挺挺地躺在船上，眼睛仰望着天空，任湖水缓缓地摇，有时长达几个钟头。我沉入千百种遐想之中。这些既模糊又甜美的遐想，没有任何明确或固定的对象，但依我看来，却比我在人们所谓的各种乐趣中找到的最甜美的乐趣还强似百倍。当夕阳西垂，提醒我该回去了时，我常常还在离岛很远的地方。为了在天色完全黑下来之前赶到岛上，我不得不竭尽全力把船划回来。有时候，我没有泛舟湖心，而是沿着葱绿的岛岸游弋，那清澈的湖水常常诱我跳进湖水。不过，我走得最多的水线是从大岛到小岛。在小岛上岸，在那儿度过午后的时光。时而在柳树、泻鼠李、春蓼与灌木丛中作举步维艰的散步；时而伫立于某个小沙丘上，那上面覆盖着细草和欧百里香，甚至还有岩黄芪和三叶草，好像从前曾有人把种籽撒在那儿似的。这里特别适宜兔子栖息，它们可以在那儿平平安安地繁衍，既不必担惊受怕，又不会伤害什么。我把这个想法告诉了税务。他便从沙纳泰尔弄来了一群公兔和母兔。他的太太、他的姐姐、戴莱丝还有我，我们一起煞有介事地把兔子安置到了那个岛上。在我离岛之前，它们开始生育后代了。倘若能够耐得住数九隆冬的严寒，那它们一定子孙成群了。建立这个小小“殖民点”，就成了一个大好日子。当我神气十足地率领着同伴们把兔子从大岛迁往小岛时，就连阿耳戈英雄们的舵手也不会有我那么自豪。我十分得意地注意到，那位对水过分恐惧、往往见水就昏的税务员太太，那天在我的带领下满有信心地上了船，在整个航程中没有半点惊慌神色。

当湖水激荡，不能泛舟时，我就在岛上度过我的下午，到处溜达，采集植物标本。有时坐在最招人喜爱而又最僻静的角落纵情幻想，有时坐在土台或山丘上，骋目全湖和沿岸旖旎迷人的风光。湖的一侧有近山环绕；另一侧则伸展着一片富饶而肥沃的平原。极目远眺，一直可以望见远处摭挡住视线的淡淡的青山。

黄昏将近时，我从岛的高处下来，信步来到湖边，坐在某个隐蔽处的沙滩上；涛声阵阵，湖水翻腾，吸引住我的情思，驱除了我心头因别的事引起的激动，使我整个心思沉浸在柔美的遐想之中。这时间，夜晚常常悄然而至，而我还没有察觉。湖水在我眼前时涨时落，喧哗不止，时强时弱的涛波声，不停地在我耳边喧腾。它们取代了我那因幻想而停止了的内心活动，不费心神就足以使我愉快地感到自己的存在。我时不时泛泛而短暂地思考世界上各种事物的不稳定性，水面恰好给我提供了这种不稳定的图景。但是，这些浅淡的印象很快就消失在这种单调的持续运动中了，那持续运动安抚着我，用不着我的心主动配合，就不停地把我吸引住了。到了钟点和事先约好的信号把我召唤时，我得很费些劲儿才能从这状态中脱身出来。

晚饭后，每当夜空晴朗，我们还要一块儿到土台上散散步，呼吸湖上的气息和清新的空气。我们到凉亭歇脚、嬉笑、聊天，哼一支古老的歌曲，它比那扭扭捏捏的现代歌曲可就强多了。末了，各自带着对这一天的满足心情回去就寝，一心巴望明天还要这么度过。

撇开那些令人厌烦的不速之客不谈，我在圣皮埃尔岛上勾留，就是这样打发日子的。简直可以这样说，那儿的东西太有吸引力，足以唤起我心中如此强烈、如此柔美、如此持久的怀念。15 年后，每当我想起这个可爱的地方，仍因热烈的向往而恍如身在其中。

我在漫长岁月中历尽沧桑，我发现，具有最甜蜜的享受和最强烈的快感的时期，并非那些常引起回忆或最使我感动的时期。那些一时的狂热和心血来潮的时刻，无论多么热烈，却恰恰因为本身的热烈程度而仅仅成了生命线上一些稀稀落落的点。这些点为数太少、稍纵即逝，不能形成一种状态。可我心所怀念的幸福，断然不是由一些瞬息即逝的时刻，而是由一些平凡而持久的状态构成的。这些状态本身并不强烈，但它们的魅力却随着岁月的流逝而骤增，最终能够从中找到无与伦比的快乐。

世间万事万物都在连续在波动中，没有一样东西能够保持它的一种固定而永久的形式。因此，与外界事物相因而生的情感，必然与它们的变迁而一起变异。我们的情感常常在我们之前或在我们之后，在追忆那不可再得的过去，或去预想那也许永远不会有的未来。总之，没有一件坚实的东西可以作为心灵的依托。由此可见，世间有的只是逝去的欢乐，而所谓持续的欢乐，我很怀疑它是否存在过。我们难得有享受十分强烈的那么一刹那，而足以使我们的心真正能够说出："我愿这一刹那长此下去。"既然如此，我们怎能把这样一种瞬息状态——它只给心中留下不安和空虚，只留下对过往某些事物的悔恨和对今后某些事物的希求——称为快乐呢？

但是假设有这么一种状态，在那里，心灵能够找到一个坚实的位置，整个儿地静息在那里，并在那里聚集它整个的存在，既不必追怀过去，亦不必思考未来；在那里，时间对于它是虚无的，"现时"一直延伸着，但又不显出它的连续性不显出它那相继接续的印迹；在那里，除了唯一感觉到我们的存在以外，再无贫乏或享受，快乐或痛苦的感觉，更无希冀或恐惧的感觉。我们自身的存在这唯一的感觉就能够把我们的心灵完全充实。只要这种状态持续一天，凡是处于这种状态中的人就都可以称自己是幸福的人。这种幸福并非来自那种不完全的、贫乏的、相对的幸福，就像我们在人生乐趣中所感到的那样。而是源于一种丰盈的、完备的、充实的幸福，它不给心灵留下半点空虚之感，使它需要填补。我在圣皮埃岛上，有时躺在船中随水漂移，有时坐在汹涌的湖水边，要么坐在景色秀丽的江边，或是水流穿经砾石潺潺作响的溪边独自遐想，常常处于这种状态中。

在这种境界中享受到的是什么呢？这绝不是自己身外的东西，除了我自己和自己的存在以外再没有别的东西了，只要这种状态持之以恒，人就和上帝一样心得意满。排除异念而感到自身的存在，这本身就是一种满足和宁静的珍贵情感。它足以使每个善于排除世俗的和肉欲的杂念的人感到自身存在的珍贵和甜美。因为世俗的和肉欲的杂念总是不断地分散和扰乱我们对生活在人间的甜美感觉。但是，人类的绝大部分，由于不断受到各种情欲的纠缠，他们很少能够感受到这一境界，或者只有片刻的尝试，因而对此只有一种含糊不清和混乱的观念，不足以感到那其中的韵味。按照现在的事物结构，他们若是渴望这些甜蜜的沉醉而讨厌积极的生活，那甚至是没有益处的，因为对生活不断产生的需要给他们规定了义务。然而，一个不幸者，断绝了和人类的交往，再不能做点于他人、于自己有用或有益的事情了，在这种状态中，他却能找到人生的至乐极福，作为补偿，这才是命运和人所无法从他那儿夺去的。

诚然，并不是任何人，在任何境况中能体会到这些补偿，那就需要心地平和，不能有任何情欲来打扰这种平静，需要有感而发的内心情境，需要把内心情境与四周的客观事物相融合。绝对的安息和过分的激动都是不需要的。但必须有一种均匀而适度的内心活动，没有波动和空隙，没有内心活动，生命就不过是麻木的东西；它若是不平衡或过于激烈，它就会惊醒。当它使我们意识到了四周的事物，它就会败坏我们遐想的魅力，把我们从自身中分裂出来，使我们重新回到财物和人类的束缚中，再度感到我们的诸般不福。过于沉静会令人生悲，出现死亡的阴影，因此就需要借助于一种令人快乐的想象力。上天曾赋予他们以想象力的人们自然会得到这种援助。这时，不是来自外部的内在情感便在我们内心产生了。静下来的时候比较少，但是当一些泛泛的、愉快的思考只是轻轻掠过心灵的表面而不激动它的深处时，沉静也同样是令人惬意的。只需要足够的思考就能回忆起自己，而把痛苦忘却。无论在哪里，只要能够静下心来，就可以去幻想。我常常想，若是把我囚在巴士底狱或一间伸手不见五指的暗室里，我也仍然可以悠然幻想。

但是，还得承认，在这个富饶而僻静、受着大自然的限制、与世隔绝的小岛上，悠然遐想，可就更加自由、更加惬意了。在这儿，一切都给我提供了令人愉快的景象，没有任何东西勾起我对痛苦的往事的回忆。与少数居民的交往，亲切而温柔，并不十分有趣，不会没完没了地占用我的时间。在那儿，我可以无拘无束地成天恣情于令我感兴趣的事物和最懒散的悠闲生活中。一个幻想家，他若能从令人生厌的事物中提炼出令人快慰的幻想，借助于所有感动他五官的一切，若能陶醉其中，其乐融融，那么，这个机会对他无疑就是绝妙的了。当我从长久和甜蜜的遐想中觉醒过来时，发现周围是绿茵和花岛，当我骋目于远方那环绕一汪清澈晶莹的宽宽水域、富于浪漫色彩的堤岸时，我把每一件可爱的东西都融化在我的想象中了。最后，当我逐渐清醒，意识到周围的一切时，我简直分辨不出想象和现实之间的分界线。因为，在那逗留的愉快时光中，所有一切都使我这种沉思与幽静的生活变得亲切可爱了。我为什么不在这岛上度过余年，永远不出岛，见不着一个陆上居民？他们总是令我回想起这些年来那伙人对我的加害。我很快会把他们忘掉，但他们不会忘掉我的。但只要他们再不能打搅我的平安，我也就不计其他了。当我把社交界的纷扰所引起的尘世的欲念摆脱掉了之后，我的灵魂就常常超越了这个氛围，去与天使们提前交往了——它还希望尽快有更多的天使。我明白，人们不会还给我这么一个温柔的避难处了，他们原先也是不愿意让我到那儿去的。但他们阻挡不了我展开想象的翅膀，飞向那儿，领略几个钟头的快乐，好像我还住在那里一样。我在那儿能够做的最甜蜜的事也许就是纵情幻想，当我把自己想象成在那儿时，岂不与真的在那儿没有两样吗？有时想象比真的还真哩，因为我把那些迷人的图景融进深奥而单调的幻想之中了。当我心驰神往，这些景物往往超脱了我的感官意识。现在，我幻想得越深入，幻想中的景物就越清晰，与当初我真的待在那儿时相比，如今我似乎更加身临其境，更加其乐融融。不幸的是，随着想象力的衰竭，我的幻想越来越困难，而且不能持续多久了。唉，人行将脱离自己的躯壳时，却被它裹得最紧。

作/品/赏/析

作为思想家的卢梭，使思想成为他的基本品质，这一品质在他的众多篇章里都完全表现出来了，甚至一篇游记。在《圣皮埃尔岛上的欢乐》中，我们可以看到，卢梭面对这样一个充满魅力的小岛，也没有停止他的思考。尽管一般来看，在优美的大自然面前进行冗长的思考和演说是一种使人郁闷的大煞风景，但是，事实表明即使令人陶醉的自然也不能阻止作为思想家的卢梭停止思考。卢梭热爱圣皮埃尔岛是显然的，但是如果要他来表达或者描述他的热爱，除了部分生动感性描述之外，卢梭是非要给出长篇大论而不能，在卢梭看来，也许感性和理性必须结合到使人生厌，才能讲出一个使人完全信服的理由。卢梭说："在莫蒂埃遭到围攻之后，我就逃到了这个岛上。"但是在岛上居住，他感到幸福，他思考他所看到的岛上生活者的幸福究竟是什么，这种思考引发了他对万事万物的思索。"这种幸福究竟是什么呢？这种幸福的享受包含着什么呢？"卢梭实际是要讲述对他而言隐居的必要和隐居的好处，这种孩子气的说明使我们卷入了卢梭关于人和世界的恰当关系以及人生最具价值的享受的长篇大论中，姑且看作是卢梭对人之于世界的整体回顾。当然，这些并没有影响到他笔下的美丽的圣皮埃尔岛上的绚丽风光、多彩的生活和他所感到的欢乐。

生活在大自然的怀抱里 / 卢梭

入选理由
卢梭的散文代表作之一
体现了人类心灵深处摆脱尘世干扰、追求自然纯净境界的永恒意念

作为法国启蒙运动的领袖之一，卢梭的思想和言论对法国大革命起了先导性的作用。

为了到花园里看日出，我比太阳起得更早；如果这是一个晴天，我最殷切的期望是不要有信件或来访扰乱这一天的清宁。我用上午的时间做各种杂事。每件事都是我乐意完成的，因为这都不是非立即处理不可的急事，然后我匆忙用膳，为的是躲避那些不受欢迎的来访者，并且使自己有一个充裕的下午。即使最炎热的日子，在中午一时前我就顶着烈日带着芳夏特出发了。由于担心不速之客会使我不能脱身，我加紧了步伐。可是，一旦绕过一个拐角，我觉得自己得救了，就激动而愉快地松了口气，自言自语说："今天下午我是自己的主宰了！"从此，我迈着平静的步伐，到树林中去寻觅一个荒野的角落，一个人迹不至因而没有任何奴役和统治印记的荒野的角落，一个我相信在我之前从未有人到过的幽静的角落，那儿不会有令人厌恶的第三者跑来横隔在大自然和我之间。那儿，大自然在我眼前展开一幅永远清新的华丽的图景。金色的燃料木、紫红的欧石南非常繁茂，给我深刻的印象，使我欣悦；我头上树木的宏伟、我四周灌木的纤丽、我脚下花草的惊人的纷繁使我目不暇给，不知道应该观赏还是赞叹；这么多美好的东西争相吸引我的注意力，使我眼花缭乱，使我在每件东西面前留连，从而助长我懒惰和爱空想的习气，使我常常想："不，全身辉煌的所罗门也无法同它们当中任何一个相比。"

我的想象不会让如此美好的土地长久渺无人烟。我按自己的意愿在那儿立即安排了居民，我把舆论、偏见和所有虚假的感情远远驱走，使那些配享受如此佳境的人迁进这大自然的乐园。我将把他们组成一个亲切的社会，而我相信自己并非其中不相称的成员。我按照自己的喜好建造一个黄金的世纪，并用那些我经历过的给我留下甜美记忆的情景和我的心灵还在憧憬的情境充实这美好的生活，我多么神往人类真正的快乐，如此甜美、如此纯洁、但如今已经远离人类的快乐。甚至每当念及此，我的眼泪就夺眶而出！啊！这个时刻，如果有关巴黎、我的世纪、我这个作家的卑微的虚荣心的念头来扰乱我的遐想，我就怀着无比的轻蔑立即将它们赶走，使我能够专心陶醉于这些充溢我心灵的美妙的感情！然而，在遐想中，我承认，

我幻想的虚无有时会突然使我的心灵感到痛苦。甚至即使我所有的梦想变成现实，我也不会感到满足：我还会有新的梦想、新的期望、新的憧憬。我觉得我身上有一种没有什么东西能够填满的无法解释的空虚，有一种虽然我无法阐明，但我感到需要的对某种其他快乐的向往。然而，先生，甚至这种向往也是一种快乐，因为我从而充满一种强烈的感情和一种迷人的感伤——而这都是我不愿意舍弃的东西。

我立即将我的思想从低处升高，转向自然界所有的生命，转向事物普遍的体系，转向主宰一切的不可思议的上帝。此刻我的心灵迷失在大千世界里，我停止思维，我停止冥想，我停止哲学的推理；我怀着快感，感到肩负着宇宙的重压，我陶醉于这些伟大观念的混杂，我喜欢任由我的想像在空间驰骋；我禁锢在生命的疆界内的心灵感到这儿过分狭窄，我在天地间感到窒息，我希望投身到一个无限的世界中去。我相信，如果我能够洞悉大自然所有的奥秘，我也许不会体会这种令人惊异的心醉神迷，而处在一种没有那么甜美的状态里；我的心灵所沉湎的这种出神入化的佳境使我在亢奋激动中有时高声呼唤："啊，伟大的上帝呀！啊，伟大的上帝呀！"但除此之外，我不能讲出也不能思考任何别的东西。遗忘，但他们肯定不会把我忘却；不过，这又有什么关系？反正他们没有任何办法来搅乱我的安宁。摆脱了纷繁的社会生活所形成的种种尘世的情欲，我的灵魂就经常神游于这一氛围之上，提前跟天使们亲切交谈，并希望不久就将进入这一行列。我知道，人们将竭力避免把这样一处甘美的退隐之所交还给我，他们早就不愿让我呆在那里。但是他们却阻止不了我每天振想象之翼飞到那里，一连几个小时重尝我住在那里时的喜悦。我还可以做一件更美妙的事，那就是我可以尽情想象。假如我设想我现在就在岛上，我不是同样可以遐想吗？我甚至还可以更进一步，在抽象的、单调的遐想的魅力之外，再添上一些可爱的形象，使得这一遐想更为生动活泼。在我心醉神迷时这些形象所代表的究竟是什么，连我的感官也时常是不甚清楚的；现在遐想越来越深入，它们也就被勾画得越来越清晰了。跟我当年真在那里时相比，我现在时常是更融洽地生活在这些形象之中，心情也更加舒畅。不幸的是，随着想像力的衰退，这些形象也就越来越难以映上脑际，而且也不能长时间地停留。唉！正在一个人开始摆脱他的躯壳时，他的视线却被他的躯壳阻挡得最厉害！

作/品/赏/析

《生活在大自然的怀抱里》是一篇意境优美的散文。文章表达了作者热爱自然、崇尚个性、蔑视世俗观念的思想。文章一开始用简洁的笔调表述了自己在一天里如何摆脱来访者，接着又饱含激情地描述了他所看到的自然极其清新华丽、生机无限。置身于自然这个甜美、纯洁的世外桃源，卢梭陶醉了，忘却了尘世的纷繁、虚荣、伪善、偏见，充满了梦想、憧憬。

文章采用内心独白式的表述方式，亲切自然，感情真挚，全文流畅隽永，情景交融，充满诗情画意，融人文精神与理性精神于一炉，给读者以深刻的艺术享受。

西西里

/ 歌德

入选理由
一次对意大利文明的深度考察
与自然和文明的深情对话
如大海般深沉而激荡的天才语言

歌德像

海上航行，3 月 29 日

这次不像上次，行李船离岸时有清新的东北风送行，而是很遗憾地从相反方向刮来温和的西南风，阻力极大。我们怎么都知道，航海的人靠天气和风向吃饭。我们时而在岸上，时而在咖啡馆里不耐烦地度过了一早晨。中午我们终于上船，大好天气，和享受这大自然的美景。离莫洛不远，帆船抛了锚。在明媚的阳光下，空中有一层蒙蒙薄雾，因此，未照到阳光的索伦特石壁显出最好看的鲜蓝色。那不勒斯在阳光照耀下，更是生气活现，色彩缤纷。日落时分船才启航，但是航速很慢。从这里刮起逆风，将我们朝波西利波及其尖角方向推过去。帆船通宵静静地续航。这艘船系在美洲制造，张帆轻快无比，船内有舒适的小舱房和单人卧铺，社交活动文雅活泼：看歌剧和跳舞。到巴勒莫后再写信。

3 月 30 日

拂晓，我们处在伊沙和卡普里岛之间，离后者大约 10 海里处。太阳从卡普里山和米内瓦山头后面升起。克尼普勤劳地画出海岸和岛屿及其各种景观的轮廓，船速慢有益于他写生。一路上风弱，或者船帆有一半受风。我们继续前进。维苏威火山在将近 4 点钟时从我们的视线中消失，米内瓦山头和伊沙岛仍能望得见，傍晚时它们也看不见了。夕阳坠入海中，这时天空多云，有一条 1 海里宽的长长的云带，紫色的云霞光芒四射。克尼普也将这个景象入画。现在再也见不到陆地了，四周的视界一片汪洋。夜间有月亮，月光皎洁。

我只能享受到片刻的美景。不久我晕船了。我走进舱里，平躺下，除白面包

· 作者简介 ·

歌德（1749 ~ 1832），18 世纪后期 19 世纪初德国著名诗人、欧洲启蒙运动后期最伟大的作家、德国狂飙突进运动的主将。生于法兰克福一个富裕市民家庭。先后在莱比锡大学、斯特拉斯堡大学学法律。1775 年后到魏玛做官。1786 年到意大利专心研究自然科学，从事绘画和文学创作。1788 年回魏玛任剧院监督。主要作品有书信体小说《少年维特之烦恼》、长篇小说《威廉·迈斯特》、诗剧《浮士德》、长篇叙事诗《赫尔曼与窦绿台》等。

和红葡萄酒外，其他各种饮料和青菜均不用，感到也很愉快。我同外界隔绝，内心世界就起作用。由于预见到船行很慢，为了娱乐，我立即限定自己每天写多少字数。《塔索》的两个第一幕是用诗体写的，是我从全部稿子中仅仅拿了这一叠稿子带过海来的。这两幕的计划和进度大概类似现在的，但是在10年前写的稿子，有一类软弱的、模糊的东西。我根据新的见解注重形式和韵律的时候，这些东西便消失了。

巴勒莫，4月2日

我们历尽艰辛，终于在下午3时到达港口，在这里我们见到令人极为高兴的景象。我完全恢复了精神，感到极大的愉快。城市朝北，再转回来，坐落在高山脚下。根据白天某一段时间来说，太阳当空照射过来，一切建筑物被反光照射，显出明显的阴暗面。右边是帕勒格里诺山，它那秀丽的形态完全沐浴在阳光里；左边是向远处伸展的海岸、海湾、地岬和山麓小丘。刚发绿的小树和树梢在背后的阳光照射之下，在阴暗的大楼前面来回晃动，活像一大群萤火虫来回飞舞。阴处都有一层蓝色透明的薄雾。

我们并非急不可耐地要赶紧上岸，而是留在甲板上，直到有人赶我们走为止。否则，我们到哪里能找到这样一个地点，希望再待一会儿，能享受这幸福的时刻！

有人带我们进城。城门由两根大柱子构成，顶部不可以关闭，以便神圣的罗莎莉亚有塔那么高的车子在著名节日时能够通过。我们通过这个奇妙的城门后，立即被带入左边的一家大饭店。店主是一位愉快的老人，对接待各国客人习以为常。他领我们去一个大房间。从房间的阳台我们可以俯瞰大海和停泊场、罗莎莉亚山和海岸，也能望见我们的船只和评断我们上岸的第一立足点。我们对房间的位置极为满意，几乎未注意到底层门帘后面还藏有一个抬高了的套间，里面摆了一张最宽的床，丝制的顶罩闪闪发光，与其他过时的华丽的家具完全协调一致。这样一个金碧辉煌的房间使我们有点发窘。我们要求以传统方式订约。这个老人说，不需要订约。他希望住在他这里大概能使我们满意。我们也可以使用前厅，那里通风、清凉，有几个阳台，并且紧挨我们的房间。

我们对视野开阔、能见到无限的各种各样的景色感到愉快。我们试图将景物一幅幅地画下来，因为在这里我们能一览无余，这对艺术家是一大收获。

皎洁的月光吸引我们晚上还去停泊场，回来后我们在阳台上还待了长时间。室内照明奇特，显得非常宁静和优美。

巴勒莫，4月3日

我们首先要更进一步观察城市。浏览城市很容易，深入了解却很难。说容易，因为一条几里路长的街道从下城门至上城门，从大海到山边纵贯全城，这条街道大约在路中间又被另一条街道切断。在这两条线上的东西很容易找到。城内却使外地人迷失方向。外地人只有靠导游才能在这迷宫里不迷路。

傍晚我们注意看上层人士的车水马龙，那一辆辆马车出城驶向停泊场，以便呼吸新鲜空气，消遣和从事交际活动。

入夜前两小时，一轮明月东升，照得夜晚如同白昼。巴勒莫朝北的位置使得城市和海岸很奇怪地对着这很亮的月光，月光的反光却在海涛上从未见到。因此，即使在今天这个万里无云的晴天，也觉得大海呈深蓝色、严肃和看不透。而在那不勒斯，从中午时刻起，大海却越来越开朗，越来越快乐，闪光越来越远。

克尼普今天曾让我单独一人走了许多路，做了许多观察，以便给帕勒格里诺山画出详细的轮廓。它可是世界上一切山麓小丘中最美丽的山丘了。

巴勒莫，4 月 13 日

意大利若没有西西里，在人们的心灵里就不会产生观念。这里才是解决一切问题的关键。

必须说，气候非常好。现在是雨季，但雨时断时续。今天闪电交加，老天爷将大地的一切变成绿色。亚麻已经一部分长了结，另一部分开了花。有人自以为在地上看见了小水塘，其实是下边的亚麻田里呈现出好看的嫩绿色。迷人的东西多得数也数不清！我的帮手是一个杰出的人，真正的霍夫古特，正如我真像一个忠实朋友一样。他已画出了相当好的巴勒莫城的缩影，并还将画出最好的画来。将来带着我的宝贝，高高兴兴地回家去，那是多么美好的希望！

我还没有谈这里的饮食呢，说起来可写一篇不小的文章。园中水果好极了，特别是生菜，柔嫩好吃像牛奶。我们了解到为什么老人们称生菜为拉克图卡了。油、葡萄酒，一切都很好，如果多花点时间精心准备，可能还更好些。鱼最鲜嫩。我们至今也吃过很好的牛肉，虽然我们还不想称赞它好。

现在我们正靠着窗子吃午餐！上街！有人要求给一个罪犯减刑，这种事情在庆祝复活节时是经常发生的。一帮教友带着他站到虚设的绞架之下，他在那里必须在梯子前祈祷，吻梯子，然后又被带走。这是一个长得英俊的中等阶层的人，头发经过修饰，穿着白色燕尾服，戴着白帽子，一切皆白。他手里拿着帽子。要是到处都给他系上彩带就好了，他就能够作为绵羊参加化装舞会了。

巴勒莫，4 月 16 日

由于我们扬言即将离开这个天堂，因此我希望今天在公园里找到一种完全有效的清凉饮料。读《奥德赛》我规定自己读的定额，在去罗莎莉亚山山脚旁的山谷散步时进一步思考“瑙西卡”的计划，试图从这个故事里看能否找到戏剧性来。这一切都发生在没有大喜事却有很大愉快的地方。我写下计划，不能放弃草拟几段特别吸引我的稿子并完稿。

巴勒莫，4 月 17 日

如果一个人被许多精灵追踪和诱惑，那是真正的不幸！今天清晨我打定主意，继续做我的创作梦，去公园，转瞬之间，这些天一直悄悄跟踪我的另一精灵抓着我了。以前我只是见到栽在桶和钵里的许多植物，并且习惯于在玻璃窗后面一年四季观察很多时间，现在它们却快快活活地长在露天地里。由于它们完全完成自己的使命，所以我们看得更清楚。面对这各种各样的新的和改良的品种，我又顿生昔日的奇想：在这些植物中我是否能发现原始植物。一定有这样的植物的！如果它们不全是按一个模式形成的，我怎能辨明这种还是那种生命是一种植物呢？

我力图研究这许多形态各异的植物相互不同的地方究竟在哪里。我总发现同多于异，想提出我自己的植物术语。我这样做了，但是未成功。这使我不安，但是无济于事。我下定搞创作的好主意被扰乱了。阿尔喀诺俄斯的花园不见了，一个世俗的花园找到了。为什么我们对新东西那么高兴，为什么总引诱我们去做那些我们既做不到也不能完成的事呢？

吉尔根蒂，4 月 25 日

日出时我们正朝下走，可以说，一步一景。这个小导游员意识到使我们如愿以偿，就带领我们顺利地走过有千种植物、呈现千种田园诗情的地方。土质不同对此起了很大的作用。这里地形像波浪般起伏，下面是隐藏着的废墟，上面是一层沃土，所以如此，是因为当年的楼房是用蚌壳灰造成的。我们到达了城的东端，朱诺庙的废墟每年都在坍塌，因为质地疏松的石头被风化了。今天大概只能粗略地看上一眼了，但是克尼普已选了他明天想画画的地点。

朱诺庙目前处在风化的巨崖上。城墙从这里正向东伸展，建在石灰岩层上。石灰岩层垂直于浅海滩。在大海造成这些巨崖并冲刷崖脚之后，慢慢离开了浅滩。一方面掘崖，一方面用岩缝建造城墙，许多庙就在城墙后面拔地而起。不足为奇，吉尔根蒂的下部，上坡和最高部分合在一起，从大海这边看，蔚为壮观。

太和庙（康科尔迪亚）经受了许多世纪的考验。它那纤细的建筑艺术使它接近我们的审美标准。太和庙同帕斯图姆之比正如诸神像同巨神像之比。我不想抱怨这值得称赞的、保留这个文物的新主意由于用发光的白石膏补缺填洞而搞得倒了胃口。因此一来，这个文物在人们的心目中受到了一定程度破坏。使石膏具有风化石的颜色谈何容易！当然，如果人们那么容易地看出柱子和城墙正在碎裂的蚌壳灰，那么就会对文物还保存这么长时间感到惊讶。但是寄希望于类似的子孙后代的建造者因此采取了防护措施：在柱子上还找得到粉刷的痕迹，粉刷也是为了美观，保证延长寿命。

下一站是去看朱庇特庙的废墟。这个庙占地很宽，犹如一个庞大的骨架有许多块骨头，它的内部和下部都有若干小的庄园，被篱栅切割开来。篱栅上长满了高高低低的植物。一切东西都从这废墟堆中消失了，只有一个庞大的陶立克柱式三陇板和一块同样比例的半个柱子例外。我张开双臂测量它们，不能把三陇板堆成堆，相反，从柱子刻的凹槽可以了解到，我站在里面，双肩能碰着边，把这个凹槽可以当成壁龛。22 个男人并排站成圆圈，大约相当于这样的柱子的圆周长。

我们怏怏不乐地离开这里，因为画家在这里无事可做。

但是海格立斯庙却使人发现当时对称的遗迹。庙的两边有两排柱子，都立在同一方向，好像一下子一起放置在那里的，都取南北走向。一排柱子顺小山向上，另一排顺山势向下。这个小山也许是由坍塌的房间造成的。由柱顶盘连在一起的柱子突然倒塌，也许由于风暴逞威，一下将它击倒在地，柱子躺在地上还很有规则，照原来拼成的结构裂成许多块。克尼普已经想到把这一古怪现象详细画了下来。

厄斯库拉普庙由最好看的角豆树遮荫，几乎被围进小农家的院墙里。它显出亲切的图景。

现在我们走下山去找特龙的墓碑。我们高兴的是，这个经常见到的被复制的文物还存在，特别是使我们把前面部分变成奇妙的景观，因为人们是从西向东在巨岩上看过去的。在巨岩上可以见到有缺口的城墙，并从缺口和城墙上面可以见到庙的残余部分。在哈克特的画笔下，这一景观变成了令人愉快的画。克尼普也将在这里画下它的轮廓。

墨西拿，5 月 10 日

我们就这样到达墨西拿，因为没有别的可能，只好勉强同意在韦图林的住宅度过第一夜，明天早晨转到好一些的住处。这个决定在我们进来时就对这个遭到破坏的城市产生了最可怕的概念。因为我们骑马一刻钟之久，经过了一块一块的废墟，然后到达小旅舍。这家旅舍是全区唯一重建的，从楼上的窗子就可以看到是锯齿状的废墟。除了这家旅舍所在的区，既见不到人，也碰不到动物，夜间万籁俱寂。房门未关闭也未锁。这里给旅客安排的客房还不如马住的房子。但我们躺在垫子上安然入睡了。殷勤的服务员离开店主，悄悄地闲聊去了。

5 月 14 日

下午过去了，我们没有根据自己的意愿去那不勒斯湾，而总是被驱逐到西边。由于船接近卡普里岛，便离米内瓦山头越来越远。每个人都讨厌和不耐烦，但我俩用画家的眼睛观察世界，对此感到满意，因为在日落时分我们享受了整个旅行给我们最美的景观。米内瓦山头与紧密相邻的群山层林尽染，光辉夺目。向南倾斜的巨岩这时也显出浅蓝色调。整个被阳光照耀的海岸从山头一直延伸到索伦特。维苏威火山我们明显可见。山上升腾起一大片蒸汽云，向东飘移，形成一条长长的云带。因此，我们可以推测刚出现过最大的火山爆发。左边是卡普里岛，高矗云端，透过透明的浅蓝色薄雾，我们完全能区别石壁的各种形状。在清澈明净、万里无云的天空下，平静的、几乎纹丝不动的大海浮银泛金，终于风平浪静，大海像一个小池塘横卧在我们眼前。我们面对这景色，如醉如痴。克尼普忧伤地说，任何彩色艺术都不足以再现这种和谐的场景。最细的英国铅笔、最熟练的老手也不能描绘出这些线条。我则相反，确信任何一件纪念物，即使远比这个灵巧的艺术家可能保存的价值小得多，在将来也会是极其可取的。我鼓励他尽其所能地运用手和眼睛。他听取了我的意见，提供了一幅最详细的画。然后他去着色，留下了一个例证，说明形象表达的不可能变成了可能。我们用同样好奇的眼光密切注视了从傍晚到黑夜的过程。卡普里岛黑森森地横卧在我们眼前，令我们惊异的是，维苏威火山爆发产生的云和云带，越长，越多，我们最后看到在我们的视界底部有一道壮观的闪电照亮了空中，真像听不见雷声的远方闪电。

我们未让人注意到受我们欢迎的这些场面，结果，一场大灾祸将威胁着我们。但是旅客的活动使我们不再去从事毫无把握的冒险。比我们更了解大海的旅客向船主和舵手提出了强烈的指责：由于他们笨手笨脚，不仅海峡过不去，而且托付给他们的乘客、货物等一切全有葬身鱼腹的危险。我们打听这种不平静的原因，而我们不了解，在风平浪静时，也会担心某种灾祸。但是正是这种风平浪静使那些男人得不到安慰。他们说："我们已处在激流中，激流在围着海岛转，通过浪涛的特别冲击，慢慢地、不可抗拒地向悬崖绝壁冲去，在那里我们也就没有任何优势地位，也没有港湾可以避险求救了。"

我们仔细听了这番话，现在观察自己的命运，不免恐惧不安。因为夜间虽然看不出越来越大的危险，但是我们注意到，这艘船正在摇摇摆摆地向巨崖靠近，巨崖在我们面前越来越暗，而这时还有一星半点傍晚的微光在海上扩展。在空中未能看到丝毫的运动，手帕和飘带被每个人举到空中，但是没有显示预期有的微风。实际上风越来越响，越来越狂。女人和她们的孩子们跪在甲板上，不是祈祷，而是因为空间太狭小，伸不开手脚，只能挤在一起，并排躺着。她们比男人还多。男人们想求助和求救，发现船长，向他吼叫，现在人们谴责船长，说出了在整个旅途中人们默默想到的一切：花高价买坏船舱，食物少，虽然并非不友好，但是保持沉默。船长没有向任何人为自己的行为辩解，甚至最近他观察了一晚上，对自己的手腕顽固地闭口不谈。他和舵手被跑过来的小商贩指做唯利是图，只知设法拥有船，而对驾船技术一窍不通，由于他们无能和笨拙，信任他们的人都会遭灭顶之灾。船长沉默不语，似乎仍然在思考拯救之法。但我从年轻时起就对无政府主义比死亡本身更深恶痛绝。我可沉不住气了。我挺身而出，同他们理论，其心情之平静大致像马尔塞辛的鸟儿一样多。我对他们说，正是在这时刻，他们向船长和舵手大吵大闹，希望这两个人还想出什么拯救办法，闹得头昏耳聋，闹得他们既不能思考，也不能相互了解。"至于你们"，我大声地说："转过身来，真诚地向圣母祈祷吧。唯一的关键是圣母，要看她是否给她儿子面子，她儿子将为你们做他当时为自己的使徒做过的事。在风暴咆哮的梯伯里亚大海上海涛已打进船里的时候，主啊，却睡着了。但是当没有安慰、孤立无援的人唤醒他时，便立即要求风平浪静，正如现在他能命令风止一样。如果上帝的神圣意志不是这样，就会下雨。"

这席话发生了最好的效力。妇女中有一人，我早先同她谈过道德和精神问题。她大声喊道："老天爷，祈祷吧，老天爷！"他们本来已经跪着，现在真的开始以非同寻常的热情热烈地进行祈祷。他们可以心情更加平静地作祈祷，因为船夫放下一只小船，当然这只小船只能装载 6 至 8 人。他们用一根长绳子，把小船拴在大船上，水手用力划桨，向自己划去。人们以为片刻之间他们在激流中能划得动，希望不久看到船能从激流中脱身。但是这种努力是否增加了激流的反作用力，怎样才能获得拯救？于是小船用长绳拴住，全体船员把长绳朝后向大船投掷过去，好像车夫赶车挥鞭子打一样。但是，终于这种希望也被放弃了！祈祷和责难互相交替着，这种状况越来越令人胆寒，因为像在巨岩之上的牧童，人们早已看见牧童在玩火，船在巨岩之下停着，这些牧童在低声呼叫着！他们彼此呼唤的声音就更不易听懂了。有些熟悉语言的人以为听到的是：他们希望有一天早晨能抓到好些大鱼。有人甚至令人不安地怀疑，这艘大船究竟是否会有接近巨岩的危险。可惜提出这个疑问之时，全体船员正抓着大粗杆，以便在发生危险时船撞到巨岩，免得粉身碎骨，完全葬身海底。船越来越摇晃，激浪似乎越来越汹涌澎湃。加上我的晕船病逼着我下定决心到下面的船舱去，我昏昏沉沉地躺在垫子上。但是这时我有某种愉快的感觉，这种感觉似乎来自梯伯里亚海，因为我眼前十分清楚地浮现出梅兰的铜刻圣经中的画。每当人完全返回自身的时候，精神和道德的种种印象的力量证明是最强大的。我迷迷糊糊地睡了多久，我说不上来，不过一阵狂风怒吼将我唤醒。我能清楚地听到，正是那根粗绳子在甲板上来回拖得响，这给我使用帆的希望。过一会儿克尼普跳了下来，告诉我得救了，已刮起了最微小的风，目前已动手张帆。他自己也不失时机地动手工作。人们已经明显地离开了巨岩，虽然未完全脱离激流，但是希望能战胜它。船上边一片寂静，接着有几个乘客走动，宣告一场风波顺利结束，人们躺了下来。

作/品/赏/析

1786年，37岁的歌德背起行囊，独自搭上一辆邮车，开始向南方远行，本文就是作者南行的收获《意大利游记》的一部分。文章以日记的形式写成，歌德带着充沛的精力和旺盛的激情书写意大利，在他的文字里不断地交织着天才的感性和智慧的理性，使这篇游记充分地融风物、地理、考古于一体，展示了歌德全部的才情。意大利的风光当然不在话下，作者踏上被风和海水拥抱的岛屿，即开始了西西里的解说，一段详尽冗长然而绚丽的风光之后，作者指出：“意大利若没有西西里，在人们的心灵里就不会产生观念。这里才是解决一切问题的关键。”所以，对城市的观察转入了对植物的研究和对历史的考据和回顾，作者精心临摹了这些人类文明的杰作，庙宇是歌德考察的重点，包括朱诺庙、太和庙以及朱庇特庙和它们的神像、柱石。那不勒斯湾展开了其恢宏的画卷，但是同时也带来了令人恐怖的灾难，平静的游历在这里突然刮起狂暴的飓风，它正如一贯的戏剧，在这里达到了整篇文字的高潮。在这里，作者运用大量的笔墨描述灾难来临所造成的空前恐慌以及整个惊险最终化解的过程，似乎展示了一种神秘不可知的神性的威力。在异乡人歌德的笔下，西西里美丽的风光、古老的奇迹以及生活着的人们所呈现的远不止是一幅幅绝美的风景画，它包含了意大利古老文明的一切。

自然（片断）/歌德

入选理由
歌德的散文代表作之一
一曲热情澎湃、富于诗情画意的自然颂歌
想象宏诡，文笔清新流畅，富于韵律感

自然！她环绕着我们，围抱着我们——我们不能越出她的范围，也不能深入她的秘府。不问也不告诉我们，她便把我们卷进她的漩涡圈里，挟着我们奔驰直到倦了，我们脱出她的怀抱。

她永远创造新的形体；现在有的，从前不曾有过；曾经出现的，将永远不再来；万象皆新，又终古如斯。

我们活在她怀里，对于她又永远是生客。她不断地对我们说话，又始终不把她的秘密宣示给我们。我们不断地影响她，又不能对她有丝毫把握。

她里面的一切都仿佛是为产生个人而设的，她对于个人又漠不关怀。她永远建设，永远破坏，她的工场却永远不可即。

她在无数儿女的身上活着，但是她，那母亲，在哪里呢？她是至上无二的艺术家：把极单纯的原料化为种种极宏伟的对照，毫不着力便达到极端的美满和极准确的精密，永远用一种柔和的轻妙描画出来。她每件作品都各具心裁，每个现象的构思都一空倚傍，可是这万象只是一体。

她给我们一出戏看：她自己也看见吗？我们不知道；可是她正是为我们表演的，为了站在一隅的我们。

她里面永远有着生命，变化，流动，可是她毫不见进展。她永远迁化，没有顷刻间歇。她不知有静止，她咒诅固定。她是灵活的。她的步履安详，她的例外希有，她的律法万古不易。

她自始就在思索而且无时不在沉思，并不照人类的想法而照自然的想法。她为自己保留了一种特殊而普遍的思维秘诀，这秘诀是没有人能窥探的。

一切人都在她里面，她也在一切人里面。她和各人都很友善地游戏：你胜她，她也越欢喜。她对许多人动作得那么神秘，他们还不曾发觉，她已经做完了。

即反自然也是自然。谁不到处看见她，便无处可以清清楚楚地看见她。

她爱自己，而且借无数的心和眼永远黏附着自己。她尽量发展她的潜力以享受自己。不断地，她诞生无数新的爱侣，永无餍足地去表达自己。

她在幻影里得着快乐。谁在自己和别人身上把她打碎，她就责罚他如暴君；谁安心追随她，她就把他像婴儿般偎搂在怀里。

她有无数的儿女。无论对谁她都不会吝啬；可是她有些骄子，对他们她特别慷慨而且牺牲极大。一切伟大的，她都用爱护来荫庇他。

她使她的生物从空虚中溅涌出来，但不对它们说从哪里来或往哪里去。它们尽管走就得了。只有她认得路。

她行事有许多方法，可是没有一条是用旧了的，它们永远奏效而且变幻多端。

她所演的戏永远是新的，因为她永远创造新的观众。生是她最美妙的发明，死是她用以获得无数的生的技术。

她用黑暗的幕裹住人，却不断地推他向光明走，她把他坠向地面，使他变成懒惰和沉重，又不断地摇他使他站起来。

她给我们许多需要，因为她爱动。那真是奇迹：用这么少的东西便可以产生这不息的动。一切需要都是恩惠：很快满足，立刻又再起来。她再给一个吗？那又是一个快乐的新源泉，但很快她又恢复均衡了。

她刻刻都在奔赴最远的途程，又刻刻都达到目标。

她是一切虚幻中之虚幻，可是并非对我们；对我们，她把自己变成了一切要素中之要素。

她任每个儿童把她打扮，每个疯子把她批判。万千个漠不关心的人一无所见地把她践踏，无论什么都使她快乐，无论谁都使她满足。

你违背她的律法时在服从她；企图反抗她时也在和她合作。

无论她给什么都是恩惠，因为她先使之变为必需的。她故意延迟，使人渴望她；特别赶快，使人不讨厌她。

她没有语言也没有文字，可是她创造无数的语言和心，借以感受和说话。

她的王冕是爱；单是由爱你可以接近她。她在众生中树起无数的藩篱，又把它们全数吸收在一起。你只要在爱怀里啜一口，她便慰解了你充满着忧愁的一生。

她是万有。她自赏自罚，自乐又自苦。她粗暴而温和，可爱又可怕，无力却又全能。一切都永远在那里，在她身上。她不知有过去和未来。现在对于她是永久。她是慈善的。我赞美她的一切事功。她是明慧而蕴藉的。除非她甘心情愿，你不能从她那里强取一些儿解释，或剥夺一件礼物。她是机巧的，可是全出于善意；最好你不要发觉她的机巧。

她是整体却又始终不完成。她对每个人都带着一副特殊的形相出现。她躲在万千个名字和称呼底下，却又始终是一样。

她把我放在这世界里；她可以把我从这里带走。她要我怎么样便怎么样。她决不会憎恶她手造的生物。解说她的并不是我。不，无论真假，一切都是她说的，一切功过都归她。

作/品/赏/析

《自然》是一篇意韵隽永的脍炙人口的散文，文章抒发了作者对自然的崇敬、赞誉之情，阐发了自然中蕴蓄的许多带有普遍性的哲理。作者以丰富的想象力，以第三人称写法，采用拟人、比喻、象征手法，将抽象的自然物化为具体的实在，对自然进行全力描摹，从多元化的角度将一个万有、自赏自罚、自乐自苦、粗暴而温和、可爱又可怕、无力又全能、慈善、明慧蕴藉的自然描绘得神韵毕现，阐释了生活中无处不在、常人又习焉不察的自然规则。

悼念乔治·桑

/ 雨果

入选理由
雨果的散文代表作之一
悼念乔治·桑的名篇佳作
文字凝练隽永，富于韵律美

我哀悼一位逝去的女性，向一位不朽的女子致敬。

我以往热爱她，赞赏她，尊敬她；今天，在死亡的宁静肃穆中，我瞻仰她。

雨果像

我称赞她，因为她的创造是伟大的，而且我感谢她，因为她的创造是美好的。我记忆犹新，有一天，我曾经给她写信说："我感谢您心灵如此伟大。"

难道我们失去她了吗？

没有。

高大的形象不见了，但是并没有销声匿迹。远非如此；几乎可以说，这些形象发展了。它们变成了无形，却在另一种形式下变得清晰可见。这是崇高的变形。

人形有隐蔽作用，它遮住了真正神圣的面孔，这面孔就是思想。乔治·桑是一种思想；这思想如今离开了肉体，获得了自由；她辞世了，而思想却活着。

乔治·桑在我们的时代享有独一无二的位置。其他伟人都是男人，她却是伟大的女性。

本世纪以完成法国革命和开始人类革命为其法则；在这个世纪里，由于性别的平等属于人类平等的范围内，因此一个伟大的女性是必不可少的。妇女必须证明，她可以拥有我们男性的所有禀赋，而又不失去女性天使般的品质；强大有力而又始终温柔可爱。

乔治·桑就是这种证明。

既然有那么多的人给法国蒙上耻辱，就必须有人给它带来荣耀。乔治·桑将

·作者简介·

雨果（1802 ~ 1885），19 世纪法国著名的资产阶级民主作家、积极浪漫主义文学运动领袖。生于法国东部贝藏松，幼年时曾随父亲行军到意大利等地，11 岁时随母亲返回巴黎。他热情支持法国大革命，在法国复辟王朝时期被迫流亡 19 年。1827 年发表诗剧《克伦威尔》，在序言中提出浪漫主义的文学，主张美丑对比等原则，从此成为法国浪漫主义文学运动的领袖。1830 年剧本《欧那尼》上演成功，标志着浪漫主义对古典主义的胜利。他的小说主要有长篇小说《巴黎圣母院》、《悲惨世界》、《海上劳工》、《笑面人》和《九三年》等，还著有《新颂歌集》、《东方吟》、《秋叶集》、《心声集》、《凶年集》、《惩罚集》等，剧本有《城堡里的公爵》、《逍遥王》、《昂杰罗》等。

是我们的世纪和法国值得骄傲的人物之一。这个誉满全球的女性完美无缺。她像巴尔贝斯一样有一颗伟大的心灵，像巴尔扎克一样有伟大的头脑，像拉马丁一样有崇高的心胸。她身上有诗才。在加里波第创造了奇迹的时代，她写出了杰作。

用不着一一列举这些杰作。何必把大家记得的事再鹦鹉学舌一遍呢？标志这些杰作力量所在之特点的，是善良。乔治·桑是善良的。因此，她受到憎恨。受人赞美有个替身，就是遭人嫉恨，热情有一个反面，就是侮辱。嫉恨和侮辱既是表明赞成，又想表明反对。后人会将嘲骂看作得到荣耀的喧闹声。凡是戴上桂冠的人都要受到抨击。这是一个规律，侮辱的卑劣要以欢呼的大小作为测度。

像乔治·桑那样的人都是为公众谋福利的。他们进去了，他们一旦逝去，在他们本来那个显得空荡荡的位置上，便可以看到实现了新的进步。

每当这样一个杰出人物去世，我们便仿佛听到翅膀拍击的巨大响声；既有东西逝去，就有别的东西继续存在。

大地像天空一样，也有隐没的时候；但是，人间像上天一样，重新显现，跟随在消失之后：一个男人或者一个女人，就像火炬一样以这种形式熄灭了，却以思想的形式重新放光。于是人们看到，原来以为熄灭的东西是无法熄灭的。这支火炬越发光芒四射；从此以后，它属于文明的一部分；它进入了人类广大的光明之中；它增加了光明；因为把假光熄灭了的神秘的气息，给真正的光提供了燃料。

劳动者离开了，可是他的劳动成果留了下来。

埃德加·基内去世了，但是从他的坟墓里冒出了至高无上的哲学，而他又从坟墓的上方给人们提出劝告。米什莱谢世了，但是在他身后耸立着一部历史，勾画出未来的历程。乔治·桑长辞了，但是她给我们留下妇女展露女性天才的权利。变化就是这样完成的。让我们哭悼死者吧，但是要看到接踵而至的现象；留存下来的是确定无疑的事实；由于有了这些令人自豪的思想先驱，一切真理和一切正义都迎我们而来，而这正是我们所听到的翅膀拍击的声音。

请接受我们逝去的名人在离开我们的时候，给予我们的东西吧。让我们面向未来，平静而充满沉思，向伟人的离去给我们预示的光辉前景的到来致敬吧。

作/品/赏/析

《悼念乔治·桑》是雨果为悼念法国著名的现实主义小说家乔治·桑而写的悼文。乔治·桑逝于1876年6月8日，10日在法国诺昂举行的葬礼上，宣读了雨果撰写的这篇悼文。文章开篇点题，直抒胸臆，同时说明悼念乔治·桑的原因。接着作者不从正面去描写乔治·桑，而是采用比衬的方法，以男人、名人作比照，以对手的憎恨、攻击作反衬，以火炬作比喻，突出了乔治·桑的形象伟大、思想崇高、心灵善良。最后作者劝告人们要化悲痛为力量，“面向未来，去迎接光辉的前景”，使文章的主题得到了升华。综观全文，激情多于感伤，气势磅礴，热情洋溢，文字凝练隽永，铿锵有力，富于韵律美，充分展示了一代浪漫主义文豪雨果的语言风格。

莱茵河

/ 雨果

入选理由
才华、激情和智慧的全面奔涌
对一条河流的史诗般的书写
政治家的热情和外交家的风度

您知道，我常对您说，我喜爱江河。江河既可载运货物，也能传播思想。在天地万物中，任何东西都自有其神奇妙用。江河，就像是巨大的喇叭，向着海洋唱颂着大地的美景、田野的耕耘、城市的壮丽以及人类的光荣。

我也曾对您说过，在所有的江河中，我最喜爱莱茵河。我第一次见到这条河，是在一年前，在凯尔经过浮桥的时候。夜幕降临，车子缓缓地移动。当我通过这条古老河流的时候，我感受到了某种敬仰之情。这，我至今不曾忘怀。很久以来，我一直想看看这条河。每当我与这些大自然中的伟物相接触——我几乎要说是与其心心相印时，我都被深深地感动。这些大自然中的伟物在历史上也起着重大作用。我不知道为什么，那些极不协调的东西，在我眼中往往显示出一种奇特的相似与和谐。我的朋友，您还记得瓦尔斯里纳城的罗纳河吗？1825年，在那次愉快的瑞士旅行中，我们曾共同观赏过它。那次瑞士之行是我一生中印象最为深刻的一次。那时我们都还只有20岁！当时，罗纳河是以怎样的狂啸，怎样的怒吼，卷入旋涡的啊！而那柔弱的木桥却在我们的脚下颤栗发抖，摇摇欲坠。这一切您还记得吗？记得吗？从那时起，罗纳河在我的脑海中便是一只老虎，而莱茵河却是一只狮子。

那天晚上，当我第一次看到莱茵河时，我觉得它确实是一只狮子。我长久地注视着这骄傲而高贵的河流：凶猛而不疯狂，原始中却显出威严。当我过河时，正值它水涨河满，极为壮观。它那浅黄褐色的浪花如同雄狮的浓发——布瓦洛称之为“黄泥色的胡须”——拍打着桥面。它的两岸隐没在黄昏中：它的声音是一种有力而沉着的咆哮，在它身上，我感受到了大海的力量。

是的，我的朋友，这是一条高贵的河流。它目睹了封建社会、共和体制和皇家帝国。它当之无愧，既是法国的骄傲，也是德国的自豪；既是战争者，也是思想家的见证，因为它概括了整个欧洲历史的这两大面貌。在那使法国前进的壮丽波涛中，在那使德国思索的深沉的潺潺水流中，我们都能找到历史的痕迹。

莱茵河集中了河流的万般面貌于一身。它像罗纳河一样迅速敏捷，像卢瓦尔河一样雄浑宽阔，像缪斯河一样峭壁夹岸，像塞纳河一样迂回曲折，像索姆河一样绿水莹莹，像台伯河一样历史悠久，像多瑙河一样庄严高贵，像尼罗河一样神秘莫测，像美洲的河流一样金光闪闪，像亚洲的河流一样蕴涵着寓言与幽灵……

在史前，也许在人类存在之前，在今日莱茵河的地域上，曾有两条火山山脉在冒烟，在燃烧；火山熄灭了，在大地上留下了两大堆熔岩和玄武岩，像两座长城一样平行排列。同样，巨大的结晶凝聚了，形成了今日的原始山脉；大量的冲击层干涸了，成了今日的从属山脉。那慢慢冷却下来的巨大熔岩堆，就是我们今日所称的阿尔卑斯山。山顶上堆积了厚厚的雪，这雪化成水后形成两条大河流淌在大地上：一条顺北坡流去，穿过平原，流经死火山的两条沟壑，再从这里投入大西洋；另一条沿西坡而流，从座座高山上直落而下，沿着火山的另一堆溶岩——我们今日称作阿尔代什山——流入地中海。这第一条河流就是莱茵河，第二条是罗纳河。

据历史记载，最早出现在莱茵河岸边的人类是被称作凯尔特人的半开化民族，罗马称他们为高卢人。恺撒曾说过："在他们的语言中，称作凯尔特人，而在我们的语言中，叫做高卢人。"侯哈克人定居在靠近源头的地方，而阿尔让多哈克人和毛坎田人定居在靠近河口的地方。随后，时机来临，罗马出现了。恺撒征战了莱茵河，德律絮斯建立了50个城堡，执政官米纳蒂乌斯·布朗古斯在汝拉山的北山顶上开始建立城市，马尔蒂斯·维萨缪斯·阿格里巴在莱茵河疏水口建了一座堡垒，然后，他又在与杜蒂奥姆城相望的地方建了一个殖民地。在内隆统治时期，参议员安托瓦在靠巴达维海的地方创建了一个自治市，此时，整个莱茵河都落入了罗马人的手中。古罗马的第22军团曾扎营在耶稣受难时的橄榄树下，当这个军团从耶路撒冷驻地撤回时，蒂杜斯便把它派到了莱茵河畔。罗马军团继续着马尔蒂斯·阿格里巴的事业，征服者们认为有必要建立一座城市将莫利波库斯和托纽斯连接在一起，于是，由马尔蒂斯设计的莫干蒂阿库姆城便由军团士兵们建起来了。然后，特拉让又将其扩大，阿德里安将其美化。还有一件惊人的事情，必须顺带提一下。这个第22军团带回了克雷桑蒂斯，他是莱茵河畔的第一个耶稣代言人，并在这里建立了新的宗教。上帝的意愿，要这些拆毁了约旦河流域庙宇最后一块石头的有眼无珠的人们，在莱茵河流域铺下庙宇的第一块基石。在特拉让和阿德里安之后，又来了于连，他在莱茵河与摩泽尔河的汇合处建立了一座要塞；在于连之后，又出现了瓦朗蒂尼安，他在我们叫做洛旺堡和斯特洪堡的两座火山上建了一些城堡。就这样，在短短的几个世纪中，这条长而牢固的罗马殖民线便如同链条一样连结、加固在河流上。这条罗马殖民线包括：维尼塞拉、阿尔达维拉、洛尔加、特拉维尼·加斯特奥姆、韦尔萨利、莫拉·罗马诺鲁姆、杜利·阿尔巴、维多利亚、波多布里加、安托尼亚库姆、桑蒂亚库姆、里科洛姆、里科马圭姆、杜尔波杜姆、布鲁瓦洛姆；它从科尔尼·罗马诺卢姆直到康斯坦茨湖，从莱茵河顺流而下，沿途还以一些重点城市为基础。奥古斯塔，即今日的马塞尔；阿尔让蒂纳，即今日的斯特拉斯堡；莫干蒂阿库姆，即今日的美因兹；孔弗卢昂蒂阿，即今日的科布伦茨；科隆尼加·阿格里比纳，即今日的科隆；并在

莱茵河流经德国西部，最后注入北海。

靠近大西洋的地方，同特拉泽克杜姆·莫桑，即马爱斯特里莰，特拉泽克杜姆·雷努姆，即乌德勒支相连。

从此，莱茵河便非罗马莫属了。这时，它只是一条灌溉日后的瑞士省份和两个日耳曼尼亚及比利时和巴达维省份的河流，仅此而已。北部的长发高卢人曾英勇善战，使得米兰的穿长袍高卢人和里昂的穿长裤高卢人都好奇地跑去观看。而这时，他们都被征服了。左岸的罗马城堡使右岸敬畏，古罗马军团的士兵穿着特里尔呢军服，拿着东格尔的槊，只需站在悬崖上监视日耳曼人那古老的战车——一种庞大的活动塔楼。这种战车的轮子上装备着镰枪，车辕上竖着梭镖，由牛拉着移动，上面筑有可供10个弓箭手使用的雉堞。有时，这种战车会在莱茵河的另一侧冒险来到德律絮斯的要害弩炮射程之下。

北方种族向南方地区的可怕涌入，在民族生活的某些灾难时期不可避免地往复重演，人们将它称作蛮族入侵。它吞没了整个罗马，正值罗马帝国改革的时期，莱茵河上城堡的花岗岩军事屏障被这股浪潮所摧毁。而在6世纪左右，曾出现过这样的时刻：莱茵河的浪峰冲击着罗马废墟，就像今天冲击着封建遗址一样。

查理大帝修复了这些瓦砾，重建了堡垒，用来对抗以其他名字再生的古老的日耳曼游牧部落，同波艾曼人对抗，同阿波德里特人对抗，同维尔巴特人对抗，同萨哈伯人对抗。他还在他妻子法斯特拉达长眠着的美因兹建了一座石头墩桥。据说，人们今天仍能在水下看到遗迹。他重建了波恩的引水渠；修复了维多利亚，即今日的纽维艾得罗马大道；巴克希尔拉，即今日的巴查拉克大道；维尼塞拉，即今日的温凯尔大道；特洛努斯·巴克希，即今日的特拉尔巴克大道；并在尼艾德·安日莱姆，用于连的一个大浴室的断砖残瓦为自己建了一座宫殿——萨阿尔宫。但是，尽管查理大帝才华横溢，毅力超群，他的所作所为也仅仅是刺激了一下残骸枯骨。古老的罗马帝国早已寿终正寝。莱茵河的面貌已今非昔比了。

正如我上面已提到的，在罗马统治下，一根看不见的胚芽已经播种在莱茵河地区。基督教，这只刚刚展翅的神鹰在这些峭壁上产下了一只蛋，蛋中包含着一个世界。克雷桑蒂斯在公元70年就已为托纽斯传过教。以他为榜样，圣阿波利奈尔观光了里科马圭姆；圣高阿尔在巴克希尔拉布道；土尔的主教圣马尔丁在孔弗卢昂蒂阿讲授教理；圣马代尔纳在去东格尔之前，曾在科隆居住过。圣厄沙利尤斯在特里尔附近的树林中为自己建造了一座隐修院。而在这同一片树林中，圣热泽兰曾在一根柱子上站立了3年，同狄安娜女神雕像短兵相接，最后他终于用盯视的方法使雕像崩溃了。在特里尔，甚至许多无名基督徒在高卢省府大院里做了殉教者，人们将他们的骨灰扬洒在风中。这些骨灰是飘扬各地的种子。

种子已播在犁沟中，但只要蛮族过渡期持续，便不会生根发芽。

相反地，这个时期出现了深刻的崩溃，文明似乎瓦解了，牢固的传统之链断开了，历史好像变得没有痕迹。这一灰暗时期的人类与事件像幽灵一样通过了莱茵河。给河流留下的仅仅是一种幻象，刚一闪现马上就无影无踪了。

由此，莱茵河在经过了一个历史时期之后，进入了一个神奇的阶段。

人的想象力同大自然一样，不接受空白的存在。在没有人烟的地方，大自然便使鸟儿们啁啾不休，使树叶沙沙做响，使成千上万的声音窃窃私语。而在历史朦胧的地方，想象力便使幽灵出现，使幻想和表象共存。寓言在消失的历史空白区生存、成长、结合、开花，就像英国山楂树和龙胆树生长在倒塌的宫殿裂缝中一样。

文明犹如太阳，有黑夜、有白昼，有圆满、有环食；时而落下，时而升起。

当文明复兴的曙光在托纽斯出现时，立即在莱茵河畔悦人地传诵着一些传奇与寓言。凡是被文明复兴的光明照亮的地方，便有上千个超自然而可爱迷人的形象闪耀着光辉。而在那些未被照到的阴暗角落，便会有一些丑陋的形象，骇人的鬼魂在张牙舞爪。

但阴影散去，传说消失，天色大亮，文明重现，历史恢复了形象。

这里有 4 个人，来自 4 个不同的方位，他们时常聚集在莱茵河左岸边的一块石头旁，在朗斯和喀贝朗之间，离一条林荫小道不远。这 4 个人坐在石头上，他们选举又废黜德国的皇帝们。这些人便是莱茵河的 4 个选帝侯。

他们所选择的地方——朗斯，几乎是在莱茵河谷的中间地带。朗斯属于科隆选帝侯。从这里，向西可以看到属于特里尔选帝侯的左岸的喀贝朗，向北可以眺到属于美因兹选帝侯的有岸的奥贝尔朗斯坦，还可以望到属于莱茵伯爵领地的布朗巴克。在一个小时以内，每个选帝侯都能从家中到达朗斯。

每年在圣灵降临节的第二天，科布伦茨和朗斯的显贵们便以节日为幌子在这里集中，一起商议某些疑难事情。这是公社与资产阶级的雏形，它在已完全建好的极壮观的日耳曼大厦的基础上秘密地挖着洞穴，在王宫附近大胆地进行着以小克大的有生气而不朽的谋反，甚至就在封建主义巨石王位的阴影之下进行着。

几乎是在同一个地方，斯托尔桑弗尔斯选举城堡俯视着小城喀贝朗，它今日已成为了绝妙的遗址。科隆的大主教威尔内 1380 年至 1418 年在城堡里居住并供养着炼金术士，他们并未炼出金子来，但却在通向点金石的路上发现了化学的好几种重要规律。因此，在一段不长的时间里，在我们今日几乎不注意的朗恩河口的对面，我们在莱茵河的同一位置上看到了德帝国的出现，以及民主和科学的诞生。

从此，莱茵河便有着军事与宗教的双重面貌。修道院与女修院成倍增长，半山腰的教堂使河畔村庄与山上的城堡发生了联系。这一惊人画面，在莱茵河的每个转弯处都重新出现，使得教士能够立足于人类社会。那些有神职的王侯们在莱茵河畔不断增加教堂的数量，就像 1000 年前罗马的省长们所做的那样。特里尔的大主教博杜安建了乌拜威塞尔大教堂，亨利·得威坦让在摩泽尔河上建了科布伦茨大桥。瓦尔拉姆·德于利埃用一个在石头上雕刻精美的十字架，使罗马遗址和哥德斯堡的火山巅神圣化了，这个火山巅被认为是有着魔法的丘陵废墟，就像教皇一样，神权与俗权都集中在这些有神职的王侯们身上。

但在莱茵河上，那些其结果在很多年后才具体呈现的无形的东西也开始成熟了。与商业同时发展，也可以说是同船而行的是异端邪说、研究精神与自由的信仰。

不过，这时已接近 16 世纪了。莱茵河在 14 世纪已看到大炮诞生于离它不远的纽伦堡城，而在 15 世纪，在它岸边的斯特拉斯堡又看到了印刷业的出现。1400 年，科隆熔化了它那著名的有 14 法尺长的轻型号炮。1472 年，万德兰·斯德庇尔印刷了他的《圣经》。一个新的世界将要诞生。

莱茵河，在欧洲的命运中，意味着天意。正是这条横向大河将南、北一分为二，神意将它作为一条边界河流，这条河成为城墙河流。莱茵河目睹了几乎所有的战争伟人的面貌，并体现了他们的魂灵。3个世纪以来，正是这些人用人们称作“剑”的犁铧耕耘了这片古老的大陆。恺撒曾通过莱茵河由南溯流而上；阿提拉由北顺流而下；克罗维斯在这里取得了托尔比阿克战役的胜利。查理大帝和拿破仑曾在这里统治，腓特烈·巴尔波卢斯皇帝、罗道尔夫·德哈伯斯贝尔皇帝和莱茵伯爵腓特烈一世曾在这里显示了其伟大、胜利而光辉的形象。居斯塔夫·阿道尔夫曾在科博城的哨所上指挥着他的军队，路易十世也曾到过莱茵河。昂甘和孔代也曾通过这条河，可惜的是，蒂雷纳也到过这条河。德律絮斯的墓碑在美因兹，马尔索的墓碑在科布伦茨，奥什的在安德纳克。对于那些重现历史的思想家们来说，有两只雄鹰长久地在莱茵河上空盘旋，一只是罗马军团之鹰，一只是法国军团之鹰。

莱茵河曾被罗马人称作 Rhenussuperbus。它时而架住浮桥，桥上竖起梭镖、槊或刺刀，意大利军队、西班牙军队或法国军队从这里潮水般涌向德国，而那些始终结为一帮的古老的蛮族之众也从这里冲向在地理上一直不可分割的古罗马帝国，它时而又和平地运载着林格和圣加勒的枞树，巴塞尔的斑岩和蛇纹岩，班让城的钾碱，喀尔沙尔的食盐，斯特洪堡的皮革，朗斯堡的水银，约哈尼斯堡和巴什哈克的果酒，科博的板岩，奥博尔威塞尔的鲑鱼，萨尔齐格的樱桃，鲍巴尔的木炭，科布伦茨的白铁餐具，摩泽尔的玻璃器皿，班多尔夫的锻铁，安代尔纳克的凝灰岩和石磨，纽维德的石板，安托尼乌斯坦的矿泉水，瓦朗达尔的床单和陶器，阿尔的红酒，林茨的铜和铅，科隆的羊毛与丝绸。这条河按照上帝的意愿，庄严地在欧洲完成了它的战争之江与和平之江的双重职责。

对于荷马来说，莱茵河并不存在。在这里雨水连绵，太阳从不露脸。对于维吉尔来说，这不是一条不被人知的江河，而是一条冰河。对于莎士比亚来说，是美丽的莱茵河。对于我们来说，直到莱茵河成为欧洲一个问题的那一天，这是时髦的风景如画的旅游地，是埃姆斯、巴登和斯帕的无所事事者的散步圣地。

彼特拉克曾到过亚琛地区，但我不认为他曾谈论过莱茵河。

莱茵河的山坡、河谷和谷壁具有不屈不挠的意志，世界上所有人为的会议都不能长久地分割、阻挠它。地理上莱茵河的左岸属法国所有，神圣的天意曾3次将莱茵河的两岸都归属法国，这便是在矮子丕平时代，查理大帝时代和拿破仑时代。

矮子丕平的帝国曾横跨在莱茵河上。这个帝国当时包括除阿基坦地区和加斯科涅地区以外的法国本土，和除巴瓦洛地区以外的、直到巴瓦洛瓦地区的德国本土。

查理大帝的帝国是拿破仑帝国的两倍。

确实，应该注意的是，拿破仑曾统治着3个帝国，或换句话说，是3种方式的皇帝：直接统治的法帝国的皇帝；间接地由他的兄弟们掌管的西班牙、意大利、威斯特伐利亚和荷兰地区的皇帝，他将这些王国作为中央帝国的墙垛；他又从道义上通过霸权成为欧洲的皇帝。欧洲仅仅是一个基地，日复一日地被他的神奇建筑所侵吞。

以这种方式看待问题，拿破仑的帝国有着同样的中心和产生方式。

拿破仑从未梦想过建立一个莱茵河公国，而在法国王室和奥地利王室的长期战争中，某些平庸的政客们却为之奋斗过。他知道一个不是由岛屿构成的纵向长条形公国是不可能长久的，因为一遇到猛烈的打击，它便会立即屈服并一分为二。一个公国不应只是体现出一种单纯的秩序，国家要想维持并有抵抗能力，必须要一种安定。除了几个残缺不全的居民区外，拿破仑曾掌握着莱茵联邦，就像地理和历史所记载的那样，并满足于使这一联邦系统化。莱茵联邦必须同北方或南方相抗衡，并成为其障碍。这一联邦曾为反对法国而建，皇帝将它转了向。他的政治是一只巨手，用巨人的力量和棋手的精明远见将帝国放置或挪动。

由此，莱茵河经历了4个明显的阶段，4种截然不同的风貌。第一阶段为挪亚时代，也可能是亚当以前的时代；第二阶段为古代史阶段，日耳曼尼亚与罗马的斗争时代，恺撒在这一时代光彩照人；第三阶段是查理大帝出现的神奇时代；第四阶段为现代历史阶段，是拿破仑占统治地位的德法之战时代。因为不管作家们怎样千方百计以避免这些伟大业绩的单调性，当人们从欧洲历史的一端走向另一端时，恺撒、查理大帝和拿破仑都是3个巨大的里程碑，人们总能在道路上找到他们的痕迹。

最后要说的是，莱茵河，天意之江，似乎也是一个具有象征意义的江；在它的歧道上、流域中和它所通过的地方，可以说，它都是文明的象征。它为文明已做出了众多贡献，并将继续做出更多贡献。它从康斯坦茨湖流向鹿特丹；从雄鹰之乡流到鲑鱼之城；从教皇住地、主教住地及皇帝住地流到商人与资产者的发展地；从阿尔卑斯山流到大西洋；就像人类本身从高尚的、永恒的、无法达到的、宁静的、光辉的思想滑向广博的、变化不定的、暴风骤雨般的、忧郁的、有益的、可破浪远航的、危险的和深奥的思想。这些思想管理着一切，承受着一切，孕育着一切，淹没着一切。人类还从神权政治回到了民主政治，这便是从一个伟大之举过渡到了另一个伟大业绩。

作/品/赏/析

这是考古学家和幻想家的一次遥长而奇妙的漫游。这条充满了传说的大河，对雨果具有一种奇特的、几乎是魔法般的吸引力。或许，在这种想要理解并表达出来的德国的诗情画意的愿望中，他还掺和了要感动德国公主、奥尔良公爵夫人的愿望。特别是在法德关系上，他认为自己看到了一个作家可以发挥其作用并参与公众事务的途径。在此之前一年，已有迹象表明法国和普鲁士之间正酝酿着一场冲突。这篇文章以其广阔的历史视野、练达的文笔以及大胆的解决方法，看起来显得稳重、踏实。雨果所看到的莱茵河是一条惊心动魄的史诗般的河流，是“埃斯库罗斯式”的。他从莱茵河带回来的画很美，每一幅都被照射成一种悲剧性的、超自然而强烈的、如梦魇一般的光亮——这种光亮与其说来自莱茵河畔的风景，还不如说来自雨果本人的气质。

冬天之美

/乔治·桑

入选理由
乔治·桑的散文名篇
一幅美丽真切的19世纪法国的乡村冬景图
篇短小精悍、优美雅致

乔治·桑像

乔治·桑是19世纪法国著名的批判现实主义女作家，她以独特的思想和创作技巧享誉世界文坛，受到世人的推崇和尊敬。

我从来热爱乡村的冬天。我无法理解富翁们的情趣，他们在一年当中最不适于举行舞会、讲究穿着和奢侈挥霍的季节，将巴黎当做狂欢的场所。大自然在冬天邀请我们到火炉边去享受天伦之乐，而且正是在乡村才能领略这个季节罕见的明朗的阳光。在我国的大都市里，臭气熏天和冻结的烂泥几乎永无干燥之日，看见就令人恶心。在乡下，一片阳光或者刮几小时风就使空气变得清新，使地面干爽。可怜的城市工人对此十分了解，他们滞留在这个垃圾场里，实在是由于无可奈何。我们的富翁们所过的人为的、悖谬的生活，违背大自然的安排，结果毫无生气。英国人比较明智，他们到乡下别墅里去过冬。

在巴黎，人们想像大自然有六个月毫无生机，可是小麦从秋天就开始发芽，而冬天惨淡的阳光——大家惯于这样描写它——是一年之中最灿烂、最辉煌的。当太阳拨开云雾，当它在严冬傍晚披上闪烁发光的紫红色长袍坠落时，人们几乎无法忍受它那令人眩目的光芒。即使在我们严寒却偏偏不恰当地称为温带的国家里，自然界万物永远不会除掉盛装和失去盎然的生机，广阔的麦田铺上了鲜艳的

·作者简介·

乔治·桑（1804～1876），19世纪法国著名的批判现实主义女作家。生于巴黎，幼年丧父，由祖母抚养，18岁时嫁给杜德望男爵，但她对婚姻并不满意，1831年到巴黎，开始独立生活，从事文学创作。她的小说创作大致可分四阶段：早期作品称为激情小说，代表作有《安蒂亚娜》、《华伦蒂娜》等，描写爱情上不幸的女性不懈地追求独立与自由，充满了青春的热情与反抗的意志。第二阶段作品是空想社会主义小说，代表作有《木工小史》、《康素爱萝》等，提出了资本主义社会中妇女的命运问题，攻击资本主义的财产制度和婚姻制度，进而提出空想社会主义的理想。第三阶段作品为田园小说，代表作有《魔沼》、《弃儿弗朗索瓦》等，以抒情见长，善于描绘绮丽的自然风光，渲染农村的静谧气氛，具有浓郁的浪漫色彩。第四阶段作品为传奇小说，代表作为《金色树林的美男子》。乔治·桑是最早反映工人和农民生活的欧洲作家之一。

地毯，而天际低矮的太阳在上面投下了绿宝石的光辉。地面披上了美丽的苔藓。华丽的常春藤涂上了大理石般的鲜红和金色的斑纹。报春花、紫罗兰和孟加拉玫瑰躲在雪层下面微笑。由于地势的起伏，由于偶然的机缘，还有其他几种花儿躲过严寒幸存下来，而随时使你感到意想不到的欢愉。虽然百灵鸟不见踪影，但有多少喧闹而美丽的鸟儿路过这儿，在河边栖息和休憩！当地面的白雪像璀璨的钻石在阳光下闪闪发光，或者当挂在树梢的冰凌组成神奇的连拱和无法描绘的水晶的花彩时，有什么东西比白雪更加美丽呢？在乡村的漫漫长夜里，大家亲切地聚集一堂，甚至时间似乎也听从我们使唤。由于人们能够沉静下来思索，精神生活变得异常丰富。这样的夜晚，同家人围炉而坐，难道不是极大的乐事吗？

乔治·桑生活过的地方和她的遗物

作/品/赏/析

《冬天之美》是一篇短小精悍、优美雅致的写景抒情散文。文章以细腻的笔调，勾勒出一个静谧、和谐、清丽、幽雅的法国冬天农村的自然风光。作者开篇点题，直抒胸臆，抒发了自己热爱自然、向往乡村生活的情思。接着别出心裁，宕开一笔，描述巴黎冬天的不美，突出其脏乱、浮糜悖谬的生活，并以空气“清新”、“地面干爽”的乡村生活与之相对照，以此反衬乡村的美丽。接着作者以浓墨重彩之笔，运用比喻、拟人手法，倾力描绘乡村的冬景，将原本普通平常的景物渲染得有声有色，生机盎然。文章既流露了作者热爱自然、憧憬乡村生活的思想感情，也嘲讽了上流社会的奢侈生活，表达了对下层人民的同情，反映了作者厌恶“城市化”工业文明、崇尚回归自然的生活态度。

光荣的荆棘路

/安徒生

入选理由

古老的氛围中蕴含沉重

疏散的结构，统一的主题

历史光辉人物的画廊

安徒生像

从前有个古老的故事：“光荣的荆棘路：一个叫做布鲁德的猎人得到了无上的光荣和尊严，但是他却长时期遇到极大的困难和冒着生命的危险。”我们大多数的人在小时已经听到过这个故事，可能后来还谈到过它，并且也想起自己没有被人歌颂过的“荆棘路”和“极大的困难”。故事和真实没有什么很大的分界线。不过故事在我们这个世界里经常有一个愉快的结尾，而真实常常在今生没有结果，只好等到永恒的未来。

世界的历史像一个幻灯。它在现代的黑暗背景上，放映出明朗的片子，说明那些造福人类的善人和天才的殉道者在怎样走着荆棘路。

这些光耀的图片把各个时代，各个国家都反映给我们看。每张片子只映几秒钟，但是它却代表整个的一生——充满了斗争和胜利的一生。我们现在来看看这些殉道者行列的人吧——除非这个世界本身遭到灭亡，这个行列是永远没有穷尽的。

我们现在来看看一个挤满观众的圆形剧场吧。讽刺和幽默的语言像潮水一般的从阿里斯托芬的“云”喷射出来。雅典最了不起的一个人物，在人身和精神方面，都受到了舞台上的嘲笑。他是保护人民反抗三十个暴君的战士。他名叫苏格拉底，他在混战中救援了阿尔西比亚得和生诺风，他的天才超过了古代的神仙。他本人就在场。他从观众的凳子上站起来，走到前面去，让那些正在哄堂大笑的人可以看看，他本人和戏台上嘲笑的那个对象究竟有什么相同之点。他站在他们面前。高高地站在他们面前。

你，多汁的、绿色的毒胡萝卜，雅典的阴影不是橄榄树而是你！

七个城市国家在彼此争辩，都说荷马是在自己城里出生的——这也就是说，

·作者简介·

安徒生（1805～1875），丹麦童话作家。因家境贫寒，幼年未进过正规学校。14岁时告别家乡到哥本哈根，在剧院里打杂。后来有些艺术家给他提供助学金，他才开始正式上学。安徒生酷爱文学，他阅读了大量文学名著，并学着创作诗篇与剧本。1827年，他创作的诗剧《阿尔芙索尔》在皇家艺术剧院演出时引起轰动。第二年，他被哥本哈根大学免试录取。1838年，他获得国家作家奖金。1867年，安徒生被故乡奥登塞选为荣誉市民。1875年8月4日，安徒生因肝癌逝世于朋友的乡间别墅。

在荷马死了以后！请看看他活着的时候吧！他在这些城市流浪，靠朗诵自己的诗篇过日子。他一想起明天的生活，他的头发就变得灰白起来。他，这个伟大的先知者，是一个孤独的瞎子。锐利的荆棘把这位诗中圣哲的衣服撕得稀烂。

但是他的歌仍然是活着的；通过这些歌，古代的英雄和神仙也获得了生命。

图画一幅接着一幅地从日出之国，从日落之国现出来。这些国家在空间和时间方面彼此的距离很远，然后它们却有着同样的光荣的荆棘路。生满了刺的蓟只有在它装饰着坟墓的时候，才开出第一朵花。

骆驼在棕榈树下面走过。它们满载着靛青和贵重的财宝。这些东西是这国家的君主送给一个人的礼物——这个人是人民的欢乐，是国家的光荣。嫉妒和毁谤逼得他不得不从这国家逃走，只有现在人们才发现他。这个骆驼队现在快要走到他避乱的那个小镇。人们抬出一具可怜的尸体走出城门，骆驼队停下来了。这个死人就正是他们所要寻找的那个人：费尔杜西——光荣的荆棘路在这儿告一结束！

在葡萄牙的京城里，在王宫的大理石台阶上，坐着一个圆面孔、厚嘴唇、黑头发的非洲黑人，他在向人求乞。他是加莫恩的忠实的奴隶。如果没有他和他求乞得到的许多铜板，他的主人——叙事诗《路西亚达》的作者——恐怕早就饿死了。

现在加莫恩的墓上立着一座贵重的纪念碑。

这是一幅国画！

铁栏杆后面站着一个人。他像死一样的惨白，长着一脸又长又乱的胡子。

“我发明了一件东西——一件许多世纪以来最伟大的发明，”他说，“但是人们却把我放在这里关了二十多年！”

“他是谁呢？”

“一个疯子！”疯人院的看守说，“这些疯子的怪想头才多呢！他相信人们可以用蒸汽推动东西！”

这人名字叫萨洛蒙·得·高斯，黎显留读不懂他的预言性的著作，因此他死在疯人院里。

现在哥伦布出现了。街上的野孩子常常跟在他后面讥笑他，因为他想发现一个新世界——而且他也就居然发现了。欢乐的钟声迎接着他的胜利的归来，但嫉妒的钟声敲得比这还要响亮。他，这个发现新大陆的人，这个把美洲黄金的土地从海里捞起来的人，这个一切贡献给他的国王的人，所得到的报酬是一条铁链。他希望把这条链子放在他的棺材上，让世人可以看到他的时代所给予他的评价。

图画一幅接着一幅的出现，光荣的荆棘路真是没有尽头。

在黑暗中坐着一个人，他要量出月亮里山岳的高度。他探索星球与行星之间的太空。他这个巨人懂得大自然的规律。他能感觉到地球在他的脚下转动。这人就是伽利略。老迈的他，又聋又瞎，坐在那儿，在尖锐的苦痛中和人间的轻视中挣扎。他几乎没有气力提起他的一双脚：当人们不相信真理的时候，他在灵魂的极度痛苦中曾经在地上跺着这双脚，高呼道：“但是地在转动呀！”

这儿有一个女子，她有一颗孩子的心，但是这颗心充满热情和信念。她在一个战斗的部队前面高举着旗帜；她为她的祖国带来胜利和解放。空中响起了一片狂乐的声音，于是柴堆烧起来了：大家在烧死一个巫婆——冉·达克。是的，在接着的一个世纪中人们唾弃这朵纯洁的百合花，但智慧的鬼才伏尔泰却歌颂“拉·比赛尔”。

在巍堡的宫殿里，丹麦的贵族烧毁了国王的法律。火焰升起来，把这个立法者和他的时代都照亮了，同时也向那个黑暗的囚楼送进一点彩霞。他的头发斑白，腰也弯了；他坐在那儿，用手指在石桌上刻出许多线条。他曾经统治过三个王国。他是一个民众爱戴的国王；他是市民和农民的朋友：克利斯仙二世。他是一个莽撞时代的一个有性格的莽撞人。敌人写下他的历史。我们一方面不忘记他的血腥的罪过，一方面也要记住：他被囚禁了二十七年。

一艘船从丹麦开出去了。船上有一个人倚着桅杆站着，向汶岛作最后的一瞥。他是杜却·布拉赫。他把丹麦的名字提升到星球上去，但他所得到的报酬是讥笑和伤害。他跑到国外去。他说：“处处都有天，我还要求什么别的东西呢？”他走了；我们这位最有声望的人在国外得到了尊荣和自由。

“啊，解脱！只愿我身体中不可忍受的痛苦能够得到解脱！”好几世纪以来我们就听到这个声音。这是一张什么画片呢？这是格里芬菲尔德——丹麦的普洛米修斯——被铁链锁在木克荷尔姆石岛上的一幅图画。

我们现在来到美洲，来到一条大河的旁边。有一大群人集拢来，据说有一艘船可以在坏天气中逆风行驶，因为它本身具有抗拒风雨的力量。那个相信能够做到这件事的人名叫罗伯特·富尔登。他的船开始航行，但是它忽然停下来了。观众大笑起来，并且还“嘘”起来——连他自己的父亲也跟大家一起“嘘”起来：

“自高自大！糊涂透顶！他现在得到了报应！应该把这个疯子关起来才对！”

一根小钉子摇断了—刚才机器不能动就是因为它的缘故。轮子转动起来了，轮翼在水中向前推进，船在开行。蒸汽机的杠杆把世界各国间的距离从钟头缩短成为分秒。

人类啊，当灵魂懂得了它的使命以后，你能体会到在这清醒的片刻中所感到的幸福吗？在这片刻中，你在光荣的荆棘路上所得的一切创伤——即使是你自己所造成的——也会痊愈，恢复健康、力量和愉快；噪音变成谐声；人们可以在一个人身上看到上帝的仁慈，而这仁慈通过一个人普及到大众。

光荣的荆棘路看起来像环绕着地球的一条灿烂的光带。只有幸运的人才被送到这条带上行走，才被指定为建筑那座连接上帝与人间的桥梁的、没有薪水的总工程师。

历史拍着它强大的翅膀，飞过许多世纪，同时光荣的荆棘路的这个黑暗背景上，映出许多明朗的图画，来鼓起我们的勇气，给予我们安慰，促进我们内心的平安。这条光荣的荆棘路，跟童话不同，并不在这个人世间走到一个辉煌和快乐的终点，但是它却超越时代，走向永恒。

作／品／赏／析

《光荣的荆棘路》以叙述故事的语言方式，为我们展现了伟大的先驱们为真理而披荆斩棘、顽强不屈、至死不渝的壮阔场面。安徒生在文中列举了十余个历史人物，用宏观叙事的手法将他们生前身后的遭遇饱含深情地讲述给读者。这些曾经或将会影响人类历史的人，安徒生称他们为“天才的殉道者”。他们为了探求真理或人类的幸福之路与时代所进行的抗争，在后人看来是“光荣”的壮举，但对于其个人却是一条充满血泪的荆棘路。科学的进步和历史的前行永远是艰难的，在通向真理的道路上，总会有惨重的代价和牺牲。这条路，安徒生称之为“光荣的荆棘路”，他说“这条光荣的荆棘路，跟童话不同，并不在这个人世间走到一个辉煌和快乐的终点，但是它却超越时代，走向永恒”。这是安徒生对于逝去者的告慰。

尼亚加拉大瀑布

/ 狄更斯

入选理由

从不同角度描摹了壮观的尼亚加拉大瀑布

“横看成岭侧成峰，远近高低各不同”的审美效果

一幅有声有色的心灵交响曲

那一天的天气寒冷潮湿，着实苦人；凄雾浓重，几欲成滴，树木在这个北国里还都枝柯赤裸，完全冬意。不论多会儿，只要车一停下来，我就侧耳静听，看是否能听到瀑布的吼声，同时还不断地往我认为一定是瀑布所在那方面死乞白赖地看；我所以知道瀑布就在那一方面，因为我看见河水滚滚朝着那儿流去；每一分钟都盼望会有飞溅的浪花出现。恰恰在我们停车以前几分钟内，我看见了两片嵯峨的白云，从地心深处巍巍而出，冉冉而上。当时所见，仅止于此。后来我们到底下了车了，于是我才头一回听到洪流的砰訇，同时觉得大地都在我脚下颤动。

崖岸陡峭，又因为有刚刚下过的雨和化了一半的冰，地上滑溜溜的，所以我自己也不知道我是怎么下去的，不过我却一会儿就站在山根那儿，同两个英国军官（他们也正走过那儿，现在和我到了一块）攀登到一片嶙峋的乱石上了。那时澎渤大作，震耳欲聋，玉花飞溅，蒙目如眯，我全身濡湿，衣履俱透。原来我们正站在美国瀑布的下面。我只能看见巨浸滔天，劈空而下，但是对于这片巨浸的形状和地位，却毫无概念，只渺渺茫茫，感到泉飞水立，浩瀚汪洋而已。

我们坐在小渡船上，从紧在这两个大瀑布前面那条汹涌奔腾的河里过的时候，我才开始感到是怎么回事，不过我却有些目眩心摇，因而领会不到这副光景到底有多博大。直到我来到平顶岩上看去的时候——哎呀天哪，那样一片飞立倒悬的晶莹碧波——它的巍巍凛凛，浩瀚峻伟，才在我眼前整个呈现。

狄更斯像

于是我感到，我站的地方和造物者多么近了，那时候，那副宏伟的景象，一时之间所给我的印象，同时也就是永永无尽所给我的印象——一瞬的感觉，而又是永久的感觉——是一片和平之感：是心的宁静，是灵的恬适，是对于死者淡泊安详的回忆，是对于永久的安息和永久的幸福恢廓的展望，不掺杂一丁点暗淡

·作者简介·

狄更斯（1812 ~ 1870），英国19世纪现实主义小说家。出生于英国普兹茅斯，5岁时，全家迁居占松。10岁时又搬到康登镇（今属伦敦）。小时候狄更斯曾经在一所私立学校接受过一段时间的教育。11岁的狄更斯就承担起繁重的家务劳动。12岁时，被送到皮鞋作坊当学徒。16岁时在律师事务所当缮写员，后担任报社采访记者。狄更斯并没有接受很多的正规教育，基本上是靠自学成才。

之情，不掺杂一丁点恐怖之心。尼亚加拉一下就在我心里留下深刻的印象——留下了一副美丽的形象，这副形象一直永世不尽留在我的心头，永远不改变，永远不磨灭，一直到我的心房停止了搏动的时候。

我们在那个神工鬼斧、天魔帝力所创造出来的地方上待了十天，在那永久令人不忘的十天里，日常生活中的龃龉和烦恼，如何离我而去，越去越远啊！巨浸的砰訇对于我如何振聋发聩啊！绝迹于尘世之上而却出现于晶莹垂波之中的，是何等的面目啊！在变幻无常、横亘半空的灿烂虹霓四围上下，天使的泪如何玉圆珠明，异彩缤纭，纷飞乱洒，纵翻横出啊！在这种眼泪里，天心帝意，又如何透露而出啊！

我一起始，就跑到了加拿大那一边儿，在那十天里就一直在那儿没动。我从来没再过过河，因为我知道，河那边也有人，而在这种地方，当然不能和不相干的人搀和。整天往来徘徊，从一切角度，来看这个垂瀑；站在马蹄铁大瀑布的边缘上，看着奔腾的水，在快到崖头的时候，力充劲足，然而却又好像在驰下崖头、投入深渊前，先停顿一下似的；从河面上往上看巨涛下涌；攀上邻岭，从树梢间瞭望，看激湍盘旋而前，翻下万丈悬崖；站在下游三英里的巨石森岩下面，看着河水，波涌涡漩，砰訇应答，表面上看不出来它所以这样的原因，实在在河水深处，却受到巨瀑奔腾的骚扰；永远有尼亚加拉当前，看它受日光的蒸腾，受月华的迤逗，夕阳西下中一片红，暮色苍茫中一片灰；白天整天眼里看它，夜里枕上醒来耳里听它；这样的福就够我享的了。

我现在每天平静之时都要想：那片浩瀚汹涌的水，仍旧竟日横冲直滚，飞悬倒洒，砰訇澌渤，雷鸣山崩；那些虹霓仍旧在它下面一百英尺的空中弯亘横跨。太阳照在它上面的时候，它仍旧像玉液金波，晶莹明澈。天色暗淡的时候，它仍旧像玉霰琼雪，纷纷飞洒；像轻屑细末，从白垩质的悬崖峭壁上阵阵剥落；像如絮如绵的浓烟，从山腹幽岫里蒸腾喷涌。但是这个滔天的巨浸，在它要往下流去的时候，永远老像要先死去一番似的，从它那深不可测、以水为国的坟里，永远有浪花和迷雾的鬼魂，其大无物可与伦比，其强永远不受降伏，在宇宙还是一片混沌。黑暗还复掩渊面的时候，在匝地的巨浸——水——以前，另一个漫天的巨浸——光——还没经上帝吩咐而一下弥漫宇宙的时候，就在这儿森然庄严地呈异显灵。

作/品/赏/析

《尼亚加拉大瀑布》是英国作家狄更斯的散文，作者将其小说中常有的百转千回的震撼力，融于景物描写中，为我们描摹了一幅壮丽的风景画。作者从不同角度来描写尼亚加拉大瀑布。先是听觉上的渲染：“洪流的砰訇”，“澎渤大作，震耳欲聋”，这样先声夺人的效果，为视觉上的表现作了一个很好的铺垫。接下来是尼亚加拉大瀑布的闪亮登场，作者首先从整体上作了一个描绘，那是“一片飞立倒悬的晶莹碧波”，给人以视觉上的震撼力。而作者高明之处在于他用小说家的敏锐眼光，为我们描绘了一个多角度、多层面的艺术效果图。置身于震耳欲聋、玉花飞溅的“浩瀚峻伟”中，作者感受到的却是心的宁静、灵的恬适。

冬日漫步

/ 梭罗

入选理由
关于人类居住的一次理想实践
对大自然的全情倾听
一首绝妙的生命摇篮曲

风轻轻地低声吹着，吹过百叶窗，吹在窗上，轻软的好像羽毛一般；有时候数声叹息，几乎叫人想起夏季长夜漫漫和风吹动树叶的声音。田鼠已经舒舒服服地在地底下的楼房中睡着了，猫头鹰安坐在沼地深处一棵空心树里面，兔子、松鼠、狐狸都躲在家里安居不动。看家的狗在火炉旁边安静地躺着，牛羊在栏圈里一声不响地站着。大地也睡着了——这不是长眠，这似乎是它辛勤一年以来的第一次安然入睡。时虽半夜，大自然还是不断地忙着，只有街上商店招牌或是木屋的门轴上，偶然轻轻地发出叽咯的声音，给寂寥的大自然添一些慰藉。茫茫宇宙，在金星和火星之间，只有这些声音表示天地万物还没有全体入睡——我们想起了远处（就在心里头吧？）还有温暖，还有神圣的欢欣和友朋相聚之乐。可是这种境界是天神们互相往来时才能领略，凡人是不胜其荒凉的。天地现在是睡着了，可是空气中还是充满了生机，鹅毛片片，不断地落下，好像有一个北方的五谷女神，正在我们的田亩上撒下无数银色的谷种。

梭罗像

我们也睡着了，一觉醒来，正是冬天的早晨。万籁无声，雪厚厚地堆着，窗槛上像是铺了温暖的棉花；窗格子显得加宽了，玻璃上结了冰纹，光线暗淡而静，更加强了屋内的舒适愉快的感觉。早晨的安静，似乎静在骨子里，我们走到窗口，挑了一处没有冰霜封住的地方，眺望田野的景色。可是我们单是走这几步路，脚下的地板已经在吱吱地响。窗外一幢幢的房子都是白雪盖顶；屋檐下、篱笆上都累累地挂满了雪条；院子里像石笋似站了很多雪柱，雪里藏的是什么东西，我们却看不出来，大树小树四面八方地伸出白色的手臂，指向天空；本来

·作者简介·

梭罗（1817～1862），1817年7月12日出生于美国马萨诸塞州康科德镇。1837年毕业于哈佛大学，毕业后回到家乡以教书为业。1841年起不再教书而转为写作。在著名作家爱默生的支持下，开始了超验主义实践，撰写了大量随笔。1845年7月4日，28岁的梭罗独自一人来到距离康科德2公里的瓦尔登湖畔，建造了一个小木屋住了下来。此后他根据自己对生活的观察与思考，整理并发表了两本著作《康科德和梅里马克河上的一周》和《瓦尔登湖》。1847年，梭罗结束了离群索居的生活，回到原来的村落，仍然保持着自己简朴的生活风格，并将主要精力投入写作、讲课和观察当地的植物、动物。1862年5月6日，梭罗因病去世，年仅45岁。

是墙壁篱笆的地方，形状更是奇怪，在昏暗的大地上面，它们向左右延伸，如跳如跃，似乎大自然一夜之间，把田野风景重新设计过，好让人间的画师来临摹。

我们悄悄地拔去了门闩，雪花飘飘，立刻落到屋子里来；走出屋外，寒风迎面扑来，利如刀割。星光已经不这么闪烁光亮，地平线上面笼罩着一层昏昏的铅状的薄雾。东方露出一种奇幻的古铜色的光彩，表示天快要亮了。可是四面的景物，还是模模糊糊，一片幽暗，鬼影幢幢，疑非人间。耳边的声音也带一种鬼气——鸡啼狗吠，木柴的砍劈声，牛群的低鸣声——这一切都好像是阴阳河彼岸冥王的农场里所发出的声音；声音本身并没有特别凄凉之处，只是天色未明，这种种活动显得太庄严了，太神秘了，不像是人间所有的。院子里雪地上，狐狸和水獭所留下的脚迹犹新，这使我们想起：即使在冬夜最静寂的时候，自然界生物没有一个钟头不在活动，它们还在雪上留下痕迹。把院子门打开，我们以轻快的脚步，跨上寂寞的乡村公路，雪干而脆，脚踏上去发出破碎的声音。早起的农夫，驾了雪橇，到远处的市场去赶早市。这辆雪橇一夏天都在农夫的门口闲放着、与木屑稻梗为伍，现在可有了用武之地，它的尖锐清晰刺耳的声音，对于早起赶路之人，也有提神醒脑的作用。农舍窗上虽然积雪很多，但是屋里的农夫已经早把蜡烛点起，烛光孤寂地照射出来，像一颗暗淡的星。树际和雪堆之间，炊烟也是一处一处地从烟囱里往上飞升。

大地冰冻，远处鸡啼狗吠。从各处农舍门口，也不时地传来丁丁劈柴的声音。空气稀薄干寒，只有比较美妙的声音才能传入我们的耳朵，这种声音听来都有一种简短的可是悦耳的颤动。凡是至清至轻的流体，波动总是稍发即止，因为里面粗粒硬块，早就沉到底下去了。声音从地平线的远处传来，都清越明亮，犹如钟声，冬天的空气清明，不像夏天那样的多杂质阻碍，因此声音听来也不像夏天那样的毛糙模糊。脚下的土地，铿锵有声，如叩坚硬的古木，一切乡村间平凡的声音，此刻听来都美妙悦耳。树上的冰条互相撞击，其声琤琮，如流水，如妙乐。大气里面一点水分都没有，水蒸气不是干化，就是凝结成冰霜的了；空气十分稀薄而似有弹性，人呼吸其中，自觉心旷神怡。天似乎是绷紧了的，往后收缩。人从下上望，很像处身大教堂中，顶上是一块连一块弧状的屋顶，空气中闪光点点，好像有冰晶浮游其间。据在格陵兰住过的人告诉我们说，那边结冰的时候，“海就冒烟，像大火燎原一般，而且有一种雾气上升，名叫烟雾。这种烟雾有害健康，伤人皮肤，能使人手脸等处，生疮肿胀”。我们这里的寒气，虽然其冷入骨，然而，质地清纯可提神，可清肺。我们不能把它认为是冻结的雾，只能认为是仲夏的雾气的结晶，经过寒冬的洗涤，越发变得清纯了。

太阳最后总算从远处的林间上升，阳光照处，空中的冰霜都融化，隐隐之中似乎有铙钹伴奏，铙钹每响一次，阳光的威力逐渐增加；时间很快从黎明变成早晨，早晨也愈来愈老，很快地把西面远处的山头，镀上一层金色。我们匆匆地踏着粉状的干雪前进，因为思想感情更为激动，内心发出一种热力，天气也好像变得像十月小阳春似的温暖。假如我们能改造我们的生活，和大自然更能配合一致，我们也许就无需畏惧寒暑之侵，我们将同草木走兽一样，认大自然是我们的保姆和良友，她是永远照顾着我们的。

大自然在这个季节，特别显得纯洁，这是使我们觉得最为高兴的。残干枯木，苔痕斑斑的石头和栏杆，秋天的落叶，到现在被大雪掩没，像上面盖了一块干净的手巾。寒风一吹，无孔不入，一切乌烟瘴气都一扫而空，凡是不能坚贞自守的，都无法抵御。因此，凡是在寒冷荒僻的地方（例如在高山之顶），我们所能看得见的东西，都是值得我们尊敬的，因为它们有一种坚强的纯朴的性格——一种清教徒式的坚韧。别的东西都寻求隐蔽保护去了，凡是能卓然独立于寒风之中者，一定是天地灵气之所钟，是自然界骨气的表现．它们具有和天神一般的勇敢。空气经过洗涤，呼吸进去特别有劲。空气的清明纯洁，甚至用眼睛都能看得出来；我们宁可整天处在户外，不到天黑不回家，我们希望朔风吹过光秃秃的大树一般地吹澈我们的身体，使得我们更能适应寒冬的气候。我们希望借此能从大自然借来一点纯洁坚定的力量，这种力量对于我们是一年四季都有用的。

作 / 品 / 赏 / 析

《冬日漫步》完全体现了梭罗一贯的写作风格，在他的笔下，时光是缓慢的，美丽的自然在眼前或者说我们的生命中从容地展开，尽情地显示着它天然真实的美和价值。而作者与这些最美妙的事物同在。我们可以把这篇文字当做与天地同在的生命的摇篮曲，在这首表面寒冷但散发着母性的温暖的摇篮曲里，我们倾听到所有生灵在一年中最纯净的季节里自然的律动，它们是那样的细腻和生动，是生命的全部真意所在。在大地安静的沉睡中，梭罗睁大了诗人的眼睛和音乐家的耳朵，幸福地、热切地关注着大地上的动静。在这首使人灵魂安静的摇篮曲的首串音符里，风吹动着大地，吹动一切，然而一切已经沉睡，田鼠、兔子、松鼠、狐狸、看家狗、牛羊、猫头鹰，这些大自然的孩子，在这个安静的季节里，各有各的睡姿，只有人还偶尔在制造一些声音，天空飘着片片鹅毛大雪，空气充满生机。

树林和草原 /屠格涅夫

入选理由
时代的缩影
作家自身思想的反照
文笔优美，意境独特

……于是开始渐渐地吸引他
归去：到乡村去，到深荫蔽日的花园里去，
那里菩提树巍峨参天，绿荫一片，
铃兰花散发出贞洁的芳香，
那里一行圆冠的杨柳，
从堤岸上覆盖着水面，
那里茂密的橡树耸立在茂草丛生的田地上，
那里弥漫着大麻和荨麻的气味……
回到那里，回到广袤的原野，
那里的黑土柔软如绒，
无论您放眼何处，
那里的黑麦都荡漾着轻柔的波浪，
从那透明、洁白的云团里，
沉甸甸地射出金色的阳光；
那里多么美好……

（摘自待焚的诗篇）

也许，读者对我的笔记已经感到厌烦了。赶快告慰他，除了这里发表的几个片断外，我不再写什么了。但是，和他分别之际，我不能不说几句关于打猎的话。

扛着猎枪、带着猎狗去打猎，这件事单独本身，正像古时候说的für sich，是很美妙的事情。即使您生来并不是个猎人，但您总会热爱大自然吧，所以您不可能不羡慕我们这些兄弟……请您听着吧。

比如说，您知道春天里黎明前乘车外出的乐趣吗？您走到台阶上……深灰色的天空里几处地方闪烁着星星，湿润的风儿时而像微波似的荡来，听得见压抑的、模糊的夜声，笼罩在浓荫里的树木的低声絮语。仆人把毛毯铺在马车上，把装着茶炊的箱子搁在脚边。拉车的马儿瑟缩着身子，打着响鼻，神气地捣动着蹄子；一对刚刚醒来的白鹅，默默地蹒跚着穿过道路。篱笆后的花园里，看守人安宁地打着鼾声。每一声仿佛都停留在凝滞的空气里，滞留不散。现在您坐到车子里，马儿一下子动身了，马车辚辚地碾过大地……您乘着车子，经过教堂，到山脚下向右一拐，驰过了堤岸……池塘刚刚开始蒸腾起雾气。您稍感寒冷，您翻起大衣

屠格涅夫像

领子遮住脸面，您打着瞌睡。马儿哗哗地趟过水洼，车夫打着口哨。您大约走了四俄里……天边发红了。乌鸦在白桦林中醒来，笨拙地飞来飞去。麻雀在黑黢黢的草垛附近吱吱喳喳叫着。空气发亮了，道路明显了，天空明朗了，云彩泛白，田野翠绿。农舍里的松明燃烧着红色的火焰，听得见门后喃喃着睡眼惺松的语声。这时候朝霞灿烂，金色的光带已经弥漫天际。峡谷里水气氤氲，云雀在嘹亮地歌唱，黎明前的风儿吹拂着——于是鲜红的太阳悄悄地升起。光明潮水般泻来。您的心儿像鸟儿似的扑腾着。新鲜，欢乐，美好！周围视野辽阔。瞧，丛林后面有个村子。再远处是建有白色教堂的另一个村子，山上有座小白桦林，林后就是您要去的沼泽地……快点吧，马儿，快点吧！迈开大步往前冲……至多只有三俄里了。太阳迅速升起，天空澄碧无云……是个出色的天气。一群牲口从村子里向我们迎面走来。您登上了山顶……多美的景色！河流蜿蜒，绵延长达十俄里左右；穿越雾气，它呈现出暗蓝的色泽。河那边是水灵灵的绿色草地，草地那边耸起倾斜的丘陵。远处有几只凤头麦鸡啼叫着，盘旋在沼泽上空。穿越流泻于空中的湿润的光辉，远处的地平线清晰地呈现了出来……现在不像夏天那样。胸脯呼吸得多么自由，四肢活动得多么有朝气，感受着春天清新的气息。浑身觉得多么健壮……

夏天七月的早晨！除了猎人，谁能体验到黎明时分流连于灌木林中的乐趣？缀满白露的草地上，留下您一行绿色的足迹。您拨开潮湿的灌木，夜里蕴蓄起来的一股暖气向您袭来。空气里充溢着艾蒿清新的苦味、荞麦和三叶草的甜味。橡树林像一座墙似的耸立在远方，在阳光下闪烁、发红。虽然清凉，但已感到热气的来临。浓郁的芳香，熏得脑袋懒洋洋地晕眩起来。灌木林没有尽头……只是在远处几个地方，可以见到正在成熟的发黄的黑麦，一小畦一小畦发红的荞麦。马车轧轧作响。农夫缓步踱来，预先把马牵到树荫下……您跟他打了一声招呼，继续前进——在您身后响起了镰刀的铿锵声。太阳愈升愈高。草上的露水很快就被晒干了。已经感到炎热了。过了一小时，又一小时……天空的边沿开始发暗。凝然不动的空气里，喷射出刺人的闷热。

“兄弟，哪儿可以弄点水喝？”您问一个割草人。

·作者简介·

屠格涅夫（1818～1883），19世纪俄国批判现实主义作家。早年就读于莫斯科大学、圣彼得堡大学，后到德国柏林大学学习。1843年发表叙事长诗《巴拉莎》，开始文学生涯。19世纪60年代后，大部分时间在西欧度过，曾参加巴黎“国际文学大会”，被选为副主席。主要作品有特写集《猎人笔记》，长篇小说《罗亭》、《贵族之家》、《父与子》，中篇小说《阿霞》、《彼士什科夫》，散文诗集《散文诗》等。

"那边，山谷里，有眼井。"

越过杂生着野草的、密密的榛树林，您下到谷底。不错，紧挨在悬崖下，藏有一泓清泉。橡树林贪婪地伸展开它那茂密的树梢，覆盖着泉水。大颗大颗银白的水珠，晃动着，从铺着一层轻绒似的苍苔的水底冒上来。您趴到地上，您喝个够，但您懒得动弹了。您躺在荫凉里，您呼吸着芳香的湿气。您感到舒服，可是您对面的灌木林，在阳光下炙烤着，仿佛变黄了。这是什么？风儿突然吹来，猛刮过去。周围的空气振动了：这是雷声吧？您从山谷里走出来……天穹里为什么出现铅灰色的云带？天气是否更加郁闷了？乌云是否要涌来了……瞧，闪电微弱地亮了一下……哦，雷雨要来啦！周围还普照着阳光，还可以打猎。但是乌云膨胀起来了，它的前沿像只袖子似的伸展开来，又像穹隆似的弯垂下来。青草，丛林，一切都突然变暗……快走！瞧，前面仿佛是座草棚……快走……您奔跑着，走进去……多大的雨，多亮的闪！有几处雨水渗过草屋顶，滴落在香喷喷的干草上……现在太阳又照耀起来。雷雨过去了，您走出来。我的天啊，周围的一切闪出那么愉悦的光彩，空气多么清新澄澈，草莓和蘑菇多么芬芳……

但是，傍晚临近了。晚霞像大火似的烧燃着，弥漫了半个天空。夕阳快落山了。附近的空气显得特别透明，仿佛水晶一般。远处降下来轻柔的、显得暖和的雾气。红光和露水一齐降落到林中空地上，这里不久前还沐浴在熔金般的光焰之中。树木、丛林、高高的草堆，都投下了长长的影子……太阳完全隐没了。星星眨着眼睛，在落霞的火海里颤抖……天空的颜色淡了，青了。孤零零的影子消失了，空气里弥漫着雾气。是归去的时候了，回到村里，回到您夜宿的农舍。您把猎枪背到肩后，尽管疲惫不堪，还是快步走着……这时夜幕降临，已经看不清二十步外的景物，黑暗中猎狗依稀可见。在那黑黝黝的丛林上面，天边模模糊糊地明亮起来……这是什么？是火灾吗……不，这是月亮升起来了。瞧，下面右前方，已经亮起了村里的灯光……终于走到了您的农舍，透过小窗，您看见了铺着白桌布的餐桌，点亮的蜡烛和晚餐……

有时您吩咐套上轻便马车，到林子里去猎松鸡。驰过高高的黑麦田中间的小路，多么欢快。麦穗轻拂着您的脸，矢车菊绊住您的腿，周围的鹌鹑鸣叫着，马儿迈着懒洋洋的步子。树林子到了。荫凉，宁静。端庄匀称的白杨树，高耸在您的头上絮语；白桦树细长、纷披的枝梢，轻轻摇动；魁梧的橡树，像战士似的，挺立在秀美的菩提树旁边。您驰过绿影斑驳的小路，黄头大苍蝇停滞在金色的空气里，又倏地飞去；蛾子上上下下飞旋着，在树荫里显出白影，在阳光下显出黑影。鸟儿安闲地叫着。饶舌的鸲鸟的金嗓子，天真烂漫地欢叫着：这种鸟语，正好和铃兰花的芳香互相配合。继续前进，继续前进， 深入到林子里去……林中万籁无声……一种不可言说的静谧，袭上心头。周围是如此充满睡意，一片寂静。吹来了一阵风，于是树梢喧哗起来，宛如涛声一般。拱开去年的黄叶，这里那里长出了茂草。各种蘑菇，分别顶着自己的小帽子。蓦地窜出一只雪兔，猎狗汪汪吠叫着，跟踪追去……

深秋，当山鹬鸟飞来的时候，这同一座林子变得多么迷人！山鹬并不栖息在密林深处，得沿着林边去寻找它们。没有风，也没有阳光，没有树荫，草木不动，无声无息。柔和的空气里，弥漫着秋天那种类似葡萄酒味的香气。远处黄澄澄的田野上，笼罩着薄雾。穿过脱尽叶子的、棕褐色的树枝，可见一片宁静的天空。这里那里，菩提树上挂着最后几片金色的树叶。潮湿的泥土踩下去富有弹性。高高的干草一动不动。在颜色变淡的草叶上，闪烁着长长的游丝。胸口呼吸自然，可心底袭来一种莫名的不安。您走在林边，眼睛盯着猎狗，同时回想起了心爱的形象，心爱的人物，死去的人和活着的人。早就淡忘的印象，突然清晰起来。想象似小鸟一般展翅飞翔，一切如此鲜明地呈现在眼前。心儿一会儿突然怦怦跳动，热切地向往着未来，一会儿又不可挽回地沉湎于回忆之中。整个一生像一卷手稿那样，轻易地迅速展开。此时人掌握了他的一切往事，全部感情、力量，整个自己的灵魂。周围没有什么东西妨碍他—既没有太阳，也没有风儿，没有声音……

而在晴朗的、稍稍有点寒冷的、早晨结有冰霜的秋日里，白桦树像神话中的树木那样， 浑身金光闪闪，在蔚蓝色的天幕下，呈现出美丽的剪影；低低的太阳已不炎热，但却比夏天照得更明亮；不大的白杨林透明地闪耀着，仿佛它脱尽了叶子更觉得轻松愉快；霜花还在山谷底部银光熠熠，清新的风儿轻轻地吹赶着蜷缩的落叶；河上欢奔着蓝色的波涛，有节奏地托起散游在水面上的鹅、鸭；远处柳树掩映的磨坊轧轧作响，鸽群在明朗的天空中闪闪发光，迅速盘旋于磨坊之上……

夏天有雾的日子也很美妙，虽然猎人们并不喜欢它们。在这样的日子里不能打枪：鸟儿刚从您脚下飞起，立刻就消失在白茫茫的、凝然不动的雾霭之中。可是周围的一切多么宁静，一种不可言说的宁静！万物都已醒来，万物沉寂无声。您经过一棵树木，它一动不动，清闲自在。透过弥漫在空中的薄雾，在您面前呈现一长条黑乎乎的带子。您把它当做是附近的林子。您走过去，林子变成了田埂上一垄高高的蒿草。您的周围上下——到处是雾……可是吹来一阵风，一小块淡蓝的天空，穿越薄如烟云的雾气，模模糊糊地露了出来；一缕金黄色的阳光蓦地闯入进来，长长地流泻着，照耀着田野，照射着丛林——旋即一切又归于云苫雾罩。这一较量持久地进行着。但当光明终于取得胜利， 最后一团团蒸热的雾气或像布幅似的铺展开来，或盘旋而上，消失在阳光和煦的高空里之后，天气变得无法形容地美好、晴朗……

现在您收拾行装，到远离庄园的旷野去，到草原上去。你在乡间土路上走了十来俄里， 终于走上了大道。经过望不见头尾的大车队，经过大门洞开、门前有口井、檐下茶炊咝咝作响的小客农店，驰过无边无际的田野，沿着翠绿的大麻田，从一个村子到另一个村子，您长时间地乘车前进。喜鹊在柳丛里飞来飞去。手拿长耙子的农妇，在田野里蹒跚着步子。一个行路人穿着破烂的土布外套，肩上背着行囊，疲惫不堪地踯躅着。地主家笨重的马车，套上六匹疲乏的高头大马，向您迎面驶来。车窗里露出一角坐垫。身穿大衣的仆人，手拉着绳子，铺着蒲包，侧身坐在马车后面的脚蹬上，浑身溅满了泥浆。前面是一座小县城，倾斜的木板小屋，很长很长的栅栏，商人们空关着的石头房子，深谷上架起的古老的桥梁……向前，向前……进入了草原地带。从山上眺望，多美的景色。一座座低矮的丘陵，被农夫们耕种到顶部，像巨浪似的起伏着。灌木丛生的山谷蜿蜒其间。星散各处的小树林子，像一座座椭圆的绿岛。条条小径从村子通向村子。礼拜堂的白墙很醒目。小河在柳丛中闪闪发光，有四个地方筑上了堤坝。远处田野里鹤立着一行野鸟。在小池塘边，建有一所老式的贵族宅院，附有库房、果园和打谷场。但您继续前进。丘陵越来越小，树木几乎看不到了。终于，您来到了一望无际的草原！

而在冬日里，您可以跨越雪堆去追逐兔子，呼吸凛冽、刺骨的空气，软雪炫目的反光使您情不自禁地眯起眼睛，您可以欣赏有点儿发红的林子上面蓝色的天空……而在初春的日子里，周围的一切在闪烁，在溶化；透过融雪的重雾，已经蒸腾起大地的热气；在化雪的上空，斜射的阳光下，云雀安详地鸣啭着；春水在欢笑、在喧闹，从山谷向山谷奔流……

不过，现在应该结束了。我顺便提到了春天，春天容易离别，春天召唤着幸福者奔向远方……别了，读者。我祝您永久平安。

作/品/赏/析

《树林和草原》是屠格涅夫的一篇优美的写景散文。通过阅读，我们可以体味屠格涅夫作品中淡淡的贵族气息和哀而不伤的格调。《树林和草原》中，我们看到的树林是薄雾霭霭的、草原是“茫无涯际”的，这样的描写，在视野的开阔中又给人在感觉上造成一种空茫。而置身其中的鸟儿和云雀却是天真烂漫的，阳光是金色的。作者在穿过丛林寻找草原的路途中，见到的农妇、行人和马匹都是疲倦而了无生气的。而草原又是令人温暖愉悦的，这种用现实手法写景的方式，使作品在带有作者主观感受的同时，又遵从了事物的客观性。他向读者展现的不仅是一派生机中夹带颓败的自然景观，而且是上升和变革时期的俄国社会现状图。

青春的呼唤

/ 屠格涅夫

入选理由
以简洁的语言传达深长的意味
用优美的文笔展现青春的刹那美
凝练的语言有诗的韵味

啊，青春，青春，你什么都不在乎，你仿佛拥有宇宙一切的宝藏，连忧愁也给你安慰，连悲哀也对你有帮助，你自信而大胆，你说："瞧吧，只有我才活着。"可是你的日子也在时时刻刻地飞走了，不留一点痕迹，白白地消失了，而且你身上的一切也都像太阳下面的蜡一样，雪一样地消灭了。

也许你的魅力的整个秘密，并不在乎你能够做任何事情，而在于你能够想你做得到任何事情——正在于你浪费尽了你自己不知道怎样用到别处去的力量；正在于我们中间每一个人都认真地以为自己是个浪子，认真地认为他有权利说："啊，倘使我不白白耗费时间，我什么都办得到！"

我也是这样……那个时候，我用一声叹息，一种凄凉的感情送走了我那昙花一现的初恋的幻影的时候，我希望过什么，我期待过什么，我预见了什么光明灿烂的前途呢？

然而我希望过的一切，有什么实现了呢？现在黄昏的阴影已经开始笼罩我的生命上来了，在这个时候，我还有什么比一瞬间消逝的春潮雷雨的回忆更新鲜，更宝贵呢？

作/品/赏/析

青春，是古今中外文学作品中钟爱的一个话题。青春，是什么？是女孩子头上五彩的蝴蝶结，是满畦金黄的油菜花，是初恋女友脸上最后一个伤感的微笑。屠格涅夫说，青春的美在于它的一瞬间消逝，在于它使我们的回忆"更新鲜，更宝贵"。《青春的唤唤》是屠格涅夫一篇篇幅短小的散文。它以诗歌的热烈的表达方式，来歌颂短暂而宝贵的青春时光。在屠格涅夫眼中，青春的真正可贵之处在于它的"自信而大胆"，在于它的短暂。因为自信，所以我们热烈地期待和希望着什么；因其短暂所以使人回味无穷。而昙花一现的最大魅力就在于，它什么都不在乎的忘情，它让人惊诧于它那一刹那的美丽。然而瞬间又可以定格永恒，我们记忆中永恒的一幕，又有多少不是来自于那令人惊悸的、流星似的、划破长空的刹那美呢？

在海边的一个冬日

/惠特曼

入选理由
歌颂大自然的美好诗篇
鼓舞人心的进取精神
粗犷豪放中不失文采

惠特曼像

前不久，十二月的一天，天气晴朗，我坐上坎登至大西洋城这条老铁路线的火车，历时一个多钟头，就到了新泽西的海边，在那里过（是我的好姐姐露亲手做的——食物可口至极，容易吸收，使人强壮，后来一整天都称心如意）。

最后一段旅途，大约有五六英里，火车开进了一片广阔的盐泽草地，那里咸水湖交错，小河道纵横，菅茅草的香味，迎面扑来，使我想起了“麦芽浆”和我家乡南部的海湾。我本可以到了晚上，再到这平展而芬芳的海边大草原尽情地游玩的，从十一点钟到下午两点钟我几乎都在海边，或是在望得见大海的地方，听大海的沙哑的低语，吸入凉爽、使人愉快的轻风。先是坐车，车轮在坚硬的沙地上匆匆驶了五英里，却没有什么进展。后来吃过饭（还有将近两个钟头的余暇），我朝着一个方向走去（见不到一个人），占有了一间小屋，看样子是海边浴场的客厅，周围的景色任我独览，离奇有趣，使人心旷神怡，无遮无挡。我前后左右，都是一片兼毛草和迟麻草，空旷，简朴而毫无装饰的空旷。船在远方，再望远处，只能看到一艘向这驶来的轮船，拖着一缕黑烟，海船，横帆双桅船和纵帆双桅船，更是清晰可见，其中大多乘着强劲的风，鼓扬着船帆。

海上，岸上，都充满了魅力，令人神往，他们的简朴甚至他们的空旷，多么令人思量不绝呀。

·作者简介·

惠特曼（1819～1892），19世纪美国著名诗人。生于长岛，5岁时全家迁至布鲁克林。由于家庭贫困，惠特曼只读了5年小学。之后当过信差、木匠、乡村教师、排字工人。1838年主编《长岛人》，传播民主思想，与此同时开始诗歌创作，1855年出版《草叶集》，收诗383首。以“草叶”命名诗集体现了诗人的民主思想，因为它赋予最普通的遭人践踏的小东西以崇高的地位与尊严。草叶也是包括诗人在内的具有强大生命力的美国“新人”形象，它象征独特的美国精神和性格。其中著名的诗歌有《船长啊，我的船长！》、《自己之歌》等。这部诗集的自由体，豪迈奔放而又不失其音乐美感，在英语诗歌中独树一帜，从根本上动摇了传统格律诗几世纪以来的垄断地位，开了英诗自由体在20世纪迅猛发展的先河，并对中国“五四”运动以后的新诗创作产生了很大影响。

他们或间接或直接的在我心中唤起了什么呢？那伸延开去的海浪，白灰色的海滩，海盐，都单调而无知觉——全然没有艺术，没有歌词，没有话语，也不风雅，这冬日却是无法形容的令人鼓舞，冷酷然而看上去却是如此柔美，如此超乎世俗，比我读过的所有的诗、看过的所有的画、听过的所有的音乐，都更加深刻而难以捉摸地打动我的感情（但是，我要说句公道话，这也许正是因为我已经读过那些诗，也听过那种音乐吧）。

作/品/赏/析

惠特曼是美国著名诗人。他的诗歌为读者描绘了一幅广阔的现实主义画面，充满着浓厚的浪漫主义色彩，反映了一种健康的、具有时代意义的资本主义民主思想。从艺术风格上看，他的诗豪放粗犷，奔放不羁，完全不受传统诗法的限制。在他看来，“最好的诗就是具有最完善的美的东西——对耳朵的美，对大脑的美，对心灵的美，对时间与地点的美”。这种风格反映在惠特曼的散文创作上，也使其散文具有一派开阔、健康的新气象。《在海边的一个冬日》是惠特曼的一篇写景散文，他用生动的笔触为读者描摹了一幅海上冬日的壮观画面，反映了作者对大自然的喜爱之情以及积极进取的精神面貌。

作者的眼中的大海景致是“单调而无知觉——全然没有艺术，没有歌词，没有话语，也不风雅”，但作者却觉得它比所看过的诗、画，听过的音乐等艺术形式，更加打动他的感情，因为它是“如此超乎世俗”的，没有经过修饰的、改造的景象。作者喜欢的正是它的这种空旷、简朴和毫无装饰。但作者并没有将钟情的美景，放在安静的、田园风光式的氛围中描摹，而是结合我的匆匆行程，周围的船只的来往行驶这些动态的场景，寓情于景，用大刀阔斧的手法，使一个本该了无生趣的冬日变得“无法形容的令人鼓舞”，这正是作者积极进取、勇于开拓的精神在景物上的映照。

从阿尔卑斯山归来

/ 都德

入选理由
- 最单纯的写作动机和最朴素的动人力量
- 亲近自然和生活的直接方式
- 准确和生动造就的永恒感染力

都德像

在普鲁文斯省，当天气温暖起来时，把家畜送到阿尔卑斯山里去已经是习惯了。畜牲和人在那里要过5个月或者6个月，夜间便睡在露天底下高齐腰际的草里；随后，当秋天最初令人冷战的时候，他们又下山回到农庄上来，重新在被迷迭香的花熏香了的灰色的小山上过着单调的牧羊的生活……

因此，昨天晚上羊群回来了。从早上起，大门便敞开等待着，羊圈里铺了新鲜的干草。

不时地，人们重复着说："现在，他们已经到艾杰尔了，现在，已经到巴拉都了。"

接着，近黄昏的时候，突然间，一声大叫："他们到那儿啦！"而在那边，在远处，我们看见羊群在尘土腾起的光辉里前进着。

整个的路好像在跟羊群一起蠕动……老公羊走在最前边，角往前伸着，现出凶野的神气。在它们后边，是羊群的主要部分，有点疲倦了的母亲们，偎挤在腿间的乳儿——篮子里驮着新生的小羊羔，一边走一边摇晃着的、头上戴着红绒球的骡子。再后边，是全身浸在汗里、舌头伸到地上的狗和两个高大的裹在褐色毛布外套里的牧羊的家伙，他们的外套像袈裟一样，一直拖到脚后跟。

所有这一切，在我们面前快乐地排成行列，带着一阵急雨般的践踏声拥进了大门。

那时院子里是怎样的骚乱啊。金绿两色相间的大孔雀，戴着绢绒般的冠，从它们的栖木上认出了来者，并用一种惊人的号筒般的鸣叫迎接着它们。

沉睡着的鸡窝突然被惊醒了。所有的留守者都站了起来：鸽子、鸭子、火鸡、竹鸡。整个的家禽场像是疯狂了一般，母鸡们谈着要玩一整夜……

好像是每只羊在它的沾染着阿尔卑斯草的芬芳的毛里，带回一种使人沉醉、使人舞蹈的田野的活跃气氛似的。

· 作者简介 ·

都德（1840 ~ 1897），法国作家，1840年5月13日生于普罗旺斯，1897年12月15日卒于巴黎。1857年都德到巴黎，在其兄历史学家艾尔莱斯特·都德的帮助下开始文学创作。1860年进莫尔尼公爵办公室工作，有机会回到南方及阿尔及利亚等地游历。42岁起患神经官能症，在以后的15年中带病坚持创作。

在这样的骚扰中间，羊群各自找到了自己的住所。没有比这样的安置看来更可爱的了，老公羊看到了它们的石槽，感动得流出了眼泪，那些在旅途中生出来而还从未看见过农庄的羊羔和极小的羔儿，惊奇地看着它们的周围。

但是最动人的是那些狗，是那些忠于职守的牧羊人的狗，它们跟在羊群后面十分忙碌，在农庄上就只看到它们。

守夜的狗在它的窝里唤它们回来是徒劳的，井边盛满了新鲜的水的水桶向它们做手势也全无用处。在羊群进来以前，在粗大的门闩把小栅栏门关了以前，在牧羊人到低矮的小屋里坐在桌子周围以前，它们是什么也不要看，什么也不要听的。

——而到这时候，它们才仅仅同意进到群狗的窝里去。在那儿，它们一边舔着它们的菜汤桶，一边同它们农庄上的同伴们谈论着它们在山里所做的事情：在那可怕的地方，有狼，有洋溢着露珠的大朵的紫色的毛地黄。

作/品/赏/析

著名短篇小说家都德非常重视观察，并且习惯于随身携带笔记本，随时记录生活中的事情作为自己的写作材料，属于以左拉为首的自然主义派。但是他的作品却并不像一般的自然主义作家那样专写生活的阴暗面，在他的作品里总是拥有一种难能可贵的精神力量，尤其以其爱国主题打动人心，比如我们都知道的《最后一课》和《柏林之围》。在这篇短短的游记作品里，我们看到的是作者对自然和生活的热爱，这样一个简单的写作动机和朴素平淡的笔调使文字显得干净、纯洁和明亮。这样一种悠闲自足的生活显然是作者所迷恋的。此文中，文字给我们的不仅仅是感官上的愉悦，它还充满了感染力。

阿尔卑斯山上的羊群

黎明

/ 兰波

入选理由 语言凝练，文笔绚丽
天马行空般的自由风格
跳跃意象的营造

我拥抱了这夏日的黎明。

宫殿前依然没有动静，寂然无声。池水安静地躺着。荫翳还留在林边的大道。我前行，惊醒那温馨而生动的气息，宝石般的花朵睁眼凝望，黑夜的轻翼悄然翔起。

幽径清新而朦胧。第一相遇：一朵鲜花向我道出了芳名。

我笑向那金黄色高悬的瀑布，她散发飘逸，飞越了松林：在那银白色的峰巅，我认出了她——女神。

于是，我撩开她一层又一层的面纱。林中的小径上，我舒展着臂膀。平原上，我把她告示给雄鸡。都市里，她逃匿在钟楼和穹隆之间。像乞丐奔波在大理石的站台，我奔跑着，把她一路追寻。

大路上空，桂树林旁，我用她聚集的绡纱把她轻轻地围裹，我感觉到了一些她那无比丰满的玉体。黎明和孩子一起倒身在幽林之下。

醒来，已是正午。

· 作者简介 ·

兰波（1854 ~ 1891），法国诗人。他用谜一般的诗篇和富有传奇色彩的一生吸引了众多的读者，成为法国文学史上最引人注目的诗人之一。兰波禀性聪慧，思维敏捷，少年时期就显露出不凡的诗才，16 岁便能用拉丁语写一手好诗。他的体内躁动着不安的灵魂，家乡小城沉闷污浊的社会风气和母亲呆板严厉的管束使他无法忍受，他多次不辞而别，扒车外逃。在向往已久的巴黎，兰波结识了魏尔兰，并得到魏尔兰的赏识和推荐，从此跻身诗坛。

作 / 品 / 赏 / 析

《黎明》是兰波的一篇写景散文。它以诗歌般的凝练语言和绚丽文笔，为读者呈现出一个令人心动的夏日黎明。在兰波的笔下，黎明成了一个神秘、曼妙的女神，她捉摸不定，却又充满诱惑；她永远在我的视野之内，却又若即若离。她散发飘逸、面带薄纱，而又玉体丰满，致使我一路忘情地追寻，我笑着、奔跑着，在她的逃逸与隐现中执著追求，最终拥抱了她全部的美妙。作者将一种美好理想，比拟成一位充满神奇色彩的女神。虽然在简短的文字中作者并没有确指，但对未来的美好憧憬，对理想生活的追求，却在文章所营造的诗情画意的氛围中自由飞扬。

贝多芬百年祭

/ 萧伯纳

入选理由
萧伯纳的散文代表作之一
既是一篇纪念性散文，也是一篇音乐评论
语言精练，行文自如，论述精辟，富于感染力

萧伯纳像

一百年前，一位虽还听得见雷声但已聋得听不见大型交响乐队演奏自己的乐曲的五十七岁的倔强的单身老人最后一次举拳向着咆哮的天空，然后逝去了，还是和他生前一直那样地唐突神灵，蔑视天地。他是反抗性的化身；他甚至在街上遇上一位大公和他的随从时也总不免把帽子向下按得紧紧地，然后从他们正中间大踏步地直穿而过。他有一架不听话的蒸汽轧路机的风度（大多数轧路机还恭顺地听使唤和不那么调皮呢）；他穿衣服之不讲究尤甚于田间的稻草人：事实上有一次他竟被当做流浪汉给抓了起来，因为警察不肯相信穿得这样破破烂烂的人竟会是一位大作曲家，更不能相信这副躯体竟能容得下纯音响世界最奔腾澎湃的灵魂。他的灵魂是伟大的；但是如果我使用了最伟大的这种字眼，那就是说比汉德尔的灵魂还要伟大，贝多芬自己就会责怪我；而且谁又能自负为灵魂比巴哈的还伟大呢？但是说贝多芬的灵魂是最奔腾澎湃的那可没有一点问题。他的狂风怒涛一般的力量他自己能很容易控制住，可是常常并不愿去控制，这个和他狂呼大笑的滑稽诙谐之处是在别的作曲家作品里都找不到的。毛头小伙子们现在一提起切分音就好像是一种使音乐节奏成为最强而有力的新方法；但是在听过贝多芬的第三里昂诺拉前奏曲之后，最狂热的爵士乐听起来也像“少女的祈祷”那样温和了，可以肯定地说我听的任何黑人的集体狂欢都不会像贝多芬的第七交响乐最后的乐章那样可以引起最黑最黑的舞蹈家拼了命地跳下去，而也没有另外哪一个作曲家可以先以他的乐曲的阴柔之美使得听众完全溶化在缠绵悱恻的境界里，而后突然以铜号的猛烈声音吹向他们，带着嘲讽似地使他们觉得自己是真傻。除了贝多芬之外谁也管不住贝多芬；而疯劲上来之后，他总有意不去管住自己，于是也就成为管不住的了。

这样奔腾澎湃，这种有意的散乱无章，这种嘲讽，这样无顾忌的骄纵的不理

· 作者简介 ·

萧伯纳（1856 ~ 1950），19 世纪末 20 世纪上半叶英国著名剧作家、散文家、社会活动家。生于都柏林。14 岁中学毕业后因家境贫困辍学。1876 年移居伦敦。1879 年开始文学创作。1884 年加入费边社，为该社的重要成员。1925 年获诺贝尔文学奖。一生著作甚丰，代表作有《鳏夫的房产》、《华伦夫人的职业》、《巴巴拉少校》，此外还有音乐、美术评论，文学和社会、政治论著多种。

创作中的贝多芬

睬传统的风尚——这些就是使得贝多芬不同于十七和十八世纪谨守法度的其他音乐天才的地方。他是造成法国革命的精神风暴中的一个巨浪。他不认任何人为师，他同行里的先辈莫扎特从小起就是梳洗干净，穿着华丽，在王公贵族面前举止大方的。莫扎特小时候曾为了彭巴杜夫人发脾气说："这个女人是谁，也不来亲亲我，连皇后都亲亲我呢。"这种事在贝多芬是不可想象的，因为甚至在他已老到像一头苍熊时，他仍然是一只未经驯服的熊崽子。莫扎特天性文雅，与当时的传统和社会很合拍，但也有灵魂的孤独。莫扎特和格鲁克之文雅就犹如路易十四宫廷之文雅。海顿之文雅就犹如他同时的最有教养的乡绅之文雅。和他们比起来，从社会地位上说贝多芬就是个不羁的艺术家，一个不穿紧腿裤的激进共和主义者。海顿从不知道什么是嫉妒，曾称赞比他年青的莫扎特是有史以来最伟大的作曲家，可他就是吃不消贝多芬。莫扎特是更有远见的，他听了贝多芬的演奏后说："有一天他是要出名的。"但是即使莫扎特活得长些，这两个人恐也难以相处下去。贝多芬对莫扎特有一种出于道德原因的恐怖。莫扎特在他的音乐中给贵族中的浪子唐璜加上了一圈迷人的圣光，然后像一个天生的戏剧家那样运用道德的灵活性又回过来给莎拉斯特罗加上了神人的光辉，给他口中的歌词谱上了前所未有的就是出自上帝口中都不会显得不相称的乐调。

贝多芬不是戏剧家；赋予道德以灵活性对他来说就是一种可厌恶的玩世不恭。他仍然认为莫扎特是大师中的大师（这不是一顶空洞的高帽子，它的的确确就是说莫扎特是个为作曲家们欣赏的作曲家，而远远不是流行作曲家）；可是他是穿紧腿裤的宫廷侍从，而贝多芬却是个穿散腿裤的激进共和主义者；同样地，海顿也是穿传统制服的侍从。在贝多芬和他们之间隔着一场法国大革命，划分开了十八世纪和十九世纪。但对贝多芬来说莫扎特可不如海顿，因为他把道德当儿戏，用迷人的音乐把罪恶谱成了像德行那样奇妙。如同每一个真正激进共和主义者都具有的，贝多芬身上的清教徒性格使他反对莫扎特，固然莫扎特曾向他启示了十九世纪音乐的各种创新的可能。因此贝多芬上溯到汉德尔，一位和贝多芬同样倔强的老单身汉，把他做为英雄。汉德尔瞧不上莫扎特崇拜的英雄格鲁克，虽然在汉德尔的《弥赛亚》里的田园乐是极为接近格鲁克在他的歌剧《奥菲阿》里那些向我们展示出天堂的原野的各个场面的。

因为有了无线电广播，成百万对音乐还接触不多的人在他百年祭的今年将第一次听到贝多芬的音乐。充满着照例不加选择地加在大音乐家身上的颂扬话

贝多芬从少年时就显出杰出的音乐才能。莫扎特非常推崇贝多芬的音乐才华，他听了贝多芬的演奏后说："有一天他是要出名的。"

的成百篇的纪念文章将使人们抱有通常少有的期望。像贝多芬同时的人一样，虽然他们可以懂得格鲁克和海顿和莫扎特，但从贝多芬那里得到的不但是一种使他们困惑不解的意想不到的音乐，而且有时候简直是听不出是音乐的由管弦乐器发出来的杂乱音响。要解释这也不难。十八世纪的音乐都是舞蹈音乐。舞蹈是由动作起来令人愉快的步子组成的对称样式：舞蹈音乐是不跳舞也听起来令人愉快的由声音组成的对称的样式。因此这些乐式虽然起初不过是像棋盘那样简单，但被展开了，复杂化了，用和声丰富起来了，最后变得类似波斯地毯；而设计像波斯地毯那种乐式的作曲家也就不再期望人们跟着这种音乐跳舞了。要有神巫打旋子的本领才能跟着莫扎特的交响乐跳舞。有一回我还真请了两位训练有素的青年舞蹈家跟着莫扎特的一阕前奏曲跳了一次，结果差点没把他们累垮。就是音乐上原来使用的有关舞蹈的名词也慢慢地不用了，人们不再使用包括萨拉班德舞、巴万宫廷舞、加伏特舞和快步舞等等在内的组曲形式，而把自己的音乐创作表现为奏鸣曲和交响乐，里面所包含的各部分也干脆叫做乐章，每一章都用意大利文记上速度，如快板、柔板、谐谑曲板、急板等等。但在任何时候，从巴哈的序曲到莫扎特的《天神交响乐》，音乐总呈现出一种对称的音响样式给我们以一种舞蹈的乐趣来作为乐曲的形式和基础。

可是音乐的作用并不止于创造悦耳的乐式。它还能表达感情。你能去津津有味地欣赏一张波斯地毯或者听一曲巴哈的序曲，但乐趣只止于此；可是你听了《唐璜》前奏曲之后却不可能不发生一种复杂的心情，它使你心理有准备去面对将淹没那种精致但又是魔鬼式的欢乐的一场可怖的末日悲剧。听莫扎特的《天神交响乐》最后一章时你会觉得那和贝多芬的第七交响乐的最后乐章一样，都是狂欢的音乐；它用响亮的鼓声奏出如醉如狂的旋律，而从头到尾又交织着一开始就有的具有一种不寻常的悲伤之美的乐调，因之更加沁人心脾。莫扎特的这一乐章又自始至终是乐式设计的杰作。

但是贝多芬所做到了的一点，也是使得某些与他同时代的伟人不得不把他当做一个疯人，有时清醒就出些洋相或者显示出格调不高的一点，在于他把音乐完全用作了表现心情的手段，并且完全不把设计乐式本身作为目的。不错，他一生非常保守地（顺便说一句，这也是激进共和主义者的特点）使用着旧的乐式；但是他加给它们以惊人的活力和激情，包括产生于思想高度的那种最高的激情，使得产生于感觉的激情显得仅仅是感官上的享受，于是他不仅打乱了旧乐式的对称，而且常常使人听不出在感情的风暴之下竟还有什么样式存在着了。他的《英雄交响乐》一开始使用了一个乐式（这是从莫扎特幼年时一个前奏曲里借来的），跟着又用了另外几个很漂亮的乐式；这些乐式被赋予了巨大的内在力量，所以到了乐章的中段，这些乐式就全被不客气地打散了；于是，从只追求乐式的音乐家看来，贝多芬是发了疯了，他抛出了同时使用音阶上所有单音的可怖的和弦。他这么做只是因为他觉得非如此不可，而且还要求你也觉得非如此不可呢。

以上就是贝多芬之谜的全部。他有能力设计最好的乐式；他能写出使你终身享受不尽的美丽的乐曲；他能挑出那些最干燥无味的旋律，把他们展开得那样引人，使你听上一百次也每回都能发现新东西：一句话，你可以拿所有用来形容以乐式见长的作曲家的话来形容他；但是他的病征，也就是不同于别人之处在于他那激动人的品质，他能使我们激动，并把他那奔放的感情笼罩着我们。当贝里奥滋听到一位法国作曲家因为贝多芬的音乐使他听了很不舒服而说“我爱听能使我入睡的音乐”时，他非常生气。贝多芬的音乐是使你清醒的音乐；而当你想独自一个静一会儿的时候，你就怕听他的音乐。

懂了这个，你就从十八世纪前进了一步，也从旧式的跳舞乐队前进了一步（爵士乐，附带说一句，就是贝多芬化了的老式跳舞乐队），不但能懂得贝多芬的音乐而且也能懂得贝多芬以后的最有深度的音乐了。

作/品/赏/析

《贝多芬百年祭》是英国大文豪萧伯纳为纪念德国古典音乐大师贝多芬而写的一篇纪念性散文，也是一篇音乐评论。在文中，萧伯纳凭借自己细腻入微的洞察力和深湛的艺术修养，对贝多芬的个性、音乐创作进行了入木三分的分析和切实中肯的评价。文章没有对贝多芬坎坷的一生作全面铺陈，只是从贝多芬的临终时刻和一件最足表现其性格的逸事写起，简练而含蓄地刻画出贝多芬蔑视权贵、睥睨世俗、桀骜不驯的离经叛道的张扬个性。接着作者将贝多芬与莫扎特、海顿放在一起比较，从多方面展示了贝多芬音乐创作思想和音乐作品的风格。文章语言精练，行文自如，纵捭横阖，左右逢源，论述精辟，读后给人以一气呵成、畅酣淋漓之感，富于感染力，充分显示了萧伯纳精湛的语言驾驭功力。

贝多芬去世前不久，他的朋友赠送给他的钢琴。

萨哈林纪行

/ 契诃夫

入选理由
一贯的苦难意识和自觉审查
简洁有力的秉笔直书
深沉的理性和灵魂深处的深情关照

契诃夫像

我们在迭卡斯特里住一夜。翌日，即7月10日中午，横越鞑靼海峡，驶向杜伊卡河口的亚历山大罗夫斯哨所。当天风平浪静，天空晴朗，这在此地极为少见。平静的海面上，一对对鲸鱼喷着水柱，游来游去。这种壮丽的奇观，一路上很使我们开心。但是我得承认，我的心情并不愉快，距萨哈林越近，情绪越坏。我觉得惴惴不安。那位带兵的军官知道我赴萨哈林的目的以后，很是吃惊，并且让我相信，我没有任何权力接近苦役地和移民区，因为我不在国家机关中任职，诚然，我知道他说的不对，可是听了他的话以后，我总不免烦恼起来。我担心人们在萨哈林真的会这样对待我。

8点钟以后，抛锚停泊。萨哈林岸上的森林有5处燃着大火。周围一片昏暗，海面弥漫着浓烟。我看不见码头和建筑物，只见哨所里灯影绰绰，其中有两盏发着红光。昏暗的背景上，黑黝黝的山峰，滚滚的浓烟，大火和灯光，构成一幅线条粗糙的恐怖画面，仿佛把人带进神秘世界。左面，燃着奇异莫测的篝火。上空，群山耸立。远处，大火的血红色火光，从山峰后面高高升起，伸向天际。仿佛整个萨哈林都在燃烧。右面，容基耶尔岬像个黑色的庞然大物，空兀海上，状如克里木的阿尤一达格岬；岬顶，灯塔熠熠闪亮；岬底，海船和海岸之间的水中耸立着三块尖顶礁石，名之谓“三兄弟”。一切都淹没在烟雾之中，好似在地狱里一般。

一艘小艇向轮船驶来，艇后拖着驳船。这是运送苦役犯，为轮船卸货的。传

·作者简介·

契诃夫（1860～1904），19世纪末俄国伟大的批判现实主义作家，幽默讽刺大师，短篇小说的巨匠，著名剧作家。契诃夫生于小市民家庭，父亲的杂货铺破产后，他靠当家庭教师读完中学。1879年入莫斯科大学学医，1884年毕业后从医并开始文学创作。其代表作《变色龙》、《套中人》堪称俄国文学史上精湛而完美的艺术珍品，为世界文学人物画廊中增添了两个不朽的艺术形象。契诃夫对中国人民怀有美好的感情，曾约高尔基一同访问中国，但因久病不治而未遂心愿。1904年7月15日因肺病恶化而辞世。

来了鞑靼口音的说话声和谩骂声。

“别让他们上轮船！”有人在船舷上喊道，“别放他们上来！黑夜里他们会把全船给偷光的！”

机械师发现对岸上的景象感到不快，便对我说：“亚历山大罗夫斯克这里还不算什么，您瞧瞧杜厄吧！那里，海岸陡峭，峡谷昏黑，裸露着黑色的煤层……阴森森的海岸！我们贝加尔号时常往杜厄运送苦役犯，每次都是二三百人，他们中间有许多人一看到海岸就大哭起来。”

“在这里充当苦役犯的不是他们，而是我们。”船长愤愤地说，“如今这里很平静，但是您等秋天再看吧：狂风，暴雪，寒冷，海浪掀过船舷——真是一言难尽！”

我留在轮船上过夜。清晨5点左右，一阵吵嚷声把我唤醒：“快点！赶快！小艇最后一次去岸上了！我们马上就要开啦。”一分钟以后，我已坐在小艇上了。我身边坐着一位年轻的官员，一脸怒气，睡眼惺忪。小艇尖叫一声，载着我们向岸边驶去，后面拖着苦役乘坐的驳船。囚犯们工作了一夜，没有睡觉，显然已经精疲力尽。他们一个个无精打采，面孔阴郁，始终沉默不语。他们的脸上挂着小珠。至今我还清楚地记得几个高加索人，面部线条分明，皮帽低低地压在眉毛上。

“让我们认识一下吧，”身边的官员对我说道，“十四等文官。”

这是我到萨哈林认识的第一个人，他是一位诗人，写有暴露性诗篇《萨哈林诺》，诗的开头是：“告诉我，医生，不是白白地……”后来他常来看我，陪我一道在亚历山大罗夫斯克市内和郊区散步，给我讲述各种奇闻轶事，或者无休无尽地朗读自己的诗作。他在漫长的冬夜里写作自由主义的小说。一遇机会，他总喜欢让人知道他虽是十四等文官，但实际上却身居十等官的要职。一次，有一个女人有事求见他，称呼他先生，他大为恼火，气势汹汹地对她喊道：“我不是你的什么先生，而是大人！”上岸途中，我向他询问萨哈林的生活情况，他不吉祥地叹息着说道：“有您瞧的！”太阳已经高高升起。昨晚阴森恐怖、昏黑模糊的景象，如今在这朝阳的照耀下已经消失得无影无踪。粗犷的容基耶尔岬，岬顶的灯塔，“三兄弟”，几十俄里以外从两侧皆可看见的高耸的陡岸，山中轻纱般的云雾，冒着滚滚浓烟的森林大火，这一切在阳光的照耀下和粼粼碧波陪衬下，构成了一幅不算很坏的图画。

这里没有港湾，海岸险要。瑞典轮船阿特兰特号的遭遇令人难忘，这艘船在我来此前不久遇难，如今仍放置在岸上。轮船通常停泊在距离岸边1俄里的地方，偶尔也可稍近一些。虽有码头，但只为小艇和驳船而设。码头是一座伸进海里的几俄丈高的框架结构，形如丁字；许多粗大的木桩牢牢地埋进海底，形成一个方框，里面填满石头，上面铺着木板，板上沿着整个码头铺设着推车轨道。在丁字横杠的一端，有一所漂亮的小房，这是码头管理处。旁边竖着一根高高的黑色旗杆。整个设施虽很讲究，但是并不坚固耐久。据说，遇有狂风暴雨，海浪会拍到小房的窗户上，甚至飞溅到旗杆横桁上，整个码头都会随着颤动。

码头附近的岸上，有五六十名苦役犯，可能由于无事可做，在东游西逛。有的穿着囚衣，有的穿着短袄或者灰色粗呢上衣。我一出现，这五六十人一齐把帽子摘下。迄今为止，恐怕没有一个文学家获得过这样的荣誉。岸上停着一辆无弹簧的带篷马车。苦役犯把我的行李搬进马车。有一个人蓄着黑胡子，衬衣从上衣下面露出，坐到御座上去。我们要上路了。

“您到哪里去，大人？”他转过身来，脱掉帽子，问道。

我问他此地是否有出租的房子，哪怕一个房间也行。

“正是这样，大人，能租到。”

从码头到亚历山大罗夫斯克有2俄里的路程，筑有上好的公路。路面平坦整洁，两侧有排水沟和路灯。同西伯利亚的道路相比，这简直是无法形容的豪华，和公路并行的有一条敷设铁轨的道路。但是，沿路的自然景象却非常贫乏。杜伊卡河流经亚历山大罗夫斯克谷地，周围群山环抱。山上，烧焦了的树桩，或被风吹得干裂的落叶松树干，直挺挺地耸立着，好像豪猪身上的针毛。山下，河谷里遍地是草墩和酸性禾草，证明不久前这里还是无法通行的沼泽。新挖的排水沟的土层横断面，暴露出土质的贫瘠。火灾过后的沼泽土壤，上面覆盖着薄薄一层黑土。既没有松树，也没有橡树和枫树，只有一种落叶松，长相枯萎、单薄，仿佛被啃过一般。在这里不像我们俄国，落叶松不是森林和公园的点缀，而是沼泽土质贫瘠和气候恶劣的证明。

亚历山大罗夫斯克哨所，或简称亚历山大罗夫斯克，是一座很美观的西伯利亚型小镇，有3000居民。城中没有一所石头建筑，教堂、房舍乃至人行道，全是用木材，主要用落叶松建成。这里是萨哈林文明的中心，岛区长官的驻扎地设在这里。监狱坐落在主要街道附近，外表上跟兵营相像。亚历山大罗夫斯克不像我原来设想的那样，完全不是阴森恐怖的堡寨。

马车夫送我到了亚历山大罗夫斯克城郊屯。我们来到流放犯出身的农民的家里。我看了住房。小小的庭院，按照西伯利亚的方式铺着原木，四周围着栅栏。房子里有5间宽敞整洁的住屋，1间厨房，但是没有任何家具。女房东是个年轻的女人。她搬来一张桌子，5分钟后又拿来一个方凳。

“房费，包括烧柴在内，22卢布，不带烧柴，15卢布。”她说。

一个小时以后，她端着茶炊走了进来，唉声叹气地说：“您算是到了个倒霉的地方啦！”

她是当姑娘的时候跟随母亲到这里寻找父亲的。父亲是个苦役犯，直到现在还没有服满刑期。现在她嫁给了一个流放犯出身的农民。丈夫是个阴郁的老头，我在院子里曾见过他一面。他得了病，躺在凉棚下呻吟着。

“我想，我们唐波夫省现在正割麦子。”女房东说，“可是在这里，想也不敢想。”

的确没有什么值得看的，从窗里往外望去，只见有几垄卷心菜苗，旁边有几条很不像样子的排水沟，远处耸立着干枯的落叶松。男主人手按着腰，哼哼唧唧地走进屋里，对我抱怨起来，诉说着欠收的年景，寒冷的气候，养着牛马，雇有不少帮工，自己什么活都不干，讨了个年纪轻轻的老婆。而主要的是他早就取得了移居到大陆上去的权利，可是他仍然牢骚满腹。

中午，我到城郊屯散步。屯边有一幢很漂亮的带凉台的小房，门上钉着一块小铜牌。院子里住房旁边是一片商店，我走进去，想买些吃的东西。“商行”和“贸易委托栈”——在我保存的印刷和手抄的价格表中，这家小小的商店叫这个字号——的主人是流放犯。从前是近卫军军官，12年前由彼得堡地方法院判为凶杀罪犯。他已经服满苦役，现在经商，同时还承办旅行和其他各种委托事宜，为此而领取看守长一级的薪俸。他的妻子是自由民，出身于贵族，现在监狱医院里当医助。店里出售肩章上用的金星、土耳其糖果、截锯、镰刀以及女帽，夏用凉帽，式样时兴，美观大方，每顶价格从4卢布50戈比到20卢布不等。我正在和店员谈话的时候，店主走了进来。他穿着丝绸的常礼服，系着一条花领带。我们彼此认识了。“您肯赏光在我这里进午餐吗？”他邀请我说。

1894年关押在萨哈林的囚犯

旧俄时代，萨哈林是个著名的流放地，这些被流放至此的囚犯，每天都从事着沉重的苦役劳动。

我同意了。我们一起向他的住宅走去。他的家里陈设舒适，一色的维也纳家具，摆着鲜花，还有一架美国八音琴和一把安乐椅。他每天午饭后都要坐在这把椅子上晃动着身子，闭目养神。除了女人外，我在餐厅里还遇见4位客人，他们都是官员。其中一位老头没有蓄须，两腮留着银白连鬓胡子，脸相很像剧作家易卜生。原来他是本地医院的医生。另一位也是老头，自我介绍说是奥伦堡哥萨克军的校官。这位军官一开始说话，就给我这样的印象：他为人善良，是位热诚的爱国者；他温顺、敦厚、老成持重，但是一旦谈起政治来，就完全不能控制自己了。他怀着真诚的情感讲起俄国的强大，轻蔑地谈论德国人和英国人，尽管他有生以来从没见过他们。据说，经海路来萨哈林的途中，他在新加坡想给太太买一条丝绸头巾。可是这要求他把俄国钞票兑换成美元，据说他对此大为光火，说道：“怎么！我得把我们的宝钞兑换成什么埃塞俄比亚的票子！”头巾因此没有买成。

午餐有苏波汤、炸子鸡和冰激凌，还有葡萄酒。

“此地大约何时落最后一场雪？”我问道。

“5月份。”店主回答说。

“不对，是6月份。”很像易卜生的那位医生说。

“我认识一个移民。”店主说，“他种的加利福尼亚品种的小麦，收成是种子的二十一二倍。”

但又遭到医生的反驳：“不对。您的萨哈林什么都不收。可恶的土地。”

“对不起，”一位官员说，“1882年小麦收成是种子的40倍，我很清楚这一点。”

“您不要相信。”医生对我说，“他们这是给您灌迷魂药呢。”

进餐时有人讲了一个故事，说俄国人占领萨哈林岛以后，开始欺侮基立亚克人，于是有一个基立亚克萨满便诅咒萨哈林，预言以后从岛上不会得到任何好处。

“果然如此。”医生叹息道。

午餐后，店主演奏八音琴，医生邀我到他家去住。

当天傍晚，我就住进了主要大街上的一所房子里。这儿离公署非常近。从这晚上起我开始洞悉萨哈林的秘密。医生告诉我说，在我来这里前不久，他在海滨码头上给牲口做防疫检查，同岛区长官发生过一场严重的龃龉，结果将军甚至抽了他一棍子；第二天宣布准予他呈请辞职，尽管他本人并没有提出辞呈。医生拿出一捆文件给我看，说是他为了维护公理和出于对人类的爱而写的。这是一些呈子、状子、报告和告密书等等的抄件。

“您住在我家，将军会不高兴的。”医生意味深长地眨了一下眼睛，说道。

翌日，我拜会了岛区长官科诺诺维奇。将军不顾劳累和公务繁忙，盛情接待了我，并且同我进行了一小时左右的谈话。他很有教养，知识渊博，此外还具有丰富的实际经验，来萨哈林任职之前，曾主管卡拉岛苦役地长达 18 年之久。他谈吐高雅，文笔优美，给人的印象是一位诚挚的、充满人道精神的人。我不会忘记同他谈话给我带来的快乐，他不断地表示厌恶体罚，这在开始时听起来多么令人愉快。肯南曾在他那本著名的书中对岛区长官赞佩不已。

将军得知我打算在萨哈林逗留数月，警告我说，这里生活艰难而枯燥。

“苦役犯、移民和官员，所有的人都想逃出这里。”他说，“我还不想逃，但我由于用脑过度，已感疲倦。这里要求大量的脑力劳动，主要因为事务零乱纷繁。”

他答应给我全力支持，但要求我等待一些时候，因为萨哈林正在准备迎接督军，所有的人都在忙着。

“我很高兴您住在我们医生的家里。”他在分手时说，“您将会知道我们的缺点。”

督军莅临之前，我在亚历山大罗夫斯克一直住在医生家里。生活很不一般。每当我早晨醒来，各种各样的声音都会提示我身在何处。窗户敞开着，一队戴着镣铐的囚犯在街上不慌不忙地从窗前走过，发出均匀的金属碰撞声。寓所对面的兵营里，为了迎接督军，士兵军乐手在演习进行曲，横笛吹一个调，低音长号奏另一个曲，竖笛响的是第三种腔，真是九腔十八调，一片嘈杂。而我们屋子里养的金丝鸟则啼鸣不已。我的房东医生在屋子里不停地来回走动，边走边翻阅法律大全，喃喃自语地说：“如果根据某条某款，我向某处提出呈请……”诸如此类等等。

要么他就坐下来，同儿子一道起草诉讼状。到街上去走走吧，外面又十分炎热。听说出现了旱灾。军官们穿上了白色军服，这并非每年夏季都是如此。街上的景象比县志里描述的要繁华得多。这是很容易解释的，因为正在准备迎接边疆区长官，而主要的原因是这里的居民成年人占绝大多数，他们每天大部分时间都在户外活动。这里在一块不大的地面上，聚集着一个千人的监狱和一所 500 人的兵营，杜伊卡河上正在紧张地架桥，街道上竖起几座牌楼，家家户户都在打扫和粉刷房屋，士兵在操练步伐。两匹马的和三匹马的马车，挂着串铃，在街上驰骋，这是为督军预备的马车。真像过节一样，一片繁忙景象。

马路上，一群土著居民基里亚克人向警察局走去，几条驯良的萨哈林看家狗向他们狂吠。这些狗不知为什么只向基里亚克人吠叫。又有一伙人走过来，是戴着镣铐的苦役犯，有的戴着帽子，有的光着头，拉着沉重的装满沙子的平板车，锁链发出哗啦哗啦的响声。几个孩子紧紧跟在车子后面。两侧是看押的士兵，他们满脸流汗，皮肤热得通红，肩上扛着步枪，有气无力地走着。苦役犯把沙子撒在将军官邸前的广场上，然后原路返回，镣铐声不绝于耳。一个苦役犯穿着印有红方标记的囚服，挨门串户地叫卖覆佃子浆果。当你走在街上时，坐着的人都会站起来，所有遇到的人都会脱下帽子。

苦役犯和流放移民，除了少数例外，一般都可以在街上自由行走，不戴镣铐，没有人看押，因此你每走一步都会遇到成群结伙的或单个的苦役犯。在民户的庭院里和屋子里也有这种人，他们充当车夫、看门人、厨师、厨娘和保姆。这种亲密的关系，起初使人很不习惯，感到困惑不解，不知所措。你从一处建筑工地附近经过，会看见几个苦役犯手里拿着斧头、锯子和锤子。这时你不禁会想，他这么一抡，你就得七魂出窍！或者你到一个熟人家去，偏巧他不在家，你坐下来给他写个便条，可是这时你的背后站着一个苦役犯——他的仆人，在等待着你，手里拿着一把刀，他刚才在厨房里用这把刀在削马铃薯。或者，清晨4点来钟，你被一种沙沙的声响惊醒，睁眼一看，只见一个苦役犯踮着脚尖，屏息呼吸，悄悄向你走来。怎么回事？这是要干什么？“擦擦皮鞋，大人！”我很快就看惯了这些，并且习以为常了。这里的太太们毫不介意地放孩子们随着充当保姆的无期苦役犯出去散步。

一位记者写道，他起初甚至对每一片矮树丛都感到害怕，在路上遇见一个囚犯，就得赶紧去摸摸大衣里面的手枪。后来他放心了，得出这样一个结论：“一般说来苦役犯们是群羔羊，懦怯懒惰，半饥半饱，只会向人讨好。”认为俄国囚犯只是由于懦怯和懒惰，才不杀害和抢劫路人，这未免把人类想得太坏了，或者说是不了解人。

阿穆尔督军考尔夫男爵乘海龙号兵船，于7月19日抵达萨哈林。在岛区长官官邸和教堂中间的广场上，他受到仪仗队、全体官员以及移民和苦役犯的隆重欢迎。演奏了我方才提到的那首乐曲。一位仪表非凡的老人端着本地制造的银盘，向他敬献了面包和盐。这位老人姓波焦姆金，从前是个苦役犯，后来在萨哈林发了家。我的房东医生也在场，他身穿黑色礼服，头戴无檐帽，手里拿着一份呈请书。我第一次见到萨哈林的民众，他们那种悲惨的特点并没有掩过我的眼睛：人群中有壮年男女，也有老人和孩子，但是唯独没有青少年，好像从13到20岁的年龄在萨哈林就根本不存在似的。我情不自禁地给自己提出一个问题：这是否意味着青年人稍一长成，只要一有可能，便都离岛而去了呢？

督军在到达的第二天，便开始视察监狱和移民区。移民们焦急地等待着他。所到之处，移民们都向他递交请求书或者口头提出请求。大家讲话时，有的是为自己，有的是代表全屯。讲演的艺术在萨哈林甚为高超，因为任何事情，离开讲演就办不成。在杰尔宾斯科耶屯，移民马斯洛夫在讲演中数次将官长叫做“最仁慈的统治者”。遗憾的是，求见考尔夫男爵的人们，远远不都是真正需要的。这里跟在俄国类似的情况一样，也表现出农民那种令人沮丧的愚昧无知：人们请求的不是兴办学校，不是公正地执行法律，不是做工赚钱之类的大事，而是各种鸡毛蒜皮的小事。比如，有人申请官府救济，有人请求准立子嗣，总之一句话，提出的请求都是地方当局可以满足的。考尔夫对待他们的请求非常关注和热心，他深深地为他们的不幸的境遇所感动，许下诺言，激发他们对美好生活的期望。在阿尔科沃屯，副典狱长报告说：“阿尔科沃一切顺利。”男爵听了之后，指着秋播和春播小麦对他说：“一切顺利，只有一点除外，就是阿尔科沃没有粮食吃。”亚历山大罗克斯克监狱，在他莅临之际，给犯人吃了鲜鹿肉；他巡视了所有的囚室，接受了请求书，下令除掉许多犯人的镣铐。

7月22日这天是法定的节日。祈祷和阅兵完毕之后，一个巡丁跑来报告说，督军大人要接见我。我去了。考尔夫十分亲切地接待了我，同我进行了半个小时的谈话。我们谈话时科诺诺维奇将军也在座。当时向我们提出一个问题：我是否负有官方使命？我回答说没有。

“最低限度您是接受某个学术团体或者报纸的委托吧？”男爵问道。

我的衣袋里本来是有记者证的，但是我不打算在报纸上刊登关于萨哈林的文章，因此不想把那些显然完全信任我的人引入五里云雾中。我回答说：没有。

男爵说道：“我允许您自由出入任何地方，会见任何人。我们没有什么可隐瞒的。您在这里可以考察一切，将发给您自由出入所有监狱和移民屯的通行证，您可以利用您需要的文件。一句话，所有的地方都为您敞开大门。只有一点我不能允许您做，就是不准同政治犯有任何交往，因为我没有任何权力允许您这样做。”告辞时男爵说：

“明天我们再谈谈。请您带着纸来。”

这天，我出席了在岛区长官宅邸举行的欢迎宴会。我在这里几乎认识了萨哈林所有的政界人士。宴会进行时，演奏了乐曲，发表了演说。考尔夫为答谢对他的祝酒，发表了简短的演说。我现在还记得他的一些话。他说：“我坚信，萨哈林‘不幸者’的生活，比在俄国乃至欧洲某些地方都更轻松。在这方面我们需要做的事情还很多，因为善良之路是无穷尽的。”5年前他来过萨哈林一次，现在他认为这里进步显著，超过了预期水平。他的褒扬之词，同人们看到的饥饿、女流放犯普遍卖淫、残酷的肉刑等现象无法调和。但是听众还是应该相信他的话，因为现在同5年前相比，似乎可以说，黄金时代开始了。

晚上是灯会。街道被小油灯和五色火花照得通明。士兵、移民和苦役犯成群结队，一直游逛到深夜。监狱门大开。杜伊卡河一向破败，肮脏不堪，河岸光秃秃，如今两岸都装饰起五彩缤纷的灯笼和花火，火光倒映在河水里，把这条河装点得分外美丽，蔚为壮观。但是这很可笑，就像给厨娘的女儿穿上小姐的礼服一样。将军的花园里奏着音乐，歌手们唱着歌，还鸣了礼炮，有一门大炮还爆炸了。

尽管如此热闹，街上仍觉烦闷无聊，既没有歌声，也没有手风琴声，连一个醉汉也没有。人们像幽灵一样游荡着，像幽灵一样缄默不语。苦役地尽管被花火照得五彩缤纷，但仍然还是苦役地。远处传来悦耳的乐曲声，但是永远回不了祖国的人听到这乐曲，只能产生绝望的哀愁。

我带着纸张去见督军。他向我阐述了对萨哈林苦役地和殖民区的看法，让我把他讲的都记录下来。当然，我很愿意完成这项任务。他建议我给记录下来的东西冠以这样一个标题不幸者的生活记述。从我们最后一次谈话和我在他口述下记录下来的东西中，我得到一个信念，坚信他是一位宽厚、高尚的人，但是他对“不幸者的生活”了解的程度并不像他自己认为的那样。请看《不幸者的生活记述》中的一段话：“任何人都没有被剥夺获取完全平等权的希望。不存在终身惩罚。无期苦役不超过 20 年。苦役劳作并不沉重。如果说沉重，那只表现在强制性劳动不给劳动者本人提供私利，而不表现在体力强度上。不披枷戴镣，不用人看守，不给剃光头。”

天气一直很好，晴朗，清新，很像我们俄国那里的秋天。黄昏尤为美妙。我永远不能忘怀那西方火红的晚霞，深蓝的大海和从山后冉冉升起的皎洁的明月。每当这样的黄昏，我都喜欢在哨所和新米哈伊洛夫斯科耶屯之间的河谷里往来驰骋。这里道路平坦，并排有小平板车轨道和电报线。从亚历山大罗夫斯克前行，河谷越来越窄，昏暗益发浓重，高大的牛蒡使人觉得很像热带植物。黑黝黝的群山从四面八方向你围过来。远处出现火光，那是燃烧着的煤炭，或森林中的大火。一轮明月，高悬中天。一幅奇幻的画面忽然使我感到恐怖：一个身穿白衣的苦役犯，驾着一辆小平板车，不断地用木杆撑地，沿着铁轨向我迎面奔来。我不禁打了一个寒噤！

“该回去了吧！”我问车夫。

苦役犯车夫把马车调转过来，望望四周的群山和火光，说道：“这里真烦闷，大人！咱们俄国比这儿好。”

作 / 品 / 赏 / 析

契诃夫的这篇文字写于旧俄时代，那时，萨哈林这个地方是著名的流放地，所以，这篇文章不能被当成一个普通的游记，契诃夫也不是简单地记录他的短暂的萨哈林之行。当我们看完全篇文章后，留在脑海中挥之不去的是岛上在苦难中生存的旧俄时代的苦役犯的影子，这显然不是一个美妙的画卷，所以，它不是一个风光游记。尽管我们可以认为那是作者作为俄罗斯知识分子一贯的苦难意识的折射，但是，在作者日常的、真实的、琐碎和确切的笔下，我们看到的是一个难能可贵的记录，一种忠于生存实际的考察。作为一个作家的伟大灵魂所在，作品所透露出的忧郁、理性和悲悯使这篇散文远远超出了一个普通游记的承担，在我们把它当游记来欣赏的同时，我们如果能产生基于作家灵魂深处所发出的声音之上的共鸣，其他的什么话都已经是多余的了。

美

/泰戈尔

入选理由
泰戈尔的散文代表作之一
以优美隽永的语言阐明了科学看待美的态度
风格质朴，清新自然，深蕴哲理

泰戈尔像

夕阳坠入地平线，西天燃烧着鲜红的霞光，一片宁静轻轻落在梵学书院娑罗树的枝梢上，晚风的吹拂也便弛缓起来。一种博大的美悄然充溢我的心头。对我来说，此时此刻，已失落其界限。今日的黄昏延伸着，延伸着，融入无数时代前的邈远的一个黄昏。在印度的历史上，那时确实存在隐士的修道院，每日喷薄而出的旭日，唤醒一座座净修林中的鸟啼和《娑摩吠陀》的颂歌。白日流逝，晚霞鲜艳的恬静的黄昏，召唤终年为祭火提供酥油的牛群，从芳草萋萋的河滨和山麓归返牛棚。在印度那纯朴的生活，肃穆修行的时光，在今日静谧的暮天清晰地映现。

我忽然想起，我们的雅利安祖先，一天也不曾忽视一望无际的恒河平原上日出和日落的壮丽景象。他们从未冷漠地送别晨夕和晚祷。每位瑜珈行者和每家的主人，都在心中热烈欢迎迷人的景色。他们把自然之美迎进了祭神的庙宇，以虔诚的目光注望美中涌溢的欢乐。他们抑制着激动，稳定着心绪，将朝霞和暮色溶入他们无限的遐想。我认为，他们在河流的交汇处，在海滩，在山峰上欣赏自然美景的地方，不曾营造自己享受的乐园；在他们开辟的圣地和留下的名胜古迹中，人与神浑然一体。

暮空中萦绕着我内心的祈祷：愿我以纯洁的目光瞻仰这美的伟大形象，不以享乐思想去黯淡和去贬低世界的美，要学会以虔诚使之愈加真切和神圣。换句话说，要弃绝占有它的妄想，心中油然萌发为它献身的决心。

·作者简介·

泰戈尔（1861～1941），印度现代著名诗人、散文家。出身加尔各答市的望族，没有受过正规的学校教育，但在父兄的教导下，掌握了丰富的历史、文学知识。14岁时就有诗作发表。1878年赴英留学，学习英国文学和西方音乐。1880年回国后专门从事文学活动。1913年获诺贝尔文学奖，此后出访了欧洲很多国家及中国、日本和苏联等。他在诗歌方面的主要作品有抒情诗集《暮歌》、《晨歌》、《金帆船》、《缤纷集》、《园丁集》、《收获集》、《渡口》、《吉檀迦利》和哲理短诗集《微思集》、《故事诗集》等。在小说方面的代表作有长篇小说《沉船》、《戈拉》、《家庭与世界》，中篇小说《两姊妹》、《四个人》，短篇小说《河边的台阶》、《饥饿的石头》等。另外，还有戏剧《国王》、《邮局》等。

我又觉得，认识到真实是美，美是崇伟，不是件容易的事。我们摈弃许多东西，把厌烦的许多东西推得远远的，对许多矛盾视而不见，在合乎心意的狭小范围内，把美当做时髦的奢侈品。我们妄图让世界艺术女神沦为女婢，羞辱她，失去了她，同时也丧失了我们的福祉。

撇开人的好恶去观察，世界本性并不复杂，很容易窥见其中的美和神灵。将察看局部发现的矛盾和形变，掺入整体之中，就不难看到一种恢宏的和谐。

然而，我们不能像对待自然那样对人。周围的每个人离我们太近，我们以特别挑剔的目光夸大地看待他的小疵。他短时的微不足道的缺点，在我们的感情中往往变成非常严重的过错。贪欲、愤怒、恐惧妨碍我们全面地看人，而让我们在他人的小毛病中摇摆不定。所以我们很容易在寥廓的暮空发现美，而在俗人的世界却不容易发现。

今日黄昏，不费一点力气，我们见到了宇宙的美妙形象。宇宙的拥有者亲手把完整的美捧到我们的眼前。如果我们仔细剖析，进入它的内部，扑面而来的是数不清的奇迹。此刻，无垠的暮空的繁星间飞驰着火焰的风暴，若容我们目睹其一部分，必定目瞪口呆。用显微镜观察我们前面那株姿态优美的斜倚星空的大树，我们能看清许多脉络，许多虬须，树皮的层层褶皱，枝桠的某些部位干枯，腐烂，成了虫豸的巢穴。站在暮空俯瞰人世，映入眼帘的一切，都有不完美和不正常之处。然而，不扬弃一切，广收博纳，卑微的，受挫的，变态的，全部拥抱着，世界坦荡地展示自己的美。整体即美，美不是荆棘包围的窄圈里的东西，造物主能在静寂的夜空毫不费力地向世人昭示。

强大的自然力的游戏惊心动魄，可我们在暮空却看到它是那样宁静，那样绚丽。同样，伟人一生经受的巨大痛苦，在我们眼里也是美好的，高尚的，我们在完满的真实中看到的痛苦，其实不是痛苦，而是欢乐。

我曾说过，认识美需要克制和艰苦的探索，空虚的欲望宣扬的美，是海市蜃楼。

当我们完美地认识真理时，我们才真正地懂得美。完美地认识了真理，人的目光才纯净，心灵才圣洁，才能不受阻挠地看见世界各地蕴藏的欢乐。

作/品/赏/析

《美》一文通过对黄昏美景的描绘，表达了作者对美的犀利而辩证的看法。作者运用类似中国古文中“兴”的写作手法，开篇为人们描绘了一幅壮观静谧的黄昏美景图，然而作者的本意不在赞扬黄昏日落之美，而是藉此表达自己对美的真正内涵的看法。作者指出，美即真实、崇伟、整体，但认识美又不是件容易的事，现实生活中许多人只凭自己的好恶、感情，片面挑剔地看待世界和人，因而难以窥见世界和人身上的“美和神灵”。作者由此进一步指出，世间的人和事都有不完美和不正常之处，应“扬弃一切，广收博纳”，才能形成真正的“整体”美。文章风格质朴，清新自然，节奏和谐，深蕴哲理，读后给人以莫大的精神享受和思想启示。

远处的青山

/ 高尔斯华绥

入选理由
高尔斯华绥的散文代表作之一
反对战争、礼赞和平、具有浓厚的人道主义精神
运笔轻灵，语言明净含蓄，感性而细腻

高尔斯华绥像

不仅仅是在这刚刚过去的三月里（但已恍同隔世），在一个充满痛苦的日子——德国发动它最后一次总攻后的那个星期天，我还登上过这座青山吗？正是那个阳光和煦的美好天气，南坡上的野茴香浓郁扑鼻，远处的海面一片金黄。我俯身草上，暖着面颊，一边因为那新的恐怖而寻找安慰，这进攻发生在连续四年的战祸之后，益发显得酷烈出奇。

“但愿这一切快些结束吧！”我自言自语道，“那时我就又能到这里来，到一切我熟悉的可爱的地方来，而不致这么伤神揪心，不致随着我的表针的每下滴答，就又有一批生灵惨遭涂炭。啊，但愿我又能——难道这事便永无完结了吗？”

现在总算有了完结，于是我又一次登上了这座青山，头顶上沐浴着十二月的阳光，远处的海面一片金黄。这时心头不再感到痉挛，身上也不再有毒氛侵袭。和平了！仍然有些难以相信。不过再不用过度紧张地去谛听那永无休止的隆隆炮火，或去观看那倒毙的人们，张裂的伤口与死亡。和平了，真是和平了！战争继续了这么长久，我们不少人似乎已经忘记了一九一四年八月战争全面爆发之初的那种盛怒与惊愕之感。但是我却没有，而且永远不会。

在我们一些人中——我以为实际在相当多的人中，只不过他们表达不出罢了——这场战争主要会给他们留下这种感觉：“但愿我能找到这样一个国家，那里人们所关心的不再是我们一向所关心的那些，而是美，是自然，是彼此仁爱相待。但愿我能找到那座远处的青山！”关于忒俄克里托斯的诗篇，关于圣弗兰西斯的

·作者简介·

高尔斯华绥（1867 ~ 1933），英国现代著名作家。生于律师家庭。1890 年毕业于牛津大学法律系，获律师资格。1891 ~ 1893 年游历欧洲，1895 年开始创作，早年受屠格涅夫影响较大。1906 年发表的长篇小说《有产业的人》和第一个剧本《银盒》确立了他在文坛上的地位。他一生共创作了 17 部小说、26 个剧本及短篇小说、散文等若干。主要作品有长篇小说《福尔赛世家》三部曲：《有产业的人》、《骑虎》、《出租》；《现代喜剧》三部曲：《白猿》、《钥匙》、《天鹅之歌》；以及戏剧作品：《银盒》、《鸽子》和《忠诚》等。他的小说在真实的描绘中透露作者的褒贬，注意塑造典型性格，文笔自然流畅，故事情节跌宕有致。1932 年“为其描述的卓越艺术……这种艺术在《福尔赛世家》中达到高峰”，获诺贝尔文学奖。

高风，在当今的各个国家里，正如东风里草上的露珠那样，早已渺不可见。即或过去我们的想法不同，现在我们的幻想也已破灭。不过和平终归已经到来，那些新近被屠杀掉的人们的幽魂总不致再随着我们的呼吸而充塞在我们的胸臆。

和平之感在我们思想上正一天天变得愈益真实和愈益与幸福相连。此刻我已能在这座青山之上为自己还能活在这样一个美好的世界而赞美造物。我能在这温暖阳光的覆盖之下安然睡去，而不会醒后又是过去的那种恹恹欲绝。我甚至能心情欢快地去作梦，不致醒后好梦打破，而且即使作了恶梦，睁开眼睛后也就一切消失。我可以抬头仰望那碧蓝的晴空而不会突然瞥见那里拖曳着一长串狰狞可怖的幻想，或者人对人所干出的种种伤天害理的惨景。我终于能够一动不动地凝视着晴空，那么澄澈而蔚蓝，而不会时刻受着悲愁的拘牵，或者俯视那光滟的远海，而不至担心波面上再会浮起屠杀的血污。

天空中各种禽鸟的飞翔，海鸥、白嘴鸭以及那往来徘徊于白垩坑边的棕色小东西对我都是欣慰,它们是那样自由自在,不受拘束。一只画眉正鸣啭在黑莓丛中,那里叶间还晨露未干。轻如蝉翼的新月依然隐浮在天际；远方不时传来熟悉的声籁；而阳光正暖着我的脸颊。这一切都是多么愉快。这里见不到凶猛可怕的苍鹰飞扑而下，把那快乐的小鸟攫去。这里不再有歉仄不安的良心把我从这逸乐之中唤走。到处都是无限欢欣，完美无瑕。这时张目四望，不管你看看眼前的蜗牛甲壳，雕镂刻画得那般精致，恍如童话里小精灵头上的细角，而且角端作蔷薇色；还是俯瞰从此处至海上的一带平芜，它浮游于午后阳光的微笑之下，几乎活了起来，这里没有树篱，一片空旷，但有许多炯炯有神的树木，还有那银白的海鸥，翱翔在色如蘑菇的耕地或青葱翠绿的田野之间；不管你凝视的是这株小小的粉红雏菊，而且慨叹它的生不适时，还是注目那棕红灰褐的满谷林木，上面乳白色的流云低低悬垂，暗影浮动——一切都是那么美好，这是只有大自然在一个风和日丽的天气，而且那观赏大自然的人的心情也分外悠闲的时候，才能见得到的。

在这座青山之上，我对战争与和平的区别也认识得比往常更加透彻。在我们的一般生活当中，一切几乎没有发生多大改变——我们并没有领得更多的奶油或更多的汽油，战争的外衣与装备还笼罩着我们，报刊杂志上还充溢着敌意仇恨；但是在精神情绪上我们确已感到了巨大差别，那久病之后逐渐死去还是逐渐恢复的巨大差别。

据说，此次战争爆发之初，曾有一位艺术家闭门不出，把自己关在家中和花园里面，不订报纸，不会宾客，耳不闻杀伐之声，目不睹战争之形，每日唯以作画赏花自娱——只不知他这样继续了多久。难道他这样做法便是聪明，还是他所感受到的痛苦比那些不知躲避的人更加厉害？难道一个人连自己头顶上的苍穹也能躲得开吗？连自己同类的普遍灾难也能无动于衷吗？

整个世界的逐渐恢复——生命这株伟大花朵的慢慢重放——在人的感觉与印象上的确是再美不过的事了。我把手掌狠狠地压在草叶上面，然后把手拿开，再看那草叶慢慢直了过来，脱去它的损伤。我们自己的情形也正是如此，而且永远如此。战争的创伤已深深侵入我们的身心，正如严霜侵入土地那样。在为了杀人流血这桩事情而在战斗、护理、宣传、文字、工事，以及计数不清的各个方面而竭尽努力的人们当中，很少人是出于对战争的真正热忱才去做的。但是，说来奇怪，这四年来写得最优美的一篇诗歌，亦即朱利安·克伦菲尔的《投入战斗！》竟是纵情讴歌战争之作！但是如果我们能把自那第一声战斗号角之后一切男女对战争所发出的深切诅咒全部聚集起来，那些哀歌之多恐怕连笼罩地面的高空也盛装不下。

然而那美与仁爱所在的“青山”离开我们还很遥远。什么时候它会更近一些？人们甚至在我所偃卧的这座青山也打过仗。根据在这里白垩与草地上的工事的痕迹，这里还曾宿过士兵。白昼与夜晚的美好，云雀的欢歌，香花与芳草，健美的欢畅，空气的澄鲜，星辰的庄严，阳光的和煦，还有那清歌与曼舞，淳朴的友情，这一切都是人们渴求不餍的。但是我们却偏偏要去追逐那浊流一般的命运。所以战争能永远终止吗……

这是四年零四个月以来我再没有领略过的快乐，现在我躺在草上，听任思想自由飞翔，那安详如海面上轻轻袭来的和风，那幸福如这座青山上的晴光。

作/品/赏/析

《远处的青山》一文叙述了作者在历时四年之久的第一次世界大战之后，重登一座青山上的见闻和感受，抒发了作者憎恶战争，热爱和平、自然和生命的感情。作者以远处的一座青山为落笔点，纵情放飞自己的想象之鸟。战争期间作者曾登上这座青山，那时他是“为那新的恐怖而寻找安慰”，等战争结束后作者再次登上青山，心境自然大为不同，在作者眼中，青山是美、仁爱、和平的化身，这里的一切都无限欢欣、完美无瑕。随着作者的情绪流动，我们仿佛与作者一道，来到那美丽壮阔的远处的青山，亲身享受洋溢四野的和平之光。文章运笔轻灵，语言明净含蓄，感性而细腻，全文浸透着作者深刻的生命体验、丰厚的人生蕴涵和浓浓的人道主义情怀，读来让人赏心悦目、回味悠长。

伦敦塔

/夏目漱石

入选理由
东方人眼里真实的欧洲历史与文化
沉重唯美的梦魇般的笔触
对生存和苦难的自觉体察

夏目漱石像

在两年的留学期间，我只去过伦敦塔一次。后来虽有过再去看看的念头，终究未果而作罢了。在这期间，也曾有人来约我同去，但我拒绝了。要是首次参观得到的印象被再次参观所破坏，未免可惜；若是被第三次参观一拂而尽，就太遗憾了。我想，参观“塔”嘛，宜以一次为好。

我到伦敦塔去，乃是在我抵达伦敦不久的事。当时，我连方位也不清楚，更不用说地理位置了。我那时的心情犹如一只兔子——一只突然被人从乡里丢弃在繁华中心区的兔子。走出门，怕被人流卷走；回到住处，又担心火车会出轨而撞到自己的房里来。可谓朝夕不安。我觉得在这种响声、这种人群中住上两年的话，自己的神经纤维当会像锅中的鹿角菜一样，变成粘糊糊的了。有时我甚至觉得：看来麦克斯·诺尔丹的《退化论》真是一大真理呢。

再则，我当时是一个不能像别的日本人那样带了介绍信去晋见某人、请求帮忙的人，也没有任何旧交在当地居住。因此，我只好带着惶惑的心情，在一张地图的引导下，每天出门游逛或办事情。当然，我不乘火车，也不坐马车，若是去利用这些头绪纷繁的交通工具，真不知道会被带到哪儿去呢！在这大都会伦敦市中纵横交错的火车、马车、电车、缆车，没有给我带来任何方便。事不得已，我只好来到十字路口就展开地图，在行人的推推搡搡中，定出自己前进的方向。查地图也搞不清楚时，我就向人问路；问不出名堂的话，我就找警察；警察也解决不了时，我再向别的人请教。一路上，我几乎逢人就招呼和询问，直到遇上识路

·作者简介·

夏目漱石（1867 ~ 1916），原名夏目金之助，出生于江户（今东京）。明治维新后家道中落。1895 年，放弃东京高师英语教师的教职，先后到四国松山市和九州熊本市第五高等学校任教。1900 年以官费留学英国三年，观察到西方社会的种种弊病，特别是资本主义社会的“金钱万能”，使他感到十分厌恶。1903 年回到日本，在东京帝国大学任教，并为高滨虚子主编的杂志《杜宇》写俳句。1907 年《朝日新闻》社请他为特聘作家，他便放弃了大学教授的职位，成为职业作家。直到去世的大约 10 年时间里，先后写了 10 多部长篇小说，均在《朝日新闻》上连载。1916 年 12 月 9 日因胃溃疡恶化辞世，享年 49 岁。

的人为止。我就这样好不容易地到达了我的目的地。

我觉得，那时候出门去参观“塔”，好像只有这么办。“既不知来处，又不知去处”，这话固然禅味太重，但我现在确实不清楚我当时是经由什么路抵达“塔”下的，后来又是穿过什么街而回到宿处的。我绞尽脑汁也没有用，但是可以肯定，参观“塔”是确有其事的，那“塔”的情景至今历历在目。这真是向前不得要领、向后不知所以，只有忘前丢后的中间处是异常清晰的。我觉得自己犹如落到了划破黑暗的闪电梢上那样，瞬间即逝。这伦敦塔好像是我前世梦中的焦点。

伦敦塔的历史乃是英国历史的缩影。伦敦塔标志着那遮掩住“昔日”这一神奇物的帷幕已自行裂开，把佛龛中的幽光反射到20世纪来了。也可以说，伦敦塔标志着那使万物流逝的时光发生了回溯，让一瓣逝去的时代漂浮到现时代来了。意味着人血、人肉和人的罪孽的结晶物尚残留在马车和火车中的，是伦敦塔。

当我隔着泰晤士河，在塔桥上骋目眼前的伦敦塔时，竟出神得忘却了一切，不知自己是今人还是古人了。时值初冬，却很寂静。天空低垂在塔的上面，颜色就像碱水桶里的汁水被搅混后的样子。泰晤士河宛如融进了墙土似的，水流在勉强向前推进，不起波浪，也没有声响。一只帆船由塔下向前去，在没有风的河面上升帆驶船，那呈不规则三角形的白色羽翼仿佛老是停在原处似的。两条大驳船迎面而来，只看到一个船夫站在船尾处摇橹，但它们仍好像停在原处不动似的。塔桥的栏杆周围有白色的光影在闪动，那可能是海鸥。纵目四望，一切都是静止的，慵懒困顿，昏然而眠，令人有置身旧昔之感。其中，伦敦塔傲然而立，呈现出冷眼蔑视着20世纪的样子，俨然是一副“不管你火车奔腾、电车驰骋，只要历史存在，我就是如此”的神态。它那岿然雄伟的景象，至今令人惊叹。这建筑物俗称为“塔”，而“塔”无非是一种通称，其实它是一座由诸多城楼组成的大城堡。并肩而立的城楼，形状多样，有圆形的，有方形的，但都呈阴郁的灰色，仿佛立志要把上世纪的纪念物永远流传人间。我觉得，若用石头做出二三十个那种九段的游游馆模型，然后并立在一起、置于放大镜下观看，就可以得到这“塔”的形象了。我久久地眺望着，站在饱含着暗褐色潮气的空气中，出神地凝望着。当20世纪的伦敦在我的心里渐渐消淡时，眼前的塔影就在我的脑中勾勒出一幅朦胧的历史图景，犹如

伦敦塔外景

旧时，伦敦人心目中的伦敦塔是个阴森可怖的建筑，简称为塔楼。始建于11世纪，最初作为守城要塞。经过几百年的扩建，这所位于伦敦桥以东泰晤士河北岸的恢宏建筑，其主体堡垒是叫做白塔的主楼，内外墙间有几个较小的塔楼相互毗连，外沿有一条水壕，侧翼是第三层围墙。因为伦敦塔看守森严，从这所塔楼里逃生的犯人寥寥无几。

晨起时喝的酽茶所冒出来的烟雾中逶迤着尚未睡醒的梦的余韵，旋即又令我感到不安，仿佛有长手从对岸伸过来拽我似的。这就使纹丝不动、伫立凝望的我，顿时萌发出渡河去塔下的念头。长手在用力地拽我，我便移步渡河，跨上塔桥。长手一味地猛拽，我渡过塔桥后，一溜烟地奔到塔门处，这不啻是一块3万余坪的旧有大磁铁吸住了一小片在现世浮游的铁屑。走进塔门后回首望去，记得好像看到什么地方刻着这样的诗句：

从我，是进入悲惨之城的道路；
从我，是进入永恒的痛苦的道路；
从我，是走进永劫的人群的道路；
正义感动了我的“至高的造物主”；
“神圣的权力”，“至尊的智慧”
以及“本初的爱”把我造成。
在我之前，没有创造的东西，
只有永恒的事物；而我永存；
你们走进这里，把一切希望捐弃吧。

走过干涸了的沟渠上的石桥，迎面有一座塔。此塔系用无棱角的圆形石头建造，呈大油桶状，仿佛巨人形的门柱似的屹立在左右，中间有建筑物勾联，人们可从这建筑物下面穿到对面。这就是所谓的中塔。略往前行，左侧出现高峙的钟塔，当敌人的铁盾、铁盔像铺盖在原野上的秋阳似的由远处渐次近来时，人们就撞响塔上的钟；当囚犯在月黑星稀的夜里看准壁垒上的哨兵有所不备而越狱出逃，并且从坠落的松明光影里销匿在黑暗中时，人们也撞响塔上的钟；当锋芒毕露的市民为反对君王的苛政而像蚂蚁一样聚集塔下骚动不已时，人们也撞响塔上的钟。这塔上的钟啊，可谓有事必鸣，常常是一味地响个不停，甚至像大水冲了龙王庙，竟是佛尊来此时也只顾鸣。这口在霜晨、雪月、雨天、风夜中鸣过无数次的大钟，眼下又在哪儿呢？我举头仰望着爬有常春藤的古老钟楼，钟声已寂然绝响百年之久了。

再往前走几步，右侧就是逆贼门，门的上方高耸着圣托马斯塔。命名为逆贼门，听了就令人不寒而栗。自古以来，几千名在塔中度过了一生的囚犯，都是被当局用船押送到这门口的。囚犯一旦离了船而跨进此门，就再也沐浴不到人世间自由的阳光了。泰晤士河不啻是他们的三途川，这门也就是他们通往阴曹地府的入口。他们在波浪中摇晃着，被划到这犹如洞窟一样昏黑的拱形门下。当他们来到这如同鲸鱼张开口等着吸食沙丁鱼一样的地点，只听得厚实的栎木大门发出咯咯咯的声响，他们也就同人世间的光明永别了。他们也就这样，终于当了宿命鬼的牺牲物。只有鬼才知道他们什么时候送命——明天、后天，或者是10年之后。当船泊此门时，那船中的囚犯一路上又是怎么想的呢？每当划桨时，每当水珠滴在船舷时，每当划桨者的手动弹时，囚犯无不感到自己的生命受到一次又一次的威胁吧。一位白须垂胸、身穿黑色法衣的长者，步履踉跄地离船上岸，他就是克兰默大主教。那位青头巾裹至眉际、天蓝色的绸子衣服里套有锁子甲的英俊男子，乃是魏阿特。

这一位是旁若无人地由船舷跳上岸来的，他的帽子上插有绚丽的鸟羽，左手扶着金刀的刀柄，饰有银扣的鞋子尖顺着石阶轻捷地移动，此人不正是罗里吗？我窥视昏暗的拱门下，心想，对面会不会出现水浪冲刷石级的波光呢？便引颈而望，但是不见水影。原来，自从堤坝工事完成以来，逆贼门同泰晤士河就完全无涉了。这吞进过诸多囚犯而吐出过诸多押送船的逆贼门，已经不能让人带着怀旧的情绪来听鳞波轻拍门下时所发出的声音了。不过，对面血塔的壁上依旧垂有着大铁环。据说，从前就在这铁环上系缆绳。

向左拐去，可进入血塔的塔门。从前，这血塔囚禁过许多怨恨“蔷薇战争”的人。在这血塔中，人如草芥鸡犬，真可谓草菅人命，积尸如山。无怪乎要命名为血塔了。拱门下有着宛如岗亭似的东西，旁边的兵士戴着盔形帽，持枪而立，摆出一副正颜厉色的样子，但掩饰不了想快点儿交班以便到老地方去喝一杯和会会相好的神态。塔的外壁是用形状不规则的石块砌起来的，相当厚实。外壁表面粗糙不平，到处爬着常春藤，高处开有窗口，大概是塔壁很高的缘故吧，由下仰视，窗口竟是出奇地小，好像还嵌着铁格子。岗哨如石像似的纹丝不动，腹中却要想着与情妇调情的事。我站在一旁，翳手锁眉，聚精会神地仰视高处的窗口，看到淡淡的日影穿过铁格子，射到旧时代的有色玻璃上，不停地闪烁着反射光。不一会儿，像烟霭似的帷幕拉开了，想象中的舞台便在眼前清晰地浮现出来。窗的里侧垂着厚厚的帷帘，所以白天也是昏暗的。窗外的墙上不抹灰泥，是完全赤裸的石块。室和室之间置有永生永世不会变动的隔离物。只是在正中央 6 铺席大的地方，蒙有一块色调暗淡的织锦，底子呈青灰色，图案为浅黄色，绘着裸体的女神像，像的周围布满了蔓草花纹。在石壁的旁边，横着一张大床，深镂到坚实的栎木中心而刻成葡萄、葡萄蔓和葡萄叶子，在手足摩挲和触及过的地方，有光亮反射出来。床头有两个小孩，一个十三四岁，另一个是 10 岁左右。年幼的坐在床沿，半个身子靠在床柱上，两腿无力地垂着，右臂与倾侧着的脸都往前靠，依偎在年长的孩子的肩上。这年长的孩子把一本打开着的烫金的大书搁在年幼的孩子的膝处，右手放在打开着的那一页上。这手极美，宛如象牙揉成的。两人身穿黑如鸦翼的上衣，肤色显得格外白洁，尤其引人注目。这两个人，从头发的色泽、眼睛的颜色、眉宇鼻翼乃至衣饰，几乎无处不同，当是同胞弟兄。

哥哥用优美悦耳的声音读着那膝上的书：“能在眼前浮现出自己临终时情景的人，是很幸福的。我日日夜夜期望着死的来临。我行将去主的面前，已无所畏惧……”

弟弟发出了令人怜悯的声音：“阿——门——”这时远处刮来一阵厉风，摇撼着高塔，塔壁像要塌下去似的发出了鸣响。弟弟闻声后蜷缩起身子，把脸贴在哥哥的肩膀上，雪白的被子顿时鼓起了一块。哥哥又读起来：“早晨时分，做好过不了黄昏的准备；到了晚上，不对明日寄予希望。视死如归才是好样的，贪生怕死最为可耻……”

弟弟又叫了声：“阿——门——”声音在发颤。哥哥轻轻地把书倒扣过来，走近那小小的窗口，想望望窗外的景象。但是窗口太高，他的个子够不着，便搬来了凳子，站在凳子上踮起脚尖，只见冬日朦胧地笼罩着纵深百里的黑雾，宛如遍染着新屠后的狗血。哥哥掉过头来对弟弟说："今天又这么过去了？"弟弟只答道："真冷。"哥哥自言自语似的嘟哝着说："只要不杀死我们，可以把王位让给叔叔……"弟弟光是说："我要妈妈。"这时，只见对面挂着的那幅织锦上的裸体女神像飘动了两三下——尽管一点儿风也没有。

突然，眼前的场景换掉了，只见塔门前悄然站着一位身穿黑色丧服的女人，她的脸色发青，神情憔悴，但是全身散发出一种雍容华贵的夫人气质。不一会儿，随着开锁的响声，塔门嘎嘎嘎地打开了，门内出来一个男子，恭敬如仪地向妇人施礼。

"能见见吗？"妇人问道。

"不行哪。"男子带着同情的口气说，"我无法遵命，这是上面定下的制度，请您务必丢掉这种念头吧。从我来说，卖个人情当然很容易……"这时男子突然住口，环视了一下，界河中有鹃鸥悄声浮起。

妇人解下挂在项间的金项链，递给男子，说道："我只要偷偷地瞧一瞧就行。你要是拒绝一个女人的恳求，那就太冷酷了。"

男子用手指绕起金项链，沉思着。这时鹃鸥霍然钻人了水中。男子考虑了片刻之后，说道："看守牢房的人不违反牢规。公子都安好无恙，请您释念，安心地回去吧。"并把金项链奉还。妇人木然不动，只听得金锁链落在铺石地面上，响声铿然。

"一定不肯通融？"妇人问道。

"我实在爱莫能助。"看守人断然拒绝。

"阴森的塔影，坚硬的塔壁，冷的塔人。"妇人说着，潸然泪下。

场景又换了。

一个身穿黑衣的高大身影出现在院落的一角，仿佛是从古老的寒石壁里倏地一声窜出来的。他站在夜和雾中，茫然地环视着四周。不一会儿，又有一个同样装束的黑影从阴暗深处冒了出来。高个子仰视着高挂在塔楼角上的星影，说道："天黑了。"

"白天可不能露面。"另一个人答道。

"杀人的事也经历过好多次了，惟独今天，心中总感到有愧而不得安宁。"高的身影对矮的身影说。

"隔着织锦偷听两个孩子的交谈，真想罢手回家去呢。"个子矮些的坦率直言。

"收紧绳索的时候，那美如花儿的嘴唇在颤动呢。"

"晶莹的额上暴出了紫青色的筋纹。"

"那呻吟声现在还在耳际回旋呢。"

当黑影又消失在夜色中时，塔楼上的时钟敲响了。

想象出来的情景随着钟声而消失。站得像石像那样纹丝不动的岗哨，现在背着长枪，笃笃笃地在铺石路面上来回行走。他踱着步子，内心却沉浸在与情妇携手散步时的情景里。

从血塔下穿出来再往前走，有一个漂亮的广场。广场中央的地势略高，白塔就坐立在这高处。在塔群中，白塔最为古老，是昔日的中心建筑。纵深 20 间，宽 18 间，高 15 间，壁厚 1 丈 5 尺，4 个角上耸立着角楼，到处都能见到诺曼时代留下的枪眼儿。公元1399年，国民们列举33条罪状而迫使理查二世让位，就是在这塔中进行的。在此塔中，理查二世曾面对僧侣、贵族、武士和法师，向天下宣告让位。当时，继承王位的亨利站起来，在额前和胸前划过十字，说道："凭着圣父、圣子、圣灵之名，我亨利在纯正的血统、赐福之神和挚友至交的帮助下，今日承继这大英帝国的王冠和王权。"

至于前王被黜后的命运如何，无人能道其详。当这位前王的尸体从波特·弗拉克脱城移至圣保罗教堂时，两万民众前往围观，只见遗容瘦骨嶙峋，无不为之震惊。有说是这理查二世曾被8个刺客包围，但他夺取了一个刺客手中的斧子，砍死2人，砍倒1人，但是被埃克斯顿来自背后的一击，终于饮恨而死。有人仰天叹道："不是这么回事，不是这么回事，理查乃是绝食而死的！"且不论哪一种说法更近事实，反正都不妙。帝王的历史是悲惨的。

瓦尔特·罗里爵士像

瓦尔特·罗里出生于德雷克家乡德文郡乡下的小贵族之家，生得仪表堂堂，个子高大，因为对女王的殷勤讨好，他成为伊丽莎白女王的宠臣之一。后来，女王发现罗里欺骗了她，和她的一个仆从结婚，不单单是密而不告，还一再宣称对女王忠贞不二。伊丽莎白女王无意原谅罗里，就将这对夫妇分别囚禁在伦敦塔。

据说楼下的那间屋子在历史上曾是瓦尔特·罗里被囚时起草《万国史》的地方。由此可以想见他那微倾着脑袋思索的情景——穿着伊丽莎白时期流行的短裤，把膝处扎有丝袜的右脚搁到左腿上，鹅毛笔的笔端停在纸面上。但是这间屋子是不开放的。

由南面走进去，顺着螺旋形的阶梯向上登，就是有名的兵器陈列所。兵器都是闪闪发亮的，仿佛时常有人擦拭。在日本时，我只是从历史和小说中接触过这些东西，可谓一点不得要领，眼下见了实物才无不清楚明了，实在乐不可支。不过欣喜只是一时的事，现在几乎忘光了，还是等于零。然而记忆中还留有盔甲的形象。我记得，其中数亨利六世的盔甲最为阔气，全以钢铁制成，到处镶有嵌饰，尤其可惊的是它魁梧异常，穿此盔甲的人至少是个身高7尺的大汉。我不胜崇敬地望着这盔甲，听得咯吱咯吱的脚步声朝我靠来。我回头一看，是Beefeater。一提起Beefeater，首先会想到那是只吃牛肉之类食物的人。其实不然，这Beefeater是伦敦塔的看守，头上戴的帽子像是用高筒礼帽改成的，身穿美术学校学生装模样的衣服，收紧着肥大的袖口，腰间束着带子。衣服上还有图案，不过，都是由一些互为直角的极其简单的直线构成，宛如中国人所穿的马褂上的图案。Beefeater有时还持枪，这是那种在柄端的短刃处垂着须毛的枪，在《三国志》中常常提到。这位Beefeater走到我的身后停下。他的身材不高，胖胖的身子，大部分的胡子已经白了。

"您是日本人吧？"他微笑着问道。

我觉得自己不是在同当代的英国人说话，而是感到对方是从三四百年前的历史中钻出来的；要不，就是我突然邂逅了三四百年前的情景。我没有吭声，轻轻地点点头。对方说了声：“请往这儿来。”我遵命跟着走去。他指着日本造的旧时器械，显露出“你看见了吗”的眼神。我又点了点头。他给我做了说明：“这是蒙古人献给查理二世的。”我第三次点了点头。

从白塔出来，往博香浦塔去，其间陈列着大炮，是战利品。往前一点，有铁栅栏圈围，铁锁链上挂着牌子。走近一看，是旧时的刑场所在地。那些2年、3年，长的有10年之久被关在不见阳光的地下室的人，某一天突然被带到地面上来，置于这比地下室更恐怖的地方。当其见了阔别已久的春天，未及稍稍高兴一番，两眼也因目眩而未及分辨出物体的色泽时，白光闪闪的斧刃在3尺空间翻动的样子已先映入眼帘。也许是血液在人活着时早已发凉了吧，只见一只乌鸦飞下来，收起双翅，尖伸着黑嘴望着人，犹如饱含着百年碧血之恨而化为这怪鸟，长期地待在这不吉祥的地方。榆树在风中沙沙作响，只见树枝上也停着乌鸦。不一会儿又飞来一只乌鸦，也不知是从哪儿飞来的。有位少妇，带着一个7岁光景的男孩，站在一旁望着乌鸦。她有着希腊人的鼻子，眼睛如秋水似的珠光闪烁，配上雪白的脖子，构成柔和的曲线，使我为之心动。

男孩仰望着少妇，少见多怪似的说着：“乌鸦，乌鸦。”接着央求道：“乌鸦好像饥寒得难受，给它吃面包吧。”

少妇轻声说道：“这乌鸦呀，什么也不想吃呢。”

孩子问：“为什么呀？”

少妇用一种像是在长睫毛深处飘逸的眼神望着乌鸦，说了句：“那乌鸦有5只。”没有回答孩子的询问，摆出一副像是在冥思苦索的样子。我觉得这少妇与这乌鸦之间好像存在着某种不寻常的瓜葛。她说她同乌鸦的心绪如出一辙。眼前明明只有3只乌鸦，她硬说有5只。我不再理会这个怪女人，径自走进博香浦塔。

伦敦塔的历史就是博香浦塔的历史，博香浦塔的历史乃是悲惨的历史。当我一跨进这座在14世纪后半叶的爱德华三世时建造的3层古塔的一楼时，立即从四周的墙上看到了其中无不体现出足可谓百代遗恨的结晶纪念。一切怨恨、一切愤慨、一切忧郁和一切悲怆，融合着由这怨恨、愤慨、忧郁、悲怆之极而产生的慰藉，生就了91种题词，至今仍使见者为之心寒。那些在无情的四壁上，笔笔冷峭地使自身的不幸和定数铭刻在天地间的人，已葬身于“过去”这个无底洞中，徒有这些题词永远在人世闪烁。这种自我愚弄的行径，令人不胜诧异。世上有一种称之为“反语”的，说的是“白”，指的是“黑”；叫嚷着“小”，却让人感到“大”。而在一切“反语”中，恐怕没有比无意识地留给后世的“反语”更为凶猛的了。墓碑、纪念碑、奖牌、绶章，这一切的存在，无非都是让人从徒具形式的物质上去缅怀已逝去的时代。我觉得，那种认为身去迹留、足传吾人的人，不啻是忘了传世者无非是悼念逝者的媒介物而不是逝者本身尚存。我认为，让“反语”流传来世，乃是嘲讽吾生如泡影者的行为。我就不想在临死前留下什么告别人世的遗迹，我也不想让人在我死后立下什么墓碑，也无须杞人自忧而请人焚烧骸骨成齑粉、迎着猛烈的西风向太空散撒。

题词的笔迹当然各不相同。有的因多暇而用工笔楷书；有的因急躁或悲愤而在壁上刷刷刷地做着急就章，刻出的字迹颇为潦草；有的在刻有本家家徽的图案中点缀上古雅的文字；有的在描好的盾形中间留下了颇难读的句子。字迹不同，文字也不一样。英语当然少不了，有用意大利语的，也有用拉丁语的。左面刻着的“吾望在基督”，乃是僧侣帕斯留的话。这帕斯留是公元1537年被斩的。字旁的署名是JOHAN DECKER。这DECKER是何许人？不得而知。登上楼梯，见进口处刻着T. C。这只是一个缩写，当然不知是何许人。再离开一段距离，密密麻麻地全是字迹，其右端绘着十字架，鸡心状装饰，两侧刻着骸骨和家徽。略往前移，见盾形图案的中间填写着这样的字句：“命运徒使我枉然申诉。时间也已无多。我的星辰多悲惨，它紧紧随着我。”下面是：“尊崇生民，爱慕众生，畏神敬王。”

可以想象得出，写这字句者的心中是什么样的滋味！恐怕世上不会有比这更痛苦的现象了。没有什么会比意识内容上无变化更为痛苦，没有什么会比活生生的身子给无形的绳索捆得动弹不得更为痛苦了。人活着就是可以自由活动，活着而不准活动，这就等于被夺走了生的意义，只要感到生的意义被夺，当然比死更为苦痛。把这壁上涂抹成如此模样的人们，无不尝到了这种比死更为惨痛的滋味。他们竭尽全力地忍耐自持，去同这种苦痛交战，最后实在不堪忍耐时，便利用断的钉头或尖尖的指甲，在无事中找事，在太平中流露不平，在平地上勾起波澜。他们题写的每一字、每一笔，都是在他们采取了号啕大哭、涕泪交流及其他一切可以做到的排遣手段之后，却仍然存在着无法排除的本能要求，于是不得不出现这种必然的结果。

再深入一步想想，既然降临人世，也就不能不活下去，完全不是贪生怕死，只是不能不活。“存者且偷生”，这符合耶稣、孔子以前的道义，也符合耶稣、孔子以后的道统。这是谈不出什么理由来的，无非是想努力活下去而已。凡是人，都得努力活下去。被囚于这狱中的人也不例外，也要遵循这一原则而努力活下去。但他们同时面临着必死的命运。他们的心中时时刻刻悬着一个问题：怎样才能活下去呢？一旦被关进这狱中，几乎无人不死。能活着再见天日的人，只有千分之一的比例。所以他们迟早得死。然而，古往今来的大真理叫他们努力活下去，一定要活下去。无奈何，他们便磨快自己的指甲，并用这尖利的指甲在坚硬的壁上刻了个“一”字。刻完“一”后，真理依旧在他们的耳边嘀咕：努力活下去，一定要活下去。他们便等受伤的指甲长好后，再刻了个“二”字。他们明知自己明天就可能在斧刃下骨肉横飞，却在坚冷的壁上徒然地刻出“一”、“二”以及线条和字，寄托求生的愿望。残留在壁上的这些纵横不一的痕迹，乃是他们执著求生的魂魄。我的想象之系追溯到这儿，顿时感到室内的阴冷气息好像已从我脊背上的毛孔中直往身内钻，不禁毛骨悚然。这么一来，我总觉得壁上潮湿不堪，便用指尖去碰了碰，只觉得湿漉漉、滑腻腻，有如触及了露珠。一看手指尖，竟染为鲜红色了。滴滴露珠正从壁角处向下挂，地板上有滴沥物形成的鲜红色纹理，呈不规则形状地相连着。我觉得这是16世纪时的血在向外洇。我甚至能听到壁中的呻吟声。这呻吟声在渐渐地近来，又变成了透过夜色而来的凄楚歌声。这里直通地下的窟穴，内中住着两个人。由鬼国吹来的阴风钻过石壁的裂隙，煽动着小煤油灯，使得本就昏暗的室中，不论是天花板还是四处的壁角，好像都在混沌的煤烟气中打旋。微弱的歌声一定出自窟穴中某人之口。此人把巨斧置于辘轳的砥石处，正高卷起衣袖，一味地磨着斧刃。边上丢着一把斧子，随着风的变化，白光光的斧刃会闪烁亮光。另一个人抱着胳膊而立，而看着砥石转动，脸部从胡须中露出来，半面沐浴着煤油灯光，这照亮的部分，颜色就像沾满了泥巴的胡萝卜。

“这样每天用船送过来，担任刽子手的人真够忙的呀。”长胡须的人说道。

“是啊，光是磨斧子，就够累人的。”唱歌的人回答。他身材矮小，眼睛内眍，肤色黝黑。

“昨天斩了个美人呢。”长胡须者不无遗憾地说道。

“哦，这女子长得虽美，颈部的骨头却硬得厉害。你看，这斧刃因此而缺了一块呢。”他说着，猛转辘轳。只听得咻咻咻的响声中，火星直向外绽。这磨斧者引吭高歌了：

那女子的头颈呀，
理该难砍；
在恋的怨恨前，
斧子卷了刃。

除了咻咻咻的响声，什么响动也听不到了。煤油提灯的光束在风中扇动，照着磨斧人的右颊，如同燃着的煤上有红光流动一样。

“明天该轮到谁了？”不一会儿，长胡须者问道。

“明天该轮到那个老太婆了。”对方若无其事地回答后，高昂地唱道：

风流浸染了头上的白发，
一旦砍下，
将被鲜血浸染。

辘轳在咻咻咻地转动，火星在不停地外溅。

“啊哈哈哈，现在可以了。”他翻动斧子，移近灯下，在灯影中查看斧刃。

“光是那个老太婆？没有别的人了？”长胡须者又问道。

“不，还有那早已谈起过的。”

“可怜哪！到底要问斩了，实在可怜！”

“觉得可怜，这又有何用呢？”他望着漆黑一片的天花板，喟然长叹。

这时，那窟穴、刽子手、煤油提灯等一齐消失了。只有我茫然地伫立在博香浦塔中。我顿时醒悟过来，却见身旁站着那个先前要给乌鸦喂面包的男孩子，而那位不寻常的少妇也依旧同孩子在一起。男孩子望着壁，颇吃惊地道：“那上面画着狗呢。”少妇照例用那种犹如旧事物化身似的口气，斩钉截铁地答道：“那不是狗。左边的是熊，右边的是狮子，这是达德利家的家徽。”说实在的，我本也以为那是狗或猪什么的，现在听了少妇的说明，越发觉得她是一位很不寻常的人了。于是，我不禁感到她方才说达德利时，那词句中好像蕴有着极大的力量，简直是在自报家门似的。我全神贯注地望着这两个人。少妇继续给孩子做着说明："刻这家徽的人叫约翰·达德利。"听她的语调，仿佛约翰是她的兄弟似的。她说："这约翰家有昆仲4人，我们可以从刻在熊和狮子周围的草花上，一点不差地指出这些弟兄来。"我仔细看去，果然，熊和狮子的外围刻有种草花，宛如油画外围的画框。

"这是橡实，当指阿勃罗斯；那是玫瑰，当指罗伯特；下面画的是忍冬吧，忍冬又名Honeysuekle，所以是指亨利；左上方的那一团是天竺葵，这是指吉……"她说到这儿住口了。我见她生就的那副犹如珊瑚似的嘴唇在不断地哆嗦，简直像触了电一样，又像蛇面对鼠时吐出的舌尖。须臾，少妇清亮地诵读起写在家徽下的题词：

You that the beast do well be hold and see,

May do me with these where fore here mad they be

With aborders where in……

brothers' nanles Wholist to here he the grovn.

少妇以一种像是有生以来无日不背诵的调子朗读了一遍。说实在的，壁上的字极其难辨。就我来说，尽管仔细揣摩，也辨不出一两个字来。于是，我越发觉得这位少妇不可捉摸。

我感到气氛叫人不寒而栗，便穿过此地向前去。走过留有枪眼儿的壁角，眼前出现乱涂一气的点缀，也不知是图案还是文字，中间却用正楷写着一个小小的"简"。读过英国历史的人，大概不会不知道"简·格兰"这个名字吧，而且都会为她的红颜薄命和凄惨结局一掬同情之泪的吧。由于她丈夫的野心，她竟天真、从容地把18岁的年华献诸刑场。受到蹂躏的蔷薇花蕊中自有难以消失的馨香飘逸，至今仍使治史者感慨系之。有一则逸事谈到过那位懂得希腊文、能读柏拉图著作的一代学者阿什凯曼也为之瞠目结舌。我想，很多人都会把此逸事作为饶有诗兴者的好材料的吧。我伫立在"简"这个名字前一动不动。哦，与其说是不动，倒不如说是动不了更恰当。想象的翅膀已经展开了。

起初是眼前一片朦胧，看不见东西。过了一会儿，见黑暗中的某一点突然燃起了火光，火焰渐渐增大，其中好像有人在动。接着，慢慢地清晰起来，犹如望远镜被调节好了，景物也清晰地映入了眼帘。接下来，景象越来越大，由远而近。仔细一看，正中央坐着一个年轻女子，右侧站着一个男子。我觉得好像在什么地方见过这两个人。这么想着时，却见对方旋即向我靠近，在离我五六步的地方戛然而止。那男子乃是先前在窟穴中唱歌的矮子，眼睛下眍，皮肤黝黑。他左手持着磨毕的斧子，腰下挂着约为8寸长的短刀，精神抖擞地站着。我不禁为之一震。女子则在白手绢蒙住了眼睛的情况下，伸出双手探寻着搁置头部的砧礅。这搁置头部的砧礅，大小同日本的劈柴礅差不多，前侧装有铁环。礅前撒着稻草，看来是用来防止鲜血流淌的。身后的壁脚前倚着两三个女人，她们在失声痛哭，好像是侍女。教士身穿翻卷起白毛里子的法衣，拖着长长的衣裾，低头拉着女子的手，向砧礅处去。女子穿着雪白的衣服。披到肩上的金发不时像云一样地浮动。突然，我瞥见了她的脸，心中大为吃惊，除了被蒙住的眼睛，她的眉毛、长脸蛋以至纤柔的颈部，一如先前出现的那个少妇。我不由得要走上前去，但是脚动弹不了，一步也迈不出去。女子总算探寻到了斩首墩，用双手去触摸，嘴唇哆嗦着，这同先前给男孩解释达德利家家徽时的样子分毫不差。接着，她微侧着脑袋，问道："我丈夫吉尔福德·达德利已经去天国了？"她的一绺头发甩过肩部，在轻轻地起伏。

罗伯特·达德利与伊丽莎白女王跳舞

罗伯特·达德利是伊丽莎白女王的宠臣，他精于马术、良马繁殖和格斗术——女王非常欣赏的个人技艺。身为达德利家族成员，他的祖父和父亲均以叛逆罪而身首异处。他父亲约翰·达德利在爱德华国王执政后期重权在握，先安排简·格兰夫人和罗伯特的弟弟吉尔福德结婚，尔后又策划让简·格兰继位爱德华——该举措在女王玛丽推翻简·格兰后，给约翰·达德利带来的是断头之灾。简·格兰夫人，如本文作者所说，因为达德利家族的野心，在继位9天后被关押在伦敦塔。不久，因为简·格兰不肯屈就信奉天主教而被斩首。

"不知道呢。"教士回答后，又问道："你还不想归依正道吗？"

女子正颜厉色地回敬道："我同我丈夫笃信的道才称得上是正道。你们的道是歪道，是旁门邪道。"

教士无话可说了。

女子便以比较从容的语调说道："若是我的丈夫先行一步，我当追随而去；若是他比我迟走，我当替他带路。我们将循着正道走向真正的天国。"说完话后，她从容地把脑袋落在斩首礅上。

那个眼睛下眍、皮肤黝黑、身材矮小的刽子手"嗨"地一声拿起沉重的斧子。当我觉得自己的裤筒上好像溅着了两三滴血时，眼前的一切景象顿时消失得无影无踪。

环视周围，那带着男孩的少妇不知到何处去了，根本不见踪影。我带着一副像是中了邪的神态，茫然地走出了塔。回来时又从钟塔下通过，好像看到盖伊福克斯那形同闪电似的脸相在高高的窗口处探了一下，甚至听到了他的声音："再早个小时的话……这3根火柴擦不亮，实在遗憾。"我自己也感到心绪有些不对头，急匆匆地走出了塔。跨过塔桥后回头望望，也许这是北方常有的气候吧，这一天不知从什么时候起也下起雨来了。这场蒙蒙细雨犹如钻过筛子孔的糠皮，粘合着充溢全城的尘土和煤烟，使天地间一片弥漫，而伦敦塔却像地狱的阴影似的挺立在其中。

我一个劲儿地赶回宿处，告诉房东：“今天去参观过塔了。”房东说：“那儿有 5 只乌鸦吧。”我听了不由得暗自吃惊不浅——哟！这房东也同那少妇沾亲带故吗？房东笑了，同时不当回事地解释道：“那是奉献给神的乌鸦，饲养在那儿是由来已久了，一旦不足 5 只，就会立即补足的。所以那群乌鸦永远是 5 只。”

为此，就在参观了伦敦塔的当天，我的想象已有一半被毁。我再向房东谈了壁上有题词的事。房东完全漫不经心地说道：“哦，那些题字呀，都是鄙俗不堪者的劣迹，把好好的地方糟蹋得不像个样子。说是什么囚犯留下的笔迹云云，完全是无稽之谈，其中还有很多是有意伪造出来的呐。”

最后，我不胜惊讶地谈起遇见那漂亮少妇的事，谈到这位少妇讲了些前所未闻的事和流畅诵出那些无法辨认的题词的事。房东用非常轻蔑的语调说：“那是很正常的事嘛。人们去参观前，都翻阅过旅游指南什么的，能讲出、念出那些玩意儿，又有什么可大惊小怪的呢！还有，你是说那女人很漂亮，对不对？我告诉你，伦敦有的是漂亮女人，稍不留神就会受其害的呐！”房东引出了一个新的严峻课题。为此，我的后半部分的想象也被毁了。房东是 20 世纪的伦敦人！

从此以后，我决定再也不同任何人谈这伦敦塔的事，而且再也不去参观了。

这篇作品虽然是煞有其事地信笔写出来的，实际上有一大半是想象出来的，敬请读者阅读时留心这一事实。在有关塔的历史上，我不时想物色一些戏剧性的有趣轶事来联缀，但是弄巧成拙，竟露出了许多斧凿的痕迹，也只好任之了。其中伊丽莎白（爱德华四世的妻子）来见幽禁中的两个王子的情节以及杀两王子的刺客所说的话，都取自莎士比亚的历史剧《理查三世》。莎翁在写克拉累斯公爵于塔中被杀时，用的是正面描写法；在写王子被勒死时，用的是侧面衬托法，借刺客的话从侧面来反映出剧里的情节。我从前读此剧时，就对这一段的描写饶感兴趣，所以现在也袭用了这种手法。当然，对话的内容和周围的气氛等，都是我凭空想象出来的，这同莎翁完全无涉。在这里，我还想就刽子手唱歌、磨斧一节做点儿说明。这一情节完全是取材于安斯沃思的小说《伦敦塔》，对此，我没有任何理由认为其中有我的创作成分。安斯沃思是在描写斩索尔兹布利伯爵夫人的事件时，提到斧刃崩掉一块的，我读那本书时，对刽子手大磨崩掉一块斧刃的刑用斧一节极感兴趣，虽然这段情节还不足两页的篇幅。还有，那一边磨斧一边满不在乎地大唱俗曲的情节也不过占去了十五六分钟的时间，但对全篇的戏剧性起着画龙点睛的作用，使人回味无穷。于是，我也就完全袭用了。不过，歌曲的内容、歌词、两个狱吏的对话、窟穴的昏黑情景等完全无涉的方面，则是我想象出来的。在这里，我想顺便把安斯沃思通过狱吏之口唱出的歌介绍一下：

像铅一样重的锋利的斧子，
一碰到人的脖子，头就滚落下来！
呼——呼——呼——呼！
安娜女王的雪白的头颈搁在断头台上，
静静地等待着那致命的一击；

斧子正好把她的头和身体一分为二，
砍得是那么快，那么准确，她一点没感到痛苦。
呼——呼——呼——呼！
索尔兹布利伯爵夫人，她不肯像高傲的夫人
那样，堂堂正正地死去。
我举起斧子，劈下她的脑袋，
此后，斧刃就有了缺口，变钝了。
呼——呼——呼——呼！
卡特琳·霍华女王给了我一笔赏金
——一条金项链，好让她舒舒服服地死去。
她这贵重的礼物没有白送，
因为我一斧就把她的头劈飞了！
呼——呼——呼——呼！

我很想把这歌词都译出来，但是力不从心，而且篇幅过长，遂作罢。

至于幽禁两位王子以及简·格兰被处死的地点问题，实在多得利于德拉克洛修的绘画，它使我的想象有了归结。我谨在此一表谢意。

用船押送来的囚犯中，有一个叫魏尔特的，他是名诗人的儿子，曾为了简·格兰而举兵。他们父子同名。我在这里说明一下，以免混淆。

照理说，我应该把塔中和塔周围的景物写得更详细一些，以便使读者在不知不觉中明了塔的情况，并有身临其境的感觉，但我撰此文的目的毕竟不是为了游览者，再说随着年月的流逝，对景物的印象实在模糊，所以动辄就会罗列一些主观性的词语，有时恐怕会使读者读后心中不快。为此，我先在这里打个招呼，敬请诸位谅解为幸。

作/品/赏/析

《伦敦塔》使我们窥见了作者脆弱敏感的神经，在作者属于其天性的美学气质引导下，作者将注意力集中在伦敦塔用血与火记录的苦难历史上，这些属于历史和噩梦的事物包括风高月黑夜试图越狱的囚犯、中世纪蚂蚁一样在塔下聚集并骚动不已的人群、令人闻之不寒而栗的钟声、逆贼门、人在其中如草芥的血塔和墙壁上与事实不相称的象征爱与美的女神像、纹饰等。有人把本文当成夏目漱石的一篇小说来读，也不无道理，文中的许多段落充满了小说的意蕴，但是它实际已经脱离了作为一个小说的本质超越，哥哥与弟弟、脸色发青形容憔悴但散发着贵妇人气质的女人，寒气逼人的对话，这些属于夏目漱石风格的意象构成了其对人类爱和苦难的全部复杂感情。固然，作者是看到了真实的伦敦塔，但是作者文中的伦敦塔还是主要由联想构成，缜密的文字意象里涌动着一种使人窒息的梦魇的气息，光影斑驳中我们感受到的是作者对生命思考的精神疼痛和对死亡之美的迷恋。

红叶之旅

/德富芦花

入选理由
日本美学传统的完美体现
朴素典雅的诗意语言
对现代文明的怀疑和焦虑

红叶

几年前，母亲就惦记着婆家住在京都的小女儿，碰巧，寄生木家的阿新、阿系两姊妹从南方来，加上我们全家一共6人，结伴前往京都。明治四十三年（1910年）11月中旬，这时节，采松菇已经晚了，赏红叶还有些早呢。

德富芦花像

抵达京都的第三天，大家分别坐上车子，一起离开上京的姐姐家，顺高尾、槙尾、拇尾一路，观赏岚山的秋色。穿过堀川西阵，沿着坦荡的白土路向西奔跑。从丹波吹来的风凉飕飕的。前方是爱宕山，黛青色的山头，看上去仿佛戴着一顶唐人的官帽，俨然一副帝王的样子，向下俯视着。我们在御室下了车，低矮的樱树已经脱光叶子，显得空落落的。红黄相间的山门，映着八成红的枫叶，有些说不出的妙趣。我很喜欢这座御室。对面不远就是双冈。记得兼好曾经写过：爱戏耍的法师们带着徒儿，把饭盒埋在落叶里，后来却找不到了，我也去找找看吧。转了一圈儿，连个人影都没有，只能听到小鸟的鸣声。

车子驶向海林。挽着柴车的妇女，稻田里翻地的姑娘，都是一身漂亮的棉服，戴着手套，穿着布袜，头发梳理得亮光光的。看得出，劳动对于她们是很美好的。我所居住的武藏野，那里百姓家的女人们可不像这般自在，烈日晒着，狂风吹着，汹涌的水浸泡着，细细的沙尘飞扬着，钻进耳朵和鼻子。8年前，我从岚山徒步去高尾的时候，遭了一阵雨打，跑进梅林唯一的一家百姓家里，借了一件蓑衣。没有姑娘向我献棠棣花。一位老婆子拿出蓑衣说道："别把衣服糟蹋了。"于是，我把礼服翻转过来，披上蓑衣，歪斜着帽子，急急走向高尾。一群青年肩头挑着瓢盆等物，和女艺人合伙打着纸伞，从对面走过来，见了我嘲讽道："哟，这是

·作者简介·

德富芦花（1868～1927），日本小说家，生于熊本县。少年时受自由民权运动熏陶。1885年皈依基督教，曾向往托尔斯泰的创作和生活。1888年在熊本县任教，翌年入民友社任校对，并开始写作。1907年去耶路撒冷朝圣，途经俄国时曾会见托尔斯泰。在幸德秋水事件中，曾发表《谋叛论》，反对天皇制政府的强权统治。1908年后在东京郊外开始了托尔斯泰式的晴耕雨读的生活。

唱的哪一出呀？是勘平打野猪的段子吧。”

眼下终于来到了高尾。下了车，叫车夫背着母亲，过了白云桥，登上神护寺境内观赏风景。这里，红叶才有五六分。来到一家茶馆，姐姐高兴地打开精心配制的饭盒，我们试着玩投磁盘的游戏。那磁盘离开手心，在空中翻了几个个儿，仿佛又要飞回手边似的旋了旋，落到了这边的山崖上，怎么也飘不到谷底去。山峦染上了各种色彩，清泷川打山间深谷中流过去。河下游被一道水堰挡住，绿矾般的水涨得满满的，褐色的落叶点点漂浮。

“为何要把水拦住呢？”

“听说用来发电哩，先生”。老板娘端着茶走过来说。

我香甜地吃着饭。

我们离开高尾，沿清泷川上行，经植尾到拇尾去。

拇尾比高尾来得潇洒。这里虽然位于高尾的上游，但枫叶比高尾红得多。从寺旁的茶馆望去，对面山上像是用绿青色画的几株杉树，把枫叶映照得格外鲜亮、美丽。这植尾寺里，从前有一位先辈在这儿避暑，我曾偕同朋友来玩过，还住了两三天，那是我 12 岁那年夏天的事。我们每日到寺下边的河里游泳，一天三餐吃的都是南瓜饭。从村里买些西瓜，在河水里浸透了再吃。如今，我到河里捡了一些红白石子作个纪念。清泷河是激起我许多回想的河流。打从住在拇尾那年之后又过了 8 年的一个秋天，我曾借口得脚气病而逃学，到爱宕山麓清泷川下游的一个村子，玩了一个月，埋头阅读《悲惨世界》。

旧时在赏红叶途中的日本妇女

赏红叶 铃目春信

日本人观赏红叶的风俗由来已久，这幅表现旧时男女赏红叶的绘画，是浮世绘大师铃目春信的代表性作品。“浮世”指现实社会，浮世绘是将世俗社会视觉化的风俗画，是一种享乐主义的绘画。

我们从拇尾经广泽池往岚山。广泽池的水被戽干了，鲫鱼和泥鳅在泥里巴哒巴哒地响。岚山的枫叶比高尾还早。岚山和桂川依旧是美的。河的这岸是草葺的屋顶，显得风流。然而，有了自动电话亭，通了电车，也通了汽车，真是太煞风景了。“三船之才”早没了，也没有小督、祇王祇女和佛姬了，甚至连那半长和右卫门也见不到了。

“日暮归来春月明”。在与谢芜村的时代，大秦这地方充满浓郁的诗趣。我过这里，坐在归程的车子上，满腔不平无处可吐，心情闷闷不乐。

我固然是其中的一分子，但我想，日本国民为何要走上这条路呢？他们都是易受感动的理想实施者。他们是有志趣的国民，又是急功近利的国民。日本人一味遵照西洋人的劝告，决心削平东睿山，填平不忍池。他们也想在上方地方实行功利主义的理想。他们想打通千金难买的东山，将琵琶湖水引出来。烟尘、噪音和毒气，污染了鸭东一带。狭窄的街道上杀人电车嘎嘎作响。他们把大煞风景的东西带进岚山，连高尾山中也被水电站搅得一团糟。在努力、实利、富国等名义下，在偏执狂热的物质欲望的刺激下，心安理得地干着这一切。那些有头脑的西洋人会怎么看呢？

京都、奈良、伊势，只要能做到的，连同须磨明石的舞子海滨，都应该当做“日本之美”博物馆。我不希望那里有一根烟囱出现。破坏难得的天然，归除易失的史迹，其结果又能获得什么呢？那只能留下大煞风景的环境和人世，只能留下荒无生趣的灰烬，岂有他哉。

日本国好比是个没有主子、只有奴才胡作非为的家庭。要有一个为千年家国谋划的主脑，也不至于干下这样的蠢事。因为我爱日本，所以我不希望日本变成一个毫无趣味的国家。因为我爱京畿，所以当我看到被所谓文明继续践踏的京畿的时候，我是痛苦的。

义仲寺

在三井寺吃了螺丝糕，观赏湖上的风光。不管怎么说，琵琶湖是好。

“那是睿山，那是比良。那里的湖水不是可以看到一团黑森森的东西吗？那就是唐崎的松树。”

我离开座位，指给同行的姊妹们看。看看表，早已过了2点。我们从远处远望罢唐崎的松树，下了三井寺，从码头乘上开往石山的小火轮。

正好是8年前的这个月。如今在朝鲜的内兄和我同车去看唐崎的松树，他说为了求得夫妻和睦，人人都来这里寻找。他笑着攀上松树，找到了两对四叶一头的鸳鸯枝来给我看。然后驱车回大津，乘小火轮去石山，到临湖的旅馆里吃鳇鱼和蚬，再乘公共马车经义仲寺回旅馆。秋雨时降时止的天气。

我将此事向他的妹妹——我的妻子讲述了一遍。这时小火轮鸣着汽笛在湖面上滑行，随后掠过膳所城。这里，不管何时看都有好水涌出来。湖水流到这里形成了河。钻过铁桥，再钻进濑田的长桥，到达石山的码头。

把随身行李寄放在湖畔旅馆，皮鞋和木屐踩在石山的石头上，发出叽叽响声。我们捡石子，拾红叶，拜谒了石山寺，看了昏暗的内阵里的宝物。不论是真是假，这里的“源氏之间”倒是个可居之处。我们又登上了观月堂。隔着河眺望笼罩在桃红色里的光秃的鸡冠山，眺望山上那座蜈蚣般的濑田桥。这座桥位于一弯湖水括成

高雄观枫图　狩野秀赖

画面上方可遥望到白雪皑皑的爱宕山，画家巧妙地将秋冬两季的景物在同一画面中糅合，图中我们可以看到，在红叶与秋草的掩映下，妇女和孩子们正开心地推杯换盏。

河流的地方。想象着月出的情景，良久不肯离去。

秋天的太阳无情地倾斜了。今夜决定住在宇治。我们一下山，连在湖畔的旅馆歇也未歇，就雇了车子，是两辆“二人座”。不在上方这个地方，是很少看到这种“二人座”的。妹妹平生头一遭坐这种车。

姊妹上了前面的车，我们三个乘后面的车紧跟着。车子顺濑田川岸平坦的道路向马场方向行驶。太阳即将下山，青白的云朵飘浮在湖上的天空。湖畔的村村寨寨腾起了夕雾。乌鸦鸣叫。来到粟津时，一排排松树笼罩着青碧的烟霞。

“这里就是木曾义仲战死的粟津哩。”我大声招呼前面那辆车。妹妹转回头来，可以依稀看见她那白皙的脸庞。

车子跑了一阵子，在镇上一处灯火明亮的房屋前停下来。

“这是什么？”

“义仲寺。”

我惊呆了。8年前，一个秋雨霏霏的寂寞的日子，我所见到的义仲寺，嵌在一个古风的小巷内，是个别有情趣的草庵。

我吃罢饭，敲了门，硬是进去了。寺内漆黑一片。我让车夫提着灯笼，向妻和小姊妹介绍丁木曾殿和芭蕉墓。

外面，火车和人声嘈杂不息。

宇治的早晨

到达宇治是晚上9时。去万碧楼菊屋，被引领到沿河的旅店。“近水楼台先得月”，这是中井樱洲山人题的匾额。

这里的饭店和我缘分不浅。我的伯父可是个优秀的美食家。维新初年，他曾住在这里，为了吃烤鳗鱼，把钱花个精光，连乘淀川“三十石”的钱也没有了。于是用布巾包着头，沿河堤一直步行到大阪。和伯父有着同样血统的我，当然也不例外。8年前的秋天，我住进这座万碧楼，当时适值秋末冬初，我受到特别的待遇，用的是紫府绸的铺盖，吃的是不愧为伯父的侄子那样的饭菜。吃完了看看钱包，我非常不安，于是第二天我对房东说，我出外玩玩再回来，就乘上火车回京都了。当天因为有事，我没能再去，既懒得打电报，也不想写信就那么默不作声地撂着：

第二天去宇治，到了万碧楼，带着一副逃跑后又回来的表情。尽管多送了些小费，但紫府绸的铺盖已经消失，代之而来的是半旧半新的棉被。主人当然不会记得了，我只有独自发笑。

关上玻璃门，这间客厅没有挡雨窗，两个烛台上的烛光也不很亮，隔着白色的格子门，河水飒然地响着，听了令人感到寒冷。打开门来一望，初九的月亮，照在宇治川的急流上，形成银光闪闪的碎片。传来了千鸟“比其比其”的鸣叫。

早晨起来洗罢脸，我套上旅馆的棉袍，大家也都是一副旅行的打扮，茶也没有喝，就出外参观了。宇治桥寒霜似雪，木屐咯吱咯吱走过去，在上面印下一个“二”字，“古时太阁先生叫人从这里汲水煮茶”。我以一个向导的口气讲解着。大家倚在那座突出的桥栏杆之间向下俯视。流水似箭，河面腾起银白的水汽。至今未变的柴舟眼见着从桥下向伏见方面驶去。朝阳从朝日山上冉冉升起。过了桥，从刚刚开门的通圆茶屋旁向东朝兴圣寺方向步行，忽觉有明丽的黄色炫耀于眼前，原来是小店里的柚子堆积如山。不知属于什么种类，个个如朱栾一般大。虽说身在旅途，也不忍一走而过，2 钱 5 厘买了 5 个，请店里送到万碧楼。

兴圣寺的后门南面，正对着宇治川的急流。我们登上了劈开岩石的名叫琴坂的坡道。左右石室上生长着槭树，一枝枝红黄斑驳的霜叶伸展着，一路上去，头戴云锦，脚踩翠缎。登了一段，穿过一扇中国式的小门，从这里回顾走过的坡路，可以看到宇治川的一段河水被嵌在门洞里。趺坐于金刚不动的梵山，唯有一片下界流转的消息。看着在门洞里闪烁而过的流水的影像，别有一番情趣。这座寺的结构真是别出心裁。穿过花匠精心制作的小院子，来到僧房，没有一个人。挂着断了尾梢的古旧的木鱼和小槌。敲了两三下，还没有人出来，又敲了四五下，几乎要敲破了。巨大的响声终于传到了里面，出来一个小沙弥。这里没有什么宝物好看，买了些画片作为纪念。

仿佛从天上来到了下界，可爱的坡道到底还是有个尽头。出了石门，河边系着几只小船，有的船上插着小旗。船老大上岸劝我们登船。

“怎么样，不乘船过去吗？”

“好，乘船吧。”

大家上了船。

远看河上，宇治川冲出狮子飞、米漉等几处逼仄的山隘，到这里终于流到了没有遮障的开阔地，好像离弦的箭一般，以不可阻挡之势，倾满河之水滔滔而下。上游两岸红黄驳杂的山峦，披着青碧的晨霭。山荫间的河水宛若千丈长五彩的锦缎，一旦流出山荫，来到朝阳映照的河段，那水就像睡醒了一般，流光溢彩，滔滔有声。整个河面轰然作响。

“真棒啊！”我不由放声叫道。

船老大嘎嘎地摇着橹，渡过了宇治川。

“多么漂亮的河水！”妻子从船舷用两手掬着水赞叹道。鹤子也学着她。

平等院靠近河岸处有座细长的小岛，听说叫做浮岛，从满布的枯葭中可以望见13层的石轮塔。

“那座塔是什么塔？好像先前未曾见过。”

“最近才挖掘出来的，那是宝塔。”

船老大作了说明。水流湍急，河面不足100米宽，流连之间已过了河，船驶抵平等院上手的岸边。

付了船钱，打这里的两三家茶馆前走过，我们掇拾着美丽的红叶，进入了平等院。

嫩草山之夕

奈良奠都1100周年纪念，街上到处是球灯、玩物和人的脸孔以及谈话声。前往下榻的猿泽池的三景楼，老板换了，店名也改成“新猫馆”这个怪里怪气的名字了。心中一阵厌恶，想了想，还是在这里下车了。

饮茶一碗，马上去参观。

上方客、东京哥儿、艺人、学生团体、西洋人……这活生生的现代，蹂躏着历史，蹂躏着怀古的幽情，也蹂躏着诗和歌。鹿群带着惊异的神色。穿过杂沓的人流，先去拜谒春日祠。我们在乡间旅行时听说，若宫前面建筑了和式小楼房，穿过曲折的回廊，看到有一种树木生长在另一棵树身上，旁边立着木牌：寄生树。一位大阪一带长大的姑娘说：“这就是良平啊！”阿新和阿系相视莞尔一笑。阿新悄悄掐了一片茶花树叶，留作纪念。

来到嫩草山的茶屋时，秋阳恹恹就要下山。五六个穿草鞋的女孩子从山上唿哨着滑行而下。

“怎么样，上去看看吧？”

“好，上去。”

把行走困难的阿新和鹤子留在茶店，我仍穿着皮鞋，两个女人换上租借的草鞋上山了。

听到名字就感到亲切的嫩草山，看上去实在是一座美丽而令人怀恋的山。8年前的11月初，来奈良的那天晚上，当我从三景楼的二楼眺望嫩草山美丽的姿影时，我的心有多么激动啊！嫩草山和笼罩着蓝色烟雾的春日山毗邻，包裹在貂皮般和暖而圆满的景色之中。凑巧，这时十五的满月照耀在上空，然而那时行色匆匆，竟未能登上山顶。现在才得以实现昔日的愿望。

经霜打枯的低矮的芒草、萱草和其他枯草丛中，有条游人踏出的小道，从山麓通到山顶，我们顺着其中的一条小路登上去，山比远看的要高，路比想象的要陡，脚下老是打滑，大约花了15分钟才到达山顶。额头和脊背出汗了。山顶比较平坦，从山下看不见的绝顶，重叠着横在这山的背后。唯一的一家茶店已经打烊，山上没有一个游人。

我们擦去额上的汗水，站在嫩草山顶，放眼眺望大和国的风景。

夕暮，太阳已经从河内的金刚山一带沉没了。一抹殷红的残照浸染了西南的天空。从西生驹、信贵、金刚山、南吉野，到东多武峰和初濑诸山，整个大和平原，逐渐罩上了苍苍的暮色。大和的国土包裹在晚山的屏障里，紫霭袅袅的村庄，枯黄的田野，明丽的河流，神武陵、法隆寺，1000 年，2000 年的遗迹，以及今日所有生息着的一切，在进入夜的安息之前，都在向太阳献出流连之情。

我们向山下大声吆喝了一声。一个人影离开长凳开始登山了，那是车夫背着鹤子来了。不一会儿，将要到达山顶时，鹤子下来了。

我们还在眺望，山下阿新的身影已经看不清楚了。

身后的枯草发出沙沙的响声，黄昏的天空蓦然映出两个大黑影。那是两头鹿。

脚下，奈良城灯火通明。传来熙熙攘攘的人声和物音，如蜂群般嗡嘤。

咚！山下敲响了晚钟。仿佛被这钟声惊起，乌鸦哑哑鸣叫，从山峦的夕暮飞向旷野的黄昏。

我们再次向平原望去，夕阳的余晖已经消褪，眼里的一切都包裹在苍郁的雾霭里。

大和的夜幕，现在降临了。

作/品/赏/析

德富芦花生于熊本的贵族家庭，生活于明治到昭和初年间，18 岁皈依基督教，是一个富于民主思想的人道主义与自由主义者。日本文学一向就有对大自然热烈歌颂的传统，在日本文学里，自然比人受到了更大的关注与尊重。《红叶之旅》是德富芦花的京都风情之旅，也是日本传统文化之旅，作者所处的时代正是日本更加被现代文明所侵蚀的时代，可以看出作者对传统的文明和自然风情是无限热爱的，那种安静诗意的所在已经在面临威胁，对纯净的古文明和自然的热爱使作者的笔调显得十分抒情和诗意，东方美学的意蕴深含其中，这样优美的文学作品并不是常常能够见到的，而那种对待自然的静观态度在现在的人中就更少见了。德富芦花对于景观极富敏感，体察细微，描绘新奇，这种极其细微传神的笔墨看似用力轻巧，其实蕴涵着作者对自然深切的爱，是爱培养了他的美感，所以，语言的使用在他那里才变得那么亲切，简单朴素而饶有诗意。

海燕

/高尔基

入选理由
高尔基的散文代表作
塑造了一个勇敢无畏的革命者的形象
饱含激情、短小精悍、脍炙人口

高尔基像

在苍茫的大海上，狂风卷集着乌云。在乌云和大海之间，海燕像黑色的闪电，在高傲地飞翔。

一会儿翅膀碰着波浪，一会儿箭一般地直冲向乌云，它叫喊着——就在这鸟儿勇敢的叫喊声里，乌云听出了欢乐。

在这叫喊声里——充满着对暴风雨的渴望！在这叫喊声里，乌云感到了愤怒的力量、热情的火焰和胜利的信心。

海鸥在暴风雨来临之前呻吟着——呻吟着，在大海上面飞窜，想把自己对暴风雨的恐惧，掩藏到大海深处。

海鸭也呻吟着——这些海鸭呀，享受不了生活的战斗的欢乐：轰隆隆的雷声就把它们吓坏了。

蠢笨的企鹅，胆怯地把肥胖的身体躲藏在悬崖底下……只有那高傲的海燕，勇敢地，自由自在地，在泛起白沫的大海上面飞翔！

乌云越来越暗，越来越低，向海面压下来，而波浪一边歌唱，一边冲向高空，去迎接那雷声。

雷声轰隆，波浪在愤怒的飞沫中呼叫着，跟狂风争吼。看吧，狂风紧紧抱起一层层巨浪，恶狠狠地将它们甩到悬崖上，把这些大块的翡翠摔成尘雾和碎沫。

海燕在叫喊着，飞翔着，像黑色的闪电，箭一般地穿过乌云，翅膀掠起波浪

·作者简介·

高尔基（1868 ~ 1936），苏联无产阶级作家、社会主义现实文学的奠基人。幼年丧父，11岁就开始走上社会，做过报童、搬运工、跑堂等。1884年起定居喀山，同时开始参加革命活动。他依靠自学开始文学创作，早期作品如《伊吉尔老婆子》、《鹰之歌》等有浪漫主义特色，但一些以流浪汉为题材的小说也很成功，如《玛莉娃》等。1899年发表的长篇小说《福马·高尔杰耶夫》标志着他的现实主义创作进入了成熟阶段。此后至十月革命前，他的主要作品有《母亲》、自传体三部曲的前两部《童年》、《在人间》，还有剧本《底层》、《小市民》等。苏维埃时期，他一方面主持了很多社会活动，一方面坚持创作，长篇小说《阿尔达莫诺夫家的事业》通过阿尔达莫诺夫一家三代的兴衰变化，概括了俄国资产阶级的命运。1934年，他主持了第一次全苏联作家代表大会，并担任作家协会第一任主席，为苏维埃文学事业的发展起了十分重要的推动作用。著名作家巴乌斯托夫斯基曾这样评价高尔基："在高尔基身上体现着俄罗斯。如同没有伏尔加河我不能想象俄罗斯一样，我也不能想象没有高尔基。"

的飞沫。

看吧，它飞舞着，像个精灵——高傲的、黑色的暴风雨的精灵——它一边大笑，它一边号叫……它笑那些乌云，它为欢乐而号叫！

从雷声的震怒里——这个敏感的精灵——它早就听出了困乏，它深信，乌云遮不住太阳——是的，遮不住的！

狂风吼叫……雷声轰轰……

一堆堆乌云，像青色的火焰，在无底的大海上燃烧。大海抓住闪电的箭光，把它们熄灭在自己的深渊里。闪电的影子，这些像一条条火蛇，在大海里蜿蜒游动，一晃就消失了。

“暴风雨！暴风雨就要来啦！”

这是勇敢的海燕在怒吼的大海上，在闪电中间，高傲地飞翔；这是胜利的预言家在叫喊：

“让暴风雨来得更猛烈些吧！”

作/品/赏/析

《海燕》写于1901年，为高尔基的短篇小说《春天的旋律》的末尾一章。这是一篇饱含激情、短小精悍、脍炙人口的散文诗。作者运用象征手法，赋予海燕（象征无产阶级革命者）、大海（象征俄国广大革命群众）、暴风雨（象征俄国人民的革命斗争）、风云雷电（象征沙皇统治势力）、海鸥、海鸭、企鹅（象征俄国资产阶级政客）等特定的象征意义，并综合运用比喻、拟人、排比、对比、烘托、反复等手法，生动刻画出了海燕在暴风雨来临前矫健、迅疾、勇敢无畏地飞行于云里浪尖的英姿，塑造了一个大智大勇的革命者形象，抒发了自己对于革命的强烈期盼及乐观浪漫的政治热情。《海燕》发表后，在当时的俄国产生了巨大的社会影响，文章曾受到列宁的热情称赞。

刚果之行

/ 纪德

入选理由
散文大师笔下真实的早期殖民地风情
文字中散发着炽烈明朗的美
一份人类学或者社会学的好材料

纪德像

一觉醒来，但见景物辉煌。船驶进博洛博湖，太阳已出来了。湖面广袤无垠，平静无波，更无一丝微风可以吹皱湖水，真好比一面完整的贝壳，明净无瑕地反映着清澈的蓝天。东方，有几条很长的彩云，被旭日映染成紫红色了；西面，湖天都是珠贝色，略带一点淡灰，活像一只精美绝伦的螺钿，虽然万籁无声，但默默之中已有颤动，预示绚丽的日色将显得五彩缤纷。远处，几个小岛地势低矮，难以捉摸，似乎在什么流质上漂漂荡荡……这种神妙莫测的动人景色历时不长，接着，轮廓定型了，线条清楚了，我们才感到自己还站在地上。

有时候，清风徐来，那么清新，那么柔和，大家感到吸进肺腑的空气都是幸福之风。

整天，我们都在各小岛间穿梭巡游！有些岛巨树成荫，有些岛只长满了纸莎草和芦苇。树木枝叶交错，形象奇特，密密麻麻地沉浸在墨绿色的湖水中。偶尔也可看见一座村落，茅屋隐约难辨，但只要看见一丛丛棕榈树和香蕉树，就可以断定它的存在。这儿景色虽单调，但别具特色，留连其间，令人心旷神怡，我好不容易才离开它们去午休。

迷人的夕阳，因水面无波更加好看。几片浓云使天边暗了下来，但天空一角云散天晴，露出了不知其名的星星。

· 作者简介 ·

纪德（1869 ~ 1951），20 世纪法国最重要的作家之一。生于巴黎，早年体弱多病，异常敏感。11 岁时丧父，由母亲扶养并给予清教徒式的教育，酿成了他的叛逆性格。从 15 岁起，他对舅父的女儿玛德莱娜产生了纯洁的爱情；但是 6 年后，玛德莱娜拒绝了他的求婚。创作于 1890 年，于次年发表的处女作《安德烈·瓦尔特的笔记》，就是他给自己家庭和玛德莱娜的最后通牒，反映了他这一时期的思想。1895 年，他终于同表姐玛德莱娜结婚，但婚后生活并不美满，致使妻子抑郁成疾，于 1938 年死去。

1925 年，纪德去刚果、乍得旅行，目睹了非洲人在殖民主义统治下的生活惨状，回国后口诛笔伐，有力地鞭笞了殖民制度。从此他的创作不再固守在美学与道德的象牙塔中，开始对社会问题发生兴趣。

10 月 28 日

……

被称为“大涝洼”的地区到了，这是公路的终点。那儿有许多挑夫在等候我们。我们的仆人带着其他的人打前站走了，约定在班比奥聚齐。时间已是下午 2 点。雨已停了。我们匆匆吃了一只冻子鸡就再次上路了。这儿离班比奥仅 10 公里，我们走去也不觉吃力。就一般的情况来说，我们很少乘坐“土轿”，一方面是喜欢走走路，另一方面也是为我们的轿夫省点力气。

“大涝洼”风景优美，稀奇古怪，前所未见。这块宽广的沼泽地两边是一片不高的森林。沼泽地上有葛藤和树枝铺架的栈道，供行人通过。沼泽上覆盖着一些水生植物，其中大部分都不认识。叶面宽大的海芋，高高地伸出了半开的喇叭形花朵，花上有深红色的斑纹，白茫茫一片，蔚为奇观。海草的茎杆上还有带刺的凹槽。500 米之外就是河岸了。环境沉静得有点神秘味，偶尔可以听到几声看不见的鸟儿的歌声。许多低矮的棕榈枝叶低垂，浸泡在流水之中。我们乘独木舟到达曼贝雷河的对岸。这里，四面都是森林，景色更加诱人。各处都有流水，在木桩支撑的路上，常常架着小木桥。杂花也是有的：有淡紫色的凤仙花，还有一种花同诺曼底省的柳叶菜差不多。我直往前走去，高兴万分，心情激动得难以形容。啊！如果没有带着这一群老远就吓跑了兔子的挑夫，我真想在这儿留下来……有时候，这一队随从使我讨厌，使我心烦。我想尝尝孤独的味道，想置身于森林的包围之中，于是我加快脚步，跑着逃开，力图拉开和挑夫们的距离。但是，他们见我走远，立刻小跑赶上来和我走在一起。我不耐烦，又停步不走，把他们叫住，并在地上划一条线，不许他们越过，等我走远了，吹一下口哨他们才能走上来。但是，过了一刻钟以后，我又只好回来找他们，因为他们没有听懂我的话，所有的随从人员都站在原地一动也不动。

11 月 1 日

……

在抵达我们下榻的多昆加—比塔以前，我们发现了 3 个破敝的小村庄，见到

刚果民主共和国加兰巴国家公园里的沼泽地景观

的全是妇女。同其他地方一样，男人都去割橡胶了。几个头人很远就来迎接我们，带来了三面锣，由一个残废老头和几个儿童敲着。离多昆加不远，下来迎接的也是妇女和孩子，他们高声呼喊、唱歌，拼命扭摆。最疯狂起劲的是最老的女人，成年的妇女手舞足蹈，样子古怪，显得吃力。所有的女人都拿着棕榈叶或巨大的树枝，有的为我们扇风，有的为我们清扫前面的道路，一如“进入圣地耶路撒冷”。妇女只围一片树叶或一块破布在阴部，叶柄从双腿间穿过，在后面用一根带子系住，当做腰带。有些妇女背后捆着一个大的坐垫，用新摘的或干了的树叶做成，看来有点可笑，同1860年欧洲妇女时兴的腰垫差不多。在我们停下休息的最后一个村庄中，妇女们全都用葛藤作为装饰。

班比奥派了一个人来通报我们即将到达的消息，他比我们早到两天。在我们进入或离开村里的时候，前后几百米的路面都割去了草皮，铺上白沙，有时在丛林深处也是这样，不知是何原因。有些地方，沙砾地上生长着一些美丽的淡紫色花草，类似卡特来兰（我在埃阿拉附近的森林散步时已经见过）。这种珊瑚红的大花，形如蒜瓣，我在泥土地里也见过，当地人吃它里面的果肉，果肉色白，有点茴香的气味。走近一看，它的叶子同小棕榈差不多大，高约1.5米。这些花难道是清扫路面后才露出来的？抑或是她们特为移植的？我甚至相信是她们特为移植上的。我喜欢这条沙路，人们把一切都铲除了，仅仅留下这些花朵。

每到一个村庄停下，我们就和头人谈话，劝他们。只要林产公司不按值付两个法郎一公斤，就不要把橡胶卖给他们。因为，头人对我们说，公司常常只付一个半法郎，要超过50公斤以后的才照两法郎计价。另外，我们还劝当地人学会称橡胶，因为他们不懂过磅的方法，只凭筐数计算，这就使公司的经手人有了压秤的机会。只要经手人稍不老实，而公司经理又不在场纠正，就会发生欺骗的事。

我们一停下，便有一大堆人急急忙忙向我们提出申诉，要求解决纠纷、受到保护等等。例如，有一个男人在他哥哥和姐姐的陪同下，来向我控告他的邻居和他怀孕三个月的妻子睡觉，使她小产了。他要求邻居为孩子的死亡付出50法郎的赔偿费，等等。

2月1日或2日

……

晚上并不太冷，但由于蚊子成群，船员们只能在大火旁睡觉。船停在一个小岛上，岛上有许多白山羊，不知道它们吃的什么，因为地上只有干燥的风化粗沙，稀稀疏疏地长着一点奇怪的草丛，就是我刚才提过的那一种，绿灰色的叶子，和山羊的白色倒也显得非常调和。很多山羊都有一只脚被拴在沙土中的木桩上，想来是要挤它们的奶，不让羊羔吃奶。在不远的地方有几间茅屋，说得恰当点就是几个临时的避风处。屋里有几个本地人，样子悲惨可怜，满面怒容。船长费了很大的劲才说服了其中的一个，为我们在群岛中领航。他们给我们带来了4个鸡蛋和一大碗羊奶。船长抓了一只山羊，真可以说是用武力强占的，但他留下了一个值5法郎的银币。卖的人还要两个法郎，他也只好照付。这是我第一次看到本地人维护售价，或者说是在讨价还价。别人早就对我们讲过，博尔地区的人性格倔强。在其他地方，不管什么东西，别人给得再少，那儿的人都没有异议。前天，我们的一个卫兵班长在一个村庄买了一只鸡，只给了半法郎。我对他说这是战前的价格，战后买一只鸡应付一个法郎。他被我说服了，和我回去补了一个小银币。由于他做了好事，我愿意付这一点钱，但他拒绝接受这个银币，把钱作为礼物，给了一个路过的孩子。

既然白人用半法郎就可买本地人一只子鸡，因此，本地人一看见白人下船上岸，一方面心惊肉跳，另一方面又设法把可怜的鸡价提高一点，这也是很自然的事。

我们又碰见了停靠在一个小岛附近的“莱昂布洛号”，并在船上看见了那个年老的领航员，他过去曾为“让蒂尔号”领航，横贯乍得湖。马尔克为他拍了照，出自好意，还给了他一大笔小费，使他感激不尽，面带笑容，眼含泪珠。

我们硬拉着这位老人当领航员，他一定没有想到会得到什么报酬。当我把一大笔小费塞进他的手里时，他——直板着的面孔松弛了。我和他开玩笑，笑他脸色阴沉，他也开始笑了，双手把我的手拉着，紧紧地握了又握，感动极了。多么正直的人！征服他们是多么容易啊！可恨的是某些人使用了各种鬼花招，又不深入了解，非要执行仇视土著的恶毒的政策不可，还想出各种借口，来为他们的粗暴行为、敲诈勒索与奴役虐待的种种恶行辩护，或者证明那是合理合法的哩！

风乍起，浪花扫荡甲板，我们简直找不到一个安静的立足之地。

作/品/赏/析

《刚果之行》是纪德出访非洲时写下的游记文字，纪德以日记的形式记下了在非洲的所见所闻，而在这些自然本身所焕发的美的深处，与风景不相称的事物出现了，作者看到的是属于殖民与被殖民者之间的矛盾、依存、对立和妥协，似乎是一种乱糟糟的生活，不公平的买卖，而作者在这些不公平的交易中看到的依然是当地土著人的正直。尽管作为一个散文大师，纪德对南非风景以及风景中的人表现出某种类似观光者的迷恋，对殖民地人民表现出一种人道的殖民心态，但是这篇文字仍然可以被看成是一个人类学或者社会学的好材料，作者在文章中记录的非洲的原始风情是真实的，非洲作为殖民地的社会形态生存方式也是真实的，黑人与白人之间的对立与妥协同样没有被回避或者掩盖。

生活在刚果盆地的俾格米人，他们仍靠采摘野果和狩猎为生。

我的梦中城市 / 德莱塞

入选理由
德莱塞的散文代表作之一
一幅 20 世纪初的纽约都市世俗图
收入多国散文选本

德莱塞像

它是沉默的，我的梦中城市，清冷的、肃穆的，大概由于我实际上对于群众、贫穷及像灰沙一般刮过人生道途的那些缺憾的风波风暴都一无所知的缘故。这是一个可惊可愕的城市，这么的大气魄，这么的美丽，这么的死寂。有跨过高空的铁轨，有像峡谷的街道，有大规模攀上壮伟广市的楼梯，有下通深处的踏道，而那里所有的，却奇怪得很，是下界的沉默。又有公园、花卉、河流。而过了二十年之后，它竟然在这里了，和我的梦差不多一般可惊可愕，只不过当我醒时，它是罩在生活的骚动底下的。它具有角逐、梦想、热情、欢乐、恐怖、失望等等的哗鸣。通过它的道路、峡谷、广场、地道，是奔跑着、沸腾着、闪烁着、朦胧着，一大堆的存在，都是我的梦中城市从来不知道的。

关于纽约——其实也可说关于任何大城市，不过说纽约更加确切，因为它曾经是而且仍旧是大到这么与众不同的——在从前也如在现在，那使我感着兴味的东西，就是它显示于迟钝和乖巧，强壮和薄弱，富有和贫穷，聪明和愚昧之间的那种十分鲜明而同时又无限广泛的对照。这之中，大概数量和机会上的理由比任何别的理由都占得多些，因为别处地方的人类当然也并无两样。不过在这里，所得从中挑选的人类是这么的多，因而强壮的或那种根本支配着人的，是这么这么的强壮，而薄弱的是那么那么的薄弱——又那么那么的多。

·作者简介·

德莱塞（1871 ~ 1945），美国现代小说家。生于印第安纳州特雷浩特镇，童年在困苦生活中度过，中学没毕业就去芝加哥谋生，曾上过一年大学。1892 年受聘为记者和编辑，走访了芝加哥和纽约等城市，广泛接触和了解了社会生活。德莱塞的创作可分前后两个时期，俄国十月革命是他思想和创作的转折点。他的代表作有长篇小说《嘉莉妹妹》、《珍妮姑娘》、《欲望三部曲》、《“天才”》和《美国的悲剧》等。这些作品基本是批判现实主义的，揭露了资本主义社会繁荣表面下的罪恶和社会的贫富对立。尤其以真人真事为原型的《美国的悲剧》，写一个穷教士的儿子为追逐权力和金钱而成为杀人犯的故事，揭露了利己主义和金钱至上的观念对人的腐蚀。另外，他在创作中较早使用了弗洛伊德学说的一些理论来塑造典型形象，如潜意识、幻觉、梦境和性的压抑与升华等。

纽约向来被称为“富人的天堂，穷人的地狱”，在其表面繁荣的背后，隐藏着深刻的社会危机，贫困、失业是司空见惯的现象。图为一位失业的工人表情忧郁地坐在帝国大厦顶上，在为自己的生活发愁，摄于20世纪初。

我有一次看见一个可怜的、一半失了神的而且打皱得很厉害的小小缝衣妇，住在冷街上一所分租房子厅堂角落的夹板房里，用着一个放在柜子上的火酒炉子在做饭。在那间房的四周，她有着充分空间可以大大地跨三步。

“我宁可住在纽约这种夹板房里，不情愿住乡下那种十五间房的屋子。”她有一次发过这样的议论，当时她那双可怜的没有颜色的小眼睛，包含着那么的光彩和活气，是我在她身上从来不曾看见过，也从来不再见到的。她有一种方法贴补她的缝纫的收入，就是替那些和她自己一般下等的人在纸牌、茶叶、咖啡渣之类里面望运气，告诉许多人说要有恋爱和财气了，其实这两项东西都是他们永远不会见到的。原来那个城市的色彩、声音和光耀，就只叫她见识见识，也就足够赔补她一切的不幸了。

而我自己也不曾感觉到过那种炫耀吗？现在不也还是感觉到吗？百老汇路，当四十二条街口，在这些始终如一的夜晚，城市是被从西部来的如云的游览闲人所拥挤。所有的店门都开着，差不多所有酒店的窗户都张得大大，让那种太没事干的过路人可以看望。这里就是这个大城市，而它是醉态的，梦态的。一个五月或是六月的月亮将要像擦亮的银盘一般高高挂在高墙间，一百乃至一千面电灯招牌将在那里霎眼。穿着夏衣戴着漂亮帽子的市民和游人的潮水；载着无穷货品震荡着去尽无足重轻的使命的街车；像嵌宝石的苍蝇一般飞来飞去的出租汽车和私人汽车。就是那轧士林也贡献了一种特异的香气。生活在发泡，在闪耀；漂亮的言谈，散漫的材料。百老汇路就是这样的。

还有那五马路，那条歌唱的水晶的街，在一个有市面的下午，无论春夏秋冬，总是一般热闹。当正二三月间，春来欢迎你的时候，那条街的窗口都拥塞着精美无遮的薄绸以及各色各样缥缈玲珑的饰品，还再有什么能一样分明地报告你春的到来吗？十一月一开头，它便歌唱起棕榈机、新开港以及热带和暖海的大大小小的快乐。及到十二月，那么同是这条马路上又将皮货、地毯，跳舞和宴会的时候，陈列得多么傲慢，对你大喊着风雪快要来了，其实你那时从山上或海边回来还不到十天哩。你看见这么一幅图画，看见那些划开了上层的住宅，总以为全世界都是非常的繁荣、独处而快乐的了。然而，你倘使知道那个俗艳的社会的矮丛，那个介于成功的高树之间的徒然生长的乱莽和丛簇，你就觉得这些无边的巨厦里面并没有一桩社会的事件是完美而沉默的了！

我常常想到那庞大数量的下层人，那些除开自己的青春和志向之外再没有东西推荐他们的男孩子和女孩子，日日时时将他们的面孔朝着纽约，侦察着那个城市能够给他们怎样的财富或名誉，不然就是未来的位置和舒适，再不然就是他们将可收获的无论什么。啊，他们的青春的眼睛是沉醉在它的希望里了！于是，我又想到全世界一切有力的和半有力的男男女女们，在纽约以外的什么地方勤劳着这样那样的工作——一爿店铺，一个矿场，一家银行，一种职业——唯一的志向就是要去达到一个地位，可以靠他们的财富进入而留居纽约，支配着大众，而在他们认为是奢侈的里面奢侈着。

你就想想这里面的幻觉吧，真是深刻而动人的催眠术哩！强者和弱者，聪明人和愚蠢人，心的贪馋者和眼的贪馋者，都怎样地向那庞大的东西寻求忘忧草，寻求迷魂汤。我每次看见人似乎愿意拿出任何的代价——拿出那样的代价——去求一啜这口毒酒，总觉得十分惊奇。他们是展示着怎样一种刺人的颤抖的热心。怎样地，美愿意出卖它的花，德行出卖它的最后的残片，力量出卖它所能支配的范围里面一个几乎是高利贷的部分，名誉和权力出卖它们的尊严和存在，老年出卖它的疲乏的时间，以求获得这一切之中的不过一个小部分，以求赏一赏它的颤动的存在和它造成的图画。你几乎不能听见他们唱它的赞美歌吗?

作/品/赏/析

《我的梦中城市》选自德莱塞的散文集《一个大城市的色彩》。文章通过对20世纪初美国垄断资本主义时期的纽约的城市生活的描写，揭示了美国社会表面繁荣的背后所隐伏的深刻的社会危机。文章通篇贯穿对比的手法，以互相对立的两组事物或现象之间所产生的的强烈反差，准确生动地展示了纽约城市生活的内在实质：梦中城市的清冷、静穆，现实城市的沸腾、朦胧；缝衣女工的贫困生活，纽约城的喧嚣、繁华等。文章语言凝练，笔调沉郁，行文流畅自然，凸显了美国城市日常生活里潜藏的不易为人察觉的社会危机，告诫人们不要沉湎于浮华的城市生活，要看到在表面的繁华下潜伏于整个社会中的深刻精神危机。

郁金香

/ 德佩雷拉

入选理由
歌颂纯真爱情的美文
独特的女性视角
浑然一体的结构

透过一扇窗子，人们可以看到很多东西。我就曾经坐在自家的窗前，一面绣着花边，一面目睹了女邻居的罗曼史。

我的邻居是一个织花边的女工。她人长得漂亮，但家境贫寒。她有两个追求者和一株栽在蓝瓷花盆里的郁金香。

我邻居和我住的那条街很背静，所以既无车辆来往，也很少有行人。过往人等全是当地的住户。像巴黎所有的街巷一样，那条街很窄，几乎每家的阳台上都挂有色彩鲜艳的宽红边遮阳布帘。

前面已经说过，我的邻居很穷，所以，她家的阳台上没有挂帘子。不过，太阳并未能阻止姑娘时常到阳台上去照看她的郁金香。

那株没有几片叶子的柔弱小花，是我邻居时刻记挂在心的事情。每天晚上她都把它搬进卧室，怕它会受到北风的摧残；清晨再重新搬出来；中午阳光炽烈的时候，她就用一小块麻布给罩起来。她不时地跑进跑出，不是掸去沾染枝叶的尘土、摘掉偶然发现的枯叶，就是浇水、捉虫。

在当地的条件下，郁金香是长不好的，只有在炎热的地方，它才能长得枝繁叶茂。正是由于这个原因，我的邻居才对她的花盆那么精心地加以照料。早在好几个月之前她就把种子埋进了土里，直到现在它才初具样子，开始抽枝发芽，尽管还很柔弱、单薄，但毕竟还是就要开花了。

从姑娘挨近花盆时脸上流露出来的欣喜神态，我猜想这株花的枝头一定已经长出了第一个花骨朵儿了。

后来，我从这位漂亮的女工跟她楼上的邻居——她的追求者之一——的谈话中得到了证实。

“您一定非常高兴吧。几个月的苦心总算有了结果。很快您就能亲手摘下一朵美丽的郁金香啦。您打算把它和您的心一起送给谁呢？”

姑娘非常羞怯地回答：

“可能什么人也不给，我决不会把这朵朝思暮想的鲜花给摘下来的。它应该就在原来的枝头上凋谢。我还没有蠢到那种地步，让自己花费的如此巨大的心血

· 作者简介 ·

德佩雷拉（1872 ~ 1968），墨西哥女作家。著有长篇小说、短篇小说、诗歌、散文多部。《郁金香》是其比较有代表性的一篇叙事散文。她文笔细腻、擅长抒情，作品具有地方特色和当代风范。

毁之于一个短暂的瞬间。这是一个原因啰，再说，我还想过我还没要把我的心和这朵郁金香一起送给别人呢。”

“您瞧，我的好邻居，时间不饶人哪。春天已经到了，这可是谈情说爱的大好时机。您看那些小鸟，没有一只是独自飞翔的。您再瞧瞧这些花盆，全都在开花了。还有什么可说的呢？就说您这迟迟不开的郁金香吧，今天，终于结了一个花骨朵儿。我的好邻居！您就可怜可怜我吧，您就痛痛快快地答应接受我做您的丈夫吧！”

女工的脸上泛起了红晕。

“您需要的不是妻子，而是理智。”

“如果您爱我，我就会有理智的。”

姑娘楼下的邻居是一个拘谨而又漂亮的小伙子，此刻，也正好站在自家的阳台上。他听了两个人的对话之后，皱了皱眉头，但却没动声色，因为他也爱着那个花边女工。

我是在绣花的时候，从窗口发现这个不善交际的小伙子的秘密的。不过，时至今日，他和心中的恋人一共也没有说过几句话。

我觉得他既腼腆又内向，既敏感又多情。

很久以前，我偶然发现，有一次，他趁女邻居不在的空隙，把一封信扔到了她的阳台上。

他是否收到了回信，我不得而知；不过每当姑娘来到阳台上的时候，他几乎连仰起头来跟她表示爱慕之情的勇气都没有，只能简单的寒暄几句。

“天气真好，小姐！”

“是啊，真好；对我的郁金香来说，可真是再好不过了。”

“您不再为它担心啦？”

“不啦，已经不担心了，现在它长得可好啦，又长出了两片叶子。”

“谢天谢地，您总算如愿了。您为这株花可真是操尽了心啊！”

“是啊，的确是这样，我把空闲时间全搭上了。”

“您的空闲时间实在少得可怜，小姐！我看您太辛苦了……有时候，已经很晚很晚了，我还见您房里的灯光映在对面的墙上。您会累病的。”

“不会的，我身体很好。上帝会保佑我的。”

“但愿如此。”

小伙子的声音微微发颤，美好的憧憬使他的眼睛显得更加美丽。可是，姑娘却没法看到他眼神的含义，因为他已经闭上了眼睛。

“回头见，先生。”姑娘说着转身走进屋里。

“回头见，小姐。”

这种一向质朴的谈话，给我留下了极好的印象。

我的女邻居的确太忙。我总是看见她手里拿着编织针，不停地织呀、织呀，简直就像一只不知闲的小蜘蛛。她织出来的花边是多么轻巧、多么精美啊！……

真可以说，仿佛一阵风就能吹破。一会儿是条边，一会儿是荷叶边，一会儿方，一会儿圆。丝线在她手中的活计上面宛如蝴蝶一般随意飞舞，看着它，真会觉得眼花缭乱。姑娘用她那双巧手麻利而又熟练地摆弄着根根丝线，又是穿、又是扯、又是捋。丝线也真听话，总是乖乖就范。

姑娘整天忙碌。她有时候嘴里哼着歌儿，有时候我又觉得她是在凝神沉思，好像手头碰到了难题。

楼下的邻居显然是放心不下，总是默默地仰望着她的阳台。

楼上的邻居却老是兴高采烈、笑容可掬，也常常低头注视着同一个地方，并且总能找到甜言蜜语和姑娘搭讪：

“您的脸蛋儿越来越漂亮，真像是两朵盛开的玫瑰。”

姑娘进进出出，虽然没有直接对答，但唇边却笑意盎然。

这位风流少年可能最后如愿吗？

这是谁也说不清楚的。姑娘还没有表露她的心愿，不过，这位小伙子却老是在用话语、用笑脸、用炽热的眼神把她纠缠。

在姑娘专心致志地编织着花边的同时，小伙子正在巧妙地铺排着俘获她的情网。这已经是由来已久的事情了。他能成功吗？谁知道呢？

我的女邻居终于盼来了这个欣喜的时刻：今天早晨花苞绽开了，一朵美丽的郁金香，红得像是一团炽烈的炭火，迎着春光展开了自己的花瓣。

姑娘喜不自胜，第一次忙中偷闲，心醉神迷地站在那初放的花前。

我坐在自己的屋角里分享着她的欢乐，并且尽量不引起姑娘的注意。她楼下的邻居也一定非常高兴，不过，他不在家。这是我从他那关着的阳台玻璃门上知道的。可是，她楼上的邻居却赶上了，如同表述大家的喜悦心情一般，连连发出赞叹：

“太好了！太好了！现在咱们来好好庆祝一番！郁金香开花了。求求您，我的邻居……把这朵花送给我吧！我每天都在算着它开花的日子，比您还着急呢。它是属于我的，我有权得到它。您要是不给我，我也会把它偷到手的。它属于我，因为我爱您。街上没有人，谁也听不见。让我再说一遍：我爱您，我喜欢您，我崇拜您！把花送给我吧，我的好邻居！请您把它给我吧，否则，我就从这儿下去自己动手摘啦！”

小伙子说得很坚决。看样子要贸然采取行动。姑娘像一只受惊的鸽子一样犹豫不决，她满面绯红，两手颤抖，虽然这样，但她的唇边和眼角却似乎流露出某种满意神情……

“邻居，快把花给我！”

他的语气像是命令，不过，却又非常得体，强制之中包含着并未尽言的柔情蜜意。

“快点，快点！会有人来的。快把花给我……要不，我马上就从这儿下去自己动手啦！”

姑娘恳求地仰起脸，想要自卫，但小伙子却投给她火一般深情目光。这还不算，他还做出了想要从阳台下来的样子。

姑娘被吓坏啦，终于屈服了。她走到花盆跟前，摘下花扔到楼上，然后就跑进卧室，隐没在屋子里了。

楼上的邻居得意地拾起了花朵，热切地吻了一下，就插进了衣领上的扣眼里。他先是哼起轻快的小调，没过一会儿，就随身带着那朵花从家里走了出去。

这时，我难过地想着那朵刚刚开放就被摘了下来的郁金香。同时也凄然想起……不过，我的痛苦与我邻居的罗曼史毫无关系；那么，咱们还是只讲有关她的事情吧。

那位幸运的小伙子走后不久，美丽的姑娘就又来到阳台上用麻布罩起了花盆，因为阳光又变得火辣辣的了。

这真是一个令人欢快的明媚早晨。整个天空犹如一顶硕大无朋的蓝缎华盖。

这时候，那位一大早就出了门、整个上午都没露面的楼下邻居，突然出现在阳台上了。

姑娘一看见他，就轻轻地发出了一声惊叫，我也跟着叫了一声……因为，这位急匆匆赶回来的人手里拿着一朵鲜红的郁金香……

姑娘和我都感到困惑不解，期待着……

“小姐，”小伙子恭恭敬敬地仰起脸说道，“今天早上我出门以前，看到您的花盆里开出了第一朵花，可是当我现在回来的时候，却非常痛心地发现它被扔到了街上。这条街上只有您养着郁金香，所以我猜想这是您的；后来看到花盆里果然没有花了，知道这花确实是您的，一定是风把它吹落到了街上；幸好我来得及时，才能把它捡回来还给它的主人。您拿去吧，小姐；如果您愿意，我就上楼给您送去。”

小伙子的脸上带着质朴的甜蜜神情。当他举目凝望女友的时候，眼睛里闪烁着温柔的光芒。小伙子手举郁金香站在阳台下面，真是一幅情趣无穷的图画。

当楼下邻居说话的时候，姑娘心中真是百感交集。她脸上流露出惊奇、气愤、鄙夷和轻蔑的表情，不过，此刻却似乎又满含着一片柔情，带着甜蜜的笑意。

小伙子还憨厚地站在那里重复着：

“小姐，这是您的郁金香；如果您愿意，我就上楼给您送去。”

然而，结果姑娘却说：

“不，不，先生，不要给我啦；如果您喜

欢，那您就留下吧……”

“那怎么行！”小伙子怯生生地说，“我可以把这朵花留下？”

姑娘也羞涩地回答：

“对，您可以留下，我希望您把它留下……”

两个人都不再说话了，这时，正有一群欢快的燕子吱吱喳喳地从街上飞过，好像是在为此时此刻唱着赞歌。

作/品/赏/析

《郁金香》是墨西哥女作家德佩雷拉的一篇叙事散文。文章以郁金香作为线索，讲了一个女孩和两个青年的情感故事，并借故事来表达作者对于爱情的看法。文章以女性作家独特的视角来关注青年一代的爱情世界，并运用散文诗式的语言来表达，使读者在欣赏女作家细腻文笔的同时，享受浓烈的抒情气息。

文中有三个人物：漂亮但出身贫寒的女工、楼上善于甜言蜜语的小伙子、楼下腼腆内向的青年，这三个人的性格发展是随着故事情节的展开而一步步丰满的。郁金香是一条贯穿文章始终的线索，串起不同性格的几个人物。郁金香的种植、抽芽、成长、打苞、盛开的经过，可以代表美丽姑娘的爱情成长过程，而玫瑰的采摘者就成了俘虏姑娘爱情的人。但当郁金香盛开的花朵被花言巧语者无理地采摘而又遭无情遗落时，多情而憨厚的小伙子手捧被遗弃的鲜花讷讷告白，爱情的纯真境界也得到了最纯真的境界。“小伙子手举郁金香站在阳台下面，真是一幅情趣无穷的图画”，这样的语言，正表示了作者对这种朴素、真挚的爱情的赞同。

另外，诗歌化的语言，使这篇散文充满欢快的节奏感，让读者在享受朴素纯真思想滋养的同时，领受文采的优美。

林中小溪

/ 普里什文

入选理由
至真至纯的艺术境界
文笔清丽，意境隽永
写景散文中的名篇

如果你想了解森林的心灵，那你就去找一条林中小溪，顺着它的岸边往上游或者下游走一走吧。刚开春的时候，我就在我那条可爱的小溪的岸边走过。下面就是我在那儿的所见、所闻和所想。

我看见，流水在浅的地方遇到云杉树根的障碍，于是冲着树根潺潺鸣响，冒出气泡来。这些气泡一冒出来，就迅速地飘走，不久即破灭，但大部分会漂到新的障碍那儿，挤成白花花的一团，老远就可以望见。

水遇到一个又一个障碍，却毫不在乎，它只是聚集为一股股水流，仿佛在避免不了的一场搏斗中收紧肌肉一样。

水在颤动。阳光把颤动的水影投射到云杉树和青草上，那水影就在树干和青草上忽闪。水在颤动中发出淙淙声，青草仿佛在这乐声中生长，水影显得那么调和。

流过一段又浅又阔的地方，水急急注入狭窄的深水道，因为流得急而无声，就好像在收紧肌肉，而太阳不甘寂寞，让那水流的紧张的影子在树干和青草上不住地忽闪。

如果遇上大的障碍物，水就嘟嘟哝哝地仿佛表示不满，这嘟哝声和从障碍上飞溅过去的声音，老远就可听见。然而这不是示弱，不是诉怨，也不是绝望，这些人类的感情，水是毫无所知的。每一条小溪都深信自己会达到自由的水域，即使遇上像厄尔布鲁士峰一样的山，也会将它劈开，早晚会到达……

太阳所反映的水上涟漪的影子，像轻烟似的总在树上和青草上晃动着。在小溪的淙淙声中，饱含树脂的幼芽在开放，水下的草长出水面，岸上青草越发繁茂。

这儿是一个静静的深水潭，其中有一棵倒树，有几只亮闪闪的小甲虫在平静的水面上打转，惹起了粼粼涟漪。

水流在克制的嘟哝声中稳稳地流淌着，他们兴奋得不能不互相呼唤：许多支有力的水都流到了一起，汇合成了一股大的水流，彼此间又说话又呼唤——这是所有来到一起又要分开的水流在打招呼呢。

水惹动着新结的黄色花蕾，花蕾反又在水面漾起波纹。小溪的生活中，就这样一会儿泡沫频起，一会儿在花和晃动的影子间发出兴奋的招呼声。

· 作者简介 ·

普里什文（1873 ~ 1954），苏联著名散文家。生于一个破败的地主家庭。代表作有长篇小说《恶老头的锁链》，中篇小说《人参》，长诗《叶芹草》，游记特写《在鸟类不受惊的地方》，物候学札记《大自然 · 日历》。

有一棵树早已横堵在小溪上，春天一到竟还长出了新绿，但是小溪在树下找到了出路，匆匆地奔流着，晃着颤动的水影，发出潺潺的声音。

有些草早已从水下钻出来了，现在立在溪流中频频点头，算是既对影子的颤动又对小溪的奔流的回答。

就让路途当中出现阻塞吧，让它出现好了！有障碍，才有生活：要是没有的话，水便会毫无生气地流入大洋，就像不明不白的生命离开毫无生气的机体一样。

途中有一片宽阔的洼地。小溪毫不吝啬地将它灌满水，并继续前行，而留下那水塘过它自己的日子。

有一棵大灌木被冬雪压弯了，现在有许多枝条垂挂到小溪中，煞像一只大蜘蛛，灰蒙蒙的，爬在水面上，轻轻摇晃着所有细长的腿。

云杉和白杨的种子在漂浮着。

小溪流经树林的全程，是一条充满持续搏斗的道路，时间就由此而被创造出来。搏斗持续不断，生活和我的意识就在这持续不断中形成。

是的，要是每一步没有这些障碍，水就会立刻流走了，也就根本不会有生活和时间了……

小溪在搏斗中竭尽力量，溪中一股股水流就像肌肉似的扭动着，但是毫无疑问的是，小溪早晚会流入大洋的自由的水中，而这“早晚”就正是时间，正是生活。

一股股水流在两岸紧挟中奋力前进，彼此呼唤，说着“早晚”二字。这“早晚”之声整天整夜地响个不断。当最后一滴水还没有流完，当春天的小溪还没有干涸的时候，水总是不倦地反复说着：“我们早晚会流入大洋。”

流净了冰的岸边，有一个圆形的小湾。一条在发大水时留下的小狗鱼，被困在这水湾的春水中。

你顺着小溪会突然来到一个宁静的地方。你会听见，一只灰雀的低鸣和一只苍头燕雀惹动枯叶的簌簌声竟会响遍整个树林。

有时一些强大的水流，或者有两股水的小溪，呈斜角形汇合起来，全力冲击着被百年云杉的许多粗壮树根所加固的陡岸。

真惬意啊：我坐在树根上，一边休息，一边听陡岸下面强大的水流不急不忙地彼此呼唤，听它们满怀“早晚”必到大洋的信心互打招呼。

流经小白杨树林时，溪水浩浩荡荡像一个湖，然后集中流向一个角落，从一米高的悬崖上落下来，老远就可听见哗哗声。这边一片哗哗声，那小湖上却悄悄地泛着涟漪，密集的小白杨树被冲歪在水下，像一条条蛇似的一个劲儿想顺流而去，却又被自己的根拖住。

小溪使我留连，我老舍不得离它而去，因此反而觉得乏味起来。

我走到林中一条路上，这儿现在长着极低的青草，绿得简直刺眼，路两边有两道车辙，里边满是水。

在最年轻的白桦树上，幼芽正在舒青，芽上芳香的树脂闪闪有光，但是树林还没有穿上新装。在这还是光秃秃的林中，今年曾飞来一只杜鹃：杜鹃飞到秃林子来，那是不吉利的。

在春天还没有装扮，开花的只有草莓、白头翁和报春花时，我就早早地到这个采伐地来寻胜，如今已是第十二个年头了。这儿的灌木从，树木，甚至树墩子我都十分熟悉，这片荒凉的采伐迹地对我说来是一个花园：每一棵灌木，每一棵小松树、小云杉，我都抚爱过，他们都变成了我的，就像是我亲手种的一样，这是我自己的花园。

我从自己的“花园”回到小溪边上，看到了一件了不得的林中事件：一棵巨大的百年云杉，被小溪冲刷了树根，带着全部新、老球果倒了下来，繁茂的枝条全都压在小溪上，水流此刻正冲击着每一根枝条，还一边流，一边不断地互相说着：“早晚……”

小溪从密林里流到旷地上，水面在艳阳朗照下开阔了起来。这儿水中蹿出了第一朵小黄花，还有像蜂房似的一片青蛙卵，已经相当成熟了，从一颗颗透明体里可以看到黑黑的蝌蚪。也在这儿的水上，有许多几乎同跳蚤那样小的浅蓝色的苍蝇，贴着水面飞一会就落在水中；他们不知从哪儿飞出来，落在这儿的水中，他们的短促生命，就好像这样一飞一落。有一只水生小甲虫，像铜一样亮闪闪，在平静的水上打转。一只姬蜂往四面八方乱窜，水面波纹却纹丝不动。一只黑星黄粉蝶，又大又鲜艳，在平静的水上翩翩飞舞。这水湾周围的小水洼里长满了花草，早春柳树的枝条也已开花，茸茸的像黄毛小鸡。

小溪怎么样了呢？一半溪水另觅路径流向一边，另一半溪水流向另一边。也许是在为自己的“早晚”这一信念而进行的搏斗中，溪水分道扬镳了：一部分水说，这一条路会早一点儿到达目的地，另一部分水认为另一边是近路，于是他们分开了，绕了一个大弯子，彼此之间形成了一个大孤岛，然后又重新兴奋地汇合到一起，终于明白：对于水来说没有不同的道路，所有道路早晚都一定会把它带到大洋。

我的眼睛得到了愉悦，耳朵里“早晚”之声不绝，杨树和白桦幼芽的树脂的混合香味扑鼻而来。此情此景我觉得再好也没有了，我再不必匆匆赶到哪儿去了。我在树根之间坐下去，紧靠在树干上，举目望那和煦的太阳，于是，我梦魂萦绕的时刻翩然而至，停了下来，原是大地上最后一名的我，最先进入了百花争艳的世界。

我的小溪到达了大洋。

作/品/赏/析

普里什文善于描写大自然，讴歌与大自然紧密相连的人的创造性劳动。森林、小溪、花朵、蘑菇是普里什文文章中常见的自然景物，他一方面擅长对这些自然景物进行生动的描摹；另一方面，又多将主题放在对物外之境的追求上。他笔下的大自然，生机勃勃，色彩斑斓，充满着令人感动的人间哲理和诗意。《林中小溪》是普里什文一篇比较知名的写景散文。作者以轻快、流利的文笔写春日小溪生机勃勃的姿态。通篇运用拟人手法，使笔下的小溪更增加了生命气息。而小溪不知疲惫流淌，对远方孜孜不倦的追求，也正是作者乐观向上精神的反映。

农舍

/黑塞

入选理由
浪漫主义风格的典范之作
气韵空灵，文笔优美
个人生存际遇的写照

黑塞像

我在这幢房屋边上告别。我将很久看不到这样的房屋了。我走近阿尔卑斯山口，北方的、德国的建筑款式，连同德国的风景和德国的语言都到此结束。

跨越这样的边界，有多美啊！从好多方面来看，流浪者是一个原始的人，一如游牧民较之农民更为原始。尽管如此，克服定居的习性，鄙视边界，会使像我这种类型的人成为指向未来的路标。如果有许多人，像我似的由心底里鄙视国界，那就不会再有战争与封锁。可憎的莫过于边界，无聊的也莫过于边界。它们同大炮，同将军们一样，只要理性、人道与和平占着优势，人们就感觉不到它们的存在，无视它们而微笑——但是，一旦战争爆发，疯狂发作，它们就变得重要和神圣。在战争的年代里，它们成了我们流浪人的囹圄和痛苦！让它们见鬼去吧！

我把这幢房屋画在笔记本上，目光跟德国的屋顶、德国的木骨架和山墙，跟某些亲切的、家乡的景物一一告别。我怀着格外强烈的情意再一次热爱家乡的一切，因为这是在告别。明天我将去爱另一种屋顶，另一种农舍。我不会像情书中所说的那样，把我的心留在这里。啊，不，我将带走我的心，在山那边我也每时每刻需要它。因为我是一个游牧民，不是农民。我是背离、变迁、幻想的崇敬者。我不屑于把我的爱钉死在地球的某一点上。我始终只把我们所爱的事物视作一个譬喻。如果我们的爱被钩住在什么上，并且变成了忠诚和德行，我就觉得这样的爱是可怀疑的。

再见，农民！再见，有产业的和定居的人、忠诚的和有德行的人！我可以爱他，我可以尊敬他，我可以嫉妒他。但是我为摹仿他的德行，已花费了半辈子的光阴。我本非那样的人，我却想要成为那样的人。我虽然想要成为一个诗人，但同时又想成为一个公民。我想要成为一个艺术家和幻想者，但同时又想有德行，有家乡。

·作者简介·

黑塞（1877～1962），20世纪著名的德语作家和诗人，生于德国，晚年入瑞士籍。著有诗集《浪漫主义之歌》，小说《在轮下》、《荒原狼》等。1946年获诺贝尔文学奖。

过了很久以后，我才知道不可能两者兼备和兼得，我才知道自己是个游牧民而不是农民，是个追寻者而不是保管者。长久以来我面对众神和法规苦苦修行，可它们对于我却不过是偶像而已。这是我的错误，这是我的痛苦，这是我对世界的不幸应分担的罪责。由于我曾对自己施加暴力，由于我不敢走上解救的道路，我曾增加了罪过和世界的痛苦。解救的道路不是通向左边，也不是通向右边，它通向自己的心灵，那里只有上帝，那里只有和平。

从山上向我吹来一阵湿润的风，那边蓝色的空中岛屿俯视着下面的另一些国土。在那些天空底下，我将会常常感到幸福，也将会常常怀着乡愁。我这样的完人，无牵挂的流浪者，本来不该有什么乡愁。但我懂得乡愁，我不是完人，我也并不力求成为完人。我要像品尝我的欢乐一般，去品尝我的乡愁。

我往高处走去时迎着的这股风，散发着彼处与远方、分界线与语言疆界、群山与南方的异香。风中饱含着许诺。再见，小农舍，家乡的田野！我像少年辞别母亲似的同你告别：他知道，这是他辞别母亲而去的时候，他也知道，他永远不可能完完全全地离开她，即使他想这样做也罢。

作／品／赏／析

《农舍》中，黑塞用一种散文诗的形式为读者勾画了一幅作者的心灵之图。他向往一种没有归属的“游牧者”的生活方式，他追求的最高生存境界，不是一定界线中的和平与安定，不是对某一种形式的“忠诚和德行”，而是没有国界的爱和欢乐。黑塞在文章的最后为我们描绘了一幅浪迹天涯的流浪图，前方“散发着彼处与远方、分界线与语言疆界、群山与南方的异香”，他放逐着自己的理想，与家乡、与小农舍挥手告别。这是他的追求，也是他的无奈，它表现了高度文明中的人类思想者对人类生存际遇的不懈关怀和执著追求。

贪心的紫罗兰 / 纪伯伦

入选理由
纪伯伦的散文代表作之一
文章情节跌宕，深蕴哲理
笔调委婉，哲理深刻

纪伯伦像

在一座孤零零的花园里，有一株紫罗兰，花瓣艳丽，芳香四溢，幸福愉快地生活在同伴当中，得意扬扬地在群芳之间左右摆动。

一天早晨，紫罗兰戴着露珠桂冠，抬眼环望四周，看到一朵玫瑰花，躯干苗条，翘首天空，恰似一柄火炬，插在宝石灯上。

紫罗兰咧开她那蓝色的嘴唇，叹息道：“唉，在群芳当中，我最不走运；在百卉之中，我的地位最低！大自然把我造就得如此低矮渺小，我只配伏在地上生存，不能像玫瑰那样，枝插蓝天，面朝太阳。”

玫瑰花听到邻居紫罗兰的哀叹，笑着摇了摇头，然后说：“百花群里，你最糊涂。你真是身在福中不知福啊！大自然赋予你芳香、文雅和美貌，这都是别的花草所没有的。你还是赶快打消你这些奇怪的念头和有害愿望吧！满足天赐予你的福气吧！你要知道：虚怀若谷，地位无比高尚；贪得无厌的人，永远贫困饥荒。”

紫罗兰答道：“玫瑰花，你之所以这样安慰我，因为你已得到了我想得到的一切；你之所以用格言来掩饰我的低下地位，因为你伟大高尚。在倒霉者的心中，幸运儿的劝诫是何等苦涩；在弱者面前慷慨陈词的强者，何其冷若冰霜！”

大自然听了玫瑰花与紫罗兰之间的对话，禁不住打了个寒战，继之提高了嗓门，说：“紫罗兰，我的女儿，你怎么啦？我了解你，你朴实无华，小巧玲珑，温文尔雅。究竟是贪欲缠住了你的心，还是虚荣占据了你的心？”

·作者简介·

纪伯伦（1883 ~ 1931），黎巴嫩现代著名诗人、散文家，旅美派代表作家。出生在黎巴嫩北部，12岁时随母亲到美国，两年后回国学习。1908年因发表小说《叛逆的灵魂》激怒当局，再次前往美国，后到法国学习。1912年起定居纽约，从事文艺创作活动。他的早期创作以小说为主，主要有短篇集《音乐》、《草原的新娘》和中篇小说《折断的翅膀》等，具有强烈的叛逆精神，矛头直指封建暴政，同时形成了情节淡化的散文诗化的风格。定居美国后，以散文和散文诗创作为主，用阿拉伯文发表了散文诗集《泪与笑》、长诗《行列》等，用英文发表了散文诗集《先驱者》、《先知》等。其中《先知》通过一位东方智者的“讲说”，谈到了爱、婚姻等26个方面的问题，用诗般的语言讲述哲理，充满了诗化的智慧和诗意的美，是融合东西方文学传统革新之作。

紫罗兰乞怜道："力大恩深的母亲，我谨向您倾诉我心中的恳求和希望，万望您答应我的要求：让我变成一株玫瑰花，哪怕只有一天。"

大自然说："你不知道你的要求意味着什么。你不知道华美外观的背后所隐藏的巨大灾难。倘若你的身躯变高，外貌改变，成为一株玫瑰花，恐怕到时候连后悔都来不及了。"

紫罗兰苦苦哀求："改变我的外貌吧！让我变成一株身躯高大、昂首蓝天的玫瑰花……到那时，不管怎样，我的愿望总算实现了。"

大自然无奈："叛逆的傻瓜，我答应你的要求！倘若遇到灾祸，你只能抱怨自己太傻。"

大自然伸出她那无形的神手，轻轻触摸紫罗兰的根部，顿时出现了一株高出群芳之首、色彩斑斓夺目的玫瑰花。

那天傍晚，天色突变，乌云急聚，狂风骤起，撕破世间沉寂，电闪雷鸣、疾风暴雨一齐向花园袭来。刹那间，万木枝条尽折，百花躯干弯曲，枝长杆高的花木被连根拔掉，幸免者只有伏在地面上、隐身石缝间的矮小花木荆棘。

与此同时，那座孤零零的花园也遭受了其他花园所经历的浩劫和冲击，而且有过之而无不及。

风暴未息，乌云未消，已见园中花落满地。风暴过后，只有隐蔽在墙根下的紫罗兰安然无恙。

一位紫罗兰少女抬起头来，望着园中花木败落的惨状，得意地微笑了。她当即呼唤同伴："姐妹们，快来看哪！看看风暴是怎样对待那些盛气凌人的高大花木的吧！"

另一位紫罗兰姑娘说："我们低矮，匍伏在地面上，但经过暴风骤雨，我们安然无恙。"

第三位紫罗兰姑娘说："我们虽然体躯微小，但暴风雨没把我们压倒。"

就在这时，紫罗兰王后走了出来。她发现昨天还是紫罗兰的那株玫瑰就在自己身边，只见它已被风暴连根拔掉，叶子散落了一地，仿佛身中万箭，被风神抛到了湿漉漉的草丛之间。

紫罗兰王后挺起腰杆，舒展叶片，大声呼唤："我的女儿们，你们仔细看看！这株紫罗兰为贪欲所怂恿，变成一株玫瑰花，挺拔一时，不久被抛入万丈深渊。但愿这能成为你们的明鉴。"

那株玫瑰花战栗着，使尽全身力气，上气不接下气地说："知足安分的傻姐妹们，听我对你们说：昨天，我像你们一样，端坐在绿叶中间，满足于天赐之福。知足是一个难以逾越的障碍，将我与生活的风暴隔离开来，使我心地坦然，无忧无虑，无难无灾。我本来可以像你们一样，静静匍伏在地面，冬来以雪花裹身，没有弄明大自然的秘密，便与同伴一起步入死一般的沉寂。我本来可以避开那令人贪婪的事情，弃绝那些超越我自身天性的东西。可是，我在静夜里听上天对人间说：'存在的目的在于追求存在以外的东西。'于是，我背弃了我的灵魂，一心想得到我不应得到的东西。正是这种贪欲，使背弃心理变成一种巨大力量，使我的内心渴望变成了异想天开的幻想，于是，我要求大自然——大自然不过是我们内心梦想的外观——将我变成一株玫瑰花。大自然立即让我如愿以偿。大自然常用她的偏爱与渴望改变自己的形象。”

玫瑰花沉默片刻，又自鸣得意地说：“我当了一个小时的皇后。我用玫瑰花的眼睛观看了宇宙，用玫瑰花的耳朵听到太苍窃窃私语，用玫瑰花的叶子感触光明。诸位当中，谁能得到我这份光荣？”

尔后，玫瑰花弯下脖子了，用近似喘息的声音说：“我就要死去了。我心中有一种特殊的感触，这是在我之前的紫罗兰不曾有过的。我就要死去了。我终于了解了我出生的有限天地之外的一些事情。这就是生活的目的。这就是隐藏在昼夜间发生的偶然事件背后的真正实质。”

玫瑰花合上叶子，浑身一颤，便死去了。此时此刻，她的脸上绽现出神圣的微笑——愿望实现后的微笑——胜利的微笑——上帝的微笑。

作／品／赏／析

《贪心的紫罗兰》是一篇意韵隽永的优美散文，文章以童话式的笔调，象征性地塑造了一位不甘寂寞、平淡的生活，追求斑斓、崭新的生活，最终为之献出自己生命的理想追求者的形象。全文分为两大部分。第一部分叙述了“贪心”的紫罗兰一心要变为美丽的玫瑰并最终如愿以偿的故事。第二部分叙述了变成玫瑰花的紫罗兰遭遇暴风雨袭击而“丧身”的故事。文章情节跌宕，深蕴哲理，拟人、比喻、象征手法以及对话式和内心独白的表述方式，使文章生动自然，朗朗上口。作者以委婉的笔调，借紫罗兰之口，向人们传达了一个深刻的哲理：人生存在的目的在于追求存在以外的东西。

夜莺 / 劳伦斯

入选理由
乐观向上的精神
生动的文字中传达时代个性
美好生活的赞歌

劳伦斯像

塔斯卡尼处处有夜莺。在春季和夏季，除了午夜和日中，它们终日歌唱。在树繁叶茂的小树林里，树木像铁线蕨垂挂在岩石上那样悬在山边，溪旁，大约清晨四点，你就能听到夜莺在那里，在苍白的晨曦中重新开始歌唱："您好！您好！您好！"夜莺的歌声，是世界上最欢快的声音。因为这声音无比欢快，光辉灿烂，蕴藏着巨大的力量，所以每次听到它，都会感到惊奇，使人异常激动。

"夜莺开始歌唱了。"你会自言自语地说。它在拂晓前歌唱，那时星星好像正由矮小的灌木丛冲上广阔无垠的朦胧夜空之中，然后隐藏起来，随即消失了。但日出之后，歌声继续回响，而你每次重新惊异地侧耳倾听时，总是想不通。"为什么人们说它是一种悲伤的鸟类呢？"

它是整个鸟类王国里最吵闹、最不体谅别人、最任性和最活泼的鸟。对任何了解夜莺的歌唱的人来说，都无法弄清约翰·济慈为什么用"我的心儿痛，瞌睡麻木折磨"来开始他的《夜莺颂》。你听到夜莺银铃般地高叫："什么？什么？什么，济慈？心儿痛，瞌睡麻木折磨？特拉——拉——拉！特哩——哩——哩哩哩哩哩哩哩哩！"

而为什么希腊人说他，或她，是在树丛中为失去的爱偶伤心哭泣，我也不得而知中世纪的作家用"唧——唧——唧！"表示夜莺喉咙里迅如闪电似的滚动。这是一种野性的、饱满的声音，比孔雀尾巴上的翎斑更加鲜艳多彩：

那光鲜的褐色夜莺是那样多情，
为了伊堤罗斯而停了一半歌声。

·作者简介·

劳伦斯（1885～1930），英国诗人、小说家、散文家。劳伦斯少年时代在诺丁汉矿区上学，后到诺丁汉大学学院学过植物学和法律。当过会计、厂商雇员和小学教师。1910 年母亲的去世给他很大的打击，后与大学教授的夫人弗丽达一见钟情，弗丽达的爱情给他很大鼓舞，两人于 1914 年结婚。他在第一次世界大战中发表长篇小说《虹》，因触犯当局战时利益而被禁毁。战争结束后他开始了流亡生涯，先后到过意大利、德国、澳大利亚、美国、墨西哥等地。1928 年，私人出版了有争议的最后一部长篇小说《查泰莱夫人的情人》，但英美等国直到 20 世纪 60 年代初才解除对此书的禁令。1930 年 3 月 2 日因患肺结核死于法国尼斯附近的旺斯镇。

他们用"唧！唧！唧！"来说明她正在啜泣。至于他们怎么会听到那种声音的，那简直是个谜。除非是耳朵倒长的人，否则人们什么时候会听到夜莺"啜泣"，真是莫名其妙。

不管怎样，它是一种雄性的叫声，一种十分强烈、没有掺杂的雄性叫声。是纯粹的断言。没有丝毫暗示的影子，也不是空虚的回声。根本不像空洞的、声音低沉的钟声。绝无什么孤寂可言。

也许，正因为如此，济慈才即刻感到了孤寂。

孤寂！这两字犹如一声晨钟

把我敲回到自己立脚的地方！

也许原因就在这儿：夜莺歌唱时，为什么每一个忠于上帝、侧耳倾听的人听到的都是小天使们银铃般的叫声，而他们却听到树丛中的啜泣？也许正是因为人与人之间存在差异的缘故吧。

因为，事实上，夜莺的歌唱具有清脆、感人的活泼，具有使人驻足伫立的质朴的自信。这是一种神采洋溢的叫声，一种熠熠生辉的交织呼唤，恰如创造世界的第一天，天使们突然发现自己被制造出来时情不自禁地发出的叫喊声。之后，在天堂的灌木丛里，天使们准有一番喧嚷："哈啰！哈啰！你瞧！你瞧！你瞧！这就是我！这就是我！多么神——神——神奇的事情！啊！"

为了享受"嗨！这就是我！"这歌唱似的断言的纯洁美，你必须侧耳倾听夜莺的歌声。也许，为了在视觉上完美地享受同样的断言，你会瞧一眼正在抖动自己全部翎斑的孔雀。在所有创造完美的造物之中，这两种也许是最完美的；一种是无形的、喜悦的声音，另一种是无声却看得见的东西。虽然夜莺具有内在的生气勃勃，使人感到一种亲切、跳跃的神秘感，但如果你确实看到它，它不过是一只貌不惊人的灰褐色小鸟。这好比孔雀，真要发出声音时，确实难听至极，但它仍给人以深刻印象：从恐怖的热带丛林中传出的非常可怕的叫声。实际上你可以在锡兰看到孔雀在高高的树枝上叫嚷，接着展翅掠过猴群，飞进那沸腾的、黑暗的、深不可测的热带森林里。

也许由于这个缘故——喜爱天使或喜爱魔鬼的纯粹真实自我断言——夜莺使某些人感到悲伤。而孔雀往往使这些人愤怒。这是包含一半妒忌的悲伤。造物主把夜莺造得那么明确欢快，富有、光明的上帝之手赐予它永久的新意和完美。夜莺因自己的完美而啾啾欢唱。孔雀则满有把握地抬起它所有的青铜色和紫红色的翎斑。

这——这小小完美的造物之作的啾啾断言——这显示鸟类无瑕之美的绿色闪光——根据它在视觉或听觉上所给人的不同印象，使人感到愤怒或孤寂。

听觉远不如视觉狡诈。你可以对人说："我非常喜欢你，今天早晨你看上去真美。"虽然你的声带可能出自不共戴天的仇恨而在震动，但她会深信不疑。

听觉十分愚蠢，它会接受任何数量的语言假币。但是，若让一丝仇恨之光进入你的眼睛或掠过你的脸庞，它立刻就会被察觉。视觉既精明又迅如闪电。

由于这个缘故，我们马上会发觉孔雀一切炫人的、雄赳赳的自信；并且不无轻蔑地说：“漂亮羽毛能打扮出个好外表。”但当我们听到夜莺的声音，我们不知道自己听到了什么，只知自己感到悲伤、孤寂。所以我们说悲伤的是夜莺。

让我们重复一遍，夜莺是世界上最不悲伤的东西；甚至比浑身发光的孔雀更不知悲的。它没有什么可悲伤的。它知足常乐。它并不自负。它只是感到生活美满，鸣啭表白——喊叫“唧唧”作响，吃吃发笑，颤声啾啾，发出长长的、嘲弄原告的呼叫，进行表白，断言和欢呼；但它从不叽呱学舌。它的声音是纯粹的音乐，只要你不往里填词的话。但夜莺的歌在我们心中激起的感情是可以用语言表达的。不，这也不是事实。听到夜莺歌唱时，一个人的感情是无法用语言形容的。这种感情远比语言纯洁得多，所有的语言都已被污染。然而我们可以说，它是一种人生美满的欢快之情。

这并非妒忌你的幸运，
而是你的幸福使我太欢欣——
因你呀，轻翼的树神，
在长满绿榉，
音韵悦耳、无数阴影的地方，
引吭高歌，赞颂美夏。

可怜的济慈，夜莺欢欣他只好“太欢欣”，自己内心根本不快乐。所以他想要饮用使人害臊的灵泉，和夜莺一起归隐到阴郁的森林中。

远远地隐没，消散，完全忘却
你在树叶间从未知道的事情，
忘却疲倦，狂热和恼恨……

这是男性人类十分悲伤、美丽的诗句。不过下面一行却令我感到有点滑稽可笑。

人们坐在这里听着彼此的悲叹；
瘫痪的老人抖落几根愁切的仅存的白发……

这是济慈，根本不是夜莺。但这位悲伤的男性仍然试图离开人世，进入夜莺的世界。葡萄美酒不会把他带去。然而，他还是要去的。

去呀！去呀！我要飞往你处，
不乘酒神和他群豹所驾的仙车，
却靠诗神无形的翼翅……

不过，他没有成功。诗神无形的翼翅没把他带进夜莺的世界，只把他带进灌木丛里。他还留在外面。

我暗中倾听；唉，有好多次
我差点爱上了安闲的死神……

除非运用对比，夜莺从未使哪个人爱上安闲的死神。这是夜莺绝对纯洁的自我陶醉的明亮火焰与济慈渴望忘记自我，永远渴望超越自我的惶恐的思想火花之间的对比：

在半夜毫无痛苦地死去，
你却如此狂喜地尽情
倾吐你的肺腑之言！
你将唱下去，我的耳朵却不管用，
听不到你的安魂曲，像泥块一样。

如果能使夜莺明白诗人在怎样答复它的歌唱，夜莺会感到十分惊奇。它将会因惊讶而从枝头上跌下来。

因为当你回答夜莺时，它只会叫得更欢，唱得更响。假设在邻近的灌木丛里另有几只夜莺随声附和——它们总是如此——那么，这蓝白色的声音火花便会直冲云霄。假设你，一个凡夫俗子，碰巧坐在浓阴遮蔽的河岸上跟你心爱的女子热烈地争辩着，为首的那只夜莺会像第三幕中的卡鲁索那样越唱越响——简直是一阵卓越的、突然爆发的狂热音乐，把你压倒，直至你根本听不到自己说话、吵架的声音。

事实上，卡鲁索颇具夜莺的特征——唱歌时像鸟一样突然爆发出神奇的活力，表现出充实和悠然自得。

你并不是为死而生的，不朽的神鸟！
饥馑的年代不会糟蹋你；

不管怎样，在塔斯卡尼还不至于如此。夜莺们总是刺刺不休。而布谷鸟却显得遥远，声音低沉，低低地、半遮半掩地叫着拍翅而过。也许英格兰的情况真的与众不同。

我在今晚听见的歌声
古代的君王乡民也听到过：
也许就是打动露丝悲哀的心房
那一首歌，那会儿她怀念故乡，
站在异国的麦田中泪滴千行；

为什么哭泣？总是哭泣。我感到奇怪，在帝王之中，狄奥克力第安听到夜莺的鸣啭时眼泪汪汪了吗？乡民中的伊索也是这样吗？而露丝真的泪滴千行？作为我，我很怀疑是这位年轻的女士逗得夜莺开始歌唱的，就像卜伽丘的故事中手捧着活泼的小鸟睡觉的可爱姑娘那样——“你的女儿像夜莺般活泼，她捧着只鸟儿在手中。”

当母夜莺轻轻地坐在鸟蛋上，听到它的老爷们儿鸣啭歌唱时，它会怎么想呢？它大概很喜欢听，因为它照常洋洋得意地孵着它的蛋。它大概喜欢它的老爷们儿的高谈阔论甚于诗人谦卑的呻吟：

如今死亡要比以往更壮丽，
在半夜毫无痛苦地死去……

对母夜莺来说，这可没有什么用处。人们要为济慈的范妮感到惋惜，也理解她为什么一无所有。这般美妙的夜晚本应给她带来多少乐趣！

也许，说来说去，如果雄夜莺无论痛苦与否，半夜里不想停止歌唱，母鸟就可得到更多的生活乐趣。深夜的用处更大。一只让母鸟独自去抱蛋，自己只管尽情高歌的雄鸟，或许比一只悲叹呻吟的鸟更合母鸟的意，即使它的呻吟是表示对它的爱恋。

当然，夜莺歌唱时完全没有意识到小小的、无光泽的母鸟的存在。它也从来不提它的名字。但它清楚地知道，这歌的一半是它的；就像它知道那些蛋一半是它的一样。就像它不要它进来踩踏它的那窝蛋一样，它也不要它加入它的歌唱，唠唠叨叨，不成腔调。男人、女人，各司其职：

再会！再会！你凄切的颂歌
消失……

它从来不是凄切的颂歌——它是踌躇满志的卡鲁索。但何必跟一位诗人争辩呢。

作/品/赏/析

“夜莺”，是西方作家经常用来入文的一种鸟儿。《夜莺颂》就是18世纪末，英国著名诗人济慈的一首名诗。本文《夜莺》也是劳伦斯的散文名篇。而同是写“夜莺”，劳伦斯和济慈的表现主题和艺术风格却迥异。如果说济慈是一个悲天悯人的诗人，那么劳伦斯就是一位开朗、健朗的生活者。在济慈眼中，夜莺是悲歌的挽唱者，它热烈、痛苦、孤寂。而劳伦斯听出的夜莺的歌唱曲调，却是欢乐的、自由的，它是作者眼中乐观的天使。相同的意象在不同人眼中是不同的，而这种差异更多的代表着两人不同的人生态度，而且都分别具有各自时代所在特色。

当玫瑰花开的时候

/佩德罗·普拉多

入选理由
以感性的方式解说抽象
语调平和恬淡
对爱情的深刻诠释

老园丁培育出许多优良品种的玫瑰花。他像蜜蜂似的把花粉从这朵花送到那朵花，在各个不同种类的玫瑰花中进行人工授粉。就这样，他培育出了很多的新品种。这些新品种成了他心爱的宝贝，也引起了那些不肯像蜜蜂那样辛勤劳动的人的妒羡。

他从来没有摘过一朵花送人。因为这一点，他落得了一个自私、讨人厌的名声。有一位美貌的夫人曾来拜访过他。这位夫人离开的时候，同样也是两手空空没有带走一朵花，只是嘴里重复嘟哝着园丁对她说的话。从那时起，人们除了说他自私、讨人厌之外，又把他看成了疯子，谁也不再去理睬他了。

"夫人，您真美呀！"园丁对那位美貌的夫人说，"我真乐意把我花园里的花全部都奉献给您呀！但是，尽管我年岁已这么大了，我依旧不知道怎样采摘下来的玫瑰花，才能算一朵完整而有生命的玫瑰花。您在笑我吧？哦！您不要笑话我，我请求您不要笑话我。"

老园丁把这位漂亮的夫人带到了玫瑰花园里，那里盛开着一种奇妙的玫瑰花，艳红的花朵好像是一颗鲜红的心被抛弃在蒺藜之中。

"夫人，您看，"园丁一边用他那熟练的布满老茧的手抚摸着花朵，一边说，"我一直观察着玫瑰开花的全部过程。那些红色的花瓣从花萼里长出来，仿佛是一堆小小的篝火喷吐出的红通通的火苗。难道把火苗从篝火中取出来还能继续保持着它那熊熊燃烧的火焰吗？ 花萼细嫩，慢慢地从长长的花茎上长了出来，而花朵则出落在花枝上。谁也无法确切地把它们截然分开。长到何时为止算是花萼，又从何时开始算作花朵？我还观察到当玫瑰树根往下伸展开来的时候，枝干就慢慢地变成白色，而它的根因地下渗出的水的作用，又同泥土紧紧地结合起来了。

"结果我连一朵玫瑰花该从哪儿开始算起都不知道，那我怎么能把它摘下来送给他人？要是硬把它摘下来赠送给别人，那么，夫人，您知道吗？一种断残的东西其生命是十分短暂的。

"每年到了十月，那含苞待放的玫瑰花蕾绽开了。我竭力想知道玫瑰是在什么地方开始开花的。我从来也不敢说：'我的玫瑰树开花了。'而我总是这样欢呼着：大地开花了，妙极啦！

·作者简介·

佩德罗·普拉多（1885 ~ 1950），智利后期现代主义诗人，也写哲理小说。作品通过对一般事件的引申，总结出人生的哲理，主要有《一个乡村的法官》和《阿尔西诺》。

“在年轻的时候，我很有钱，身体壮实，人长得漂亮，而且心地善良，为人忠厚。那时曾有四个女人爱我。

“第一个女人爱我的钱财。在那个放荡的女人手里，我的财产很快地被挥霍完了。

“第二个女人爱我健壮的体格，她要我同我的那些情敌去搏斗，去战胜他们。可是不久，我的精力就随着她的爱情一起枯竭了。

“第三个女人爱我英俊的容貌。她无休止地吻我，对我倾吐了许许多多情意缠绵的奉承话。我英俊的容貌随着我的青春一起消逝了，那个女人对我的爱情也就完结了。

“第四个女人爱我忠厚善良。她利用我这一点来为她自己谋取利益，最后我终于看出了她的虚伪，就把她抛弃了。

“在那个时候，夫人，我就像是一株玫瑰树上的四朵玫瑰花，四个女人，每人摘去了一朵。但是，如果说一株玫瑰树可以迎送一百个春天的话，那么一朵玫瑰花只能有一个春天。我那几朵可怜的玫瑰花，就是如此这般地，一旦被人摘下，也就永远地凋零了。

“自此以后，从来没有人在我的花园里拿走过一朵花。我对所有到我这花园来的人说：‘你什么时候才能不热衷于那些被分割开来的、残缺不全的东西呢？假如你真能把每件事物的底细明确地分清楚，假如你真能弄清玫瑰长到何时算作花萼，又从何时开始算作花朵的话，那么，你就到那玫瑰开花的地方去采摘吧！’”

作/品/赏/析

《当玫瑰开花的时候》是佩德罗·普拉多的一篇散文，以讲故事的形式向人们传达了作者所理解的爱情观。

文中写了一个老园丁种花的故事，他的玫瑰花色彩美丽、品种优良，但却从不让人采摘。接着他以自己年轻时的感情经历为依据为旁人解释了不愿轻易摘花的缘故，阐明了自己的爱情观。他认为爱情就像一株有生命的玫瑰树，在人们采摘之前，要看到它的全部面貌，单纯采撷部分只能导致短暂生命的消亡。正因为“一种断残的东西其生命是十分短暂的”，所以他建议人们在真正要采摘爱情这朵花时，要先弄清每件事物的底细，就像弄清“玫瑰长到何时算作花萼，又从何时开始算作花朵”，这样，也许我们才能真正地包容彼此的优点和缺点，才可能长久地守住一份爱情，使它直到永远。

中国之美

/赛珍珠

入选理由
对中国文化的旁观和热情
在总体把握中与众不同的角度
对美的热爱和深度理解

赛珍珠像

美国秋天的树林是美丽的，迷人的，惟有一个生长于异国他邦的美国人，才能完全领略。令我不解的是，在我回美国之前，竟然从未听到有人谈起过它。我先前一直生活在中国，那儿一片宁静，风景如画，自有其独特的可爱之处：清瘦的翠竹摇曳生姿，荷塘倒映出庙宇那翘起的飞檐，大地一片郁郁葱葱。亚热带明媚的阳光和繁星密布的夜空，又使它显得千般的娇、万般的柔。夏去秋来，金菊盛开，但转眼又是萧瑟西风，黄花憔悴，一片苍凉。有道是：残秋不堪忍，蓄芳待来春。树木飘尽落叶，只留下灰暗的棕色树丫，在风中瑟瑟地抖动。几乎是一夜之间，大地就披上了素净的冬装。一切都是灰蒙蒙的。苍凉的天地间，蜷伏着几座小小的农家土屋，一切都没有了生气。人们也都裹进了深蓝色和黑色的棉袍中，失去了往日的活力。

这样，漫游东方之后，我踏上了美丽的英国原野，夏末的淡紫与黄褐的色调，令我神荡意迷。道道树篱，即使在樱草时节也不会更可爱。那一片如醉如梦的恬静，使人忘却尘世的烦恼，而沉醉于静谧的良田和座座古老的灰色石房，沉醉于静止的大气中依依上升的炊烟。英格兰大地笼罩着一片优美安逸的气氛，真不啻劳累过后酣然入梦。

带着这心绪，我渡过大西洋，直抵纽约城。喧嚣的纽约显示出的骇人的活力，除了坐惯了中国那慢悠悠的电车、黄包车和手推车的人，还有谁能感受得到呢？大街上，汽车一辆接着一辆，你刚躲过一辆，马上又有千百辆开过来——横过马

·作者简介·

赛珍珠（1892～1973），本名珀尔·赛登斯特里克·布克。赛珍珠是她自己起的中文名字。出生于美国弗吉尼亚州，3个月时即被身为传教士的双亲带到中国，在双语环境中长大。17岁回美国进弗吉尼亚州伦道夫·梅康女子学院攻读心理学，毕业后又到中国。自1919年至1935年，与丈夫卜凯长期居住在所执教的金陵大学分配给他们的两层楼房里。在那里她写出了于1938年荣获诺贝尔文学奖的长篇小说《大地（Gread Earth）》三部曲等小说，并最早将《水浒传》翻译成英文在西方出版。1935年与约翰·戴公司总经理、《亚细亚》杂志主编理查·沃尔什结婚，进入约翰·戴公司任编辑。以后在宾夕法尼亚州的农庄里从事写作。她病逝后，按其遗愿，墓碑上只镌刻了“赛珍珠”3个汉字。

20 世纪 30 年代的中国街边古屋

路也成了惊心动魄的历险。相比之下，中国那些拦路抢劫的土匪也显得温和了。高架铁路上，火车隆隆驶过，令人头晕目眩；还有显然是宇宙腹部发出的地下呼啸。我被打着哈欠的地球迷住了，它在一个地方把人成百上千地吞将下去，又在数里以外的某个地方吐将出来，而这些人依然是那样匆匆忙忙，烦躁不安。沉闷的地铁让我不堪忍受，无轨电车也让我紧张万分。每当我抓紧电车里的吊带时，我就不无遗憾地忆起昔日在中国的情形：手推车缓缓前行，路旁几池碧水，鸭儿悠然划动双蹼；我不时探身摘一朵野花，扔给那些光着黑黝黝的身子在尘土中滚爬的孩子们。

纽约惊醒了我温馨的梦，美国秋林又让我惊叹不已。

一周以后，当我在弗吉尼亚一个树林里散步时，我的狂喜之情无法言表。在此之前，从未有人告诉过我林中景色有多么奇美。当然他们也曾说过："你知道树叶在秋天都变了颜色了。"但这又能给人什么印象呢？我原以为不过是些淡黄、黄褐或淡淡的玫瑰红罢了。然而，我却看到了一片生机盎然、五彩缤纷的景象，令人难以置信的粗犷、艳丽、充满野性的活力。黝黑的峭壁下，一棵参天大树拔地而起，一株火红的藤蔓攀援而上，俨然一位精神抖擞的哨兵——我永远也不会忘记这情景。

枫林中曲径幽幽，犹如通往天国黄金大街的小路。漫步而去，头顶上枝丫交错，橙黄、粉红、猩红、深褐、淡黄……色彩纷呈。林中徜徉，仿佛踱在一块鲜艳的地毯上，这是北京地毯也没有的鲜艳，是以帝王之富也难以买到的色泽。那些细藤、幼草，夏日里想必还是柔弱娇小的罢，现在却也不甘寂寞，争奇斗妍。

太美了！地球上再也没有能与这相媲美的了！然而我却怀疑，年复一年，美国人是否能欣赏这景观。不管怎样，美国秋林让我叹为观止。北极光不会让我吃惊，虽然这要在以后才能证实；维苏威火山也不会让我吃惊，即使有一天，天空随着加百利的喇叭吹出的曲调消失不见了，我也怀疑我是否还会吃惊。平生第一次散步美国秋林，我就被这产生于幽静之物的美深深打动了。我不相信世上还有别的什么，能给我以更深刻的美的启示。

我又一次陷入了对美的冥想之中。寻找世间万物的可爱之处，思考各个民族的天性是怎样以不同的美的方式自然流露出来的，这一直是我引以为乐的事情，也就是说，我的注意力不在那些旅游者趋之若鹜的名胜，因为在那些游览胜地很少能看到那个国家的普通人民。

我不是在卢浮宫，而是在一个老妇身上找到法国的。她身穿蓝布长裙，头戴白色纱巾，跪在叮咚作响的小溪旁捣衣。她是那样任劳任怨，那样贤慧。她突然抬起头冲我笑了，笑出了她无处不在、无时不有的幽默和风情。一张爬满皱纹的脸上，那对永远年轻的眸子，光波流动，充满活力——我几乎看呆了。

人迹罕至的阿尔卑斯山脉，白雪皑皑，在蓝天的映衬下，显得格外雄伟壮丽，但它并没真正体现出瑞士人民的特性。瑞士人民吃苦耐劳，平和沉稳。在那块面积不大的土地上，梨树要小心的靠墙栽上，葡萄藤要认真修剪，不让它疯长，结出的串串果实也要仔细地数来数去。那儿的一切小巧整齐，自有其独特的美。巍峨的少女峰，天长地久地耸立在那块不大的土地上，但我却怀疑，瑞士人一年到头能否对她看上两眼。

真奇怪！不知怎的，只有当我的思绪与养育我的祖国——中国联系在一起时，我才能这样有条不紊地思考各个民族的差异。

不知有多少外国人，刚走下从上海开来的火车，结束了他们到中国的首次旅行后，就对我说："……嗨，中国可不如日本美！"

我只是笑笑，不想马上回答，因为我知道中国之美。

日本给人的感觉是精美。这不仅在于它那可爱的瓷器、华丽文雅的和服和那些噼叭噼叭急促行走的迷人的孩童——这些尽人皆知；它的精美也不仅仅在于山坡上的小块梯田，不在于那些整洁但不坚固的房屋和那仙境般的小小的生活乐园——这些举目可见。

日本伟大的美存在于你和我，作为匆匆过客，在走马观花之间很难发现的地方。

正是这种美使一个劳累了一天的苦力，放下扁担，随便吃一些米饭加鱼，便到那手帕大的花园里忙碌起来。他们神情专注地干着，轻松愉快地干着，完全沉浸在为自己也为家庭创造美的欢欣之中了，全家人都围在他身边，钦佩地看着。日本人家家都有花园，如果命运不肯赏赐给一个穷人一平方英尺土地的话，他也会花上一分钱，买上一块大大的地盘，几个小时辛苦而又欢愉地劳动之后，他便逐渐有了一个微型花园：假山、凉亭、一池清水。几片青苔，权作草坪；一些小草，且作树木；再把羊齿植物塞入石缝，便有了一片灌木丛。

也正是这种美，使得一个日本客栈主人，为了让客人舒心，每天都在客人房间里更换一件精致的摆设。今天，他从珍藏中挑出一幅水墨画，画面淡雅逼真，一只小鸟正立于芦苇之上。明天，你屋里又会有一个深蓝色的瓷瓶，瓶里插上一枝怒放的雪梨，放得恰到好处，让你禁不住要参悟佛道了。有时，出现在你房间里的会是一幅旧地毯，褪了色的毯面上，一队手提灯笼的人正在行进，看上去古怪而有趣。

最近，我听到许多议论日本的闲语。有些人甚至说日本人连普通人的品质也不具备。我不敢妄论，我要等到有人为我把无比的邪恶和对美的温柔的爱这两种品质溶在一起时再发表意见。这种温柔的爱，在日本的穷人、富人身上几乎都能找到。人们穷毕生精力，自发地追求着美，不是出于对金钱的考虑，而是出于对

20 世纪 20 年代颐和园清晏舫

20 世纪 30 年代江南水乡

美的渴求。倘若美即真是正确的，那么，难道这里面就没有一点真吗？

这种在日本比比皆是的优雅美，在中国当然并非随处可见。因此，我不能责备那些刚看了中国一眼就断言她丑陋的朋友们。无疑，生活的拮据让穷人们时刻都在想着怎样填饱肚子，在普通百姓的生活中，美少得可怜。

有一天，我的园丁正在花园翻地，我问他：“你愿不愿意要点这种花籽种在你房前？”

他不信任地看了我一眼，用力掘着地：“穷人种花没有用，”他说，“那都是供有钱人玩赏的。”

“不错，但这并不要你花钱。你看，我可以给你几种花籽，如果你那片地不肥，你可以从这儿的肥堆上弄点肥料。我会给你时间让你侍弄它们的。种点花会让你感到心神愉快的。”

他俯身拾起一块石头扔了出去，“我要种点菜。”园丁的回答很干脆。

无疑，中国的穷人们干什么都讲求经济实惠，我也曾在内地某处居住过一段时间。在那儿，我问一个农妇，如果哪一年收成好，有了盈余的话，吃穿用是怎样安排的，是把余钱存起来呢还是花掉。

回想起过去的好年景，那农妇笑了，她兴奋地说：“我们就多吃点！”

在一个土匪遍地的国家，他们没有把自己那点积蓄存入可信赖的钱庄，而是统统都吃进了肚里，因为那儿是最安全的地方，至少没有人能把它们抢走了！天知道他们的身体是否会因此好一点。

逛一下中国的城市，它们的丑陋会使你大吃一惊——到处拥挤不堪，又脏又乱；街道上臭气熏天，令人作呕。病病歪歪的乞丐，蓬头垢面，使出他们卑鄙的生财手段，可怜巴巴地哀求着，过着寄生虫的生活。几只癞皮狗在胆怯地溜来溜去。倘若你朝商店或居民家里扫一眼，你会发现一切都是以实用为准则：桌子没有上油漆，凳子在打造时显然是没有考虑到要让人们坐上去感到舒服，箱子、床、乱七八糟的破旧玩意儿，还有原始的炊具——所有这些都挤在那一点点小得令人难以置信的空间里，让人心烦意乱，丝毫没有对美中所能体现出的精神财富的追求。

前几天，我站在江西的一个山顶上，放眼百里大好河山，极觉心旷神怡——

阳光下，溪水波光潋滟；长江悠悠，蜿蜒入海，恰似一条黄色大道。绿树成荫，村舍掩映。块块稻田，绿如碧玉，棋盘般整齐，似乎一切都那么宁静，一切都那么美丽。

然而我太了解我的祖国了。我知道，如果我走进那仙境之中，我会发现溪流已被污染，河边挤满了用席苇当仓顶的破旧不堪的小船，那里就是成千上万食不果腹的渔民的惟一栖身之地。绿树下面，房屋一个紧挨着一个，垃圾在阳光的曝晒下散发着阵阵臭气，苍蝇成群，到处可见的黄狗会冲我狂吠。那儿尽管有人人可享用的新鲜空气，但房子却小而无窗，里面暗如洞穴，孩子们脏得要命，头发乱蓬蓬的，鼻子就别提了，鼻涕总是流到嘴里！看不到一朵鲜花，看不到一处人为的美为解除生活的单调沉闷，就连草房前那一块空地也被碾成了打谷场，坚硬的场地在阳光的照射下泛着青光。贫穷？是的，但也往往是懒惰与无知的结果。

那么，中国究竟美在何处呢？反正它不在事物的表面。别着急，且听我慢慢道来。

这个古老的国家，几个世纪以来，一直缄默不言，无精打采，从不在乎其他国家对它的看法，但正是在这儿，我发现了世上罕见的美。

中国并没有在那些名胜古迹中表现自己，即使在旅行者远东之行的目标——北京，我们看到的也不是名胜古迹：紫禁城、天坛、大清真寺……都是这个民族根据生活的需要逐步建立起来的。那是为他们自己建造的，根本不是为了吸引游客或是赚钱。的确，多少年来，这些名胜都是你千金难睹的。

20世纪30年代天津街景，当时有轨电车已出现。

20世纪30年代的南京，一位人力三轮车夫在等待客人。

中国人天生不知展览，广告为何物。在杭州无论你走进哪家大丝绸店，你都会发现，店里朴素大方，安静而昏暗。排排货架，整齐的货包，包上挂着排列匀称的价格标签。在国外，店主们常在陈列架上，挂着精心叠起的绸缎，用以吸引人们的目光，招徕顾客。但这儿却没有这些。你会看到一个店员走上前来，当你告诉他想买什么之后，他会从货架上给你拿下五六个货包。包装纸撕掉了，你面前突然出现一片夺目的光彩，龙袍就是用这料子做成的。看着闪闪发光、色泽鲜艳的织锦、丝绒、绸缎在你面前堆起，你会感到眼花缭乱，就像有一群脱颖而出的五彩缤纷的蝴蝶在你眼前飞舞一样。你选好了所要之物，这辉煌的景色也就重又隐入了黑暗。

这就是中国！

她的美是那些体现了最崇高的思想，体现了历代贵族的艺术追求的古董、古迹，这些古老的东西，也和它们的主人一样，正缓慢走向衰落。

这堵临街的灰色高墙，气势森严，令人望而却步。但如果你有合适的钥匙，你或许可以迈进那雅致的庭院。院内，古老的方砖铺地，几百年的脚踏足踩，砖面已被磨损了许多。一株盘根错节的松树，一池金鱼，一只雕花石凳，凳上坐一位鹤发长者，身着白色绸袍，宝相庄严，有如得道高僧。在他那苍白、干枯的手里，是一管磨得锃亮、顶端镶银的黑木烟袋。倘若你们有交情的话，他便会站起身来，深鞠几躬，以无可挑剔的礼数陪你步入上房。二人坐在高大的雕花楠木椅子上，共品香茗；挂在墙上的丝绸卷轴古画会让你赞叹不已，空中那雕梁画栋，又诱你神游太虚。美，到处是美，古色古香，含蓄优雅。

我的思绪又将我带到了一座寺院。寺院的客厅虽然宽敞，却有点幽暗。客厅前有一片小小的空地，整日沐浴阳光。空地上有一个用青砖垒起的花坛，漫长的岁月，几乎褪尽了砖的颜色。每至春和景明，花坛里硕大的淡红色嫩芽便破土而出。我五月间造访时，阳光明媚，牡丹盛开，色泽鲜艳，大红、粉红红成了一团火。花坛中央开着乳白色的花朵，淡黄色的花蕊煞是好看。花坛造型精巧，客人只有从房间的暗处才能欣赏到那美妙之处。斯时斯地，夫复何言？夫复何思？

我知道有些家庭珍藏有古画、古陶器、古铜器，还有年代已久的刺绣，这些东西出世时，还没人想到会有什么美洲的存在，它们的历史说不定真的和古埃及法老的宝藏一样古老呢！

变化中的中国发生了一些让人伤心的事情。一些无知的年轻人，或者为贫困所迫，或者是因为粗心大意，竟学会了拿这些文物去换钱。这些古玩实乃无价国宝，是审美价值极高的艺术珍品，是任何个人都不配私人占有，而只应由国家来收藏的。但他们目前还不能明白这一点！

外国对中国犯下了种种罪行，不容忽视的一点就是对中国美的掠夺。那些急不可耐的古玩搜集商，足迹遍及全球的冒险家，还有各大商行的老板，从中国美的宝库中掠夺了不知多少珍品。这委实是对一个无知的人的掠夺，因为她不知道自己认为可以卖到30块银元的东西，根本就不该卖掉。

此外，中国年轻一代中，有很多人的思想似乎尚未成熟，他们的表现让人感到惊愕。他们既然怀疑过去，抛弃传统，也就不可避免地抛弃旧中国那些无与伦比的艺术品，去抢购许多西方的粗陋的便宜货，挂在自己的屋里。这个国家的许多特色是我们所热爱的，而现在我们却要看着这些特色一个个消失，这的确是一个伤心的问题，中国的古典美谁来继承？盲目崇洋所带的必然堕落怎样解决？难道说随着人们对传统的抛弃，我们也必须失掉庙宇的斗拱飞檐吗？

但我也不时感到欣慰：一定会有一些人继承所有那些酷爱美的先辈，以大师的热情去追求美并把它带到较为太平的年代。

20 世纪 30 年代保存尚好的四川古民居

前几天，我去了一个著名中国现代画家的画室。看着那一幅幅广告画，一幅幅俗套的健美女郎像和那用色拙劣的海上落日图，我的心直往下沉——一堆粗制滥造的油画！但是在画室的一个不显眼的角落，我发现一幅小小的水彩画。那是一条村巷，在夏日黄昏的阵雨中，弥漫着淡蓝色的雾，一些银灰色的斜线划过画面。从一座让人感到亲切的小屋的窗口，闪出微弱的烛光。一个孤零零的人手撑油伞踽踽独行，湿漉漉的石块上投下了他那摇晃的身影。

我转过身来，对画家说："这是最好的一幅。"

他的脸顿时明朗起来。

"你真这么看？我也是这样想的！这是我以前每天都看到的故乡街巷，但是，"画家叹息一声，"这是我为消遣而画的，这画不能卖掉。"

倘若一定要我找出中国之美的瑕疵来，我只能说它太隐逸，太高雅了，多数平民很少能享受，这美本来也是属于他们的，而那些公侯之家或宗教团体却将它据为己有，许多人无法获得审美知识，因而无法充分享受生活的乐趣。几百年来，那些极为贫困和没有文化的人们，只能默默地降生，又默默地死去，对那种妙不可言、令人倾倒的美漠然视之，无动于衷。追求美成了贵族社会、有闲阶级的特权，穷人们则认为那只是富人的消遣，与自己无缘。

普通中国人需要培养审美情趣，去发现他周围有待于挖掘的美。一旦他懂得了美的意义，一旦他认识到美根本不存在于那令人讨厌的、要价四角的石版画中，甚至也不完全存在于有钱人的那些无价之宝中，一旦他认识到美就存在于他们庭院之中，正等待他从粗心懒散造成的脏乱环境中去发掘时，一种崭新的精神将会在这块美丽的大地上传播开来。

虽然这儿的千百万在贫困中挣扎的人们，一直都在为一口饭而终日辛劳，但我知道，无论如何，人不能仅靠植物生活。我们最需要的是那些大家都能自由享用的美——澄塘霞影，婀娜的花卉，清新的空气，可爱的大自然。

前几天，我把我这个想法对我的中国老师讲了，他随口答了一句："仓廪实则知礼仪，衣食足则知荣辱。"

我想是这样的。

然而，我相信我的园丁昨晚美餐了一顿。当时，他在草坪上快活的干活，我则坐在竹丛下沉思。突然，一片奇异的光彩把我从沉思中惊醒，我抬头一看，西天烧起了绚丽的晚霞，令我心驰神往。

“噢，看哪！”我喊道。

“在哪儿？在哪儿？”园丁紧紧抓住锄把叫道。

“在那儿。看那颜色有多美！”

“哦，那呀！”园丁却不胜厌恶地说，弯下腰去接着修整草坪。“你那样大声喊叫，我还以为有蜈蚣爬到你身上了呢！”

说实在的，我并不认为爱美要以填饱肚子为前提，再多的美食家也只是美食家。此外，如果我的中国老师说的那句话绝对正确，那我该怎样解释下列情况呢？那又老又聋的王妈妈，可怜的寡妇中更可怜的一个，整日里靠辛辛苦苦为人缝衣换碗饭吃，然而，她桌子上那个有缺口的瓶子里，整个夏天都插有不知她从哪儿弄来的鲜花。当我硬是送她一个碧绿的小花瓶时，她竟高兴得流出了眼泪。

还有那个小小的烟草店。那位掉光了牙齿的老店主，整天都在快活地侍弄他的陶盆里一株不知其名的花草。我院外的那位农夫，让一片蜀葵在房子四周任其自然地长着。还有那些街头“小野孩儿”，也常常害羞地把脸贴在我门上，向我讨一束花儿。

不，我认为每个儿童的心田里，都能播下爱美的种子。尽管困苦的生活有时会将它扼杀，但它却是永生不灭的，有时它会在那些沉思冥想人的心田里茁壮成长，对这些人来说，即使住进皇宫与皇帝共进晚餐也远非人生之最大乐趣。他们知道自己将永远不会满足，除非他们以某种方式找到了美，找到人生之最高境界。

作/品/赏/析

美国作家赛珍珠有着非常浓厚的东方情结，或者说中国情结，因为她早年曾在中国生活过近30年。但是她并不是中国人，作为西方血统的传承者，赛珍珠成年后回到美国，并到过世界上很多国家，所以说，赛珍珠写中国，可以旁观，可以比较，她能以她的角度审视和发现中国。在谈到中国之前，赛珍珠花费大量笔墨来讲述美国、欧洲以及日本的美及其特点，显然这些也不是闲笔，而是要将中国之美纳入一个参照体系。文章开头写到了很多国家的风景，但是赛珍珠并不认为风景可以体现一个国家的美学特征。这正是赛珍珠视角的可贵之处。对中国的美的发现，使赛珍珠心情复杂，因为对于中国底层平民百姓而言，生活的拮据使得他们干什么都讲求经济实惠，所以，谈到人为的美，中国只有贵族才享受美。在中国发现美，是需要耐心的，因为中国“土匪遍地”、城市肮脏，丝毫没有对美中所能体现出的精神财富的追求。在苦难的生活里，要求或者建议他们去享受美，是一件尴尬和痛心的事情，这个因贫困而太讲实用的国家，美为少数人享有，并且成为古董和珍品，而现实则扼杀着青年艺术家对美的追求和创造，知识分子和平民之间有着巨大的无法弥合的鸿沟。但是作者并没有完全失望，她曾看到一个可怜的寡妇，“整日里靠辛辛苦苦为人缝衣服换碗饭吃，然而，她桌子上那个有缺口的瓶子里，整个夏天都插有不知她从哪儿弄来的鲜花”，“街头‘小野孩儿’，也常常害羞地把脸贴在我门上，向我讨一束花儿”。

大川河的水

/芥川龙之介

入选理由
写景抒情的完美结合
平静惆怅中的东方意蕴
一次对于生命的深情眷恋和回顾

芥川龙之介像

我出生在靠近大川端的一条街上。走出家门，穿过一条环绕着黑色的墙垣、柯树绿荫蔽天的横纲町的小路，就能一边看着开阔的河床，一边来到那条百本杭的河岸前。从儿时一直到中学毕业，我几乎每天都要路过这条河流。我很熟悉这里的水和船、桥梁和滩头，也很熟悉那些出生在水上、生活在水上的忙忙碌碌的人们。每当盛夏午后，踏着滚烫的沙地去学游泳路过这里时，自然而然领略到散发在空气中的清新的水汽。随着年龄的增长，至今我还时时想起，感到它的亲切。

我怎么会这样地爱上这么一条河流？我怎么会对浑浊而微温的流水产生无限的眷恋之情？连我自己也迷惑不解，无法说清。只是很久以前就开始的，每当我见到那河水，不知为什么，总想掉泪，总有一种说不出的既感寂寥又似乎得到慰藉的感觉。它会把我从这个现实世界引向遥远的浮想联翩的精神世界，引起无限的怀思与追忆。因为有这样的心情，又由于它能够使我品尝慰藉和寂寥，因而我无比地爱上了这大川河水。

银灰色的薄雾，油一般的蓝蓝河水，惴惴不安似的声声汽笛，运煤船上的茶褐色的三角风帆；所有这些河上的景色，全都唤起我无限的哀愁，使我幼小的心灵颤栗不已，如河堤上的柳叶迎风飒飒。

这3年来，我一直在东京山手郊外杂木林中的书室里，过着潜心读书的生活。但是，就是在这种深居简出的平静生活中，我还是不忘每月两三次去大川河畔，眺望那里的长流。在书室沉寂宁静的气氛中，我总是兴奋和紧张，使我心慌意乱。那似乎宁静却又流着的大川河水和它的水色，完全把我那种难以忍受的慌乱的心

·作者简介·

芥川龙之介（1892～1927），日本小说家。生于东京，本姓新原。生后9个月，母亲精神失常，乃送舅父芥川家为养子。芥川家为旧式封建家族。龙之介在中小学时代喜读江户文学、《西游记》、《水浒传》等，也喜欢日本近代作家泉镜花、幸田露伴、夏目漱石、森鸥外的作品。1913年进入东京帝国大学英文科。学习期间与久米正雄、菊池宽等先后两次复刊《新思潮》，使文学新潮流进入文坛。1916年大学毕业后，曾在横须贺海军机关学校任教，后辞职。1919年在大阪每日新闻社任职。1921年以大阪每日新闻视察员身份到中国旅行。1927年7月由于健康和思想情绪上的原因，服毒自杀，时年35岁。

绪融入了清寂而又奔放的无限眷恋与怀念之中。这就像是经过长途跋涉、费尽周折朝圣归来又重新踏上故乡的一种心情。因为有了大川河的水，我才能重温真挚纯朴的感情。

我曾无数次看过那河边的洋槐，面对蓝蓝的河水，每当初夏的和风拂过，枝头轻轻摇曳，雪白的槐花便一朵朵地飘落；也曾无数次地在那多雾的11月的夜晚，听过一群群白鹤在那黑黝黝的河水上空发出声声寒鸣。所见所闻的这一切，都使我对大川河依恋不舍，再次唤起我对它的爱恋。每当那样的时刻，我那容易颤抖的少年的心，正如夏天从水中钻出来的黑蜻蜓的翅膀一样颤动着，总以惊异的目光瞧着周围发生的一切。

当我斜靠在夜间捕捞的渔舟的船舷，凝视着默默流动着的暗沉沉的河水，特别当我感到从那漆黑的夜里和幽暗的水中飘出的“死”的气息时，我深深地感觉到一种无依无靠的不安与寂寥已经向我袭来。这种感受是多么深切呀！

每当我见到大川河的流水，我就不能不怀着十分钦慕的心情，想起意大利画家邓南遮和他那满腔热情倾注在意大利水都威尼斯夜幕降临的景物上的心情。伴着寺院的钟声和天鹅的悠然长鸣，水都夜色渐深，月亮像是沉入水底似的，露台上的蔷薇花和百合花都披上了一层银辉，使它们显得更为苍白。威尼斯的游艇简直像漆黑的棺柩，就像在这里面漂浮着，一桥划向另一桥，一切恍若梦境。

受大川河水爱抚的许多市镇里巷，都是我十分恋念难忘的地方。从吾妻桥到下游的驹形、并木、藏前、代地、柳桥或是多田的药师前、梅堀、横纲等地沿岸——处处都叫人留恋眷念。大川河流波平如镜，泛出了苍翠的微波细浪，随着湖水带来清冷的海潮水味，同时还给所有大街小巷的人们送来令人怀念的哗哗流水声。大川河亘古直泻南流，它的水声传遍远近各地，流水声在阳光辉耀的各地窖的白壁与白壁之间，在光线暗淡的纸窗木屋之间，还在许多银灰色的初放嫩芽的槐柳街树之间到处回响，传入人们的耳中。啊，那涛声真使人难忘。那蓝蓝的带有草绿色的长河，不分昼夜地喃喃自语，执拗而又颇似得意地拍打着两岸的石崖。班女也好，业平也好；我对武藏野的过去虽不了解，但远至江户净瑶璃的许多作者，近到河竹默阿尔翁，在他们的剧作中，为了强有力地表现歌舞伎剧中杀场的气氛，他们常借用这大川河凄凉的水声和浅草寺幽咽的钟声来作衬托。如“十六夜”和清心投河自尽时，在源之丞初次见到江湖女艺人一见倾心时，又如在夏天的黄昏，天空蝙蝠交织，补锅的松五郎挑着担子走过两国桥时，大川河水也是和今天一样

大川河有一种永恒的迷人的美，它承载着作者关于童年和青年的诸多美好回忆。

地拍打着当时的船埠码头，滋养着当年岸边的青青芦苇，并从猪牙船的船舷哗哗地流逝，发出忧郁的低吟。

大川河的流水声，似乎在渡船上听最为扣人心弦。如果我的记忆无误，在吾妻桥和新大桥间渡口原有五处。这五处渡口中，驹形渡口、富士见渡口、安宅渡口三处，不知在什么时候，一个个地相继废弃不用了。现在只剩下从一桥到浜町的渡口和从御藏桥到须贺町的渡口，这两处还依然存在。和自己的童年时代相比，河道改变了，那些长满芦荻的河滩也已经无影无踪了。现在仅有这两处渡口还依然如故，还使用着从前的浅水船，船上还坐着与过去依稀相似的老船夫，风貌依旧，仍然一日数次地往来于碧波之上，蓝蓝绿水，与堤上的柳叶一色。我虽没有什么事，但还是常去乘坐这样的渡船。渡船随波荡漾，宛如摇篮。身体被波浪轻轻地摇晃着，有一种说不出的快感。尤其是在傍晚时分，愈晚愈能深刻领会到渡船幽静的情趣。船舷很低，外面是一片光滑的绿波，它发出青铜似的暗淡的光。宽广的河面，一望无际，直到被远处的新大桥挡住视线为止。两岸的家家户户均已融混在灰暗暮色之中。周围已是繁灯点点，灯光映在纸糊窗门的格扇上，黄黄的浑浑的在夜雾中飘浮。难得有一两艘传马船张着灰色的半帆，随着涨着的潮水上驶。可是，所有的船静悄悄的，静得甚至连船上有没有掌舵的人也很难知道。平时我面对着这种静静的船帆，吸着平滑绿波送来的潮水气息，这时总感到好像读了霍夫曼斯塔尔的诗《往事》似的，有一种说不出的凄凉。此外，还自然而然地感到，我的心绪之潮，与夜雾笼罩下的大川河水，合唱出同一旋律的歌。

但是，使我迷恋的——似乎可以这样说，不仅仅是大川河的水声，而且还有那几乎在任何地方也很难看到的弥弥漫漫、一望无际的平滑的波光和使人感到的温暖。

举例来说，海水像碧玉，却颜色绿得过深，绿得过浓。而完全不觉得潮水涨落的上游，又可以说水色如翡翠，绿得过浅，绿得过淡。只有那淡水与海水交汇处，奔流在平原的大河流，可以使人感到清冷的蓝色中夹着浑浊的黄色，有一种温暖的感觉，使人总感到它的亲切温和而有人情味。它还示人以真谛，使人觉得生活诱人。正因为大川河流过红土的关东平原，还在东京这样的大都市里静静流过的缘故，它显得浑浊，并泛起波纹，好像是一个难以侍奉的犹太老爷，整天嘟哝着，但正是这河水却又给人一种平稳满足、和蔼可亲及柔软温存的感觉。而且尽管它与别的河流同样都在都市里流着，而大川河却直接地不断地与神秘的大海相沟通，因而它的水并不像连接各河流的水渠那么深暗得像沉睡似的，总感到惟独它才是在生气勃勃地流着，并且感到这生气勃勃的川流不息的永无止境的河水是多么不可思议。在吾妻桥、厩桥、两国桥之间，看到那像香油般的蓝蓝的大川河水始终深深浸泡着花岗石及砖砌成的桥墩，它那给人以欢欣的感觉就更不用说了。在河岸边河水里映出船行的白色灯笼，倒映出袅袅丝柳和飘动的银色柳叶。闸门关闭时发出的和三弦琴一般温润的声音，对着红芙蓉花叹息黄昏的来临，河面的波纹常被胆小的鸭子的羽毛所乱。河水在冷冷清清的厨房下静静地闪烁流过，那深沉凝重的水色里，蕴藏着一种难以描述的温情。随着两国桥、新大桥、永代桥相继接近大河的出海处，大川河水就明显带有太平洋暖流的深蓝色调，在那满城噪音与尘埃的空气之下，大川河水宛如阳光洒落在马口铁上，反射出闪闪烁烁的光灿，懒洋洋地摇晃着满载煤炭的大传马船和白漆已经驳落的旧汽船。这时，人和大自然已经不知不觉地完全融合在一起了。这都市的水色给人的温暖总是不会消失。

尤其在傍晚，夜幕徐徐降临，河面上的水汽冉冉而上，晚霞余辉未尽，这时候的大川河真是具有无法比拟的绝妙色调。我凭靠着渡船的舷，无意中独自举目眺望着那夜雾渐合的河面上，在那深暗的绿波远处，在黑糊糊的房子上空，看到一轮明月徐升，我禁不住流下泪水。这恐怕是我终生难忘的。“所有城市都有它自己的特有气息。佛罗伦萨的特有气息就是伊利斯的白花、尘土、薄雾和古代绘画的油漆味。”(麦列日科夫斯基语)如果有人问我：“东京”的气息是什么？恐怕我会毫不犹豫地回答说：是大川河的水的气息。不，不光是水的气息，还有大川河的水色和大川河水的流水声。这些也应该是我所爱的“东京”的色彩与声音。正因为有了大川河，我才爱“东京”；正因为有了“东京”，我才热爱生活。

作/品/赏/析

大川河在芥川龙之介的故乡，所以《大川河的水》实际上是芥川龙之介关于童年和青少年时期的美好记忆，在文中，作者用优美的包含深情的抒情笔调回答了这样的问题：“我怎么会爱上这么一条河流呢？我怎么会对浑浊而微温的流水产生无限的眷恋之情？”作者用平静而深情的语言向读者提供了可以作为答案的鲜活的风物画卷，呈现在读者面前的是一个母性的和作者的生命体验融为一体的大川河，以及与大川河有关的一切事物：河边的洋槐、雾中的白鸽、夜间捕捞的渔舟、寺院的钟声以及受到大川河爱抚的市镇，大川河的变与不变的一切。可见，作者对大川河有一种浓得化不开的感情，作者为我们静静地讲述了大川河托起的和哺育着的生命，使这扑面而来的风景有着一种永恒的迷人的美，可以比作作者生命的记忆，大川河的最大特点就是宁静的流动，它使游子思归。一如大川河的流水本身的特点，这篇游记的文字风格充满了优雅宁静的古典气息。

日本东京湾一景

肖邦故园

/伊瓦什凯维奇

入选理由
一个灵魂对另一个伟大灵魂的深刻理解
文笔亲切平和，抒情优美
感情深邃沉稳，真挚感人

热那佐瓦沃拉。100多年前，弗雷德雷克·肖邦的摇篮就放在这儿的一间小室里。我们简直不能想象这地方当年的模样。它曾经是个相当热闹的处所，斯卡尔贝克家族在这儿修建了一座宫殿式的府邸。院子里和花园里想必到处是人，热热闹闹，充满生机：有大人，有小孩，有宾客，有主人，有贵族，有下人，还有家庭教师。这个贵族府邸同邻近的村庄往来甚密，而且还经营一部分田地，这儿原先也该有牛栏、马厩，有牛，有马，有犁，有耙，有谷仓，还有干草垛。

伊瓦什凯维奇像

过去生活的痕迹已荡然无存。正如我说过的那样，如今甚至难以想象昔日那种繁荣的景况。热那佐瓦沃拉经历过暴风雨的变迁，它的历史，一如整个波兰的历史，充满了惊心动魄的事变和无法解释的衰落。19世纪，这儿是个被人遗忘了的角落。它化为了灰烬，或者说，变成了一个坟场。火灾、掳掠、外加经营不当，完全摧毁了宫殿式的豪华府邸和数不清的附属建筑。不仅很少有人记得，这儿曾住过一位瘦高个子的法语教师，就连这府邸里难逃涅墨西斯追逐的主人，也被人忘于脑后。富丽堂皇的建筑群，贵族老爷们养尊处优的生活场所已消失得无影无踪，惟独留下一座简朴的小屋，一幢小小的房宇。它正是昔日法语教师和他的妻子，也是这家主人的一个远房亲戚的住房。这幢小屋既然得以幸存，一定是受到了什么光辉的照耀或是某位神明的庇护，才能历尽沧桑，而未跟别的楼舍同遭厄运。它也度过了自己的艰难岁月，有很长一段时间，谁也记不得什么人曾经在这里出生。然而，它一直保留了下来，不意竟在伶仃孤苦之中一跃而成了波兰人民所能享有的最珍贵的古迹之一。它成了不仅仅是波兰人朝拜的圣地，举行精神宴会的殿堂，参观游览的古迹，而且，就像第一个提出要整修这幢小屋，在此建立一座永久性纪念碑的那位外国钢琴家那样，时至今日，为数众多的外国音乐家、钢琴家、作曲家都把造访这个伟大艺术的摇篮、这个喷射出了肖邦伟大音乐的不竭源泉，看成是自己一生的夙愿。

这幢清寒的小屋，远离通衢大道，茕茕孑立于田野之间，隐蔽在花园的密林

·作者简介·

伊瓦什凯维奇(1894～1980)，波兰作家。多次获波兰国家文学奖和国际文学奖。著有长篇小说《红色的盾牌》、剧本《假面舞会》等。

深处，这正好应了一句箴言：神飞荒野，乐在自由。否则如何理解，恰恰是在这贵族府邸简陋的侧屋里会诞生出世界上最伟大的音乐天才之一呢？肖邦正是那些造就了今天称之为欧洲文化的伟人中的一个，他的作品不仅为欧洲的音乐增辉，而且使整个欧洲文化放出异彩。他的创作是如此博大精深，又是如此有意识地自成一体，因此，可以毫无愧色地说，他的艺术是世界文化的不容置辩的组成部分。

艺术家的创作，无疑跟各自出身的环境，跟生活周围的景色有着密切的联系，艺术家跟陶冶他的景物之间的联系比一般人所想象的要紧密得多。童年和青春时代常常给人的一生打下深深的烙印。在最早的孩提时代曾拨动过他心弦的一个旋律，往往会反复出现在成熟的艺术家的作品之中，在这里，还会半自觉地，有时则完全是不自觉地层示出儿时之国同创作成熟时期的渊源关系。

当你第一次到法国，比如说，是在早春时节，经过枫丹白露抵达巴黎，沿途看到红褐色的树木、平静的水面、茂密的灌木丛和皮埃尔·卢梭珍爱的那些牧场，那时，你才能真正理解印象派的绘画艺术。但是，并非只有伟大的法国绘画艺术才由是而放其光彩，实际上，整个法国音乐，自古至今都跟笼罩这一带景物的缥缈轻雾，跟树木和牧场的斑斓色彩，跟从地面反射的和折射在云层中、在石楠丛上的光线分不开。只有到了枫丹白露才能懂得德彪西和塞维拉克音乐中淡淡的哀愁，拉威尔音乐中的色彩和声以及弗朗西斯·普朗克音乐中的法国民歌成分。

要更好理解肖邦音乐同波兰风光的联系，可以说任何地方也无法同这朴素的马佐夫舍村一热那佐瓦沃拉相比了。乍一看，这种说法或许显得有些荒诞不经。这瘠薄的土地，这平原小道和麦草覆盖的屋顶；跟肖邦音乐所赐予我们的无限财富和充分享受又会有何共同之处呢？但是，只要我们进一步观察，就不难发现，事情并不那么简单。我以为，我们对马佐夫舍风景的价值估计过低了。

少年肖邦

年幼的肖邦双脚清晰地踏着脚板，脸部全神贯注地弹奏钢琴，以精彩的演奏款待他的朋友们。

诚然，它没有那种招摇的俏丽。但它蕴藏着许多细微的色调变化，只有久居这一带的人才会跟这里的景致结下不解之缘，才能看到这些形、声和色彩的微妙差别，并且给予应有的评价。

我不知道，这儿的风光是否能使一个外国人赏心悦目。两次世界大战之间的一位波兰作家尤利乌什·长登·班德罗夫斯基曾经思考过这件事，他说：

“不知这儿的景观是否算是和谐，一条小路犹犹豫豫蜿蜒伸展，时隐时现，若有若无，终于披着一身沙土消失在牧场边缘，不知这儿的布局是否合理，那边一片森林，这边一排麦草

肖邦在法国

肖邦在最适合于他的音乐的场所——沙龙，为他的亲密听众举行了一场钢琴独奏音乐会。

盖顶的茅舍，逶迤延向山丘。当你登上山头，你会看到溪谷里有一条弯弯曲曲、流水潺潺的小河正慢悠悠地流淌，尽管未受什么阻挡，也无须绕什么大弯。而在它身后则是梦一般的平原——那延绵不断的灌木林就像萦绕地面的青烟，使这片平原显得格外迷茫。”

“啊，这样的景色！单调、模糊、无棱无角。此外便是细雨纷纷，烟笼雾罩。”

这是秋天的景色。但是，一年之中还有其他季节。每个季节都有自己的魅力和色彩。

一年四季都得细心观察这些色彩。春天，丁香怒放，像天上飘下一朵朵淡紫色的云霞；夏天，树木欣欣向荣，青翠欲滴；秋天，遍野金黄，雾缭烟绕；冬天，大雪覆盖，粉妆玉琢，清新素雅，在这洁白的背景上，修剪了枝条的柳树像姐妹般排列成行，正待明年春风得意，翩翩起舞。这四季景色里包含的美，是何等的朴素，淡雅。然而，又是何等的持久，深沉！

这片土地的景色正是肖邦音乐最理想的序曲。谁若真想探究肖邦音乐的精神，理解肖邦音乐跟波兰有着何等密切的联系，谁就应悉心体会欧根·德拉克洛瓦所谓的“蔚蓝的色调”,它是波兰景色和在这大平原上诞生的艺术家的音乐的共同色调。

从画面讲，这儿的景色并不引人注目。这是个大平原，一马平川。这儿既没有悬崖峭壁，也没有峡谷峻岭。坦荡的平原，一眼望不到边，开阔而单调。无论是布祖拉河，还是肖邦家门口的乌塔拉特河都在这里拐弯，穿过平坦的牧场流去。抬眼一望，便会看到一棵棵孤零零的参天老树，傲然屹立，也会看到许多低矮的灌木丛,还可看到绿树掩映下的古旧房舍，它老态龙钟，却说明了昔日的文化水准。耕种的土地一直延伸到地平线的远方，黑麦地、燕麦地阡陌纵横，开花的荞麦一片洁白，甜菜的茎叶绿宝石似的晶莹。

亚当·密茨凯维支歌唱过这片土地，他那支传神妙笔描写过“如画的田野”，描写过阡陌上“静静的梨树成行”。可是，密茨凯维支并不了解波兰内地，他从未到过日思夜梦的马佐夫舍地区，他的双脚从未踏上过这片原野。维斯瓦河畔的华沙，就是点缀在这广袤的原野上的一朵绚丽的鲜花。

然而，肖邦却是在这儿出生的。自然，任何一个书呆子都会说，肖邦在热那佐瓦沃拉只不过是度过了出生后几个月的时光，后来他的双亲便迁居华沙了。须知肖邦对这出生之地怀有无限的眷恋之情，经常跟他心爱的妹妹卢德维卡一起探望故里。青春年少的肖邦总爱坐在这小河边，坐在小桥旁的这棵大树下。他从华沙来此，总要走这条遍植垂柳的普通小道。当年的柳条亦如今日一样柔媚。甚至在去巴黎之前的几个星期，他还专程从首都来到这里，跟故园告别。在他心目中，这小小的庄子说不定就是整个祖国乡村的象征。今天，我们目睹此情此景，思想深处也会闪现出整个马佐夫舍地区的风貌，肖邦也目睹过这一切，他热爱这茅舍、小桥、流水。他就是在那缱绻的秋日，怀着无限依恋、惜别的心情，告别了这一切，途经巴黎，浪迹天涯。不料这一别竟成永诀，成了为寻找虚幻的金羊毛而一去不返的远征。

1848 年，当肖邦自爱丁堡给友人格日玛瓦写信的时候，眼前兴许也浮现出了故园景色。他在信中写道：“我对妻子一点也不想，可我怀念我的家、我的母亲、我的姐妹。愿上帝保佑她们万事如意！我的艺术何在？我的一腔心血在什么地方白白耗尽了……我如今只能依稀记得国内唱的歌。”因此，可以说，不仅肖邦眼前浮现出了故乡的景色，而且，耳边又回荡起了多半是在这儿第一次听见过的歌。

我们恰好能在肖邦的玛祖卡曲和夜曲里找到这平原的歌声——凡是他那些直接留下了这儿时之国画面的作品，我们都能发现一缕乡音。

流亡生活、高度的文化修养、痛苦的心境和肖邦对自己使命的不凡见解，使这些画面复杂化了，或者说，像一层雾遮蔽了这些画面。弗雷德雷克的伟大创作远离了热那佐瓦沃拉。绚丽的大都会风光，频繁的旅行，丰富的经历，给他提供了另一种创作灵感。但是，既然他在自己生命的末日，在那遥远、寒冷的爱丁堡又怀念起“我的家、我的母亲、我的姐妹”，我们就有理由想象，故乡的朦胧景色也回到了他的心中。而今，我们也怀着激动的心情瞻仰这些大树，这些灌木丛和这一片清凌凌的水。倘若此刻我们听到，或者亲自弹奏伟大作曲家临终前的最后一组玛祖卡曲，我们必能从中听到昔日国内歌声的淡淡的旋律。由于他半世坎坷，命运多舛，也由于关山阻隔，有国难投，这一组玛祖卡曲似乎是被万种离情、一怀愁绪所滤过而净化了，跟乡村的质朴相距甚远，但它们无疑是出自故里，跟这片土地有着千丝万缕的联系。

在漫长的岁月里奇迹般地保存下来的小屋，曾经一度被用作马厩或猪圈，变得面目全非。

“可爱的质朴啊！”卡登·班德罗夫斯基写道：“小屋的前一部分成了畜栏、鸡舍，成了保护鸡、猪和奶牛的地方，而后边的一部分，则由这些牧畜的主人一

肖邦于1849年拍摄的照片

那年，他的艺术生命就像他痛苦的呼吸一样，似乎被窒息了。刚满39岁的他，写了两首玛祖卡舞，却没有力气誊清它们。

家用作栖息之所……”

如此凋敝的状态竟然得以振兴，实在令人惊叹。破落的小屋被改建成了一座小巧玲珑的典型的波兰庄园，室内朴素、优雅的陈设使人想起波兰住宅当年的格调。这儿没有一件家具，没有一样物品是来自肖邦昔日真正的住宅，然而，每逢我们通过敞开的门，从一个房间望到另一个房间，当我们远远看到钢琴的轮廓，我们就会感到，他在这里，在这些房间里走来走去，一旦游人散尽，他便会坐到琴旁，按动琴键，继续自己抒情或华丽的即兴创作。

当我们在他降生的那间凹形小室里看到一只插满鲜花或绿枝的大花瓶，我们就会想到那不是花瓶，而是一个源泉，它喷射出金光闪闪的清流——他是音乐取之不尽、用之不竭的清流。

世界各地的人都向这清流涌来，为取得一瓢饮，为分享这馨香醉人的玉浆。当人们在秋季或者夏季的周末，来到这小屋的周围，静静地倾听室内的钢琴演奏的时候，再也没有比它更动人的景象了。世界上最杰出的钢琴家都把能在这间房子里弹奏一曲肖邦的作品，表示对这圣地的敬意而引为莫大的荣幸。

那时，房前屋后往往挤满了听众。有年轻人，也有老人；有新来的听众，他们是第一次来此领略肖邦的天才所揭示的无限美好的世界，也有常来的老听众，对于他们，每次都是莫大的精神享受，每次都能引起甜蜜的回忆。回顾自己一生中幸福时光，回顾这伟大的音乐激起的每一次无限深刻的内心感受。也有人想起，曾几何时，连肖邦的音乐也成了违禁品！只能偷偷摸摸地在一些小房间、小客厅里秘密演奏，只有寥寥无几的人才能进入那些房间。他们去听肖邦的音乐，不只是为了证明我们祖国文化的伟大，同时也为了证明一个民族的精神生活是无法窒息的。因而这美好的音乐有时也是斗争的武器。舒曼把它称为藏在花丛中的大炮，不是没有根据。

在参加周末音乐会的时候，尽管我们身边是形形色色的听众，我们也能重复一遍德居斯太因侯爵对肖邦说过的话：“我听着您的音乐，总感到是在同您促膝谈心，甚至，似乎是跟一个比您本人更好的人在一起，至少是，我接触到了您身上那点最美好的东西。”

肖邦之家的最大的魅力之一，正是在于我们能感受到在同肖邦“促膝谈心”。

人们有时会由于事情多，工作忙，任务完成得不尽如人愿，或由于一些打算落空而发愁；有时又会在频繁的文化活动中碰到某些草率从事或令人不安的现象，因而思想上对大众文化产生了疑虑，那时，只要到肖邦之家去听一次周末音乐会，便能重新获得对波兰文化的信心，相信它已渗透了民族的最深层。

能这样欣赏肖邦音乐的人，便善于从许多表面现象、日常琐事、小小的烦恼以及讨厌的劳碌奔波里发掘出生活中最深刻的美和最有价值的东西。

到了肖邦之家，会亲眼见到，而且确信，作为民族的最坚韧的纽带，作为民族精神的支柱和基础的伟大艺术具有何等不可估量的威力。密茨凯维支的诗，肖邦的音乐，对于波兰人而言，就是这样的支柱。

我们带着惊讶和柔情望着这幢实为波兰民族精华的朴素的小屋。它像一只轮船，飘浮在花园绿色的海洋里，花园里的一草一木，都经过了精心的栽培，因为这花园也想与肖邦的音乐般配。

我们跟许多人一起来到这里，凭吊伟大艺术家的故居。我们怯生生地站在门边，对这璞玉浑金的处所发出声声赞叹。

人们怀着虔诚的心意朝觐圣地，
普普通通的屋宇，质朴无奇。
只因在这儿降生的是你……
须知当年也曾有三个博士
凭星指路，匆匆赶到一间贫寒的马厩里。
……

这是诗人的说法，而我们却在揣度，这房舍，这花园在一年中的什么时节最美？是秋天，是夏日，还是春季？

春天，栗树新叶初发，几乎还是一派嫩黄色，它们悬挂在屋顶的上方，犹如刚刚出茧的蝴蝶的娇弱的翅膀。粉红色的日本樱花，宛如在旭日东升的时候飘在庄园上空的一片云彩。如此娇嫩的色调，酷似一首最温柔的曲子，又如落在黑白琴键上的轻盈的速奏。

夏天，水面上开满了白色和黄色的睡莲，那扁平的叶子舒展着，像是为蜻蜓和甲虫准备的排筏。睡莲映照在明镜般水中的倒影，宛如歌中的叠句。肖邦之家的夏，往往使人浮想联翩，使人回忆起肖邦那些最成熟的作品。尤其是黄昏时分，水面散发出阵阵幽香，宛如船歌的一串琶音，而那银灰、淡紫的亭亭玉立的树干，排列得整整齐齐，有条不紊，宛如F小调叙事曲开头的几节。清风徐来，树影婆娑，花园里充满了簌簌的声响。这簌簌声，这芬芳的香味，使我们心荡神驰，犹如是在聚精会神地倾听这独具一格的音乐的悠扬的旋律、清丽的和声。

秋天又别有一番风味。这是乡村婚嫁的季节，时不时有一阵小提琴声传到这里，飘到金黄的树冠下，飘到寂静的草坪上，它提醒我们，此刻正置身于玛祖卡曲的故乡。当我们漫步在花园的林阴小道，当我们踏上玲珑剔透的小桥，落叶在脚下踩得沙沙响。作为悠悠往事“见证者”的树叶，就像忧伤的奏鸣曲中那结尾的、令人难忘的三重奏，它们以自己干枯的沙沙声招来了那么多的思绪，那么多的回忆，那么多的乐曲。我们望着树上光秃秃的枝柯，悄声哼起了一支歌曲：

树儿自由地生长
叶儿轻轻地飘落……

于是，我们开始理解那个客死远方巴黎的人的深沉的郁闷：久别经年，他只能依稀记得“国内唱的歌”。

然而，这里最美的是冬天。请看吧！四野茫茫，白雪覆盖的房舍安然入梦。花园的树木变成了水晶装饰物，且会发出银铃般清脆的响声，就像昔日挂在马脖子上的铃铛。如今既没有马，没有雪橇，也没有狐裘，更没有裹着狐裘的美女。既没有玛丽亚·沃金斯卡也没有德尔芬娜·波托茨卡，亦不见那第一位情人——康斯丹齐亚·格瓦德科夫斯卡。没有母亲，没有姐妹——只有无边的静寂。一切都成为往事了。

只有他还住在这里，独自一人在雅致的房间里来回踱步。只有微弱的琴声在抗御风、雪和寂静。只有音乐长存。

倘若你在这样一个隆冬季节，站在这小屋的前边，望着被积雪压弯了的屋顶、光秃秃的树枝、黑洞洞的窗口，你就会感到，你是和肖邦在一起。

你是在和肖邦促膝谈心。

作/品/赏/析

伟大的波兰音乐家弗雷德里克·肖邦不满20岁就成为华沙公认的钢琴家和作曲家。在他29岁那年，德军攻占波兰，以后肖邦一直漂泊异国，大部分时间在法国度过，直到长眠于巴黎的拉雪兹公墓，但他的心脏被运回祖国。在国外的日日夜夜，肖邦无时无刻不在思念着祖国，他创作了很多具有爱国主义思想的钢琴作品，以此抒发自己的思乡情、亡国恨。肖邦的音乐成为最有力量的波兰人的音乐，就像“藏在花丛中的一尊大炮”，向全世界宣告：“波兰不会亡！”作为肖邦的同胞，作家伊瓦什凯维奇对肖邦怀有深深的敬意，他选取肖邦故园为切入点，介绍了作曲家肖邦故居的历史和现状，追叙了肖邦不平凡的一生，尤其着重表现了肖邦对祖国的眷恋和那种无法割舍的深沉的爱。

肖邦诞生地——华沙附近的热拉左瓦·沃拉庄园

欧洲的城市

/ 森田玉

入选理由
女性视野的欧洲风情
对城市个性的微妙捕捉
敏感细腻的笔触充满女性独有的魅力

雨淅淅沥沥地下着，一颗须仰视才见的大树，枝繁叶茂，树梢沉甸甸地垂下来，不停地摇曳着。从被雨水淋湿的绿叶的空隙里可以看得见对面的砖楼，它像个沉默无语的巨人似的，浑身湿漉漉地站在那里。长满美丽的嫩芽的树篱环绕四周，院中汽车摆成一排，这里大概是公寓吧，好像正在等待着住在这里的主人出来似的，一片肃穆，长满绿叶的枝条轻轻摆动，更加诱发了周围的宁静气氛。

雨中的伦敦城

英国首都伦敦位于英格兰东南部的平原上，跨泰晤士河，距离泰晤士河入海口 88 公里。伦敦受北大西洋暖流和西风影响，属温带海洋性气候，四季温差小，夏季凉爽，冬季温暖。空气湿润，多雨雾，秋冬尤甚，有“雾都”之称。

“阴雨的伦敦……”这话不期而然地出现在脑海里。伦敦这城市，即便是晴天也好像下着蒙蒙细雨，给人以潮湿的感觉。当然欧洲的城市不光是伦敦，巴黎也好，阿姆斯特丹也好，都是不定在什么时候说下雨就下雨，很快又说晴天就晴天，不像日本，要说晴天就是整天朗朗晴空，万里无云。不过据本地人说，眼下这么冷是反常的，巴黎的说法是核爆炸造成的。同样是下雨，比起巴黎来，伦敦更让人感到深沉宁静，也许可以说是这城市所具有的特性吧。

离开东京正好一个月过去了。这 30 天的旅程是：巴黎 10 天，荷兰 10 天，伦敦 10 天。仅仅 10 天工夫，要谈论对该城市的印象是很危险的。可是另方面，据说第一印象最能抓住其性格特点，这也不见得是假。例如住在巴黎的人说，在巴黎住得越久，越弄不清楚关于巴黎的事，什么都写不出来。但对来旅游的我们来说，想写的东西有的是，一个接一个的新鲜印象在催促着自己，因而时常埋怨时间不够。我想映入行色匆匆的旅游者眼中的景象，不失为这城市性格的一个侧面吧。在巴黎可以见到鸽子在汽车前面安闲地走着，在阿姆斯特丹和伦敦就看不见这样悠闲的风光。麻雀敢飞到河岸茶座的桌子上来啄食点心渣，这是在荷兰。而在伦敦却见不到摆在道旁的咖啡店，当然也就不会有麻雀飞来的画面。

· 作者简介 ·

森田玉，日本女作家，以散文、随笔著称。主要作品有《木棉随笔》等。

荷兰实在是个开朗的国度，即便是下雨天也明朗宜人，女人穿的西服，似乎也喜欢单纯鲜艳的颜色。另外，在荷兰有种二人行必挎臂的习惯。不仅是年轻的一对情侣或上了年纪的一对老夫妻，就是一对女学生、一对老太太、一对男孩子，都挽着胳膊走路。特别是老太太彼此挽着胳膊走路，令人感觉新奇。到公园里，这种老年人很多，有的织毛活儿，有的聊天，有的瞧着走路的人。荷兰是个社会保障制度发达的国家，养老院的设备完善，很多人上了年纪主动要求到养老院里来。他们星期日到孩子们的家里去做客，过生日时则召唤儿孙到自己这来庆祝一番。据说养老院里也备有这种地方。总之，互相不添麻烦，而又享受着生活的乐趣。一对老太太挎着胳膊散步，就是这种生活方式的表现之一吧。

令人感兴趣的是，年轻的女人们挽着胳膊走时，即便从远处看，这一对也是艳丽夺目的，因为她们很考究彼此服装颜色的配合。例如一方穿着雅致的黄色上衣，下面是深咖啡色的裙子。对方则穿着白上衣，下面是浅绿色的裙子；这四种颜色配合起来非常之美。另一对儿，一个穿浅绿色的上衣，下穿白地红格的裙子，对方则穿柠檬色的上衣和深绿色的裙子，彼此挽着胳膊走在公园的树丛之中，在绿荫的衬托之下，这四种颜色格外醒目。在荷兰还流行鲜明的藏青色，常见年轻的女孩子穿它。这是种多少有点土气的颜色，但对于皮肤白皙，脸蛋红润，坠腮脸的荷兰女孩子来说，却奇妙的非常合适。在巴黎几乎看不见穿这种颜色的女孩子。

关于这颜色，还有一段小插曲呢。不久以前，有位刚从日本来的人和我一起在饭店吃饭。对面有个穿这颜色的女孩子和另一个好像是她朋友的女孩子也在吃饭。一看就像荷兰姑娘，白皮肤，坠腮脸，极可爱的脸蛋。当我说：“多可爱的姑娘呀，是从荷兰来的呀！”这时刚从日本来的那位说道：“不，不对，那是巴黎姑娘，还用法语说话呢。”大概他不知道荷兰的姑娘都用法语讲话，穿的那衣服的颜色也是荷兰姑娘喜欢的颜色，巴黎人是不穿这种颜色的。

那么巴黎女人穿什么颜色的呢？如果有人问我，却很难回答。大概是以黑色为基调，各种颜色的都穿。简直可以说是善于穿各种颜色的衣服，这样说也许更贴切。眼下是旅游的季节，在巴黎市内有很多外国来的人走在街上。如果有巴黎的女人参杂其中，一眼就能认出是巴黎的人走过来了。她并没有特别引人注意的打扮，因为根本没有什么流行的颜色，说不出哪是巴黎的颜色来，大概只看她那走路的身姿和动作，不知怎的就给人以轻快之感，马上便意识到了巴黎。

仅一海之隔，去到伦敦一看，伦敦的女人毫不介意地穿着土气的衣服，她们无视颜色的配合，即便颜色完全不调合，也一点不在乎，起初甚至使我想到伦敦女人是否色盲。在巴黎看不见的荷兰流行颜色藏青色，在伦敦就常常可以看到，但不同于荷兰的是，它一点也不鲜艳，还和灰色什么的配合在一起，看着既土气又沉闷。观看百货店的橱窗时，有深蓝色的成套西装，有把深茶色和浅茶色巧妙配合在一起的质量很好的上下身分开的女西装，使人想到这也许就是伦敦的真正颜色。不巧的是还没有遇见过真正穿这衣服的人，但我饶有兴味地想着，既然商店里有，就一定有人穿，不久总会碰得见的。关于服装谈的太多了，而对于初次访欧的我来说，感受最深的要算是，生长于铁和石头之间的人与生长在纸和木之间的人的不同。

不久以前曾去牛津大学参观，这里的大学与日本的不同，是由几个学院组成的一个综合大学。正像京都紫野的大德寺，是由几个寺院构成一个大德寺。并且每所学院又都有宿舍，学生全生活在那里面。学院里也有教堂，走廊、食堂，很像日本禅宗的佛寺似的。只不过日本全是木结构的，而这里却全是石砌的。看见石头走廊的铺石路磨损的样子，就想起了日本僧房的木头走廊劈裂起刺的样子。别管木头怎样起刺，它也是温暖的，用手一摸有种柔软的感觉。而石头则是冰冷坚硬的。从一降生起就在这冷酷的铁石中磨炼长大的人，与在木头柔软的肌肤中间娇惯长大的人之间的不同，越想越觉得这是个说也说不完的问题。

还有一个问题，荷兰也好，巴黎也好，伦敦也好，全都非常爱花，无论到什么地方都摆着花，但这些花的颜色也跟日本的不同。如果说日本的花是水墨丹青的日本画的话，这里则是浓涂重抹的油画。牛津大学学院的院里也开满姹紫嫣红的鲜花，牡丹就是纯粹的牡丹色，还有种叫匹纳斯的花，像葱的球状花似的，它高高地探出头来，尖上开着一团小花。这花的颜色就像明亮的蓝钻掺杂着青灰色似的，它很美，但总觉得有点怪，越看越不对劲。昨天晚上和剧作家福田恒存、音乐评论家吉田秀和聚在一起时，谈起这花来，福田先生说他喜欢。我说，那么你有资格当纯粹的英国人了，我不够资格。蓝色的花，在野草丛中，只有一朵悄悄地开在那里，才幽雅宜人，值得怀念，像那样群花齐放，真有点吃不消，就像受不了石头那股冰凉刺骨的劲头一样。

作/品/赏/析

日本女作家森田玉以散文随笔著称，她的大量作品散发着东方女性独特的魅力，当然，其思想和感受也充满了现代感。《欧洲的城市》是一篇概括的游记散文，是东方女性眼中的欧洲，在作家的眼里，这些欧洲的城市因为陌生而新奇，但是，这恰好就是西方文明之于东方文明的区别和特色所在吧，正如作者说，“第一印象最能抓住其性格特点”，“在巴黎住得越久，越弄不清楚关于巴黎的事，什么都写不出来”。而对于旅游的作者而言，则是“新鲜印象在催促着自己”。对于一个东方的女性而言，欧洲的城市有什么特点呢？作者先是写到了雨中的伦敦，不单是雨天，“即便是晴天也好像下着蒙蒙细雨，给人以潮湿的感觉”。而欧洲的城市“都是不定在什么时候说下雨就下雨，很快又说晴天就晴天”。同样是下雨，比起巴黎来，伦敦更让人感到深沉宁静。荷兰则是明朗的，女人的衣服也是单纯鲜艳的，而巴黎，女人的衣服则以黑色为主调，“根本没有什么流行的颜色”。伦敦呢？“女人毫不介意地穿着土气的衣服”。在作者眼里，欧洲的城市不约而同地都爱花，但是，不同于东方的“水墨丹青”，欧洲的花是“浓涂重抹的油画”。注意力集中在天气、服饰和花草上，这大概就是森田玉作为一个女性自然而然的视角所在，将这些东西写得非常鲜活细腻，历历在目，也大约是女性独有的细致和敏感使然吧。

我的伊豆

/ 川端康成

入选理由
川端康成的散文代表作之一
文章意境优美灵动，文字含蓄凝练
字里行间渗透着难以名状的美感

川端康成像

伊豆是诗的故乡，世上的人这么说。

伊豆是日本历史的缩影，一个历史学家这么说。

伊豆是南国的楷模，我要再加上一句。

伊豆是所有的山色海景的画廊，还可以这么说。

整个伊豆半岛是一座大花园，一所大游乐场。就是说，伊豆半岛到处都具有大自然的惠赠，都富有美丽的变化。

如今，伊豆有三个入口：下田，三岛修善寺，热海。不管从哪里进去，首先迎迓你的，是堪称伊豆的乳汁和肌体的温泉。然而，由于选择的入口不同，你定会感到有三个各不相同的伊豆呢。

北面的修善寺和南面的下田这两条通道，在天城山口相会合。山北称外伊豆，属田方郡，山南称内伊豆，属贺茂郡。南北两面不仅植物种类和花期各异，而且山南的天空和海色，都洋溢着南国的气息。天城火山脉东西约四十四公里，南北约二十四公里，占据着半岛的三分之一。海面的黑潮从三面包围着半岛。这山，这海，便是给伊豆增添光彩的两大要素。倘若把茶花当作海岸边的花，那么，石棉花就是天城山上的花。山谷幽邃，原生林木森严茂密，使你很难想像这原是个小小的半岛。天城山是闻名的狩鹿的场所，只有翻过这座山峦，才能尝到伊豆旅情的滋味。

开往热海的火车时髦得很，称为“罗曼车”。情死是热海的名产。热海是伊豆的都会，它是在关东温泉之乡中富有现代特征的城市。倘若把修善寺称为历史上的温泉，那么，热海便是地理上的温泉。修善寺附近，清静，幽寂；热海附近，热烈，俏丽。伊豆到伊东一带的海岸线，令人想起南欧来，这里显示着伊豆明朗的容颜。同是南国风韵，伊豆的海岸线多像一曲素朴的牧歌啊。

伊豆有热海、伊东、修善寺和长冈四大温泉，共有二三十个喷口，仅伊东就有数百处泉流。这些都是玄岳火山、天城火山、猫越火山、达磨火山的遗迹。伊

·作者简介·

川端康成（1899 ~ 1972），日本现代派文学先驱、小说家。童年时父母、祖母、姐姐和祖父相继去世，26 岁时未婚妻与他分手，这些苦难经历使他饱尝世态炎凉，对他的创作生涯产生了重大影响。1924 年创办《文艺时代》杂志，成为日本“新感觉派”作家的代表。1968 年获诺贝尔文学奖。1972 年自杀。主要作品有小说《雪国》、《古都》、《千只鹤》，散文集《我在美丽的日本》等。

豆，是男性火山之国的代表。此外，热海的间歇泉，下加茂峰的吹上温泉，拍击着半岛南端的石廊崎的巨涛，狩野川的洪水，海岸线的岩壁，茂盛的植物……所有这些，都带着男性的威力。

川端康成获诺贝尔文学奖时的情景

然而，各处涌流的泉水，使人联想起女乳的温暖和丰足，这种女性般的温暖与丰足，正是伊豆的生命。尽管田地极少，但这里有合作村，有无税町，有山珍海味，有饱享黑潮和日光馈赠、呈现着麦青肤色的温淑的女子。

铁路只有热海线和修善寺线，而且只通到伊豆的入口，在丹那线和伊豆环行线建成之前，这里的交通很是不便。代之而起的是四通八达的公共汽车。走在伊豆的旅途上，随时可以听到马车的笛韵和江湖艺人的歌唱。

主干道随着海滨和河畔延伸。有的由热海通向伊东，有的由下田通向东海岸，有的沿西海岸绵延开去，有的顺着狩野川畔直上天城山，再沿着海津川和逆川南下……温泉就散缀在这些公路的两旁。此外，由箱根到热海的山道，猫越的松崎道，由修善寺通向伊东的山道，所有这些山道，也都把伊豆当成了旅途中的乐园和画廊。

伊豆半岛西起骏河湾，东至相模湾，南北约五十九公里，东西最宽处约三十六公里，面积约四百零六平方公里，占静冈县的五分之一。面积虽小，但海岸线比起骏河、远江两地的总和还长。火山重叠，地形复杂，致使伊豆的风物极富于变化。

现在，人们都那么说，伊豆的长津吕是全日本气候最宜人的地方，整个半岛就像一个大花园。然而在奈良时代，这里却是可怕的流放地。到源赖朝举兵时，才开始兴旺发达起来。幕府末期，曾一度有外国黑船侵入。这里的史迹不可胜数，其中有范赖、赖家遭受禁闭的修善寺，有掘越御所的遗址，有北条早云的韭山城等。

请不要忘记，自古以来，伊豆在日本造船史上，发挥着重大的作用，这正因为伊豆是大海和森林的故乡啊。

作/品/赏/析

《我的伊豆》是川端康成的散文集《我在美丽的日本》中的名篇，文章描写了伊豆半岛的风景，抒发了作者热爱自然的情怀。文章开始以一组排比句，形象地点明伊豆在日本的历史地位、景色的异常美丽。接着作者将视野放在进入伊豆的三个入口处，从不同角度以清逸幽雅的笔调，对伊豆的山形水色倾情渲染。作者想象丰富，将无生命的静默的自然情境生发为有声有色的艺术情境。文中穿插了有关热海男女殉情风俗和伊豆历史的描写，使文章轻笼一种幽婉感伤的古典情韵。文章意境优美灵动，文字含蓄凝练，字里行间渗透着一种难以名状的美感和不露声色的感染力。

归来的温馨

/ 聂鲁达

入选理由
聂鲁达的散文代表作之一
散发着浓郁的爱国思乡之情
收入多国散文选本

聂鲁达像

我的住所幽深，院内树木繁茂。久别之后，房子的许多去处吸引我躲进去尽情享受归来的温馨。花园里长起神奇的灌木丛，发出我从未领受过的芬芳。我种在花园深处的杨树，原来是那么细弱，那么不起眼，现在竟长成了大树。它直插云天，表皮上有了智慧的皱纹，梢头不停地颤动着新叶。

最后认出我的是栗树。当我走近时，它们光裸干枯的、高耸纷敏的枝条，显出莫测高深和满怀敌意的神态，而在它们躯干周围正萌动着无孔不入的智利的春天。我每日都去看望它们，因为我心里明白，它们需要我去巡礼，在清晨的寒冷中，我凝然伫立在没有叶子的枝条下，直到有一天，一个羞怯的绿芽从树梢高处远远地探出来看，随后出来了更多的绿芽。我出现的消息就这样传遍了那棵大栗树所有躲藏着的满怀疑虑的树叶；现在，它们骄傲地向我致意，并且已经习惯了我的归来。

鸟儿在枝头重新开始往日的啼鸣，仿佛树叶下什么变化也未曾发生。

书房里等待我的是冬天和残冬的浓烈气息。在我的住所中，书房最深刻地反映了我离家的迹象。

封存的书籍有一股亡魂的气味，直冲鼻子和心灵深处，因为这是遗忘——业已湮灭的记忆——所产生的气味。

在那古老的窗子旁边，面对着安第斯山顶上白色和蓝色的天空，在我的背后，我感到了正在与这些书籍进行搏斗的春天的芬芳。书籍不愿摆脱长期被人抛弃的状态，依然散发一阵阵遗忘的气息。春天身披新装，带着忍冬的香气，正在进入各个房间。

在我离家期间，书籍给弄得散乱不堪。这不是说书籍短缺了，而是它们的位置给挪动了。在一卷十七世纪的严肃的培根著作旁边，我看到艾·萨尔加里的《尤卡坦旗舰》；尽管如此，它们倒还能够和睦相处。然而，一册拜伦诗集却散开了，我拿起来的时候，书皮像信天翁的黑翅膀那样掉落下来。我费力地把书脊和书皮缝上，事前我先饱览了那冷漠的浪漫主义。

·作者简介·

聂鲁达(1904～1973)，智利著名诗人、散文家、社会活动家。生于铁路工人家庭。早年在圣地亚哥智利教育学院学习。1927年进入外交界，历任南美、亚洲、欧洲多国领事。1945年当选国会议员并加入智利共产党。1948年流亡海外。1952年回国。1957年任智利作家协会主席。1971年获诺贝尔文学奖。

海螺是我住所里最沉默的居民。从前海螺连年在大海里度过，养成了极深的沉默。如今，近几年的时光又给它增添了岁月和尘埃。可是，它那珍珠般冷冷的闪光，它那哥特式的同心椭圆形，或是它那张开的壳瓣，都使我记起远处的海岸和事件。这种闪着红光的珍贵海螺叫 Rostellaria，是古巴的软体动物学家——深海的魔术师——卡洛斯·德拉托雷有一次把它当做海底勋章赠给我的。这些加利福尼亚海里的黑“橄榄”，以及同一处来的带红刺的和带黑珍珠的牡蛎，都已经有点儿褪色，而且盖满尘埃了。从前，就在有这么多宝藏的加利福尼亚海上，我们险些遇难。

还有一些新居民，就是从封存了很久的大木箱里取出的书籍和物品。这些松木箱来自法国，箱子板上有地中海的气味，打开盖子时发出嘎吱嘎吱的歌声，随即箱内出现金光，露出维克多·雨果著作的红色书皮。旧版的《悲惨世界》便把形形色色令人心碎的生命，在我家的几堵墙壁之内安顿下来。

不过，从这口灵柩般的大木箱里我找出了一张妇女的可亲的脸，木头做的高耸的乳房，一双浸透音乐和盐水的手。我给她取名叫“天堂里的玛丽亚”，因为她带来了失踪船只的秘密。我在巴黎一家旧货店里发现她光彩照人，当时她因为被人抛弃而面目全非，混在一堆废弃的金属器具里，埋在郊区阴郁的破布堆下面。现在，她被放置在高处，再次焕发着活泼、鲜艳的神采出航。每天清晨，她的双颊又将挂满神秘的露珠，或是水手的泪水。

玫瑰花在匆匆开放。从前，我对玫瑰很反感，因为她没完没了地附丽于文学，因为她太高傲。可是，眼看她们赤身裸体顶着严冬冒出来，当她在坚韧多刺的枝条间露出雪白的胸脯，或是露出紫红的火团的时候，我心中渐渐充满柔情，赞叹她们骏马一样的体魄，赞叹她们含着挑战意味发出的浪涛般神秘的芳香与光彩；而这是她们适时从黑色土地里尽情吸取之后，像是责任心创造奇迹，在露天地里表露的爱。而现在，玫瑰带着动人的严肃神情挺立在每个角落，这种严肃与我正相符，因为她们和我都摆脱了奢侈与轻浮，各自尽力发出自己的一份光。

可是，四面八方吹来的风使花朵轻微起伏、颤动，飘来阵阵沁人心脾的芳香。青年时代的记忆涌来，令人陶醉：已经忘却的美好名字和美好时光，那轻轻抚摩过的纤手、高傲的琥珀色双眸以及随着时光流逝已不再梳理的发辫，一起涌上心头。

这是忍冬的芳香，这是春天的第一个吻。

作／品／赏／析

《归来的温馨》一文叙述了作者久别故园之后回到家中时的百感交集之情。作者开首直接点题，直抒胸臆，接着尽情铺陈，运用拟人手法，细腻描绘了一幅幅让人备感温馨的意象：花园里的灌木丛“发出我从未领受过的芬芳”；昔日亲手栽种的小杨树已长成参天大树；“鸟儿在枝头重新开始往日的啼鸣”；散乱的书籍和沉默的海螺撩起我青年时代的回忆；连“我”一向反感的玫瑰花，也因她的匆匆开放，发出波涛般神秘的芳香与光彩，而使“我”心中渐渐充满柔情。文章笔调细腻，饱含真情，情景交融，充满诗情画意，极富艺术感染力。

春将至

/ 井上靖

入选理由
文字隽永，意境深远
写春的独特角度
语言优美，结构精巧

井上靖像

过了年，把贺年片整理完毕，就会感到春天即将来临的那种望春的心情抬起头来。

翻开年历，方知小寒是一月六日，一月二十一日为大寒。一年中，这时期寒气最为凛冽。实际上日本列岛的北侧正被厚厚的积雪覆盖着，南半部的天空也多是呈现着欲降白雪的灰色。当然也时有遍洒新春的阳光，却不会持久，灰色天空即刻就会回来，寒气也相随而至，不几天即将降雪吧。

严冬季节，寒气袭人，理所当然；在这种情况下等待春天的心情，是任何人都会产生的。不光是住在无雪的东京和大阪，即便是北海道和东北一带雪国的人们，依然是没有两样的。总之，生活在全被寒流覆盖着的日本列岛的一切人，不管有雪，抑或是无雪的地方，只要新年一过，都会感到春日的临近，而等待着春天。

我喜爱这种等待春天的心境。住在东京的我，尽管是很少，但也能捕捉到一点春天的信息。今晨，从写作间走下庭院中去，只见一棵红梅和另一棵白梅的枝上长满牙签尖端般小而硬的蓓蕾。

我的幼年在伊豆半岛的山村度过，家乡的庭院多梅树，初春季节齐放白英。没有樱树，也没有桃树，只种了一片小小的梅林。也许是幼年时代熟悉梅树，直到过了半个世纪的现在，依然喜爱梅花。梅花，对于我，已经成为特殊的花。

如今，故乡家院里的梅树减少了，而且年老了，已经看不到幼年时代那种纯白的花朵。即便同是昔日的白花，却略含黄色，并不像《万叶集》和歌中吟咏的酷似雪花的那样洁白了。

今朝春雪降，洁白似云霞；梅傲严冬尽，竞相绽白花。

犹如观白雪，缓缓降天涯；朵朵频飞落，不知是何花。

前一首的作者是大伴家持，后者是骏河采女。读了这类和歌，那种纯白的沁人心脾的白梅，立刻就会浮现于眼帘。

· 作者简介 ·

井上靖（1907 ~ 1991），日本作家，生于北海道旭川的一个军医家庭。1936年毕业于京都大学哲学系，随后进入大阪每日新闻社。第二次世界大战后从事文学创作。起初写诗歌，之后写小说。短篇小说《斗牛》写于1947年，1950年荣获芥川奖。其后40余年，曾多次访华。历任日本文艺家协会理事长、日本笔会会长。

故里家中的梅树都已枯老，但东京书斋旁的唯一的一株白梅，却尚年轻，因而花是纯白的。

梅树过早地长出坚硬的小蓓蕾，这个季节可还没着花。正是在这尚未着花的时刻，自然地培育着一种望春的心情吧。水仙的黄花，山茶的红花，恐怕是这个季节屈指可数的花朵了。

去岁之暮接近年关的时候，我瞻仰桂离宫，广阔的庭园里也未看到花开，只见落霜红和朱砂根的蓓蕾，在广阔庭园的角落里，隐约地闪烁着动人的红光。这个季节，仿佛是树木的蓓蕾代替花朵炫耀着自己的地位。

乘此雪将融，会当山里行；且赏野橘果，光泽正莹莹。

这也是大伴家持的歌。野橘即是紫金牛，我觉得紫金牛的红色小蓓蕾映衬着皑皑白雪的光景，也许确实具有踏雪前去观赏的价值哩。

前面讲过，我喜爱这种在几乎无花的严冬季节等待春天的心情。每日清晨，坐在写作间前廊子的藤椅上，总是发觉自己沉浸在这样的情致之中。眼下还是颗颗坚硬的小蓓蕾，却在一点点长大，直到那繁枝上凛然绽满白花，这种等待春天的情致始终孕育在心的深处。

我出国旅行，总是初夏和仲秋季节回来。当然，也并非出于什么理由做了这样的决定，而是自然而然形成的结果。然而，如今却想在什么时候，在那春天已有了信息却难于降临的二月底或三月初，结束国外旅行，重踏日本的土地。那时，我想一定会深刻地感受到日本节气变化的微妙，和随之改换面貌的日本这一季节景物的细致美。

然而，这种等待春天的一、二、三月期间，大气中的自然运行，却是非常复杂微妙，春天决不是顺顺当当地走向前来的。

小寒、大寒，大致都是一月初或月中，因此，新春一月便是一年中最冷的时节，一直要持续到二月四日的立春时分。当然，这不过是历书上的事，实际上也并不如此规规矩矩。有时小寒比大寒还要冷，又有时大寒都不那么冷，等到二月立春之后，才真正冷上一阵子。不，与其说冷上一阵子，毋宁说这种情形居多。

但是，尽管只是历书上写着，立春这个词，也蕴含着一种难以言状的明朗性。过年了，春天就近了；春天近了，等到春天到来的心情便活跃起来。历书上的立春，使人涌起一种期待：这回春天可真要来了！

实际上，春天总是姗姗来迟，寒冬依然漫长，然而，千真万确，春天正在一步步走近，只是很难看到它会加快步子罢了。这种春日来临的步调，恐怕是日本独有的；似乎很不准确，实际上却准确得出乎意料。

人们都把立春后的寒冷叫做余寒，实际上远远不是称为余寒的一般寒冷。这时候，既会降雪，一年中最冷的寒气也会袭来。然而，即便是这种寒气，等一近三月，便一点一点地减轻，简直是人们既有所感，又无觉察的程度。

不过，即便进了三月，春天依然没有露面。只是弄好了，没有阳光、天色和树木的姿容，会不觉间给人以春的感觉，余寒会变成名副其实的春寒。这样，与此同时，连那些从天上降下的东西，那种降落的样子，也会多少发生些变化。那就是“春雪”、“淡雪”和“春霰”。总之，春寒会千方百计改变着态度，时而露出面孔来，时而又把身子缩了回去。

在这样的三月里，有一次寒流袭击了日本列岛的中部，正是三月十三日奈良举行汲水活动的当口。近畿一带，奇怪的是这时节却受到寒流的洗礼。也正在此时，我在东京的家，三月初开始着花的白梅达到盛开时分。每年，当我望见白梅盛开，便又一度想到历书上的记载。于是发现，大抵上相当于汲水日，或在其以前或以后两三天，并且就在两三天里气温下降，十分寒冷。我的眼前浮现出，在奈良古寺的殿堂里，松枝火炬照亮黑暗的情景。看来，也许并非照亮了黑暗，而是照亮了寒流。这时节的春寒，确实是不容怀疑的。

白梅是在汲水时节盛开，红梅却只乍开三分。白梅在三月末凋零殆尽，红梅却进了四月，还多是保存着凋余的疏花。在那白梅开始凋落的时分，杏花和李花就开始着花，好不容易春天才正式来到人间。

然而，三月末，或是四月初，我家的红梅繁花正盛的时节还要再来一次寒流。那正是比良湾风浪滔滔的季节。自古以来，就流传着比良大明神修讲《法华经》之时，琵琶湖便风涛大作，寒气袭来。实际上，这时节京都和大阪地方还要经受一次最后的寒流袭击。不只是京阪一带，东京也是如此。

这样，与杏、李大致同时，桃树也开始着花。杏树的花期较短，刚刚看到开了花，一夜春风就会吹得落英缤纷，或是小鸟光临，一霎时变成光秃秃的。李花虽不像杏花那样来去匆匆，但也是短命的。比较起来，依然是桃花生命力强，一直开到樱花换班的时节。

今年恐怕也与往年相似，一、二、三月之间，寒流会在日本列岛来来往往，梅树的蓓蕾就在这中间一点点长大吧。日本的大自然，在为春天做准备的家当，既十分复杂，又朝三暮四，但是总的看来，恐怕也还是呈现着一种严格地遵循既定规律的动向。梅、杏、李、桃、樱，都在各自等待时机，准确地出场到春天的舞台上来。

作/品/赏/析

走进《春将至》，我们看到的是一个乍暖还寒的时节的万物舒展图，冰雪初融，花树吐芽返青，而在作者眼中此时最美妙的是人的这种望春的心情，作者最爱的是“这种等待春天的心境”。作者将盼春之情放在一种等待的过程中，前半部分写几种渐放的蓓蕾，后半部写日益变化的春寒。不管是自然之景或时节的描写，作者都重在写一种过程，在过程中让人体味一种纯粹情感的悸动。他没有将这种情感体验放于具体的实景描摹之上，而是沉醉于“春将至”之时精神的欣喜之中，倾心于这种将得到而未得到的心灵体验。而人心灵的最高境界不正是这样一种“未得到”的希望状态吗？对于人生来说亦是如此，“得到”只是一种形式，而在这个形式之外，真正的让人颤栗的不正在于过程中的企盼吗？

听泉 / 东山魁夷

入选理由
诗为心声，画为心境
普通的自然之景传达深达的意境
东方美文的典范

鸟儿飞过旷野。一批又一批，成群的鸟儿接连不断地飞了过去。

有时四五只联翩飞翔，有时候排成一字长蛇阵。看，多么壮阔的鸟群啊……

鸟儿鸣叫着，它们和睦相处，互相激励，有时又彼此憎恶，格斗，伤残。有的鸟儿因疾病、疲惫或衰老而失掉队伍。

今天，鸟群又飞过旷野。它们时而飞过碧绿的田原，看到小河在太阳照耀下流泻；时而飞过丛林，窥见鲜红的果实在树荫下闪灼。想从前，这样的地方有的是。可如今，到处都是望不到边的漠漠草原。任凭大地改换了模样，鸟儿一刻也不停歇，昨天，今天，明天，它们继续打这里飞过。

不要认为鸟儿都是按照自己的意志飞翔的。它们为什么飞？它们飞向何方？谁也弄不清楚，就连那里领头的鸟儿也无从知晓。

为什么必须飞得这样快？为什么就不能慢一点儿呢？

鸟儿只觉得光阴在匆匆忙忙中逝去了。然而，它们不知道时间是无限的，永恒的，逝去的只是鸟儿自己。它们像着了迷似的那样剧烈，那样急速地振翮翱翔。它们没有想到，这会招来不幸，会使鸟儿更快地从这块土地上消失。

鸟儿依然忽啦啦拍击着翅膀，更急速，更剧烈地飞过去……

森林中有一泓清澈的泉水，发出叮叮咚咚的响声，悄然流淌。这里有鸟群休息的地方，尽管是短暂的，但对于飞越荒原的鸟群说来，这小憩何等珍贵！地球上的一切生物，都是这样，一天过去了，又去迎接明天的新生。

鸟儿在清泉边歇歇翅膀，养养精神，倾听泉水的絮语。鸣泉啊，你是否指点了鸟儿要去的方向？

泉水从地层深处涌出来，不间断地奔流着，从古到今，阅尽地面上一切生物的生死，荣枯。因此，泉水一定知道鸟儿应该飞去的方向。

鸟儿站在清澄的水边，让泉水映照着身影，它们想必看到了自己疲倦的模样。它们终于明白了鸟儿作为天之骄子的时代已经一去不复返了。

鸟儿想随处都能看到泉水，这是困难的。因为，它们只顾尽快飞翔。

·作者简介·

东山魁夷（1908 ~ 1999），日本画家，原名新吉，画号魁夷。生于横滨，1931 年毕业于东京美术学校。1934 年留学德国，在柏林大学哲学系攻读美术史。历任日本画院展审查员、常务理事长、顾问等职。他擅以西方的写实眼光捕捉日本风光之美。1969 年获文化勋章和每日艺术大奖。1976 年 5 月访问桂林。他长于散文写作，著有《东山魁夷文集》（11 卷）。

鸟儿想错了，它们最大的不幸是以为只有尽快飞翔才是进步，它们以为地面上的一切都是为了鸟儿而存在着。

不过，它们似乎有所觉悟，这样连续飞翔下去，到头来，鸟群本身就会泯灭的，但愿鸟儿尽早懂得这个道理。

我也是鸟群中的一只，所有的人们都是在荒凉的不毛之地上飞翔不息的鸟儿。

人人心中都有一股泉水，日常的烦乱生活，遮蔽了它的声音。当你夜半突然醒来，你会从心灵的深处，听到幽然的鸣声，那正是潺潺的泉水啊！

回想走过的道路，多少次在这旷野上迷失了方向。每逢这个时候，当我听到心灵深处的鸣泉，我就重新找到了前进的标志。

泉水常常问我：你对别人，对自己，是诚实的吗？我总是深感内疚，答不出话来，只好默默低着头。

我从事绘画，是出自内心的祈望：我想诚实地生活。心灵的泉水告诫我：要谦虚，要朴素，要舍弃清高和偏执。

心灵的泉水教导我：只有舍弃自我，才能看见真实。

舍弃自我是困难的，甚至是不可能的，我想。然而，絮絮低语的泉水明明白白对我说：美，正在于此。

作/品/赏/析

在平淡的文字里，流淌着作者炽热的生命激情，将生命哲思、人生感悟自然地流露于诗情画意的描写中，是东山魁夷的散文的独特之处。《听泉》是东山魁夷一篇有名的美文。我们可以通过品读这篇文章，来感受他高超的艺术表现方式。

作者在文中有两个具体的表现意象："鸟"、"山泉"。作者写鸟成群地飞翔，而山泉是可以让鸟儿小憩的休息之地，它们可以借此来"养养精神"，看看自己疲惫的身姿。作者用拟人的手法赋予这两个事物人类特有的思想和灵性，通过它们之间的相互联系，来暗示人类世界的一种生存状况：为外物所累，在对高度文明的追求中丧失自我，失去人类心灵的平和和幸福体验。这里"泉水"成了人类心声的象征，"听泉"也成了作者希望人类返璞归真的召唤。

四季生活

/ 沃罗宁

入选理由
文风亲切朴素
一篇优美的写景状物散文
充满人情味、人性美、富于生活情趣

每当清早，我拉起用木条制成的黄色百叶窗时，都能看见她。她高耸、挺拔，永远伫立在我窗前。秋夜，她消溶在幽暗之中，不见了：而你若相信奇迹，便会以为她走到别的地方去了，因为不见了。但刚一露出曙光，白昼的一切尚在酣睡，隐约感到清晨的气息时，她又已出现在原处了。

我凝视着她，不禁萌生出奇思异想。她想必有自己的生命吧。又有谁知道，如果苍天赋予我认识大自然全部完美的感官，也许我眼前会展现出一个神奇的世界。这个世界具有一切生物所固有的伟大的和渺小的感情，这些感情人是无法理喻的。然而我仅有五种感官，况且由于人类历尽沧桑，这些感官已不那么灵敏了。

而她生机勃勃！她日益茁壮，逐年增高。如今我得略微抬头，才能从窗口看见她那清风般轻盈的，透亮的树梢。可十年前半个窗框便能把她容纳下。

春

她的枝条刚刚摆脱漫长的严冬，还很脆硬，犹如加热过度的金属。春风吹过，枝条叮当作响。鸟儿还没在枝叶浓密的枝头筑巢。然而她已苏醒。这是一天清晨我才知道的。

邻居走到她跟前，用长钻头在她的树干上钻了个深孔，把一根不锈钢的小槽插进孔中，以便从槽中滴出浆汁。果然，浆汁滴了出来，像泪珠那样晶莹，像虚无那样明净。

“这并不是您的白桦。”我对邻居说。

“可也不是您的。”他回敬我。

· 作者简介 ·

沃罗宁（1913 ~ ），生于圣彼得堡一医生家庭。1939 年毕业于高尔基文学院。1941 年加入共产党。卫国战争期间曾任战地记者，1955 年至 1963 年任《外国文学》杂志主编，1962 年起任《文学报》主编、苏联作家协会书记处书记，1971 年被选为苏共中央候补委员，1973 年为苏联社会主义劳动英雄。

1937 年开始发表作品。著有长篇小说三部曲《这事发生在列宁格勒》（1944 年）、《丽达》（1945 年）、《和平的日子》（1947 年），长篇小说《我们这里已是早晨》（1949 年，1950 年获斯大林奖金）、《生活的年代》（1956 年）、《我们选择的道路》（1960 年）、《围困》（共 5 卷，1968 ~ 1975 年，1978 年获苏联国家奖金）、《胜利》（1978 ~ 1981 年）等，中篇小说《远方星辰的光辉》（1962 年）、《未婚妻》（1966 年）等。

是啊，她长在我的围墙外。她不是我的。但也不是他的。她是公共的，确切些说，她谁的也不是，所以他可以损害她，而我却无法对他加以禁止。

他从罐子里把白桦树透明的血液倒进小玻璃杯里，一小口一小口把它喝干。

“我需要树汁，”他说，“里面有葡萄糖。”

他回家去了，在树旁留下一个三公升的罐子，以便收集葡萄糖。树汁像从没有关紧的龙头里一滴一滴地迅速流下来。既然流出这么多树汁，那么他破坏了多少毛细管哟……她也许在呻吟？她也许在为自己的生命担忧？我不得而知，因为我既没有第六感觉，也没有第七感觉，更没有第一百感觉，第一千感觉。我只能对她怜悯而已……

然而，一个星期后，伤口上长出一个褐色的疤。她自己治好了伤口。恰恰这时她身上的一颗颗苞芽鼓胀起来，从苞芽里绽出嫩绿的新叶，成千成万的新叶。目睹这浅绿色的雾霭，我心里充满喜悦。我少不了她，这棵白桦树。我对她习惯了。我对她永远伫立在我的窗前已经习惯了；而且在这不渝的忠诚和习惯中，蕴蓄着一种令我精神振奋的东西。的确我少不了她，尽管她根本不需要我。没有我，就像没有任何类似我的人一样，她照样生活得很好。

夏

她保护着我。我的住宅离大路一百米左右。大路上行驶着各种车辆：货车，小轿车，公共汽车，推土机，自卸卡车，拖拉机。车辆成千上万，来回穿梭。还有灰尘。路上的灰尘多大啊！灰尘飞向我的住宅，假若没有她，这棵白桦树，会有多少灰尘钻进窗户，落到桌子上，被褥上，飞进肺里啊。她把全部灰尘吸附在自己身上了。

夏日里，她绿荫如盖。一阵轻风拂过，它便婆娑起舞。她的叶片浓密，连阳光也无法照进我的窗户。但夏季屋里恰好不需要阳光。沁人心脾的阴凉比灼热的阳光强百倍。然而，白桦树却整个儿沐浴在阳光里。她的簇簇绿叶闪闪发亮，苍翠欲滴，枝条茁壮生长，越发刚劲有力。

六月里没有下过一场雨，连杂草都开始枯黄。然而，她显然已为自己贮存了以备不时之需的水分，所以丝毫不遭干旱之苦。她的叶片还是那样富有弹性和光泽，不过长大了，叶边滚圆，而不再是锯齿形状，像春天那样了。

之后，雷电交加，整日在我的住宅附近盘旋，越来越阴沉，沉闷地—犹如在自己身体里——发出隆隆轰鸣。入暮时分，终于爆发了。正值白夜季节。风仿佛只想试探一下——这白桦树多结实？多坚强？白桦树并不畏惧，但好像因灾难临头而感到焦灼，她抖动着叶片，作为回答。于是大风像一头狂怒的公牛，骤然呼啸起来，向她扑去，猛击她的躯干。她蓦地摇晃了一下，为了更易于站稳脚跟，把叶片随风往后仰，于是树枝宛如千百股绿色细流，从她身上流下。电光闪闪，雷声隆隆。狂风停息了。滂沱大雨从天而降。这时，白桦树顺着躯干垂下了所有的枝条，无数股细流从树枝上流下，像从下垂的手臂流到地上。她懂得应该如何行动，才能岿然不动，确保生命无虞。

七月末，她把黄色的小飞机撒遍了自己周围的大地。无论是否刮风，她把小飞机抛向四面八方，尽可能抛得离自己远些，以免她那粗大的树冠妨碍它们吸收更多的阳光和雨露，使它们长成茁壮的幼苗。是啊，她与我们不同，有自己的规矩。她不把自己的儿女拴在身旁，所以她能永葆青春。

那年，田野里，草场上，山谷中，长出了许多幼小的白桦树。唯独大路上没有。

若问大地上什么最不幸，那便是道路了。道路上寸草不生，而且永远不会长出任何东西来。哪里是道路，哪里便是不毛之地。

秋

太阳躲开我的住宅，也躲开白桦树。树叶立刻开始发黄，而且越来越黄，仿佛在苦苦哀求太阳归来。但太阳总是不露面。瓦灰色的浮云好似令人焦虑的战争的硝烟，向天宇铺天盖地涌来，又如巨浪相逐，遮蔽了一切。云片飞得很低，险些儿触及电视天线。下起了绵绵秋雨。雨水淅淅沥沥地下着，从一根树枝滴落到另一根树枝上。霪雨不舍昼夜，一切都变得湿漉漉的了，土地不再吸收雨水，或者是所有的植物都不再需要水分了吧。

夜里，我醒来了。屋里多么黑暗，多么寂静啊……只听见雨珠从树枝上滴下时发出的簌簌声。萧瑟而连绵不绝的秋雨的簌簌声好生凄凉啊。我起了床，抽起烟来，推开窗户，于是看见了她那在秋日的昏暗中依稀可辨的身影。她赤身露体，任凭风吹雨打。翌日凌晨，寒霜突然降临。随之又是几度霜冻，于是白桦树四周铺上了一圈黄叶。这一些全都是发生在寒雾中。然而，当树叶落尽，太阳露出脸来时，处处充满忧郁气氛，尤其是在她周围。因为就在不久前，这里还是青翠葱茏，一切都光艳照人，欣欣向荣。过去，一切都是这样美不胜收，朝气勃勃，如今却突然消失了。将要下起蒙蒙细雨来，树叶将要腐烂发黑，僵硬的树枝将要在冷风中瑟缩，水洼将要结冰。鸟儿将要飞走。死寂的黑夜将要拖得很长，在冬季里它将会更加漫长。暴风雪将要怒吼。严寒将要肆虐……

冬

我离开家了。我不能留在那里，为不久前还使我欣喜和对生活充满信心的事物的消亡而苦恼。我搭机飞向南方。到了辛菲罗波尔之后，我便改乘出租汽车了，我又惊又喜地仔细观看温暖的南国的苍翠。一见黑海，我便悄声笑了。

浩淼、温暖的海。我潜进水里，向海底，向绿色的礁石游去。我喝酸葡萄酒，吃葡萄，筋疲力尽地躺在暖烘烘的沙滩上，眺望大海，观看老是饥肠辘辘，为了一块面包而聒噪的海鸥。接着我又游进温暖的海水，攀上波峰，滑下浪谷，又攀上去。我又喝酸葡萄酒，吃烤羊肉，钻进暖烘烘的沙子里。在我身边的也是像我一样从自己的家园跑到这片乐土来的人们。大伙儿欢笑啊，嬉戏啊，在海滩上寻找斑斓的彩石，尽量不想家里发生的事情。这样会更轻松、更舒坦些。但要抛弃家园是办不到的，就像无法抛弃自己一样。

于是我回家了。四周一片冰天雪地。她也兀立在雪堆里。我不在时，刺骨的严寒逞凶肆虐，把她的躯干撕破了。撕裂得虽不严重，但落上一层雪的白韧皮映进我的眼帘。我抚摸了一下她的躯干。她的树皮干瘪、粗糙。这是辛勤劳作的树皮，同南方的什么“不知羞耻树”的树皮迥然不同。这里，一切都是为了同霪雨、暴雪、狂风搏斗。所以，像平时见到她时那样，我又萌生出各种奇思异想。我暗自忖度：你看哪，她不离开故土，不抛弃哺育自己和自己的儿女的严峻的土地。她没有离去，而只是把自己的苞芽藏得更严实，裹得更紧，使它们免遭严寒的摧残，开春时迸发出新叶，然后培育出种子，把它们奉献给大地，使生命万古生存，永葆青春。是啊，她有自己的职责，而且忠诚不渝地履行这些职责，就像永远必须做那些为了生存下去而必须做的事情一样。

北风劲吹，像骨头似的硬邦邦的树枝互相碰撞，劈啪作响。刮北风的时间一向很长，一刮就是一个星期，两个星期。这一来，一切生物都得倍加小心，更何况天气严寒呢。好在我的住宅多少保护着她。但她毕竟还要挨冷受冻啊。严寒要持续很长时间，以致许多羸弱的生命活不到来年开春。但她能活到这个季节。她挺得住，而且年复一年地屹立在我的窗前……

作/品/赏/析

《四季生活》是一篇优美的写景状物散文，文风亲切朴素，没有哗众取宠的华丽语言，以其可读的思想性，给读者以心灵的滋养。文章以春、夏、秋、冬四个季节为时间线索，又以每个季节为落脚点对白桦树进行描写，这样使文章显得整齐有序，便于读者对文章思想性清晰地把握。作者将白桦塑造成一个坚强、温暖的女性形象，拟人手法的运用使本无生命的大自然和植物，变得有血有肉，充满人性美、人情味。在作者传神的描写中，白桦成了一个在春、夏、秋、冬变换中，永远守候家园的母亲，她温婉坚韧，是作者心中难以舍弃的依恋。作者始终用第一人称的写法，以“我”作为中心展开文章，将白桦树的四时之景融于“我”的日常生活中，这样更增加了写景状物文章的生活气息，使读者在一个个生活场景的描写中，享受自然之趣。如春景中我和邻居的争执、冬景中我的离去与归来，都使文章富于生活情趣。

与海明威相见

/马尔克斯

入选理由
客观品评人物的态度
文笔流畅，感情真实
不失为大家之作

马尔克斯像

1957年春天一个阴雨连绵的日子，他偕同妻子玛丽·海尔希漫步走过巴黎圣米歇尔大街时，我一下子便认出了他。他在街对面，正朝着卢森堡公园那个方向走去。当时他虽然已经59岁，但当他出没于一个个旧书摊、隐没在巴黎大学青年学生的人流中时，竟显得那样生气勃勃，富有活力，人们哪里会想象到，他的一生只剩下最后四年时间了。

瞬间，我仿佛像以往那样，觉得自己被分割在自我的两个对立的角色之间。我不知道是否应该上前请求谒见，还是穿过林荫大道，向他表达我那谦卑的钦慕之心。但不管出于哪种原因，我都感到极为不便。我只是把两手握成杯形放在嘴边，如同丛林里的壮汉那样，站在人行道上，朝对面大声喊道："艺——术——大——师！"欧内斯特·海明威明白，在这一大群学生中不可能会有另一位大师的，于是他转过身来，举起手，亮着孩子般的噪音，用卡斯蒂利亚语对我高声叫道："再见了，朋友！"这就是我见到他的唯一时刻。

那时，我是个28岁的哥伦比亚记者，曾发表过一篇小说，并获过一次奖，但我当时却游荡在巴黎街头，毫无目的和方向。我的文学大师是两位各具特色的北美小说家。那时，读了他们发表的每一部作品，但我并没有将这些作品当做一般读物来读，而是作为文学想象中的两种迥然不同的，却又各自独树一帜的风格来仔细研读的。一位大师是威廉·福克纳。我从未有过眼福见到他，只能在梦里

·作者简介·

马尔克斯（1927～2014），哥伦比亚作家、记者和社会活动家，拉丁美洲魔幻现实主义文学的代表人物。生于马格达莱纳省阿拉卡塔卡镇。父亲是个电报报务员兼顺势疗法医生。他自小在外祖父家中长大。13岁时，就读于教会学校。18岁进国立波哥大大学攻读法律，中途辍学。1948年进入报界，长期从事文学、新闻和电影工作。1972年获拉美文学最高奖——委内瑞拉加列戈斯文学奖，1982年获诺贝尔文学奖。

马尔克斯的重要作品有长篇小说《百年孤独》（1967年）、《家长的没落》（1975年）、《霍乱时期的爱情》（1985年），中篇小说《枯枝败叶》（1955年）、《恶时辰》（1961年）、《没有人给他写信的上校》（1961年）、《一件事先张扬的凶杀案》(1981年)，短篇小说集《蓝宝石般的眼睛》（1955年）、《格兰德大妈的葬礼》（1962年），电影文学剧本《绑架》（1984年），文学谈话录《番石榴飘香》（1932年）和报告文学集《一个海上遇难者的故事》（1970年）、《米格尔·利廷历险记》（1986年）等。

想象，他就是卡蒂埃·布莱森拍摄的著名相片上的那个衣着朴素的农夫，只见站在他身旁的是两条小狗，他那长长的衣袖连同手就搭在狗的身上。另一位大师就是从街对面向我道别的那个生命短暂的人，他留给我的深刻印象是：我生活中仿佛发生过某件事，而且这件事总是萦绕我的一生。

海明威（左）和他捕获的马林鱼在哈瓦那码头

我不知道这话是谁说的：小说家读别人的小说只是想领会这些小说是怎样写出来的。我相信这话千真万确。我对浮现在纸页表面的那些秘诀并不满足：我们翻过书来就会发现隐于其间的缝口。我们以某种不可言喻的方法把书分解到它的实质部分，在弄清楚了作者的发条装置之奥秘后，我们再把它回复原样。但把气力花在分解福克纳的书上，则是令人沮丧的，因为他似乎没有一个写作的有机体，而是盲目穿过那圣经的宇宙，宛如一群放在满桌是水晶玻璃的店铺里的山羊。人们力图剥去他纸页表面的东西，但随即映入眼帘的便是弹簧和螺丝钉，不可能再回复原样了。相比之下，海明威的灵感要少些，激情和狂热也少些。他极其严肃，把那些螺丝钉完全暴露在外，就像装在货车上那样。也许鉴于那个原因，福克纳便成为一位与我的心灵有着许多共感的作家，而海明威则是一位与我的写作技巧最为密切相关的作家。这不仅仅是因为他的书本身，而且还有他在写作这门学问的技巧上的造诣确实令人惊叹折服。他在巴黎与乔治·曾林曾顿的历史性会见中，始终阐明了这样一点——恰好与浪漫主义的创作观相反——言简意赅对写作是颇为有益的：一个主要的困难就是如何把词句组织好：难以写下去时，重新读一读自己的作品还是颇为值得的。这样可以使自己时刻记住：写作始终是艰苦的劳动；一个人可以在任何地方写作，只要那里没有来客和电话就行了；正像人们常说的那样，新闻工作埋没作家的才华之说是不真实的，与其相反的是，只要他迅速摆脱这个职业就行了。“一旦写作变成你的主要癖好和极大的快乐”，他说，“那么只有死亡才能止住它”。最后，他对我们的教诲是，他发现，当一个人知道第二天该从什么地方接下去写时，那么他当天的工作就必须停下。我认为，我此外再没有得过任何写作方面的忠告了。这不多不少，正好是医治作家那最可怕的忧郁病的灵丹妙药：因为作家早晨起来常常面对着空空如也的一页稿纸而陷入极度的痛苦之中。

海明威的所有作品都洋溢着他那闪闪发光、但却瞬间即逝的精神。这是人们可以理解的。像他那样的内在紧张状态是严格掌握技巧而造成的，但技巧却不可能在一部长篇小说的宏大而又冒险的篇幅中经受这种紧张状态的折磨。这是他的性格特征，而他的错误则在于试图超越自己的极大限度。这就说明，为什么一切多余的东西在他身上比在别的作家身上更引人注目。如同那质量高低不一的短篇小说，他的长篇也包罗万象。与此相比，他的短篇小说的精华在于使人得出这样的印象，即作品中省去了一些东西，确切地说来，这正是使作品富于神秘优雅之感的东西。当代一位伟大作家豪尔赫·路易斯·博尔赫斯也有着与之相同的局限，不过他并不想超越这些限度。

海明威在西班牙的一间酒吧里喝酒

弗郎西斯·麦康柏对狮子开的那一枪表明，作为打猎这门课也有不少学问，但这一枪也是作为对写作这门学问的一个积累总结。一篇短篇小说中，海明威描写一头利瑞尔公牛擦过斗牛士的胸部，犹如"猫转弯子"而返回头来。我十分谦恭地认为，那种观察在某种蠢举中是一个富有灵感的部分，而这种蠢举只有最庄重的作家才具备。在海明威的作品中，可以发现这种简单而又令人眼花缭乱的东西比比皆是，它揭示出这一观点：写作如同冰山，如果要想得到下面的八分之七部分的支撑，就必须打好坚实的基础。

注重技巧无疑是海明威始终未能在长篇小说领域里博得声望的原因所在，他往往以其训练有素、基础扎实的短篇小说来赢得声誉。他在谈到《丧钟为谁而鸣》时说，他对于这本书的构思没有一个预先想好的计划，而是在每天写作时都有所发明创造。他没有被迫承认：这是显而易见的。相比之下，他那瞬间即激起灵感的短篇小说则是无懈可击的。正如五月的一个下午，他在马德里一家膳宿公寓里写下的那三篇小说那样，当时一场暴风雪迫使圣伊希德罗城的节日斗牛赛取消了。正如他告诉普林普顿的那样，那三个短篇都得到权威人士的鉴定。根据我的鉴赏力，沿着这条线索看去，他的力量最为压抑的一篇就是其中最短的一篇：《雨中的猫》。

但是，即使《过河入林》看上去好像是在嘲弄自己的命运，在我看来，这部最不受青睐的小说却是最有魅力和最富于人性的。正如他自己披露的那样，这本书开始写时，是当做短篇来处理的，后来写偏了，误入了长篇小说的松树林中。要理解这样一位杰出的艺术大师这么多结构上的缝隙，确实是很难办到的。同样，看出这么多文学结构上的误差也并非轻而易举之事；而且对话又是那样矫揉造作，甚至是凭空杜撰出来的，然而这些却又出自文学史上一位杰出的巨匠的手笔。这本书1950年问世时，招来的批评是猛烈的，但也是不正确的。海明威感到自己受了巨大的伤害。他在哈瓦那为自己作了辩护，他拍了一份充满激情的电报，这对这样身份的作家来说，未免显得有失尊严了。这本书不仅是他的最佳之作，而且还是他最富于个人感情的作品，因为他是在一个动荡不定的秋季的早晨写完这本书的，当时他对已经逝去的那些不可弥补的岁月怀有思念之情，对生命之余的最后那几年有着令人心碎的预感。他从没有在任何一本书中把自己放在一种这样与世无争的地位。他怀有一种完美和温柔之感，并没有感觉到一种使他的作品与生活结为必不可少的感情的方式：胜利是徒劳无用的。他的主人公死得那么平静、那么自然，但却蕴育着他本人后来自杀的不祥之兆。

当一个从事创作的人活了这么长时间，一直怀有这样强烈的感情和慈爱之情，他就不会采取任何方式使自己的作品脱离现实生活。在圣米诺言尔广场的那家咖啡馆里，我花费了许许多多的时光来读书；因为在他看来，这家咖啡馆对于写作是颇为适宜的，那里似乎有一种欢乐、温暖、明净和友好的气氛。

意大利、西班牙、古巴——半个世界都留下了海明威的足迹，而这些地方他只是淡淡提及。在科希马尔这个哈瓦那附近的小村子里，在《老人与海》中孤独的渔夫居住的地方，安放着一个纪念他英雄业绩的匾，上面挂有镀了金的海明威半身像。在古巴一个庄园的住所里，他一直居住到逝世的前夕。那座房屋在树荫中仍保持着完整无缺，里面仍旧陈列着他的各类藏书，安放着他的猎物和写字台，放着故人的那双大鞋子，以及他生前从世界各地弄来的许许多多的生物小玩意，这些东西直到他逝世之前还属于他所有。现在他虽然离开了人间，但这些东西却仍然存在着，他曾经以占有它们的魔法赋予它们灵魂，而现在它们则同这颗灵魂共存。

作/品/赏/析

曾经当过新闻记者的马尔克斯的散文以其丰富灵活的表现题材，随意洒脱的文笔备受读者关注。他对人生的深刻感悟，对人文精神的独特见地，对现代人生存境遇的思考，使其散文更具有可读的思想性。用朴实而又洒脱的语言，贴切地反映普通人的生活和感情，并让人在他所营造的那种亲切氛围中有所感悟。《与海明威相见》是他比较有名的一篇散文，我们可以通过阅读，来体味马尔克斯散文的这种艺术风格。

《与海明威相见》中写了多年前，自己还是一个年轻记者时与喜爱的作家海明威不期而遇的情形，虽然时隔多年，但给读者展现的画面依然清晰如昨日，加上其中字里行间流露的情感，更表现了作者对于这位作家的钦慕之情。但作者对于作家海明威的喜爱，并没有妨碍他比较客观地评价海明威的创作。接下来他对于海明威文学作品的看法，是在具体的研究和深入地理解了海明威作品之后，发表的比较中肯的见解。他认为海明威的短篇小说技巧娴熟，富于神秘优雅之感，但又恰恰是注重技巧使海明威始终未能在长篇小说领域里博得声望。作者从海明威的性格出发，表示了对于这种现象的理解，但却没有为1950年海明威为自己的作品《过河入林》作辩护隐讳，作者觉得这样做未免有失尊严。作者站在一定的历史高度，在客观的基础上，对于海明威的钦慕之情一直流露于字里行间。遵从自己真实的感受而又不违背客观，也许这正是有过新闻记者经历的马尔克斯的高明之处吧。

吴文波

北京版权代理有限责任公司

北京海淀区知春路 23 号量子银座 1401 室

邮编：100083

电话：(010)82357056/57/58-230　传真：(010)82357055